# 福尔摩斯探案精选（上）

[英] 柯南道尔 著
巫晓燕 编译

中国出版集团 现代出版社

**图书在版编目（CIP）数据**

《福尔摩斯探案精选》嵌式阅读：全2册 / ［英］柯南道尔著；巫晓燕编译. -- 北京：现代出版社，2018.5

ISBN 978-7-5143-5542-0

Ⅰ. ①福… Ⅱ. ①柯… ②巫… Ⅲ. ①侦探小说—小说集—英国—现代 Ⅳ. ①I561.45

中国版本图书馆CIP数据核字（2016）第315549号

**《福尔摩斯探案精选》嵌式阅读**

---

**作　　者**　［英］柯南道尔
**编　　译**　巫晓燕
**责任编辑**　张　霆　哈　曼
**出版发行**　现代出版社
**通信地址**　北京市安定门外安华里504号
**邮政编码**　100011
**电　　话**　010-64267325　64245264（兼传真）
**网　　址**　www.1980xd.com
**电子邮箱**　xiandai@vip.sina.com
**印　　刷**　北京中振源印务有限公司
**字　　数**　656千字
**开　　本**　700mm×1000mm　1/16
**印　　张**　42.75
**版　　次**　2018年5月第1版　2018年5月第1次印刷
**书　　号**　ISBN 978-7-5143-5542-0
**定　　价**　100.00元（全2册）

---

# 把伟大“嵌入”孩子的心灵

人类最伟大的思想、最伟大的智慧在哪里？无疑，在那些最伟大的著作之中。

那些最伟大的著作在哪里？在图书馆里，在我们家的书架上。

但是，如果没有阅读，这些著作就是一堆废纸。书籍的生命是通过阅读唤醒的。伟大的思想，伟大的智慧，也是通过阅读，才能“嵌入”我们的心灵。

成人的阅读兴趣、阅读习惯、阅读品位、阅读能力，与我们从小开始的阅读生活有着非常密切的关系。我曾经说过，儿童的秘密还远远没有发现，童书的价值还远远没有被认识。儿童时期的阅读，对人的精神成长，乃至对于整个人生的影响，无论怎样评价都不为过。

美国著名生理学家玛莉安·伍尔夫通过研究儿童阅读时的大脑变化发现，儿童阅读是左右大脑两个区域一起运行的，而过了这个时期，学习语言的能力开始退化，我们成年人在阅读时，往往是只有一个大脑半球在工作。

科学家认为，父母是否在小孩 5 岁以前经常给他讲故事，影响着孩子今后阅读技巧的形成。同时，人在 14 岁以前的阅读体验，对孩子的成长至关重要。人生以后的历程，只不过是前面 14 年所阅读的东西的展开。事实上，孩子长大以后，是用在 14 岁以前所阅读、所体验、所经历的东西，从书本、从生活中获得的基本价值观，建设属于他们的世界，开创属于他们的人生。

也正是在这个意义上，美国诗人惠特曼在谈及儿童早期阅读的重要性时曾经说，有一个孩子每天向前走去，他看见最初的东西，他就变成那东西，那东西就变成了他的一部分。另一位著名作家格林也说：“或许只有童年读的书，才会对人生产生深刻的影响……孩提时，所有的书都是预言书，告诉我们有关未来的种种，就好像占卜师在纸牌中看到漫长的旅程或者经由水见到死亡一样，这些书都会影响到未来。我想这正是书令人激昂兴奋的原因。从人生前 14 年所读的书中，我们获得激励与启示，如今从书中所获得的，怎么能与之相比呢？”

可惜的是，我们许多父母和老师并没有真正意识到阅读对于儿童和青少年成长的意义和价值。一项调查表明，59.2% 的学生只用很少的一部分时间来阅读课外书籍，甚至有 6.2% 的学生阅读时间为零，只有 12.3% 的学生花在阅读方面的时间比较多。我一直认为，根据孩子读教科书和课外书的情况，可以分为 4 种类型：第一种孩子既不爱读教科书也不爱读课外书，这样的孩子肯定是愚昧无知的；第二种孩子既爱读教科书又爱读课外书，这样的孩子必然发展潜力巨大；第三种孩子只读教科书不读课外书，这样的孩子可能成绩不错，但是却没有什么发展潜力；第四种孩子是不爱读教科书只爱读课外书，这种孩子也许成绩不理想，但未来还是有希望的。

在学校教育中，阅读与学业从不矛盾。苏联著名教育家苏霍姆林斯基在自己的实际工作中始终把握住两套教学大纲：第一套大纲是指学生必须熟记和保持在记忆里的材料；第二套大纲是指课外阅读和其他的资料来源，这两套大纲绝不是相互矛盾的，而是相互促进和补充的。现在很多父母和老师只盯着分数，其实是忽视了两个重要事实：一方面，成长绝对不仅看分数，阅读能够给孩子的成长打好精神的底色；另一方面，阅读只会让教育变得更加美好，取得更好的分数。如果我们的孩子在十多年的教育历程中，还没有养成阅读的兴趣和习惯，一旦他们离开校园就将书永远地丢弃在一边，教育一定是失败的。相反，一个孩子在学校的成绩普普通通，但是对阅读产生了浓厚的兴趣，养成了终身学习和阅读的习惯，一定比单纯考高分的孩子走得更远。学校教育实际上不仅仅像母乳一样给我们最初的滋养，最重要的是通过阅读让我们学会自由飞翔。

这正是现代出版社出版的这套新课标必读名著“嵌入”式阅读丛书的价值。

首先，邀请优秀译者进行经典重译，让经典名著以不同的风貌呈现。虽然目前不少国外经典名著已经有不少好的名家名译本问世，但其中不少版本翻译的时间比较久远，语言表达的方式与习惯与当下有一定的距离。这套书尝试着邀请一些优秀的译者进行经典重译工作，本身值得探索。同时，新课标书目中许多是公版书，在各个出版社竞相出版的过程中，出现了鱼目混珠、粗制滥造的乱象。所以，应该鼓励负责任的出版社，用心地出版一些高品质的经典著作新译本。

其次，导读编写有创意有特色。每本书分为五个大的板块：用“阅读引擎”介绍每本书的文学地位、历史影响、作者的生活背景、书中人物图解、故事图解、地标物语等；用“阅读辅导”引导读者对全书进行深入的解析与欣赏；用“原著阅读”在原书的精彩片段与教材文字边上做了嵌入式的批注；用“阅读体验”从语言品位、情感体验、角色体验、人生思考等方面感悟作品，以及读后感；用“阅读拓展”介绍相关图书、影像与文化链接等。作为图书的向导，这些设计显得细致入微、别出心裁。虽然学术界对是否需要把原著这样“嚼烂”了喂给孩子有不同的争论，但是，对于那些需要阅读“拐杖”的读者，无疑是有益的。

由于时间关系，我没有对每本书一一细读。就已经翻阅的部分书稿来说，还是让人欣慰的。感谢现代出版社和各位专家的辛勤劳作，为孩子们奉献了这样一套有品质的经典名著导读本。希望面世以后，能够在听取读者意见的基础上继续修订完善。更希望这套丛书，能够让那些伟大的思想、伟大的智慧，“嵌入”孩子们幼小的心灵之中，成为他们精彩人生的动力之源。

2016年11月16日

写于贵州黔西南

1

*阅读引擎 —— 009*



2

*阅读辅导 —— 001*

3

*原著阅读 —— 005*

# 阅读引擎

**READING**

THE ENGINE

# 本书文学地位与历史影响

和柯南·道尔所写的《福尔摩斯探案全集》可以相媲美，没有任何侦探小说曾享有这么大的声誉。

——英国小说家毛姆

1986 年入选法国《读书》杂志推荐的“个人理想藏书”书目。

——法国《读书》杂志

美国推理小说作家协会选出的史上最佳百部推理小说中，《福尔摩斯探案全集》名列榜首。

——美国推理小说作家协会

柯南·道尔把自己的个性放在福尔摩斯身上。道尔本人就善于推理分析，而且福尔摩斯奉行公平原则，为底层人说话，酷爱戏剧化，这些都和道尔有几分相像。

——美国作家帕斯卡尔

在中国，福尔摩斯是家喻户晓的外国小说人物。

——中国文学家、思想家、革命家鲁迅

# 图解

## 本书作者生活背景

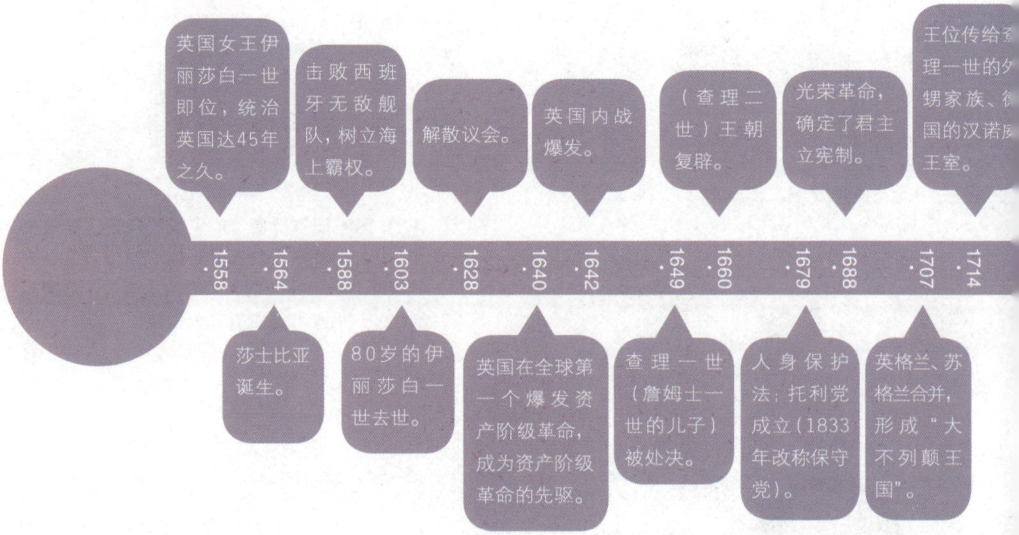

- 1558 英国女王伊丽莎白一世即位，统治英国达45年之久。
- 1564 莎士比亚诞生。
- 1588 击败西班牙无敌舰队，树立海上霸权。
- 1603 80岁的伊丽莎白一世去世。
- 1628 解散议会。
- 1640 英国在全球第一个爆发资产阶级革命，成为资产阶级革命的先驱。
- 1642 英国内战爆发。
- 1649 查理一世（詹姆士一世的儿子）被处决。
- 1660 （查理二世）王朝复辟。
- 1679 人身保护法；托利党成立（1833年改称保守党）。
- 1688 光荣革命，确定了君主立宪制。
- 1707 英格兰、苏格兰合并，形成“大不列颠王国”。
- 1714 王位传给查理一世的外甥家族、德国的汉诺威王室。

- 1721 罗伯特·华尔波尔成为英国第一任首相。
- 1763 结束英法七年战争。
- 1765 英国工人哈格里夫斯发明的珍妮纺纱机的出现，标志着工业革命首次在英国开始。
- 1801 合并爱尔兰，“大不列颠及北爱尔兰联合王国”成立。
- 1815 英国威灵顿公爵在滑铁卢击败了拿破仑。
- 1833 托利党改称保守党。
- 1837 维多利亚女王即位，英国的黄金时代开始，号称“日不落帝国”。
- 1887 柯南·道尔的中篇侦探小说《血字的研究》出版。
- 1890 柯南·道尔的中篇侦探小说《四个签名》出版。
- 1891—1892 柯南·道尔的短篇侦探小说集《冒险系列》出版。
- 1900 劳工代表委员会成立（1906年改称工党）。
- 1901 维多利亚女王逝世。
- 1901—1902 柯南·道尔的中篇侦探小说《巴斯克维尔的猎犬》出版。
- 1914—1915 柯南·道尔的中篇侦探小说《恐怖谷》出版。
- 1919 乔治五世将汉诺威王朝改为温莎王朝。现在的女王伊丽莎白二世就是温莎王朝的第四代君主。
- 1920 设立北爱尔兰。

# 图解本书人物

1

艾姆斯

——《恐怖谷》案件中伯尔斯通庄园的管家

2

约翰·道格拉斯

——《恐怖谷》案件中伯尔斯通庄园的主人

3

查尔斯·巴斯克维尔爵士

——巴斯克维尔的猎犬案件中巴斯克维尔庄园的主人

4

莫迪凯·史密斯

——《四个签名》案件中的船只出租人，“奥罗拉”号的船主

5

塞西尔·巴克

——约翰·道格拉斯的朋友

6

夏洛克·福尔摩斯

——家喻户晓的侦探

7

艾琳·艾德勒

——女冒险家，《波希米亚丑闻》案件主人公

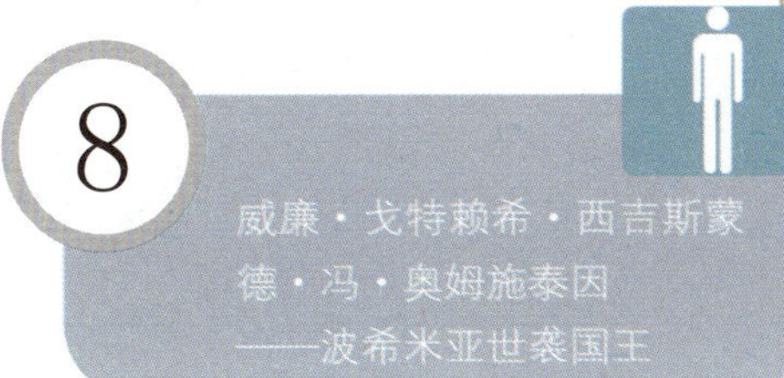

8

威廉·戈特赖希·西吉斯蒙德·冯·奥姆施泰因
——波希米亚世袭国王

9

约翰·H. 华生
——福尔摩斯最亲密的朋友

10

杰斐逊·霍普
——《血字的研究》案件中的杀人犯

11

伊瑙克·J. 德雷伯
——《血字的研究》案件中劳瑞斯顿花园街3号被杀者

12

露茜·费里尔
——《血字的研究》案件中杰斐逊·霍普的情人

13

玛丽·莫斯坦
——《四个签名》案件中的莫斯坦上尉的女儿

14

撒迪厄斯·肖尔托
——《四个签名》案件中肖尔托少校的儿子

# 本书作者生平图解

柯南·道尔(1859—1930)英国杰出的侦探小说家、剧作家。毕业于爱丁堡医科大学，行医10余年，收入仅能维持生活，后专写侦探小说，堪称侦探悬疑小说的鼻祖。代表作有《波希米亚丑闻》《红发会》《五个橘核》等。

1859

5月22日出生在苏格兰爱丁堡附近的皮卡地普拉斯。

1868

进入耶稣预备学校学习。

1876

决定成为医生进入爱丁堡大学。见到约瑟夫·贝尔博士和卢瑟福教授。

1879

《赛沙沙山谷之谜》在《室内杂志》上发表。

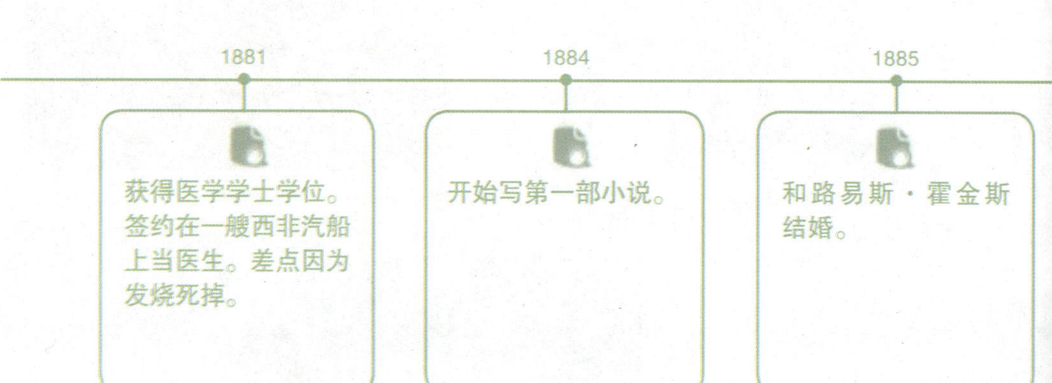

1881

获得医学学士学位。签约在一艘西非汽船上当医生。差点因为发烧死掉。

1884

开始写第一部小说。

1885

和路易斯·霍金斯结婚。

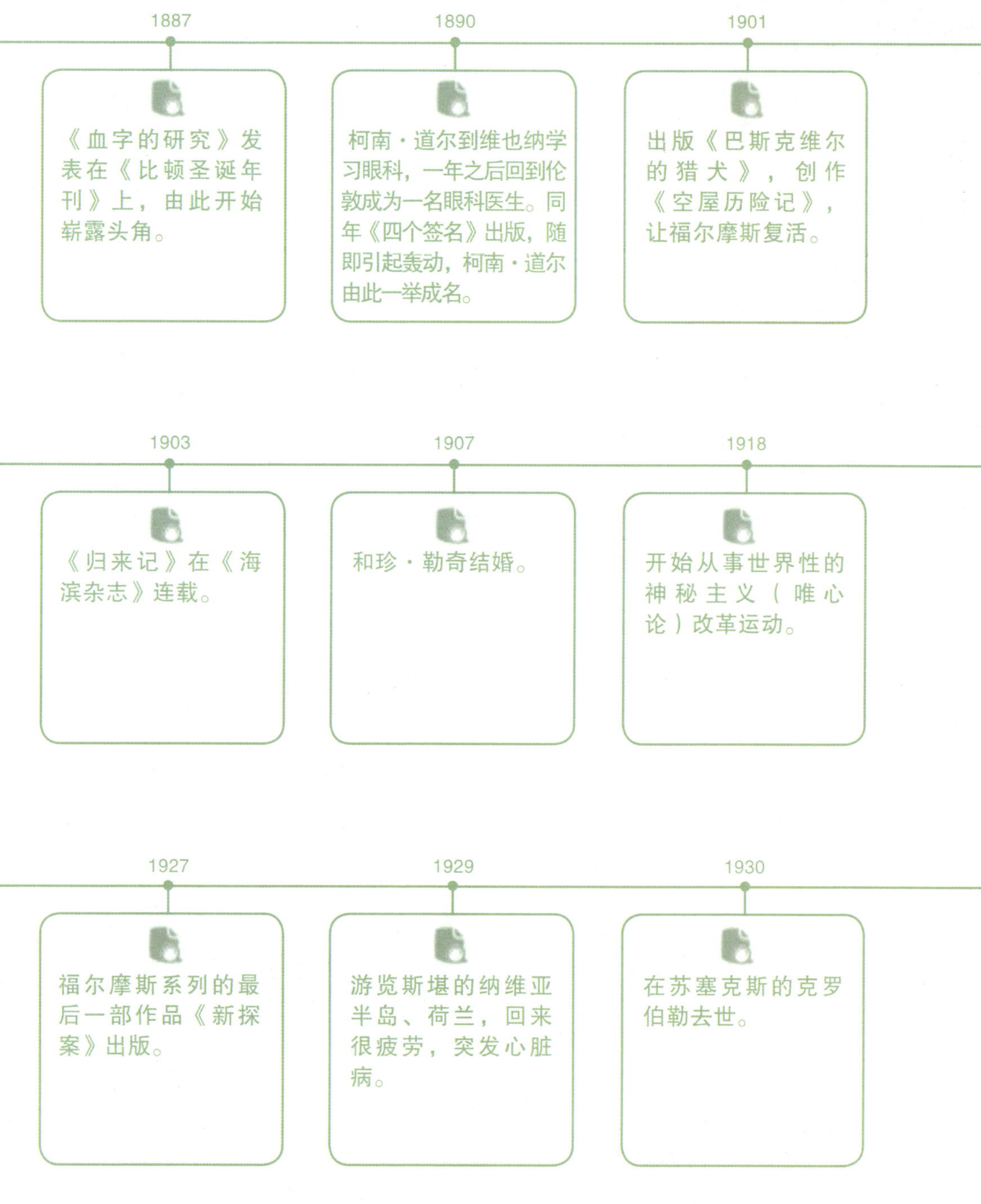
1887
《血字的研究》发表在《比顿圣诞年刊》上，由此开始崭露头角。
1890
柯南·道尔到维也纳学习眼科，一年之后回到伦敦成为一名眼科医生。同年《四个签名》出版，随即引起轰动，柯南·道尔由此一举成名。
1901
出版《巴斯克维尔的猎犬》，创作《空屋历险记》，让福尔摩斯复活。
1903
《归来记》在《海滨杂志》连载。
1907
和珍·勒奇结婚。
1918
开始从事世界性的神秘主义（唯心论）改革运动。
1927
福尔摩斯系列的最后一部作品《新探案》出版。
1929
游览斯堪的纳维亚半岛、荷兰，回来很疲劳，突发心脏病。
1930
在苏塞克斯的克罗伯勒去世。

# 图解 本书故事

血字的研究

1878年，华生因伤病被送回英国进行休养。后来和福尔摩斯合租了在贝克街上的房子。在一个风雨交加的深夜，一个巡警在一栋阴森幽暗的空宅里发现了一具龇牙咧嘴、面目狰狞的死尸，在死尸后面的墙上写着两个血字——“RACHE”（复仇），不久，又发现死者的秘书被杀于一家旅馆，在现场的窗台上，发现有一个装有两粒药丸的小盒子。一个出租马车的车夫被叫来收拾箱子，当他弯下身子准备工作的时候，福尔摩斯突然用手铐将其铐住，并宣布——他已经抓获了凶手——杰斐逊·霍普！

四个签名

一位英国妇人玛丽每年在她父亲失踪的日子都收到一个匿名邮包。十年前她父亲的失踪对她来说是一次不堪回首的经历。今年，她收到的是那位幽灵般的寄件人的一封信，约她在一个深夜见面。在福尔摩斯和华生的帮助下，玛丽与神秘人会面。然而会面并没揭开真相，相反给他们带来更多的疑问。神秘人在留下一个线索后就突然死亡。福尔摩斯经过一系列的大胆推论，最后还化装成老人，历尽艰辛，终于解开了让玛丽困惑已久的谜团。而华生医生也找到了属于自己的爱情。

冒险史

冒险史包含两个短篇小说，一是波希米亚丑闻，二是工程师大拇指案。波希米亚丑闻讲述的是波希米亚的国王在华沙访问期间认识了艾琳·艾德勒，并合影留念。后来国王和斯堪的纳维亚国王的二公主结婚，在婚前国王害怕艾琳·艾德勒把照片公布于众，便委托福尔摩斯帮他拿到那张照片。于是福尔摩斯又是跟踪，又是换装，终于探知照片的藏匿地。工程师大拇指案讲述的是华生医生接到了一个特殊的病人，他的大拇指好像是被利器连根剁掉或是硬拽下来的一样。而病人一直说要报案，这是一件极不寻常的事情，于是，华生就带着他来到了福尔摩斯的住处……

巴斯克维尔的猎犬

夜半时分，伯爵查尔斯暴死在庄园外面的沼泽地里，在尸体的附近，有着许多令人毛骨悚然的猎犬爪印。福尔摩斯为了弄清传说中那只可怕猎犬的秘密，来到了人迹罕至的沼泽地进行侦探。而此时狡猾的罪犯也开始按捺不住，逐渐浮出水面，他迫不及待地误杀了穿着亨利爵士衣服的逃犯塞尔丹。这使福尔摩斯更加确信自己的推断无误。于是，福尔摩斯果断地用亨利引出了真正的凶手——斯特普尔顿。

恐怖谷

伯尔斯通庄园的主人不幸惨遭杀害，死状奇惨无比，头颅几乎被枪击得粉碎，四周血肉模糊，惨不忍睹。尸体旁边留有卡片，上面潦草地写着“V. V. 341”的字样。这些人作恶多端、丧尽天良，名为“死酷党”，后来被一网打尽，而曾经做过卧底的警察却遭到了恶魔的追杀，警察杀了恶魔却遭到了法庭的拷问，到非洲躲避追杀却被风浪卷入大海……

# 本书地标物语

## 福尔摩斯博物馆

福尔摩斯博物馆位于贝克街221B号，1990年成立，馆内的布置摆设都以小说中提及的情节为佐，更增添了福尔摩斯旧居的真实性。小说中福尔摩斯和华生住在贝克街221B号的二楼，前方是他们共用的书房，后端则是福尔摩斯的卧室，书房中陈列许多福尔摩斯的道具，如猎鹿帽、放大镜、烟斗、煤气灯等。博物馆三楼则呈现不同小说中的知名场景。

## 伦敦塔桥

伦敦塔桥是从英国伦敦泰晤士河口算起的第一座桥（泰晤士河上共建桥15座），也是伦敦的象征，有“伦敦正门”之称。该桥始建于1886年，1894年6月30日对公众开放，将伦敦南北区连接成整体。桥塔内设楼梯上下，内设博物馆、展览厅、商店、酒吧等。登塔远眺，可尽情欣赏泰晤士河上下游十里风光。假若遇上薄雾锁桥，景观更为一绝，雾锁塔桥是伦敦胜景之一。

## 圣保罗大教堂

圣保罗大教堂位于伦敦泰晤士河北岸纽盖特街与纽钱吉街交角处，巴洛克风格建筑的代表，以其壮观的圆形屋顶而闻名。它是世界著名的宗教圣地，世界第五大教堂，英国第一大教堂，也是世界第三大圆顶教堂。无论是大教堂庄严的外表还是内在的豪华装饰，都反映了高度的艺术水平和装饰技术水平。大教堂是英国人民的精神支柱，被视为火焰中飞舞的凤凰再度升起的地方。

## 白金汉宫

白金汉宫即英国的王宫。建造在威斯敏斯特城内，位于伦敦詹姆士公园的西边。王宫是一座四层正方体灰色建筑，庄严的正门悬挂着王室徽章。它是英皇权力的中心地。四周围上栏杆，宫殿前面的广场有很多雕像，有维多利亚女王纪念堂、胜利女神金像以及维多利亚女王坐像，代表皇室希望能再创造维多利亚时代的光辉。宫内有典礼厅、音乐厅、宴会厅、画廊等600余间厅室。此外，占地辽阔的御花园花团锦簇、美不胜收。

## 大英博物馆

大英博物馆位于英国伦敦新牛津大街北面的大罗素广场，成立于1753年，是世界上最大的博物馆，集中了英国和世界各国许多的古代文物。博物馆内的埃及文物馆，陈列着7万多件古埃及的各种文物：希腊和罗马文物馆，陈列着各种精美的铜器、陶器、瓷器、金币、绘画以及许多古希腊、古罗马的大型石雕；东方文物馆，陈列有大量来自中亚、南亚次大陆、东南亚和远东的文物。馆内还有西亚文物馆、英国文物馆、金币徽章馆、图书绘画馆等。

## 特拉法尔加广场

特拉法尔加广场坐落在伦敦市中心，东面是伦敦城，北接伦敦的闹市索荷区，南邻白厅大街，西南不远是王宫。它是为了纪念著名的特拉法尔加港海战而修建的，更是古典建筑的典范，四周环绕优雅的白色外观，场中矗立着长53米的纳尔逊子爵纪念柱，柱头有17.5尺的铜像，四周有四只20尺长的铜狮，基柱附近有各战役的浮雕。

正义的光辉比阳光还要明亮

# 阅读辅导

**READING**

THE COACHING

## 作者简介

本书作者阿瑟・柯南・道尔（1859—1930），世界著名小说家，堪称侦探悬疑小说的鼻祖。因成功地塑造了侦探人物——夏洛克・福尔摩斯而成为侦探小说历史上最重要的小说家之一。除此之外他还曾写过多部其他类型的小说，如科幻、悬疑、历史小说、爱情小说、戏剧、诗歌等。柯南・道尔 1859 年生于苏格兰爱丁堡。曾入爱丁堡大学医学院就读，后定居伦敦。由于并不热衷医务，使他有许多空闲时间从事福尔摩斯探案的撰写工作。第一篇成名作品《血字的研究》于 1886 年完成。1890 年在《四个签名》出版后，他放弃了医务专心写作。他塑造的福尔摩斯已成为世界上家喻户晓的人物。

作品合乎逻辑的推理引人入胜，结构起伏跌宕，人物形象鲜明，涉及当时英国社会现实。

柯南・道尔一生多姿多彩且曲折离奇。他是个历史学家、捕鲸者、运动员、战地通讯记者及唯心论者。他曾亲自参与两件审判不公的案子，并运用他的侦探技巧证实那罪犯其实是清白的。1902 年，柯南・道尔因在布尔战争中于南非野战医院的优异表现荣封爵士。逝于 1930 年。

柯南・道尔一共写了 60 个关于福尔摩斯的故事，56 个短篇和 4 个中篇小说。这些故事在 40 年间陆陆续续在《海滨杂志》上发表。故事主要发生在 1878 年到 1907 年间，最晚的一个故事是以 1914 年为背景。在此期间，柯南・道尔因厌烦了写作，考虑要让福尔摩斯死去，他在 1891 年 11 月给母亲写了一封信，信中写道："我考虑杀掉福尔摩斯……把他干掉，一了百了。他占据了我太多的时间。"1893 年 12 月在《最后一案》中，柯南・道尔让福尔摩斯和他的死敌莫里亚蒂教授一起葬身莱辛巴赫瀑布。小说的结局令读者感到惊异，他们不愿意相信一位了不起的神探就这样死去，在那时的伦敦有不少人佩戴黑袖箍纪念福尔摩斯这位神探，甚至有人大骂柯南・道尔。读者对福尔摩斯这一虚构人物的喜爱和执着使得柯南・道尔最终又让福尔摩斯"复活"，



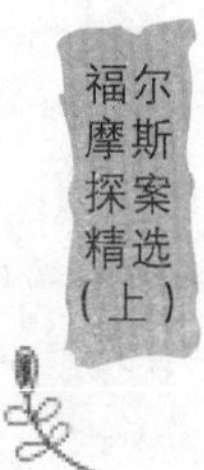

再次活跃在读者面前。并先后写出了《归来记》《恐怖谷》《最后致意》《新探案》等侦探故事。

## 作品内容

本书包括四部中篇小说以及冒险史系列中的两个短篇，分上下两册。上册包括《血字的研究》《四个签名》和《冒险史系列》，下册包括《巴斯克维尔的猎犬》与《恐怖谷》两个作品。

《血字的研究》是柯南·道尔第一本以夏洛克·福尔摩斯为主角的作品。“我确信您曾经去过阿富汗”——这是夏洛克·福尔摩斯 1886 年 4 月诞生于英国时所说的一句话，对象当然就是日后负责记叙他一生行迹并充当他探案助手的约翰·华生医生。此时华生医生已由阿富汗战场负伤被遣送归国，想找一处分租的廉价居所，经由朋友介绍，有名怪人亦因房租太高无人分摊而烦恼，两人遂因此在大学的化学实验室初次碰了面。那处分摊的租屋则是摄政公园旁、往后侦探小说世界最重要的一个住址：伦敦市贝克街 221B 号。而“我确信您曾经去过阿富汗”这石破天惊的典型福尔摩斯首次推理，也成为 150 年推理史上最重要的一句定场词。

《四个签名》是柯南·道尔的第二本中篇小说，他以上尉的失踪、少校的死亡，引出了一张藏宝图，在这个藏宝图上还有四个签名，离奇的故事由此产生。

《冒险史系列》是柯南·道尔的短篇小说合集，这里只选了两个有代表性的短篇，分别是《波希米亚丑闻》和《工程师大拇指案》，这两个案件非常离奇，特别是《波希米亚丑闻》，在案件中出现了一个打败福尔摩斯的女性，从而改变了福尔摩斯对女性的看法。

《巴斯克维尔的猎犬》是阿瑟·柯南·道尔最得意的中篇杰作之一，堪称福尔摩斯探案故事的代表作，讲述的是在巴斯克维尔家庭中，300 年来一直流传着的“魔鬼般的大猎狗”的神秘传说，像传说的那样，查尔斯爵士在离伦敦不远的一块沼泽地里死于非命。故事的起因是由皇家外科医师学会会员詹姆士·莫蒂默拜访福尔摩斯引起的，他向福尔摩斯介绍了这个疑点重重的案件，希望福尔摩斯能去查明真相，而福尔摩斯按捺不住自己的好奇心接下了这个案件，与他忠实的助手华生，开始了一场精彩纷呈的探案之路。

《恐怖谷》是柯南·道尔的最后一本中篇小说，情节非常离奇。福尔摩斯接到了一封密码信函，刚破译出来，信函的内容已经成为事实：住在伯尔斯通的约翰·道格拉斯已经被枪杀了。当福尔摩斯查到最后的时候，约翰·道格拉斯竟然死而复生。然后又引出了一个让人毛骨悚然的恐怖组织，他们凶狠残暴、杀人不眨眼，号称“死酷党”……

## 福尔摩斯的学识范围

一、文学知识——无。

二、哲学知识——无。

三、天文学知识——无。

四、政治学知识——很少。

五、植物学知识——不全面。对番茄制剂、鸦片和各种毒药的知识颇丰；对实用园艺学全然无知。

六、地质学知识——偏于实用方面，范围有限，可以一下分辨出不同土质。他散步回来，泥渍溅到裤子上，能根据泥渍的颜色和坚硬程度说出是在伦敦的什么地方溅上的。

七、化学知识——渊博。

八、解剖学知识——精确，但系统性差。

九、探险文学作品知识——极其渊博。不可思议的是，他能说出近一个世纪来的一切恐怖事件中的每一个细节。

十、提琴拉得很好。

十一、精于使用棍棒、刀剑，擅长拳术。

十二、对英国法律的实用知识掌握充分。

华生认为：“单凭他这些本事，确实无法推断出他从事的职业，倒不如省省心，不伤这份脑筋了。”



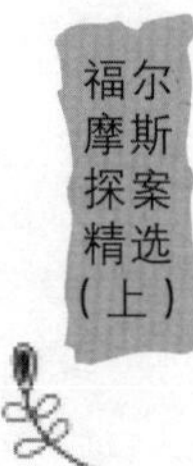

# 原著阅读

**READING**

THE ORIGINAL

# 血字的研究

## ——华生博士回忆录

## 第一章　夏洛克·福尔摩斯先生

1878年，我拿到伦敦大学的医学博士学位之后，就去了内特利进修，在那里学习基本的军医知识。毕业后，我去了诺桑伯兰，打算在印度第五火枪团中做军医助理。我还没来得及去部队报到，第二次阿富汗战争就爆发了。我匆忙赶到孟买，随即得知我所属的部队早已通过一道道山口关隘，去了敌方境内。万不得已，我只能继续与和我处境相同的一批军人一起向部队的方向追去。后来，我们终于在坎大哈赶上了我所属的那个团，开始了紧张的工作。

词语解释

关隘：指险要的关口。

这次战役使不少人晋升，给了他们荣誉，不过，对于我来说只有不幸与灾难。战争期间，部队派遣我到伯克郡执行任务，我们在迈旺德与敌方作战。一次，一颗阿富汗长枪射出的子弹打中我的肩膀，肩胛骨被打碎，锁骨下面的动脉也被擦伤。多亏我的勤务兵默里，他一下子将我提起并扔上了马背，

这才让我得以平安归来，要不然，我必然落到那帮伊斯兰杀手手中，受到惨无人道的对待。

**嵌记妙语**

华生在做军旅助理时受了重伤，艰苦的环境使得伤口不能及时愈合，只好转移到后方进行治疗。病好后不幸又染上了伤寒，这种可怕的病使华生常常想到死亡，身体的衰弱以及心灵上的忧虑让华生变得瘦骨嶙峋，身体差到了极点。

枪伤在很久以后都没能愈合，长期艰苦的军旅生活加重了病情，我的身体简直差到极点，最后只好与一大批伤员一起转移到后方的白沙瓦地方医院。在那儿，我的身体很快康复了，能时不时下床活动活动，还能去走廊上晒晒太阳，不幸的是，伤寒偏又在此时向我袭来。伤寒是一种可怕的传染病，曾有几个月我怀疑我会死去，于是便静待死神的降临。后来，我居然慢慢好转了，神志虽然清醒，然而身体却差到了极点，简直可以说是瘦骨嶙峋。医生诊断后得出结论，说是耽误了，我的状况会变得更糟，于是提出送我回英国。我乘运兵船“奥仑茨号”奉命回到祖国，一个月的颠簸下来，我的身体更差了，要恢复并非短期所能达到，我们在朴次茅斯港登陆，当局准许我休假九个月，以便我好好调理身体。

我在英国举目无亲，自由得如同空气一般，每天 11 先令 6 便士的收入，足以让我轻松地维持日常开销。我像大英帝国当地的无业游民一样懒散地生活着，很快便湮没在伦敦这个鱼龙混杂的城市里。最先，我是在伦敦滨河大道的一家公寓里落脚，过着既不舒适又无趣的日子。然而我无法承受这里的生活开支，手里的钱很快花光，对于这样的经济状况我有些恐慌。现实让我明白了我该怎样做：要么去乡下，要么就留在城里换一种新的生活方式。乡下的生活我大概是无法适应的，于是我计划搬离花费巨大的公寓，租一个价钱便宜点的简陋寓所。

**嵌记妙语**

正是这个“鱼龙混杂的城市”，成为夏洛克·福尔摩斯的探案圣地。

打定主意后，我便站到了克莱特隆酒吧门前，忽然有人轻轻拍了一下我的肩头，我回过头来一看，是在巴茨时我的一个跟班——小斯坦福。我那时候非常孤独，在伦敦这个陌生的地方，能遇到这么个熟人，确实让人兴奋。虽然那时候我和斯坦福还不是特别要好，不过我还是给了他非常热情的款待，看得出来，他也非常开心能与我重逢。

我的喜悦之情溢于言表，马上邀请他中午到霍尔本餐厅吃饭，请了辆两轮马车我们两个人一起去了。

马车经过伦敦的繁华区。他满脸惊讶地问："华生，您为何变成现在的样子，你看你是不是骨瘦如柴面色铁灰？"

我一五一十地把过去的事情告诉了他，一面说着，目的地到了，车子已经停了下来。

他听完我的一番描述后，同情地说："您太不幸了！现在有什么打算呢？"

我告诉他："我打算重新找个价钱不太高的房子，只要住得舒服，或许这个要求不太容易满足。"

他说："真是奇怪，今天竟然有两个人对我讲同样的话。"我问他："你还听谁讲过？""是在一个医院化验室，今天一大早只听他长吁短叹地说相中了套寓所，只是嫌租金太高，又找不到中意的合租伙伴，觉得一个人住着有点浪费。"

我急忙说："多好的事啊，我与他合租再合适不过了。两个人住正好还可以相互做个伴。"

小斯坦福将视线从酒杯移向我，诧异地说："也许现在您对夏洛克·福尔摩斯这个人还不太了解，不然，您绝对是不愿意与他长期住在一起的。"

"这又是为什么呢，他有什么问题，让他人如此无法容忍？"

"哦，他倒不是有什么大的人格问题，不过时而会有些古怪念头，比如他会非常热衷于某种类型的科学的研究。其他方面，我保证他是正派的。"

我问道："你的意思是说他是个学医的？"

"不是，说真的，我也不晓得他成天在鼓捣什么，只是感觉他十分精通解剖学，而且也称得上是一流的药剂师；可是，据我所知，他不是科班出身，

**嵌记妙语**

埋下一个伏笔，也让读者产生好奇心，夏洛克·福尔摩斯是个什么样的人？

**词语解释**

鼓捣：拨弄；反复摆弄。

并且研究的东西相当混乱庞杂，没个体系，事实上，就连他的教授都惊讶他这些奇奇怪怪的知识。”

我问道：“您从来不曾过问他的钻研对象吗？”

“没问过，他并非一个直爽的人，不过有时候他的兴趣上来了，也会不停地讲个没完没了。”

我说：“我非常期待和他见个面，与他合租，我感觉自己比较适合和生性好学、性格沉稳的人搭伙。我的身体状况不好，害怕吵闹和刺激。这辈子我都不想再尝试在阿富汗遭受的喧哗和刺激。我怎样才能见到他呢？”

**嵌记妙语**

华生的“理想”最终没有实现，他不曾想到要和夏洛克·福尔摩斯经历怎样的“喧哗和刺激”呀！

我的朋友说：“倘若您有时间，吃过饭我就带您坐车去看他。他现在一定在化验室里，他这个人，不去化验室的时候几个礼拜都不去一次，若去了从早到晚都只会闷在那里。”

“那就这样定了！”我说。接下来我们随便说了一些其他的事情。

我们吃完饭从霍尔本餐厅出来，斯坦福在赶往医院化验室的路上给我详细地介绍了那位先生的情况。

他说：“我先说在前头，若你和他合不来不是我的错，我和他本没什么交情，不过是会在化验室里偶尔遇见而已，我对他了解得不是很深。是您自己提出来与他见面的，要是以后你们闹了矛盾可不关我的事。”

我说道：“合则聚不合则散，这有什么好为难的。”我瞅着他继续说，“斯坦福，别对我吞吞吐吐的。您把这事推得一干二净，其中必有原因。你是真的感到恐怖，还是别有隐情呢？”

**嵌记妙语**

这使福尔摩斯变得更加神秘了，紧紧抓住了读者，期待谜底的揭晓。

他笑着说：“我是当真不晓得如何用语言来描述这个人。我只是感觉，福尔摩斯他对科学的热情有些过头了，过头到让人觉得他这人有点冷血。好比有一次，他居然让他的朋友品尝一小撮植物碱。

**词语解释**

隐情：隐瞒实情。

当然他只不过是在做研究，想试一试这种药物的效果，没有什么坏想法。实际上，我也曾亲眼见他一口把那东西吞下去，只是为了一个实验，你可以想象他对知识的准确性的追求是多么非同寻常。”

“这也有什么错吗？”

“当然不是错，但是极端，你知道吗，有时候他甚至会用棍敲解剖室里的尸体，这是非常让人难以理解的。”

“抽打尸体？”

“没错，他是想看一下人死后被打会留下什么样的伤疤，才这样做的，这件事，我是在他身旁看到的。”

“可您说他不是学医的。”

“是没错，可谁又晓得他究竟在研究啥。到了，就是这儿了，他是怎样的人，您亲自去观察了解吧。”一边说着，我们已经从车上下来，拐进一条狭小的胡同后，穿过一扇很窄的门，很快就到了一所大医院的侧楼。斯坦福显然十分熟悉这里。我们信步上了白色石台阶，走过一条长长的走廊。许多暗褐色的小门分列走廊两旁，走廊两壁则被刷得非常白，一条低矮的通往化学实验室的拱形过道在走廊的终端。

化学实验室宽敞而高大，里面满是一排排的瓶子，几张低矮宽大的桌子杂乱地放着，桌子上有蒸馏瓶、试管，还有小煤气灯在闪动着蓝色的火苗。只见他在较远的一张桌子前坐着，聚精会神地忙碌着，仿佛整个屋里就只有他自己。脚步声打扰了他，他回头看了我们一眼，兴奋得几乎要跳起来，高呼道：“我发现了！我发现了！”他冲斯坦福嚷着，一面走了过来，手里还拿一个试管，“我发现了一种试剂，除了血色蛋白质，其他东西都无法使这种试剂沉淀。”看他的表情，似乎比发现了金矿还高兴。

嵌记妙语

福尔摩斯终于走进了读者的视线，应该说是“跃”入读者的视线。一个有些神经质的、执着于“实验”的怪人。

“这是华生大夫，这是福尔摩斯先生。”斯坦福对我们进行了引荐。

“您好，”福尔摩斯热情地握紧了我的手，他手上传来的力气之大让我吃惊。

“我确信您曾经去过阿富汗。”

嵌记妙语

150年推理史上最重要的一句定场词。

我吃惊地问道：“你是怎么知道的？”

“那不要紧，”他淡淡一笑，“目前，最重要的问题是关于血色蛋白质，我想您已经知道我这个发现的重要性了吧？”我表明自己的观点：“从化学上说，这确实是很有意思，但是在实际应用上……”

“先生，你为何这么说呢，在近年来的实用法医学上，这个发现可是非常重要的。难道您没看出，这种试剂可以精确鉴别血迹，甚至达到万无一失？您过来这边看！”他扯着我的袖口。我被他带到他方才忙活的那张桌子跟前。“咱们实地做个实验，”他一边说着，一边用一根长针将手指划破，吸了一滴血滴进吸管，“现在我把这一小滴鲜血滴进这一公升水中。你看，这种混合液和清水差不多没差别，在这种溶液中，血所占的比例还不到百万分之一。不过这已经足够证明我的数据结论是正确的了。”正说着，他将几粒白色结晶放进溶液里，接着又加上几滴透明液体，没一会儿，溶液突然变成了暗红色，随即看到玻璃瓶底沉淀出一些棕色微粒。

嵌记妙语

福尔摩斯不是化学家，也不是医生，而他却执着地研究鉴别血迹的方法，而且用自己的血做实验，并获得了成功，为人类做出了极大的贡献。华生是他的忠实听者，对于福尔摩斯所做的实验及其讲述，他表现出很大的热情。

“啊哈！”他就像一个刚拿到新玩具的孩子，激动地拍手大叫，“您看到了吗？您看到了吗？……”

我说道：“这个实验看上去真是神奇。”

“漂亮！简直是太漂亮了！倘使这种方法能早点被发现，现在世界上就不会有那么多违法者逍遥自在了！我曾经用愈疮木做过实验，不仅难度大而且准确率也不高。用显微镜检验血球效果也不是很好，因为只要几个小时，血迹马上就干了，显微镜就检验不出来了，现在，不管血迹是新是旧，用这种新试剂都能收到很好的效果。”

我喃喃道：“的确如此！”

“以前侦破一个案件，为了能获得这一证据，往往要花几个月的时间。如果检测嫌疑犯衣物上的褐色斑点，要判断这个斑点是一滴血渍还是泥污，是锈迹还是果汁，或者是其他东西，曾经让无数专家绞尽脑汁，缘由是没有一种十分可靠的检验方法。现今，夏洛克·福尔摩斯检验法让我们再也不必为这件事发愁了。”他目光如炬，谈话间一只手放在胸前，并鞠了个躬，就像一个演员向鼓掌的观众致谢一样。

我尽管很是诧异，可看着他那么兴奋，还是礼貌地说道：“恭喜您。”

“如果在去年发明了这种检验方法，法兰克福的冯·比肖夫谋杀案中的凶手就不会逍遥法外了，正义会把他送上绞刑架；此外还有那布拉德福的梅森、声名狼藉的马勒、蒙彼利埃的洛弗沃以及新奥尔良的萨姆森。像这类的案件我能列举二十个都不止，在这类案件里，只要用了这种方法完全可以证明罪犯的罪行。”

斯坦福忍不住大笑道：“您可真算得上是一本犯罪案件的活字典，我建议您创办一份报纸，名字就叫《警务旧闻》。”

“我想这份报纸将非常有趣，”福尔摩斯随手拿了一小块橡皮膏粘在手指的伤口上，“可我要谨慎一些，”他转头向我笑了一下，随即说，“要不那些有毒药物会随时要了我的性命。”他说着，一面把手指伸给我看，我看到他的手几乎贴满了同样大小的橡皮膏，在强酸的腐蚀下，皮肤都变了色。

“我们是有事才来这儿找您。”斯坦福说着坐在一只三脚高凳上，抬脚将身边另一只凳子挪给我，接着说，“前些日子您还抱怨没有合租的人，

**词语解释**

喃喃：连续不断地小声说话。
活字典：指字、词等知识特别丰富的人。泛指对某一方面情况非常熟悉能随时提供情况、数据等的人。

这不，我就给找来了一个。我这位朋友也正打算找一个住处。”

福尔摩斯一听有人要和他合租，非常开心：“我看中了贝克街的一所公寓式的寓所，咱们俩合租正好，不过，希望你对烟草不是很敏感。”

我说：“没关系，我自己也经常抽‘船’牌香烟。”

“那简直太好了。我有时候可能会做个试验什么的，搞一些化学药品什么的，您不介意吧？”

“当然没关系。”

“我要告诉你我的其他毛病：比如我不愉快的时候可能会一连几天不说话，这绝对不是因为你。我也想请你介绍一下你的缺点，这对即将住在同一屋檐下的两个人是比较好的。”

看他一副认真的样子，我笑着说：“我养了一条小斗牛犬；除此之外，我害怕吵，是由于炮火刺激神经的缘故。并且我起床也不规律，而且人又懒；如果我身体强健我的坏习惯会更多。不过目前也只有这些了。”

他突然变得心神不定：“拉提琴的声音会不会让您烦？”

我打趣他：“那就要看您的水平了，琴拉得好了，对我当然是一种享受；要是拉得不好……”

福尔摩斯很高兴：“好了，这样就没问题了。接下来就看您是否喜欢那套房子了，如果感觉可以，咱们马上可以定下来。”

“你什么时候有时间带我去看房子？”

他说：“你明天中午来这里吧，随后带您去看房子，如果没问题咱们就定下来。”

我握着他的手说：“好的，一言为定，明天中午见。”

我和斯坦福起身时，他又低下头继续做化学实验，我们一起向我现在住的寓所走去。

**嵌记妙语**

福尔摩斯是个很严肃又很平易近人的人，当他听说华生要跟他合租房子时，感到特别的高兴，这样两个人可以一起分担房租，也可以互相帮助对方。这为下文华生成为福尔摩斯的得力帮手做了铺垫。

“我还是想问一下，”我站住脚，转身向斯坦福说，“真是奇怪，他怎么知道我是从阿富汗回来的？”

斯坦福笑容神秘地说：“他就是这么让人摸不透。没有谁知道他到底如何得出这样的结论的。”

“哈！很神秘，对吧？”我搓着手兴奋道，“能和这样的人生活在一起真有意思，我想起那句‘要想研究人类，必先研究人’。”

“嗯，你现在有机会了。”斯坦福临别时说，“不过您会发现，他确实是一个让人无法猜透的人。我相信，不等你去了解他，他已经对你了如指掌了。”

我答了一声：“回头见！”随后走回公寓，心里想的是我认识了一个蛮有意思的朋友。

# 第二章　演绎法

我们按约定的时间见了面，随后一起去了贝克街 221B 号看房子。这是一个两居室，有一个宽敞明亮的客厅，卧室也舒服，两个大窗子让屋里光线十分充足，整个陈设的格调清新明快，并且合租每个人也出不了多少钱，不论从哪方面来说，这套房子都是不错的。我当机立断租了房子并拿到钥匙，而且当晚就把原来的寓所退掉和他搬到了一起。第二天清晨，福尔摩斯也搬了进来，带着几只箱子和一个旅行包。我们放下行李，开始整理新家，终于在一两天后把一切都归置妥当。随之而来的是，我们对于新环境也逐渐习惯了，生活进入正常轨道。

以后的日子里，我发现福尔摩斯并不难相处。他性格沉稳，生活规律，晚上上床睡觉的时间准时定在十点，很少熬夜。每天一大早，我还没起床他



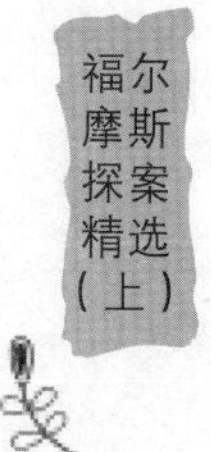

早就用完早餐出门了。有时，他会整整一天都在化学实验室里或者是在解剖室。有时，他去很远的伦敦最底层的居住区。在他兴致好的时候，没有谁比得上他的精力。不过，他也有情绪低落的时候，一连几天，他整天躺在起居室的沙发上，一动不动，什么话也不说。这时候，你可以在他眼里看到一种迷惘和悲伤。如果不是他在平常生活中严谨而节制，我几乎都怀疑他是因为中了什么毒品才变成这个样子。

几周的合租生活，我对他越来越感兴趣，很想知道他在追求什么。即便是冷漠的人见了他，总也免不了被他的外表吸引：他6英尺多的个头儿，人很瘦，看起来非常颀长；他的目光非常犀利，似乎能将别人的心思全部看透，有时候也会显出迷茫迟钝的模样；他有一只又窄又长的鹰钩鼻子，这只鼻子使得他显得机敏而果敢；他的下巴方正而略向前突出，显得坚韧而有毅力；他的动作细腻而精准，虽然他那一双手总是沾满斑驳的墨渍和化学药品。在他使用灵敏脆弱的化验仪器的时候，我经常会在一旁观察他。

**嵌记妙语**

犀利的目光，又窄又长的鹰钩鼻子，方正而略向前突出的下巴——“福尔摩斯迷”心目中的经典特征。

我不得不承认，他勾起了我所有的好奇心，很多时候我会情不自禁地想办法吸引他跟我聊天，但大多数时候办法都不奏效。各位看官也许会觉得我这样很无聊；然而，在你们做出这个判断之前，你们得先了解我当时的处境。那时候，我的身体非常差，如果天气不好，我是绝对不会去户外的；而且没有人来探望我，我的生活单调乏味。在这种情形下，同室伴侣的神秘感让我兴趣盎然并情不自禁地想去研究他。

一次他回答了我的一个问题，让我知道他并不是研究医学，这也证明了斯坦福的话。我看出他不是为了学位，也不是想在学术界扬名，他仅仅是把他全部的热情投入他热爱的工作当中，而他的工作恰又是一个鲜有人涉足的知识领域。他见识广博，观察缜密细致，总能分析出让人大吃一惊的结果。如果不是目标明确，一个人绝不会下那么大的功夫去获取那些精准的信息，一般读书涉猎广泛的人大都会成为某个领域的专家。不过，没有一个充分的理由，没有谁会在那些细枝末节上下功夫的。

他渊博的知识让人叹为观止，可是他在其他方面表现出的无知也让人不敢恭维。比如他在现代文学、哲学和政治方面基本上是一窍不通。一次我说出英国作家托马斯·卡莱尔的一句话的时候，他竟茫然地问我，卡莱尔是谁，他是做什么的。还有一件事让人匪夷所思，他竟完全不了解哥白尼和太阳系的构成。谁能想象这种荒唐，一个19世纪的知识分子，竟然不知道地球是绕着太阳运转。

他看着我吃惊的表情，忍不住笑道："怎么，您感觉奇怪了？老实说，我就算接触过，像这种没意义的东西也会马上把它忘掉。"

"忘掉？为什么？"

他解释道："你要知道，人的大脑就像一个空房子，在里面放什么东西是需要有所选择的。把所有东西都放进去的人肯定是傻瓜，因为这样做的后果是把所有对他有用的东西都给挤了出来，或者是把所有东西都混在一起，需要的时候连自己也分不清该用谁不该用谁。所以我说，人应该学习那些有经验的工匠，在往大脑里装东西之前，必须事先思考，仔细筛选，除了有用的工具，其他的都放弃，而且带进去的东西要齐全并且摆放得条理清楚。谁要认为这间屋子的墙壁是有弹性的，可以随便伸缩，就是犯傻了。相信我，终究有一天，您的大脑会像一个塞满的容器一样，那时候只要你吸收新的知识，以前存的有用的东西就会被挤出来。所以我要告诉您，不要随意接收那些无用的信息。"

**嵌记妙语**

福尔摩斯有着渊博的知识，但是他在某些方面也是一无所知的。但他同样做出了巨大的贡献。因此学问不在于样样通，而在于一样精，我们生活中不乏样样通却一事无成的人，正因为他们没有一样是精通的。

**词语解释**

匪夷所思：匪，不是；夷，平常。指言谈行动离奇古怪，不是一般人根据常情所能想象的。

我分辩说："可那是太阳系啊！"

他不耐烦地说："那与我何干？我的工作压根儿不需要知道这些，管它地球是绕太阳还是月亮呢！"

我很想问他究竟是做什么的，可我知道他是不会告诉我的。后来，我将这段简洁的交谈细细地回忆了一番，勉强从中得出一些推论。既然他对无益于他研究的知识毫无兴趣，那么与他工作相关的一定是他感兴趣的那部分。于是，我便在心中一一列举出他的知识范围，还用铅笔写下来，我的发现让我自己也觉得好笑。现列内容如下：

夏洛克·福尔摩斯的学识范围：

一、文学知识——无。

二、哲学知识——无。

三、天文学知识——无。

四、政治学知识——很少。

五、植物学知识——不全面。对番茄制剂、鸦片和各种毒药的知识颇丰；对实用园艺学一无所知。

六、地质学知识——偏于实用方面，范围有限，他擅长辨别土质。有一次他散步回来，把溅在裤子上的泥指给我看，他能根据泥渍的颜色和坚硬程度说出是在伦敦的什么地方溅上的。

七、化学知识——渊博。

八、解剖学知识——精确，可缺乏系统。

九、探险文学作品知识——极其渊博。让人惊奇的是，他能说出近一个世纪来的一切恐怖事件中的每一个细节。

十、提琴拉得不错。

十一、精于使用棍棒、刀剑，擅长拳术。

十二、对英国法律的实用知识掌握充分。

让我沮丧的是即使我了解了这些我还是无法判断出他到底是干什么的。我气恼地把列的单子投进

**词语解释**

解剖学：是涉及生命体的结构和组织的生物学分支学科，可以分为动物解剖学和植物解剖学。解剖学的主要分支有比较解剖学、组织学和人体解剖学。在解剖学研究中，研究人体器官常利用剖割的方法，对组织、细胞、细胞器的观察则会利用显微镜。

火中，自言自语："不要伤脑筋了，单凭这些事根本无法判断出他是做什么的。"

我知道他提琴拉得非常好，但是，像他其他的本事一样，也有让人搞不通的地方。我晓得他能熟练地拉一些曲目，并且是那种难度比较大的，在我的要求下他曾演奏过几支门德尔松的抒情曲，还有一些他喜欢的曲子。但是，要是让他一个人待在屋里，他便很难拉出什么像样的乐曲或是大家都喜欢的曲目了。傍晚时，他倚在椅子上，闭着双眼，随心拉着膝上的提琴，琴声时而亮丽，时而低回；时而奇特怪异，时而欢快流畅。不用说，通过琴声听者可以毫无障碍地猜出他当时的思绪，只是我无法判断那些曲调是他当时的思绪，还是只因他一时兴起。老实说，他一个人时演奏的曲子是让我无法忍受的，幸好他随后会一连拉几支我爱听的曲子，可能是想弥补那刺耳的声音对我的折磨，不然我会气疯的。

最开始的两周中，没有一个人来我们这里，这让我感觉福尔摩斯与我一样，没有朋友。可没过多久我就注意到，他的社交其实很广泛的，他和各种阶层的人都打交道。有位个头矮小的人，皮肤蜡黄，面色阴冷，眼睛乌黑。后来知道他叫莱斯特雷德，他每周来三四次，一日清晨竟然还来了一位妙龄女郎，逗留了半个多钟头；下午的时候，来了一个头发灰白、穿着破烂的客人，他一副紧张兮兮的神情，像个犹太人小贩，身后跟着一个脏兮兮的老妪；其他时候，我记得来过一个白发绅士，还有一个穿着棉绒制服的火车站脚夫。每每有奇怪客人造访的时候，夏洛克·福尔摩斯带客人去客厅，我只好回到自己的卧室。他经常因此向我表示歉意，说："不好意思，我的顾客找我办事，除了客厅我没地方可去。"他的解释给了我一个出口，我觉察到这是我揭示他的职业之谜的良机。不过，我还是决定慎重点，

**词语解释**

妙龄：妙年，多指女子的青春时期。



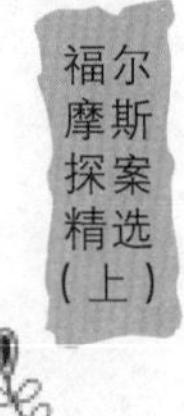

想让他亲口说出实情，因为我不希望让他感到为难。他对我隐瞒一定是有原因的，出乎意料的是他很快就找我谈话了，那一次谈话打破了我一直以来的想法。

我记得那一天是 3 月 4 日。印象中我比平时起得早些，福尔摩斯正在吃早餐。房东太太清楚我有晚睡的习惯，就没在餐桌旁给我安排位置，也没给我准备咖啡。我当时就很恼火，吵着叫人准备，告诉女佣我已起床了，要她赶紧准备早饭。在等候的当儿，我随手翻起桌上的一本杂志；福尔摩斯沉默不言，专注地嚼着面包，杂志上的一篇文章标题被人用铅笔特意地标注了出来，这引起了我的好奇，于是拿起来看得更仔细。

文章标题叫《生活宝鉴》，不免让人觉得夸张。这篇文章的意图是向读者说明这样一个道理：一个人只有细心观察周围的事物，并将之横向和纵向联系起来，才会有意外的收获。我感觉这篇文章辞藻华丽但内容荒诞，尽管它的论述看起来很严谨，实际大多是牵强附会、夸大其词。作者在文中提到，他根据一个人瞬间的表情，不管是肌肉的细微抽动或者只是某一个瞬间的眼神，便可以推断出那个人心里的想法。文章还下结论，一个善于观察、喜欢分析的人不会被欺骗。这种推断看起来和欧几里得定律一样准确，可在那些没有观察经验的人眼里，简直就如巫师的咒语一般让人不可理解。

作者还说："一个逻辑学家根本不需要去看大西洋或尼亚加拉瀑布，也无须别人的描述，就能通过一滴水知道有它们存在的可能，我们存在的整个世界就犹如一个巨大的链条，了解一环，整个链条便可以经推断而得知。推断与分析是一门科学，与别的技艺毫无二致，经过长时间的耐心钻研才可以完全了解；然而，虽然生命非常漫长，但是谁都不

**词语解释**

牵强附会：把本来没有某种意义的事物硬说成有某种意义。也指把不相关联的事物牵拉在一起，混为一谈。
欧几里得定律：欧几里得是希腊数学家。他发明了欧几里得定律，即欧几里得算法。欧几里得算法又称辗转相除法，用于计算两个整数 a，b 的最大公约数。

**嵌记妙语**

这可以说是福尔摩斯的"座右铭"。

会达到登峰造极的尽善尽美。开始研究的人可以掌握一点浅显的常识，随后继续深入观察十分艰难的道德与心理问题，就像有时候，看到一个人，扫一眼便可以得知这人的经历与从事的职业。一开始这种练习似乎很稚嫩，但能锻炼一个人的观察力并使之变得敏锐，并且教人明白从哪里入手观察，从哪里搜寻线索。观察一个人的指甲、衣袖、靴子与裤子的膝盖部分、大拇指和食指之间的茧子、表情、衬衣袖口等，不管观察哪一方面，都可以从中得知对方从事的职业。倘若一个观察能手无法从他各方面的观察中得到启示，简直是一件不可思议的事情。”

我将杂志摔到桌子上，嚷道：“简直是一派胡言！这是我这辈子见过的最荒唐的话。”

“怎么了？”夏洛克·福尔摩斯问道。

“哼，还不是这篇破文章。”我边吃早餐，边拿勺子指着那篇文章说道，“您早已看过了吧，还在标题下面画了线。我承认这篇文章文采很好，不过内容实在叫人生气。不用问一定是个懒散的人坐在扶手椅上胡说八道的，凭空想出这套荒诞不经的巧妙理论，有什么用，一点用都没有。我真想把他扔进地铁三等车厢里，让他去推断里面乘客都是做什么的，到时候他就知道他自己是多么愚蠢可笑了。我愿意以一千对一的赔率赌他输。”

“很遗憾地告诉您，你准备赔钱吧。”福尔摩斯的口气异常地平静，“这篇文章是我写的。”

“您？”

“是的，我生性嗜好观察和推理。文章中你觉得荒谬的理论，在我看来十分实用，而且我本人就是依靠这理论谋生的。”

“您到底是干什么的呢？”我忍不住问道。

“我只是一个干实事的人。不过我感觉世界上不会有第二个人和我干一样的事情。坦白说吧，我

**嵌记妙语**

福尔摩斯把日常的工作、见闻感受，写成了一本书，而且连挑剔的华生也夸他的文采好，只是福尔摩斯独特的感受令人难以相信。但这也掩盖不了福尔摩斯很不错的文学水平。

是一个‘侦探顾问’，或许你能从字面上理解这个工作的意思。伦敦这个城市有无数官方侦探和私家侦探，在他们侦破工作找不到出路的时候，就会找我来给他们提一些意见。他们那方面负责提供所有的证据，我要做的就是利用自己在犯罪史方面的经验和知识，指点他们在破案过程中的误区。事实上，犯罪是有共性的，当您对 1000 个案子的细节都如数家珍的时候，当然不会对第 1001 桩案件没有思绪。你应该知道，莱斯特雷德是一位著名的侦探，前几天，他被一件伪造案搞得头昏脑涨，后来也来找过我。”

同步思考

福尔摩斯从事的是什么职业？

“其他人呢？”

“他们大多都是私人侦探派来的，在破案中遇到难题，要我提供提示。我听完他们叙述案件经过，靠给他们提一些建议收取一定的咨询费。”

我说：“您的意思是，亲眼见过案发的过程以及了解案情的人都破不了案，而您这个没出门的人可以帮他们解开疑团？”

“正是这样，我才产生一种直觉。如果碰到棘手一点的案件，我也需要去现场观察。您已经知道，我掌握着很多特殊的知识，我就是靠这些知识破解案件疑团的。也许您会怀疑我那篇文章中列举的几种推断方法，不过在实际工作中，它们对我却有无法估量的价值。我生来就具备很强的观察能力，咱们第一次见面的时候，我说您是从阿富汗来的，那时候您不是很吃惊吗？”

“那定是有人跟您说过的。”

“您错了，没有任何人告诉过我，从看第一眼我就看出了您是从阿富汗回来的。这跟我长期形成的快速思维的习惯是分不开的，这完全就像一种条件反射，很自然的推断，得出结论。不过这确实是有过程的。我可以告诉您我大脑的推理过程：‘这个人是从事医务工作的，却有军人的气质，那他必

然是位军医；他脸色黝黑，很明显是刚从热带回来，而且他手腕上下的皮肤黑白分明，所以他的皮肤本不是黑色的；他面容枯槁，证明他有过伤病和艰苦生活；从他僵硬的动作可以推断他左臂受过伤。一位英国军医在热带经历过艰苦战争生活，手臂还负过伤，还能是从哪儿来呢，必定是阿富汗了。'事实上，从见到您到知道您从阿富汗回来花费的时间还不足一秒钟，我脱口而出，还让您很是诧异。"

嵌记妙语

福尔摩斯靠平时的观察和点滴积累，练就了一身难以估量的技艺，从见到华生的第一眼，他就可以确认华生去过阿富汗，以及他从事的职业，等等。对华生的轻而易举的判断，更显示出福尔摩斯的火眼金睛。

我微笑着说："听你说来确实是挺有道理的，也似乎很简单。您就像埃德加·爱伦·坡笔下的侦探杜班。我真没想到小说中的传奇式人物会出现在我身边。"

福尔摩斯站起来，点着了烟斗，评论道："谢谢你把我和杜班相提并论，可是我自我感觉要比杜班高明，我觉得他很做作、浅显，总喜欢在沉思片刻之后才道破朋友的心事。我承认他在分析问题方面确实有能力，不过与爱伦·坡的想象力相比，他根本算不上什么。"

我问道："那您看过波利奥的作品吗？依您看，勒高克算不算一个称职的侦探？"

福尔摩斯不屑一哼："勒高克不过是一个可怜虫。除了旺盛的精力，他还有什么值得称道的地方？那本书看着就让人反胃，通篇都在讲怎样找到不知名的罪犯。我这样比方吧，我可以在 24 小时之内解决的问题，而勒高克却要耗费将近六个月的时间。那么久，我简直可以写本教科书了，顺便可以教教他们在侦破工作中怎样防止误入歧途。"

我心中的两个堂堂的大英雄竟然被他贬得这样一文不值，听着我就气不打一处来，我怕他看见便兀自走到窗口，望着热闹的街道自言自语："这个人或许是很聪明，不过也太狂妄自大了。"

他埋怨道："近来案件太少，我的生意冷清不少。



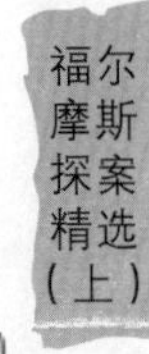

我相信总有一天我会出名的，以我这独一无二的侦探财富，因为没有人像我这样做过这样精湛的研究。可现实是，没有案件了，我来分析什么呢？那些小儿科的案件，犯罪动机简单明了，任何一个伦敦警察厅的警察都可以看得出来。”

我已经无法忍受他的高傲自大了，所以我就站在窗口向外望。“对面马路上的那个人到底在找什么？”我用手指向一个体格健壮、衣着朴素的人问，那个人一脸的焦躁，正在街对面人行道上缓缓走着，只见他总在看门牌号码，手中拿着个蓝色大信封，看样子是个邮差。

**词语解释**

焦躁：着急，烦躁，坐立不安的样子。

福尔摩斯问：“您说的是那个海军陆战队的退伍军官吗？”

我暗自想：“又吹牛了，他明明知道我无法判断他的推测对不对。”

我还没来得及多想，那个人已经看到了我们的门牌号码，但见他马上从街对面快步过来。一阵急促的敲门声后，楼下传来几句低沉的说话声，接着楼梯上就开始响起沉重的脚步声。

来人一进房门，就将那封信给了我的伙伴，说：“这是福尔摩斯先生的信。”

我想这次可有机会打击福尔摩斯了，谁让他刚才信口雌黄。我缓缓地问道：“小伙子，能告诉我您是干什么的吗？”

“门卫，先生，”那人的声音有些粗，“我的制服拿去修补了。”

“那以前您做过别的什么吗？”我问话时，得意地看了一眼福尔摩斯。

“先生，我过去在皇家海军陆战队轻步兵分队服役，做过军官。你们没有回信？对吧，先生。”

他碰了一下脚跟，给我们敬了一个标准的军礼之后出门了。

# 第三章　劳瑞斯顿花园奇案

福尔摩斯的这种推理结果彻底征服了我，我对他只有敬佩了。然而，我心里还存在着某些疑问，感觉这些事情没那么简单，也许是他设计好的圈套来捉弄我的，可是他有什么必要要戏弄我？等我转头看他时，他早已将信读完，他眼神中流露出的空洞让我知道他又陷入了沉思。

“您怎么知道他是个海军陆战队的退伍军官的，还那么准？”我问。

“我推断什么了？”他不客气地问。

“哦，刚才进来的那位是退伍的海军陆战队军官啊。”

“这个没什么，我现在没时间闲扯。”他不耐烦地说，随后又笑着说，“请忘记我的粗暴，我只是生气您刚才打断了我的思路。看来您一开始不知道那个人曾是一名海军陆战队的军官，是吧？”

“是的。”

“对我来说，解释这个结论要比推出这个结论要难很多。就像您明知道 2 加 2 等于 4 是个事实，但是要让您证明为何 2 加 2 等于 4 就有点困难了。其实刚才他在街道另一边的时候，我就发现他的手背上文着一个蓝色船锚，您知道的，那是海员的标志。正面时看到他蓄着军人式的络腮胡，而且外表看起来也像个军人。通过这些，我可以断定他曾经在海军陆战队服兵役。还有他走路时昂首挺胸的样子，一副爱下达命令的神气，庄严、大方的外表，人到中年——所以我可以断定他是个海军军官。”

“真是太神奇了！”我禁不住喊了起来。

**词语解释**

昂首挺胸：抬起头，挺起胸膛。形容斗志高，士气旺。



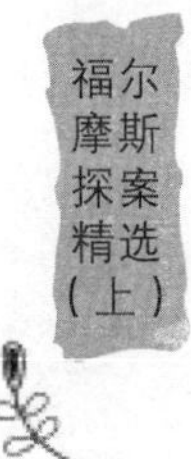

“没什么神奇的，很正常。”福尔摩斯说，不过通过他面部的神色，我可以看到他的骄傲和自豪。“刚说了没活干，结果就来生意了——您来读一下这封信！”他把那个门卫送来的短信扔到我跟前。

我快速浏览了一遍，禁不住喊了起来：“哎呀，太吓人了！”

“这个案件确实是不常见，疑点也特别多。”他语气缓和地说，“能请您为我大声读一下吗？”

那封信的内容如下：

亲爱的夏洛克·福尔摩斯先生：

昨晚在布里克斯顿路尽头的劳瑞斯顿花园街3号发生了一起凶杀案。半夜两点前后，我们的巡警看到那里的灯全部亮了起来，由于那所房屋一直以来都没人住，所以巡警怀疑出了什么问题。他们过去后，发现房门是开着的，前边的房间里没有任何人，可在地上却躺着一具男尸。这具尸体穿着十分讲究，衣兜的名片上边印着“伊瑙克·J.德雷伯，美国俄亥俄州克利夫兰市”。整个案发现场没有发现任何明显的抢劫痕迹，也没有证据证明死者是如何死的，房间里虽然有血迹，然而死者身上却没有什么伤痕。连死者是怎么进了这间屋子我们都无法判断，这一案件着实让我困惑。期待在中午十二点以前您能亲自到现场来查看，我们将恭候大驾。您放心，您到来之前，我保证将现场保护完好；若您没时间亲临，我会将细节给您送过去。真诚希望得到您的指点。

您忠实的朋友

托比亚斯·格莱格森上

福尔摩斯说：“在苏格兰，格莱格森算得上是最有才智的警官，他和莱斯特雷德都是这一领域中的佼佼者。两个人都以查案迅速、精力充沛得名，缺点也一样：都按部就班——差不多到了不可理喻的程度，有意思的是两人常常互不相让地争吵，如同两个相互妒忌的女人。如果他们两个协同侦破一个案件，肯定是相当有意思的。”

我真的很佩服他在这种情况下还能镇定自若。“不要再浪费眼前的一分一秒了，”我喊道，“我帮您雇一辆马车去案发现场吧？”

“不急，我还不确定去不去呢，要知道我可是天下第一懒鬼哦——不过只在懒劲儿上来的时候，其余时间我也相当机敏而迅捷。”

“这不是您一直在等的良机吗？”

“我的好朋友，您要明白我的立场啊，我现在没有任何官方名分，即便是我把案件弄个水落石出，功劳也只会被格莱格森和莱斯特雷德这群人拿走。”

“然而他是在向您求助呀。”

“是的。他这次是在我面前甘拜下风，不过他是不会在任何第三者面前承认这一事实的。我会去现场的，不过不是答应帮他，我可以自己调查一下，即便没什么结果，我也可以嘲笑一下他们。走吧！”

他以最快的速度将衣服穿好，那种急切证明他已经进入了工作状态，这与方才的毫不在意完全像是两个人。

“戴好您的帽子。”他说。

“您是说带我一起去吗？”

“是啊，如果你现在方便的话。”一分钟后，我们俩已经坐上一辆双座马车，急匆匆赶往布里克斯顿路了。

这是个阴雨迷蒙的早晨，天上乌云滚滚，远处的建筑物朦胧的影子透过雨雾映入眼帘，仿佛是下边泥泞不堪的街道的倒影一般。福尔摩斯兴致盎然地说着克雷莫纳的提琴还有斯特拉迪瓦里琴和阿玛蒂琴的区别；我一言不发地静静听着，只因为这压抑的天气与沉重的使命让我实在打不起精神。

我最终还是打断了福尔摩斯关于音乐不着边际

**词语解释**

镇定自若：很坦然，像往常一样。指面对灾难时冷静的表现。

**同步思考**

这段景物描写对于表现人物、推动情节发展有何作用？

嵌记妙语

作为一个侦探，福尔摩斯的工作常常是事关人命的大案件，没有经过认真调查取证，绝不能妄加推断。由此我们可以看出福尔摩斯办事是多么地严谨，他得出的每一件事的结论原来都是有事实根据的。我们在生活中也应该学习福尔摩斯这种认真负责的精神。

的谈话，说：“您就不在意眼前的案子吗？”

“现在我没证据呀。”他说，“在拿到全部的证据之前盲目地进行推断，是最要命的错误，它只会误导我们，让我们离真相越来越远。”

“证据到了。”我指着前面说，“要是没错的话，这就是布里克斯顿路，那个房子就是案发现场。”

“没错。停车，车夫，停车！”他坚持要在离案发房子大概 100 码远的地方下车，迫于无奈我们只好走过去了。

阴森的气氛充斥在劳瑞斯顿花园街 3 号，让人们产生不祥的感觉。这里一共有四座房屋，两所住人的，两所没人住。3 号房靠街的那面有三扇窗子开着，黑乎乎的透着阴沉的气息。灰尘落满了窗框，上面贴满了“出租”的纸样，犹如患了白内障的眼睛。在两所空房屋前各自有一个小花园，一个里面长满了杂草，花园将房子和街道隔断开来；一条由黏土和石头铺成的黄褐色小路穿过花园。昨晚一夜的雨，使得到处泥泞难走。一堵 3 英尺高的墙围着花园，花园墙头周围有木栅栏。一个人高马大的警察倚墙站着，周围还有几个看热闹的人，伸着脖子、瞪大眼睛朝里看着，似乎在看里面究竟发生了什么，然而没人能看到。

福尔摩斯没有像我以为的那样，马上开始搜集这件疑案的线索。他一边心不在焉地在小路上慢慢地走着，一边似乎漫不经心地一会儿看看地面，一会儿望望天空，一会儿看看对面的房屋，一会儿又看看墙头上的木栅栏。看完之后，他缓步沿着小路向前走着，准确地说是沿着小路旁边的草丛向前走，他还时不时地观察脚下的小路。我看到他停下来两次，有一次他的脸上还带着一丝微笑，并且满意地叫了一声。杂乱无章的脚印布满潮湿的黏土路面，警察们在上面走来走去，我不明白福尔摩斯能从这已被破坏的路面上发现什么证据。可是他那异乎寻常的、锐利的推断能力又使我坚信他必定能发现别人难以觉察的细节。

一个脸色发白、淡黄色头发的大个子男人站在屋门前，显然是准备迎接我们。他看到我们，拿着一个笔记本快步过来，热情地握着福尔摩斯的手说："承蒙您大驾光临，不胜荣幸！您看，我把一切都保持得很好。"

"关键的地方却没有保持！"说完他指着那条小路说，"您看，那里比被野牛践踏过还厉害。不过，格莱格森，我看你这么不在意现场怕是早已胸有成竹了吧。"

**词语解释**

胸有成竹：原指画竹子要在心里有一幅竹子的形象。后比喻在做事之前已经拿定了主意。

格莱格森慌忙解释："外面由莱斯特雷德负责，我只负责屋里，一直是他守在外面的。"

福尔摩斯看了我一下，随即嘲讽地扬了扬眉毛说："既然有您和莱斯特雷德二位了，哪里还需要我再插手呢？"

格莱格森自圆其说："我们正在全力破案，不过我觉得您一定会对这种稀奇的案子感兴趣，所以请你来看一下。"

"你们没有谁坐马车来吧？"福尔摩斯问。

"没错，先生。"

"您确定莱斯特雷德也没有坐马车？"

"没错。"

"这样吧，您还是带我们去屋里找点线索吧。"福尔摩斯的问话让人莫名其妙，说完他便大步走向屋里，格莱格森一脸不解地跟着他走了进去。

一条短短的走廊通往厨房和储物室，走廊里满是灰尘，没有铺设地毯。两侧分别有两扇门，一扇门看上去很久都没打开过。另一扇开着的门通往餐厅，这件离奇的凶杀案件的现场就在那里。我跟着福尔摩斯走了进去，一想到这是案发现场，我就有



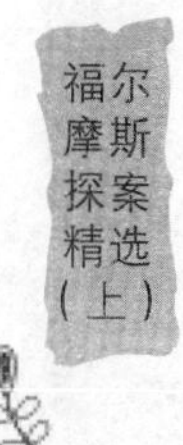

些紧张。

这是个宽敞的餐厅，屋子因为空荡显得越加宽大而方正。墙壁上糊着廉价的花纸，有几处早已发了霉，还有几处墙纸已整张地脱落了，黄色的粉墙露了出来。进门是一个很美观的壁炉，人造大理石砌成的壁炉架，一段红色的蜡烛头放在角上。整个屋子只有一扇脏兮兮的窗子，屋内的光线昏暗而摇摆不定，使得屋子笼罩在一层淡灰色的神秘感之中，厚积的灰尘加重了屋子阴森恐怖的气氛。

尸体集中了我全部的注意力，整个现场触目惊心。但见那尸体直挺挺地仰卧在地面上，一双眼睛茫然地盯着已经褪了色的天花板，眼神已经散了。这个人三四十岁，个子不高不矮，肩膀略宽，头发黝黑而卷曲，胡子很短。上身是黑呢礼服上衣和背心，礼服很厚，下面穿着一条颜色很淡的裤子，领口和袖口都很干净。他身旁搁着一顶十分干净的礼帽。死者在临死之前应该曾有过一番痛苦的挣扎，但见他双手紧握、胳膊伸展、两腿交叉。惊恐凝固在那僵硬的脸上，而且有一种我不曾见过的仇视。看着那具尸体凶神恶煞般骇人的外表，以及低窄的前额、扁平的鼻子与突出的下巴，还有他那极不自然的痛苦翻腾猿猴一样的姿态，实在叫人恐怖。虽然我见过不少尸体，但从不曾见过比他更让人害怕的死人。

**词语解释**

触目惊心：指看到某种严重情况引起的内心震动。

清瘦的莱斯特雷德在门口向我们打着招呼。

“这个案件一定会轰动整个伦敦的，先生。”他说，“这是这么多年来我见过的最新奇的案件。”

格莱格森问：“没有新的发现吗？”

莱斯特雷德回了一声：“完全毫无进展。”

夏洛克·福尔摩斯在尸体身边蹲下，仔细地看着。“你们在尸体上没发现任何伤口吗？”他用手指着满地的血痕问。

“没发现！”两名侦探一致答道。

“如果真是这样，那么这些血应该是来自另一个人——如果这确实是一桩凶杀案的话，那些血可能来自凶手。格莱格森，您还记得 1834 年乌德勒支范·扬森死时的情形吗？”

“不好意思，我忘了，先生。”

“那我认为您十分有必要把现场再仔细地看一遍。目前我们所见的一切都是别人已处理过的，不会有什么线索。”

他一边说着一边用手指灵巧而迅速地这里摸一下，那里按一下，甚至将死者衣服的纽扣也解开，亲自观察了一番。他眼中流露出少有的茫然失措。他的动作精细、专心得令人难以置信，没一会儿他便察看完了。之后，他又闻了闻死者的嘴，察看了死者的靴底。

**同步思考**

福尔摩斯是怎样认真细致地观察尸体的？

他问：“没人动过尸体吧？”

“除了必要的察看，没人动它。”

“好了，你们可以将它抬到停尸房去了，”他说，“这尸体没什么有价值的线索了。”

格莱格森早已准备好担架，在他的命令下，四个人进来要把尸体抬走。就在死尸被抬起来的当儿，只听“当”的一声，一枚戒指掉在了地上，莱斯特雷德匆忙将之捡了起来，疑惑地盯着它。

“这里一定有女人来过，”他喊了起来，“因为这是一枚女人的结婚戒指。”

他把那枚戒指给大家看了一下，人们呼啦一下子围过去，都认真地看那枚戒指。不用说，这枚纯金戒指来自一位新娘的手指。

“这件案子更加扑朔迷离了。”格莱格森说，“本来这个案子已经是疑雾重重了。”

**词语解释**

扑朔迷离：形容事情错综复杂，难以辨别清楚。

“难道您没发现这让案情更明朗了吗？”福尔摩斯说，“不要只是盯着它看，你们在死者的衣兜



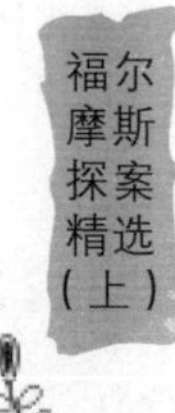

里还发现了其他什么东西？”

“能找到的东西全都在这里了。”格莱格森手指着楼梯靠下几级台阶上的一些物件说，“一块97163号金表，由伦敦巴罗德公司制造；一根又粗又沉的阿尔伯特金链；一枚刻着共济会徽章的戒指；一枚刻着哈巴狗头像的金质别针，狗眼上镶嵌着两粒红宝石；一个俄国造皮名片夹，里边的名片上印着‘克利夫兰的伊瑙克·J. 德雷伯’，开头的字母和衬衣上的E. J. D三个缩写字母是一致的；没有钱包，只有些零装的钱，一共有7英镑13先令；一本精装的薄伽丘的《十日谈》，扉页上写着杰弗逊·斯坦杰森；此外，还有两封信，分别是给E. J. 小德雷伯和杰弗逊·斯坦杰森的。”

“收件人的地址是哪里？”

“河滨路美国交易所，留由本人自取。两封信都来自古恩轮船公司，内容是告诉他们轮船驶离利物浦的时间。很明显，这可怜的人正准备返回纽约。”

“您调查过斯坦杰森的具体背景资料吗？”

“我早就差人去做过调查了，先生。”格莱格森说，“我还把广告送到各家报馆去刊登，并且派人去美国交易所打听消息，不过目前还没这个人的消息。”

“你们联系过克利夫兰？”

“今天早上我们发过一封电报给他。”

“你们怎么说的？”

“我们只是告诉他们一些具体情况，并且给他们提供一些利于破案的线索。”

“你们是不是说有重要的事情需要他们协助调查或提供一些情况？”

“我让他们帮忙收集一下关于斯坦杰森的情况。”

“就这些了？难道这桩案件中再没有其他重要

的问题了？是不是该再发个电报？”

“我已经告诉过他所有的翔实情况。”格莱格森不耐烦了。

夏洛克·福尔摩斯暗自笑着，似乎想补充一些什么。一直在前屋的莱斯特雷德忽然进来了，他表情很得意。

“格莱格森先生，”他说，“我刚发现了一个很重要的线索。倘若不是仔细观察，这个线索肯定被忽视了。”

这个矮小男人双目炯炯，激动地说着，他正为自己压过了同事而喜不自胜。

“快来！”他呼唤大家跟他回到前屋。尸体被抬出去后，屋里的空气似乎新鲜了些。“好，站着别动！”

他擦着了一根火柴，举起来照着墙壁。

“大家都来看这里！”他得意地催促道。

火柴照亮的墙面，是大片墙纸脱落之后露出的极不光滑的黄色粉墙。但见墙上有一个用鲜血潦草地写成的字：

雷切尔（RACHE）

“你们对这几个字母有什么想法呢？”那位侦探表现得如马戏团老板夸耀自己的节目一般，“之前就是因为屋子的光线太暗，所以我们把这么重要的线索忽视了。现在看来，这个字必定是凶手拿自己的血写成的。你看，这血是沿着墙壁流下来的！不管怎么样，这至少可以推断出死者是他杀而不是自杀。让我来解释他写这个字的目的吧。你们有没有看到壁炉架上那根蜡烛？那时候蜡烛是燃着的，而蜡烛点亮之时，整个房间最亮的就是这个墙角。”

“这能证明什么呢？”格莱格森不屑地说。

“当然能。这至少说明写字的人正要写一个女人的名字‘雷切尔’，只是他没写完就被打断了。

**词语解释**

喜不自胜：胜，能承受。欢喜得控制不了自己。形容非常高兴。

不要怪我没提醒你，等真相到来的那天，您会发现这个案子与叫‘雷切尔’的女人相关。现在您先不要指手画脚，夏洛克·福尔摩斯先生，我相信您的智慧，您说说看吧。”

**词语解释**

指手画脚：指说话时做出各种动作。形容说话时放肆或得意忘形。

还没等他说完，福尔摩斯不禁大笑起来，这笑声令小个子警官异常地恼火。福尔摩斯说：“非常抱歉！您确实是最先看到这字迹的人，按您说的，这既然是昨晚离奇凶杀案中另外一个人留下的血迹。因为我还不曾看过这间屋子，我希望你们能同意我现在察看一下这里。”

说着，他从衣兜里掏出一个卷尺和一个很大的放大镜。靠着这两种工具，他开始在屋子里踱来踱去，时而停下来，时而跪在地上，还有一次趴到了地上。他是如此认真，仿佛我们都不存在一般，整个过程他一直都在嘟嘟囔囔，有时惊呼一声，有时唉声叹气；有时吹着口哨，有时候又像充满希望、得到鼓励般大叫一声。他的表情就像受过良好训练的纯种猎犬在森林里侦察一样。在我们的注视下察看了二十多分钟，他的方法有点让人摸不着头脑，但见他仔细地测量了一些我几乎察觉不到的两处痕迹之间的距离，而且还测量了一下墙壁。末了，他很小心地从地面上取了一小撮灰色的粉末，放进一个信封中。之后，他拿放大镜对着墙壁上的血字，非常仔细地观看了每一个字母。在做完这一切之后，他称心地把皮尺和放大镜收了起来。

**嵌记妙语**

为了查到字迹的主人，福尔摩斯拿着证据在屋里踱来踱去，他全身心地投入思考与琢磨当中，生怕放过一个细节，哪怕是一点点痕迹或疑点。他那奇怪的动作和丰富的面部表情旁若无人，让人摸不着头脑。

他笑道：“俗话说‘所谓“天才”只有无休止的吃苦耐劳的本事’。虽然这个定义不是十分准确的，不过对于侦探而言倒是实在。”

格莱格森和莱斯特雷德自始至终都带着迷惑不解又不屑的神情看着福尔摩斯。他们显然没有搞明白——福尔摩斯任何一个细微的动作都是有意义的。

“先生，现在您对这个案子有什么想法呢？”

他俩齐声问道。

福尔摩斯说："倘若我帮助你们，岂不是要夺走你们建功立业的机会。你们现在进行得如此顺当，倘若让别人参与进来，不是非常可惜吗？"是人都听得出这是嘲讽。他接着说："倘若你们能将侦查的情况第一时间告诉我，我倒是很乐意效劳。接下来，我想去见见那个发现这具死尸的警察。你们能告诉我他的名字和住址吗？"

莱斯特雷德浏览了一下记事本，说："他现在早已回家了，他家在肯宁顿公园路的奥德利大院46号，他叫约翰·兰斯。"

福尔摩斯记下地址。

"行动，医生，"他说，"我们去会会他。"随即，他转头对那两个侦探说，"我可以给你们一些线索，也许能派上用场。这是一件凶杀案，凶手是个身高6英尺的男人，正当壮年。他的脚与他的个头相比有点小，他习惯吸印度雪茄，案发时他脚上穿的是一双粗皮方头靴。他带着死者乘一辆四轮马车来的这里，拉车的那匹马右前蹄的蹄铁是新的，其余三只蹄铁是旧的。另外，凶手的面孔可能比较红，而且右手的指甲比较长。但愿这几条线索能对你们破案有所帮助。"

莱斯特雷德和格莱格森都满脸迷惑，不解地看着对方。

"说到底被害者究竟是怎么死的？"莱斯特雷德问。

"他死于毒杀。"夏洛克·福尔摩斯说完就出去了，可他走到门前转过身来补充了一句，"还有一点，莱斯特雷德。'雷切'用德语解释是'复仇'的意思，跟'雷切尔'小姐毫无关联。"

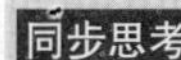


读者可以推理：福尔摩斯是怎么知道被害者死因的？

说完这几句话之后，福尔摩斯便和我一道走了，两个侦探呆呆地留在原地。



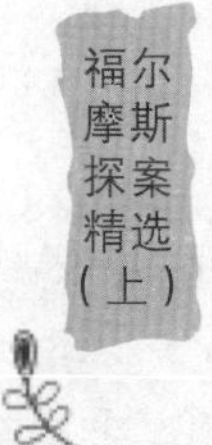

# 第四章　兰斯警员的叙述

一点钟的时候，我们离开劳瑞斯顿花园 3 号。我们先去了附近的一家电报局，夏洛克・福尔摩斯在那里拍了一封长长的电报。之后，他租了一辆马车去莱斯特雷德告诉我们的那个地方。

他告诉我："获得直接的证据十分重要。虽然我对这个案子已经有了很大的把握，可还是获得最确切的情况比较好。"

我说："福尔摩斯，我不明白就靠那个房间的线索，你怎么会对破案有这么大的把握？""肯定不会有错。"他回答说，"上午去那儿的时候，我先是看到马路石沿旁边有两道马车车轮轧过的痕迹。昨晚之前根本没有下过雨，那么马车一定是昨晚去了那里的。还有就是那些马蹄印，其中一只马蹄铁的轮廓明显要比另外三只清楚，不用多想，这只蹄铁是新换的。格莱格森说早上没有马车经过那里，可这辆马车是在下雨之后去了那里，两者结合，不难推断出这辆马车昨晚必定曾经停留在那里，而这辆马车又是将两个人送到那里的交通工具。"

我说："听起来好像很简单。可你又是怎么推断出那个人的身高的？"

"这个不难，一个人的身高与他的步距有很大关系，知道步距很容易推算出他的身高来，那些数据很枯燥，我不打算一一细说。我是从屋外的黏土和房子里的灰尘这两点测出那个人的步距的，这一点后来得到验证，就是那屋里的墙壁上的字迹恰好距地面 6 英尺，而人们在写字时会下意识地把字写在与其眼睛水平的地方。于是，我便可以轻松地推

**词语解释**

轮廓：一种不衬明暗而强调外形线的素描式样。
推断：根据事实或前提推论；判断。

断出他的身高了，就这么简单。”

“可是您又是怎么知道他的年龄的呢？”

“这个不难，如果一个人能轻松地一步迈出四五英尺，他可能是一个老头儿吗？花园的小路上正好有一个四五英尺宽的泥潭，从脚印上看他明显是一步就迈过去的——因为在现场我发现漆皮靴印是从边上绕过去的，而方头靴则是一步迈过去的，这是很明显的。您应该记得我在那篇文章里所说到的一些观察和推理的概念吧？这只不过是把理论付诸实践而已。这下您应该都清楚了吧？”

“可是，凶手的手指甲和雪茄您又是怎么断定的呢？”我问他。

“墙上的血字显然是人用食指蘸血写上去的。我用放大镜在地上发现一些墙粉，那一定是凶手写字时刮下来的。如果那个凶手的指甲不是很长就不会留下这些印迹。我还在地面收集了一些烟灰，那些烟灰的颜色非常深，而且是片状的——这些特征是只有印度雪茄才有的。我曾经对雪茄做过专门的研究，写过专题论述，可以说我是这方面的专家，我可以在很短的时间里辨认出那是什么牌子的雪茄或者烟丝掉落的烟灰。我是受过良好训练的，我与格莱格森、莱斯特雷德等人的差别就在于这些细微的细节上！”

“可您又是怎么知道凶手一定是一个面目通红的人呢？”我接着问。

“啊，这是我的一个大胆的推断，可我深信自己的推断不会有错。不过目前我不想回答你这个问题。”

我极力拿手按住脑门，说：“案子越来越神秘，我都快被搞晕了。如果真的是有两个人的话，可这两个人又为什么会来这所荒废了的房子呢？那个车夫在案子中扮演什么角色？凶手是怎么施毒的？那

**嵌记妙语**

华生这个人物，以及他的一系列追问，既起到了“线索”的作用，还起到了一个很重要的作用：把读者引入“现场”，成为“见证者”，而不是旁观者，就仿佛读者在与福尔摩斯一起办案，这大大增加了读者的阅读兴趣。



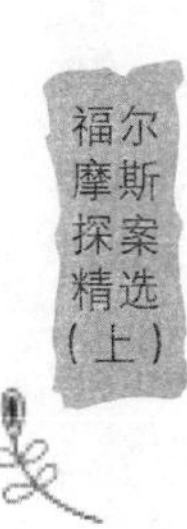

血又是怎么来的呢？凶手的杀人动机是什么？那个女人的戒指怎么会在案发现场呢？还有凶手为什么要在那间屋子的墙壁上写下‘复仇’两个血字呢？这些问题堆在一起就是毫无头绪。”

我的同伴好像颇为赞同我的疑问。

他说：“您的疑问可以说是总结得凝练又恰到好处。尽管我对这件事已经有八成把握，不过还没真正弄清楚。墙上的那个血字，只不过是凶手故意布置的迷局罢了，杀人者有意弄出是社会党或者秘密社团参与了此案的线索。实际上那字却不是德国人写的，您注意到了没，字母‘A’的写法虽然与德国人书写的方式有点像，然而地道的德国人习惯用拉丁字体书写，所以我们可以断定那字并非出自德国人之手，那不过是别人模仿写上去的，而且还是个蹩脚的模仿者。他的实际目的是想把侦探工作引向歧途。医生，现在我不想再继续我的推理了，变戏法的人把套路说透了，魔术就会失去趣味；倘使我把自己的推理方法都说清楚了，您就会感觉其实我与别人也没什么区别。”

**词语解释**

凝练：紧凑简练；言简意赅。
蹩脚：不老练的或不圆滑的。

我答道：“我可不这么认为。侦探早晚是要走上科学轨道的，您呢，现在已经有了自己的理论体系。”

福尔摩斯也许是被我的真诚打动，羞得满脸通红。我发现他每次听到别人褒扬他的侦探技艺的时候，他都会像年轻女子听到别人赞扬其美貌的时候一样敏感。

“让我还原一下细节吧。”他说，“当时应该是这样的场景，他们两个人坐一辆马车，下车后两人还是很友好地走过花园小路的。两个人进入屋子之后，凶手就在屋子里来回走动，死者基本上没怎么动。地面上的灰尘里的脚印看得出他的步子是越走越大的，因此可以看出凶手在来回走的过程中情绪是十分激动的。他一边走路，一边说话，最后他暴怒了，于是出现了惨剧。事情的大体是这样，剩下的就是一些想象和推断了。我们目前做得不错，可还是一定要抓紧时间，这样下午可以参加哈勒爵士举办的音乐会，听诺尔曼·聂鲁达的音乐会。”

马车飞快地奔过一条条了无生气又沉闷的小巷。停在一条肮脏不堪、非常阴森的小巷中，车夫指着一条夹在黑色砖墙之间狭窄的小巷说：“那就是奥德利大院。我在这里等你们吧。”

奥德利大院并没有让我们的心情好多少。我们顺着窄窄的小巷走进一米见方的院子，地面上铺着石板，四周的房子都很破败。我们经过一群脏兮兮的孩子们，又钻过一排排晒得褪了色的衣裳，最后才来到46号。这个门上挂着非常不起眼的一块铜牌，写有“兰斯”两个字。我们问过后知道，这位警察正在午休，所以我们就去前边的小客厅里坐着等他。

不一会儿，他出来了，脸色不是很高兴，因为我们打扰了他的美梦。他说：“我不是已经向警察局写过报告了吗？”

福尔摩斯从衣袋里掏出一个6先令金币，满不在乎地在手中玩弄着。他说：“您再复述一遍吧。”

这位警察看着金币两眼放光：“我非常乐意再向你们复述一遍。”

“那您就把当时看到的事情完完全全地给我们讲讲吧，记住，不要漏过任何细节。”

**嵌记妙语**

福尔摩斯对细节的要求到了极端的程度，但这也是他办案最与众不同的地方。

兰斯坐在马毛呢的沙发上。他的双眉紧皱着，很努力的样子。

他说：“我就从最开始讲起吧。我通常是每天晚上十点到第二天早上六点上班。那天晚上十一点钟左右，白哈特街有人打架，我站岗的其他地方都显得非常安静。午夜一点的时候，天开始下雨。我与哈利·默契尔——一个荷兰林地区站岗的人，在亨利埃塔街角聊了会儿天。那之后应该是两点钟或

者稍晚一些，我想去四处转转，去看看布里克斯顿路那儿怎么样。那里的路偏僻又难走。除了一辆马车之外，大街上什么也没有。我一边走一边想这时要是能喝上一杯热杜松子酒该多么好啊。忽然，我看见那所无人居住的房屋的窗子有了灯光。这里没有谁不知道劳瑞斯顿花园的两所房屋是荒废的，其中一所房子的一个房客死于伤寒病，房主是从来都不肯修理阴沟的。所以这个房子有灯光让我大吃一惊，我立即想到肯定是发生什么事儿了。在我来房子前的当儿……"

"您停了下来，然后又再次回到花园门口，"福尔摩斯猛地说道，"您为何这么做呢？"

兰斯吃惊地盯着夏洛克·福尔摩斯，一脸地不可思议。

"天哪，你是怎么知道的，先生？"他说，"当时没有第二个人在现场啊，先生，您是如何知道的？当时，我来到屋门前的时候，气氛阴森恐怖，没一个人，我觉得还是找一个伴跟我一起好。我倒不是怕大活人出现，我害怕的是鬼魂之类的东西，像那个患伤寒病而死的人会出来看那个阴沟。想到这儿，我慌慌张张地又回到花园门口，看是不是有默契尔的提灯，可是那家伙早就不在了，连个人影都没有。"

**词语解释**

慌慌张张：形容举止慌张，不稳重。

"您确定大街上就你一个人？"

"不但一个人影都没有，就是连个喘气的动物都没看见。我给自己鼓气再次来到屋门前，打开屋门。屋子没有任何声响，我小心地走进了亮着灯光的那间房。只见壁炉架上有一支蜡烛……一支红蜡烛……借着蜡烛的亮光，我看见……"

"好了，我知道您发现什么了。您在屋子里面转了几圈之后就在尸首旁边跪了下来，随后又到房间外面去推厨房的门，接着……"

约翰·兰斯惊讶地跳起身来，脸上布满疑惑。

他大叫道："您是怎么知道的？您那个时候到底在哪儿藏着呢？为何对我的所作所为这么清楚？"

福尔摩斯不禁大笑起来，将自己的名片递给了警察。

他说："千万别把我看成凶手拘捕起来。我只不过是一条嗅觉灵敏的猎犬，而不是吃人的野狼；格莱格森和莱斯特雷德先生可以给我做证，我想您还是继续说吧。您之后又干了些什么？"

兰斯又坐下来，然而脸上是放不下的好奇。"我赶到了大门口吹了两声警笛。默契尔和另两个警察很快就赶了过来。"

"街上还是没有一个人？"

"是啊，没有一个正经人。"

"你怎么这样说呢？"

警察咧嘴笑着说："我不知道见过多少醉鬼，像那天的那位，我还是第一次见。他醉得又疯又傻，我走出来的时候，他还在门前站着，倚着栏杆，扯着嗓子高唱考棱班唱的曲调或类似的歌。他醉得站不住的样子让我非常担心。"

"那个人的相貌，您还记得吗？"夏洛克·福尔摩斯问。

约翰·兰斯不满福尔摩斯打断他，不悦地说："那样的醉鬼很少见。要不是当时我们有要紧的事，早把他带回来了。"

"他的长相和身上穿的衣裳，您还有印象吗？"福尔摩斯不禁问。

"我与默契尔将他扶起来，没有谁注意到他的衣着和相貌。只记得他的个子很高，面色通红，下面长了一圈……"

"好，这已经足够了。"福尔摩斯高声说道，"之后是怎么发展的？"

这个警察意犹未尽地说道："我们当时一心想

**词语解释**

意犹未尽：指还没有尽兴。一般被用来形容一些小型活动的感想，比如旅行、读书、吃饭等，形容该活动给人的感觉很好，结束之后还没有尽兴。对某种事物或吃的东西觉得还没过足瘾，还想再来一次。

着凶手，没有心思管别的，那个醉鬼应该自己回家了。”

“他穿的什么衣服？”

“一件棕色的外套。”

“您看到他手里有拿着一根马鞭了没有？”

“马鞭？没有啊。”

“那他肯定是把鞭子放到车上了。”福尔摩斯自顾自地说，“在那之后您就没有听到马车的声音了吗？”

“没有。”

“好了，这半镑金币是您的。”福尔摩斯说着戴上帽子，“兰斯，您在这一行里，不会有什么发展前途了。你把自己的脑袋当摆设，根本不知道用它。昨天晚上您架起来的那个醉鬼就是这场凶杀案的主角，如果你抓住他，您今天就晋升了，如今既已成事实，再争吵也没什么意思。我们走了，医生。”

**嵌记妙语**

福尔摩斯的尖酸刻薄是他性格的另一面，正因为这样他才是一个生动的人，而不仅仅是神探。

我们俩扔下刚才给我们提供消息的那位警察，起身向来时的马车走去，留下他在那里不安迷惑地傻站着。

“没用的东西！”我们坐车回家的时候，福尔摩斯生气地说着，“您想一想，这么难得的好机会，他竟然错过了！”

“其实我到现在还不是很清楚。虽然这个警察刚才说的那个人与您推断的案件里的凶手的情况正好吻合，但是他离开现场之后为何要返回去呢？这真是让人难以理解。”

“戒指，朋友，你别忘了，他返回来只不过为了戒指。万一我们没有其他的办法抓他，很值得拿那枚戒指作为诱饵将他引诱回来。他必定落网，医生——您敢不敢与我打赌。不过这一切还得感激您，要不是您，我可能不会去现场。如果我不去现场，也就没这个研究机会了。我们俩就把它叫‘血字的

研究’吧？怎么样？还有更好的词语来形容我们的思想吗？生活就像一团暗灰的麻团，而凶杀好比贯穿其中的一根红线，我们的任务就是解开它，使它们分离，让它一点点地暴露。好了，该吃午饭了，然后是去诺尔曼·聂鲁达的音乐会。真喜欢她的指法和弓法。她演奏的肖邦的曲子是哪一首来着呢？特拉—拉—拉—里拉—里拉—莱。”

嵌记妙语

福尔摩斯的警言妙语，这也是他沉醉于“侦探”这个职业最根本的原因。

福尔摩斯倚靠在马车的座位上，百灵鸟一般快活地欢唱着，我不禁从心里感叹：人的大脑是何等地奥妙啊！

# 第五章　广告引来不速客

由于身体欠佳，再加上一上午的折腾，到了下午我已经没有体力了。福尔摩斯去了音乐会，我躺在沙发上，想睡也睡不着，这些天发生的事儿不断在脑海里闪现，奇怪的想象和揣摩充斥我的大脑，刚一闭眼，被害者就会出现在我眼前。那个形象实在是考验人的承受能力，偏又挥之不去，奇怪的是，我心底是感谢那位被害者的，除此并没有很强烈的感觉。如果丑恶与罪恶成正比，克利夫兰城的这位伊瑙克·德雷伯的那副外表实在可憎。事实虽如此，可正义还是要伸张的，这个道理我还是懂的，在法律上，被害人有罪也不能削减半分凶手的罪行。

只是我越来越感觉福尔摩斯迥异常人的推测能力。记忆中他趴在死者的嘴边嗅，毫无疑问，他一定是闻到了什么才断定死者是被毒死的。难道是因为死者身上没有任何痕迹才断定他必是中毒死亡？可是地板上大摊的血迹又是谁留下的呢？屋里根本没有出现争斗的痕迹，更没有发现死者用来击伤对方的工具。这些疑点不解开，福尔摩斯和我怎么睡得着？可是他的表情是那样镇定，让我不得不相信他对整个案情已经了然于胸，并且有了主见，只是我不知道他的具体想法，他回来得很晚，远超过音乐会结束的时间，此刻，晚饭已经为他准备好了。

“音乐太美了。”他一边坐下一边说，“您知道达尔文是如何评论音乐的吗？他说，人类远在产生语言之前，就已经具备了创造音乐和欣赏音乐的能力。我想这就是我们很容易被感染的原因。在世界混沌初开的那段日子里，一些朦胧的印记已经在人类心灵印下。”

**词语解释**

混沌：古代传说中指世界开辟前元气未分、模糊一团的状态。

我说道：“这种说法并没有根据。”

福尔摩斯说：“人若要解释大自然，他的想象力必然要像大自然一样地宽广才行。什么事让您这么纠结啊，是布里克斯顿路的案子让您心乱了吧？”

我说：“说实话，这案子确实让我寝食难安。我本以为自己经历过阿富汗的那番苦难，早已对世间的一切麻木才是。在迈旺德战役中，同伴们血肉横飞的场景也没让我这么害怕过。”

“我能够理解您。您的恐惧源于您对这桩离奇的案件联想太多。您看过晚报了吗？”

“没有。”

“晚报把这个案子描述得很是细致，还好没有提到那个女人的结婚戒指。”

“为什么？”

“您快来看这则广告。”福尔摩斯说，“案发之后，也就是今日上午，我马上在各家报纸上刊登了一个广告。”

我瞧了瞧他递过来的报纸，在“失物招领”的头条广告上我看到这样一段文字：今晨在布里克斯顿路、白鹿酒馆和荷兰树林之间捡到结婚金戒指一枚。望失主今晚八点至九点莅临贝克街221B号，向华生大夫认领。

“我很对不住，没经您同意就冒用了您的名字。”他说，“要是我写自己的名字，那些蠢笨警察可能会看出破绽，出面阻挠的。”

“没什么的。”我回答说，“要是那个认领的人来了，你该怎么办呢？”

“对，有的。”他说着拿出一枚戒指，“这一枚戒指完全可以帮你应付过去。”

“您感觉谁会来认领戒指呢？”

“嗯，那个穿棕色外套的男人呗，咱们要找的穿方头靴子的红脸朋友。即使他不来，他的同党也会出面。”

“您觉得他们可能冒如此大的风险来认领戒指吗？”

“绝对可能。倘若我对这桩案子推断没有失误的话，这枚戒指对这个凶手有非凡的意义。我的直觉告诉我，他是在弯腰去察看德雷伯尸体的时候掉下戒指的，后来他发现自己丢了戒指就返回去找，结果看到犯案现场忘记吹灭蜡烛，把警察引到了这里。这个时候如果被警察发现他肯定推脱不了，所以他只能装醉鬼了。假如您是他，将这件事反复想一遍，必然也会认为有可能将戒指丢在路上了。那怎么办呢？他肯定会抱着试一试的态度在招领栏看广告，如果他恰巧看到这个广告，必定欣喜若狂，而不会想到这是个圈套。他会想寻找戒指和暗杀根本就没有关系，警察根本不会怀疑他找戒指的动机。我敢打赌他必然会在一个小时内出现。”

“到时候咱们怎么应对呢？”我问道。

“啊，到时候看我的。您有武器吗？”

“武器我有，是我打仗时留下来的一把军用左轮手枪，子弹还有一些。”

**词语解释**

莅临：光临，来临。

欣喜若狂：欣喜：快乐；若，好像；狂，失去控制。形容高兴到了极点。

**同步思考**

作者再次向读者确认罪犯的穿戴，加深读者的记忆，可是来认领戒指的人究竟是个怎样的人呢？

“那您快去把它装上子弹，擦干净。这家伙是亡命之徒，虽然我可以趁其不备来抓他，但还是要做好准备的，以免发生意外。”

我回到卧室，照他的话做了准备。我握着手枪出来时，餐桌已经收拾干净，福尔摩斯又在摆弄他心爱的提琴。

我走进起居室，他说：“案情已经水落石出了。我发往美国电报的回电已经足以证实我的判断是没错的。”

我急忙问：“到底怎么回事？”

“我的提琴换上新弦就更好了。”福尔摩斯说，“您把手枪放在衣袋里。那家伙进来的时候，您要像平常那样和他说话，别的让我来。千万不要声张，以免他产生警觉。”

我看了一下表，说：“现在八点了。”

“快了，他就要来了，你把门打开一点，记得把钥匙插在门里面。谢谢您！我昨天逛书摊，买到一本古书叫《论各国法律》，是1642年在比利时列日出版的，全书是用拉丁文写的，这本棕色皮封面的小书出版时，查理的脑袋还没有离开他的脖子。”

“印刷商是谁？”

“不知道是个什么样的人物，只知叫菲利普·德克罗伊。书的第一页上写着‘古列米·怀特藏书’，墨迹早已不那么明显。也不知道古列米·怀特是谁，看他那专横的字迹，料想又是一个17世纪古板的律师。嘘！留心。认领戒指的人来了。”

果不其然，他的话一说完，铃声响起来，福尔摩斯轻轻站起身，把椅子挪到门口。我们听到女仆穿过门廊，打开门闩。

“华生大夫住这儿吗？”说话人的声音很粗，仆人没有应答，随之是门关上的声音，还有慢吞吞的脚步声。福尔摩斯侧耳听着，脸上现出惊讶的神

**词语解释**

果不其然：果然如此。指事物的发展变化跟预料的一样。

色。脚步声沿着过道传来，接着就听见轻微的叩门声。

“进来。”我高声说道。

来人是个皱纹满面的老太婆，不是我们预想中的凶神恶煞的男人，老太婆蹒跚着走进房间，被灯光骤然一照，好像照花了眼。她行了个屈膝礼，站在那儿，昏花的老眼瞅着我们，衣袋里的手指颤抖不止。我看了福尔摩斯一眼，他明显是一种大失所望的神情，我则按计划装出平常自然的样子。

**嵌记妙语**

足见作者构思的巧妙、人物描写的生动。

这个干瘪老太婆终于摸出一张晚报，指着我们登的那则广告，说：“先生们，我来是为这件事。”说着，她又深深施了个屈膝礼，“我看到广告上说，有人在布里克斯顿路拾得一枚结婚金戒指。我想那一定是我女儿萨莉的，我女儿是去年这个时候结的婚，她丈夫在一只英国船上当会计。如果他回来时，发现老婆的戒指没了，我都不敢想他会做出什么冲动的事。他这个人生性暴躁，还有酗酒的毛病。具体的细节你们可以问她，昨晚她去看马戏，是和……”

“这是她的戒指吗？”我打断她。

老太婆嚷了起来：“谢天谢地！萨莉今晚可以安心啦。这正是她丢的那只戒指。”

我拿起一支铅笔问道：“您住在哪儿？”

在亨兹迪奇区，邓肯街13号。离这儿老远呢。”

福尔摩斯突然说：“从亨兹迪奇区去任何马戏团都不会走布里克斯顿路啊。”

老太婆转过脸去，她的一双小眼睛忽然锐利起来，连眼眶都是红红的。她瞅了福尔摩斯一眼，说：“我没理解错的话，刚才这位先生问的是我的住址。我女儿萨莉住在贝克汉姆区，梅菲尔德公寓3号。”

“请问您贵姓？”

“我姓索亚，我的女儿姓丹尼斯，她嫁了个丈夫叫汤姆·丹尼斯。他是一个水手，长得可漂亮啦，他们公司没有谁比得过他，只是他做人不规矩，一上岸，又是玩女人，又是酗酒。”

“这是您的戒指，索亚太太。”我遵照福尔摩斯的暗示打断她的话头，“我相信这个戒指是你女儿的，很高兴它能物归原主。”

老太婆絮絮叨叨地说了很多感谢的话，很快她把戒指塞进口袋，步履蹒跚地走下楼去。她一出房门，夏洛克·福尔摩斯随即站起身，跑进他的卧室。几秒钟后，他已经穿上大衣，系好围巾走出来，匆忙对我说：“我要跟着她。她是他派来的，会把我带到凶犯那里。别睡，等着我。”听到门砰的一声关上，说明客人出了门，福尔摩斯紧跟着下了楼。我从窗口望出去，只见那老太婆在马路上有气无力地走着，福尔摩斯在她身后不远处尾随。我心想：“如果没有意外，按福尔摩斯的推断，他现在就要只身破解这个疑案了。”他完全用不着告诉我等着他，不听到他冒险的结果，我根本无法入睡。

**词语解释**

步履蹒跚：蹒跚，走路一瘸一拐的样子。形容走路腿脚不方便，歪歪倒倒的样子。
懊恼：烦躁、郁闷、不愉快。

他出门的时候将近九点钟。我不知道他要去多久，只好呆坐在房里抽着烟斗，翻阅一本亨利·默杰的《波西米传》。十点过后，我听见女佣回房去睡觉的脚步声。十一点钟，房东太太沉重的脚步声从房门前飘过，她也回房去睡觉了。一直等到将近十二点钟，我才听到他用钥匙打开大门弹簧锁的声音。他进屋了，可他的脸色告诉我他没有成功。他的表情里混杂着愉悦、懊恼的复杂情绪，我搞不清哪一种情绪更强烈，最后，愉悦战胜了懊恼，他忽然放声大笑。

“说什么也不能让苏格兰场的人知道这事。”他大声说着，跌坐在椅子上，“以前我总是嘲笑他们，如果这次让他们知道，他们一定会笑死我。不过，他们是永远也赢不了我们的。”

我问道："到底是怎么回事？快告诉我吧！"

"哦，我上当了。我也顾忌不了那么多，索性全告诉你吧。我跟着那个家伙没走多远，她就装出一瘸一拐的样子，然后叫住一辆路过的四轮马车。我尽量凑近些，想听听她雇车去的地点。其实我用不着这么做的，因为她说话的声音很大，就是隔一条马路也能听得清楚。她大声说：'到亨兹迪奇区，邓肯街 13 号。'我以为她说的是实话，看她上了车，凭着侦探直觉，我跳上马车后架。我们就这样向前行驶，马车一路没有停，一直到了那条街。马车快到那个门前的时候，我先跳下车在马路上闲荡。等马车停住，车夫跳下车打开车门候着，可是并没有人下车。我走到车夫跟前，他正发了疯似的在伸手不见五指的车厢里摸索，嘴里不干不净地乱骂，骂的一套套脏话我从来都没听到过。也难怪，乘客逃了，他的车费也没了。我到 13 号去询问了一下，那里住的却是一位人品端正的裱糊匠，名叫凯斯维克，他说从来都没有姓索亚或丹尼斯的人在那里住过。"

**嵌记妙语**

无论做什么事情都会遇到困难和坎坷，所以我们要有耐心和毅力，就像福尔摩斯，有时案件会突入绝境，只有坚持，才能有绝处逢生的机会，否则就会前功尽弃。

我不可思议地嚷道："您的意思是那个虚弱、蹒跚的老太婆在你和车夫的眼皮底下在行车途中跳车逃跑了。"

夏洛克·福尔摩斯恼怒道："哪有什么该死的老太婆！咱俩才是老太婆呢，竟上了人家的当，那一定是个行动敏捷的年轻人。而且他还有无与伦比的演技，表演得真是太绝了。不用说，他早就知道会有人尾随，所以故意来了个金蝉脱壳，在我不注意的时候跑开了。目前的经验告诉我们，咱们要抓的凶犯绝不是我当初想象的那样单枪匹马，他应该有不少甘愿为他冒险的朋友。"说完他推了我一下说，"大夫，看样子您累坏了，听我的话，去睡吧。"

也许我真的是累坏了，听了他的话很快就睡去了。剩下福尔摩斯一个人坐在小火闷烧的壁炉前。

漫漫长夜里万籁俱寂，独有他低缓的琴声响起，忧郁、深沉，我知道他陷入了沉思，想要把这个奇怪的案件给破解开来。

# 第六章　托比亚斯·格莱格森牛刀小试

“布里克斯顿疑案”以迅雷不及掩耳之势上了所有报纸的头条。第二天，每份报纸都添加了很新奇的内容，有的报纸甚至在案子都没破的情况下登出社论，并且这些内容在我看来都是没有依据的，因为我有剪报的习惯，所以至今还保留里面的一些部分：

《每日电讯报》评论说：

这是有史以来最离奇的案子了。被害人用的是德国名字、没有发现任何作案动机、墙上留下个险恶的字眼，这一切毫无疑问地指向：这是政治流亡者和革命党所为。社会党在美国有很多派别，一定是死者触犯了他们的法律，所以才受到他们追杀。

《军旗报》评论说：

大家看到了吧，只要自由党执政，我们总是少不了面对这样的悲剧，这一切完全是因为人民对自由党信任的缺失。这次案件的死者在伦敦城区已居住数周，是一位美国绅士，这之前他曾在位于坎伯威尔区托尔克巷的公寓住过，房东是夏彭蒂太太。他自己的私人秘书约瑟夫·斯坦杰森先生曾陪同他旅游过。本月4日星期二他退房告别房东时称，要去尤斯顿车站，搭乘去利物浦的快车。有目击证人说在月台上看到过他们。这之后就是警方公布的，德雷伯先生的尸体出现在距离尤斯顿车站数英里远的布里克斯顿路上一间空屋中。警方目前没有明确信息知道他是怎么到那里的，他被害的过程同样无从得知。还有就是，斯坦杰森至今下落不明。值得欣慰的是，苏格兰场的著名侦探莱斯特雷德和格莱格森二人负责侦查此案，相信不久案情便会水落石出。

《每日新闻报》评述说：

这个案件是非常值得警惕的，目前欧洲各国专制盛行，对自由主义的憎恨使许多人背井离乡来到这里。如果他们的政府是宽容的，他们便不会极端至此。这些流亡人士遵循着一种严厉的不成文“法规”，一旦他们触犯，等待他们的只有死路一条。要想破此案，就必须竭尽全力找到他的秘书斯坦杰森，并查清死者的某些习惯特点。死者生前在伦敦的寄宿住址已经查明，这就使案情进展了一大步。这是苏格兰场格莱格森先生雷厉风行的侦查风格。

夏洛克·福尔摩斯和我在吃早饭时看了这些报道，他玩味地笑：

“我不是早对您说过吗，就算我们再努力，最后功劳肯定属于莱斯特雷德和格莱格森。”

“剧情还在发展呢。”

“得了吧，老兄，你就别幻想了。要是抓到凶手了，那是他们两个人努力的结果；如果抓不到，大家也会认为他们尽了全力。他们永远是赢家，别人总是输家，不论他们怎么做，总有人吹捧他们。就像一句法国谚语说的：‘笨蛋虽笨，总有比他更笨的笨蛋为他喝彩。’”

我们正说着，楼道里响起了忙乱的脚步声，隐隐约约的还有房东太太的抱怨声，我忍不住喊道：“发生什么事了？”

话没落音，只见六个街头流浪顽童冲进了屋子，

**词语解释**

水落石出：水落下去，水底的石头就露出来。比喻事情的真相完全显露出来。

玩味：细心体会其中的意味。

**嵌记妙语**

福尔摩斯式的幽默和自信。

**同步思考**

福尔摩斯为什么要雇用这些小流浪汉?

我从来没见过这么肮脏邋遢的孩子。

“这是警察侦探部队贝克街分队。”福尔摩斯说得一本正经。

“立正！”福尔摩斯严厉吼出，六个肮脏的小流浪汉马上一字儿排开站好，像一排歪歪扭扭不成形的泥塑。“以后只许可维金斯一个人上来报告，其他人必须等在街上。”交代完他迫切地问，“找到了没有，维金斯?”

一个孩子答道：“没有，先生，还没找到呢。”

“你们找到了不早就邀功了。我的意思是，你们要继续找，直到找见为止，现在把你们的工资拿走吧。”福尔摩斯给了每人一个先令，“好了，去吧，希望下次能带来好消息。”

福尔摩斯挥了挥手，孩子们一窝蜂奔下楼，接着，街上传来他们尖厉的喧闹声。

福尔摩斯说：“可不要小瞧这些流浪汉，他们一个人抵得上十几个官方侦探，他们灵敏又不容易被人怀疑，是探听消息的好手，不过就是组织性差一点。”

我问道：“您雇他们是为布里克斯顿路这桩案子吧?”

“有一点我要弄明白，我现在需要的是时间。啊，您瞧，格莱格森在街上朝咱们这边走来了。咱们可以听到一些新闻了。”福尔摩斯满脸得意地说，“我知道他是来找咱们的。没错，他站住了，就在门口！”

门铃一阵猛响后，很快就有位金发侦探先生奔上楼来，毫无预警地闯进客厅。

“亲爱的朋友，”他使劲把福尔摩斯并没有伸出去的手抓住，大声说道，“祝贺我吧！我已经破了案，这个案子已经像青天白日一样清楚了。”

我隐隐觉察到，福尔摩斯表情丰富的脸上闪过一丝不解。

他问道："您是说您已经破了案？"

"当然！这还用说？老兄，凶手都被我抓到了！"

"他叫什么名字？"

"阿瑟·夏彭蒂，皇家海军的一个中尉。"格莱格森一面得意地搓着他那双胖手，一面傲慢地挺起胸脯大声说。

听了他的话，夏洛克·福尔摩斯心口的大石头终于落下，不自觉地露出了微笑。

"坐下来抽支雪茄吧，"他说，"喝点儿加水威士忌吗？我们想听一下您办案的经过。"

**嵌记妙语**

福尔摩斯因为金发侦探先生的突然来访以及他说的话感到一丝的不解。被告知凶手已经被抓后，福尔摩斯悬着的心终于可以放松下来，紧张的表情露出了微笑。兴奋的金发侦探为自己抓到凶手而精力旺盛，他的到来使紧张的氛围变得轻松起来。

"没问题。"这位侦探回答说，"这两天可把我累惨了，您明白身体倒没什么，主要是脑子紧张。夏洛克·福尔摩斯先生，您是完全知道其中的甘苦的，咱们干的可是脑力活。"

福尔摩斯一本正经地说："您过奖了，跟我们讲一讲您这两天的收获吧。"

格莱格森坐在扶手椅上，扬扬得意地一口口喷着雪茄烟，脸上的表情越发得意起来，忽然拍了一下大腿，嚷道：

"莱斯特雷德这个自以为是的傻瓜，完全搞错了案件的方向，他现在还在找那位秘书斯坦杰森的下落，他简直是个不经世事的小孩子，对办案毫不了解，他现在可能抓到斯坦杰森了，真傻。"

他被自己的想法搞得乐不可支，不禁放声大笑，最后笑得气都喘不上来了。

"那您是怎样得到线索的？"

"啊，让我告诉你吧，华生先生，不过你可要替我保密，我认为案件的第一个难点就是查明这个美国人的来历，我想一般人的看法是登广告，寄希望于死者的亲朋好友来报告，我可不会那么被动，你还记得死者身边的那顶帽子吧，这就是我的秘诀。"

“当然记得，”福尔摩斯说道，“那是从坎伯威尔路 129 号的约翰·安德伍德父子帽店买来的。”

福尔摩斯这句话让格莱格森的得意消失殆尽。他不无遗憾地说：

“想不到您也注意到这一点了。您到过那家帽子店了？”

“没有。”

“哈！”格莱格森放了心，“您不该放过任何细节，每个细节都有揭示案件的可能。”

“在一位伟大人物眼里，世间无小事。”福尔摩斯简洁地回答。

“嗯，我找到了店主安德伍德，他从售货簿上查出卖过那样一顶号码、式样的帽子，买主是一位住在托尔夏彭蒂公寓的房客德雷伯先生。”

“漂亮，干得真漂亮！”福尔摩斯不由低声赞许。

他接着说：“我跟着就去拜访了夏彭蒂太太，她见到我，脸色变得非常苍白。她有一个很漂亮的女儿，也在屋里，我和她的女儿谈话时，这位姑娘的眼睛红红的，嘴唇不停颤抖。夏洛克先生，你应该有类似的经历吧，当您意识到找到正确线索时，那种全身颤抖的感觉。所以我就问：‘你们听说了克利夫兰的德雷伯先生遭暗杀的消息吗？他可是你们以前的房客啊。’

“那母亲连说话的力气都没有了，只能点一点头，她女儿立刻流出了眼泪。这一切让我相信，她们对这案件一定是知情的。

“我紧跟着问：‘德雷伯先生是几点钟离开你们这里去车站的？’

“‘八点。’她咽了下唾沫，压抑着激动的情绪说，‘他的秘书斯坦杰森先生说有两班去利物浦的火车，一班是九点十五分，另一班是十一点。他赶的是第一班车。’

“‘这是你们最后一次见面吗？’

“我一提出这个问题，那个女人倏地一下变得面无人色。好大一会儿工夫，她才回答说：‘是最后一次。’可是她说话的时候声音沙哑，极不自然。

“沉默了一会儿以后，那姑娘再次开口，这一次，她很镇静，话语也不含糊了。

“她说：‘妈妈，没必要说谎了，咱们还是坦白吧。这位先生，我们后来的确又见到过德雷伯先生。’

“‘愿上帝饶恕你！’夏彭蒂太太双手一伸，喊了一声，倒在了椅背上，‘你这样会害了哥哥的！’

“‘阿瑟会很高兴我们说了实话的。’姑娘坚决地说。

“我就对她们说：‘你们最好还是全部说出来吧，我们掌握的情况也不少，真相水落石出是迟早的事，可你们不要犯错。”

“‘都怪你，艾丽丝！’她妈妈高声说，一面又转过身来对我说，‘先生，我都告诉您吧，我是怕你们怀疑我儿子才有所顾虑的，不过我可以肯定地说，我儿子绝不会做这件事的，他的高贵、职业、经历、身份都足以说明他不可能做这件事的。’

“我说：‘请您相信我，我们不会冤枉好人，您只要把知道的告诉我就可以了。’

“她说：‘艾丽丝，你出去一下，我们有话要谈。’她的女儿听完离开了房间。她接着说：‘唉，先生，我原本不想把这些告诉您，可是我的女儿已经说破，我也不打算再作隐瞒，我既然说了，就一点儿也不会保留。’

“我说：‘这就对了。’

“她说：‘德雷伯先生在我们这里住了差不多三个星期。这以前，他和他的秘书斯坦杰森先生一直在欧洲大陆旅行。我想他们最后到的地方可能是哥本哈根，因为我看到他们每只箱子上都贴着哥本

**词语解释**

倏地：形容极快地、迅速地。



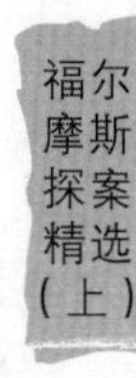

哈根的标签。斯坦杰森是一个沉默寡言、有涵养的人，但德雷伯先生就完全相反，而且是糟糕透了，这个人非常粗鲁而且下流。他们住进来的当天晚上，德雷伯就喝得大醉，直到第二天中午十二点钟还没有清醒过来。他对女仆们态度轻佻、下流，简直令人厌恶透顶。可恶的是，他对待我的女儿艾丽丝也是那个态度。他不止一次对她调情，幸好，我女儿年幼，还不懂事。有一次，他竟然对我女儿动手动脚，这种恶劣的行为，连他的秘书都骂他下流。'

"'你是房东，您完全可以赶他走啊，'我说道。

"我这么一说，夏彭蒂太太不觉羞愧起来，说：'有钱的房客对房东诱惑很大的，他们每人每天的房租是一个英镑，一个星期就是 14 英镑而且正逢淡季，房客很少。我是个寡妇，儿子在海军服役，花费挺大。我实在舍不得放弃这次赚钱的机会，于是就尽量容忍下来。现在回想，他来的那天我就该拒绝的。直到最后一次他闹得太不像话了，我这才狠下心把他撵走，这样他们才搬走的。'

"'后来呢？'

"'这两个人搬走以后，我关上了大门，心里不由松口气。那时候我儿子正在休假，因为他脾气暴躁，又非常疼爱他的妹妹，所以我一直没让他知道这件事。不幸的是，他们走了还不到一个小时，那个德雷伯又回来了。他醉得不轻，情绪异常亢奋。他闯进房间的时候，我和我女儿都在屋里坐着。只见他语无伦次地说："我没赶上火车，更重要的是我想跟您在一起。您已经长大成人，任何法律也不能阻拦您，您跟我走，我有的是钱，我可以让您过上公主一样的生活，别管这个老女人。"可怜的艾丽丝被吓坏了，一直躲着他，可是他一把抓住她的手腕，硬往门口拉，我不由尖叫起来。就在这个时候，我儿子阿瑟进了门，后来发生了什么事，我就不清

**词语解释**

淡季：买卖不兴隆或某些东西生产少的季节。
异常亢奋：极度兴奋。

楚了。我吓得头都不敢抬起来，只听见他们又是叫又是扭的，最后安静了些，我抬起头来一看，只见阿瑟手里拿着一根木棍，站在门口大笑。他说：“我看这个家伙还敢不敢回来找麻烦，我出去看一下他究竟要做什么。”说完这话，阿瑟就拿起帽子，沿街跑去。第二天早晨，德雷伯先生遭谋杀的消息就传开了。’

“这些都是夏彭蒂太太亲口说的话。她说话时喘一阵停一阵，有时声音非常低，我简直听不清楚，所以我把她的话都做了笔录。”

福尔摩斯打了一个哈欠，说道：“听起来真的很不错，后来的事情呢？”

这位侦探又说了下去：“夏彭蒂太太停下不说的时候，我看出了全案的关键所在。于是，我就用一种紧迫的眼神看她，通常，这种眼神对妇女都会有效，我问她儿子是什么时候回来的。

“‘我不知道。’她回答说。

“‘不知道？’

“‘真的不知道。他手里有大门的钥匙。’

“‘您睡了以后他才回来？’

“‘对。’

“‘您几点钟睡的？’

“‘大概是十一点。’

“‘这么说，您的儿子出去最少有两个小时了。’

“‘没错。’

“‘有没有可能出去了四五个小时？’

“‘是有可能。’

“‘时间这么久，他都做了什么，您知道吗？’

“‘我不知道。’她回答说，说这话时她嘴唇都白了。

“事情进展到这里已经没有再问下去的意义了。我知道夏彭蒂中尉的下落后，带上两个警官马上把他逮捕了。当时我拍着他的肩膀，警告他别耍花招，跟

**词语解释**

耍花招：卖弄小聪明；玩弄技巧；施展欺诈手段。

我们走就是，他竟然蛮横地对我说：‘你们抓我，不会以为我和那个坏蛋德雷伯的死有关吧。’这之前我们根本没跟他提过这件事，他自己说出来，难道不让人可疑吗？”

“是很可疑。”福尔摩斯说。

“当时，他身边还带着她母亲说的那根大棒，就是追击德雷伯用的那一根，是橡木做的，很结实。”

“那么您认为他与这桩案子有什么关系？”

“啊，依我的判断，他应该一路追德雷伯直到布里克斯顿路。这时他们突然争吵起来，争吵的时候，夏彭蒂中尉打了德雷伯一棒子，也许正打在他的心窝上，所以他人死了，却没有留下痕迹。加之那晚雨很大，附近又没有人，于是夏彭蒂就把尸首拖进那所空屋里。至于蜡烛、血迹、墙上的字迹和戒指等，不过是他一手设计的，想误导我们而已。”

福尔摩斯称赞道：“干得好！格莱格森，真叫人刮目相看，迟早有一天您会出人头地的。”

这位侦探骄傲地答道：“我本以为这件事可以就此了结了。可那个小伙子自己却否认是他干的，他说他自己追了一程后，德雷伯发觉了他，于是坐了辆马车逃走了。后来他就回家了，在路上他遇到了船上一位老同事，他陪这位老同事散步，走了很久。可当我问他这位老同事的地址时，他却答不上来，可怜的莱斯特雷德，只有他陷进去了，我恐怕他现在什么也没查出来，嘿，说曹操曹操就到，瞧，谁来了。”

果然是莱斯特雷德。我们说话间他已经上了楼，他很快进屋来。平日里那个自信十足、风度翩翩、衣着得体的莱斯特雷德不见了，剩下的只是现在衣服凌乱、惊惶又愁绪满怀的莱斯特雷德。很明显他是来向福尔摩斯求教的，而同事的在场也让他显得很不安，他两手不住地摆弄着帽子，不自然地站在房子中央。最后，他不得不开口了：“这的确是桩

**嵌记妙语**

莱斯特雷德，一个平日里自信十足的老警察突然变得惶恐不安又愁绪满怀，可见案子的确非常地复杂，这样更能显示出福尔摩斯的沉着，也为表现福尔摩斯的非凡智慧做了铺垫。

非常离奇的案子，叫人毫无头绪。”

格莱格森神色禁不住得意起来：“哈，莱斯特雷德先生，您现在看出来了？您得出这个结论是我早就预料到的。您找到那个秘书斯坦杰森先生了吗？”

莱斯特雷德心情沉重地说：“那位秘书斯坦杰森先生，在今天早晨六点钟左右死在了哈里代旅馆，是被人暗杀的。”

# 第七章　一线曙光

莱斯特雷德带来的消息让大家颇为震惊。格莱格森从椅子跳起来，打翻了杯子，杯子里仅剩的兑水威士忌所剩无几。我不动声色地看着夏洛克·福尔摩斯，他紧锁着双眉，嘴唇紧闭着。

“斯坦杰森也被杀了！”他自顾自地说，“案情真是越来越复杂了。”

“这桩案件早已够复杂的了，”莱斯特雷德在椅子上坐了下来，抱怨着说，“我似乎在参加什么军事会议，一堆人毫无头绪。”

“您……您确信这个消息是准确的吗？”格莱格森含混不清地说。

“你说呢？我刚从他的住处来。而且他的尸体我是第一个看到的。”莱斯特雷德说。

“我们刚听完格莱格森对这桩案件的高见，”福尔摩斯说，“现在能不能请您告诉我们您的所见所想呢？”

莱斯特雷德在椅子上坐直了，说：“好吧，我不否认，我原本猜想斯坦杰森肯定和德雷伯被杀的事情有关，我那时抱着这个想法，去寻找这位秘书的下落。可是后来事实告诉我：我错了。3号夜里



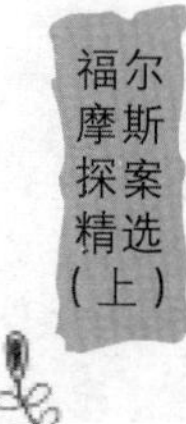

将近八点半的时候，有人曾经在尤斯顿火车站看见他们两个在一块儿。半夜两点钟的时候，德雷伯的死尸就在布里克斯顿路那所无人居住的房子里被人发现了。我的责任是查出斯坦杰森在八点半至案件发生这段时间内都做了些什么，这之后他又去了什么地方。我给利物浦拍了一封电报，在里面详细描述了斯坦杰森的面貌，并让他们严加监视进出美国的船只。接着，我开始在尤斯顿车站周围所有的旅馆和公寓里查访。我当时想的是，假如德雷伯和他的伙伴走散了，那样的话，他的伙伴肯定会在周围某个地方住宿，第二天他们再碰头。”

福尔摩斯说：“他们可以提前约好见面的地点。”

“我的猜想也得到了事实的验证。前一天我足足打探了一夜，还是毫无结果。今天一大早我又开始查访了，八点钟的时候到了小乔治街的哈里代私人公寓。我问他们是不是有一位斯坦杰森先生居住在那儿，他们马上回答说有。”

“您一定是他一直都在等的那位先生吧？”他们说，“他等一位先生等了已经两天了。”

“他现在在哪里呢？”

“他还在屋子里睡觉呢。他说过让我们到九点钟再叫醒他。”

“我要马上上楼找他。”我说。

“我当时想我这样突然闯起来，一定会让他们措手不及，说不定会刺激他提供一些实情。一个擦鞋的茶房主动带我到斯坦杰森的屋子里去。房间在二楼，有一条很短的走廊通往那儿，茶房为我指了指房间以后刚打算下楼，我就被吓住了。虽然干了二十几年的侦探，可眼前的景象还是让我直作呕。歪歪扭扭的血迹从门底下流出来，又从走廊横过去，在走廊的另一侧汇成了一小摊。我情不自禁大喊了一声，那个茶房听见我的叫喊声很快返回来。鲜红

**词语解释**

歪歪扭扭：歪斜不正的。

的血迹让他几乎昏厥。房门是反锁的，我们用肩膀把房门撞开后，屋子窗户大开，一具穿着睡衣的男人的死尸蜷缩在窗子旁边。他应该已经死了很长时间了，因为他的手脚已经冰凉、僵硬。我们把那具死尸翻过来看了一下，那个茶房马上指出他就是这间房子的住客约瑟夫·斯坦杰森。男人的死因是胸口左侧被人用刀刺入很深，一定扎到心脏了，案件还有一个让人非常不解的地方，你们猜我们在死者脸上发现了什么？”

真是太可怕了，我全身不禁一阵发寒，然而夏洛克·福尔摩斯回答说：“是用血写的‘雷切’这两个字。”

嵌记妙语

未到过现场的福尔摩斯，认真倾听莱斯特雷德的转述，就能做出准确的判断，这得益于他缜密的推理和精确的思维。

“非常正确。”莱斯特雷德说，声调透出恐惧。大家一时都深思起来。

这位隐藏的凶手害人的时候非常有条理，并且让人摸不着头脑，所以也就让他的罪行更加令人震撼。虽然我在战场上见过太多的杀戮，此时一想起案发现场，却也不由自主地害怕起来。

莱斯特雷德继续往下说：“有人看见过杀人凶手。旅馆后边有一条小巷通往马房，一个送牛奶的男孩恰好从那条小巷经过。他看见经常搁在地上的梯子被立了起来，倚着二楼一扇打开的窗子。他从那儿经过的时候转身看了一眼，看到有个人从梯子上面爬下来，那个人动作从容、坦然，别人看到根本不会多想，就连那个男孩也把他当成是在旅馆里做活的木工。那个男孩丝毫没有怀疑这个人的身份，只是感到这个木工上工未免太早了。他凭印象说那人身材高大，脸色通红，穿着一件棕色长外衣。我们到房间的时候，看到脸盆的水里有血迹，说明他曾经在脸盆里洗过手；床单上面也留下了血迹，说明他行凶以后在上面从容地擦过刀子。这些可以证明，那个人在杀死人以后一定在房间内还停留了一

会儿。”

听见行凶者的相貌特征和福尔摩斯的推断如此吻合，我不由瞥了他一眼，他的脸上并没有显出得意的神色。

**词语解释**

吻合：完全符合。
脉络：中医指全身的血管和经络。这里用来比喻条理或头绪。

他问：“房间里就没有其他的线索吗？”

“没有。斯坦杰森的衣袋里随时带着德雷伯的钱包，这个没有什么好怀疑的，因为斯坦杰森总是替德雷伯付账。钱包里一共有 80 英镑，一分钱都不少。不管怎么看，这两个案件都可以排除劫财的可能。死者的衣袋里没有文件或者记事簿，只有一张发自克利夫兰的电报，还是一个月以前的，电文是‘J. H. 现在欧洲’，并且这份电报没有署名。”

“再没有其他的东西了吗？”福尔摩斯问。

“没有了。床上放着被害人头天晚上看的小说，床旁边的椅子上搁着他的烟斗。桌子上面放着一杯水，窗台上有个装了两粒药丸的木匣。”

夏洛克·福尔摩斯激动得一下子从椅子跳起来。

“这是最后一环了，”他喜不自胜地说，“现在可以完全证明我的判断了。”

二位侦探不理解地看着他。

福尔摩斯信心十足地说：“我现在已经掌握了组成这桩案件的基本脉络。尽管还有些细节需要填充，不过主要的事实，也正是从德雷伯在火车站与斯坦杰森分开到看到斯坦杰森的死尸这段时间里的事实，我已经把握了，简直就是身临其境，证明我猜想的时候到了。您能把那两粒药丸拿过来吗？”

“我已经拿来了。”莱斯特雷德说着，一边取出一个白颜色的小木匣，“我把药丸、钱包和电报都带来了，我本来准备把它们储存到警察局里一个很安全的地方。我把药片拿来完全是碰巧，我根本没从它身上看出任何价值。”

“把药丸给我吧。”福尔摩斯说完扭头问我，“医生，这些是一般的药丸吗？”

这些药丸看起来就不一般，珍珠般的淡灰色，很小的球体，迎着光看简直是透明的。我说：“瞧它们分量这样轻，并且是透明的，如果把它们放在水里应该是可以溶解的。”

“不错，”福尔摩斯答道，“现在能不能请您把楼下那只快没气的小狗弄过来呢？房东太太前一天还说让您帮它摆脱痛苦，把它弄死。”

小狗被我带上了楼，它呼吸急促，眼神直勾勾的，似乎能预见自己将死的命运。也是时候了，它那雪白的嘴唇说明它比一般的狗活的时间都长，我把它放到地毯上的一块垫子上。

“我要把这粒药丸分为两半，”福尔摩斯说着就用小刀把一粒药丸切开，“我把这半粒药丸放入酒杯里，酒杯里有一勺水。你们瞧，我们的朋友，就像医生所说的，药丸马上就溶化了。我们把另一半重新放回小木匣里，留着以后使用。”

“这很好玩，是吧？”从莱斯特雷德的语气可以听出他怀疑福尔摩斯在捉弄他，“只是我无法看出这和约瑟夫·斯坦杰森的死有什么联系。”

“别急，朋友，耐心些！答案就要揭晓。让我往里边加些牛奶，使味道变好。”

**嵌记妙语**

作者有时会跳出来，替读者说话，也为故事的发展推波助澜。

他说完把那杯子里的东西倒在了一个盘子里，放到狗跟前，狗很快就把盘子舔得一干二净。福尔摩斯一脸郑重，我们被他感染，也都无声地坐在那儿，死死地盯着那条狗看，期待谜底揭晓，遗憾的是没有任何情况发生。那条狗安然无恙地趴在那块垫子上，仍旧吃力地喘着气。看来，那半粒药丸什么作用也没有。

**词语解释**

安然无恙：恙，病。原指人平安没有疾病。现泛指事物平安未遭损害。

时间一分一秒地消逝了，依旧什么也没发生。福尔摩斯早就拿出表来了，此刻他的面部不由显出恼怒和沮丧。只见他紧咬双唇，手指敲打着桌子，



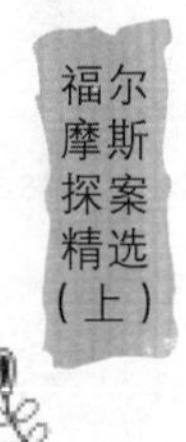

十分不耐烦。我不由替他担心，两位侦探的脸上却露出幸灾乐祸的微笑，似乎很乐意看到福尔摩斯为难的样子。

“这不可能是偶然。”福尔摩斯最后说道，一下子从椅子上跳起来，激动得在房子里转来转去，“这绝对不可能只是个偶然，在德雷伯的案件中我就想到有这样的药丸，现在它终于在斯坦杰森被害后找到。可是它们竟然没有产生作用。这是为什么呢？我的推断不可能有错，这绝对不可能！但这条狗竟然没有被毒死。啊，我知道了！我知道了！”他兴奋地尖叫起来，奔到装药丸的木匣那儿，把另一粒药丸也一分为二。把其中的一半放入水里溶化，加了牛奶便放在狗跟前。那条可怜的狗还没等舌头尝到奶的味道，四肢就不停地抽搐哆嗦起来，然后，就像遭到了电击一般僵卧在那儿死去了。

夏洛克·福尔摩斯深深地吸了一口气，擦了擦脑门上的汗珠。他说：“这都怪我不够自信。我早就应当明白：假如一个情节和一连串的推断自相矛盾，那么这个情节肯定有问题。我本应当在看见木匣以前就推论到的，木匣里的两粒药丸，一粒是能置人于死地的毒药，另外一粒则完全没有毒。”

**嵌记妙语**

福尔摩斯式的经典语言，也是推理小说、侦探小说的经典语言。

他的话让人震惊、怀疑，如果不是亲眼看到那条狗死在我们面前，我们完全可以怀疑他是神志不清。疑团慢慢解开，我开始对这桩案件的真相有了一个隐约的认识。

福尔摩斯继续说：“你们可能会觉得有些奇怪，可对我而言这只是逻辑推理的必然结果。你们在办案的时候并没有抓住正确的线索，思维一直被一些看似扑朔迷离的事件困惑，我有幸及早看到了那个线索，你们看来不可理解的事，按照这个线索会变得理所当然。所以说把奇特和神秘混在一起是大错特错的，看似神秘的案件本质上都是最平淡无奇的，

**词语解释**

扑朔迷离：视觉或目标模糊；真伪难辨。

它神秘完全是没有根据的。如果说这桩案件中死者的尸首是在街道上看到的，而且又没有那些看起来可怕、荒诞又不可理解的情节，那么这桩案件破起来就要难多了。这些奇特的细节不仅没有增加破案的难度，反而让破案简单化了。”

格莱格森先生一直都是耐着性子在听福尔摩斯讲话，此时已经不耐烦了。他说：“您听我讲，福尔摩斯先生，我们绝对相信您的破案能力，也知道您有一些过人而独特的破案方法。但是，我们此刻需要的不只是理论和说教，还需要逮捕杀人犯。我早就把我对这桩案件的想法说出来了，从眼下的情形来看，夏彭蒂这个年轻人是不可能卷入第二桩谋杀案件里去的，所以我的想法也可以推翻。而莱斯特雷德去跟踪查斯坦杰森，如今看来，他似乎也搞错了。您刚才说了那么多，似乎比我们都懂，可您还是没告诉我谁是凶杀犯，我只希望您能把您知道的一切都告诉我们。”

莱斯特雷德也说：“先生，我也真心觉得格莱格森说得很对，我们两个已经竭尽全力了。从我进入这间房子以来，您就多次说您已经获得了所需要的所有证据，您此刻就不要再绕圈子了！”

见他们这样急，我也跟着说：“假如再不逮捕行凶者，他也许会再一次作恶。”

见我们逼得这样急，福尔摩斯反而犹豫起来，并且像他往常思索的时候一样紧锁双眉，垂着头在屋子里不住地走来走去。

后来，他忽然停止走动，对我们说：“你们不必为此担心，不会再发生类似案件了。你们方才问我是不是知道行凶者的姓名，我当然知道。可就算我告诉你们他的姓名，你们也不一定能抓到他。因为这是个十分狡诈、凶残的人，而且我还知道，他有一个同样狡猾的助手，如果我们现在弄出一丝响

**嵌记妙语**

在福尔摩斯心里，对于如何处理这个案件，如何对付这个凶手，他早已胸有成竹了。为了使调查能够顺利进行，他没有告诉任何人这个凶手的名字，生怕打草惊蛇。

动，他们立刻就会发觉，然后就是隐姓埋名，永远消失在这个 400 万人口的城市。我这么做，没有藐视你们的意思，我只是觉得我一个人独立办案动静小一些，成功的概率大一点儿。要是我没有成功，我当然不会把责任推给别人。我此刻可以对你们起誓，到了我的计划不会受到影响的时候，我自然会对你们说的。”

虽然福尔摩斯蔑视了官方侦探，对他们做出这种保证，但格莱格森和莱斯特雷德似乎并没有罢手的意思。格莱格森听后满面通红；莱斯特雷德显然是恼怒了，一双眼睛睁得滚圆。可还没等他们开口说话，门外就传来了轻微的叩门声，原来是那个小小的街头流浪儿的代表维金斯到了。

维金斯抬手敬礼说：“先生，我已经把马车叫来了，它就在楼下。”

福尔摩斯温和地说：“您干得很好。”接着，他从抽屉里取出一副钢手铐，说：“你们苏格兰场怎么不使用这种样式的手铐？瞧，这弹簧多好用，咔嚓一下就锁上了。”

莱斯特雷德说：“只要能找到嫌疑犯，手铐什么的还不是小事？”

“太好了，太好了。”福尔摩斯微笑着说，“维金斯，让车夫上来，他或许能为我搬搬箱子。”

福尔摩斯急切出门旅行的样子让我十分纳闷，他之前可从来没对我说过呀。他把屋里一个很小的旅行箱拖出来，系上带子。他忙着的时候，车夫进来了。

“车夫，过来帮我扣上这个皮带扣。”福尔摩斯跪在那儿忙着，连头都不抬地说。

车夫紧绷着脸，满脸不高兴，他走过来伸手去扣皮带。正在此时，一串响亮的金属碰撞的咔嚓声后，福尔摩斯跳起了身。

“各位先生，”他神采飞扬地说，“由我向你们介绍下杰弗逊·霍普先生，正是他害死的伊瑙克·德雷伯和约瑟夫·斯坦杰森。”

这一切发生得那样快，我根本来不及反应，直到现在那幅场景还如同昨日，我记得福尔摩斯脸上得意的神情，记得他那洪亮的嗓音，也记得马车夫看着魔术一样的手铐套在他手腕上，以及他不由自主流露的手足无措、狂暴。有几秒钟，我们都忘了动，突然，马车夫狂叫一声，从福尔摩斯的手里逃脱掉，直朝窗子奔去，把窗户的木框和玻璃一下子砸碎。他还没来得及往外跳，格莱格森、莱斯特雷德和福尔摩斯猎犬一般扑在了他身上，把他拽到屋里以后，激烈地打了起来。那家伙特别野蛮，身上好像带着癫痫病人发作的时候才有的那种蛮劲，他轮流把我们四人打退。他方才砸窗户的时候，玻璃把他的脸和手都划破了，鲜血不停地流着，不过这一点也不影响他反抗，后来，莱斯特雷德紧紧地掐住他的脖子，差点把他掐死。他这才知道挣扎是无济于事的，可即便这样，我们仍然在把他的四肢全都结结实实地捆起来以后才觉得放心。捆好了以后，我们直起身子来，每个人都累得不行，只能不停地喘气。

**词语解释**

癫痫：是大脑神经元突发性异常放电，导致短暂的大脑功能障碍的一种慢性疾病。发作时有些病人先发出尖锐叫声，随后既有意识丧失而跌倒，又有全身肌肉僵直、呼吸停顿，头眼可偏向一侧，数秒钟后有阵挛性抽搐，抽搐逐渐加重，历时数十秒钟，阵挛期呼吸恢复，口吐白沫。

福尔摩斯说：“他有马车在这里，我们就用他自己的车把他送到苏格兰场去。行了，各位先生，”他高兴地继续说，“我们这桩小小的离奇神秘的案件到此已经结束了。现在我会很高兴地回答你们的任何问题。”

# 第八章　盐碱地大平原

从内华达山脉到内布拉斯加州，从北部的黄石



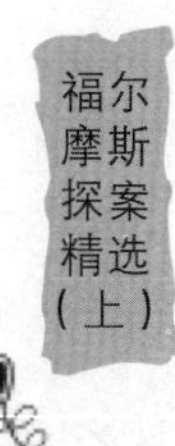

河到南部的科罗拉多州，整个是一片荒芜沉寂的无人区，荒凉的大漠覆盖着北美大陆中部，长时间地阻碍着文明的进程。广袤严酷的土地，得到大自然不拘一格的雕琢，满眼是白雪盖顶的高山峻岭，黑魆魆的阴郁山谷，奔腾在山岩险峻的峡谷之间的湍急的河流，也有一望无际的荒原，冬天覆盖着白茫茫的积雪，夏日露出灰蒙蒙的盐碱。这是一片荒芜、严酷、凄凉的原野。

**词语解释**

阴郁：（天气）阴晦沉闷，（气氛）不活跃，心情忧郁，不开朗。

在这片叫人胆寒的无人居住区，只有波尼族印第安人和黑脚族印第安人在前往其他地区狩猎时才会偶尔结队经过。即使是最顽强、最勇敢的人，也会畏惧，在这里不忍多看，不愿多待，只想回到草原牧场上去。这里只有草原狼藏身在矮丛林中，秃鹰在高空盘旋，还有笨拙的大灰熊在阴森森的峡谷里出没，在山岩间逮着什么吃什么，赖以维生，它们便是这片荒原上仅有的生灵。

极目远眺，无际的大平原整个是一大片盐碱地，其中散布着一丛丛盐碱灌木。地平线的尽头是无尽的山脉，连绵的山峰上覆盖着皑皑白雪。在整个世界上，恐怕再没有什么地方比布兰科山脉北麓的景象更凄凉可怕的了。没有生命，万籁俱寂，天空中没有飞鸟，只是铁青色。清一色的灰土地上看不到一个活跃的生物。你如果凝神细听，除了自己的呼吸，什么也没有。

**嵌记妙语**

读到这几段关于自然景色的描写就可以想见为什么柯南·道尔想当作家了！

人们都相信这片土地上是不会有生命的迹象的，严格说是不准确的，从布兰科山上往下看，有一条小路，它从沙漠里来，消失在地与天相接的地方，这是一条经过众多冒险家践踏，留下无数马车车辙的小路，小路两边满布白骨，粗的是牛骨，纤细一些的是人的骨头。1500 英里长的可怕商旅之路，人们脚下踩着的白骨，也是命运的惊扰、恐怖。

1847年5月4日，一个孤独的旅行者看到眼前这幅景象，还以为自己到了魔鬼之地，在这里人会怀疑神灵的存在。他太憔悴，以致人们不敢肯定他的年龄，40岁还是年近花甲，谁知道呢？他面容枯槁，羊皮纸似的棕色皮肤紧紧绷在突出的骨头外面。长长的棕色须发已经花白，双目深陷，眼神呆滞。枯骨一样的手握着步枪，他要站起身，就得用枪支撑着身体。不过，他身材高大，身架魁伟，看得出他当年十分结实有力，但是，他如今面目憔悴，骨瘦如柴，套在身上的衣服活像只空荡荡的大口袋，使他看起来衰老脆弱。他已被饥渴逼到了绝境。

他抱着一丝希望，想要找到水源，沿着山谷不知道走了多少天，才来到这片小山丘上。可眼前的景象只叫他绝望，除了无边无际的盐碱平原，就是远在天边的连绵荒山。连一棵树也没有，广漠的荒原上，他看不到一点希望，难道注定要葬身此地吗？他不甘心地瞪大眼睛，又向四面望了望，眼神渴望得几近疯狂，可不一会儿就黯淡下来。他认命地想，漂泊的日子是时候终止了，又有什么关系呢，死在这里跟二十年后死在鸭绒床上又有什么差别？

他先把那支没用的步枪丢在地上，又卸下右肩上灰色披肩裹着的大包袱，然后坐下来。他早已经体力透支，再也背不动了，包袱重重落在地上，包袱里竟传出了叫声，只见里面钻出一张小脸，露出一对明亮的棕色眼睛，一脸惊吓的模样，从包袱里还伸出两只胖胖的小拳头，上面长着雀斑，胖嘟嘟的手背上还有浅浅的小窝。

“您摔痛我啦。”孩子埋怨着，声音稚气。

“是吗？”男人带着歉意说道，“我不是故意的。”说着他打开灰色包袱，从里边抱出一个可爱的小女孩。小女孩5岁左右，脚上穿一双精致的小鞋，上身穿漂亮的粉红色衣服，腰上围着亚麻布围裙，

**嵌记妙语**

精准的时间，使作品如同真实的案件记录一般。同时“一个孤独的旅行者”的出现，又具有小说的特质。

**词语解释**

骨瘦如柴：形容消瘦到极点。



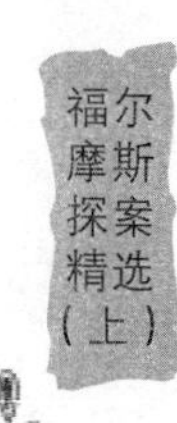

不难看出她是个受过很好照顾的女孩儿。孩子的脸色虽然有一些苍白，但结实的胳膊和小腿都说明，她的同伴并没让她也遭受同样的苦难。

“现在好些了吗？”见她手还按在蓬乱的金发上揉着后脑勺，他焦急地问道。

“您亲亲我这里就好了。”她说得一本正经，把头上碰疼的地方指给他看，“妈妈总是这样亲我。妈妈上哪儿去了？”

“妈妈走了。应该要不了多久你就会见到她。”

小女孩问：“走了？哎，真奇怪，她还没跟我说再见呢。她以前每次去姑妈家吃茶，总要跟我说再见的，可这回她都走了三天了。这里没什么吃的喝的吗？我现在好渴好饿，您不渴吗？”

“没了，都没了，宝贝，你要暂时忍一忍，过来把头靠在我身上，就这样，好的，舒服了一些吧。我的嘴唇也干得跟皮子似的，说话都费劲了，可我想该把实情告诉你。你手里拿的什么？”

小女孩举着两块云母片石给他看，兴奋地说：“漂亮宝贝！好宝贝！回家我要把它送给小弟弟鲍勃。”

**词语解释**

云母：属于硅酸盐类的一种矿物，主要是白色和黑色，能分成透明薄片。用作电绝缘材料。

这人口气坚定地说：“过不了多久，还有比这更漂亮的东西，等一会儿。刚才我就要告诉你呢，你还记得咱们离开那条河的时候吗？”

“哦，记得。”

“当时咱们以为很快就能找到另一条河了，现在几乎不可能。咱们的罗盘或者地图出了问题，我们现在连自己在哪里都不知道，可怜的孩子，我们没水喝了，这里还有一点点水，一会儿你喝吧。”

“您的脸都不能洗了。”小伙伴抬起头望着他那张肮脏的脸，一脸天真地打断了他的话。

“我们连喝的水都没有了，哪儿还有水用来洗脸。因为缺水，本德先生第一个走了，随后是印第安人皮特，接着是麦格雷戈太太，后来是约翰尼·霍恩斯，最后，亲爱的，你妈妈也走了。”

“原来妈妈死了。”小女孩突然全明白了，她把脸埋进围裙里，大哭起来。

“是的，他们都死了，就剩下咱们两个了。后来我想这边可能有水，就背着你过来了，可就眼前的情形，希望依旧渺茫，哦，可怜的孩子。”

孩子不再啜泣，仰着满是泪水的小脸：“您是说咱们也要死了吗？”

“我想大概是这样。”

小女孩突然笑起来，说：“您干吗不早说，害我白伤心一场！咳，咱们要是死了，就又能和妈妈在一起了。”

“没错，一定能，小宝贝儿。”

“您也会见到她的，我要告诉妈妈，您待我有多好。我敢保证，她一定会在天堂门口迎接咱们，手里端着一大罐水，还有好多荞麦薄煎饼，两面都烤得焦黄焦黄的，热气腾腾，我和鲍勃都爱吃。可是那一刻能不能快一点到来，我都等不及了。”

“要不了多久的。”这个人一边说着，一边凝视着北面的地平线。只见蓝色的天穹下，出现了三个黑点，黑点越来越大，来得极快，转眼之间，三只褐色的大鸟朝他们直接飞来，在他们头顶上一阵盘旋，似乎在找落脚点，很快，它们降落在他们头顶上方的一块岩石上。这是三只老鹰，在美国西部，人们叫它们秃鹰，秃鹰一出现，就预兆着死亡。

“公鸡、母鸡。”小女孩指着这三只不祥的猛禽，连连拍着小手，快活地叫着，把它们惊得飞了起来，“嘿，这个地方也是上帝造的吗？”

她这突然一问，男人愣了一下。“当然是他造的。”他顿了一下然后说。

小女孩接着说：“那边的伊利诺伊州是他造的，

**词语解释**

荞麦：一年生草本植物。茎赤质柔。叶互生，呈心脏形，有长柄。花色白或淡红。果实三角形，有棱。子实磨成粉可制面食。通常亦称其子实为荞麦。

**词语解释**

祈祷：向神祝告求福；宗教仪式之一。信仰宗教的人向天地神佛祷告，祈福免灾。含有赞美、感谢、告白、请求等意。

**嵌记妙语**

福尔摩斯探案集另一个精彩之处就在于"故事套故事"的写法，展现了多种人生风景。

密苏里州也是他造的，你不说我还以为是人类造的，上帝伯伯太粗心了，他怎么就不记得把水和树木造上去呢？"

男人迟疑了一下问："做做祈祷，你说好吗？"

小女孩回答说："天还没黑呢。"

"没关系，祈祷最重要的是诚意，不一定非按规律来。我敢打赌，上帝一定不会怪罪咱们。咱们在荒野的时候，你们每天在帐篷里是怎么做的？咱们就照那个样子做吧。"

小女孩望着他，露出奇怪的眼神，问道："您自己干吗不祈祷呢？"

他回答说："我不记得祈祷文了，我个子长到跟那支枪一样高的时候就再没做过祈祷，不过，现在开始也不晚，来吧，你念祈祷文，我跟着你。"

小女孩儿把披肩铺在地上，为祈祷做好准备后说："那您得跪下，我也跪下。您还得把手举起来，像这样，对了，您就会感觉很好的。"

这真是一幅奇异的景象，天地洪荒般寂静，苍茫的天空下，秃鹰虎视眈眈地盯着它的猎物，一个是说话絮絮叨叨的天真小女孩，一个是鲁莽坚毅的冒险家。小姑娘胖胖的圆脸和男人憔悴的黑脸都仰起来，望着晴朗的天空，两人都向心中敬畏的神灵祈祷，态度同样虔诚，仿佛上帝就在他们面前，他们真诚叙说，祈求得到他的怜悯和饶恕。两人的音色不同，一个孱弱清脆，另一个低沉沙哑。祈祷完了，两人又重新坐在岩石的阴影里，孩子倚在她保护人的宽阔胸膛上，渐渐睡着了。他望着她酣睡的模样，看了一会儿，他自己也无法抵抗自然的力量了，他三天三夜都没休息过，甚至没合过眼。眼皮慢慢垂下来，盖住了困倦的眼睛，脑袋也渐渐垂在胸前，男人的花白胡须与小孩的金色鬈发交织在一起，两人都沉沉入睡了。

如果这个流浪汉能晚入睡半个小时，那么他就会看到这样一幅奇特的景象：一小股尘雾升腾在这片盐碱平原遥远的另一边，刚开始只有一丁点儿，从远处看，很难把它从远处的雾霭中分辨出来。直到这股尘雾越来越近，延伸的范围越来越大，最后尘埃翻滚，浓得像一大团乌云。那是无数的动物结队奔腾而过时，卷起的规模强大的尘雾。如果这是一个水草肥美的地区，人们可能以为这是以草为食的北美野牛在大规模迁徙，它们正往这个方向来。但那种情况显然和这片寸草不生的贫瘠荒地有些不符。翻卷的尘雾滚滚而来，直朝着这两个在绝望中酣睡的人，朝着这边的山岩峭壁，距离越来越近。帆布盖顶的大篷车渐渐出现在弥漫的尘雾中，还有武装骑士的身影。原来这一切并不是海市蜃楼。而是一个向西部进发的大篷车队。这个大篷车队真庞大！车队头阵已到山脚下，车队之尾还远在地平线上看不到的地方。源源不断的队伍蜿蜒在这广袤的平原上，两轮马车、四轮马车辚辚驶过，络绎不绝，有的男人骑在马背上，有的男人在步行，无数妇女肩背重负在路上艰难跋涉，孩子们跌跌撞撞跟在马车旁边跑，有些孩子坐在马车上，从白布车篷的缝隙中向外张望。很显然，这不是普通的移民队伍，倒像个游牧民族，迫于环境才迁徙，另觅建立家园的新土地。原本静谧的气氛被破坏了，大篷车队车轮滚滚，马嘶人叫，一片熙攘喧闹，可这并没有惊醒山上两个困乏绝望的流浪者。

**嵌记妙语**

这个流浪汉已经三天没有睡过好觉了，他被这美丽的大自然深深地陶醉了，如果能晚睡半个小时，就能看到朦胧的光明“雾”，和咫尺之遥的未来，“马队”正慢慢地靠近。这预示着他将要走出绝境。

二十多个男人骑马在队伍前面打头阵，他们神情严肃，意志坚强，身穿手工织布做的朴素衣服，肩上挎着步枪。他们来到山脚下，拉住马，简短地商议了一会儿。

“弟兄们，往右边走有山泉。”一个人说。这个人嘴唇紧绷，头发花白，脸刮得很光。



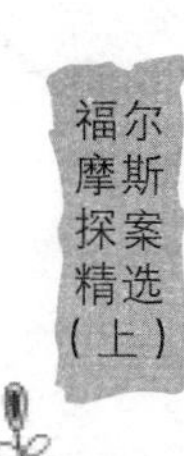

“走布兰科山的右侧，就能抵达里奥格兰德。”另一个人说。

“不要担心没有水。上帝不会抛弃他的臣民，准会从岩石中引出水来的。”第三个人大声喊道。

“阿门！阿门！”几个人同声回答道。

他们正准备重新上路，一位目光锐利的年轻人忽然惊叫起来，大家顺着他的手指朝上面那片崎岖峭壁望去，只见山顶上有件粉红色的小东西在飘荡，在灰色的岩石背景下，显得非常醒目。骑手们见状机敏地拉住马缰绳，取下枪端在手里准备着。这时，更多的骑手从后面赶来增援。人人都在传说：“印第安人。”

“这里不可能有印第安人。”一位领袖模样的长者说。

“波尼族印第安人住的地区我们已经走过了，没到前面的大山不会再有其他部落。”

队伍中有个人自告奋勇说：“让我上去看一下吧，斯坦杰森兄弟。”

“我也去，我也去。”十多个人齐声高喊。

那位长者回答说：“把马留在山下，我们在这里等着你们。”几个年轻人很快翻身下马，把马拴好，攀上陡峭的山坡，朝那个引起大家好奇心的东西靠近。他们拥有训练有素的侦察员的自信和机智，动作敏捷，无声无息。山下的人们仰望着他们，看着他们从一块山岩敏捷地跳向另一块山岩，最后登上山巅，用蓝天作他们的背景。那个最先发现情况的小伙子走在队伍最前面，忽然，他两手一举，做了个大吃一惊的手势。跟随在他身后的人赶紧上前一看，大家都在眼前这番情景下愣住了。

光秃秃的山顶上有一小片平地，一块山岩兀然挺立，岩石旁，倚着一个身材高大的男子，他须发很长，相貌严峻，面容枯槁，浑身瘦得皮包骨，这

**词语解释**

印第安人：是对除因纽特人外的所有美洲原住民的总称。美洲土著居民中的绝大多数为印第安人，分布于南北美洲各国，传统将其划归蒙古人种美洲支系。印第安人所说的语言一般总称为印第安语，或者称为美洲原住民语言。印第安人的族群及其语言的系属情况均十分复杂，至今没有公认的分类。

时他正在呼吸均匀地安详地熟睡，身旁还睡着个小女孩。小女孩的小手臂又白又胖，搂着男人黑瘦的脖子，她的小脑袋倚在男人胸脯上，一头金发散在男人的棉绒衣服上，红红的小嘴微微张开，露出两排整齐洁白的牙齿，满含稚气的脸上挂着顽皮的微笑。她白皙丰满的小腿下面，穿着白色短袜，外面穿着干净的鞋子，鞋子上的搭扣闪闪发光，小姑娘的一切都与那个瘦骨嶙峋的同伴形成奇怪的对比。在这两个奇怪人物上方，凸出的岩石上栖息着三只虎视眈眈的秃鹰，见另外有人到来，猛禽发出一阵失望的啼叫，拍打着翅膀飞走了。

**词语解释**

虎视眈眈：注视的样子。像老虎那样凶狠地盯着。形容心怀不善，伺机攫取。

被猛禽这么一叫，两个熟睡的人一下子惊醒了，他们望着眼前的陌生人，满脸困惑，刚才可不是这个样子的啊，怎么睡了一会儿，就完全都变了。之前的荒原，现在出现无数的人马，男人疑惑又不可思议，他把手遮在眼睛上方，心里喃喃自语着："我是不是神经错乱了，到底是怎么一回事啊。"

小女孩紧张地拉着他的衣角，站在他身边，什么也不说，只是静静地打量这一切，眼神稚气。

他们很快明白这不是幻觉，这些人是来救他们的。只见一个人抱起小女孩，把她扛在肩上，另外两个人扶着虚弱憔悴的男人，一同下山朝车队走去。

流浪者解释说："我叫约翰·费里尔，我们出发的时候有二十个人，在往南边跋涉的时候，他们都死了，现在只剩下我们两个了。"

有人问道："她是您的孩子吗？"

男人似乎感觉到被侵犯了，他紧张地嚷道："现在她只能是我的孩子了，我救了她，她就是我的，谁也别想把她夺走。从今天起她就叫露茜·费里尔。你们是什么人哪？"他好奇地瞧了瞧他的这些救命恩人，见他们高大健壮、面目黝黑，接着说，"你们，好像有很多人呢。"



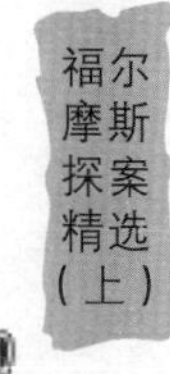

一个年轻人说："差不多一万人。我们遭受过迫害，可我们是上帝的子民，受到天使梅罗娜的庇护。"

流浪者说："对这位天使我不是很了解，但显然她没有选错，你们真是一群好人呢。"

另一个人板起面孔说："谈论神灵不能用开玩笑的口吻。我们信奉的经文是用古埃及文刻写在金板上的，在巴尔米拉城授给了神圣的约瑟夫·史密斯。我们来自伊利诺伊州的瑙乌城，在那里我们有自己的教堂。如果不是为了逃避那个专横的史密斯，那个目无神明的家伙，我们也不会流浪，不过对我们而言，即便流浪到沙漠里，也比被那个家伙奴役强。"

提到瑙乌城，费里尔立刻回忆起来了，他说："我知道了，你们是摩门教徒。"

"我们就是摩门教徒。"大家异口同声道。

"那么你们现在要上哪里去呢？"

"我们自己也不知道，上帝通过先知指引着我们。必须去见见先知，听他指示再决定怎么办。"

当他们来到山脚下，一大群宗教移民突然一下子拥过来，把他们围在中间，其中有性格温顺的白人妇女，有目光诚恳但充满忧虑的男子，有欢笑的身体健康的儿童。他们看着眼前的陌生人，孩子那么小，大人又是如此憔悴，人性中的怜悯不禁而来，这些人自觉地给他们让开道路，让孩子和大人走过去，他们身后，一大群摩门教徒正在好奇地观望着。直到来到一辆马车前，大家才停下脚步。这辆马车与别的马车大不相同，车身十分高大，外表华丽讲究。这辆马车与众不同，别的马车一般套两匹马，最多四匹，而这辆马车套了六七匹马。驾驭者旁边坐着一个人，他头颅硕大，神情坚毅，年纪不过30岁，一看就知道是个领袖人物。他正在读一本棕色封面的书，见这群人来到面前，就把书放在一边，

**词语解释**

坚毅：坚定而又有毅力。

看他们要说什么，听完之后，他瞧着这两个流浪者，神情严肃、语气生硬地说："在我们的羊群中不允许混进狼来。如果在将来证明他们是个腐烂的斑点，那整个果子都会被毁掉的，那我们宁愿把你们留在旷野中，任凭你们的骸骨在阳光下腐烂。只有信奉我们的教义，我们才能带你们一道走。您愿意接受这个条件跟我们走吗？"

"我愿意跟你们走，什么条件都行。"费里尔加重语气说道。一听这话，就连稳重的长老都忍不住笑了，只有眼前这位首领依旧保持着庄严肃穆的神情。

他说："斯坦杰森兄弟，您收留他们吧，您只要给他们吃的、喝的，负责向他们传授教义就可以了。其他的不用费神，好啦，大家也要起来啦！圣地在等着我们呢！"

"前进，向圣地前进！"摩门教徒们一起呼喊。这道命令如同波浪一样，一波接一波地传递下去，喊声渐渐消失在远处。鞭声噼啪，车声隆隆，大队车马再次出动，整个队伍又蜿蜒向前走去。斯坦杰森长老把两个流浪者带到他的车里，那里放着早就给他们准备好的食物。

他说："你们就待在这里，疲劳很快就会恢复的，但是从今天起，你们要有一个意识，你们是摩门教徒了，这是布里格姆·杨的指示，他是约瑟夫·史密斯的代言人，你们要代他传达上帝的旨意。"

# 第九章　犹他州之花

本书不是为了摩门教而作，也不准备详细叙述他们最终定居前在长途迁徙中经受的苦难。反正就是从密西西比河两岸，一直到落基山脉西麓，他们

**嵌记妙语**

作者又突然出现，将读者唤回到既定的故事线索中。

**词语解释**

广袤：土地的面积。东西的宽度为广，南北的长度为袤。

几乎是以前所未有的坚韧精神奋力前进在这片广袤土地上。克服野蛮人、野兽、饥渴、疲乏和疾病等种种阻碍，他们以盎格鲁－撒克逊人毫不屈挠的传统，击退了大自然所降的一切困难。艰难的跋涉和沿途的恐怖，即便是他们中最勇敢的人也为之胆寒，最后他们终于来到一片阳光沐浴的广阔山谷，大家站在峡谷边望着下面的平原，这就是犹他州。这时候他们的领袖站出来说，这片土地是属于他们的，是神赐予他们的家园，谁也无法改变。人们听到宣誓，无不跪拜谢恩。

后来的事实证明，杨不但是个做事果断有力的领袖，还是一个出色的行政长官。很快他就用一张张的规划图、一幅幅的图表把未来城市的轮廓勾勒了出来，他根据教徒职位的高低，把城市周围的土地按比例给予分配，商人继续经商，工匠重操旧业。原野上雨后春笋般出现了城镇的街道、广场，这一切就像是在变魔术。在规划图上成为乡村的土地，出现了疏浚渠道、篱笆围栏，农夫们开拓荒地，播撒种子。第二年夏天，整个乡村则是一片麦浪滚滚、丰收在望的景象。与世隔绝的移民定居区，处处呈现出一片欣欣向荣的景象。最引人注意的是，在城市中心，宏伟的大教堂、耸入云霄的大厦拔地而起，一天比一天高。每天从天际初白，直到月光洒地，教堂工地上斧锯的声音断断续续地传来。伟大的上帝招引着他的子民来到了这里，为了纪念他，人们在这个福地建造一个可以和他匹配的建筑。

有两个流浪者一个是约翰·费里尔，另一个是小女孩。他们俩一路上相依为命，不久后小女孩便认费里尔为义父，两人随着这些摩门教徒千辛万苦地来到他们伟大历程的终点。长老斯坦杰森把小露茜·费里尔收留在自己的大篷车中，让她与斯坦杰森的三个妻子和他任性鲁莽的 12 岁儿子住在一起。

露茜非常惹人喜爱，不久便恢复了健康，也从母亲去世的痛苦中恢复过来。露茜脾气温顺，因为小小年纪就失去了母亲，所以很快得到了三个女人的宠爱。露茜渐渐地习惯了大篷车帐幕里的新生活。慢慢地，费里尔也从困难之中恢复了过来，大家看出，他不仅是个实用的向导，还是个不知疲倦敏锐的猎人。英雄就是用来被崇拜的，很快他就赢得了新伙伴们的尊敬。安定下来之后，大家一致赞成：除了先知杨和斯坦杰森、肯鲍、约翰斯顿及德雷伯四位长老以外，费里尔应当跟其他移民一样，分得一大片肥沃的土地。

就这样，费里尔得到了一片土地，他在这片土地上修建了一个坚实的木屋，由于木屋一年又一年地增建，渐渐成了一栋宽敞的宅子。费里尔是一个不仅有头脑而且重实际的人；在与人交易的时候他十分精明；而且还懂得各种手艺，手艺非常娴熟；身体也十分健壮，从早到晚孜孜不倦地在土地上耕作劳动，因此，他的农田和各种资产都渐渐地走向了正轨。不到三年的时间，他就比周围的邻居有钱；六年之内就奔向了小康之家；九年后，他变得十分富有；到了第十二年，整个盐湖城能跟他相提并论的人便不足五六个了。从盐湖边到瓦撒切山地，这么远这么大的范围内，没有一个人比他的名声更响亮了。

然而，有一件事情，费里尔伤害了教友们的感情：不论人们如何与他谈论，也不论人们如何劝说他，他都不能遵从同伴们的方式娶妻生子，他自己也从来不解释为什么一再拒绝这样做，只是毅然固执己见而已。因此，有些人指责他对自己信奉的宗教不虔诚；有些人则认为他是吝啬自己的财产，害怕浪费钱财，不肯破费；还有些人则猜测他以前一定有过一场惊天动地的恋爱，说不定在大西洋沿岸



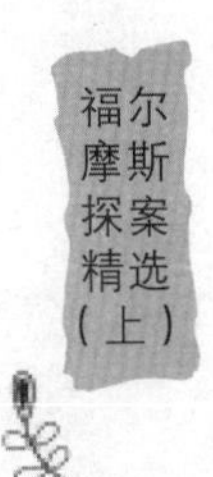

还有过一位情人，说不定还是个金发女郎，曾经爱得死去活来。但是不管什么原因，费里尔从没有任何一点改变，依旧过着自己的严谨独身生活。除了这一点以外，在其他任何方面，在他新居住的土地上，他都虔诚地奉行着他们的宗教。因此被大家公认为是个诚实正直的正统的教徒。

露茜·费里尔在这栋木屋里渐渐长大了，为义父收拾家务。清新的空气和松林中飘溢的脂香，就像是保姆和母亲一样，抚育了这个少女。随着一年又一年的消逝，露茜也一年又一年的长大，身材越来越高挑，体态越来越丰腴，面颊越来越娇艳，步态越来越轻盈。路人经过费里尔家田庄旁的大道时，有时一不小心就会看见露茜那苗条的少女身影，有时看见她步态轻盈地穿过麦田，有时遇见她骑在父亲的马背上，俨然一副西部少女的成熟姿态，看到这一切，人们都不由自主地想起自己青春年少的岁月来。所有的花苞都会绽放成一朵迷人的鲜花。岁月的推移，不仅让她父亲变成他们居住的地方最富裕的人，也让她长成了标致的美国美人，在太平洋沿岸的整个山区，她就像是一个稀有的珍宝，耀眼而罕见。

**嵌记妙语**

在义父的细心照料下，露茜渐渐长成了一个既懂事又貌美的少女，路人看到她都会情不自禁地想起他们年轻的时候。对露茜的标致外貌的描写，为她因为美而导致的灾难埋下伏笔。

就像是一个小孩渐渐地长大，突然有一天发觉以前需要仰视的人现在可以直接对着人家的眼睛说话，发现以前需要人们帮忙拿东西的地方自己可以拿到了。女孩长大变成成熟的女人的过程是最微妙、最神秘的，形成的过程也是很缓慢的，所以女孩的父亲是很难发现这一点的。女孩也是不识庐山真面目。直到某一天，她听到有人悄悄地在她耳边轻轻地对她说了句特别的话，或者一不小心碰触到某人的手，这时就会感到心在震颤，一种惊喜交加的感觉就会随之喷薄而出。这时，女孩才会真正地感受到，有一种真正神奇的感觉从自己的身体里面喷涌而出。

**词语解释**

震颤：抖动；因惊惧而战栗。

世界上很多上了年纪的人都会在夜深入静的时候，轻轻地回忆起曾经的激情，回忆起预示着自己新生活开始的某件小事情。在露茜·费里尔的生活中，也真实地发生了一件事，先不说这件事情会给她的生活带来什么变化，也不说会给其他的人带来什么影响，单说这件事情本身就十分地严重。

六月的一个早晨，天气温暖和煦，摩门教徒们个个都像是一只只勤劳的蜜蜂，在辛勤地劳作着，其实摩门教的徽章就是一只蜜蜂。无论是在田野里还是在街道上，到处都能听到人们在劳动时发出的声音。在大道上，则是川流不息的人群，尘土飞扬的空气，还有那些背负重荷的骡群，这是因为在西方发现了金矿，成群结队的人们都奔向了加利福尼亚州。横贯大陆、通往太平洋沿岸的大道正好从伊莱克特这座新城穿过。在大道上面，有从遥远的牧场过来的成群牛羊，也有一队队疲惫的移民，他们个个经过了长距离的行走，十分疲倦。这时候露茜出现了，她就像是一朵花出现在这个大道上，跟其他的移民形成了强烈的对比。她骑着她父亲的马儿，仗着自己骑马的高超技术，在人畜交加的路上穿行。她美丽的脸庞因为运动而变成了红色，白里透红，栗色的头发在风中飘拂。这是她父亲交代她去办事。像平常一样，她凭借着自己年轻胆大，什么都不管地向前骑马。人们都看着这个年轻的女子，个个的脸上露出了羡慕的表情，就连平时面无表情的印第安人也显得很惊讶。

这时候露茜来到了郊外，她跟大草原上的牛相遇了。赶牛的是个长得很丑的人。牛群走得很慢，露茜等不及了就走进了牛群，想借着牛的空当赶路。谁知她一走进去就像是走进了一个牛流里面，后面的牛很快就把她包围了。但是露茜没有惊慌，因为她早就已经知道怎么跟牛群很好地相处。但是不知



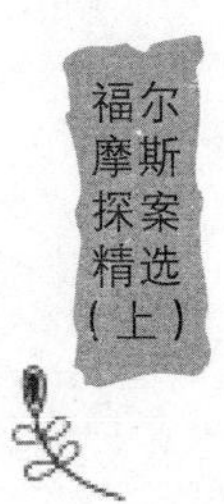

道一只牛是有意还是无意，用它的牛角去顶露茜的马肚子，受了攻击的马开始惊慌失措起来，马越跳就有越多的牛顶住它的肚子，露茜现在只能安静地趴在马的背上，紧紧地搂住马的脖子，否则就会掉下来，然后被牛给踩死。周围的牛跟马越来越凶，露茜感到一阵头晕目眩，手中的缰绳眼看就要掉了下来。露茜这时快要绝望了。正在这紧急时刻，旁边有一个很亲切的声音出现了，她知道是有人来救她了。只见一只强有力的棕色大手将受了惊吓的马的笼头抓住，在牛群中挤出了一条出路，没过多大工夫，就把她带到了畜牲群的外面。

**词语解释**

头晕目眩：头脑发昏，眼睛发花。形容被事情烦琐弄得不知所措。眩，（眼睛）昏花。

救星用十分谦恭的口吻说道："小姐，希望您没有受伤。"

露茜抬起头来看见一张黧黑而粗犷的脸，竟然满不在乎地笑了，嘴里天真地说道："真把我吓坏了。没有料到我的马儿庞乔竟会让一群牛吓成这样子！"

救星态度十分诚恳地说："谢天谢地，幸亏您在慌乱中抱紧了马鞍子。"

他是一个身材高大的小伙子，骑一匹灰白色、上面有点斑点的骏马，身上穿着结实的粗布猎服，肩上背着长筒步枪，只不过他的表情有点凶猛。

**同步思考**

英雄救美的小伙子和露茜的父亲是什么关系？

他说："我猜，您一定是约翰·费里尔的女儿吧，我看见您从他的庄园那里骑着马过来。如果您见到他就问一下，还记不记得圣路易的杰斐逊·霍普这家人，如果他就是那个我认识的费里尔的话，我父亲过去和他还是非常要好的朋友。"

露茜态度端庄地问道："为什么您不自己去问他呢？"

小伙子听到这个建议，似乎感到非常高兴，黑色的眼珠闪耀着快乐的光辉。他说："我会去的，但是这两个月我们连续待在了大山中，现在这副模样不太好意思去看他。但是我相信费里尔大叔看到我们一定会好好地招待我们的。”

露茜回答说：“他一定会好好感谢您一番的，我也要衷心地谢谢您。他很疼爱我，如果我不幸被那群牛踩死的话，他不知道有多么伤心呢。”

小伙子说：“我也会非常伤心。”

“您，啊？我的生死怎么看，跟您也没有多大的关系呀，我想今天是我们见的第一面，我们还不能算是朋友吧。”

年轻猎人听了这话，似乎心里很难过，他的黝黑面孔不由自主地阴沉下来，露茜见状情不自禁地放声大笑。

她说：“好啦，我当然不是这个意思了，您是我的救命恩人，现在自然已经是我的朋友了。您一定要来看我们呀，不过我现在得走了，否则，父亲以后就不会把事情交给我办了。再见啦！”

“再见！”他一面回答，一面将头上那顶墨西哥式的宽边帽推起来，然后低下头吻了一下露茜的小手。她掉转马头，高高地举起手来扬鞭打马，沿着尘雾滚滚的大道飞奔而去。

小杰斐逊·霍普和他的伙伴们骑着马按原方向继续前进，一路上，他心情很郁闷，默默无言。这群伙伴们一直在内华达山脉中寻找银矿，现在正要返回盐湖城，打算筹集一笔足够的资金，用来开采他们发现的矿藏。在刚刚认识露茜以前，对挖银矿这个事业，他跟他的所有伙伴一样充满了激情，但是，这场意外的相遇却把他的热情引向了另一个方向。像山谷里的风，吹拂过炎热的地面，这个美丽的少女，深深印在了他的那颗火山般奔放不羁的心上。当她的身影从他的视线中消失后，他感觉到刚才的那一瞬间是他生命中最重要的时刻。银矿也好，其他所有问题也罢，所有这一切都比不上他刚刚救助的这位小姐的一个笑容，她吸引了他的全部精神，

**词语解释**

奔放不羁：任性豪放，不受约束。形容性格豪爽，蔑视世俗礼法。

他的全部激情。他心中喷涌出了一撮火花，爱的火花。现在绝对不是小孩子时候的那种变幻无常的短暂幻想，也不是年少时候的冲动好奇，而是一个意志坚定、个性刚毅的男人心中的一个承诺。这大概就是一见钟情吧。

他是一个相信自己的人。他相信你只要努力去做一件事情，用尽你全部的精力，那么就一定会成功的。所以他平生所做的事情，没有不称心如意的。他在心底默默对自己说："一定要成功。"

这天晚上，小杰斐逊就去拜访了约翰·费里尔。从这以后，他又去过许多趟，在来来往往的穿梭中他们彼此都非常熟悉了。十二年来，约翰·费里尔把自己的全部心思扑在了这片谷地上，整年整日整夜地在田间干活，完全和外界失去了联系，过着与世隔绝的日子。杰斐逊·霍普对这些年外界的变化非常了解，他把自己的所见所闻一样样讲给他听。小杰斐逊讲得有声有色，淋漓尽致。不但让这位父亲听得津津有味，就连露茜的眼神也没有离开过他的身影。遥想当年他也是最早去加利福尼亚淘金的人，因此知道许多故事，了解在那些遍地是黄金，处处可能发生暴力的岁月里，多少人一夜暴富，多少人倾家荡产，多少人生离死别。他当过警卫，干过矿井口管理人，勘探过银矿，当过雇工。哪里出现令人激动的冒险活动，哪里就会有杰斐逊·霍普的身影。小杰斐逊很快就获得了这位老农夫的欢心，老人对霍普的喜爱不可言喻，对他的赞赏不绝于口。每逢这种时候，露茜虽然默不作声，但是她红晕的双颊、明亮的眼睛总是会露出幸福的光芒，显而易见，她那颗少女的心，已经紧紧地系在了那个小伙子的身上了。她的这些迹象，也许诚实的老父亲还没有感觉出来，可是小伙子却凭借他那敏锐的洞察力获知，自己已经成功地赢得了姑娘的芳心。

**词语解释**

默不作声：不说话，不出声。表示沉默的样子。

一个夏天的傍晚，露茜站在门口，霍普骑马飞驰过来，她走向前去迎接，他漂亮地把缰绳抛出去挂在篱笆上，急速地大踏步沿着小径走过来。

“我要走了，露茜。”他一边说着，一边握住她的两只手，含情脉脉地看着她的脸，“现在我不要求您跟我一块儿走，可是等我再次回来的时候，亲爱的，您愿意跟我一起走吗？”

“可您什么时候才回来呀？”她羞红了脸颊，低着头笑着问道。

“最多两个月，亲爱的。等到那时候，我一定要向您求婚，谁也阻挡不了我们。”

她问道：“可是，父亲怎么办呢？”

“他已经同意了，只要我们银矿进行得顺利就可以了。我一点儿也不担心这件事。”

“嗯，那就行了。既然您和父亲已经把一切都安排好了，那我就用不着多说了。”她轻声说着，把面颊偎依在他宽阔的胸膛上，静静地倾听他心跳的声音。

“感谢上帝！”他用粗哑的声音说道，一面弯下身去吻着她，“那么，我们就这样决定了，现在我在这儿待得越久，就越不想离开，但是他们现在还在峡谷等着我呢。再见了，亲爱的，再见了！我保证不出两个月，您一定会见到我。”

他一边说，一边离开她温暖的怀抱，翻身上马，然后朝着峡谷的方向狂奔而去，为了自己的决心，害怕自己一回头就走不了了，所以他连头都没有回一下，就这样走了。露茜在门口看着他，直到看不见他的身影了还在看。现在的她是犹他州最幸福的女孩子。

**同步思考**

作者精心地描绘了费里尔和女儿的故事，其笔墨之浩繁甚至超过了福尔摩斯探案本身，对此你是怎样理解的？



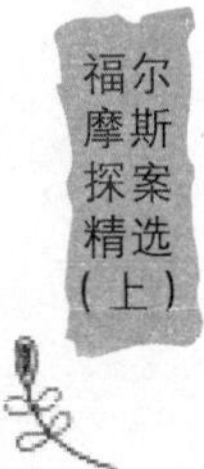

# 第十章　约翰·费里尔和先知的会谈

杰斐逊·霍普和他的伙伴们离开盐湖城快三个星期了。约翰一想到这个年轻人回来就会带走她的宝贝女儿，他就会失去露茜，心里就很难过，但是看到女儿脸上流露出来的幸福的表情，他知道女儿心里是十分满意这个孩子的。这就够了。他绝对不要女儿嫁给摩门教的人，因为他们的婚姻不是在娶老婆，而是一种耻辱。不管对于摩门教的教义如何看待，在这个问题上约翰始终保持这个观点，但是在遍地是摩门教徒的土地上，这样的话他是不敢说的，因为说出违反教义的话是一件非常可怕的事情，一不小心就会尸骨无存。

嵌记妙语

费里尔视露茜为亲生女儿，知道女儿有了心上人，而且随时就会把她给带走，他心里就会难过。有一点，他是绝对不允许女儿嫁给摩门教徒的，他了解摩门教徒的规矩和残忍，因此他不会让露茜嫁给那些禽兽不如的摩门教徒。

在这个地方，讨论摩门教的坏话简直就是一种自寻死路的做法。以前教会里面那些德高望重的圣徒们，也只是在心里面偷偷地谈论一下对教会的意见，害怕一不小心就会招来杀身之祸。但是当他们成为教会的主要领导人，摇身一变，从受害者变成了迫害者，就有种媳妇熬成婆的心态，开始更加变本加厉地迫害那些对教会说三道四的人了。西班牙塞维利亚的宗教法庭、德国的日耳曼神圣法庭、意大利的秘密社团，这些机构都有令人敬畏的处理人的结构，但是这些跟摩门教的比起来，简直就是小儿科。

词语解释

摩门教：耶稣基督后期圣徒教会，简称后期圣徒，是一个覆盖全球超过176个国家和地区的国际性基督教会。总部位于美国犹他州盐湖城。

摩门教的处理组织究竟在哪里，谁也说不清楚，但是所有人都知道这个组织似乎无所不知、无所不能，所作所为，看不见，又没有人能听得到。要是谁有胆子对教会不满，那么他就会不知不觉地从这个地球上消失，没有谁会知道他去了哪里，也没有谁知道究竟是谁处理了他。妻子还在门口等待着丈夫的回归，孩子还在等待着父亲的回来，但是谁也不知道他从出门之后去了哪里。人们只要说话或者行为不检点，或者有违教规，那么就该自危了。谁也不知道笼罩在他们头上的是怎样的一个可怕的组织。即使在没有人的旷野上，也不敢说摩门教的不好。

**嵌记妙语**

在这个善与恶斗争的故事里，恶魔开始露出它的爪牙了。

一开始，这种无形的可怕势力只对付那些叛教者，针对的是起初接受摩门教义，后来改变信仰或放弃这种信仰的人们。可是后来，又开始镇压成年的妇女，渐渐地妇女的人数就减少了，远远不够所谓的一夫多妻制了。于是各种各样的奇闻流传开始了，有的说有些移民被杀死了，有些旅行者被射死在了自己的帐篷内，但是在摩门教的长老的院子里，出现了形容憔悴、泪流满面的女人，她们的眼睛里面流露出恐惧的眼神。山间晚归的人们就说，暮色中会有一帮帮头戴面具的骑马人，悄无声息地从他们身旁疾驰而过。这些传说的故事越来越真实，后来就有了明确的目标，到了现在，在西部荒凉的大草原上，"摩门帮"和"复仇天使"依旧是不好的字眼。

对这个组织越了解，你内心的恐惧就越深刻。因为谁也不知道谁是这个组织的人，说不定你今天对你的朋友说了一句不满的话，晚上你就被处理死了。说不定你的朋友就是这个组织的人，所以人与人之间都不信任。这个残暴组织的人，总是打着宗教的幌子参与各种血腥恐怖活动。

一个晴朗的早晨，约翰·费里尔正准备下麦田干活的时候，突然听到院门的门闩咔哒响了一声。他从窗口向外一看，只见一个中年男子正沿着自家的小径向屋里走来，那人长得牛高马大，顶着一头淡褐色的头发。约翰大吃一惊，因为来的人不是别人，正是大人物布里格姆·杨，这是先知亲自驾到呀。



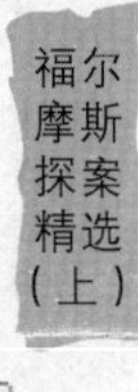

约翰立刻吓得浑身发抖，他心里明白，这次访问对他来说是凶多吉少。费里尔连忙跑到门口，向摩门教的首领致敬。首领的反应很冷淡，板着面孔随他走进了起居室。

“费里尔兄弟，”他一坐下来就开口说话，很冷的目光从他的眼睫毛下面射了出来，用相当严峻的声音说道，“我们作为上帝最忠实的教徒对你一直都是非常善良的，你想一下，那一年要不是我们把自己的粮食给你们吃，把自己的水给你们喝，你们早已经被饿死在了沙漠上，我们把你们带回神赐予我们的地方，并且让你变得这么富有，你说是不是这个样子的？”“是这样的。”费里尔回答说。

“对于所有这一切恩惠，我们只提出过一个条件，那就是，您必须真心皈依我们信奉的宗教，并且要奉行教规，在各个方面。关于这一点，您是发过誓的。可是，根据公共报告来看，您并没有履行自己的誓言。”

**词语解释**

皈依：虔诚地信奉或加入宗教。一般指皈依佛教。

费里尔无奈地伸出双手争辩道：“我哪点没有履约呢？是我没有缴纳公共基金，还是我没有去教堂做礼拜？难道我没有……”

“但是您的妻子们呢？”杨的目光冷冷地在他身子周围扫了一圈，问道，“去把她们都叫出来，让我见见她们。”

费里尔回答说：“我没有娶妻，这是事实，可是，我们这里的女人太少了，我认为很多人比我更需要。更何况我也并不是孤零零的一个人，我有女儿在陪伴。”

这位摩门教的领袖说：“这次我来的目的就是她。她现在已经长大成人了，可以说是咱们犹他州的一朵鲜花。我们这里的许多有地位有身份的人都看中了她。”

约翰·费里尔一听到这话，心中叫苦不断。

“关于你的女儿，现在有一些不好的流言在四处传播，说她已经跟一个不是我们教徒的人订了婚，不过我知道这些都不是真的，这一定是某些无聊的人在乱嚼舌头根，我是不会相信的。圣约瑟夫·史密斯经典的第13条是什么，我相信你一定不会忘记的。‘摩门教的每一个少女都要嫁给一个神选的子民，如果你选择的是一个异教徒的话，就犯下了弥天大罪。’这就是经典上的话，我相信你作为一个虔诚的子民，一定会遵从神圣的教义，不会放纵你的女儿去违背它的。”

**词语解释**

虔诚：虔，恭敬。恭敬而有诚意（多指宗教信仰）。也可以当形容词。

约翰·费里尔没有回答，他的手不安地摆弄着马鞭子。

“现在正是考验您坚持信仰的时候，教会四圣人已经做出了决定。你女儿还年轻，我们不会让她嫁给一个头发花白的老人的，我们也不会完全剥夺她挑选自己丈夫的权利。我们这些做长老的，家里已经有许多‘小母牛’了，但是我们的孩子们还需要妻子。斯坦杰森有一个儿子，德雷伯也有一个，他们都虔诚地愿意娶您的女儿为妻，叫她在他们两个人之间选择吧，他们都年轻富有，并且信仰上帝。您对这事有什么要说的？”

费里尔双眉紧皱，半晌没有说一句话。

最后他说道：“您得给我一点时间考虑吧。我的女儿现在还年幼，没有到结婚的时候呢。”

“一个月。就给她一个月时间，她要在一个月内做出选择。”杨说着站起身，“一个月后，她要给我答复。”

他走出门，突然又返回来，涨红了面孔，眼露凶光，厉声喝道：“约翰·费里尔，要是您有胆耍性子，违抗四圣人的命令，那么你们父女俩就会后悔当初怎么没有死在布兰科山上！”

杨做了个威胁的手势，转头就走了。费里尔听

见他沉重的脚步在门前碎石小径上踏出嘎吱嘎吱的碾轧声。

他把自己的胳膊放在腿上，弯着腰蹲了很久，他不知道怎样把这件事情告诉自己的女儿。忽然他感觉到一个很温暖的手放在了自己的手上。抬头一看，看到了露茜满脸惊恐、一脸苍白地看着他。不用说，露茜已经知道这件事情了。

她端详了一下父亲的脸色，说："我就是想不听也不行，他的嗓门那么大，整个房子里都听得见。哦，爸爸啊，爸爸，咱们究竟该怎么办呢？"

"你现在还不用惊慌，"他一边说，一边把她拉到了自己的身边，然后用自己饱经风霜的手抚摸着露茜的头发，"我们总会有办法的，你现在对那个小伙子的热情没有一点的减少，是吧？"

露茜默默啜泣着没有作答，只是紧紧捏了一下老人的手。

"是呀，当然不会减少对他的热情呀。我不想听到你违背自己的良心说你已经忘了他了。他是一个有前途的小伙子，并且还是一个基督教徒。就凭这一点，他就比这里的小伙子强多了。虽然这里的人每周都去朝拜，在结婚的时候会祈祷，还会喋喋不休地说个不停，但是对待婚姻的态度很过分，对待自己的妻子更是残忍。明天会有人去内华达州，我找人写封信给霍普，然后让他知道我们的处境，给我们想办法。如果我没有看错这个小伙子的话，他一定会以最快的速度回来的，就像骑着电报一样。"

露茜听了父亲的这番比喻，不禁破涕为笑。

"他回来以后，一定会帮咱们想出一个好方法的。但是我担心的倒是您，爸爸，经常听说……听说他们会惩罚那些违背先知的人，说是反对他的人都要遭到可怕的灾难。"

父亲回答道："不过咱们并没有反对他，如果

**词语解释**

朝拜：信徒与教徒们一种虔诚的拜谒仪式。
先知：认识事物在众人之前，亦指认识事物在众人之前的人，宗教中指受神启示而传达神的旨意或预言未来的人。

咱们真的反对过他，那可真得防备呢。咱们还有整整一个月的时间哩，期限一到，我想咱们最好从犹他州逃走。”

“离开犹他州？”

“没错。”

“可是田庄呢？”

“我们尽可能把这些土地变成钱，实在卖不掉的话，也没什么。其实我早就想这么干了。我没有在意我屈从于谁，可是这里的人全部都屈从于先知，活在先知的淫威之下。我是一个自由的美国人，我看不惯他们的专权。我老了，学不会他们的那一套了，如果他们真的来我的庄园，我会让他们尝尝子弹的味道。”女儿却有不同看法，说：“可是，他们不会放咱们走的。”

**嵌记妙语**

对于女儿幸福的关切、对于自由人格的向往最终改变了费里尔和女儿的命运。

“等杰斐逊回来，我们就要逃出这个可怕的地区。在这期间，你千万不要为难你自己呀，我的好女儿，也不要把眼睛哭得肿肿的，要是让他看见你这副模样，准会找我的麻烦。本来就没有什么困难，没有什么大不了的。”

这些安慰的话，约翰·费里尔对女儿说得十分坚定，显得非常自信。但晚上他却表现得与往日大不同，非常谨慎地把门户一一上了闩，还把挂在卧室墙上那支生了锈的旧猎枪取下来，擦拭干净，装上子弹。

# 第十一章　逃命

在第二天早晨，也就是跟摩门教先知谈话后，约翰·费里尔去了盐湖城。他在那里找到了一个朋友，那个人要去内华达山区，他把一封写给杰斐逊·霍



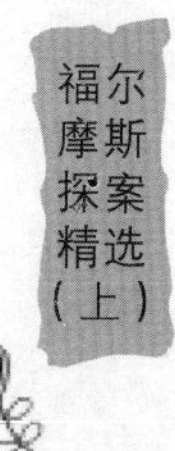

普的信托他带过去。在信中约翰告诉了杰斐逊目前这种紧迫的情况，希望杰斐逊能尽快赶回来。办完这件事情约翰才感到有一些轻松，回到家里心情也很好。

当他走近自己的田庄时，惊讶地发现大门两旁的门柱上，一边拴着一匹马；更使他吃惊的是，当他走进屋子时，发现起居室里有两个年轻人。一个人的脸像驴脸一样，并且满脸苍白，乐滋滋地躺在摇椅上，把自己的两只脚高高地搭在壁炉架上；另一个人盛气凌人地站在窗前面，又粗又丑，他把两只手插在了裤袋里，还唱着现在最流行的赞美诗。

**词语解释**

赞美诗：基督教举行崇拜仪式时所唱的赞美上帝的诗歌。歌词内容主要是对上帝的称颂、感谢、祈求。

费里尔走进来的时候，他们俩对他点了点头。躺在椅子上的那个年轻人首先开了口。

他说："也许您不认识我们，他是德雷伯长老的儿子，我是约瑟夫·斯坦杰森。在你们穷困潦倒的时候，上帝伸出他仁慈的手，把你们引进善良的羊群，当时我们就陪同你们一块儿在沙漠中行走，一起来到了这个上帝指引的福地。"

另一个人鼻音很重，说："仁慈的上帝最终会把普天下的人都引过来的。虽然上帝选择的时候很慢，但非常精细，毫无疏漏。"

约翰·费里尔冷冷地鞠了一躬。他现在已经料到这两位来客是什么人了。

斯坦杰森继续说道："我们是奉了上帝的指示，过来你家向您女儿求婚的，现在就请您和您的女儿在我们两个之中选出一个。我呢，只有四个老婆，可是德雷伯兄弟已经有了七个，显而易见我比他更需要露茜。"

另一个重鼻音的大声叫道："不对，不对，斯坦杰森兄弟。现在的问题不在于咱们已经有几个老婆，而在于你我究竟能够养活多少个老婆。我父亲已经把他的磨坊给我了，所以，我比你有钱。我比你更有资格拥有露茜。"

斯坦杰森此时的口气强硬："不过，我的希望比您大。等到上帝召唤我家老头子回去的时候，我就可以顺利继承他的鞣皮厂和制革厂。到那时，我可就是您的长老，我在教会中的地位也比您高。"

小德雷伯照着镜子端详自己，脸上装出一脸笑容，说："现在最好的方法就是让这位美丽的姑娘来决定，让她来选谁更有资格来做她的丈夫。"

约翰·费里尔一直站在门口，听了这番对话，他的肺都快要气炸了。他努力地忍着，才没有将手中的马鞭打向这两个不受欢迎的人。

最后，他大踏步走到他们面前，喝道："听着，我女儿叫你们来，你们才能到这儿来，没有叫你们的时候，我真的是一分钟也不想看到你们这些脸。"

**嵌记妙语**

对于两个自己不喜欢的人来向女儿露茜求婚，约翰·费里尔费尽了心思，此时已经怒火中烧的他，一直站在门口保护露茜，就差自己的拳头没有打向那两个令人厌恶的人了。

这两个年轻的摩门教徒被吓住了，全都瞪大了眼睛望着他。对于他们来说，向露茜求婚其实是一件自降身价的事情，无论是对露茜还是对费里尔都是一种非常值得炫耀的事情。

费里尔喝道："离开这间屋子有两条路，一条是门，一条是窗户。你们想走哪一条？"

这时候他的古铜色的脸庞显得非常地凶狠，手上的青筋都暴露了出来。这两个人一看就吓得赶紧起身告辞，生怕一不小心就会惹祸上身，老农赶到门口挖苦道："你们两位自己商量吧，定了究竟哪位合适，告诉我们一声就行了。"

"你是自讨苦吃！"斯坦杰森气得脸都白了，大声嚷道，"你真是自不量力，竟然敢公然抵抗四圣人，你会后悔一辈子的。"

小德雷伯也叫道："我相信上帝之手会狠狠地让你尝到不遵从四圣人的结果，它能让你生，就能让你死！"

"好啊，那我就要看着您先死。"费里尔怒吼一声，要不是露茜抓住他的胳膊竭力阻拦，他早就



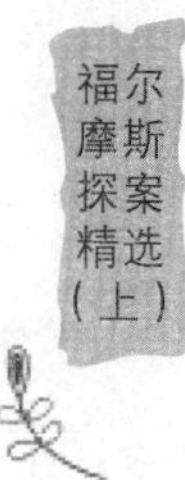

已经冲了上去，此刻正指着这些无礼的家伙，随后便听见一阵马蹄声，知道他们已经跑远，追不上了。

约翰一面擦着额头上的汗，一面大声喊道："你们这两个满嘴胡言乱语的小流氓！我的宝贝女儿，我宁愿看着你死，也不让你嫁给他们这种人。"

露茜情绪激动，道："爸爸，是的，我就算是死也不要嫁给他们。放心吧，杰斐逊马上就会回来了。"

"是的，杰斐逊很快就会回来的。不知道他们下一步会怎么做，他回来得越早越好。"

在如此危急的时刻，坚强的老人和他的义女现在孤掌难鸣，他们十分需要一个人出来为他们俩出谋划策，助他们一臂之力。在这片移民定居区内，在这段奋斗史中，从来没有一个人胆敢公然站出来违抗四圣人。一些微小的过错都会遭到四圣人的严厉惩罚，更何况干出这样"大逆不道"的事来，结果会怎么样呢？费里尔知道，他的财富、他的名声对他的危险处境没有一点用处。以前，由于触犯了四圣人，一些跟他一样有名望有财富的人被偷偷干掉，他们的财产也被全部充公，归了教会。约翰是个勇敢的人，虽然对于即将降临到头顶的威胁他自己想起来会不寒而栗，但是经历过生死的人无论处于怎样的环境下都会勇敢地承担下来。然而那种知道会有人来决定你的生死，但是又不知道什么时候会来，惶惶不可终日的日子却也让人难以忍受。虽然如此，但是约翰还是将心头的恐惧隐藏起来，想方设法地不让女儿察觉，在女儿面前还装出一副若无其事的样子。但是，聪明的女儿又怎么会看不出父亲的提心吊胆和忐忑不安。

约翰心里默默地预料，他的行为必然会招致姓杨的先知对他发出警告。果然不出所料警告马上就来了，但是它的方式，却是约翰万万没料到的。第

**词语解释**

孤掌难鸣：一个巴掌拍不响。比喻力量孤单，难以成事。

**嵌记妙语**

福尔摩斯探案集中除了最为光彩照人的福尔摩斯这一人物外，还有许多留给读者深刻印象的人物形象，约翰·费里尔以他的勇敢、坦诚和坚定的父爱赢得了读者的喜爱。

二天早晨，费里尔一觉醒来就大惊失色，在他的被子上正对着胸口的位置，有一张纸条钉在上面，上面用歪歪扭扭的粗字写着：

“限您29天内改邪归正，到期不改——”

字后面这条横道比任何恫吓都让人心惊胆战。到底这个警告是怎样被人送进他的房间的？他的忠实的仆人睡在跟这栋房子不相连的另一栋房子里面，并且这栋房子的每个门窗都插得严严实实的，连一只苍蝇都飞不进来。这件事让约翰·费里尔百思不得其解。他用力地将这个纸条揉成一团，一点都没有对女儿提起这件事。但是，这个意外却使他自己更加胆战心惊：纸条上写的“29天”分明就是杨指定的那一个月剩下的日子。对付看不见的敌人，一个拥有如此神秘力量的敌人，匹夫之勇能有什么用呢？敌人能在他被子上心窝位置钉上纸条，当然也可以用刀刺进他的心脏，让他看不到明天的太阳。而且，这件事做得神不知鬼不觉，永远也不会有人知道究竟是谁杀死了他。

他完全放弃了自己的逃跑计划，因为他现在是一个人，什么事情也办不好，而且自己对周边的环境也不大熟悉，就算可以逃出这个地方也不知道往哪里走。大道路口有人严密把守。第二天早晨，事情变得更是让费里尔感到震惊了。父女俩坐下来吃早饭的时候，露茜忽然指着上面惊叫起来，原来，天花板中央有个数字“28”，显然是用烧焦的木棒画的。女儿很不解为什么自家的楼房上会出现这样的字，费里尔也没有向她说明这是什么。但是那天晚上他没有睡觉，抱着自己的猎枪守在门口看了一夜，但是什么也没有听到，什么也没有看到。可是，第二天早晨，一个大大的“27”又写在了他家门扇外面。

就这样，一天天在过去，每天的黎明都会按时

**词语解释**

神不知鬼不觉：指形迹隐秘，不为人知。

来临，他每天早上都会看到敌人偷偷写下的数字，宣告着离四圣人规定的最后期限还有多少天，每天这倒计时的数字就出现在家里的一个显眼的地方。有时，这个致命的数字出现在墙上，有时出现在地板上，还有几次，这些数字是写在小纸片上，贴在院门或栏杆上。约翰·费里尔虽然百般警戒，但他从来无法发现每天来临的警告究竟是在什么时候干的。迷信的恐怖深深地笼罩在这个曾是这座城市最富有的人身上，他只要一看到这样的数字，就会不由自主恐惧起来。每天都是吃不好睡不好，他一天天地憔悴起来，眼睛里面都是不安的神情，就像受追捕的野兽一样。现在他只剩下唯一的希望了，那就是等待年轻的猎人从内华达回来。

20 天变成了 15 天，15 天又变成了 10 天，远方的朋友还是杳无音讯。限期一天天在减少，可是仍然不见他的踪影。只要听到马路上有马蹄飞驰的声音，或者是听到马夫在鞭打着马儿的声音，老农夫都会不由自主地跑到门口，看看是不是期待的救星来了。最后，看着最后的期限从 5 变成了 4，又从 4 变成了 3，老农夫终于失去了信心，没有四圣人的命令，任何人不能通过，他又有什么办法呢，看来走投无路，眼看无法避免这场临头大祸。但是，老人的决心绝没有动摇，他宁愿一死，也不愿忍受女儿遭侮辱。

**嵌记妙语**

死亡的降临是多么令人恐惧啊，但最残忍的是预知它却走投无路。

一天晚上，他独自一人坐着，陷入沉思，但左思右想，总想不出办法，不知该如何逃脱这场灾难。这天早晨，房屋的墙上已经出现了“2”字，明天就是最后一天了，明天会发生怎样的事情呢？他真的不知道，他在想着四圣人可能会杀死他的几种方法以及怎样折磨自己。万一他真的死了，女儿怎么办？她能逃过他们布置的天罗地网吗？一想到自己无能为力，他不禁伏在桌上哭起来。

**词语解释**

天罗地网：天罗，张在空中捕鸟的网。天空地面，遍张罗网。指上下四方设置的包围圈。比喻对敌人、逃犯等的严密包围。

什么声音？在万籁俱寂的夜中，他听到一阵轻微的抓挠声，虽然声音很轻，但是在夜晚的寂静中，却听得十分清楚，这个声响是从大门那边传来的。费里尔蹑手蹑脚走出起居室，屏住呼吸，凝神倾听。过了一会儿，令人毛骨悚然的细微声音又响了，显然现在有人正在轻轻叩门，是半夜刺客来执行秘密法庭的暗杀使命，还是那个天天夜里来执行使命写数字的人？或许这个人此刻正在门上写下最后一个数字，警告他们规定期限已经到了最后一天。约翰·费里尔突然觉得，与其日夜在家里忍受着恐惧的折磨，还不如此刻痛快地死去。想法一定，他快步上前，拉开门闩，哗啦一声把门打开，准备着死神的到来。

门外静寂一片，夜色十分晴朗，点点繁星在头顶上闪烁。现在出现在这位农夫眼前的，只有自己家的小花园、围绕在花园周围的篱笆，还有就是那扇引起自己恐惧的门。但是无论是在花园里还是在门前的路上，都没有一个人，连动物的身影都没有。费里尔前后左右扫视了一下，放松了警惕，轻轻地舒了口气，缓缓地准备往回走。无意间地上有了些许声响，他大吃一惊，只见有一个人趴在地上，手和脚都直直地伸展开来的人。

约翰惊恐万分，连忙侧身靠在墙上，使劲按住自己的喉咙，以免自己会忍不住地叫出声来。一开始，他以为这个人可能受了重伤，或者即将死去，但他凝神一看，发现那人手足都在移动，像蛇一样悄无声息地匆匆向屋里爬行，一直爬到了起居室。这个人一爬进屋里，就立刻站起身，迅速把门关上。约翰看得目瞪口呆，出现在他面前的居然是杰斐逊·霍普，杰斐逊那年少气盛的脸上呈现出坚毅的表情。

“天哪！”约翰·费里尔气喘吁吁道，“您真是把我给吓坏了。您干吗这样进来呀？”

**同步思考**

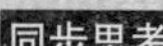

费里尔恐惧地推开门发现了什么？



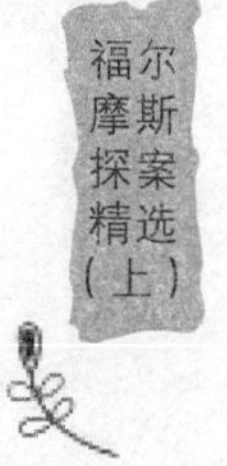

“快给我点吃的，”霍普筋疲力尽地说道，“我已经两天两夜没吃一口东西了。”主人的晚餐仍旧摆在桌子上没有收拾，他匆匆地跑过去，抓起冷肉、面包就往嘴里面塞，狼吞虎咽地吃了起来，吃饱后，这才问道：“露茜好吗？”

“她很好，并不知道这些危险的存在。”这位父亲说。

“那就好，这个屋子的四周已经被人严密监视起来了，所以我才要一路爬进来。他们可真够狡猾的，但是他们想要抓住一个沃什湖的猎人，那还是嫩了一点。”杰斐逊脸上露出了骄傲的神情。

约翰·费里尔从看到杰斐逊之后，就跟完全变了一个人似的，他现在知道终于拥有了一个忠实可靠的助手。他一把抓起年轻人的手，紧紧握住，表达着心里无言的衷心感谢。他说：“我为您的到来感到骄傲。眼下遇到的危险和困难很棘手，现在除了您，没有其他人肯来帮我们。”

年轻猎人回答道：“老先生，您说得对，我尊敬您！不过，说句实在话，要是只有您一个人，这件事只关系到您一个人，那么我在把自己的脑袋伸进狼窝之前，会考虑再三。但是，现在这里还有露茜，我一定毫不犹豫。我们不能等到他们下手，现在我们就得逃走，逃到一个没有四圣人的地方，从此犹他州就再也没有姓霍普的人了。”

“那咱们现在该怎么办？”

“明天就是他们给你们期限的最后一天，所以今晚必须行动，否则就来不及了。我弄了一头骡子、两匹马，现在都拴在鹰谷那边。现在您有多少钱？”

“2000 块金币和 5000 元纸钞。”

“我的钱的数目也差不多，我们的加在一起就足够了，咱们现在必须赶紧穿过大山到卡森城去，幸好你的仆人不在这栋房子里面睡觉，我们方便了

很多。您最好去叫醒露茜。”

费里尔进去叫女儿，杰斐逊·霍普把能找到的食物全部打成一个小包，又用一个瓷罐装满了水。凭他的实战经验，他知道山中泉水很少，并且相隔的距离很远。他刚刚整理完毕，农夫和女儿就一起出来了，全部整理完毕就等着出发了。这对恋人急忙关心地问候了一番，因为现在的一分一秒都十分宝贵，而且眼下还有许多事情要做。

“咱们现在必须马上走。”杰斐逊·霍普说，他的声音低沉而且坚决，虽然他心里明明知道前面危险极大，但是已经是破釜沉舟，一定要闯过去，“前门后门都有人把守。不过只要我们注意一点，小心一点，可以从侧窗出去，穿过田野，然后向前走，只要我们上了大路，再走2英里，就能到达鹰谷了，马匹就留在那里。天亮以前，咱们必须抓紧时间走完一半山路。”

费里尔问：“万一路上遇见有人阻挡怎么办？”

霍普拍了拍露在衣襟下面的左轮枪枪柄，狞笑道：“虽然寡不敌众，不过我们至少也能干掉他们两三个。”

屋中的灯早已全部熄灭了。费里尔从黑黝黝的窗口望出去，看着曾经属于自己的这片土地，现在他要永远地放弃了，在黑暗中是那样的熟悉。放弃自己大半辈子的心血，费里尔心里充满了不舍。但是所有的一切与女儿的未来和幸福比起来，则是那样的微不足道。就是要自己倾家荡产也在所不惜。树林在飒飒作响，田野一望无际，外面的夜色看起来是那样的宁静，让人心里感到舒服。但是，邪恶最喜欢的就是披着温暖的外表，杀人不眨眼的恶魔就会出现在令人向往的地方。此时此刻，邪恶在一步一步地靠近。年轻猎人脸色苍白，神情紧张，在他爬进这个屋子之前，房子旁边的险恶情况，他显

**词语解释**

破釜沉舟：比喻下决心不顾一切地干到底。

**嵌记妙语**

可恶的邪恶势力总是出现在令人向往的地方，四圣人的威力逼迫使得费里尔和女儿不得不离开辛勤耕耘多年的家园，即使有万分的不舍，但是这一切都不如女儿的幸福重要，展示了一个伟大父亲的心理活动。为了早日脱离生命危险，他们在年轻猎手的帮助下做出了一个充满希望的计划，屋子旁边的险恶使他们心惊胆战。

然已经看得清清楚楚了。

费里尔手里提着钱袋；杰斐逊·霍普带着不多的口粮和水壶；露茜提了个小包，里边装着她最珍贵的物品。他们慢慢地靠近窗口，小心翼翼地打开窗子，等到一片乌云飘过来时，夜色更加朦胧了，他们这才一个接一个地越过窗子爬了出来，来到花园中。他们连大气都不敢出一口，弯下腰，深一脚浅一脚地穿过花园，来到篱笆墙的暗处，绕过篱笆来到一个通向麦田的缺口。就在他们刚刚走到这个缺口的旁边时，霍普突然一把抓住费里尔父女二人，把他们拖到暗处，父女俩就静静地伏在那里，吓得浑身瑟瑟发抖。

在草原上久经锻炼的霍普，双耳敏锐得就像是一只山猫似的。他们刚趴好，在离他们几步之外的地方，一只猫头鹰惨叫一声，不远处又是另一只猫头鹰的惨叫，显而易见这是他们相互呼应的暗号。一个人影隐隐约约地出现了，在父女两人亲手做的那个篱笆缺口跟前，他又发出一声凄惨的猫头鹰的暗号，马上，另外一个人应声从暗处走了出来。

“明天夜半，猫头鹰连叫三声后下手。”前面一个人说，看起来他是个领头的。

另一个回答道：“遵命，需要我转达给德雷伯伙计吗？”

“一定要告诉他，然后让他再传达给其他人。9到7！”

“7到5！”另一个接口说，说完，两人悄然离开。他们最后说的一句话，显然是一种问答式的暗号。随着那两个人的脚步声慢慢消失，杰斐逊·霍普连忙跳起身，拉起他的同伴迅速穿过篱笆口，以最快的速度领着他们飞快穿过田地。没过多久，露茜就精疲力竭了，霍普便半扶半拉，带着她继续前进。

“快点！赶快！”虽然他自己也气喘吁吁的，

但是还是一遍又一遍催促着，“咱们已经闯过警戒线了。现在一切就靠速度，快跑！”

上了大道，他们的速度就更快了。他们现在就像是一个个惊弓之鸟，在路上，他们远远看见一个人，就连忙闪到了一片麦田里躲避，以免被人认出来。快到城边的时候，霍普带他们折进了一条通向山间的崎岖小径。两座黑魆魆的巍峨大山，出现在他们的眼前，黑暗中，就像是一只野兽张开了嘴。这条狭窄的小道就是鹰谷，马匹就在路的尽头。穿过这条鹰谷，前面就是自由。乱石中，霍普凭借着自己高超的夜间识路能力，毫无差错地在识路前进。走过一个干涸的小溪，在一个山石后面的偏僻处，三匹可靠的骡马就拴在这里，静静地等待着他们的到来。露茜骑了匹骡子；老费里尔带着钱袋，骑了匹马；杰斐逊·霍普骑上另一匹马，沿着险峻的山道在前面领路。

在大自然蛮荒面前，不熟悉的人都会被它的样子吓坏，对着崎岖的山路望而却步。山路两边，举步维艰，一边是悬崖峭壁，下面是一眼看不到头的万丈深渊，一条条岩石的沟壑，就像是一根根从十八层地狱里出来的魔鬼的肋骨；另一边则是由乱七八糟的石头堆积成的陡峭的山坡，连鸟都飞不过去。中间是一条羊肠小道，连路都称不上，弯弯曲曲的看不清楚路究竟在哪里，有一些地方狭窄得只能放下马的四个蹄子，一不小心就有掉下去的危险。虽然山路难走，但是难不住善于骑马的人，走一步就离自由近了一步，他们的心中为自己能够脱离暴政的魔爪而感到庆幸。

**词语解释**

举步维艰：指行走困难，行动不方便，形容处境或行动十分艰难。意为生活比较艰难或者做事情困难重重，每一步都遇到困难。

但是很快他们就发现了一个可怕的事实，此时他们还没有逃出摩门教的势力范围。当他们骑到山路中最为荒凉的地段时，露茜突然惊叫了起来，并且用手向上指着。在星光映衬下，有一块光秃秃的

岩石，这块石头能俯视这条山路，一个哨兵孤零零地站着。力的作用是相互的，就在约翰他们发现哨兵的时候，他也看到了他们。于是，静静的山谷里响起了一声只有在部队里才有的吆喝声："什么人？"

"去内华达的旅客。"杰斐逊·霍普一边应声答道，一边抓住马鞍旁的步枪。

借着微弱的月光他们可以看到，这个哨兵的手指也正扣在步枪扳机上，向下瞄准着他们，似乎对他们的回答不满意。

哨兵又叫道："谁准许你们来这里的？"

费里尔回答说："四圣人准许的。"据他所知，也据他在摩门教中的经历，教会中最高的权威就是所谓的四圣人。

哨兵叫道："9 到 7。"

"7 到 5。"杰斐逊·霍普马上回答说，这时他想起了他在花园中听到的这句口令。

上面的人这才收起枪说："上帝会保佑你们的，过去吧。"经过这一关后，前面的道路逐渐变得宽阔，马也可以放开步子小跑。转过头向后望去，他们看见那个哨兵倚着枪，孤零零地站在光秃秃的石头上。他们知道现在已经过了摩门教的关隘了，自由就在前面！

**嵌记妙语**

"逃跑"的三人怎知一旦被恶魔缠上，是多么难以摆脱啊！更险恶的命运等待着他们。在这一章里我们看到最后成为罪犯的霍普，有着顽强的意志、机敏的身手、准确的判断力，这都与前文形成了照应。

# 第十二章　复仇天使

扑朔迷离的羊肠小道，深不可测的万丈深渊，到处乱石散布的山路，陡峭严峻的悬崖，他们三个就在这样的环境中走了一晚上，他们有好几次都迷失了方向，像是无头苍蝇在大山里乱撞。不过幸运的是，霍普的方向感很好，他对这个小山也十分熟悉，总是能够在关键的时候找到正确的方向。天亮了，呈现在他们面前的是一幅悲壮的景象。他们的四周是白雪皑皑的山峰，一山比一山高，就像是大海翻打着巨浪，波涛汹涌的巨浪向远方扑去。路的两边都是悬崖峭壁，头顶上方是一大片落叶松，貌似一阵风吹来，就会把它们吹下来砸在他们的头上，不过看看满地的落叶和碎石，这个也就不用多虑了。就在他们赶路的时候，有一块很大的石头发出“轰隆”一声巨响从天而降，响声打破了早晨静寂的山谷，把早已筋疲力尽的马儿吓得飞快地跑起来。

一轮红日从东方地平线上缓缓升起，群峰就像是被点燃了的一盏盏节日的灯，每一个山头都尽染朝霞，闪闪发亮。壮观的景象给三位逃亡者带来了无尽的希望，他们顿时焕发精神，似乎获得了神赐的力量。三人在一条从山谷里奔涌而出的小溪旁边停住脚步，饮水休息，三个人也急急忙忙地吃了点儿早餐。露茜和她的父亲太累了想多歇息片刻，但是杰斐逊·霍普态度非常坚决地要立即启程：“此刻的他们一定沿着我们的踪迹在追赶，我们逃亡的成功和失败完全取决于我们的速度，只要我们平安抵达卡森城，就算在那里歇息一生也没有任何关系。现在必须走。”

整个白天，费里尔他们都在山中急速飞奔，傍晚时分，他们大概算了算，已经和敌人相距了 30 多英里。那天夜里，在一个可以遮风的石头下面，他们把那里作为暂时休息的场所。为了保持温暖，他们紧紧挨在了一块儿，休息了几个钟头，在天还没有亮的时候，他们就又在路上了。他们到现在为止还没有发现被跟踪的迹象，所以，杰斐逊·霍普开始觉得他们已经安全地脱离了虎口，他们把所激怒的那个令人惊悚的组织远远地甩在背后了。但是，霍普永远也不知道他们所面临的这个组织是怎样可

**词语解释**

惊悚：惊恐，惧怕。



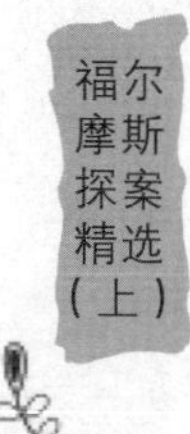

怕的一群人。他也不知道这一铁腕组织能够延伸多远，更不知道那个魔鬼不久就会追上他们，将他们碾碎毁灭。他不知道危险正在一步步地靠近。

差不多在他们逃跑的第二天正午，有一件事情发生了，那就是他们带的口粮已经被吃光了，不过，这件事情没有让这位猎人担心，因为在以前，他就是凭借着自己的一把枪在森林里面行走的，森林里面并不缺少飞禽走兽。他选择了一个比较隐蔽的地方，然后捡了一些柴火，生起火来，因为他们现在所处的位置在海拔 5000 英尺的地方，很冷。他把骡马系好，和露茜告别以后，就扛着来复枪想要去给他们找点食物。他转身看了看，老人和姑娘正在火堆旁边围着取暖，三匹骡马安静地站在后边。再往前走几步，大石就把父女两个遮挡住，什么都看不到了。

他翻过一座座山谷，大概走了 2 英里路，依旧什么都没得到。但是，他在一些树干上和其他的地方看到了一些痕迹，很清楚地知道这是野熊出没的地方，于是他满心欢喜地开始寻找，但寻找了两三个小时都没有找到。他本来认为自己就要这样空手而归了，突然探头一看，一只大犄角正在替霍普所没有看见的一帮大犄角站岗放哨，多亏它正背对着他，因此没有觉察自己的末日就要到了。霍普伏在地上，把枪架到一块石头上，缓缓地瞄准以后才开枪，那只动物立即抽搐了一下，在岩石旁边挣扎几下，接着就栽下了深谷。

这只大犄角真是太重了，自己一个人根本就搬不动，因此他只好切下了它的一条腿和腰上的一些肉，然后把肉背在了自己的身上，这时天空已经暗了下来，害怕露茜他们担心，他连忙想要顺着来时的路回去。这时他才发现为了得到猎物，他匆匆忙忙来到的这个地方离露茜他们所在的地方太远了，已经离开这个山谷太远，而且想要沿着来时的路回去已经不太容易了。他突然发现自己所在的这个山谷里面有许多条弯弯曲曲的小路，在夜幕的照射下它们是那样地相似，他很难分辨出哪个才是真正走回去的路。他顺着一条峡谷向前走了一英里多的路，发现了一条山涧，他肯定自己来时没有从这儿走过。他确信自己走的路不对，就顺着另外一条峡谷向下走，但最后依然是相同的结果。夜幕很快就要降临，他发现最后一条路是他自己所熟悉的，他想，顺着这条路应该能够很好地走回去。可是夜色很黑了，月亮还没有升上来，两边高大挺拔的山崖让这条小路的周围变得模糊不清。因为身上背着沉重的东西无法直起身来，再加上已经半天没休息了，霍普此刻觉得十分疲乏，不过，他依旧踉跄着往前走，因为他现在知道只要向前迈一步自己就离露茜近了一步，而且他还带回了吃的东西，这样他们就可以顺利结束这场逃难。

**词语解释**

踉跄：走路不稳，险些跌倒。

此刻他已经到了他所离开他们的那个山谷的进口处，尽管是在一片漆黑当中，他依旧能够认出把进口处遮住的那些大石头的轮廓。他心里在暗暗地高兴着，此刻露茜他们一定在焦急地等待着他回来，因为他从出去到现在已经有五个多小时了。他十分高兴地把自己的手放在嘴边，然后对着空旷的峡谷大声发出“喂”的声音，告诉他们他已经回来了。但是在山谷里面只有他自己疲倦的、兴奋的声音，没有别的人了。这时候他又发出了第二个声音，但是依旧没有回音，一种不好的预感出现在了他的脑海中，他将手中的猎物扔向了地上，然后发疯似的跑向了他们藏身的地方。

他拐过巨石，看见篝火还在那儿燃烧着，那儿依旧有一堆灰烬在闪烁着火苗，不过在那堆篝火里面很明显地可以看出在他离开之后就没有往里加过

柴火。四周是一片安静，也是一片沉默。他方才的害怕此刻已经得到了证实，他匆忙往前跑去，火苗已经十分微弱的篝火旁边看不到一个活物，马匹、老人和姑娘全都没有了踪影。显而易见，在他离开的这段时间内，这里发生了一场没有人预料到的灾难，露茜他们没有挣脱魔掌，又被四圣人给捉了回去，他们俩一个记号也没有留下来。

这突如其来的灾难，令杰斐逊·霍普顿时惊得呆在那儿，不知道该怎么办。他觉得头晕目眩，连忙拿起来复枪支住自己，避免摔到地上，不过他到底是一个生性刚毅的人，不久就从这瞬间的惊慌失措中回过神来。他在火堆里面拿出了一根没有燃烧尽的木柴，然后将它重新烧了起来，他借着这根木棍微弱的光，开始观察周围的环境。地上有很多马的脚印，说明这里有一堆人来过。从地上留下的痕迹看，他们最后又返回盐湖城去了。难道他们把父女两个全都带回盐湖城了？正在霍普快要确信他们真的把二人都带回去了的时候，他的双眼留在了一个东西上面，这个东西让他毛骨悚然起来。离他们休息的不远的地方有一个很矮的红土堆，显然是刚堆起来的，他一眼就看出那是一个新挖的坟墓。当这个猎人走到近前时，他发现土堆上边插了一根木棍，木棍被劈裂的缝隙处有一张纸条，上边简单地写着：

**词语解释**

惊慌失措：吓得慌了手脚，不知如何是好。失措，举动失去常态。措，方法，办法。

约翰·费里尔生前居住于盐湖城，死于1860年8月4日。

也就是说，那位身强力壮的老人在自己离开后不久就已经离开了这个世界，这几个字居然成了他的墓志铭。杰斐逊·霍普像发疯一样地到处搜寻，想看一下是否还有第二个坟墓，他什么也没有找到。那么只有一个结果——露茜已经被那群疯子似的追赶者带回去了，遭受到了她早就被注定的命运——

做了某个长老儿子的小妾。自己连保护心上人的能力都没有，对于改变她的命运也无能为力，这个年轻人恨不得跟随约翰一同长眠在他最后安息的地方。

但是，他的顽强精神最后赶走了因为无望而滋生出来的极度颓丧的思想。不能说他一无所有，他现在唯一拥有的就是仇恨，他要用他剩下来的生命的全部时间来复仇。多年在外漂泊的经验已经使霍普有了百折不挠的意志和坚持到底的决心。或许这一切都是他在跟印第安人一起的时候学到的。站在冷冷的火堆旁边，他知道现在唯一能够让自己解除忧伤、减少痛苦的方法就是去报仇，去杀死那些将费里尔杀死的人，那些抢走他心爱的姑娘露茜的人。他现在已经下定决心，要把自己的全部精力和顽强的意志用在实现这个目标上面。

**词语解释**

颓丧：消极；颓唐。

这个猎人面无血色，面目狰狞，顺着脚印重新回到他丢掉兽肉的地方。在快要熄灭的火苗上放了一些柴火，将它重新燃烧起来，在火上烤了够他吃几天的肉。然后，他把这些烤好的肉打成一包，根本顾不得自己的身体劳累，跟着那群复仇天使留下的足迹翻过一座又一座山，走在曾经充满自由的，现在回去报仇的路上。

**嵌记妙语**

因为仇恨和怒火导致了霍普变得“面无血色，面目狰狞”，摩门教徒的残忍没有使他后退，相反，他烤了够吃几天的肉，勇敢地走向了复仇之路。尽管在当时的社会，要报这个仇，既艰辛又渺茫，以他一个人的微薄之力，犹如鸡蛋碰石头。这也许意味着他将在仇恨中度过几年甚至一生，也许意味着他将颠沛流离和碌碌无为。

霍普顺着原先骑马经过的山路，不分昼夜地行走了五天，一直走到全身筋疲力尽，脚上疼痛难忍也不休息。累了就随便在一个石堆里面睡起来，只睡几个小时，然后再继续赶路；每次天还没有亮的时候，他就又在路上了。第六天，他终于到达了鹰谷——他们那不幸的逃亡是从这儿开始的。站在鹰谷向下看，他可以看到摩门教徒的田舍家园。此时此刻，仇人就在眼前的这座城市里面，但是霍普也已经累得提不起一点劲儿了，他弱不禁风地站在一块石头上，靠着他的枪，冲着脚下的这片安静而广大的土地，然后挥动着他皮包骨头的手，狠狠地在



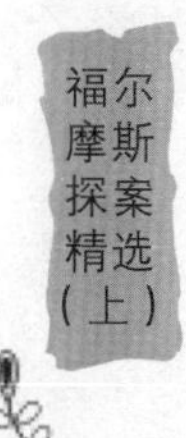

自己的心底说道：我要报仇！当他望着这座城市的时候，一些主要的大街上都挂有旗子和其他节日的标志，这群疯子要干什么呢？就在他猜想其中缘由的时候，“嘚嘚”的马蹄声突然出现在他的耳边，然后他看见一个人骑着马走过来。待骑马的人走近的时候，霍普看出他是考伯，一个虔诚的摩门教徒，不过霍普过去多次帮过他的忙，所以当考伯来到眼前的时候，就向他打了一个招呼，希望从他那儿打听到露茜的命运到底怎样了。

霍普说：“我是杰斐逊·霍普。您还记得我吗？”

这个摩门教徒看着他，脸上显现出了无比惊讶的表情。他很难把眼前这个面无血色、眼露凶光、穿着破烂、面容憔悴的流浪汉跟以前那个俊美无比、神采飞扬的年轻猎人联系在一起。当他确定眼前这个人就是霍普时，考伯的诧异之情迅速转成了害怕。

他大声地喊着：“您是不是疯了？居然有胆子返回到这儿。如果有人看见我和您说话，我也会性命难保的，因为您试图协助费里尔父女俩偷跑，四圣会已经把您列为通缉要犯了。”

霍普诚挚地说：“我从不害怕他们，也不会在乎他们的威胁。考伯，我相信这件事情您肯定很了解。我求您不管怎样都要告诉我一些事情。我们的关系一直不错，请看在上帝的分上，千万别拒绝我。”

这个摩门教徒神色慌张地四处张望着说：“您想问什么？赶紧说。在我们这儿这些岩石都是长着耳朵的，这些大树也都有眼睛啊。”

“露茜·费里尔现在怎样了，她好吗？”

“其实在你来的前一天，她就已经嫁给了小德雷伯，我的朋友你怎么了？你站好了，为什么你听到这个消息会这么心神不宁、情绪激动呢？”

“不用管我。”霍普低声说，一听到那个消息，他的嘴唇就没有了丝毫血色，瘫坐到他方才倚着的那块巨石上，“您说她出嫁了？”

“是的，前一天嫁的人。城市里面挂的那些旗子就是因为这个。不过在到底哪位应该娶露茜的问题上，小德雷伯同小斯坦杰森还争吵了一番呢。因为他们两个都去跟踪过露茜父女俩，不过斯坦杰森用枪射死了她的父亲，这个理由使他觉得自己更应该得到她。但是，当他们在四圣会上争吵的时候，德雷伯的势力比较大，因此先知杨就把露茜判给了德雷伯。但是依我看无论谁占有她，时间都不可能长久，因为我前一天看见她的时候吓了一跳，她一脸死灰色，哪里还像个人，简直就是一副鬼的模样。您要走了吗？”

同步思考

露茜被捉回之后命运如何？

“不错，我要走了。”杰斐逊·霍普说话间就站直了身子，他的脸就像是用最坚硬的大理石雕刻而成的，严肃而且坚硬，两只眼睛露出凶狠的光芒，就像是一只饿狼想着一群羊。

“您要到什么地方去？”

“您不需要管这些。”他回答说，接着一把把枪扛在肩上，迈开大步向山谷走去，他要到山谷深处有野兽行动的地方。在这儿再也找不到比霍普更勇猛、更危险的野兽了。

那个摩门教徒说的话一点也不差地应验了。不知道是因为父亲被害了，还是因为她是被逼无奈结婚而感到悲愤交加，不幸的露茜始终都消沉颓丧，一天比一天瘦弱，没过一个月就香消玉殒了。她的丈夫，小德雷伯其实就是一个醉鬼，当初和露茜结婚就是为了她的财产，现在对于她的死没有一点的悲痛；相反，小德雷伯的妻妾们对于露茜感到同情，对于她的死表示了深深的悲痛。根据摩门教的规定，她们会在她下葬前都为她守灵。第二天凌晨时分，就在她们围坐于灵床旁边的时候，屋门忽然大开，她们极其惊骇地看见一个外貌可憎、破衣烂衫、形

词语解释

香消玉殒：比喻美丽的女子死亡。



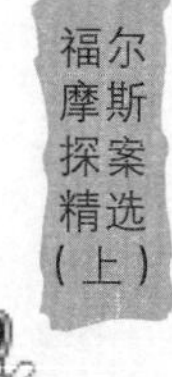

容枯槁的男人迈着大步进入房间。这个男人一点都没有理会这些满脸诧异、失魂落魄的妇女，他来到曾经容纳过露茜纯真灵魂的宁静的遗体旁边，然后弯下了腰在她已经冰冷的前额深深地一吻。紧接着从这个可怜的美丽的女人的手指上摘下结婚戒指，然后满怀悲壮地吼道："她不能戴着这个东西进入坟墓！"那些女人们还没有时间叫喊，他就跳到楼下迅速消失了。这件事发生得这样怪异，这样突然，要是没有说明露茜新娘身份的戒指突然不见了这个难以否认的事实，甚至连那群守灵的人自己都无法相信那是真事，而让其他的人相信更是不可能的了。

霍普在山谷里住了好几个月，他过着原始人的生活，但是他始终没有忘记自己的使命，就是要复仇。这时候，就在盐湖城里面开始有一种说法在流行，那就是有一个古怪的野人在郊外游荡，有时候也会出没于深山幽谷中。有一天，一颗子弹呼啸着洞穿斯坦杰森家的窗子，射到距他不到一英尺的墙壁上。还有一次，就在德雷伯从一个绝壁下经过的时候，一块儿很大的石头从天而降，他赶紧趴在地上，这才躲过了这场灭顶之灾。不过很快这两个人就知道了是谁准备暗杀他们，于是就派出了很多人来捕捉他，但是没有一个人能成功地抓到霍普。在这种情形下，他们不得不加强戒备。他们从来不一个人出门，一到晚上就足不出户，并且还在房屋四周布置了警卫。过了一段时间，他们就慢慢地放松了警惕，因为他们没有一个人看到霍普的身影，他们想随着时间的推移，他就会放弃对他们的仇恨。但是事情却远远不是这样。霍普报仇的怒火不仅没有冷却，反而烧得越加旺盛了，这个年轻的猎人具有坚定的、不屈不挠的精神，除去复仇以外，他的心里已经容纳不下丝毫其他的东西。还有一点很重要的就是，他已经注意到，就是钢铁铸成的人，也不能长时间

**嵌记妙语**

霍普成为复仇天使，即善与恶融为一体的化身。故事到此揭开了复仇的真相，里面包含着爱与恨的纠葛，包含着巨大的同情与悲伤，同时也包含着某种宿命。

地在这样恶劣的环境中生活，在风吹雨淋中，在没有食物的环境中，在荒郊野林里面，这样的日子会一天天地摧毁他的意志，消耗他的体力。假如他的身体完全垮了，那他报仇的事情可就永远没有完成的那一天了。假如继续生活在这儿，他一定会悄无声息地死去，这么一来，他的敌人就能逍遥法外了。于是他决定再次返回他做过工的内华达矿上，一边积蓄力量，一边积聚更多的钱财，便于在复仇过程中不至于陷进贫困当中。

在离开的时候，他只计划出去一年，但是计划赶不上变化，很多不可预知的因素阻挠了他，使他在银矿上一待就是五年。虽然五年过去了，但是他往日的刻骨仇恨和报仇的火焰仍旧在内心深处剧烈燃烧着，并且一天比一天剧烈，就像他当年站在约翰·费里尔的坟墓旁的时候一样急切。他努力改变自己的装束，变换自己的姓名，重新返回盐湖城，一心只想着如何报仇雪恨，完全把自己的生死置之度外。可是令他意想不到的事情是当他抵达那儿时，才觉察到现实并不会真正地待在原地等他。就在霍普到达犹他州几个月前，摩门教徒内部发生了一次大分裂，教中有一些年轻的教徒起来反抗长老的统治，最后一大部分反叛的人退出了教会，逃离了犹他州成了异教徒。德雷伯和斯坦杰森就在这次逃走之列，但是没有人知道他们去了什么地方。听说，德雷伯想方设法把自己的多数家产变卖成了现金，所以在逃离的时候变成了一个非常富有的人；不过他的伙伴斯坦杰森却十分贫穷，而且，没有一点儿蛛丝马迹能够说明他们到底在什么地方。

面对这样大的困难，任凭你报仇的心情怎样急切，都会让很多人丧失大部分的信心，但是杰斐逊·霍普却从来没有动摇过。就像一个猎犬一样，他带着一笔极少的钱，一座城市接着一座城市地在美国各

**词语解释**

置之度外：不去考虑。指不把个人的生死利害等放在心上。

个地方追寻自己的仇敌。钱快花完时，他就靠打零工挣钱度日，时间年复一年地飞逝过去，他那满头黑发被染成了花白色，但是他依旧到处流浪，如同一个机灵的捕食者，一心一意地置身于这个他愿意为它永远奋斗的报仇计划中。终于，皇天不负有心人，他的这种执着有了回报。尽管他只是在一个窗子前不经意间瞥见了一张脸，不过那些仇人的脸已经深深地刻在了自己的心上，这一瞥就已经能够使他明白，他所要找的仇敌就在俄亥俄州的克利夫兰市。他返回他那极其破烂简陋的住所，准备实施自己的报仇计划。但是，无巧不成书，德雷伯现在也是小心翼翼害怕四圣人的制裁。德雷伯那一天朝窗户外面看的时候，也看见了这个大街上的流浪汉，而且从他的双眼中读到了杀机，所以，他在斯坦杰森的陪同下，迅速找到一位地方治安长官，并对他说：因为自己遭受到一位旧情敌的嫉恨，他们两个如今正处在生命的威胁之中。结果就在那天夜里，杰斐逊·霍普被抓了起来，因为没有找到担保人而被关了几个星期，等到他被放出来的时候，他发现德雷伯的住处已经没有了人影，他和他的私人秘书已经到欧洲去了。

霍普的报仇计划不得不再次搁浅，在他心里积聚的仇恨则越来越深，这使他继续寻找下去。可是从监狱里出来之后，他身上没有一分钱，不得不继续工作一段时间，节约每一分钱，为即将到来的寻找仇人的过程做准备。最后，等他挣到足以维持生计的钱以后，就启程往欧洲去了。他又开始了在欧洲各个地方一座城市又一座城市地追寻他的仇敌。钱一花光，不管是多么下等的活儿他都干，但是他始终没有追上那两个逃命的人。当他到达圣彼得堡的时候，他们已经到了巴黎；当他到达巴黎的时候，他又了解到他们刚从那儿离开到哥本哈根去了；等

**词语解释**

搁浅：意为船只进入水浅处不能行驶；比喻事情遭到阻碍而中途停顿。或为帆船运动技术术语（指帆船因掌握方向不当而误入水深小于帆船吃水深度的浅滩上，或因控制不好被风吹在河床浅处或海滩边，失去了浮力，无法航行）。

到他赶到丹麦首都的时候，他又被告知来晚了几天，因为他们已经到伦敦去了；在伦敦，他终于把他们逼到了绝境。至于在伦敦具体发生过什么事情，我们最好来听一下这位杰出的猎人是怎样说的。他的话已经被华生医生详细地记在了他的日记里，而这个故事我们在前面已经认真地看过了。

嵌记妙语

霍普的复仇已经成为他生活的全部"意义"，在这个过程中他所经历的一切都显得微不足道，令人惊异的是他无比强大的内心和承受一切的勇气。

## 第十三章　再录华生回忆录

被我们捕获的凶犯像发了疯似的对我们进行反抗，不过很明显他的反抗并不是以攻击我们的身体为目的，因此当他意识到自己已经难以抵抗的时候，他竟然温顺和蔼地笑了起来，并接着解释到希望在刚才的反抗当中没对我们造成伤害。他对夏洛克·福尔摩斯说："我猜您是要把我送到警察局吧，我的马车就停在门口。如果你们松开我的腿，我自己就可以走过去上车，不过我想现在把它们抬起来却不是一件容易的事了。"

嵌记妙语

霍普的复仇旅程结束了。作者又以另一人称开始叙述，这种视角的转换，又会再度唤起读者的注意和兴趣，柯南·道尔确实很善于讲故事！

格莱格森和莱斯特雷德互相交换了一下眼神，似乎觉得这样的要求真是太过大胆了点儿，但福尔摩斯却没有丝毫的怀疑，他把我们绑在凶犯脚踝上的毛巾给解开了。凶犯站了起来，伸了伸他的双脚，似乎想重新感受一下获得自由的感觉。我直到现在回忆起来依然有种历历在目的感觉。他长得很结实，我长这么大还从未见过长得这么壮的人，他的身体被太阳晒得黑黝黝的，脸上带着坚毅顽强的表情，在这个人的面前，人们都会被他无比强大的意志和力量所征服，让人感到胆怯。

这个犯人的敬佩之情没有掺杂一点儿掩饰，双眼紧紧地看着福尔摩斯说："要是警察局长的位子

**词语解释**

天衣无缝：原指神话中仙女穿的天衣，不用针线制作，没有缝儿。现比喻事物非常完美自然，不露任何痕迹。

没有人坐的话，我觉得，您是首要的当选人。您破获我这桩案件所使用的方法，简直是天衣无缝，完美无缺的。”

福尔摩斯对那两位侦探说：“你们不妨同我一道去看看。”

莱斯特雷德说：“我来给你们赶车吧。”

“太棒了！格莱格森可以跟我一块儿坐马车。还有您，医生，您从一开始就对这桩案件表现出浓厚的兴趣，所以希望您也和我们一块儿去看个究竟。”

对于这个安排我的喜悦真是不可言喻，接着我们一起走下楼梯。我们抓获的凶犯没有一点想要逃跑的迹象，他乖乖地走进本来就属于他的马车里面，我们也走进了他的马车。莱斯特雷德爬上了马车夫的座位，用力地甩起鞭子催马前进，很快我们就被拉到了警察局。我们被带进了一个很小的房间，一个脸色苍白的警官，把我们这个凶犯的姓名和他被控告杀害的两个人的名字都写了下来。这个警官神情冷淡，一如既往地尽自己的职责。他说：“犯人将在本周内被送上法庭。杰斐逊·霍普先生，您还有什么想要说的话吗？不过我预先告诉你，你现在所讲的每一句话都将被记录在案，然后有可能成为控告你的证据。”

**嵌记妙语**

多么熟悉的语言。在这里它既代表了法律的正义，又意味着罪犯叙事的开始。

我们的凶犯慢吞吞地说：“我要说的话很多很多。现在我想要把这件事情的来龙去脉对各位先生陈述清楚。”

警官问：“您到法庭去陈述难道不是最好的吗？”

他慢慢地回答道：“我或许没有时间到法庭上去了。你们别激动，我是不会自杀的。您是医生吧？”说完最后一句话的时候，他用他那双充满凶光的幽深的眼睛看着我。

我回答道：“是的，先生，我是一位医生。”

“很好，请您把手放到这儿。”他一边微笑着说着，一边用被铐着的手指着自己的胸口。

我用手轻轻按了一下他的胸口，马上就觉察到在他的胸口里面有一种异乎寻常的、极不规律的跳动。他的胸腔在轻轻地震动着，就像是在一个极不坚固的建筑里有一个强有力的机器刚刚开动一样。在这个悄无声息的屋子里面，我能够很清楚地听见他的胸腔里边有一种很轻微的嘈杂声。

我禁不住地喊道："天哪，您患了主动脉瘤！"

他表情平静地说："别的医生也是这样说的。上个星期，我找一位医生看了看，他说这个瘤子随时就会迸裂开来。我在盐湖城附近的大山的时候，整日风里来雨里去，过度的劳累，再加上又没有什么好的食物，我就是在那个时候得的这个病。它在我的身体里面一年又一年，也一年比一年病重，但是也正是这个病在时刻提醒着我还活着，我要报仇。值得庆幸的是，我现在的大仇已经报了，什么时候死已经没有任何的意义了，对于我来说死就是一种解脱。但是在临死之前我要将整件事情的来龙去脉一五一十地交代清楚，记录在案，我不想被当成是一个一般的杀人凶手。"

**嵌记妙语**

霍普在复仇的路上，饥寒交迫，得了大病——主动脉瘤，由于无钱治疗，拖了一年又一年，越来越重，这更使他把报仇当作他终生的目标和意义，这样的人生是可悲的。死对于被捕的他来说已经没有任何意义了，在受刑之前他要把事实的真相一五一十地讲述出来，只希望自己走得清白。

警官和两位侦探彼此交换了一下意见，看准许他讲述事情的来龙去脉是不是合适。

警官问："医生，您觉得他此时此刻的病情相当严重吗？"

我回答道："是的，的确很严重。"

警官说："如果真是这样的话，为了维护法律的公平，我们的职责就是先要取得他的口供。先生，您现在可以自由地说您想要说的话，但是我再次强调，您下面所讲的每一句话都将成为指控您的依据。"

"请允许我坐着讲吧。"凶犯一边说一边坐了下来，"因为这个血瘤症，我变得非常容易感到疲劳，而且半个钟头以前的那番反抗使得我的病情更加严

重，我是一个半个身子已经进了土里的人了，根本没有骗你们的必要了。所以我所讲的每一个字每一个词都是真实可靠的。至于你们到时候怎样来审判我，对于我来讲已经无关紧要了。”

讲到这儿时，杰斐逊·霍普倚在椅背上，整理了一下思绪，接着讲出了下边这篇震撼人心的供词。他讲的时候心情十分平静，有条不紊，似乎他现在讲的这件事情跟他一点关系都没有，他只是一个讲故事的人。我十分负责地保证，我所记录的供词肯定千真万确，因为我是从莱斯特雷德的原始记录里一字一句摘抄的，而他又是完完全全依照凶犯本人说的话，一丝一毫都没有差错地进行记录的。

他说：“我为什么对这两人充满仇恨，其中的原因对于你们来说无足轻重，也不重要。重要的是，这两个人曾经杀死了两个无辜的人——一个父亲和一个女儿——他们是天底下最善良最纯洁的人，所以，他们这两个罪孽深重的人死有余辜、罪有应得。因为他们犯下的罪已经很多年了，我没有丝毫的办法向任何法庭对他们提出控诉。但是我知道他们的罪恶行径，了解他们的邪恶灵魂，所以我就准备让自己既做法官，又做陪审员和刽子手。我相信无论现在换做是谁，如果你们是堂堂正正的男子汉，要是你们设身处地在我的位置上，你们肯定也会像我一样这样做的。

**词语解释**

死有余辜：辜，罪。形容罪大恶极，即使处死刑也抵偿不了罪恶。

“我刚刚提到的那个姑娘，二十年前原本计划跟我结婚的，但是她却在当时的势力下被逼着跟这个德雷伯结了婚，失去父亲和失去爱人的双重痛苦使她早早地离开了人世。我从她尸体的手指上把这个结婚戒指摘了下来，发誓必须让德雷伯看着这只戒指死去，让他在临死的前一时刻知道他为什么会死，这是因为他自己犯下的罪恶才遭到这种惩罚。无论发生什么事情，我始终都把这只戒指带在身上，我自己已经把两大洲都翻遍了，最后才追上德雷伯以及他的帮凶。他们的本来计划就是打算东奔西跑，把我给搞垮，不过他们却是白费心机了。如今，就算我明天就一命呜呼——这也是很有可能的事情。但是我知道，我在这个世界上的任务已经十分顺利地完成了，并且完成得非常好。他们都死了，并且是我亲手把他们杀掉的，我现在也就别无他求了。

“他们都是非常富有的人，但我却是一个一无所有的穷光蛋，因此追杀他们对我来说是一件十分困难的事情。当我追他们追到伦敦的时候，身上差不多已经是身无分文了，所以我不得不先干点儿活来维持我的生计，准备我的计划。赶车和骑马是我最拿手的两件事情，对我而言是轻而易举的，所以我就来到一家马车行申请工作，立刻就被录取了。马车行规定我一星期内必须向车主缴纳一定数额的租金，剩下的钱就归我自己所有，虽然剩下的钱不多，但是我仍然想方设法坚持下来了。我自己觉得最困难的事情就是不认识路，我觉得在我所经历的这些城市里面伦敦的路是最复杂的，其他城市的路都十分好找。我随时随地携带一张地图，不过等我熟悉了一些大旅馆和几个主要车站以后，我的工作做起来就不那么难了。

**词语解释**

身无分文：身上一分钱也没有，有时也比喻穷困潦倒。

“时间又过了很久，我费尽全部精力才找到这二人的住所，我四处打听，总算遇见了他们两个，泰晤士河对岸坎伯威尔的一家公寓是他们在伦敦的落脚点。当我知道他们住在什么地方的时候，也就是说他们的性命已经完全被我掌握了。我留了胡须，因此他们根本就不会认出我来，我开始跟踪他们，寻找时机。我暗下决心，这一次绝对不会再让他们跑掉了。

“虽然这样，我仍然差点又让他们跑掉。有时候我赶着我自己的马车在他们的身后，有时候自己

步行跟在他们的身边。我觉得驾马车是最好的办法，这样他们就没有办法逃掉了。不管他们到伦敦的什么地方去，我一直都跟随在他们后边。因为我大多时间都用来跟踪这两个人，所以我只是在早上或者深夜的时候才有时间拉几趟客，挣点儿钱，这样的话我就不能准时地向老板交租金了。但是，只要我能亲手杀死这两个家伙，其他事情我都无所谓了。

“不过，他们两个也十分狡诈。他们肯定已经意识到可能有人在跟踪他们，因此他们两个整天形影不离，晚上根本不出门。有整整两个多星期的时间，我每天都在他们的身后徘徊，但是一次也没有看见过他们分开，德雷伯常常喝得烂醉如泥，但是斯坦杰森却丝毫不曾大意。我一天到晚都在跟踪他们，不过始终都找不着机会，但是，我从来没有为此而失望，因为我总有一种感觉，复仇的机会马上就要到了。他们俩现在就像是绷得很紧的弓，虽然警觉性很高，但是他们不会永远地这样绷紧，否则总有一天他们会自己折断。唯一让我感到不放心的一件事，就是胸口处的这个病瘤会早早地破裂，让我的报仇计划功亏一篑。

**词语解释**

功亏一篑：亏，欠缺；篑，盛土的筐子。堆九仞高的山，只缺一筐土而不能完成。比喻做事情只差最后一点没能完成。

“终于，有天晚上，当我赶着马车徘徊在他们所住的托奎尔街的时候，我看见有辆马车驶到了他们住所的门口。很快，有个人拿出一些行李出来，然后德雷伯和斯坦杰森紧紧地随后跟出，他们坐在马车上走了。我马上赶着我的马车跟踪上去，在离他们很远的地方跟着。我那时的心情很复杂，总觉得十分不安，害怕他们又要逃到别的地方去。他们在尤斯顿火车站门口下了车，我让一个小孩帮我看着马车，自己就跟踪他们到了月台。站在离他们不远的地方，我听见他们在咨询去利物浦的火车，列车员告诉他们火车刚刚开走，还得等几个钟头才能够有下一列火车。斯坦杰森听到以后好像觉得非常不快，不过德雷伯却看起来比谁都高兴。我混在杂乱的人群当中，就在他们不远的地方，因此对他们的交谈听得一清二楚。德雷伯说他现在还有一些事情要去做，所以如果斯坦杰森愿意等他的话，他会赶紧回来的。但是斯坦杰森非常不愿意他去，极力想要阻止。同时还威胁他说，别忘了我们曾经决定要在一起的。德雷伯说那是一件十分微妙的事，他只能独自一人去。我没听清楚斯坦杰森说了一些什么话，不过听见德雷伯暴跳如雷地吼了起来，说斯坦杰森不过是他雇来的仆人而已，居然敢厚颜无耻地指责起他来。这个秘书自讨没趣了，但是他已经决定要离开了，他说如果他没有赶上最后一班火车的话，德雷伯可以再到哈利代旅馆里找到他，德雷伯说，他肯定会在十一点钟以前返回月台上来，接着他就离开了车站。

**词语解释**

暴跳如雷：急怒时一边叫一边乱跳，像打雷一样猛烈，发出巨大响声。形容又急又怒，大发脾气的样子。

“我盼望已久的机会终于来了，我已把我的仇敌们完全攥在手里了。他们在一块儿时，可以彼此保护；不过他们只要分开，命运可就任由我摆布了。但是，我并没有操之过急，我的计划早就胸有成竹了，但是我必须得让仇人知道是什么人把他杀了，还必须要仇人知道到底是为什么他要受到这样的惩罚，因为只有这样的话，我才会觉得我的报仇计划完整，我这些年的追杀才没有白费。我的计划是，我要让这个罪大恶极的败类有机会明白现在是他大祸临头的时候。巧合的是，几天以前有位搭我马车到布利路去查看房屋的先生，把其中一个地方的钥匙掉到我的车里了。虽然他那天晚上就把钥匙取了回去，但我还是早早地印下了钥匙的模样，而且照样配了一把一样的。这样做的话，在这个大城市里面我就有一个可以安心落脚的可靠地方了，在那儿做什么也不会有人来打扰。不过我此刻必须解决的难题是怎样把德雷伯带到那儿去。



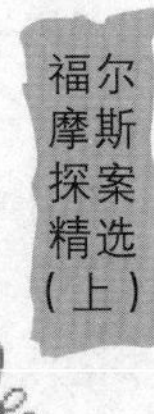

“他在街道上走着走着，就进入一两家酒店，在最后一家停留了差不多半个钟头，他出来的时候，走路踉踉跄跄，显而易见他已经烂醉如泥了。在我前边有一辆双轮马车，他招呼一声就坐上去了。我在后边紧跟不舍，我的马鼻子始终都距离前边的马车一码远。我们走过滑铁卢桥，然后沿着大道往前走了有好几英里，后来，令我惊讶的是，他居然重新回到了他原来居住的地方。我不知道他重新回到住的地方是什么原因，但是我依然紧跟着他往前走。他走进了屋，接着拉他的那辆双轮马车也离开了。可以给我喝点水吗？我的口都说干了。”

我把一杯水递给他，他一饮而尽。

他说：“我现在觉得好多了。谢谢。嗯，我在门口等了差不多十五分钟的时间，突然听见屋子内传出吵闹的声音，好像有人在打架。然后，大门忽然被打开了，有两个人走出门来，其中一人是德雷伯，而另一个是我不认识的年轻人。只见年轻人抓住德雷伯的脖领子，把他拉到台阶旁边，然后用力一推，又踢了一脚，把德雷伯踹到了街道正中间。他用力舞动着手里的木棒，高声喊着：‘你这狗娘养的！让我教训你一下，看你还敢不敢再欺负良家妇女了！’那个年轻人那时已经是怒发冲冠了，我觉得，如果不是德雷伯拖着双腿使劲地往大街中央跑，年轻人肯定会用手里的木棍狠狠地将他揍一顿。他一直跑到了街角，看见我的马车，就兴奋地叫了一声跳到车上来。他说：‘快送我到哈利代旅馆去。’

“看见他在我的马车里面坐定以后，我的心里说不上来地高兴，十几年了，我终于等到了这一时刻，我感到我的心脏在急速地狂跳。我当时十分害怕我的血瘤会在这么重要的时刻突然破裂。我在缓慢地向前赶路。心里在想到底怎样做才能稳妥地把他给杀死。要不要把他拖到乡下，然后找一个人少的地方神不知鬼不觉地把他给处理了。在我差不多拿定主意这么做的时候，他突然给我解决了这个难题，他又犯酒瘾了，他让我把车停在一家大酒店外面，然后让我在外边等着他，他进去喝酒。我在外边一直等到酒店关门，等他出来的时候，我知道自己这次已经是胜券在握了。

“千万别以为我是用极残忍的手段把他杀害的，尽管那么做能够报仇雪恨，不过我仍然不想那么做。我早就准备给他一个活的机会，如果他能够把握住这个机会的话，那么他就会继续存活在这个世界上。我在美国流浪的那段时间里，曾经干过很多不同的活。有一次，我做约克学院实验室的看门人和清洁工。有一天，教授在向学生们讲解一种叫作生物碱的东西，说那是南美土人从一种毒药里面提取出来的，这样毒性就非常得大，只要有人不小心喝了一点就会中毒身亡。我记住了那个毒药瓶所放的位置，等到他们都离开以后，我就取了一些出来。我对配药是十分在行的，接着我就把那些生物碱制成了可以溶解的小药丸。我把药丸装进了一个小盒子里面，然后又在小盒子里面放上了一个同样的没有毒的药丸。那时候，我就在想，如果有机会的话，我就让那两个恶贯满盈的人选择吃一个药丸，剩下的那个我吃，这样的做法有一个好处就是跟在枪口上蒙上手帕射击一样能够致人死命，而且声音很小。从那天开始，我的身上始终都带着这个盛着药丸的盒子，而如今终于派上用场了。

“那时已经快晚上 1 点了，天黑得伸手不见五指，当时还下着雨，刮着大风，但是我的心情却无比喜悦，我高兴得真想大声叫起来。但是我不能够叫喊，我还得保持平静。如果你们当中有谁曾经盼了一件事情盼了二十年，马上就要实现了，你们一定能够明白我心中的感觉。我点燃了一根香烟，我

**词语解释**

恶贯满盈：贯，穿钱的绳子；盈，满。罪恶之多，犹如穿钱一般已穿满一根绳子。形容罪恶极多，已到末日。



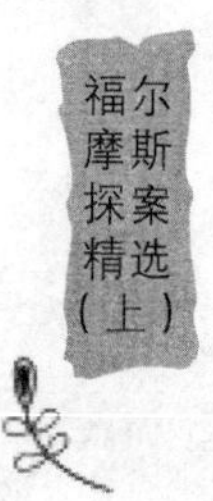

的心情十分激动，激动得我拿着烟的手都在颤动，我吞吐着烟圈，来掩盖我激动的心情，我从来没有觉得雨下在身上是这样地舒服，风吹在脸上是这样地凉爽。我的心在扑通扑通地跳个不停。当我赶着马车往前走的时候，我看见了约翰和露茜在我的面前对我微笑着，就像现在在这间屋里看到你们一样清晰。途中，他们一直陪着我，一左一右，直到我到了布里克斯顿那个没有人的小破屋。

"四周一个人都看不到，除去哗啦哗啦的雨声，什么声音都听不见。我透过车窗看了过去，看见德雷伯已经醉得什么也不知道了。我晃着他的胳膊说：'应当下车了。'

"他说：'好的，车夫。'

"我认为，他一定认为我把他带到了他要去的那个旅馆，因为他什么也没有说就跟我走进了那个屋子前面的小花园，他走路东倒西歪的，我不得不搀扶着他，我们来到门前的时候，我打开门，带着他走进了前边的房间。我敢对你们发誓，费里尔父女始终都在我的前方给我带路。

"他跺着脚说：'这儿太黑了。'

"'我们很快就会有灯了。'我一边说着，一边划着一根火柴，点着了我带在身上的一根蜡烛。然后，我把头转了过去，让他看着我的脸，接着对他说：'行了，伊瑙克·德雷伯先生，您看看我是谁？'

"他睁着两只蒙眬的醉眼看了我片刻，接着，我发现他的双眼中忽然露出了害怕的神情，整个脸也痉挛起来，这证明他已经认出我是谁了。他吓得脸色惨白，踉踉跄跄地向后退着。我看见他的汗突然从脑门子上往下滴，一直滴到了他的眉眼间；我隐约听到了他的牙齿在咯吱咯吱地响。整整二十年，终于在仇人的眼中看到了恐惧，我忍不住靠在门上哈哈笑了起来。我早就知道报仇是一件十分高兴的事情，但

**嵌记妙语**

霍普报仇成功，对于他自己来说当然是一件大快人心的事，这不仅除去了自己的威胁对象而且还为民众除了一害。但是，尽管这是正义的报仇，尽管报完仇是非常快乐的，但是也要付出代价、被社会制裁，特别是现今的法制社会。

是从来不知道报了仇是一件这么美好的事情。

“我说：‘你这狗杂种！我从盐湖城一直跟踪来到圣彼得堡，但每一次都让你跑掉了。如今你的逃亡生活终于结束了，因为，今天，此时，此地，或者是你，或者是我，将看不见明天的太阳。’听见我这番话，他又向后退了几步。我从他面部的表情看得出来，他猜想我肯定疯了。我那时的模样也确实像个疯子，脑门那儿的血管如同大铁锤敲打一般不停地突突响，若不是我的鼻孔里流血不止，让我觉得轻松一点儿的话，我的病恐怕就会发作了。

“‘您知道露茜·费里尔如今怎样了吗？’我大声喊着，接着锁好门，拿着钥匙在他跟前晃了几晃。‘善恶到头终有报，只是这报应来得太晚了，不过庆幸的是最后还是落在了你的头上。’我留意到在我说话时，他的嘴唇不停地哆嗦，他也许还准备请求我饶他不死，不过他心里又非常明白，这是毫无用处的。

“他吞吞吐吐地说：‘您要杀了我吗？’

“我答道：‘这绝对不能称为杀。当年你把我那可怜的爱人从她死去的父亲身边抢走的时候，你把她放到你肮脏的床上的时候，当她即将死去的时候，你有没有同情过她，哪怕一秒钟也好。我绝对不会杀死一个疯狗的。这点你要放心。’

“他叫喊着：‘并不是我杀死了她的父亲。’

“‘但是你却毁了她一颗纯真的心！’我大喊道。接着，我把装着药丸的盒子拿到他跟前说：‘让无所不能的上帝为我们做出公正的判决吧，你先选择一颗药丸，或者你会死去，或者你会看见明天的太阳，另外一颗留给我，让我们来看一下万能的上帝会给我们一个怎样的结局，这个世界上是不是还真的有公理存在。’

“他大声叫喊着往后退，接着苦苦地哀求放过他，不过我抽出刀子放到他的脖子上，逼迫他顺从



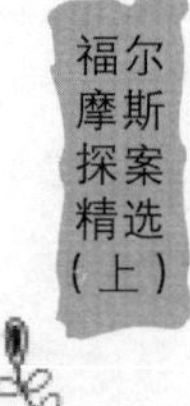

地吃下了其中一粒药丸，然后，我吃下了剩下的一粒。我们互相看着一声不响站了一两分钟，等着命运的审判。当他的脸上露出痛苦的神情时，他知道自己已经吃下了毒药，他当时的那一副嘴脸是我永远不会忘记的，看着他的那副样子，我终于释怀了，二十年的等待，二十年的期望，在这一刻终于实现了。我把露茜的戒指放在他的面前，然后让露茜看着他是怎么死去的。这是瞬间发生的事儿，因为生物碱的毒性发作起来特别快。一阵剧烈的疼痛让他的脸因扭曲而变形，他把两手伸向前方，晃着身体，接着发出一声号叫，一下子跌倒在地板上，我用脚踢着他，让他转过来，用手摸了一下他的胸口，他的心脏不再跳动。他已经死了！

**词语解释**

释怀：（爱憎、悲喜等感情）在心中消除（多用于否定）；放心，无牵挂；现今也可作释放怀抱的缩写。

“血不停地从我的鼻孔中往外流，不过我一点儿都没在意。我也不知道为什么会在墙上写字，或许只是想要跟警察开个玩笑，或想把警察引入歧途，反正当时我就是抱着玩一玩的心情。我记得纽约曾经有过一位被杀害的德国人，他身上就写着‘雷切’。那个时候报纸上还为此争论，说那是黑社会干的。我觉得，让纽约人茫然不知所措的字也肯定会使伦敦人感到困惑。所以，我就用手蘸了自己的鼻血，随手把那个字写在了墙上。接着我走到我的马车旁边，想要知道这附近有没有人，看了看，除了风什么都没有。我赶着马车走了一段路的时候，想要拿起露茜的戒指，我的手伸到衣兜的时候，突然发现它没有了，露茜的戒指不翼而飞了。我那时立即就傻了，因为那个戒指是她留下来的唯一的纪念物。我想也许是我俯身察看德雷伯的尸首时掉了出来，所以我连忙赶车回去，把它停到离房子很近的一条大道上。我努力地深吸了口气，然后想借着胆子进到屋里面，为了露茜的戒指，我什么都愿意尝试。我走到门前的时候，和一个正从屋子里走出来的警

察碰上了。我不得不装作喝得烂醉如泥的模样，这才解除了他对我产生的疑心。

“伊瑙克·德雷伯正是这么死的。我接下来要做的就是用相同的办法杀死斯坦杰森，替约翰·费里尔报仇雪恨。我知道他在哈利代旅馆住着，但是他整天躲在屋子里面不出来。或许是因为德雷伯没有回来，让他感觉到有一种危机。如果躲在屋子里面就可以高枕无忧了，那可真是大错特错。我很快就查到了他住在哪个房间里面，趁着天黑的时候，我弄到一把梯子，然后就从下面爬了上去。我把他从睡梦中叫醒，然后给他讲了这二十多年我是怎么度过我的每一天的，然后告诉他我是怎么把德雷伯弄死的，接着我就让他选择他是要哪个药丸。不过斯坦杰森是一个十分狡猾的人，他拒绝选择药丸，直接从床上起来，然后扑上来摁住我的脖子想要置我于死地，为了求生我只能用刀子插进了他的胸膛。结果不管怎样都是相同的，因为上帝肯定会让他那双罪恶的手去选择那颗有毒的药丸。

“我还想说几句话，说完以后，我也就完了。事发以后我又赶了一两天马车，因为我要赚到能让我返回美国的钱。我当时正在车行的院子里面站着，这时候有一个穿着破烂的小孩问我是不是叫霍普的车夫，有个叫福尔摩斯的人想要租我的车。我一点都没有怀疑就跟着走了。再往后我只知道这位年轻人拿手铐把我的手腕铐住了，而且动作敏捷，我有生以来从来都不曾看见过。各位先生，这正是我所有的经历，你们可以把我当作一个杀人凶犯，不过我自己却觉得我和你们一样都是主持公道的法官。”

这个名叫霍普的人讲的话是那么地震撼人心，还有他讲话时的那种态度，更是让人印象深刻。我们所有的人全都一言不发地听得心神荡漾，甚至连那两名对各色犯罪案件相当熟悉的职业侦探，也饶有兴趣

**词语解释**

饶有兴趣：饶，很，特别。一般是指很有兴趣地看着一样物体或事物。

地听着。他说完以后，我们都默不作声地坐在那儿，只有莱斯特雷德快速记录最后几句供词的时候，笔尖和纸的摩擦声才打破了屋里的沉寂。

“我还想知道一件事情，”福尔摩斯最后说道，“我登的那个取戒指的广告，是谁过来拿的戒指？他到底是怎样的一个人？”

我们的罪犯狡黠地冲福尔摩斯眨眨双眼，说：“我只能把我自己的秘密告诉您，但我不能把别人的秘密也说出来。我发现您登的广告以后，也曾考虑过那或许是个陷阱，不过我也或许真的能重新找回那枚戒指，我朋友自己提出前往一试。我觉得您不能否认他干得非常出色。”

词语解释

狡黠：狡猾；诡诈。

“毋庸置疑。”福尔摩斯真诚地说。

“好了，先生们，”那位警官严肃地说，“我们一定得遵守法律程序。这位杀人凶犯将在星期四提交法庭审理，届时各位一定要在场。在出庭以前，这个凶犯由我看管。”说话间，他按了按铃，杰斐逊·霍普被两个看守带出去了。我和福尔摩斯离开警察局，坐上马车朝贝克街驶去。

## 第十四章　尾声

星期四开始审判，我们到时候要出庭，但是等到这一天的时候我们却根本没有机会和时间去了。一位更高级的法官受理了这桩案件，杰斐逊·霍普在另外一个法庭接受正义和公道的裁决。但是就在他被抓获的那天夜里，他的动脉血瘤破裂了。第二天早上，人们看到他面带微笑、身体舒展地躺在地板上，似乎他在临死的时候仍然想着他的复仇大业已经圆满完成，自己亲手杀死了这两个仇人，自己



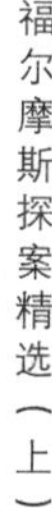

这一辈子没有白活。

第二天黄昏时分，当我们谈起这件事情的时候，福尔摩斯说："格莱格森和莱斯特雷德听见霍普死去的消息，心里一定会感到非常不痛快。因为这个人死了，让他们少了一次可以炫耀的机会。"

我说："我个人觉得这两个侦探在捕捉这个杀人凶犯的过程中什么都没有做呀，他们根本没有具体做什么事情呀。"

福尔摩斯苦笑着说："在这个世上，你究竟做了些什么根本就不重要，重要的是你怎样使人认同你承认你。"停顿了片刻以后，他继续说："不用管他们了，总之这桩案件我是管定了。在我的世界里，再也找不到比这还要精彩的事情了。尽管这桩案件平淡无奇，不过还是有几点颇有教益的。"

"平淡无奇？"我情不自禁地喊了起来。

"是的，的确是这样。除此之外，还有什么词儿能够用来形容它呢？"看见我满脸吃惊的表情，夏洛克·福尔摩斯面带微笑地解释说，"我所谓的这桩案件的平淡无奇，是因为在没有任何人任何物的帮助下，我只凭着一些普通的推断，在三天以内就将这个杀人凶手捕获了。"我说："的确如此。"

"我以前就说过，最简单的事儿一般来说并不是什么障碍，而是一种线索。想从这种问题中得到结论，最重要的方法就是反向推理。这是一种特别重要的技能，而且也非常实用，只不过人们一般不常运用它而已。在平时，正向推理看起来有用一些，所以很少有人运用反向推理。而且使用综合推理的人要比使用分析推理的人多五十倍。"

我说："说实在话，我现在不怎么懂您的意思。"

"我也没有希望你能够完全明白我所说的话，让我想一想怎样才能更好地表达我所要说的。当你在向人们叙述某件事情的时候，他们很多人都会告

**词语解释**

推理：逻辑学名词。从已知的前提推出新的结论。

**嵌记妙语**

正是这种特别的技能使福尔摩斯比其他侦探胜过一筹。



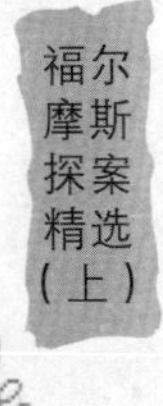

诉你可能会出现的结果，他们在脑海中会把出现的一系列事情联系起来思考，然后得出这样或者那样的推论，但是很少有人会在你告诉他结果之后去思考发生怎样的每一步才会造成这样的结果，也就是说他们将造成这个结果的每个步骤想出来。这就是我所说的反向推理或者说是分析推理。”

我说：“我懂了。”

“我们现在碰到的案件，正是一个先知道结果而别的一切都凭自己推断出来的案件。我此刻尽量详细地为您讲解我推断的每个不同的步骤，我从一开始说起吧。你是知道的，我是步行走到那个房屋的，在当时我的脑子里面什么意见都没有。首先我检查的是大路。就像我对你说的一样，在大路上我看到了马车走过留下的清晰的痕迹。经过我的打探后，我知道了这辆马车是半夜之后到过这个房屋的，车轮与车轮之间的距离很窄，因为伦敦的城里面的出租马车要到很多狭窄的地方，我们常见的出租马车比私人马车要窄，因此我可以判断这是一辆出租马车。

“这是我调查的时候得到的第一点收获。然后，我慢慢地沿着花园的小路向前走，这条小路恰好是黏土路，这样的话就会留下很多的线索，或许在很多人的眼里这是一条被许多人踩得乱七八糟的烂路。但是在我那双经过专业训练的眼睛看来，那条小路上的任何一个痕迹都代表着特定的意义。在侦探学的所有分支中，再也不会找出比足迹研究这门技艺更加重要而又最不受人重视的学科了。幸好我自始至终都对这门技艺相当重视，而且通过长期的实践，它几乎成为我的一种本能，第二种与生俱来的天性。从足迹中我看到了警察们的沉重的足迹，也发现了首先走进花园里面的是两个人的脚印，可以分辨出来一个是高个子，另一个人穿得时髦，但是由于现场已经被人踩烂了，其他的信息得不到了。但是我的第二个环节已经出现了。

“最后的那个判断完全是我进屋之后发现的。那位脚穿精致鞋子的先生倒在我跟前的地板上。如果这里发生过谋杀的话，那么我料定凶手一定就是那个身材高大的人。不过受害人的身上找不到明显的被害痕迹，但是死者的面部表情很恐惧，由此可以判断出在死亡之前他就已经知道死神即将到来。死于心脏病或者别的导致突发死亡的疾病的人，面部的表情是不会那样激动的。我俯下身子嗅被害者的嘴唇时，闻到了一丝很轻的酸味儿，由此我就推断出：这个人是被迫服毒身亡。我说被害者是被迫服毒，是因为他的面部表情很恐惧并且很愤怒。通过排除法，我最后推断出这个结论，因为其他的设想都无法解释这些事实。您可千万别以为被逼服毒是一件从未听说过的办法，其实这是一项十分传统的杀人方式。不管哪一位毒药学家都能马上想到奥德萨的道尔斯基一案和蒙特佩里尔的雷托里尔一案。

**同步思考**

福尔摩斯怎么推理出死者是他杀，而且是被迫服毒？

“下面要说的是谋杀动机这个最重要的问题。这桩谋杀案件很明显并非为了抢劫，因为被害者身上的财物全都在。那么是否因为政治或是为了哪个女人呢？这正是我那时所要解决的问题。我的观点从一开始就倾向于后者，因为如果是在政治暗杀中死去的话，那么杀人犯一般都是非常迅速地就离开了，一走了之；而我们面临的一个杀人犯则是相反的。他干得非常地淡定，没有一点慌张，而且在屋里留下了他的很多痕迹，这样说的话他在屋里面停留了很长时间，并且是处心积虑了很久，而这种作案的手法，无异于说明是报复手段，是个人的报复。等到后来看到墙上的血字的时候，我对自己的判断就更加有把握了。那个血字很明显是故布疑阵，聪明人一看就能知道。不过我真正坚定判断是因为后

来又看到了那只戒指。显而易见，杀人者用那只戒指让死者想起已经死了或者当时不在场的某个女人。关于这一方面的话，我曾经给克利夫兰拍过电报，他向我证实了德雷伯是不是在生活当中有什么特别之处。他当时的回答是没有询问这方面的问题。

“接着，我就开始认真搜查了整个屋子。这次的搜索我确定了这个犯人的身高，另外我还获得了某些细节，比如说，从印度雪茄烟上可以得知凶手的指甲很长。屋子里面没有一点打斗的痕迹，很明显地知道地上的血迹就是凶手的，因为死者死了，他非常高兴，激动的时候流了鼻血，也就是说这个人是个血气特别旺盛的人。这么一来，我就大胆地认为：杀人者或许是个健壮的男人，并且是红脸膛。后来事实说明我的这一结论准确无误。

“走出那所房屋以后，我去干了格莱格森忽视的一件事情。我给认识的克利夫兰的警察局局长写了一个电报，希望从他那里得到一条信息，就是伊瑙克·德雷伯的婚姻问题。警察局给我的答复很明确，就是德雷伯曾经请求过警察保护他并对付一个名字叫作杰斐逊·霍普的旧情敌，而且我还得到了信息霍普目前就在欧洲。得到这些信息之后，我的脑子里面就出现了关于这个神秘案件的一个重要的脉络，接下来的事情就是怎样将凶手捉拿归案。

“我心中早就认定，和德雷伯一起进入空宅的那个人正是出租马车的车夫。道路上的痕迹很清楚地告诉了我这匹马曾经自己乱跑过，如果有人在看着它的话，就不会出现这样的状况了。很明显，马夫当时不在这里，如果马夫不在这里的话，那么他会在哪里呢？还有，除非是一个神志不清或者是喝醉酒的人，才会在第三个人的面前从容不迫地杀人，还有在伦敦怎样可以神不知鬼不觉地去跟踪一个人呢？答案很简单，那就是当车夫，那么就一定能够在出租马车的地方找到他——杰斐逊·霍普。

"假如他是马车夫，那么他没有丝毫突然改行的原因。刚好相反，如果他现在就更换工作的话就会引起人们的注意。至少在一段时间内，他是不会离开这个行业，不会离开这份工作的。我们也没有任何理由猜想他会隐姓埋名。在一个没有一个人知道他真正名字的国家，他为什么要隐姓埋名呢？所以，我就分派我的街头小乞儿去伦敦不同的车行挨个询问，直到打听到我要找的那个人的下落。他们没用多长时间就找到了我要找的人，这对于我来说是很有帮助的，我想这些你都是知道的。斯坦杰森的被杀倒是我丝毫不曾预料到的，不过那是无论如何都不能避免的。就像你看见的那样，在斯坦杰森死后，我找到了两个药丸，其实我早就猜测出这两个药丸存在了。你看看，这个案件就像是一个连接着一个的逻辑推理，没有一点漏洞存在。"

**嵌记妙语**

案件的顺利进行让福尔摩斯得心应手，在调查霍普的时候，小乞儿们帮了他很大的忙，斯坦杰森的死是在他的预料之外的事。福尔摩斯的逻辑推理简直达到了极致，他的推理丝丝入扣，点滴不漏，让人惊叹！

"简直太妙了！"我高声说，"您的这些功劳和成绩应该让所有的人都知道，您应当把侦破此案的经过发表出去。如果您不想的话，就让我帮你发表吧。"

"你想干什么就干什么吧，医生。"他答道，"不过你得先看看这个！"说话间，他把一张报纸递到我面前，"您瞧这儿！"

那是一张当天的《回声报》，而他用手所指的那一段报道就是我们所谈论的那桩案子。

报上是这样写的：

因为这个名叫霍普的人突然离世，让晚餐桌上少了一份谈资。此人涉嫌杀害了伊瑙克·德雷伯和约瑟夫·斯坦杰森二位先生。这个案件的详细情况也许就会伴随着霍普的死去而成为一个谜。据可靠消息，这个案件源于一个桃色事情，里面还有摩门教的问题。两位死者年轻的时候都是摩门教徒，并且死去



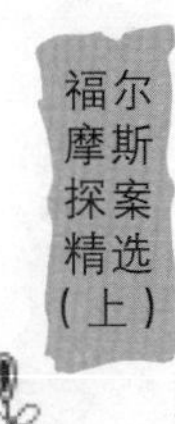

**词语解释**

引以为戒：引，用；戒，鉴戒。指把过去犯错误的教训拿来作为警戒，避免重犯。

**同步思考**

在阅读完这个引人入胜的故事后，你有哪些思考？如果仔细琢磨一下这个故事，你会发现福尔摩斯的推理只是副线，柯南·道尔真正要讲的恐怕是一个有关复仇的故事吧！或许正是这个故事的多重线索、多重阅读才引发了人们对福尔摩斯探案故事的兴趣。

的霍普也来自那个地方。假如说此案没有任何其他意义的话，它起码极为突出地证明了我方警探破案之神速，并且也使每一个外国人引以为戒：最好在你们自己的国家解决你们的私人问题，不要把它带到大不列颠岛，否则就会受到法律的制裁。这次精彩的抓获行动完全是苏格兰场两位有名的警官莱斯特雷德和格莱格森先生的功劳，现在所有人都知道这两位了不起的警察。据消息称，罪犯是在一位名叫夏洛克·福尔摩斯先生的家里被抓获的。这个名叫福尔摩斯的人也是从事侦探工作的，在侦探方面也有一些天赋。相信在那两位名侦探的指点下，这个侦探会有突飞猛进的突破。据估计这两位侦探会被授予某种嘉奖，以用来肯定他们卓越的功绩。

夏洛克·福尔摩斯放声大笑道：“我当初不是就对您说过吗？我们对血字研究的所有结果就是使他们两个得到嘉奖！”

我答道：“没事，我已经详细地记下了这个案件的全部过程，真相是不会被掩埋的，我相信总有一天，人们会了解事实的真相。再说这个案件你已经破了，你也要心满意足了。”

# 四个签名

## 第一章　科学推理

夏洛克·福尔摩斯把他的药从壁炉架的一角拿下来，从精致的摩洛哥皮包里拿出了注射器，用他那白皙灵巧的手指，认真地将针头装好，然后卷起自己的左臂衬衫的衣服，露出自己结实的肌肉和强壮的手腕，随后脸上有一些若有所思的表情，只见他的胳膊上有很多针眼。最后，他把针尖刺进了自己的胳膊，推动了注射器。自己躺在了绒面扶椅上，然后脸上露出了满意的笑容，发出舒服的长叹。

几个月以来，他每天都这样注射三次，虽然我已见惯了，但却不是很赞同。每当我看到他这样做的时候，我的心里就十分地气恼。每天夜里当我想起这件事情的时候，就会为自己没有阻止他而感到羞愧。所以我一直在自己的心里下定决心要劝他放弃这种方法，但是一看到我朋友那很冷淡的表情，我的话就咽到肚子里去了。他是个自制力很强的人，总是一副自以为是的态度，还有许多异乎寻常的品质，在他面前我是一点儿自信心也没有，我怕我的



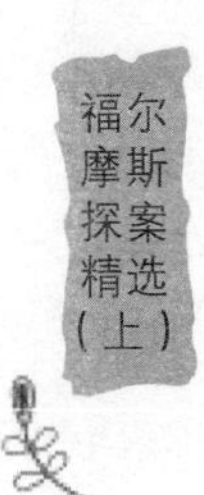

话惹得他不高兴。

但是，就在这天的下午我真的忍不下去了，或许是因为我喝了点红酒，或许是因为他的故意的神态实在是让人太生气了。这让我格外恼火。

我问他："今天注射的是什么？吗啡，还是可卡因？"

他正在漫无目的地看一本旧书，无神的目光抬起来说道："可卡因，7%溶液。你是想要试一试吗？"

我的回答十分生硬："我才不试呢，阿富汗战争后，我的身体到现在还没有好起来，我可不想让自己的身体雪上加霜，自己折磨自己。"

他对我的恼怒报以微笑，说道："华生，相信你说的话是对的，我也知道这种东西对身体有害，可是我需要刺激，我需要让我放松的东西。我觉得这种刺激能够让人飘飘然，还可以醒脑，即使有副作用也没有什么关系呀。"

我用诚恳的口吻对他说："可是您得考虑利害得失嘛！也许您感觉到，脑袋受到刺激之后会有一时的兴奋，但那是病态的过程，也是一种病态的行为，您的身体会因为这个注射功能改变的，然后导致不能治愈的衰竭。您也清楚自己感到了不良反应，为什么只顾一时快感，残害自己过人的精力呢？别忘了，我说这话不仅出于对同伴的关心，而且我是个医生，必须对您的健康负责。"

他听了这话之后似乎没有生气，反而把两只手的指尖碰到了一起，摆出了一副愿意跟我交谈的样子。

他说："我厌恶无所事事。为什么没有案子？为什么没有工作？为什么没有最深奥的密码？为什么没有最复杂的分析？给我这些吧，我需要这些来刺激我的神经，而不仅仅是身体上的刺激。正是因为我渴望刺激，所以我才选择了侦探这份工作。或者说是我创造了这份工作，因为我是这个世界上唯

**嵌记妙语**

可卡因毒性较大，小剂量时能兴奋大脑皮层，产生轻微的快感，随着剂量增大，使呼吸、血管运动和呕吐中枢兴奋，严重者可发生惊厥；大剂量可引起大脑皮层下行异化作用的抑制，出现中枢性呼吸抑制，并抑制心肌而引起心力衰竭。福尔摩斯为了一时的感官刺激并非为了工作，而是因无所事事而无聊，不惜用可卡因牺牲自己的健康是不可取的。

一从事这份工作的人。”

我扬起眉毛问道：“难道您是唯一的私家侦探？”

他回答道：“唯一的私家咨询侦探。我是侦探行业里的最终裁决者，每逢格莱格森、莱斯特雷德或埃塞尔尼·琼斯遇到想不通的难题，他们就来请教我。理所当然地他们很少能看得出来问题的症结，所以他们会来找我，然后我以专家的资格审查这些资料，然后用专家的身份给他们提意见。我不追求名誉，所以报纸上不会出现我的名字。工作本身能够很好地发挥我的特殊的才能，这种快乐对于我来说就是最好的奖励。破杰斐逊·霍普那个案子时，您已经体会到我的工作方法了。”

我热诚地说：“不错，从小到大我还从来没有得到过这么强烈的刺激，所以我已经把这件案子的始末写成了一本书，我起了一个新奇的书名：《血字的研究》。”

他摇了摇头，露出阴郁的神色。

“我翻看了一遍，”他说，“说实话，实在不敢恭维。侦探学是一门很精确的科学，或者应该这样说，侦探者应该时刻保持自己的脑袋清晰，绝对不能感情用事，而你在有些时候为它蒙上了一层浪漫的色彩，那种效果就像在欧几里得第五定律中掺进爱情故事或者恋人私奔情节。”

**嵌记妙语**

这不仅是福尔摩斯在质疑，更是柯南·道尔的质疑，经典的推理小说是否该掺杂那么多“浪漫的”“爱情的”“情节化的”场景、片断？因此福尔摩斯探案系列注定要区别于某些推理小说。

我立刻提出抗议说道：“可是霍普那个案子里面本来就有浪漫的情节，我不能篡改事实呀。”

“有些事实是可以略过不写的，至少你在处理问题上面可以做到有所侧重。这个案件唯一的亮点就是我对那个案件的推理分析的过程，我就是通过这个方法才破案的。”

我写那个故事，本来是想得到他的欢心，没想到反而遭到批评，不禁感到恼火。我承认，他的以自我为中心十分令我生气，貌似他想要我整本书都要描写他个人的特殊行为。我跟他同住在贝克街的这几年里，不止一次地发现，我这个朋友总是在静默和说教的时候，暗藏着一些虚荣心。不过，我没有跟他争论，我坐下来开始按摩我受过伤的腿，这条腿在阿富汗的时候被步枪打伤过，虽然走路没有大碍，但是在天气变化的时候就会觉得疼痛。

过了一会儿，福尔摩斯在他那只石楠根烟斗里装满烟丝，慢吞吞说道："目前我的业务已经发展到了欧洲大陆。上星期就有一个名叫弗朗索瓦·勒·维拉德的人来向我请教。可能你会知道，这个人现在在法国的侦探界已经开始崭露头角了。他这个人具有凯尔特民族敏锐的直觉，只是缺乏广泛的知识，所以不能提高破案的技术。他请教的案子是关于一份遗嘱的，在某些方面很有些兴趣。我介绍了两个类似的案情给他作参考：一个是 1857 年拉脱维亚首都里加发生的案件，另一个是 1871 年圣路易城的那桩案子。这两个案情给他指明了破案的途径。今天早上我收到了他的感谢信，你看就是这封信。"

他说着把一张皱巴巴的外国信纸丢过来，我看了一下信的内容，看到信里面，有很多的感叹词，用了很多"伟大""手法高明""独具匠心"这些赞美的词来表达他对福尔摩斯的感谢、敬仰和称赞，亦可以看出他自己是一个感情丰富的人。

我说道："他这口吻简直就像是一个学生在跟他尊重的导师说话一样。"

夏洛克·福尔摩斯说得轻描淡写："哦，他对我的表扬有点言过其实了，我也只是很简单地指导了他一些事实。他自己也是很有才华的，一个理想的侦探家他已经具备了 2/3 的条件，他自己有很强的观察能力，有自己的推断方式，只是缺少专业知识而已。他现在正在把我的作品翻译成法文。"

"您的作品？"

**词语解释**

轻描淡写：原指绘画时用浅淡的颜色轻轻描绘。形容说话或写文章把重要问题轻轻带过。

他笑道："难道您不知道？很不好意思地说，我写过几篇专论，都是技术方面的论文。譬如有一篇是《论辨别不同烟灰》。我在文章中列举出150种雪茄烟、纸烟、烟斗丝的烟灰，并且用图文说明了这些烟灰有什么差异。这种证据在刑事案件审判中常常用得着，有时甚至是整个案件中最重要的线索。譬如说，如果在一件谋杀案中，你能够辨别凶手抽的是印度雪茄的话，自然就可以缩小侦查范围了。印度雪茄的烟灰是黑色螺旋形的，而'鸟眼'烟的烟灰则是白色毛状的，二者差别很大，在训练有素的人眼里，这种差别就像白菜跟马铃薯一样不同。"

我评论道："你在细节的观察方面很有自己的天赋。"

**词语解释**

天赋：自然赋予；生来就具备；天资。

"我重视其价值。这一篇是追查足迹的专论，里边提到使用熟石膏保存脚印的方法。就是这里面有一个很奇妙的小论文，说是一个人的职业可以影响这个人的手掌，然后在里面附加了石工、水手、木刻工、排字工、织布工和磨钻石工人的手形插图，这些对于没有科学知识的侦探来说会有很多的实际意义。遇到无名尸体案件和查找罪犯身份时都有实际用处。噢，我只顾谈自己的嗜好了，让您心烦了吧？"

我恳切地回答道："一点儿也不烦，我非常感兴趣。因为我曾经亲眼看到你的破案过程，你刚才谈到了你的观察和推断，当然，我个人觉得在一定的程度上，这两者之间有一定的联系。"

他把身子舒舒服服靠在椅背上，从烟斗里喷出一串浓烈的蓝色烟圈："其实没有多大的联系，举个例子吧，根据我的观察结果，你今天上午去过韦格摩尔街邮局，然后我推断你在那里发了一封电报。"

我说道："太棒了，对极了！两个推测都很正确！这些我都承认，但是我不懂你是怎么知道的，

今天的这个念头是我突然产生的，我并没有告诉任何人。”

他见我感到惊奇，脸上不由露出得意神色，评论道：“这个真是太简单了，简直就不用我解释。但是可以跟你解释一下什么是观察，什么是推断。通过观察，我发现你的鞋面上沾有一丁点的红泥，只有韦格摩尔街邮局对面正在修路，挖掘出的土，堆在了便道上，这里的土是一种很奇怪的红色，据我所知，除了那里在附近再也没有这种颜色的土地了。这就是通过观察得到的，其余的都是推断的结果。”

“您是怎么推断出那封电报的？”

“今天整整一个上午我都坐在您对面，没见您写过信。在您的桌子上，我也注意到上面有很多的邮票和一捆明信片。排除掉其他的因素，剩下的就是事实了。”

我思索了一下回答道：“确实如此。您说得没错，这件事情真是太简单了，那么我现在给您一个比较复杂的问题，您愿意接受挑战，不觉得我鲁莽吧？”

他回答道：“正相反，我很欢迎，这样做倒是可以省掉我注射第二剂可卡因了。您提出的任何问题，我都很高兴研究。”

“我听您说过，任何一个日常用品，都会多多少少地遗留下一些痕迹，受过专业训练的人可以很容易地分析出来里面有什么信息。我这里有一只刚刚得到的怀表，您能不能仅凭观察，看出原来主人的性格和习惯？”

我把表递给他，心里不禁感到很好笑。我认为，这个难题是没有答案的，他不时摆出一副独断的态度。哼，这算是我对他的惩罚。他把手表放在了手上，然后来回仔细地看着这个表，仔细地看着表盘，然后又打开了表盖，先仔细观察了一下里面的机件，然后用高倍放大镜很仔细地观察。看见他脸上露出

**词语解释**

鲁莽：说话做事不经过考虑；轻率。

了沮丧的表情，我自己很高兴。最后他扣上了表盖，把表还给了我。

他说："上面几乎没遗留下什么痕迹，因为这只表最近擦过油泥，把最主要的痕迹抹掉了。"

我说："不错，我是在这只手表擦过油泥之后得到的。"

可我心里却在指责这位伙伴，怪他用这个借口掩饰失败。如果是一个没有修过的表的话，又能找出什么有助于推断的痕迹呢？

他用无神的目光仰望着天花板说道："虽然不能令人满意，不过我的观察也不是没有结果的。随便说说，请你指正吧。据我的判断，这只表曾经属于你的哥哥。他是从您父亲那里继承来的。"

"很对，您是从刻在表背面的H. W. 两个字母看出的吧？"

"不错，W代表您的姓。这只表大概是五十年前制造的，我猜这是你长辈的东西。按照习俗，贵重物品留给了你的哥哥，长子又往往袭用父亲的名字。要是我没记错，您父亲已去世多年，所以我断定这只表曾在您哥哥手里。"

我说道："这都不错，还有别的没有？"

"你哥哥是一个行为不检点的人，本来他有一个很好的前途，但是他没有好好地把握送上门来的机会，最后弄得自己穷困潦倒，苦不堪言，有时候也会遇上生活好的时候，不过他最后因为饮酒过度而死亡。我看到的只有这些而已。"

**词语解释**

苦不堪言：堪，能。痛苦或困苦到了极点，已经不能用言语来表达。

我离开自己的座位站起身，忍不住在屋里神情沮丧地踱来踱去，心里情不自禁地一阵难过。

我说道："福尔摩斯，您真是太不够意思了。我简直不能相信你竟然以这样的手段来欺骗一个相信你的朋友。我知道你一定认识我那可怜的哥哥，了解他的故事，可是你却用这样奇怪的方法来当成



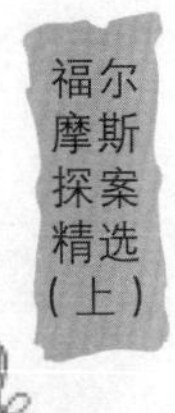

**嵌记妙语**

福尔摩斯在与华生聊天的时候，以华生所戴的表作为推断一件事情的根据，这触动了华生曾经痛苦的往事，在他发了火时，福尔摩斯没有摆一点架子，只是连连表示歉意，他的精神是多么地难能可贵呀！

推断，说出你本来就知道的事实。你说你是从一个怀表上发现这样事实的，我会相信你吗？十分不客气地说，你的这些话真是太无情了，我不想这样说但是我觉得你又是个骗子。”

他心平气和地说：“我亲爱的朋友，请你接受我的歉意。我保证这完全是我就事论事，请把这个结论当成个纯理论结论，忘了这可能勾起您心头的怀念和悲伤。我向您保证，在你给我看这只表以前，我真的不知道您还有一位哥哥呢。”

“那这也太让人感到惊讶了，从这一只怀表上您是怎么推断出这些事实的？您说的没有一样与事实不符的。”

“啊！这只能算是侥幸，我只是说出了一些可能存在的情况，没有想到会这么精确。”

“这么说，您不是猜出来的？”

“肯定不是的，我从来不会去猜事实。猜想是一个不好的习惯，它对于我们的逻辑思维是有害的。你之所以会怀疑，是因为你没有了解我推理的思路。其实往往从细节上可以推断出大概的情况。举个例子说吧，我一开始说你哥哥不检点。你看你这只表它的表面有两处凹痕，整个表面还有无数划痕，不仅能明显看出他习惯于把表跟钱币、钥匙一类硬东西一同放在衣袋里。对一只价值 50 多英镑的表如此随意地放在口袋里，说他生活不检点，总不算过分吧！一只表就如此贵重，若推论说他收到了丰厚的遗产，也不能算是牵强吧。”

我点了点头，表示同意他的推理。

“在伦敦各典当商有个不成文的惯例，那就是收进一只表，必定要用针尖把当票的号码刻在表盖里面，用这种方法比挂一个号码牌实用，可以避免丢失号码或弄错。用放大镜细看表盖里面，发现多个这种号码，所以我推论，你哥哥常常生活困难。

也由此推出了我的第二个推论：他偶尔手头也会宽裕，否则就没有力量赎回这只表了。最后请您仔细看一下表盖上，在表钮旁有成千上万道划痕，这是在上发条的时候不小心划下的。清醒的人在给表上发条的时候，怎么会留下这种划痕呢？不过醉汉的表上从来都是有这种痕迹的。这说明他在晚上给表上弦的时候手颤抖得厉害。所有这些有什么神秘的？”

我回答道：“你的确分析得一清二白。刚刚我不小心冒犯了你，请你原谅。我应该更加信赖你推理的神奇能力。不知道你此时手头上有没有引起你兴趣的侦查案件呢？”

“没有。所以才注射可卡因嘛，不动脑筋地想问题，我就像没有水的鱼儿一样。现在没有案件可侦探的我，活着真是没有意义呀！请你跟我一起到窗子跟前来，你看，还有什么比这更加无聊更加凄凉的景象吗？你看，那团团黄色雾霭铺天盖地压来，飘过那片暗褐色的房子。还有什么比这更压抑、更令人绝望的场景呢？朋友，英雄无用武之地呀，即使你有力压千钧的能力又有什么用呢？罪犯们犯的都是平常的罪，各种事情没有什么异乎寻常的地方，那些再平常不过的事情，唉，有能力又有什么用处呢？”

**嵌记妙语**

就像鱼儿离不开水一样，福尔摩斯也离不开案子，没有案子，他就难受，甚至注射上了可卡因，而他明知可卡因是一种有毒的东西，可见他着急到什么程度，把侦探工作视作他的生命，没有案子可破的时候，就像丢了魂似的。

我正要开口反驳他这番激烈的话语时，忽然传来一阵猛烈的敲门声，不一会儿，我们的房东太太走了进来，端着一个铜托盘，上面放着一张名片。

她对我的伙伴说道：“一位年轻女子要求见你。”

他读着名片：“玛丽·莫斯坦小姐。嗯！我不记得我认识这个名字的主人。赫德森太太，请她上来吧。大夫，别走，我想请您留在这里。”



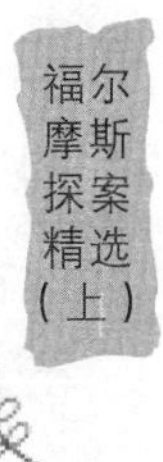

# 第二章　陈述案情

莫斯坦小姐步履稳重地走进屋子，她的态度淡定。她是一个金发碧眼的年轻女子，个头比较娇小，打扮讲究，衣服穿着极有品位，戴着颜色与衣服协调的手套。不过，她的装束素雅质朴，让人联想起她的生活不太优裕。衣服的颜色是暗灰褐色，没有花边和装饰，头上戴着一顶同样是暗色的缠头帽，边缘插着一根白色翎毛，翎毛给整个装扮增加了一点生气。她的容貌算不上匀称，肤色也不太柔美，但是表情甜美可爱，一双蔚蓝色的大眼睛闪烁着异常有神的光，极富感染力。我见过来自三大洲数十个国家的许多女子，但是从来没见过这么高雅敏感的面孔。福尔摩斯请她坐下，我看见她嘴唇微微颤动，手在发抖，从她的外表可以看出，她内心十分紧张，情绪也很不安。

词语解释

淡定：指有泰山崩于前而面不改色的镇定程度。
费解：难懂；不易理解。

她说："福尔摩斯先生，我是来你这里求教的，因为您曾经为我的女主人塞西尔·福里斯特夫人解决过一桩家庭纠纷案。她本人是十分钦佩您的本领。"

福尔摩斯思索了一下然后回答道："塞西尔·福里斯特夫人，嗯，是的，我记得曾经帮过她一个小忙。不过我记得她的那桩是个很简单的案子。"

"可是她并不这样认为，她觉得那个案子是十分复杂的。至少，我今天讨教的这桩案子，我相信您一定不会说它非常简单的。我想不出来，还有什么事情会比我现在的处境更离奇费解了。"

福尔摩斯搓着双手，一对眼睛闪闪发亮。他的身子在椅子里微微向前倾，老鹰一样轮廓鲜明的脸上，露出特别专注的表情。

“说说你遇见了什么事情吧。”他用公事公办的轻快语调说道。

我突然发现自己在场有些不便。

“请原谅，我失陪了。”我站起身说道，准备离开。

没想到这位年轻姑娘抬起戴着手套的手阻止了我。

她说道：“希望你的朋友别离开，我想他也许能帮我个大忙呢。”

我只好重新坐下。

她继续说道：“简单一点地说，事情的过程是这样的，我父亲是驻印度军团的一位军官，他在我很小的时候，就把我送回了英国。后来我母亲去世了，我在英国又没有亲戚，于是他就把我送到爱丁堡，在一个环境很舒服的寄宿学校就读，一直到了我 17 岁才离开了那里。1878 年，我的父亲请了十二个月的假，回了国。他是那个部队里资格最老的上尉。后来他在伦敦的电报上告诉我说，他已经平安地到达了伦敦，他要我立刻去见他，见面的地点就是在兰厄姆旅馆。我现在还记得，他在电文中充满了慈爱的口吻。我一到伦敦就坐车去了兰厄姆旅馆，那里有人告诉我说，莫斯坦上尉的确住在那里，不过他在头天晚上就出门了，到现在还没回来。我在那个旅馆等了整整一天，可是没有他的丝毫消息。到了夜里，我听从了旅馆经理的建议，去警署报了案，并且在第二天早上，还在各报纸上登出了寻人启事，但是我们没有任何收获。至今，关于我不幸的父亲的生死，我始终没有得到任何消息。他回到祖国，满心地希望得到平静和舒适，可是没想到……”

**同步思考**

莫斯坦小姐的父亲失踪几年了?

她用双手捂住嘴唇，话还没说完，就已经泣不成声了。

福尔摩斯打开记事本问道：“这是发生在哪一



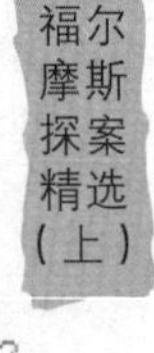

天的事？”

“他是在 1878 年 12 月 3 日失踪的，至今差不多已有十年了。”

“那么他的行李呢？”

“还保存在旅馆里面。行李里面找不出任何线索，只有几件他平常穿的衣服、几本书，还有不少安达曼群岛的古玩，他以前在那里的一个监狱当看守所所长。”

“他在伦敦有没有朋友？”

“我只知道一位——驻孟买第 34 步兵团的肖尔托少校，以前跟他是在同一个团里。这位少校在不久前已经退伍了，住在上诺伍德。我们已经和他联系过了，可是他连我父亲已经回到英国的事都不知道。”

福尔摩斯评论道：“这可真是件怪事。”

“我还没有讲到更为奇怪的情节呢。大约在六年前，我在《泰晤士报》上发现了一则广告，准确日期是 1882 年 5 月 4 日，那广告上面写的主要内容是在征询玛丽·莫斯坦小姐的住址，并说如果她回答的话，对她是有好处的。广告下面没有署名，又没有地址。那时我刚在塞西尔·福里斯特夫人那里当家庭教师。我和她商量以后，就在同样的报纸上刊了我的住址，第二天的时候我就收到了一个礼物——一颗润滑的珍珠，盒子里没有一个字。从此以后，每年到了同一个日期，我就会收到一个相同的纸盒，里面装有一颗同样的珍珠，但是却从来没有任何寄件人的线索。经过专家的鉴定，这些珍珠都是非常珍贵的品种，价值很高。你们请看这些珍珠，非常漂亮。”

说着她打开了她的扁平的盒子，盒子里面躺着六颗非常大的珍珠，这些珍珠是我见过的最漂亮的，也是我生平见过的最好的珍珠。

福尔摩斯道："你刚刚说的这番话是非常令人感兴趣的。还有没有发生其他的事情呢？"

"是的，今天早上我收到一封奇怪的信。所以我才来向你请教的。请你看看吧。"

福尔摩斯道："谢谢您，请你把信封给我。"邮戳：伦敦西南区；日期：7月7日。咦！信封的角上有一个大拇指印，这个大概是邮递员的。信纸的质量非常好，这种信封6便士一包，由此可以看出写信人对工具是很挑剔的，没有发信人地址。

今天晚上七时请到莱森戏院外面的左边第三个柱子前等候我。如果你有疑虑的话，可以带上你的朋友一起来。因为你之前受到了不公平的待遇，现在要还你公道。如果你带了警察，那么这次的见面就取消了。你的不知名的朋友。

"这可真是桩既有趣又神秘的小游戏，莫斯坦小姐，您打算怎么办呢？"

"这正是我来找你的原因，也是我向你请教的事情。"

"咱们肯定要去，这是毫无疑问的事情，您和我，当然还有华生大夫。信上说，两位朋友，刚好，他和我一直在一起工作。"

她用请求的神情望着我，向福尔摩斯问道："他愿意去吗？"

我热情地说："能为你效劳，是我的荣幸，我非常乐意去。"

她感激地说道："非常感谢两位这样好心。其实我一直过着孤单的生活，在生活上没有朋友可以帮忙。那么今天晚上六点钟的时候我来这里，可以吗？"

福尔摩斯说："你要记住千万不能迟到。我还有一点疑问，这封信上的笔迹跟寄珍珠的盒子上的地址笔迹是相同的吗？"

她从包里拿出六张纸来，说道："全在这里了。"

**词语解释**

邮戳：作为邮政部门为实施作业程序，并表明对某项邮政业务的处理方式、方法的结果要留下一个印记为凭证而采用的一种盖印记的工具，即戳具，在邮政部门内部口语中称为邮戳，全称邮政日戳。其上一般标明邮件寄出收到的时间地点，邮政日戳独具时间管理功能，是邮件传递时间和时限的查询依据，也是研究邮政发展和集邮收藏的重要项目。

“对方确实是个模范委托人，您的直觉很正确。现在咱们看看这些吧。”他把信纸全铺在桌上，一一比对，接着说道：“除了今天你收到的这些信以外，其他的那些笔迹全部都是伪装的。但是有一点是肯定的，这些都是出自一个人的手。请看这个希腊字母 β 是多么突出，再看末尾这个 ε 的弯子，很明显跟别人的不一样。莫斯坦小姐，虽然我不想让你产生奢望，但是我还是想知道，这些笔迹跟您父亲的笔迹有没有什么相似的地方？”

**词语解释**

奢望：因要求过高而难以实现的希望。

“一点儿相似的地方也没有。”

“我已经猜到你会这样说的。那么我们六点钟在这儿等您。请你把这些信封留给我，在我们下次见面的时候还给你，我需要好好地研究一下。现在才三点半。下午再会吧。”

“再会。”我们的客人说完后，用和蔼的眼神看了看我们，然后把装着珍珠的盒子放在自己的内衣里面，匆匆地离开了。

我站在窗前看着她脚步轻快地沿街走去，一直到她的灰色缠头帽和白翎毛消失在人来人往的人群中。

我回头对着我的伙伴说道：“这可真是一位非常迷人的女郎呀！”

他已经重新点上了他的烟斗，身子靠在自己的椅背上，眼皮子耷拉下来，有气无力地说：“是吗？我没有留意。”

**嵌记妙语**

这是怎样一个执着于事业的人啊，放弃尘世的欲望，只在乎案情，从某种程度上讲，这种“病态的”“极端的”“偏执的”职业兴趣也带给福尔摩斯很多痛苦。

我不满地嚷道：“您真是个机器人，简直就是一台计算机！有时我觉得您简直一点儿人情味也没有。”

他露出温和的微笑。

“不要让个人的外貌影响您的判断力，”他说道，“这是最重要的一件事情。一个委托人，在我看来仅仅是一个客户、一个单位，是我们面对的问题中的一个因素。情绪因素时常会破坏我们清醒的推理。说句实在话，我见过一个极其迷人的女人，可就是她为了骗取保险赔款竟亲手毒死了三个小孩，结果被判绞刑；我还认识一个模样无比丑陋的男人，可这个人是位真正的慈善家，为救济伦敦平民捐赠过近 25 万英镑。”

“可是，这一次……”

“定律没有例外，我也从来不要例外。你对笔迹特征有了解吗？对这个人的笔迹你有什么看法？

我答道：“这封信写得很清楚，有规律，是一个经常办事务的人写的，我觉得这个人比较有魄力。”

福尔摩斯听完之后摇头道：“您看他的长字母写得不比一般字母高，字母 d 写得像个 a，*l* 写得像 e，性格有魄力的人无论写法多么地难以分辨，字母的高低大小也是要分明的。他写的字母 k 不太一致，不过从他的大写字母可以判断出，这是一个十分自负的人。我现在要出去，寻找一些参考材料。另外我向您推荐一本书，这是一本非常值得一看的著作，就是温伍德·里德写的《壮士殉难记》，我一个小时后回来。”

我坐在窗前，打开福尔摩斯推荐的那本书，但是我的思想并没有被这位作者的大胆推测吸引。我的思想随着刚才来的那位客人的言谈说话围绕。我想起了她的微笑、她低沉浑厚的音色、她的离奇遭遇。可怜的孩子，她的父亲在她 17 岁的时候失踪，十年过去了，她现在也才 27 岁。这正是一个美好的年龄段，清纯的稚气已经消退，生活的经验已经让人变得妩媚端庄了。我坐在那里，脑袋不断地想念，忽然，一个危险的念头闯进我的脑海，把我立刻从思念中吓了出来。吓得我连忙跑到桌子跟前，翻开我现在正在看的一篇病理学论文，想要遏制自己心中的妄想。我是什么人呀？只不过是个陆军军医，一条腿还受过伤，还没有钱，房子还是跟人合租的，怎么

**词语解释**

定律：为实践和事实所证明，反映事物在一定条件下发展变化的客观规律的论断。定律是一种理论模型，它用以描述特定情况、特定尺度下的现实世界，在其他尺度下可能会失效或者不准确。没有任何一种理论可以描述宇宙当中的所有情况，也没有任何一种理论可能完全正确。



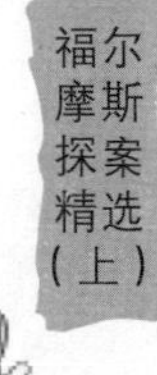

会心存这样的妄想？更何况她只是案子里的一个单位、一个因素，仅此而已。现在我的前途一片漆黑，我最好用男子汉的气概勇敢面对它，不要再想入非非，妄想扭转自己的命运了。

**词语解释**

想入非非：佛教原指非一般的思维所能达到的境界。后用"想入非非"指意念进入玄妙虚幻的境界。也形容脱离实际，幻想不能实现的事（贬义）。可以形容想法大胆离奇（褒义）。

讣告：也叫讣文，又叫讣闻，是人死后报丧的凶讯。"讣"原指报丧的意思，"告"是让人知晓，讣告就是告知某人去世消息的一种丧葬应用文体。

# 第三章　探索解决方案

一直到了下午五点半，福尔摩斯才回来。只见他的情绪欢快，精神焕发，仿佛一切都胸有成竹似的，出门之前的那种阴郁的心情和压抑的表情都一扫而光。

我给他倒了一杯水，他接过来之后说道："这个案子没什么好神秘的，综合已经得到的事实看来只能有一种解释。"

"怎么了？难道您已经把真相搞清楚了？"

"现在还不能这么说。不过我发现了一个很有启发性的事实，也是一条极有用的线索，当然我们还是需要去收集补充一些细节。我刚刚从过期的《泰晤士报》上找到一则讣告，说住在上诺伍德的前驻孟买第 34 步兵团肖尔托少校在 1882 年 4 月 28 日去世。"

"福尔摩斯，大概是我的脑筋迟钝，可我弄不懂这则讣告对我们今天的案子有什么启发作用。"

"您真不懂？这可是我没想到的。那么，咱们这样来分析一下这个问题，莫斯坦上尉失踪了。在伦敦，他认识的人只有肖尔托少校一个人，所以他可能去拜访的只有肖尔托少校一个人，可是肖尔托少校却说不知道他曾来过伦敦。四年过去了，肖尔托死了。在他死后不到一个星期的时间，莫斯坦上尉的女儿就收到一件贵重的礼物，以后每年收到一次。现在又收到一封这么奇怪的信，信里居然说她受到了不公正的对待。现在我们想一下除了找不着自己的父亲，她还受到过什么不公正的对待呢？还有，为什么偏偏在肖尔托死后的这几天里，才有人开始寄给她礼物呢？莫非是肖尔托的继承人知道了这其中的秘密，想要借用这些礼物来弥补先人的罪过？您对以上的事实有什么不同的见解吗？”

“为什么会用这种方式来弥补罪过呢！我觉得这个想法太离奇了！再说，他为什么现在才写这封信呢，干吗六年前不写呢？还有，信上说要还给她公道。不过她可以得到什么公道呢？如果说猜想她父亲还活着的话，未免太乐观了。但是你又不知道她有没有受过其他不公平的待遇呢。”

“疑问是有的，疑问当然是有的。”福尔摩斯沉思道，“不过我们今天晚上去走一趟，说不定问题就可以全都揭开了。啊，过来了一辆四轮马车，莫斯坦小姐就坐在里面。您准备好了吗？咱们最好现在赶快下去，六点都过了一点儿了。”

我赶紧抓起了我的帽子，拿了一根最沉重的手杖，我看见福尔摩斯从抽屉里面拿出了他的手枪，装进衣服里。这说明他料到今晚的工作有可能会遇到危险的情况。

> **同步思考**
> 福尔摩斯去调查案件的时候为什么要带手枪？

莫斯坦小姐这次身上穿的是一件黑色的斗篷，虽然姣好的面容上还保持着镇定，但是苍白的脸色则说明她对于今天晚上所从事的活动充满了不安，不过这个女人的意志则超过了平常的女子。她不仅完全控制住了自己的感情，还有条不紊地回答了夏洛克·福尔摩斯提出的几个新问题。

她说：“肖尔托少校是我爸爸特别要好的朋友，在他给我的来信里面常常提到少校。他和爸爸都是安达曼群岛驻军的指挥官，所以他们经常在一起。还有，在我爸爸的书桌里面我发现了一张没人能看

懂的字条，虽然我看它未必跟这个案子有关，但是我还是想要您看一看，也许会对这个案子有所帮助，所以就把它带来了。看，就是这个。”

福尔摩斯小心翼翼地展开这张纸，平铺在腿上，用他那个双层放大镜上上下下仔仔细细看了一遍。

他指出：“这张纸是在印度当地生产的，过去曾经钉在板子上。上面画的草图好像是一座大建筑物的局部图，在这个建筑中有许多大房间，有走廊和过道。在画的中间有个用红墨水画的十字，不过在这上面写的字有些模糊，因为它是用铅笔写的‘从左边 3. 37’。纸的左上角的字好像是象形文字，是用四个连在一起成为一串的十字。旁边则是用凌乱潦草的字体写着：‘四个人的签名——乔纳森·斯莫尔，穆罕默德·辛格，阿卜杜拉·克汗，多斯特·阿克巴’。现在我实在不能断定这跟眼前这个案子有什么关联！但是毫无疑问的是这是个重要文件。这张纸曾经还在钱夹子里小心收藏过，因为两面都很干净。”

“是的，这是我从他的钱夹子里找到的。”

“莫斯坦小姐，请把它好好保存起来吧，说不定以后对我们有用处。不过现在我倒是觉得这个案情比我最初想象的要深奥费解。我需要重新考虑一下，理顺一下我现在的思绪。”说着他将自己的身子向后靠在车座靠背上。不过从他紧皱的眉毛和发呆的目光中，我可以明显地感觉到，他正在深思。莫斯坦小姐和我轻声聊天，谈到我们目前的行动和可能会出现的结果，但是我们的伙伴却一路上始终默不作声，直到我们抵达这次目的地也没开口。

现在是九月的傍晚，虽然现在不到七点，但是天空中阴沉沉的。白天的天气就不太晴朗，浓雾中夹杂着很多的细雨，轻轻地笼罩着这座伟大的城市。街道上是下雨后的泥泞，天空中则悬挂着跟道路一样泥泞色的乌云。让人看着心情很郁闷。泰晤士河畔的路灯光线暗淡，灯光投射到泥泞不堪的人行道上，只剩下一圈微弱的光影。黄色灯光从商店橱窗里面泻了出来，照在迷茫的雾气上，大街上车水马龙显得朦胧一片。在一道道狭窄的光栅处不断地闪过的面孔，只见有的人神色欢快，有的人神情忧郁，有的人走得匆忙，有的人走得缓慢，我心里不禁又产生了一种很怪异的念头，觉得这就像是人的一生，我们从黑暗来到光明，又从光明返回到黑暗。其实我不是个经常触景生情的人，但在这样非常沉闷压抑的夜晚，想到我们即将要从事一种连我们都不知道要做什么的奇怪的活动，我不禁感到精神紧张。我望向莫斯坦小姐，从她的表情中可以看得出，她跟我有同样的感觉。只有福尔摩斯一点也不受环境的影响，他现在正在借着便提携式灯的光亮，偶尔在记事簿上写下几个数字或几行笔记。

在莱森戏院两旁的入口处，人群摩肩接踵。两轮轻便马车和四轮大马车就像是泰晤士河的河水一样不断滚滚驶来，车上走下一个个身穿白衬衣晚礼服的男子和肩披围巾、珠光宝气的女人。就在我们刚刚走到约定的第三个柱子面前时，就来了一个身材矮小、皮肤黝黑、马车夫装束的男子，过来跟我们打招呼。

他问道：“你们是同莫斯坦小姐一起来的朋友吗？”

她答道：“我就是莫斯坦小姐，这两位先生是我的朋友。”

那人用敏锐的怀疑的眼光逼视着我们。

“不好意思，小姐，”他态度坚决地说，“我需要您保证，您的两位同伴中没有警官。”

“这点我可以保证。”她回答道。

他吹了声口哨，只见在一个街头流浪的人的引

**嵌记妙语**

来到伦敦，华生被美丽的雾所左右，他触景生情，感受着这里的天气，这里的城市，这里的人。街道上的人们神色不一，而此时他因这样的环境变得压抑起来，再看看莫斯坦小姐，她也是神情忧郁的样子，而只专注于案件的福尔摩斯则一点也不受环境的影响，可见他是一个多么热衷于自己事业的人。

**词语解释**

摩肩接踵：摩，摩擦。踵，脚后跟。接，碰。肩碰着肩，脚碰着脚。形容人多拥挤。

泰晤士河：是英国著名的母亲河。



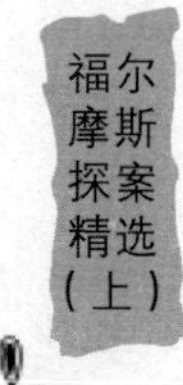

领下，一辆四轮马车来到我们跟前，打开了车门。这时候和我们搭话的那个人跳到车夫的座位上，我们连忙走向马车里，刚到车轿里就座，还没有坐定，马夫就已经扬鞭驱马，在这个雾气迷蒙的街道上狂奔起来。

我们现在所处的就是一种奇特的环境，既不知道我们要去哪儿，也不知道去做什么。对我们的邀请不是刻意地捉弄我们，就是要让我们不虚此行。如果说这是在捉弄我们，那么这种猜想简直太不可思议，有所收获的猜想是十分合理的。莫斯坦小姐的举止仍然像刚才一样坚定沉着。我本来是想要她开心的，就给她讲我在阿富汗的故事。可是，说句实话，现在所处的环境和到底去做什么让我自己的心里乱得就像是一团麻似的。直到今天，她还把我给她讲的那个生动的故事当成笑料呢：我曾经在深夜里面用一支双筒猎枪打死钻到帐篷来的一只小老虎。

起初，我还能隐隐约约地辨别我们经过的道路，可是路远雾浓，加上我对伦敦的了解有限，很快我就迷失了方向，除了路程似乎很长以外，其余的我就一概不知了。福尔摩斯却没有迷路，无论车子拐弯抹角地走出小巷，还是穿过广场，他都能低声说出这些地名来。

他喃喃道：“罗彻斯特路，这个是文森特广场。我们现在正在从沃克斯豪尔桥路驶向萨利区。嗯，不错，我料到会这样走的，现在我们上了桥面，你们向外看可以瞥见河水的反光。”

果然我们看见了灯光照耀下的泰晤士河景色，不过我们的车现在仍然在向前奔驰，很快就到了河对岸我不熟悉的街道上。

不过我的伙伴接着说：“沃兹沃斯路，小修道院路，拉克豪尔巷，斯托克维尔街，罗伯特街，冷巷巷，现在我们的马车不像是朝着高雅区域走的。”



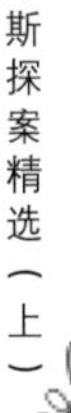

现在我们来到一个既可疑又可怕的区域。在我们马车的路两边都是连续不断的砖房，在街的拐角处则是一些装饰简单而且灯光刺眼的酒吧。后面又是几排两层楼的住宅，在每幢楼的前面都有个小花园，接下来又是一排排刚建好的砖房子，这大概是这座大城市新扩建的外围区域。最后，马车停在了这条新巷子的第三个门前。不过其他房子都没人住，在我们停车的房子前面，只有从厨房里面射出来了一点微光，其他房间也跟别的房子一样黑暗。我们敲了敲门后，马上就有个印度仆人开了门，那个人头戴黄色缠头巾，身上穿着肥大的白袍，腰上系着黄色的带子。在这个普通三等郊区住宅门前出现这样一个东方仆人，让人感到有些不协调。

他说道："大人正在等着你们。"他话音还未落下，就听到有人在屋里高喊：

"吉特穆特迦，快请他们到我这儿，直接把他们请到我这儿来。"

# 第四章　秃顶男人的故事

我们跟随着那个印度人走了进去，穿过一条十分肮脏的走廊，里面的灯光暗淡，陈设凌乱。在走到靠右边的一扇门跟前，他推开门，黄色的灯光从屋里面射了出来。一个身材很矮小、额头很高的男人就出现在了我们的面前，他的脑袋周围有一圈红色头发，光秃秃的头顶活像是从枞树丛中高耸出的一座秃山顶。他就站在那里，两只手在随意地乱搓，显得局促不安，神情也变化不定，时而露出微笑，时而又愁眉苦脸，没有片刻的镇静。他的下嘴唇天生就耷拉着，露出了一口黄色龅牙，他还时不时地

**词语解释**

局促不安：局促，拘束。形容举止拘束，心中不安。



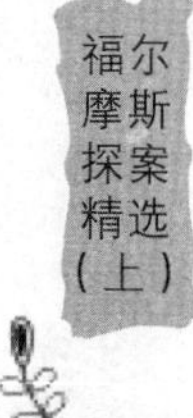

伸手捂住脸的下半部，但是却很难遮丑。他虽然已经谢顶，但是看上去还很年轻，实际上他也才刚过30岁。

他不断地尖声重复说：“莫斯坦小姐，我十分愿意为您效劳；先生们，我也愿意为你们效劳。快到我的这间小屋子里来吧，虽然房间很小，小姐，不过是按照我喜欢的样式陈设的。伦敦南郊像是一片荒凉的沙漠，而我这里则是一块小小的艺术绿洲。”

他请我们走进这间屋子，我们都情不自禁地为里面的陈设感到惊奇。房子的建筑和内部陈设很不协调，仿佛是把一颗最出色的钻石镶嵌在了铜底座上。屋子四周挂着极其华丽极其考究极其奢华的窗帘和挂毯，间隔里面露出了装裱精美的画以及东方花瓶。琥珀色和黑色相间的地毯又厚又软，就像是棉花一样，脚踩在上面非常舒适，又像走在厚厚的苔藓上一样。地毯上面有两张老虎皮，在屋子的垫子上摆着一个印度大水烟台，这更加增添了东方的奢侈风情。屋顶的中央用几乎看不见的一根金线悬挂着一盏鸽子形状的银吊灯，灯火点燃的时候散发出一股淡淡的芬芳。

**嵌记妙语**

精彩的比喻！由这样“不协调”的建筑可以触发读者很多想象。

这个矮小的男人仍然神情不安，微笑着自我介绍道：“我的名字叫撒迪厄斯·肖尔托。您就是莫斯坦小姐喽，这两位先生是……”

“这位是夏洛克·福尔摩斯先生，这位是华生大夫。”

他兴奋得叫喊了起来：“啊，你是位大夫呀？那您有没有带听诊器呀？我有一个请求，是否可以请您……您是否愿意给我检查一下？劳您大驾，我觉得我的心脏二尖瓣也许有毛病。我的大动脉还好，我的二尖瓣，我希望可以听听您的宝贵意见。”

我遵照他的请求听了听他的心脏，不过没有发现任何毛病，只是他的恐惧使他全身从头到脚都在颤抖。我说道：“您的心脏现在很正常，不用担心，您放心好了。”

听完之后他的口吻变得轻快了：“莫斯坦小姐，请您原谅我的急躁，我自己时常觉得难受，长期以来总是心存疑虑，总是感觉到自己的心脏里面那个二尖瓣不好。现在知道了我的猜测毫无依据，我十分高兴。莫斯坦小姐，说句实在话，如果您父亲能够很好地克制自己的话，不要让心脏过于紧张，没准到现在他还活着呢。”

我的怒火不禁从心头发了出来，真想对准他那张对不起人类的脸狠狠地打一拳。在这个美丽的小姐面前，他怎么能够提这么敏感的话题呢？这样的话无疑给了莫斯坦小姐一个狠狠的打击。

莫斯坦小姐跌坐在了椅子上，脸色瞬时变得苍白没有血色，嘴唇也白得吓人。

她说道：“其实我心里早就知道他已经去世了。”

那人说：“我现在把我知道的一切都告诉您，并且还会为您主持公道；不论我哥哥巴塞洛缪怎么说，我都会主持这个公道的。今天您和您的两位朋友一起过来，我实在是太高兴了，他们两位不只是您的保护人，还可以当个见证人，对于我待会要说的内容做个见证。这样咱们三个人就可以共同对付我哥哥巴塞洛缪，但是咱们不要外人参加，不要警察或者官方。自己可以解决自己内部的问题，不需要外人插手。而且如果把事情公开，我哥哥巴塞洛缪是绝不会同意的。”

他坐在低矮的靠背长椅上，用他那双平淡的蓝眼睛望着我们，眼睛里露出胆怯神色，期待着我们的回答。

**嵌记妙语**

仅仅几处神态、语言描写，就刻画出一个胆小的、神经质的、单纯的人物。

福尔摩斯说道：“我个人可以对你保证，无论你今天说了什么，我都不会对他人说起，也不会透露给他人。”



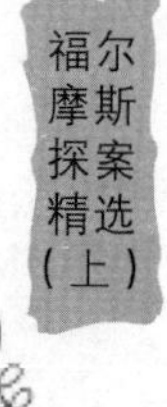

我也点头示意表示同意。

他说道："那就太好了！那好极啦！莫斯坦小姐，我可不可以敬您一杯意大利基安蒂红葡萄酒或者匈牙利芳香葡萄酒？请原谅我这里除了这两种酒没有别的酒了。我开一瓶好吗？不喝？那好吧。我想你们应该不会反对我抽烟吧？这是一种含有芳香气味的东方烟草。在我有些神经紧张时，它是我最好的镇静剂。"

**词语解释**

镇静剂：有助于缓解人们的抑郁和焦虑。它们被用来治疗精神紧张，并不影响正常的大脑活动。

鉴赏：对文物、艺术品等的鉴定和欣赏。

水烟台上一个硕大的碗口，他用烛火凑近，然后烟炮从烟座里的玫瑰香水里咕噜咕噜地冒了上来。我们三个人围成个半圈，脑袋同时向里面看，用手托着下巴，望着这个奇怪的人，他的个头矮小，情绪十分激动，头顶光秃，坐在我们中间，局促不安地抽着烟。

他说道："我本来最初是打定主意要跟您联系的，本来想把我的住址告诉您，可是害怕您不了解情况，带着不合适的人一道来，所以我冒昧地安排我的仆人威廉斯先跟你们见面，我十分相信他的判断力。我嘱咐他，如果情形不对，就不要带你们来了。请你们原谅我所做的这些防范措施，我是个离群独居的人，我个人认为我是一个比较文雅的人，在我的世界里面我觉得没有什么比警察更不文雅的人了。我天生不喜欢各种粗鲁俗气的物质主义者，平生很少同那类人接触。从我的生活环境的文雅氛围里面，你们可以看出我自己是个艺术鉴赏家了。这是我的个人嗜好。你瞧，那幅风景画就是柯罗的真迹，有些鉴赏家或许对那幅萨尔瓦多·罗萨作品的真伪有所怀疑，但是那幅布格罗的画的确是真品。因为我特别喜欢法国现代派作品。"

莫斯坦小姐道："肖尔托先生，请原谅。你今晚请我们过来，说是您有事要说，现在时间已经不早了，我希望咱们之间的谈话能够尽量简短些。"

他回答道："无论怎样简短，都要花些时间。因为咱们还要一道去趟上诺伍德，到了那儿之后，我们需要找到我哥哥巴塞洛缪。我们都要去，我希望我们能胜过他。我采取了自己认为正确的行动，可是他却因为这件事对我大发雷霆。昨晚我和他争辩了很久，没有见过他本人的人是不会想象出他愤怒的时候，他是个多么难对付的人。"

我壮着胆子说："既然咱们还得去上诺伍德，是不是立刻就要动身？"

他听了放声大笑，一直笑到耳根都红了。

"这可不行，"他嚷道，"如果突然带你们去，我都不知道他现在会怎样处理我呢。我一定要让你们做好心理准备，现在我先把我们所处的环境谈一谈，这样的话你们心里也有些准备。首先我要申明的是，在这段故事里面有几点我也不是很清楚，所以我只能把我所知道的事实告诉你们。

"我想你们一定猜到了，我的父亲就是过去在印度驻军里当少校的约翰·肖尔托。他大约在十一年前退休了，然后来到了上诺伍德的庞迪彻里别墅来住。父亲在印度发了笔财，带回了一大笔钱和一批珍贵的古玩，还有几个印度仆人。有了这么好的条件之后，他就买了一栋房子，过着十分舒适安逸的生活。我和巴塞洛缪是孪生兄弟，我父亲只有我们这两个孩子。

"我到现在都记得很清楚，莫斯坦上尉的失踪在社会上引起的剧烈轰动，详细的情景我们是在报纸上看到的。因为我们知道他是父亲的朋友，所以常常无拘无束地在父亲面前讨论这件事。他有时心情好的时候也跟我们一道揣测这件事是怎么发生的，我们丝毫也没有注意到他跟这件事情有什么关系，有个什么样的秘密藏在他的心里。只有他一个人知道阿瑟·莫斯坦的结局。

“不过我们确实感觉到，父亲心里有些神秘的事情，而且肯定是带有某种危险。所以他常常不敢一个人独自出门，还雇用了两个拳击手为庞迪彻里别墅守门。今天为你们赶车的威廉斯就是其中一个，他以前是英国轻量级拳赛的冠军。估计是害怕我们担心，他从来没有告诉过我们他到底在怕什么，有一点很特别，他对装有木腿的人戒备很重。甚至有一次，他开枪打伤一个装有木腿的人，后来证明这人不过是个来兜揽生意的普通商贩，为此我们还赔偿了一大笔养伤费才算了事。一开始，我哥哥和我以为那只不过是父亲一时的冲动罢了，后来发生的许多事情，使我们的看法改变了。

词语解释

兜揽：招引，招揽。

“那是 1882 年春天，我的父亲接到一封从印度寄来的信，那封信对他的打击很大，看完信之后他就晕倒在了饭桌上，从那天起他就生病了，并且一病就没有再起来，一直到他死去。信的内容究竟是什么，我们谁也不知道，不过他拿着信的时候我看了一眼，信的笔迹很模糊。他多年患着脾脏肿大，从那以后，病情很快就恶化了。到了四月底的时候，医生说他没有希望了，他就把我们叫到了跟前，说出了他最后的遗嘱。

“当我们走进屋子的时候，他把枕头枕得高高的，呼吸十分急促。他的语气很急切，要我们把房门关上，然后握住我们的双手，因为很疼痛，情绪又很激动，所以他断断续续地跟我们说了一个惊天动地的秘密。我现在试着用我父亲的语气向你们复述一遍。

“他说：‘我的生命已经快到尽头了，但是有一件事情压在我的心头，像是一个石头。那就是我没有很公平地对待莫斯坦的遗孤。我的那份珠宝有她的一半。由于我的贪婪和我的自私，将这些珠宝放在了我的身边，但是我又没有用过它，怎么也舍不得给他人分享，这真是一种罪过呀！你们看，奎宁药瓶旁边有一串珍珠项链，我找出来就是为了给她的，可是儿子们呀，我又舍不得给她。那些珠宝应该有她的一半，还有这个项链，但是在我死之前别给她，因为像我这样病重的人还是有可能痊愈的。'

“他接着说道：'接下来我要告诉你们莫斯坦是怎么死的。他的心脏多年以来就很衰弱，但是他从来没有告诉任何一个人，不过我是他的朋友，所以我知道，我们在印度的时候，有一段非凡的经历，得到了一大批的宝藏，在我回国的时候带了回来。莫斯坦回国后来找我，取得他应得到的那份，他从车站步行到这里，已经去世的忠心老仆人拉尔·乔达开门把他请进来的。因为在分宝藏的问题上，我们俩发生了意见分歧。我们争吵得很凶，莫斯坦非常生气，离开座位站起身来，突然用手按住一侧胸脯，面色变暗，向后仰面倒下，头撞在财宝箱的边角上。我连忙弯腰扶他的时候，感到万分惊恐，他竟然死了。'

“'我自己在椅子上坐了很久，已经快精神错乱了，不知道应该如何是好。一开始的时候我自然也想到要报警，可是当时是由于我们在争吵的过程中，他发病死了，更何况他的身上还有伤痕，我害怕被指认是凶手。另外还有一点，在法庭上我没有办法说清财宝的来源。所以我没有报警。'

“'来的时候他告诉过我：没有一个人知道他来了这里。因此这件事似乎没有必要让别人知道。'

“'我还在为这事苦恼的时候，猛地一抬头，只见仆人拉尔·乔达直直地站在门口。他轻手轻脚地走了进来，顺手把门闩上，说道："大人，您别担心，除了忠实的我之外，没有人知道他是您杀死的。这样吧，咱们把他给藏起来吧。这样就不会有其他人知道了。"我说："我并没有杀他。"拉尔·乔达

**嵌记妙语**

早知如此，何必当初。撒迪厄斯·肖尔托接受了一个临终人的嘱托，托交给遗孤的珠宝。但是由于贪婪自私而保管了10年，尽管没有使用，但愧疚终生，直到晚年得了大病才把这个心病卸下，真诚和坦荡才能使人活得轻松，不管多么富有或多么贫穷。



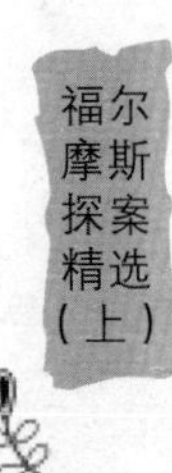

摇头笑道："大人，我在门外都听见了，我听到你们在争执，我听见你们在斗殴。不过现在我的嘴巴已经贴上了封条，我什么也不会说的。家里其他的仆人都睡着了，咱们一起动手把他埋掉吧。"听了这话我在心里打定了主意。如果说我自己的仆人都不相信我了，那么我还能指望坐在陪审席上的十二个傻瓜会宣判我无罪吗？拉尔·乔达和我当天晚上就把尸体埋葬了。过了没几天，伦敦的许多报纸就刊登出莫斯坦上尉失踪的疑案。这就是莫斯坦上尉失踪疑案事情的真相，我不是杀人凶手。但是我不应该除了隐藏尸体外还侵吞了财宝，我不仅拿了自己应得的财宝，而且还霸占了莫斯坦的那一份，所以我在我临死的时候希望你们把财宝归还给他女儿。你们把耳朵凑到我嘴边来，财宝就藏在……'

"父亲的话还没有说完，他的面色就突然变了，两只眼睛死死地瞪着窗户外面，下巴耷拉下去，用一种我永远不会忘记的惊悚的声音尖声叫喊：'把他赶走！看在基督的面子上，把他赶走！'我们一齐扭头，看着他盯住的窗户。在黑暗中，一个面孔正注视着我们。他的鼻子压在玻璃上成了白色的，脸上长满了胡须，眼睛里面透露出凶神恶煞的光，表情也很凶狠。我们兄弟二人赶紧冲到窗前，可那个人突然不见了。当我们返回到父亲的床前时，只见他头已经垂向一边，停止了呼吸。

**嵌记妙语**

突然不见的这个人在后面的故事中即将成为主角。悬念的设置简单但效果明显。

**词语解释**

凶神恶煞：煞，凶神。形容非常凶恶的人。

"当晚我们就在花园里面四处查看，可是除了在窗下的花圃里面有一个十分明显的脚印，其他地方都没有这个不速之客的痕迹。如果仅仅根据这一点迹象，我们或许会怀疑，出现在窗玻璃外面的那张凶狠面孔不过是我们的幻想而已。可是不久后，我们就看到了一个更加惊人的证据，证实有人正在我们的周围针对我们进行秘密活动。第二天早晨，我们发现父亲的卧室窗户被打开，他的橱柜和箱子已经全都经过了搜查，在他的箱子显眼的地方钉着一张纸片，上面用潦草的字迹写着：‘四个签名。’我们实在无法解释这句话有什么意思，也不清楚这些秘密过来的是些什么人，但是只能肯定一件事：这些人大费周章地进来屋里，将父亲的东西全部翻动了一遍，但是却没有动父亲的钱财和古董。我们兄弟二人自然而然地联想到，这件事一定跟父亲平日的害怕有关联，但我们仍然不能完全解开这个秘密。”

词语解释

大费周章：周章，曲折，不顺利。指事情复杂，办起来非常困难。

这个矮小的男人又点起了他的水烟台，一边沉思，一边连吸了几口。我们坐在那里，聚精会神地听他讲述着这个更加离奇的故事。当莫斯坦小姐听到她父亲死亡的那段事实时，她的面色变得苍白。我害怕她会晕倒，便轻轻地从墙边桌上取了一个威尼斯式水瓶，从里面给她倒了一杯水，她喝了水之后才恢复过来。夏洛克·福尔摩斯此时正靠在椅背上闭目思考，表情仿佛是漫不经心。我扫视了他一眼，心想，今天上午还在屋里抱怨说没有案子可破，人生很枯燥。现在这就有一个很大的难题，除非他拿出他那非凡的智慧来，否则是无法解开这团迷雾的。撒迪厄斯·肖尔托先生对我们逐一看了一眼，看见我们都让他的故事迷住了，不由得感到很得意，他抽着水烟继续为我们讲述。

他说道：“你们不难想象我和哥哥对父亲的财宝自然兴奋异常。但是经过好几个礼拜，甚至好几个月的工夫，我们把我们花园的边边角角全部都搜了一遍，结果是什么也没有找到。我们想到贮藏宝藏的地方就留在了父亲的口里，并且我们都不知道它在哪里，我们的心就难免抓狂。从父亲留下的那个项链我们就可以推断出那批宝藏是多么地贵重。对于这串项链，我哥哥巴塞洛缪跟我讨论过。这几颗价值不菲的珍珠，让我的哥哥十分舍不得。在对待朋友这方面，他的缺点跟我父亲有点相像，甚至

嵌记妙语

藏宝与找寻宝藏是典型的冒险故事。柯南·道尔很好地借用这种故事的构架，并把它融合在一个侦探故事中，吸引住了读者的眼球。



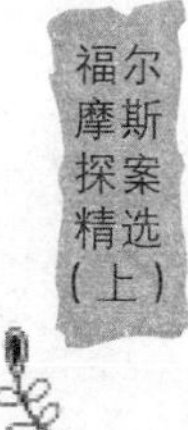

于他还想到，如果莫名其妙地把项链送人，可能会引起些无谓的闲话，最后还可能给我们带来麻烦。我能够做到的只有规劝他，然后找到莫斯坦小姐的住址，接着每隔一定时间就给她寄一颗拆下来的珍珠，这样可以使她的生活不至于那么贫乏。”

我的同伴诚挚地说道：“你的这个主意真不错，您是一个心地善良的好人。”

矮个头的男人挥了挥手，表示不赞成。

他说道：“不能这样说，我们只是你们财产的托管人，这是我个人的看法。但是我哥哥巴塞洛缪的意见跟我不同。我们自己有很多的财产，我不希望我自己拥有更多。‘低级趣味是罪恶之源’这句法国谚语说得很有道理。更何况用这样卑劣的手段来对待一位年轻小姐，实在情理难容。由于我们弟兄俩在对待这个问题上意见不同，所以我只好跟他分居，带着一个印度仆人和威廉斯离开了庞迪彻里别墅。昨天发生了一件大事：财宝找到了。所以我才立刻和莫斯坦小姐取得联系，现在咱们应该一起驱车去上诺伍德，向他追讨我们应得的那一份财宝。昨晚我已经把我的意见跟我哥哥巴塞洛缪说过了，我想他可能不会欢迎我们，但是他知道我们一定会去的。”

撒迪厄斯·肖尔托先生的话说完了，他坐在靠背长椅上，手指在不停地抽动。我们全都一言不发，思想全部集中在这件神秘的案件的进展上。福尔摩斯第一个站了起来。

他说：“先生，您自始至终都讲述得很好，我们会告诉你一些你自己都不太清楚的一件事情作为你告诉我们事实的一些回报。可是正如莫斯坦小姐刚才所说，天色已经很晚了，咱们还是赶快办正事吧，不要再耽误了。”

只见我们的新朋友很小心翼翼地将他的水烟台的烟管收了起来，然后从他的幔帐后面拿出了一件

**词语解释**

幔帐：幔，帐幕。为遮挡而悬挂起来的布、绸子、丝绒等。帐，张起来作为遮蔽的用具。通常用布帛做成。

非常厚的大衣，大衣的领子和袖子都有羊毛，现在的晚上还是很热的，可是他却从头到脚、从上到下把自己裹得结结实实、严严实实，不留一点空隙。最后又戴了一顶兔皮帽子，还把帽子上的耳朵翻了下来扣住了自己的耳朵。现在全副武装的肖尔托除了眼睛，其他的地方都像是一个密不透风的城堡。他在带领我们走出走廊时，说道："我的身体太虚弱了，如今只能算个病人。"

等到我们都上了预先备好的马车上，马夫立刻扬鞭催马奔驰起来。撒迪厄斯一路上说个没完没了，他的声音大得压过了车轮声。

他说道："巴塞洛缪是个聪明人，否则他怎么能够到最后找到那些财宝呢？你们知道他是怎么找到的吗？他一直坚信地断定财宝就藏在他们居住的室内。因此他把整所房子的容积都全部计算出来，每个角落都仔细认真地丈量过，就连一英寸也没有漏掉，最后得出的结果就是房子的高度是 74 英尺。接着他又分别测量了所有房间的高度，并且还用到了钻探的方法确定了楼板的厚度，然后再加上室内的高度，也就是说他测量的最终结果也不过 70 英尺，74 英尺和 70 英尺之间差了 4 英尺。这种差别只可能出现在屋顶上。于是他就在最高一层的板条灰泥天花板上打了个洞，通过那个洞，他发现了一个无人知晓的封闭小顶楼。财宝箱就被摆放在天花板中央的两条椽木上，他就把财宝箱从洞口取了下来，现在所有的财宝都放在他所居住的那栋房子里。据他估计这批珠宝至少要值 50 万英镑。"

**嵌记妙语**

巴塞洛缪为了找到财宝，把整间屋子都测量了一遍，甚至还测了屋子的楼板的厚度。可以说他为了占有不属于自己的财宝，绞尽脑汁，费了九牛二虎之力，终于有了结果。这些细致的描写说明了巴塞洛缪是一个无比贪财的人。

说句实在话，这样一大笔巨大的财富震惊得我们几个人都目瞪口呆、瞠目结舌了，只能相互地看着说不出一句话来。如果我们代表莫斯坦小姐获得那一份她应该得到的珠宝，那么她就会从一个一无所有的穷教师变成英国最富有的继承人。作为她最



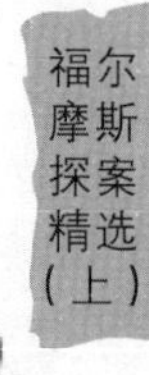

忠实的朋友我们应该感到高兴，但是作为有私心的我心里却真的不想她得到这笔钱，听了这个信息后，我的心里沉甸甸的，我慢吞吞地说了几句祝福的话之后就变成了一个哑口无言的人，也对那个喋喋不休的新朋友的言语充耳不闻了。显而易见他是一个抑郁症患者，我依稀记得从他的嘴里面说出了一些很奇怪的名词，他还拿出了无数个偏方让我看，希望我这个医生可以给他一些好的建议。说句实在话，当时心不在焉的我都不知道说了什么，福尔摩斯后来回忆说我嘱咐他服用蓖麻的时候最多不要超过两滴，还建议他使用大量的番木作为镇静剂。直到马夫突然打开车门的时候我才深深地吸了一口气。

撒迪厄斯·肖尔托先生扶着莫斯坦小姐下车的时候，对着她说道："莫斯坦小姐，这里就是庞迪彻里的别墅。"

# 第五章　庞迪彻里别墅的惨案

很显然，今晚的冒险经历快到了尾声，现在已经快接近 11 点钟了。风吹开了伦敦的雾气和乌云，天空变得晴朗起来了。半圆的月亮偶尔从云彩里面露出半个头，我们已经能够很清晰地看清楚前面的路，不过肖尔托还是坚持从马车上拿出了一只侧灯，这样我们可以看得更清楚，使前面的路显得更明亮。

庞迪彻里的别墅是座孤零零的单一建筑物，四周是由高高的石墙环绕，墙头上插满了碎玻璃片，一扇跟别墅不相符的窄小的门是这里唯一的出入口，门上钉着铁条。我们的向导在敲门，那声音就像是邮差在叩击屋门一样怪怪地砰砰直响。

里边传来了一个粗俗的声音问道："谁？"

"是我，麦克默多。您怎么这么久还不出来给我开门？"

别墅里面传来了嘟嘟囔囔的抱怨声，然后就是钥匙开门的响声。沉重的门打开了，一个矮小强壮的人挡在门口，刹那间一夫当关，万夫莫开，他举起手里的提灯。他向外探出的脸和两只闪闪发光的眼睛露出了怀疑和疑问的眼神，在黄色的灯光下异常显著。

"撒迪厄斯先生，是您呀？可是他们是谁呀？没有主人的同意，我是不能放你们进去的，这点你是知道的。"

"不能？麦克默多，真是岂有此理！昨天晚上我就告诉我哥哥今天我要陪几位非常重要的朋友来。你居然说我的朋友不能进去！"

"撒迪厄斯先生，他今天整整一天都没有离开他的屋子，我也没有听到任何的吩咐。主人定的规矩，你是知道的，你还可以进来的，但是你的朋友们就必须在外面等。主人只要下了命令我就放他们进来。"

谁也没有想到在最后的一个关头会有这么一道屏障在阻挡！撒迪厄斯·肖尔托瞪着他，一时之间也想不到其他的办法。

"你真是太过分了，你太不像话啦！"他说，"我为他们担保可以吗？再说我的朋友里面还有一位年轻小姐，你总不能让她深夜等在马路上吧。"

守门人一点也不通融，说道："撒迪厄斯先生，很抱歉，他们是你的朋友，可是不是主人的。主人给我的待遇不错，为的就是要我尽职尽责，既然是职责，就应该确确实实地尽到。您的这些朋友我一个也不认得。"

福尔摩斯和善地喊道："麦克默多，您是不是还认得我呢！我想您应该不会忘记我的。四年前在

**词语解释**

屏障：泛指遮蔽、阻挡之物。



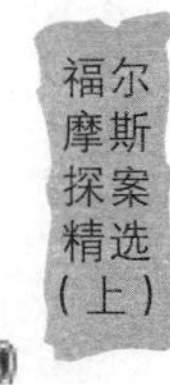

爱里森场子里为您举办的拳赛，跟您打了三个回合的那个业余拳手，您不记得了吗？”

这时这位拳击手嚷了起来：“哦，这不是夏洛克·福尔摩斯先生吗？我的老天呀！我怎么会不认识你呢，你干吗站在那里一言不发呢，你应该用你那凶狠的勾拳狠狠地朝我的下巴打一拳，那我肯定就认出你来了，我不知道他的朋友里面有你呀！唉，你可真是浪费了你的天才呀，我说的没错吧，你应该继续锻炼下去呀，要志向远大才对嘛！”

福尔摩斯笑道：“您看，华生，如果我在其他行当干不成，现在至少我还能找到一种专门职业。这下我相信这位朋友绝对不会让咱们在外边受冻了。”

他答道：“是的，先生，请进来吧！把您的朋友们都请进来吧！撒迪厄斯先生，真的很抱歉呀，主人的命令很严的，若是不知道您的朋友是谁，我确实不敢请他们进来。”

进门后，只有一条弯弯曲曲的石子小路在空旷的院子里，路的尽头是一个普通的大房子，整个院子里面没有一点灯光，整个都是黑乎乎的，只有一点月光洒在了房子的一角，反射过来的光照在了窗户上，整个大院子寂静一片，给人一种毛骨悚然的感觉，肖尔托也吓得双手在直打哆嗦。侧灯在他手里面都作响。

他说道：“我实在是不明白，怎么会出现这样的事情呢？巴塞洛缪屋内怎么还没有开灯呢？我昨天晚上明明告诉过他我们今天晚上要来的，他这葫芦里面究竟卖的是什么药哇？”

福尔摩斯问道：“他这房子总是这么防守很严吗？”

“嗯，是的，其实这是我父亲的习惯，他沿袭了它。您是知道，他是我父亲最喜爱的儿子，我有时觉得，我父亲告诉他的东西要比告诉我的多。你

**词语解释**

毛骨悚然：恐惧的样子。身上毛发竖起，脊梁骨发冷，形容十分恐惧。

瞧月光照在窗户上的那间屋子就是巴塞洛缪的。即使屋内没有开灯，但是皎洁的月光依旧把窗户照射得很明亮。”

福尔摩斯说：“不是的，那是一些灯光从旁边的那间小屋的窗户里面透射了出来。”

“哦，那个是女管家的房间，女管家是博恩斯通老太太，我相信她会把一切情况告诉咱们的。不过请你们在此稍等一下吧，因为她事先不知道我们要来，见了这么多人她恐怕会恐慌的。咦！这是什么？”

他将手中提的灯高高地举了起来，但是他的手却因为害怕在不停地抖来抖去，灯光投下来的暗影也随着他的手在不停地围绕着我们摇曳。这时候莫斯坦小姐紧紧地抓住了我的手臂，我只觉得我的心在扑通扑通地跳个不停，似乎每个人都竖直了耳朵，在听到底是怎么回事。在这万籁俱寂的夜晚，空荡荡的大房子里面，传来了一声又一声的凄凉恐惧的声音，是个女人惨叫。

**词语解释**

万籁俱寂：籁，从孔穴中发出的声音；万籁，自然界中万物发出的各种声响；寂，静。形容周围环境非常安静，一点儿声响都没有。

撒迪厄斯说道：“这个声音是我们这里唯一的女人——博恩斯通太太的声音。请你们等在这里，我马上就回来。”他赶紧跑到门前，用他经常用的方法敲了两下，只见一个高个子老妇人就像是见了亲人似的把他迎了进去。

“哦，撒迪厄斯先生，您来了我太高兴啦！您来了我太高兴啦！哦，撒迪厄斯先生！”

她的嘴里一直在重复着表示欢迎的话语，虽然门关上了，但是我们依稀还可以听到。

我们的那个向导在离开之前，把灯给了我们，福尔摩斯提着灯缓慢地转动了一圈，借着微弱的灯光，他仔细查看了院子的周围和堆积如山的大垃圾堆。莫斯坦小姐和我站在一起，她的手紧紧地握住了我的手，爱情真是一个很奇妙的东西，在今天之前我和她谁也不认识谁，我们还是陌生人，见了面之后也没有说一句缠缠绵绵的情话，可是在危险来临的时候，我们的身体本能地在寻找对方，她的手准确地找到了我的手，后来她常常对我说，当时她向我寻求帮助时是自然而然的，没有一点意识。我们两个就像是孩子一样相互牵着手，虽然身陷险境，但是彼此的心情却平静了很多。她用眼睛扫视了一下周围的环境，说道："这里可真是个奇怪的地方！"

"好像是全英国的鼹鼠都跑到这里来了，像是被彻底地来了个天翻地覆。我只在巴勒拉特附近的山边看见过跟这差不多的环境，当时有勘探队在那里钻探找矿。"

福尔摩斯说道："寻宝者们在寻宝的过程中都会留下痕迹的，在这里挖掘也一样，也是同样的目的就会造成同样的结果，你要知道六年来不断地在翻来覆去地寻找，肯定会变成了沙砾坑似的。"

这时房门猛然被推开，撒迪厄斯·肖尔托跑了出来，两手向前伸着，眼神里充满了恐惧。

他叫道："巴塞洛缪一定是出事儿了！吓死我了！吓死我了！我的精神受不了这种刺激。"

他被吓得快要哭出来了，就像是一个惊慌失措的孩子在向人求救。羊皮领子里面露出来的脸已经扭曲痉挛，没有一点血色。

**词语解释**

痉挛：是指肌肉突然做不随意挛缩，俗称抽筋，会令患者突感剧痛，肌肉动作不协调。

福尔摩斯用坚决干脆的口吻说："咱们进屋里去。"

撒迪厄斯恳求地说道："对，现在就请你们自己进去吧，我实在不敢再给你们带路了！"

我们跟随着他走进了过道左边女管家的屋子。老太太正在屋子里面来来回回地走，她脸上的皱纹聚集在了一起，显得那样的惶恐不安，不过她一看到莫斯坦小姐就像得到了宽慰似的。她情绪激动地对莫斯坦小姐哭诉道："上帝保佑你呀，一看到你这温柔恬静的脸，我心里好受多了。啊，我今天真是受够了呀。”

我的同伴和声细语地跟她讲话，用手轻轻地拍打着她饱经风霜的手，就像在安慰一个受了惊吓的小孩一样，慢慢地老太太的脸色才渐渐地恢复了正常。

她平静下来后说道：“主人反锁上房门，也不和我说话，他常常一个人待着，我一整天都在这里等他吩咐。一个钟头前，我害怕出了什么岔子，就走上楼通过钥匙孔往里偷看了一眼。您一定要上去看一下呀，撒迪厄斯先生，请您一定要自己去看看！十年了，我在你们身边整整十年了，无论是巴塞洛缪先生高兴还是悲伤，我都看见过，可是我从来没有见过他今天的这副面孔。”

**嵌记妙语**

作者通过建筑环境、仆人们的表情、动作、神态、不断烘托一个恐怖的场景，读者追随着福尔摩斯一行人的脚步，也被这异常鬼魅的气氛震慑着，究竟要面对什么呢?

福尔摩斯拿着灯走在我们的前面给我们引路，撒迪厄斯吓得两条腿在不停地发抖，他的牙齿也在咯咯地直打战，多亏我在他的身边扶着他，把他搀到了楼上。我们在上楼的时候，福尔摩斯两次从口袋里面拿出了放大镜，小心仔细地查看楼梯上的那个棕色的擦脚布，认真仔细地看留在楼上的痕迹。在我看来它们只是一些没有规则的污迹而已。不过他走得很慢，灯提得很低。前后左右地认真观察。莫斯坦小姐留在了楼下，她陪同被吓得很惨的女管家。

在三段楼梯的尽头是一条笔直的走廊，在走廊的右面墙上挂着一幅巨大的印度挂毯，在走廊的左边有三个门，我们现在要找的就是第三个门。福尔摩斯依然是一边走着一边在观察着。我们紧紧地跟在他的身后。灯光投射在我们的身上，在笔直的走廊上留下了长长的影子。很快我们走到了第三个门口，福尔摩斯用手敲了敲门，但是没有人回应。于是他准备旋转门钮开门，不过他发现门从里面反锁住了，我们把灯移近门，从门缝里面可以看到门的后面用的是一个又粗又壮的门插。钥匙已经旋转了一个角度，留了一个小缝。福尔摩斯通过这个小缝向里面望去，他

**嵌记妙语**

在福尔摩斯的引领下，华生他们来到了房子主人的房间门口，跟在后面的人都被吓得直打哆嗦，福尔摩斯和华生镇定自若，可是在透过门缝看到屋子里的情景后，连福尔摩斯这个大侦探都感到害怕，可见现场是多么恐怖。

看了一眼后就站直了身子，深深地吸了一口气。

从认识到现在我从来没见他这么激动过，他说："华生大夫，屋内的场景实在是太恐怖了，您瞅瞅里面到底怎么啦？"

我马上弯下腰从钥匙孔往里瞅了一眼，看完之后吓得我立刻后退了两步。月光很温柔地洒在了屋子里面，虽然屋子里的月光充足，但是也朦胧模糊，向里面看的时候刚好可以看到一张脸，恰巧就像是悬挂在半空中似的，身子完全隐藏在了黑暗中，他的脸跟我们新认识的朋友是一样的，同样油亮的秃顶，同样的一圈红发，同样没有血色的面孔。不同的是，他的脸上凝固着一种奇怪的笑容，表情僵硬，那微笑可怕得吓人，与屋子里面的寂静很不协调，这张脸跟我们的小朋友的脸真是一模一样呀。我不由自主地回头看了看我们的小朋友是否还在。这时候我才想起来他们是孪生兄弟。

我对福尔摩斯说："这情景太可怕了！现在怎么办？"

他回答道："现在我们必须想办法把门给打开，只有打开门才能了解真相。"说着就扑了上去，他准备用全身的重量去撞门。

门嘎吱响了一声，但是没有推开。我跟福尔摩斯一起冲了上去猛地撞在门上，只听砰的一声，门被撞开了，我们冲进巴塞洛缪的屋子里。

这个屋子就像是一个化学实验室。门对面靠墙的架子上摆放着两层带塞的玻璃品。桌子上摆满了本生灯、试管和曲颈瓶。在屋子的角落里面放着套着藤筐的酸类瓶子，里面有一个瓶子已经破裂，现在正往外面泄漏一种颜色很深的液体，空气中还飘散着一种奇特的辛辣的气味，有点像是柏油味。屋子的另一头，有一张梯子，立在一堆散乱的木板条和石膏碎块上，梯子上面的天花板上还有一个洞，

**词语解释**

石膏：单斜晶系矿物，主要化学成分是硫酸钙（$CaSO_4$）。

我估计那个洞的大小刚好可以容下一个人，还有一卷长绳随意地丢在梯子底下。

房子的主人坐在木质的扶手椅上，他的脸上带着凝固着的无法解释的微笑，椅子靠在桌子的旁边，房子主人的头歪在左肩上，他的身体明显地已经僵硬，已经死了好几个小时了，但是他蜷曲的身体很奇怪，很不同于正常死亡的人。他的一只手放在了桌子上，旁边有一件奇怪的工具——一根棕色的硬木棒，上面有一根粗毛绳捆着石头，很像是一把锤子。一张好像是从记事本上撕下来的纸条，上面很潦草地写着几个字。福尔摩斯看了一眼，递给了我。

他挑了一下眉毛说："您瞧。"

在提灯灯光下，我看了一眼，不禁吓得身子颤了一下："四个签名。"

我问道："天哪，这里到底曾经发生了什么可怕的事情呀？"

他弯腰查看尸体，回答道："是谋杀！呀！真的不出我的意料，你快看这儿！"

他指着扎在死者耳朵上面头皮里面的一根黑色木刺。

我说道："这个看上去像根荆棘刺。"

"其实就是一根荆棘刺，你现在可以把它拔出来，但是你要小心，因为这个上面有毒。"

我用我的拇指和食指抓住了它，然后轻轻地把它从死者的头上拔了出来。其实我满可以不留一点痕迹地将这根荆棘刺拔出来。

我说道："我觉得目前这个情况就像是个无法解开的谜团，越搞越糊涂了。"

他回答道：<u>"给我的感觉恰恰相反，我觉得是越搞越清楚了。只要再弄清几个残缺的环节，整个案子就水落石出了。"</u>

我们进了屋子之后，就彻底地把我们的新伙

**同步思考**

为什么福尔摩斯一下子就说巴塞洛缪是被谋杀？

**嵌记妙语**

福尔摩斯的自信和超凡才智是这个形象的迷人之处。



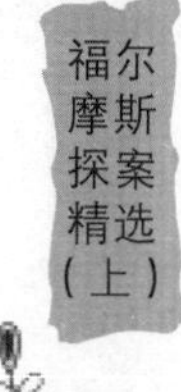

伴给忘记了，他待在门口像是石化似的，像是一个恐怖的化身，两只手使劲地交叉在一起，突然他叫了一声："财宝不见了！他们把财宝全部偷走了！我和我的哥哥就是从那个洞口里把财宝取下来的，是我帮着他一起拿下来的！我是最后一个看见他的人！我昨晚在离开他回家的时候还听到了他锁门的声音。"

"那是什么时候的事？"

"是十点钟左右。可是现在他死了，万一警察来了，一定会怀疑是我加害了他，我肯定他们会怀疑。可是我相信你们两个一定不会这样想的，是不是？你们也这样想的，对不对，你们也认为他的死跟我有关。可是你们想一下，若真是我杀死了他，我怎么会让你们进来呢。天哪！天哪！我感觉我要发疯了！"

他的两个胳膊在乱摆，两脚胡乱地乱踩，浑身都在抽筋。

福尔摩斯拍着他的肩，用十分温和的语气说道："肖尔托先生，您一点也不必担心，听从我的建议，现在乘车去警察局报案。然后尽量从各个方面帮助他们，我们会一直留在这里等到您回来。"

这个六神无主的矮个头男人神情麻木地遵从了福尔摩斯的建议。我们听见他步履蹒跚地摸黑下了楼。

# 第六章　夏洛克·福尔摩斯的判断

福尔摩斯使劲地搓着他的双手说道："华生，现在让我们抓紧时间充分利用这仅有的半个小时的宝贵时间吧！还记得我曾经对你说过，通过我刚刚收集的证据，我可以对这个案件做出一个判断，但是我又不能太过自信，这样的话就可能会造成笑话。从表面上看这是一个很简单的案子，不过它的简单之中可能藏着很多更繁杂玄妙的并且使我们不熟悉的事情。”

词语解释

玄妙：深奥微妙。

“您认为这个案子很简单？”我忽然脱口而出。

他现在就像是一个老师在给自己的学生讲课一样：“是的。从表面上看这个案子很简单，请你先到墙角去，以免你的脚印使整个屋子更复杂。现在我们开始工作。首先来回答第一个问题，凶手是怎么进来的。门是昨天晚上就从里面锁上的，并且后来就没有打开过。窗子呢？”他拎着灯走向了窗前，高声咕哝地推断着，完全是一个人在自言自语，“窗子里面是关着的，窗子的框也很结实。而且附近没有雨水管子。不过窗台上有一个脚印，那就说明昨天晚上窗台上有人。昨天晚上下了一夜的雨，这个屋里有很多圆形的泥脚印。华生你看，这地上、桌子上都有。我还真的发现了一个对破案很有用的证据呢。”

我仔细看了看这些圆形的泥印子，说道：“这不是脚印。”

“其实这根木棍子的印子对我们搞清事实真相很有帮助。您看，窗台上面是有一个靴子印——一只后鞋跟钉着宽铁掌的厚套靴，不过在另一边的痕迹则是一只木制假腿。”

“那么也就是说这是一个安着假腿的人？”

“没错，不过另外应该还有个人——这是一个十分灵巧，又能干的同犯。大夫，我想问一下您能不能从那面墙上爬上来？”

我伸出头看了一下周围的环境，月光十分明亮地洒在屋子的每一个角落。目前我们跟地面的距离起码有 60 英尺高，墙壁上没有一个插脚的地方，即使是一个砖缝都没有。

我十分肯定地回答说："要是换作我，我根本就爬不上这面墙。"

"在没有人帮忙的情况下肯定是不行的。但是如果有一个朋友把墙角的那根绳子一端系在墙上的大钓钩上，另一端丢给你，我个人觉得只要是一个活动方便的人都可以爬得上去，即使他是一个安着木头腿的人。同样的你也可以按照这个方法爬上去，然后你的朋友把你给拉上来，关上窗子，然后再把窗子从里面锁好，再从来的地方逃出去。"他指指绳子，接着说："还有一个值得关注的地方，就是我们的那个安假腿的朋友，虽然他爬得很高，但是他并不是一个习惯于爬杆的像水手一样有很厚的茧子，我用放大镜看过了，在绳子上面有很多的血迹，特别是在绳子的末端，从这里可以看出来他顺着绳子往下爬的速度太快了，所以把手心都磨破了。"

我忍不住地插话说道："虽然你说得很有道理，但是情况似乎很复杂了，你说的他的那个同党又是谁？那个同党又是怎么进来的？"

福尔摩斯又现出那种若有所思的表情，他说道："是的，还有他的那个同伙，那个家伙留下来的痕迹很古怪，他的出现使本来就神秘的案件又增加了一层迷雾，搞得更是没有了眉目。我觉得他的这个同谋开创了我国新的犯罪史。假如我没记错的话，在印度的塞内干比亚也有过这样的作案方法。"

**词语解释**

若有所思：若，好像。好像在思考着什么。思，思考。形容静坐沉思的样子。

"那么他是怎样进去的呢？"我实在很好奇地又提出了这个问题，"房子的门都是紧锁着，窗户也是关着的，难道犯人是从烟囱里面进去的吗？"

他回答说："你说的这个方法我不是没有思考过，但是一个人是无法从烟囱里面通过的。"

我继续逼问道："那么，你说说看他到底是怎样进到屋里来的呢？"

他听完之后直摇头说道："你为什么就不能按

照我说的方法思考问题呢，排除所有不可能因素以后，剩下的就是会出现的情况。我们现在知道了他不可能从房子的门、窗户还有烟囱进来，他不可能事先出现在这间屋子里面，因为房子里面又没有什么藏身的地方。那么，你说他还有可能从哪里进来呢？”

“哦，那么就只有一种可能，那就是从房顶上的那个窟窿进来的。”我喊道。

“是的，现在已经毫无疑问了。希望你不要介意，帮我拿一下灯，现在我们就一起上上面的那个洞里看一看，也就是藏珠宝的暗室。”

他先爬上了梯子，借助椽木翻了个身然后进了那个屋里，然后他弯腰向下，接过了我手中的灯，我也连忙上到上面。

这个暗室大约长有 10 英尺，宽有 6 英尺。它的下面是椽木结构。在中间铺的是一些薄薄的板条，在上面抹上了一层灰泥，所以，在上面走路的时候就得踏在一根根的椽木上面，房顶是尖锥形的，这个才是他家真正的屋顶。不过说句实在话，里面除了灰尘以外，什么都没有。

福尔摩斯用手扶着一堵斜墙说道：“你看，这里面就是通向房顶的暗门。我把暗门打开之后，你就会发现外面的坡度很小的房顶。第一个家伙就是从这个地方进来的。你仔细看看的话，说不定就会看到那个人的蛛丝马迹，找到他的一些个人特征。”

灯被福尔摩斯放在了地板上，当他这样做的时候，那种惊奇的表情就又出现在了他的脸上，我顺着他的眼光看去，我的心也忍不住地颤抖了，地面上全部都是光脚的脚印，这些脚印非常清晰、完整，但是却没有我们普通人的一半大。

我不禁感叹道：“福尔摩斯，真的很难想象这么恐怖的事情居然是一个小孩子做的。”

**词语解释**

椽木：椽子，架在房檩上承托屋面板和瓦的长木条。

**嵌记妙语**

福尔摩斯突然说这些证据没用了，凡事要从表面看实质，从多方面去推断可能的真相。这么大的杀人案怎么可能是一个小孩所为？有可能是罪犯布下的假象，以便转移发现者的注意力。

他也稍稍地缓了缓神儿，说：“其实我也有点迟疑，但是这是一件非常简单的事情，出错了，我应该能够预想到这一点的。我想这里面已经没有了我们要找的东西了，我们下去吧。”

我们刚下到地面上，我就急不可耐地问道：“朋友，你究竟是怎么看那些脚印的呢？”

“亲爱的朋友，您自己好好想想呀。”他现在有点急躁地说道，“您是知道我的推断方式的，你现在可以照葫芦画瓢了，最后我们把自己得出的结论相互对比一下，彼此之间就会有一个结论。”

我回答说：“现在眼前的这些东西对于我来说是一团乱麻。”

他直截了当地说道：“我相信您很快就会想出来的，尽管我觉得这儿再也没有什么有用的证据了，可是我还得再仔细查看一下。”

**嵌记妙语**

鹰与猎犬的比喻，是对福尔摩斯恰切的描摹，而且是经过专门训练的猎鹰和猎犬！

只见他从自己的衣兜里掏出放大镜和皮尺，然后半跪在地板上，他那细细的鼻子距地板只有几英寸，这时候他的双眼高深莫测，就像一只鹰，并且在房间里面来来回回地测量、比较和计算。他就像是一只被训练了很久的猎犬，他的举止是那么迅捷、没有声音和神秘。我的脑子里面突然冒出了这样一个想法：如果他没有将他的心思和智慧用在维护法律上，那样他会是一个多么令人恐怖而且难以捉摸的犯人呀！他一边查看一边自言自语，最后他突然快乐地大声叫喊起来。

“我们的运气太好了，现在所有的问题已经明了了。这个倒霉的家伙踩在了木馏油的瓶子上，你看，在这刺鼻的东西的旁边，你可以看到他那小小的脚印。这装油的瓶子碎了，里边的油全部都流了出来。”

“真的很奇怪，这有什么可高兴的，这不是平常很常见的事情吗？”我不解地问道。

他回答说：“看似普通，没有其他的，不过，咱们已经快要抓住他了。您想想，狼群之所以能够找到猎物，是因为它们可以闻着气味儿，一只狗也能闻着臭味找自己喜欢的东西。如果是一只经过专门训练的狗追踪这样浓的气味儿，对于它来说不是小菜一碟吗？这听上去像一条定律，它的最后会产生的后果应该是——唉，警察到了。”

这时候从下边传过来了混乱的脚步声、乱七八糟的讲话以及大厅内的沉重的关门声。

福尔摩斯说：“我们趁着他们现在还没有上来，你把你的一只手放在死者的肩膀上，另一只手放在他的腿上，有什么感觉？”

我回答说：“就像是踩在木头上一样，他的全身的肌肉太僵硬了。”

“是的，是猛烈痉挛，和一般的死亡的僵硬程度不一样，并且他脸上的扭曲和狰狞的笑，您有什么结论？”

我回答说：“他应该是死在某种植物性的生物碱的剧毒上，这种毒能导致强直性痉挛。”

“我一进屋里看见了他那扭曲的脸上的肌肉，就知道死者肯定是身中剧毒。刚进入屋里的时候我就在想毒药是怎样进入他的身体的。就像你刚刚看到的，我找到了那个插入死者头上的荆棘。仔细地想一想，要是死者那时坐的地方是在椅子上，那么刺的末端就应该冲着天花板上的那个窟窿。现在咱们认真研究一下这根刺。”

我异常小心地把那根刺拿起来，朝着灯光仔细地看了起来。这是一根既尖又长的黑色的刺，在挨近刺尖端的位置似乎有一层干了的胶质物，刺的根头是用刀子削过的。

他又问道：“这是在英国国土上土生土长的一种荆棘吗？”

“不，绝对不是。”



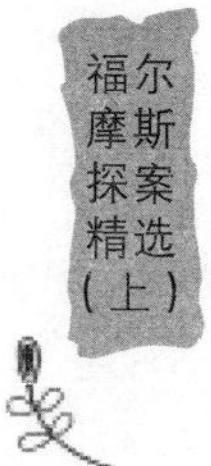

“根据现在掌握的这些线索，你就可以有一个很好的适当判断。现在最重要的一点就是讲剩下的事情怎样药到病除了。”

**词语解释**

药到病除：吃了药，病马上就好了。形容治病者医术高明，用药恰到好处。也有引申义为抓住事物矛盾的关键，对症下药，方能事半功倍。

就在他说话的时候，杂乱的脚步声已经来到了甬道上，一个穿着灰色衣服、有点矮矮的小胖子走进了屋里。在他身后有一个人的脸像是喝醉酒似的红红的、身材高大，在凸泡眼里面有一双细小、明亮的眼睛。紧紧地跟随在他背后的是一个身穿制服的警长和胆小如鼠的撒迪厄斯·肖尔托。

他用一种沉闷嘶哑的声音喊道：“这儿到底发生了什么事儿！看起来乱七八糟的！这几个人都是谁？是谁把房间搞成这样狼藉不堪、乌烟瘴气！”

福尔摩斯淡定从容地说道：“埃塞尔尼·琼斯先生，你是不是还记得我呢？如果我猜得不错的话，您应该还没忘记我吧！”

只见他上气不接下气地说道：“哦，当然记得，您是大理论家夏洛克·福尔摩斯。我怎么会认不出您呢！您还给我们上过课呢，你为我们讲那件主教门廊珍珠的案件的起因和结果以及你的推断过程，我到现在都还记得呢。确实是你把我们引到了正路。不过，你也不得不承认你当时凭借的还是你的运气，也不能说全部是你英明的指导。”

**嵌记妙语**

这是一个多么有意思的“定位”！“大理论家”福尔摩斯，从中可以看出福尔摩斯的确与众不同。

“其实那是一宗十分简单、稍微一动脑筋就可以破解的案子。”

“哦，算了，算了！这有什么可以难为情的。不过，这到底又是怎么一回事儿呢？简直就是糟糕透顶！糟糕透顶！现在就在这里，我想不再需要什么理论在这了。真是凑巧，我刚好为了另外一个案子而来到了上诺伍德！报案的时候我刚好也在警署里。那么，伟大的理论家，您说说这个人的死因是什么？”

福尔摩斯十分鄙夷地回答说：“哦，不过我觉得这个案件好像用不着让我再去用理论来判断了。”

“没错，没错。不过，我必须承认您在某些地方真的能够一语道破天机，但是据我所知，门是在里面锁着的，价值50万英镑的珠宝却从人间蒸发了。窗户是开着的吗？”

“没有，但是窗台有脚印。”

“噢，因为窗户是锁着的，所以本案根本就不用再考虑窗台上的脚印的问题。这是常识。我想这个人是太难过而死，你看，珠宝都不见了。哈，我知道啦！我自己也会经常突然想出好的办法。警官，请您到外边去，陪同肖尔托先生。不过您的伙伴，这位医生倒是可以留在这里。福尔摩斯，您觉得这个案子是怎么回事儿呢？肖尔托先生说昨天晚上他和哥哥在一起，肖尔托趁机把珠宝抢走了，他的哥哥在一气之下就死去了，您觉得是这么回事儿吗？”

“那么按你这么说，门是他哥哥死了之后起来关上的吗？”

“嗯，这样呀，这个疑点我倒真的没有想到！来，咱们再凭借基本常识来思考一下。我们所掌握的事实是：撒迪厄斯·肖尔托先生昨天晚上和他的哥哥在一起，兄弟两个人因为某些原因曾经争吵过。现在哥哥死去了，财物没有了。我们还掌握的事实是，从撒迪厄斯离开以后，就再也没有人见过他的哥哥，他哥哥的床上也没有人躺过的痕迹。撒迪厄斯分明就是心里感到紧张，所以他脸上的表情也很异常，您十分清楚，只要我对撒迪厄斯高明地施加一些压力，他就无法逃脱了。”

福尔摩斯：“我看你对基本的事实都没有了解清楚，这个剧毒的刺是我们从死者的头上拔出来的，这时候你去看也会发现这个伤口的，还有在死者的旁边有一个写着字的纸条，在桌子的旁边还有一个很奇怪的绑着石头的棍子。那么这些奇怪的现象请

**词语解释**

道破天机：一句话把事情的真相点破了。

**嵌记妙语**

常识，常常会误导侦探的判断，常识应该是属于普通人的。



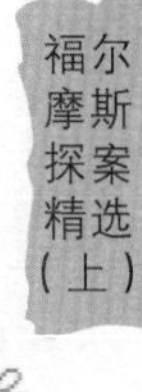

问你怎样运用到理论中去呢？”

这个胖子侦探非常自信地说：“现在的每一个方面都已经得到了证实。这间屋子里现在全部都是印度的古董，如果说有人可以拿着这个有剧毒的刺杀人，那么撒迪厄斯为什么就不能呢？还有这个写着字的纸条，目的无非就是想转移大伙儿的注意力，故意弄一些让人们感到迷糊的欺骗手段。他是如何从这间屋子出去的是目前我们所面临的问题。哦，原来是这样呀，看，这个房顶上面有一个窟窿。”

他的身体过于肥胖而且又是那么蠢笨，他用了九牛二虎之力才爬到了梯顶上，在大洞口往暗室里窥视。接着我们就听到了他高兴地叫喊说他惊奇地发现了一个暗门。

福尔摩斯耸了一下肩膀，说道：“他有的时候会发现一些有力的证据，有的时候还会有一些很不清楚的判断，但是每次他都能自圆其说。法国有一句俗语：一个没有头脑的人总是有无聊相陪。”

**词语解释**

自圆其说：圆，圆满，周全。指说话的人能使自己的论点或谎话没有漏洞。

埃塞尔尼·琼斯从上面来到了地板上，就开口说道：“瞧瞧，我的想法现在已经完全被事实证实了：在楼上有一道暗门通往房顶上，暗门还是半开的。”

“不过需要我提醒您的一个事实是这个暗门是我刚才打开的。”

“哦，原来是这样呀！这么说您也发现这道暗门了？”他好像有点儿失望地叫道，“好了，不管是谁看到的，总之这就说明了杀人凶手逃离的路线。警长！”

“是，先生。”甬道中一个声音回答。

“把肖尔托先生叫过来。肖尔托先生，现在我有责任对你说，目前我们掌握的证据对你非常不利。你所要讲的每一句话都会成为指证你的证据。你作为杀死您哥哥的嫌疑人，我用女皇的名义逮捕您。”

**嵌记妙语**

这或许就是某些冤假错案的成因，获取不经推敲的、妄想的、直接的证据是“蠢笨”侦探的拿手好戏。

这个刚刚失去哥哥、失去珠宝的不幸的秃头人摊开了两手，然后看着我们两个人，喊道："怎么样，我早就对你们说过，他们一定会这样说的，如今得到证实了吧？"

福尔摩斯回答道："肖尔托先生，不要冲动。我保证我一定会还您一个清白的。"

那个胖侦探立即批驳说："大理论家，承诺不是那么容易实现的。许下的承诺欠下的债呀！"

"琼斯先生，我想我不仅要替他澄清事实，我还会额外赠送给您关于昨天晚上来这间屋子的作案的杀人凶手的一些信息。而且不要任何报酬。他们一共有两个人，其中的一个人姓名——我敢确定，一定是乔纳森·斯莫尔。他这个人没什么文化，身材长得矮小，行动机敏，右腿目前断了，不过他安着一个木头腿，假腿的里面已经磨损了相当大的一片，他左脚的靴子底部前掌还打着不太细致的正方形靴掌，靴子跟打着圆形的铁掌。他今年应该 50 多岁了，黝黑的皮肤，曾经是一个凶犯。这些情况还有我们收集到的从他手里面掉下来的皮可能会对你有所帮助。而另外一个……"

"噢，难道还有一个凶手？"埃塞尔尼·琼斯用十分轻蔑的口气说，不过我发觉，他已经实实在在地被准确无误的分析给征服了。

福尔摩斯踮起脚尖，回转过身说道："他是一个十分奇怪的人物。我希望尽早地把关于他们两个人的信息都告诉您。华生大夫，到这边儿来，我有几句话想对您说。"

他把我带到楼梯口处，然后小声说道："这件出乎我们意料的事儿几乎让我们忘记了我们来这儿的真正目的。"

我回答说："果然是君子所见略同。我认为这个可怕的地方实在不太适合莫斯坦小姐。"

"没错，所以现在您一定要先把她送回家。她

词语解释

轻蔑：轻视，看不起，瞧不起别人。

居住在下堪伯维尔街，塞西尔·福里斯特那里。离这里很近。假如您等会儿还想再回来的话，我就在这儿等着您，就是不知道你会不会感觉到累？”

“没关系，我要等到这件离奇的案件真相大白的时候才能离开呀。我觉得自己也算称得上是见识广泛的人了，但是说真的，今天晚上出现在这儿的一连串的奇怪的事情已经把我给弄迷惑了。现在已经到了这么关键的时刻，我怎么能够离开呢，我一定要和您一起把这个案件弄个真相大白。”

词语解释

真相大白：大白，彻底弄清楚。真实情况完全弄明白了。

他回答说：“你能够进来参加我的行动就是对我最大的支持，但是我们还是分开活动，咱们都不管琼斯先生，让他自己想干什么就干什么吧。你待会把莫斯坦小姐送回家的时候就去朗伯斯区河附近的品琴巷 3 号。它在靠巷的右侧第三个门的这个房间，是一个做鸟类标本的铺子，店主的名字叫谢尔曼。到时候您会看到窗子上面贴着一只老鼠在抓一只小兔子的画像。您敲一下门，然后让谢尔曼这老头儿起床，并对他说我想马上借他的托比有急用。接着，您就带着托比乘马车回到这里来。”

“我想如果我猜得不错的话，托比是一条狗的名字吧？”

“没错，这是一只奇怪的杂种狗，它的嗅觉非常敏锐。这只狗比伦敦里面的任何一个侦探都要管用。”

我说：“我一定把这只狗给您平安地带过来。现在是一点钟。如果我能乘一匹快马的话，三点以前肯定能回来。”

福尔摩斯说：“我现在要到博恩斯通太太和印度仆人那里了解一些事实。撒迪厄斯先生曾对我说过，印度仆人就在那个旁边阁楼里面睡觉。然后，再回来看看这个了不起的琼斯先生是怎样破案的，

顺便再听一听他的冷嘲热讽！‘有那么一种人在他们还没有得知事情的真实意义的时候，总要先来一番讽刺。对于这样的情景，我已经见得多了。’歌德为我们留下一句伟大的箴言呀。”

词语解释

冷嘲热讽：用尖酸刻薄的语言讥笑和讽刺。

# 第七章　木桶插曲

后来，我就把莫斯坦小姐送回了家，用的是警察的车子。莫斯坦小姐是一个十分坚韧的女孩子，处在危险的环境中，她还有心情去安慰比她更为虚弱的人。在我去找她准备把她送回家的时候，看见她正活力四射、镇定自若地在陪伴着过度惊吓的老管家。不过，当她爬上了马车，坐在马车上之后，回想起今天一晚上发生的这些荒诞新奇的事情，这个女孩子终于受不了内心深处的恐惧，一开始的时候只是垂头丧气地低着头，过了一会儿开始抽噎，后来开始忍不住地大声哭了起来。后来回忆起这段事情的时候她抱怨我说，当时的我一点人情味都没有，就这样看着她哭。其实她当时真的不知道我那时心里激烈的斗争和强迫压制住自己内心的痛苦。当我们在院子里遇到困难手拉着手时，我对她的那种怜惜和对她的爱情已经表露出来了。虽然我经历了很多的事情，但是像今天这样离奇古怪的事情我还是第一次遇见，这样的话我根本也就无法理解她的那种温和和坚决的本性。我自己也处理不好自己的那种害怕。除了这一点外，还有两点是我所在意的，第一是她现在没有父亲也没有母亲，也没有亲人，如果这时候我向她表白，这有点像是乘人之危的做法；第二就是如果福尔摩斯破了这个案子的话，那么她就会变成一个百万富翁。而我只是一个靠着一



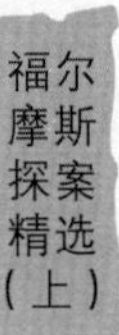

**词语解释**

鸿沟：古代运河，在今河南省，楚汉相争时是两军对峙的临时分界。比喻界线分明，不可逾越。

**嵌记妙语**

财富成为爱情婚姻的鸿沟，现代人听起来是否有些不可思议？

点薪水养活自己的穷医生，我只是靠着能够很好地接近她和帮助他，然而这样跟她求婚，那样做也是不公平的、不道德的。那样的话，我都怀疑她会不会认为我只是一个卑鄙的淘金者，我不想让自己的形象在她的心目中是这样的。其实我们目前最大的问题就是那个阿格拉财宝。那是横跨在我们面前的一条鸿沟。我们快到晚上 2 点钟的时候到达了福利斯特家，仆人们都已经睡觉了，但是福利斯特太太没有睡觉，她亲自给我们开的门。她在等莫斯坦小姐，她对那封奇怪的信也十分关心，见到了莫斯坦小姐她伸开了自己的双臂抱住了她，很温柔地对她说话，给她温暖，看到这一幕的时候我放心了，可见莫斯坦小姐在福利斯特家里的待遇不仅仅是一个家庭教师，还是受人尊重的好朋友。莫斯坦小姐把我介绍给福利斯特太太的时候，她就邀请我到她的屋子里去，给她讲我们冒险的经历。但是我有很重要的事情要办，所以我很虔诚地告诉她，我今天晚上有事，但是我一定会再有时间的时候为她讲述这个事件的最新进程和发展状况，她很遗憾地送我出门，我坐上马车，往回看的时候，看到莫斯坦小姐和福利斯特太太彼此站在一起的身影，五光十色的玻璃反射出来大厅里的灯光，模模糊糊中可以看到那半掩着的门和墙壁上挂着的晴雨计，还有那闪闪发光的楼梯扶手。在经历了这样一个不平常的夜晚，能看到这样一幕安静的英国家庭的情景，不知道为什么我的心里突然觉得很是舒服。

我坐在马车里面，我的眼前开始闪现今晚出现的画面：莫斯坦上尉的死亡、邮局寄来的珍珠、报纸上的启事，还有莫斯坦小姐接到的那封信，借着煤油灯光，我努力地将这些事情整理成一个可以顺起来的思路，但是只有这几件事儿反而将我们带入了更加难以理解、更加神秘离奇的境地：印度的财宝、莫斯坦上尉行李箱子里的奇怪手画图纸、肖尔托少校临终的那骇人的古怪状态、珠宝的又一次出现和罪犯又一次将它抢走，还有罪犯留下的各种各样的痕迹、脚印，以及奇特的凶器，一张和莫斯坦上尉的那张绘图上留下的一模一样的纸和笔迹。所有的一切的事实在我脑海中交织成各种各样的顺序，我有一种头想爆炸的冲动，算了，这么复杂的案件，我想只有福尔摩斯才可以顺利地理出一个头绪了。

**嵌记妙语**

案件头绪太多，错综复杂，难以厘清，这个晚上发生的一切久久回荡在华生头脑里，难以消化。华生想，似乎这些只有福尔摩斯才能够理得清楚，才具备这个能力。这是作为知己的朋友以及助手对福尔摩斯的由衷的评价。

品琴巷在朗伯斯区的最后面，那是一些很破烂的两层石瓦房。我在 3 号屋门使劲地敲了老半天的门，最后，楼上的窗子才发出暗淡的烛光，一个陌生的面孔从窗子那儿露出来。

那个露在外面的面孔开口说话了：“赶紧滚，您这个酒鬼，再不离开小心我放狗来咬死您。”

于是我接着说道：“那么请您放只狗过来吧，我来这儿的目的就是为了这个。”

那个声音又喊道：“滚！我现在的衣兜里面有一片破布，您再不滚开，我就把它丢到您的头上！”

我喊道：“可是我只要一只狗。”

谢尔曼先生生气地吼道：“赶紧滚，快滚远点儿，少啰唆，再不走我真的向您扔破布了。”

我不得已才实话实说：“夏洛克·福尔摩斯先生……”真的没有想到这句话的威力这么大，窗子很快关上了，不到一分钟的时间，门就打开了。谢尔曼先生是一位清高的老头儿，他的背驼得很厉害，一根根的青筋暴露在脖子上，鼻子上戴着一副蓝光眼镜。

他和颜悦色地说：“快请进，先生，无论是谁，只要是夏洛克的朋友，我这里永远都热烈欢迎。不过小心那只狗，它可真的会咬人。喂，调皮鬼！你可不能咬这位先生呀！”他又朝着一只从笼子的缝隙里探出脑袋的长着一对红眼睛的鼬鼠喊道：“不

**嵌记妙语**

福尔摩斯确实与许多底层人成为亲密的朋友，这也是福尔摩斯的个人魅力之一。



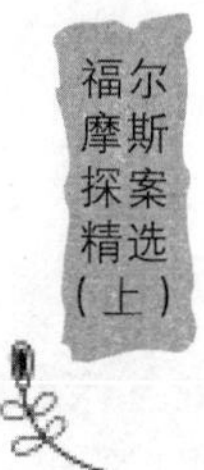

同步思考

福尔摩斯让华生医生向谢尔曼先生借什么?

要害怕，先生，这个只不过是一只蛇蜥。它没有长毒牙，这是我专门用来吃屋子里面的甲虫的。您可千万不要在意我刚才的冒犯，因为我这里经常有小调皮鬼来捣蛋，他们喜欢把我从梦中吵醒。哦，对了，这位先生，夏洛克先生为什么要你来呀？”

“哦，是这样的，他让我来这儿向您借一只神奇的狗去帮助他。”

“嗯，那就一定是托比。”

“对，是一只叫‘托比’的狗。”

“托比就在左侧的第七个栏中。”

他拿着手中的蜡烛，穿梭在他收集的喜欢的动物之间，慢慢地走着。借着微弱的灯光，模模糊糊地看到每一个角落和笼子里的动物用它们闪闪发光的眼睛在窥探着我们。我们头上方的架子上面还有很多野鸟，它们被我们说话的声音惊醒了，然后懒洋洋地把身体的重量从这只爪子上换到那只爪子上，无聊地做着这样的往返运动。

托比是一只身材长得很难看的杂种狗，黄白相间的毛色，走起路来慢悠悠的，还不断地左右摇摆着。谢尔曼递给我一块糖果，让我喂给托比吃，这样我们就算是彼此认识了，然后，它就跟我爬上了马车，这只狗很快就和我相处得很和谐了。等我再次回到庞迪彻里别墅的时候，皇宫大钟正好敲响了三点的钟声。我看到那个职业拳击手麦克默多已经被琼斯当成了同谋，和肖尔托先生一起被押到警署去了。有两名警察看守着那扇狭小的大门，我提到琼斯的姓名，他们才容许我带着狗进到里面。

福尔摩斯正在台阶上站着，双手插进了衣兜中，嘴上叼着一根烟。

他说：“哦，您可算是把这条宝贝狗给我领过来了！埃塞尔尼·琼斯回去了。您走了以后，我们俩就吵了起来。现在他不仅把我们的伙伴撒迪厄斯

带走了，而且连守门人、女管家，还有那个印度仆人也一起都被抓走了。目前除了一个警官待在楼上看护以外，这个地方就全部归我们所有，我们现在赶紧上楼去吧，狗留在外面。”

我们在上楼前，把托比绑在了一张桌子腿上，然后我们上楼了，房间还保持着原来的样子。只不过死者的身上，盖上了一个床单。一个十分疲倦的警察斜斜地靠在墙角处。

我的伙伴说：“警官，麻烦你一下，您的牛眼灯能不能借给我用一下？然后将这片纸板拴在我的脖子上，好让它放在我的胸前，嗯，是的，很好，多谢。现在我必须脱掉鞋袜，华生，你把我的靴子和袜子放在楼下面去。我想试一试爬墙的本事。然后请将我的手绢蘸点儿木馏油，蘸一点儿就可以，再和我一起到暗室里去。”

我们俩又从那个大洞口爬进了暗室里，福尔摩斯先生拿着灯又照了一下尘土上面的那几个奇怪的脚印。

他对我说道：“现在我想要你格外注意那些脚印。你有没有什么线索值得注意呢？”

我回答说：“我觉得这是一个小孩儿或者是一个矮个子女人的脚印。”

“除了脚印的大小以外，您有没有发现其他的不同？”

“好像和别的脚印没有什么不一样。”

“肯定有不一样的地方。你仔细瞧瞧这儿！这个是尘土中的一只右脚印，这个是我的赤脚印。您再对比一下瞧瞧有什么不同。”

“两者的区别就是我们的脚是分开的，而凶手的脚是合着的。”

“嗯，没错，好好记住这点。现在请您到那个吊窗旁边，然后闻一下窗户架上的气味儿。我就站



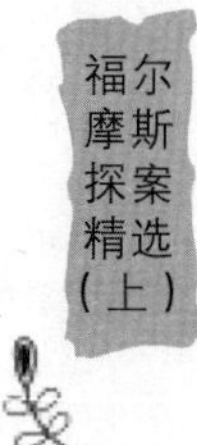

在这儿，现在我的手里拿着这块手绢。”

按照他的嘱咐，我去闻了闻窗框，突然我嗅到一种非常难闻的沥青味儿。

**词语解释**

沥青：由不同分子量的碳氢化合物及其非金属衍生物组成的黑褐色复杂混合物，呈液态、半固态或固态，是一种防水、防潮和防腐的有机胶凝材料。

“这就是他在逃离的时候用脚踏过的地方，如果您能分得出来，那么托比辨别这种气味就毫无问题了。现在请您跑下楼去，把托比放开，小心点儿。”

我走下楼来到院子里的时候，福尔摩斯已经爬上了房顶上。他的胸部挂着一盏提灯，现在的他像是一只很大的萤火虫在沿着屋脊慢慢地爬进，当他到达烟囱后边的时候，我就看不到他了，接着他就又出来了，然后立刻又躲在后边不见了。当我转到后边去的时候，看到他坐在屋檐的一个角上。

他喊道：“是您吗，华生？”

“是的。”

“显而易见，这里就是那个人爬进爬出的地方。下边那个黑黑的东西是什么呀？”

“是一个水桶。”

“您看一下有没有一个盖子在那个水桶上？”

“有的。”

“旁边有没有梯子？”

“没有。”

“这是一个该死的家伙！不过这里是一个十分危险的地方。但是既然你能够上去，那么我也就应该能够下去呀。嗯，这个水管摸起来挺结实可靠的，现在管不了这么多了，我下去了。”

接着就听到了一阵沙沙的走路声，只见那暗淡的灯光沿着墙边平平安安地下来了，他慢慢地一跳，掉进了水桶里，接着又蹦到地面上。

福尔摩斯一面穿着鞋袜，一面说：“寻找他走过的痕迹真是太简单了，因为他急着走路，所以这一排的瓦都被他踩松了。所以他留下了这个痕迹让我找到了。用你们医生的专业术语来说就

是诊断无误。”

这时他递给了我一个袋子，这个袋子是用各种颜色的草编成的，袋子的大小跟烟盒差不多，袋子里面有各种各样的小玩意儿，周围还有几个廉价的小珠子。衣兜里面放着六根带有剧毒的黑色的刺，这跟扎在巴塞洛缪·肖尔托头上的那根一模一样。

词语解释

剧毒：很强烈的毒性。

他说道：“你小心点呀，可别扎到自己，这玩意有剧毒，可不是闹着玩的，我很高兴能这么早地发现这样的东西，因为这很有可能就是他们所有的作案凶器，这样一来的话我们就不用上这种东西的当了，我宁可吃个枪子也不要挨一下这个毒东西的一刺。华生，现在让您再跑6英里路您能接受吗？”

“没有问题，小菜一碟。”我回答说。

“您的腿没事吧？”

“不要紧。”

“那好，来，这边来，托比。哦，我的心肝宝贝儿托比！过来嗅一嗅这个东西，嗅一嗅吧！”他把那块蘸有木馏油的手绢放在了名字叫托比的狗的鼻子跟前，这只狗这时分开了它那两条满是毛的腿，鼻子一抽一抽往上翘，感觉是一个鉴赏大师在鉴赏一个宝物一样。福尔摩斯将手绢丢掉，然后用一个粗绳子将托比拴住，然后来到了一个水桶的下面，这时这个狗开始发出响亮而激动的声音，尾巴不住地左右摇摆，然后向上，它还不断地在地上找来找去，紧接着它向外面冲了出去。我们拽着绳子紧紧地跟在它的后面。

东方的天边开始亮了，我们借着这些微弱的曙光可以看到较远处的景物。我们身后的这个大房子，窗子黑乎乎的，什么也看不见，这栋别墅孤零零地立在这个地方，很高的院墙，将外面的世界和里面的世界分开了。它无比凄凉地耸立着。我们跟随着托比走在崎岖不平的院子里，走过那满是废土和没



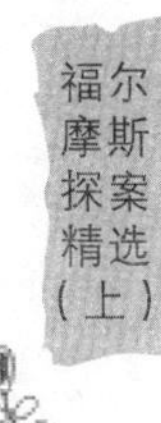

有人管理的灌木丛，看起来无比地凄凉，跟这个院子有了很好的搭衬。

跟随着托比我们来到了围墙的一个黑暗处，在那里面它一边走，一边狂叫，最后在长了一棵小山毛榉树的地方停下来。很快我们发现在两面墙会合的地方，有几块松动的、多个裂口、棱角浑圆的砖块，它们似乎是用来帮助爬墙用的。福尔摩斯轻轻地翻身越墙，然后把狗从我的手里拿了过去，把它搁在了围墙的那一面。

**嵌记妙语**

华生“好不容易”爬到了福尔摩斯的身旁，福尔摩斯已经有了对现场的一个判断结果，他那么迅速地判断嫌疑人逃离现场的时间，没有化验，甚至不假思索，这靠的是博学的知识和丰富的经验。

等我好不容易爬到他身旁的时候，他提醒我说道：“你看这里有假腿人的手印，泥灰墙上还有很明显的血迹，多亏昨天夜里下的雨并不大！虽然他们逃跑已经二十八个钟头了，不过那气味还是会留在街道上。”

在伦敦车水马龙的街道上，看着托比在嗅来嗅去，我真的对于托比是不是真的能闻到气味，是否能帮助我们找到杀人凶手感到有点儿担忧。不过我的这种担心很快就被证明是没有用的，托比认认真真地一边闻着，一边摇摇晃晃地迈着它那笨笨的步子向前走。很明显，街道上任何一种气味也没这种木馏油更浓烈难闻了。

福尔摩斯说道：“千万别以为我要破这个案件只是运气好，刚好有一个人将脚不小心踩入了那个木馏瓶子里。其实我还有别的不同的办法来捕到凶手。不过既然幸运之神把这一个最方便的办法摆在了我们面前，我如果忽略了它，岂不就成了一个大傻瓜。不管怎么样，现在这个案件里有很多令人难以理解的复杂的问题，不过在此时都变得很简单了。案件只是通过这么一个简单的破绽就弄明白了，真的很难显示我们的价值。”

我诚挚万分地说：“其实功劳还是很多的。福尔摩斯，我始终感觉您使用的办法和在霍普谋杀案当中所使用的办法比起来让人觉得很不可思议。举个例子来讲吧，为什么你一开始就知道那个人是假腿人呢？”

“咳，朋友，其实那是显而易见的。我并不是要夸赞自己，这个案件的所有线索对于我而言都是直接利用的。有两个专门看管犯人的军官获得了一张藏宝地图，一个名字叫乔纳森·斯莫尔的英国人专门为他们两个画了这张地图。我想你应该没有忘记，在莫斯坦少校的那个图纸上面就有这个人的名字。他在那张图纸上面写下了自己的名字，并且还替他的同伴签了名，‘四个签名’就是这么回事。按照这张地图，这两个军官，或者说是他们其中的一位得到了这笔财宝，而且拿到了英格兰。现在我们能够想象出来，得到财宝的那个人并没有按照事先约定好的事情做。可是，为什么乔纳森·斯莫尔木人没有得到那份财物呢？答案很简单，因为这张地图是在莫斯坦靠近犯人的时候画的。乔纳森·斯莫尔及其同党当时都是刑期未满的犯人，因此他没有得到这笔财宝。”

我不敢相信地说：“这些只是猜想罢了。”

“这并不是推断，就是在这样的假定下掩盖着真正的情况。我们接下来研究一下假定是怎样和事实吻合的。肖尔托少校带着那些财物回到了英国以后，没有过几年的太平日子，突然收到了一封发自印度的信件，这一封信让他大惊失色，直至死亡。那是什么原因呢？信里面到底写着什么呢？

“信里面写着：被你糊弄蒙骗的犯人们，刑期已满，现在从狱中出来了。

“与其说是他们的刑期已经满了，不如说是他们越狱逃了出来。因为肖尔托肯定知道他们的刑期时间，如果是刑期满的话，他是绝对不会那样惊慌害怕的。接着他又有什么举动呢？就是对假腿的人

**词语解释**

大惊失色：形容十分惶恐，吓变了脸色。



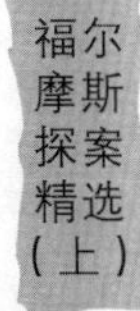

特别害怕，特别是白种人，他更是恐惧。并且他还开枪打伤了一个假腿的白种人呢。这就说明了一个问题。如今，在这个地图上只有一位是白种人的姓名，其他的都是印度人或者伊斯兰教徒，所以咱们可以确定无疑这个安着木头腿的人就是乔纳森·斯莫尔。您认可这样的推测吗？它合情合理吗？”

**词语解释**

合情合理：符合情理。

“嗯，有理，十分明白、简单。”

“那样，我们此刻再站在乔纳森·斯莫尔的角度，分析一下他的看法。他来到英格兰只有两个目的：第一是想得到那份属于他的财物，第二是对捉弄蒙骗过他的人报仇。他找到肖尔托的家并极有可能花钱在这里安插了一个眼线。名叫赖尔·拉奥的男仆人，此人咱们都没有见过，但博恩斯通太太告诉我说他是一个品质败坏的人。无论怎么样，斯莫尔都没有找到这些财宝，因为除了少校和一个忠实的仆人之外，没有人知道这些财宝在什么地方。突然有一天斯莫尔获悉少校病重的消息，他害怕财物的秘密跟着少校的去世一起进入地下，慌忙之下，他冒着被捕的危险，来到了这个快要死的人的窗子跟前，由于少校的两个儿子都在场，他无法入内。带着对死者的深仇大恨和无限愤怒，当天晚上他选择进入了房间，找遍了死者的所有相关文件，希望能从里面发现一些藏宝的秘密，最后，在一无所获的沮丧之中，他就写下了那张有四个签名的便条当成信物。显而易见，他打算先杀死少校，然后在死者的身边放一个相同的信物，说明这不是一个一般的谋杀案，而是寻求正义为朋友复仇。从古到今，在那么多犯罪的案件里面，像这种稀奇古怪的方法很多，经常能找到犯罪作案动机的许多线索。这些您都懂了吗？”

“明白。”

“后来，肖尔托少校死去了，那些财宝还是不

知道在什么地方，怎么办呢？乔纳森·斯莫尔想到的唯一的办法就是关注那些淘宝人的一举一动。他没有住在英格兰，但是他一定有眼线，这样一旦找到了财宝就有人能把这个消息告诉他，于是他就会回来。安有木头腿的乔纳森想要爬到巴塞洛缪·肖尔托家的高高的楼上是肯定做不到的。所以他就带来了一个非常古怪的帮手，叫他先爬到楼上。可是非常可惜的是他赤脚踩着了木馏油，因此才给托比到场制造了可能，并且让一位脚曾经受过伤的，只不过有半俸薪水的官员一瘸一拐地跑了6英里的路。”

“您是说真正的杀人凶手不是乔纳森而是他的帮凶？”

“是的，因为乔纳森曾经在屋子里面跺过脚。他一进到屋里，看到了这种情形，他是没有准备的。他和巴塞洛缪·肖尔托之间没有什么仇恨，乔纳森只是想把他的嘴塞上，再把他的四肢绑起来就行了，他不想因为杀人而被处以绞刑。但是他的帮凶歹毒地用毒刺刺死了被害人，这是他没有预料到的。结果注定了，人死是不能复生的，于是，乔纳森就留下纸条，带走了财宝，和他的帮手一起离开了，这些是我能推断出来的事情。我之所以觉得他有50多岁了，皮肤黑黝黝的，是因为他过去在安达曼岛被囚禁了很多年，那里的天气炎热，人肯定被晒得很黑。而他的个子，从他步子的长和短就能推断出来；而蓄着长胡子，他那副满是毛的面孔是撒迪厄斯·肖尔托曾亲自看到过的。至于其他的，那就不知道了。”

“那您对他的那个帮凶有什么推断呢？”

“哦，他吗，应该没有太多的悬念，不过，您很快就会知道了。清晨的空气真是清爽啊！看看那红色的云朵，就好像是大火烈鸟身上的一根羽毛，太美丽了！火红的太阳已经射向伦敦的云朵了，在

**词语解释**

木馏油：由山毛榉或类似植物干馏得到的酚类混合物。主要成分为愈创木酚、木馏油酚及其他酚类。

太阳光照射下的人有成千上万。我敢说，这个时候，像咱们俩这样身负这样奇怪重任的，还真的没有第二对。在这样广袤的大自然中，我们的雄心壮志显得是那样地微乎其微呀！您对吉恩·保尔的书有什么看法吗？”

“是有些看法。我是先看了卡莱尔的书，返回来才看他的著作的。”

“这就像是溪流追溯到大海一样。他曾经有过一句精彩并且含义深奥的话：‘一个人真正伟大的地方就在于他能意识到自己的渺小。’你瞧瞧，这儿说到的就是对比和鉴赏的力量，而这样的力量本身就是一个很伟大的证据，在理查特的著作里您会发现很多精神物质的东西。您没有拿枪，是不是？”

**词语解释**

追溯：比喻回首或钩沉往事，探寻本质或渊源。追，追寻；溯，逆流而上。

**嵌记妙语**

如果福尔摩斯喜爱文学，他将是一位了不起的文学评论家。我们还可以看到福尔摩斯是一个内心世界细腻、丰富充满情感的人。

“我拿着这根手杖了。”

“到了罪犯的居所，这些家伙就能派上用场了。等会儿乔纳森归您了，如果他的同伴想违抗，我就开枪打死他。”

说话间，他从右侧衣兜内掏出自己的左轮手枪，装上两枚子弹重新放了回去。

我们跟在托比后面来到了通向伦敦市区的街道上，两边都是半村舍式的房屋。我们前进在没有尽头的街道上，这儿的工人们和码头工人们已经开始准备起身了，家庭主妇们正打开门清扫大门前的垃圾。街道的拐弯处，小酒馆的门刚刚打开，有些健壮粗鄙的男人们正从小酒馆里走出来，用他们的一只手摸摸滞留在胡子上的酒水。街道上的那些野狗们睁大眼睛看着我们，我们绝无仅有的托比却是目不斜视。用它的鼻子嗅着地面依旧向前跑，只不过有时会从鼻子孔里发出一阵阵急促的哼哧声，表明那种气味依然很浓。

我们跑过了斯特瑞塞姆区、布瑞克斯顿区、堪伯维尔区，然后穿过了很多的小巷子，来到了奥弗

尔区的东边，最后到了肯宁顿车道。我们寻找的人似乎是一个喜欢走小路的人，或许是害怕有人追上他们吧，只要有小路他们就绝对不走大路。走的小路都是一些偏僻人少、蜿蜒曲折的路。在肯宁顿街道的尽头，他们往左拐，通过证券街、迈尔斯街，然后到达骑士街。托比在那里徘徊起来，它的一只耳朵耷拉着，另外一只耳朵竖着，跑来跑去，似乎拿不定主意了，接着，它又跑了几圈，其间还不断地抬起脑袋望着我们，好像想赢得我们对处于困境中的它的同情。

福尔摩斯愤慨地说道："这只狗到底是怎么回事？难道那两个罪犯是坐上了马车还是乘上气球逃走了吗？"

我提示地说道："我猜想那些逃犯当时在这里一定停了较长的时间，所以这里留下了较多的气味。"

"哦，可能是这样的吧，托比又向前走了。"我的伙伴轻轻地松了一口气，说道。

托比真的又向前走了，它向附近闻了闻以后，好像突然间明白了现在应该怎么办，用敏捷的速度和自信的决心朝前跑去。很明显，这里的气味比刚才的还要浓烈，因为它这会儿不再是使用鼻子去闻着地面走了，而是拼命地拉直了绳子向前冲去。福尔摩斯这时候的两眼开始放光：肯定是要到达匪窝了！

我们飞速到达九榆树，越过了白鹰酒店，来到了布罗德里克和纳尔逊大木场。托比看起来非常兴奋也有些惊慌，它慌慌张张地跑到了工人工作的工厂，在这里面有很多的锯末和刨花，托比继续跑着，在这一条小路上布满了各种材料。最后，它十分迅速地跳到了一个还没有来得及卸车的大桶上，它吐着长长的舌头得意地看着我们笑着。空气当中散发着浓烈的木馏油的气味儿。



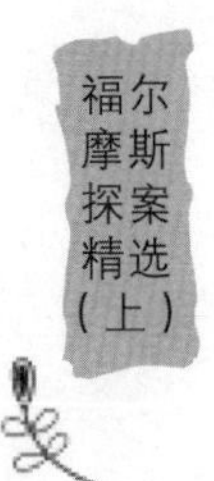

**嵌记妙语**

人非神仙，孰能无过？福尔摩斯也有判断失误的时候，让托比闻错了凶犯的味道，因而跟着托比白白地跑了一趟，还以为快要找到罪犯了呢，落得空欢喜一场，所以福尔摩斯被华生医生给嘲笑了。

我和夏洛克·福尔摩斯无比失望地相互看着。然后爆发出一阵大笑。

我嘲弄地对福尔摩斯说："这就是您夸得无比神勇的狗。"

# 第八章　福尔摩斯的手下

我问道："接下来我们要做什么事情呢？竟然连我们神奇的托比也出现了失误，太不可思议了。"

福尔摩斯把托比从桶上抱下来，牵着它走出锯木场，说道："其实托比有它自己的想法，你可以静下来计算一下我们伦敦市每天需要用多少木馏油，你就可以知道托比为什么会走错路了。现在用到木馏油的地方很多，特别是用在木材的防腐上。所以托比在这件事情上是没有责任的。"

我建议道："我们现在是不是最好重新回到让托比错乱的地方去？"

"是啊，幸亏路途不远。托比在骑士街左边举棋不定，显然是油味的方向在那儿分岔了。咱们走的路不对，现在只有顺着另外一条路去找。"

我们牵着托比回到了原来发生错误的地点。托比转了一个大圈，一点儿也没有费事，就向一个新的方向奔去了。

我说道："要当心托比，不要让它把咱们引到原来运出木馏油桶的地方去。"

"这个我想到啦。可是您看它在人行道上跑，运木桶的车应当在马路上走，所以这次咱们没有走错路。"

我们跟随托比过了贝尔芒特路和太子街一直到了横滨，托比站在一个用木材建造的小码头，在最

靠近水的地方，开始狂吠不止。

福尔摩斯道：“我们来得真不是时候，他们从这儿坐船逃跑了。”码头上系着几只小平底船和小艇。我们带着托比一个一个地闻过去，但是托比没有一点反应。

在靠近登船的地方，有一个砖头做的小小的房子，我们在第二个窗口前看到一个木牌子，木牌的大字写着：“莫迪凯·史密斯。”下面的小字写着：“船只出租，按时按日计费均可。”在门口还有一个牌子，上面写着还有小汽艇，并且有充足的焦炭。在房子旁边有很多的焦炭。福尔摩斯环顾了一下四周，脸上露出了忧郁的表情。

他说道：“这事看来不妙，他们的能干出乎我的意料。估计他们事先就做好了详细的计划，要把行踪隐秘起来。”

**词语解释**

隐秘：隐蔽不显露。

他向那扇屋门走过去，正好门开了，里面跑出个一头鬈发的小男孩，约莫6岁光景，后面追来一个肥胖的红脸妇人，手里拿着一块海绵。

她喊道：“杰克，回来洗澡！快回来，您这淘气鬼！您爸爸回来瞧见您这样，饶不了您！”

福尔摩斯见机说道：“小乖乖！真是个红脸小宝贝！杰克，你要什么东西吗？”

小孩想了一下。

他说：“我想要1先令。”

“如果有比这更好的你还想要什么？”

“那我就要2先令吧。”这个小天才想了想说道。

“那好呀，给您，接着！史密斯太太，您的孩子真是一个好孩子。”

“上帝保佑您，先生，他真的不懂规矩。而我的男人总是出去，我真的管不住他。”

福尔摩斯表露出失望神色，问道：“啊，是这样的，他出去了？看来我们来得真不是时候，我有

急事要和他谈。”

“先生，我也挺担心的，他是从昨天早晨出门到了现在也没回来过。不过，先生，您要租船，可以跟我谈。”

“可是我要租他的汽艇。”

**词语解释**

汽艇：用汽油机作动力的小艇，尤指使用改装过的汽车引擎的小艇。

“哦，先生，他出去的时候就是开那汽艇走的。我还在为这事上火呢，我知道船上的煤不够到伍尔维奇打个来回的。他如果用大平底船，我就不那么着急了，可是有人雇他去更远的格雷夫森德呢，再说了，如果到了那儿还有事，可能还要耽误。您说汽艇没有煤怎么回来呢？”

“在沿岸码头也可以买到一些煤。”

“的确，那也说不定，不过他从来不那么做。因为我常听他说，零卖的煤价钱太贵了，再说我也不喜欢那个装有木腿的人，他的那张脸真的很丑，说话还带着点外国腔，也不知道他为什么老是跑到这儿来。”

福尔摩斯用稍带惊讶的口气问道：“一个装木腿的人？”

**嵌记妙语**

福尔摩斯式的精明，聪慧。在不经意中，他已得知了全部有关罪犯逃跑的信息。

“是呀，先生！他是个棕色皮肤的家伙，脸长得就跟猴子似的，他还不止一次来找我家老头子，昨天黑夜就是他把我家老头子从床上喊起来的。知道他要来，所以汽艇在事前被我男人升上火候了。先生，我跟您说句老实话，这事让我实在放不下心。”

福尔摩斯耸了耸肩膀说道：“史密斯太太，您就别担忧了，没什么事的。再说啦，您怎么知道昨晚来的就是那个装木腿的人？您为什么这么肯定呢？”

“我是听他的口音才知道的。先生，我能够听得出来他的那种口音。他轻轻敲了几下窗户，然后说：‘伙计，起床吧，该走了！’三点钟左右的样子，我的男人和我的大儿子杰姆爷俩一句话都没有对我



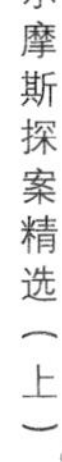

说就走了。我能够听出来他那条木腿在石头上敲出的笃笃声呢。”

“来的只有他一个人？”

“先生，具体是怎么回事我也不知道，因为我没听见其他人的声音。”

“史密斯太太，这可真是太不巧啦，我本来想租艘汽艇的，因为我老早就耳闻过这只……让我想想！这只船叫……”

“先生，船名叫‘奥罗拉’。”

“啊！那是不是那艘绿底子上有道黄线船体挺宽的旧船？”

“不是的。它就跟河上我们常见的漂亮小船一个样，新刷的油漆，黑底子上面画着两道红线。”

“谢谢您呀，我真心地希望史密斯先生不久后能回来。现在我们沿着下游走，如果在半路上遇见‘奥罗拉’号时，我就转告您的丈夫和儿子您在牵挂着他们呢。您刚才说，那只船的烟囱是黑的？”

“不是，只是黑色烟囱上有白道。”

“哦，对呀，那船身是黑色的。史密斯太太，再见吧！华生医生，我们现在坐那边的那只小船过河吧。”

坐到船上以后，福尔摩斯就说道：“跟这类人说话的时候，最要紧的是要用话去引他们，这样来打听我们要知道的事情，千万别让他们知道他们所说的话就是我们要获得的信息，否则他们就会沉默无语了。”

我说道：“显而易见我们的路线看来很明确了。”

“您想怎么办呢，我的朋友？”

“我们可以雇只汽艇到下游去找‘奥罗拉’号。”

“我的好朋友，那样的话就变成了一个庞大的行动。从这里到格林尼治，两岸几十英里的地方都是停泊的地点，难道我们要一个挨一个地找？那样

**同步思考**

福尔摩斯为什么要找汽艇“奥罗拉”？

的话我们要找到猴年马月呀，这样的话就把它变成了一个十分巨大的工程。”

“那我们是不是要请警察帮忙？”

“不，或许我会在最后的紧要关头把埃塞尔尼·琼斯叫来。我觉得他这个人还不错，我也不会影响他的专业地位。咱们现在已经侦探到这个地步，我想自己独自干下去。”

“那我们可不可以在报纸上刊登一则广告，这样就可以从码头主人那里得到‘奥罗拉’号的消息。”

“那样就会打草惊蛇！这样一来匪徒们就知道了我们正在调查他们，这样他们就会匆忙地离开英国，就是此刻他们又何尝不想要离境远走呢。不过，只要他们觉得现在的处境安全，就不会急于逃跑的。琼斯现在的行动对我们是有利的。因为他对案子的判断每天都会在报纸上出现，这些逃犯就会以为我们大家在向错误的方向侦查。”

**词语解释**

打草惊蛇：打草惊了草里的蛇。原比喻惩罚了甲而使乙有所警觉。后多比喻做事不谨慎，反使对方有所戒备。

当我们在密尔班克监狱附近下了船之后，我问道：“那你说咱们怎么办呢？”

“现在我们坐着这部马车回去，然后吃早饭，再睡上一个钟头，很有可能我们今天晚上还得赶路呢。车夫，请你在电报局停一停。让托比跟着我们，或许它还能提供一些帮助。”

我们在大彼得街邮电局停了下来，福尔摩斯发了一封电报。

“您猜猜看我给谁发了电报？”他上车后故作神秘地问我道。

“猜不出来。”

“您还记得在我们在杰斐逊·霍普一案里面我们雇用的贝克街侦探小队吗？”

我笑道：“是他们呀！”

“我相信在这个案子里面，他们可能很有用，不过若是他们挫败了，我还会有别的办法，不过我情愿先用他们试一试。接到我发的电报后，小队长维金斯说会在我们吃完早饭前把队伍领到我们面前。”

这时候已经是早上八九点的时候了，我们已经侦查了一个晚上了，我拖着自己的腿，感觉它们已经不是自己的了，好像它们已经注入了铅，我拖都拖不动了，感觉十分疲惫。说句实在话，我十分佩服我的伙伴的敬业精神，每当有案件的时候他就像是刚刚吸过大烟一样充满了动力，他将侦查当成是一个抽象的理论的来研究。对于巴塞洛缪·肖尔托遭谋杀这件事情我并没有多大的热情，对于抓到凶手我并没有太多的激情。不过由于莫斯坦小姐，如果可以找回那笔珠宝的话，莫斯坦小姐就可以得到财产的一部分。所以只要有机会找回财宝，我就愿意贡献出我的全部力量，可是很遗憾的是，等到找到财宝之日就是我和她的分手之时，不过爱情若被这种想法所左右，也就显得太自私了。福尔摩斯在努力地追捕凶手，我则在付出十倍的努力寻找财宝。

**词语解释**

抽象：是从众多的事物中抽取出共同的、本质性的特征，而舍弃其非本质的特征。

回到贝克街家里，我洗了个澡，然后换了套衣服，精神大为振作，下楼后，见早餐准备好了，福尔摩斯正在那里斟咖啡。

他笑着指着一张打开的报纸对我说道：“很庆幸，这个疑案已经被精力充沛的琼斯和一位平庸的记者给轻而易举地结束了。这个案子把您搞得够烦的，我们还是先吃火腿煎蛋吧。”

我从他手里拿过报纸，见标题是《上诺伍德的神秘案件》。《旗帜报》的大致报道说：

昨夜十二时左右，上诺伍德庞迪彻里别墅主人巴塞洛缪·肖尔托先生在室内死亡，明显是遭到暗杀。据悉，死者身上并没有任何伤痕，死者从他父亲手中继承了一大批的财宝已经全部被偷走了。首先发

现死者的人是前去拜访的夏洛克·福尔摩斯先生、华生医生和死者的同胞弟弟撒迪厄斯·肖尔托先生。这时候警方著名侦探埃塞尔尼·琼斯先生正在上诺伍德警察分署，他在接到报案后不到半小时便来到了现场。案件的线索在很短的时间内被训练有素并且侦查经验丰富的琼斯警官给找到了。从种种事实上来看，死者的弟弟撒迪厄斯·肖尔托的嫌疑最重，现在已经被拘捕。同时被捕的人还有女管家博恩斯通太太、印度籍男管家赖尔·拉奥和看门人麦克默多，现在的种种迹象已经十分明朗，窃贼对房屋出入的路径非常熟悉。琼斯先生凭借着自己丰富的知识技术，严密认真地仔细观察，已证明凶手既不能从门窗进入室内，那么他就是从屋顶的一个盖板门潜入到存放尸体的房间的。由这一非常明显的事实，就可以得出结论：这个案件并不是偶然的入室盗窃，警署方面在当时秉着负责的态度处理，在说明情况下，这时候还必须有一位老练的长官主持全面工作，将全市警力分散驻守，以便都能够及时赶到，履行侦查职责。

福尔摩斯一边喝着咖啡一边笑道："这可是太伟大了！您觉得呢？"

"按照他的逻辑，我们说不定会被作为杀人凶手被绳之以法呢。"

**词语解释**

绳之以法：绳即准绳，引申为标准、法则。根据法律制裁。

"我也是这么想的，说不定他又来个灵机一动，咱们现在都得遭逮捕呢。"

就在这时，门铃响了起来，随后听见我们的房东赫德森太太在跟人高声地争执。

我站起身来，说道："天哪！福尔摩斯，真的有人过来捉咱们啦！"

"没什么好怕的，来的是我们的非官方侦查小队——贝克街侦探小队。"

说话间，楼梯上传来许多双赤足在楼梯上的脚步声，还有高声喊叫的声音，十几个身穿破烂衣服的街头小流浪儿闯了进来。虽然他们进来的时候吵得很厉害，但是他们还是有点纪律的。只见他们立刻站成一排，面对着我们等待接受指示。其中有一个年纪较大，看上去是个头儿，他站在前面，趾高气扬，不过他身上的衣服破烂不堪，很像是一个稻草人，显得十分好玩。

“先生，一接到您的电报，我立刻就把他们聚集了起来带来了。车费是3先令6便士。”

福尔摩斯从口袋里面掏出了一些钱：“给你。我曾经对你说过，下次你一个人来就可以了，我住的地方实在是太小了，放不了这么多的人，再说，他们都是听你指挥的，你不要再把他们都召集过来。不过，这次大家一起来也可以，我正好找大家有事，今天你们出去找一艘名为‘奥罗拉’的船，船主的名字叫史密斯。船身上有很明显的两道红线，黑色的烟囱上面有一道很明显的白道，这条船很有可能在水的下游，所以你们沿着下游找。我要一个孩子在密尔班克监狱对岸莫迪凯·史密斯的码头上守着，只要船一回来就立即报告。其他人则必须分散在下游两岸，细细地寻找，一旦有了消息，立刻来报告。你们全都听明白了吗？”

维金斯说道：“是的，司令，我们都听明白了。”

**嵌记妙语**

“司令”，这个称呼多么富于童趣，也可见福尔摩斯在孩子们心中有很高的威望。

“报酬还是按照以前的老规矩。找到船另外多给一个先令，这是预付给你们的一天工钱，现在去吧！”他给每人发了1先令。

孩子们就这样欢天喜地冲下楼去，我隔窗看去，他们转眼间消失在了马路尽头。

福尔摩斯离开桌子站起来，点上烟斗说道：“只要这只船还浮在水面上，我们就能找到它。这帮孩子是哪儿都去得了的，也可以看见各式各样的事情，也可以偷听到任何人的谈话。我猜想他们在黄昏前



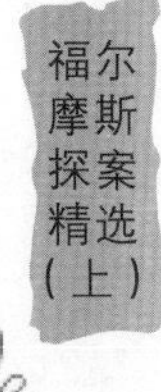

会报告发现汽艇的消息；我们现在没有事情做了，只有好好地待在这里等待了。找到‘奥罗拉’号或莫迪凯·史密斯以前，我们是没法进行侦查的。”

“我看，托比吃咱们的剩饭就可以了。福尔摩斯，您要睡一会儿吗？”

“不，我一点也不困。我的体质非常特别，在我工作的时候一点儿也不觉得累，但是要是闲着没事做的时候反而萎靡不振。我现在要抽根烟，仔细想想委托人请我们办的这桩奇案。咱们目前的这个问题，看来不难解决，因为装木腿的人并不多见，另外的那个人，更是非常特别了。”

**词语解释**

萎靡不振：形容情绪低沉，精神颓废，意志消沉。

“您又提到另外那个人了。”

“这样说吧，我对你没有保密，现在我讲给你听听，或许你会有什么高见：比普通人小一半的脚印、没有穿过鞋的脚、有一段绑着石头的木棍。灵敏的反应和有毒的荆刺。根据这些你得出了什么结论？”

我喊道：“一个土人！可能是乔纳森·斯莫尔同伙的一个印度人。”

他说道：“恐怕不是这样的。一开始我看到这样奇怪痕迹的时候，也往这方面想过。但是脚印又十分不一样，我就又往别的方面去研究。印度次大陆的某些居民虽然个头很小，但是脚印绝对不是这样的；印度土著的脚印是狭长的；伊斯兰人常穿凉鞋，鞋面上有个插在大脚趾和其他脚趾之间的隔条，因此大拇指跟其他的指头是分开的；毒镖只能用吹管发射。这样的土人，我们能在哪里找得到呢？”

**嵌记妙语**

只有博学多识，懂得各方面的知识，才能使自己对事物观点和判断更加准确。作为一个优秀的侦探，更得具备这样的素质。福尔摩斯竟然看脚印就知道是哪国的人。他之所以能成为一个举世闻名的侦探，和这一点是分不开的。

“南美洲。”我突然冒出了这样的想法，说道。

他伸手从书架上取下一本厚书。

“这是新出版的《地理辞典》第一卷，可以认为是最新的权威著作了。看看这里是怎么说的？

“安达曼群岛位于孟加拉湾，位于苏门答腊岛以北 340 英里。嗬！嗬！这又是什么？气候潮湿、



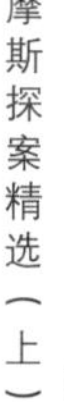

珊瑚暗礁、鲨鱼、布勒尔港、囚犯营、罗特兰德岛、白杨树……啊！看这儿！

“安达曼群岛的图湖人，可以算是世界上最小的人种了，虽然有些人类学家认为，非洲的布希曼人、美洲的迪格印第安人、火地岛印第安人身材最矮小。不过，这里的人平均高度不到 4 英尺，成年人比这还矮的也不在少数。他们生性凶猛，性格怪僻，难以交往，但是一旦得到他们的信任，他们便会成为你至死不渝的忠实朋友。注意这一点，华生！您接着听。

“他们的长相非常奇特，脑袋很大但是长得很畸形；眼睛很小但是很凶狠。由于语言不通所以是一群无法沟通的人。虽然英国人很想把他们同化，但是无论怎么做都是无济于事的。很多船只的水手都会死于他们的毒箭或者是被带石头的棍子给打死。杀死之后，就会用他们的尸体做一顿丰盛的宴会。但那时一旦有人能取得他们的信任，他们就会非常忠实他的朋友，至死不渝。屠杀之后，总是毫无例外地将人肉作为盛宴。华生，这真是一群可亲可爱的人哪！如果这个小子没有人管的话，真的不知道会有什么样的事情发生。我猜想，就是乔纳森·斯莫尔，不是万不得已，也不会雇用他的。”

“可他怎么就找到这么一个奇怪的同谋呢？”

“啊，这就不得而知了。可是咱们既然知道斯莫尔是从安达曼群岛来的，这个土人跟他在一起也就没什么奇怪了。毫无疑问，以后咱们还要知道些详情呢。华生，看来您是疲倦极了，您在那张沙发上躺下吧，看我能不能催您入眠。”

说着他从屋里的墙角拿出了他的小提琴，一种梦幻的声音从他的琴里面流淌了出来，毫无疑问这又是他即兴演奏的一曲。我可爱的朋友很喜欢随着场景的不同演奏不一样的音乐。睡梦中，我看到了

**词语解释**

至死不渝：至，到；渝，改变。到死都不改变。

他瘦小的手，诚恳的脸，还有在琴上上下的动作，行云流水。好像我自己漂浮在水面上，这时我看见了莫斯坦小姐的脸，她一直看着我，对着我笑。

# 第九章　线索中断

我下午醒来的时候，时间已经很晚了，我感觉到我的体力和精神都恢复了。福尔摩斯还坐在老地方，他的提琴被放在了一旁，他正在那里全神贯注地读一本书。我开始活动一下我的身子，他看了我一眼，我感觉他阴沉着脸，显得怏怏不快。

他说道：“您睡得真香，我真的很怕我们的谈话会影响到你睡觉。”

我回答道：“我什么也没有听见，听你这么说，您得到新消息了？”

“唉，可惜没有。我承认，我现在感到吃惊也感到失望。我本来以为到了这个时候应该有明确的消息了，可是维金斯刚刚过来报告过，他说他根本找不着汽艇的踪迹。这可真是让人着急呀，现在的每一分钟都很要紧。”

“需要我帮忙吗？我现在已经有精神了，即使再跑一夜都没问题。”

“不，我们现在什么也不能做，必须等待。万一有什么消息送过来，我们没有及时收到，反而更误事。您自便吧，我现在必须在这里守候。”

“那么我现在想到坎伯威尔去拜访塞西尔·福里斯特夫人，昨天她邀请过我。”

福尔摩斯眨了一下眼睛，露出一点笑意，问道：“只是去拜访塞西尔·福里斯特夫人？”

“当然还有莫斯坦小姐，她们现在都急于了解事情的最新进展。”

福尔摩斯说：“如果我是您的话，就不会告诉她们太多情况。千万不要信赖女人，即使是最优秀的也一样。”

他的这种观点实在太偏激了，可我并没有跟他争辩。

我说道：“我一两个小时后就回来。”

“好吧！祝您一切顺利！如果您能到河对岸去的话，麻烦你把托比送回去，我觉得我们现在用不着它了。”

我按照他的指示，把这条混血犬送回到了品琴巷，把它归还给那位老生物学家，并付给他50英镑。然后我来到坎伯威尔去拜见莫斯坦小姐，虽然她经过昨夜的冒险，现在还是有些疲倦，但她正在盼望着消息。福里斯特夫人也非常好奇，急于了解情况，于是我就向她们述说了我们所做的一切，但是我并没说出凶杀案中的一些可怕情节。在讲的过程中也提到了肖尔托先生被害，但是没有描写他死后的模样，也没说用的是什么凶器。虽然我省略了许多情节，但是她们听了之后还是感到震惊和刺激。

福里斯特夫人说：“这简直就像是个小说！一个受了不公平待遇的女士，价值50万英镑的财宝，一个黑皮肤的土人，还有个装木腿的匪徒。简直比猛龙和邪恶的伯爵之类还刺激呢。”

“这里面还有位游侠骑士相助呢。”莫斯坦小姐偷着瞟了我一眼，口气中带着些许喜悦。

“可是玛丽，你的财富依靠的就是这次的寻找，但是我觉得你并不高兴，你现在可以想象一下，变成富人之后会是什么样子，世界会不会拜倒在你的脚下。”

她摇了摇头，似乎对这事并不怎么关注。看见她对即将成为富人并没有我想象的那么激动，我的

**词语解释**

偏激：思想、主张、言论等过火，有失公允。

游侠骑士：漫无目的浪游四方，寻求冒险，以显示武功、勇敢、宽仁侠义的人。



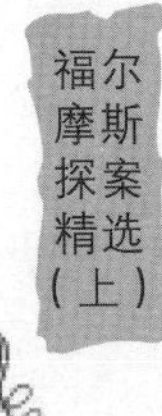

心情不由自主地一阵喜悦。

她说道："我关心的是撒迪厄斯·肖尔托先生，其他的都无所谓。在整个案件中他是最厚道可敬的，但是现在却受到了这么不公平的待遇，我们一定要帮助他。"

我离开坎伯威尔时已经很晚了，回到家夜幕降临。福尔摩斯的书和烟斗都跟以前一样放在了他的椅子旁边，可是他本人却消失了，我扫视了一下四周，希望可以找到他留下的字条，可是什么也没有。

赫德森太太进屋来放下百叶窗，我问她："你有没有看到夏洛克·福尔摩斯先生，他出去了吗？"

"没有，先生，他现在在自己屋里。"她压低声音说，"先生，您不知道吗？我觉得他可能是犯病了！"

"赫德森太太，您是怎么知道他病了？"

"先生，他的举止真是太怪了。从您走了以后，他就在屋里走过来走过去，走过来走过去，一直走个没完，他的脚步声搅得我心里烦死了。我还听见他一个人说个不停，每次有人按响门铃的时候，他都会跑到楼梯口大声地问：'赫德森太太，是谁呀？'现在他把自己关在了自己的屋里，可我还是能听见他在屋里走来走去的声音。先生，我真的希望他别生病，刚才我还好心地提醒他吃点镇静药，可他扭过脸就冲着我，用那种眼神瞪着我，后来我自己都不知道到底是怎么从那间屋子跑出来的。"

我说道："赫德森太太，您千万别往心里去，我以前也见过他这副样子。他这是心里有事，正着急呢。没有病。"

我虽然故作轻松地跟我们的好房东太太这么说，不过，整整一个夜晚，我也不时地听到他的屋里隐隐传来的走来走去的脚步声，不由得感到担忧。虽然了解他着急的心情，但是却无法采取行动，就变得越发焦躁了。

第二天吃早饭的时候，他看起来又疲倦又憔悴，两颊还有点微微地发红。

我说道："老兄啊，您再这样走来走去会把自己给拖垮的。"

他回答道："是啊，我真的睡不着，这该死的难题真的能要了我的命，现在所有难题都克服了，然而这么一个小障碍把路给拦住了，实在让人难以忍受。我知道那些人是谁，并且还知道船的名字，也掌握了其他一切情况，可就是得不到船现在在哪的消息。我动用了我的其他方面的人和所有关系，整条河的两岸都搜遍了，可还是没有任何消息。史密斯太太那里也没有她丈夫的什么音讯，我甚至认为他们已经把船沉到河底了，可是这一推论有破绽。"

"你说会不会是史密斯太太在误导咱们？"

"这个不可能。我觉得我们不必这么考虑，我调查过，的确有这么一条汽艇。"

"那它会不会去了上游？"

"我也曾经这样考虑过，我派了一批人沿着上游到里士满一带去搜索。万一今天还是没有消息的话，我明天就放弃搜索汽艇，就亲自出马去找匪徒。不过有一点可以肯定，咱们会得到一些消息的。"

不过结果不像我们想的那样，我们并没有得到任何消息，一天过去了，维金斯和其他的搜查人员还是没有消息。许多家报纸上都登出了上诺伍德惨案的报道，文章内容明显地都对那位不幸的撒迪厄斯·肖尔托怀有敌意。除了有官方将在第二天验尸的报道外，各报纸什么新消息也没有。傍晚的时候我步行到坎伯威尔，把我们的失败状况向两位女士作了报告。我回来的时候看见福尔摩斯还是垂头丧气，满脸的郁闷，甚至对我的问话都不想理会，整个晚上都在忙着做一个奇怪的化学实验，实验中加

**词语解释**

破绽：漏洞、马脚、开裂。
垂头丧气：垂头，耷拉着脑袋；丧气，神情沮丧。低着头，精神不振。形容失望、懊丧的样子。

热一个曲颈瓶，然后得到的气体发出恶臭的气味，呛得我不得不离开屋子。一直到了下半夜，我都能听见试管发出的叮当声，很明显他还在那里搞那项发出恶臭气味的实验。

第二天黎明时分，我就被他给惊醒了，他身上穿着一套水手的服装，外面套一件水手穿的厚呢子短大衣，脖子上围一条粗糙的红围巾，站在我的床前。

**嵌记妙语**

实验做到下半夜，黎明时分就出门查案，福尔摩斯的敬业精神令人敬佩，这一切都源于他对这份自喻为独一无二的职业的痴迷！

他说道："华生大夫，我现在亲自到河的下游去一趟。经过我的再三考虑，觉得只剩下这一招了，但是不管怎样都得试一试。"

我说道："我和您一起去吧？"

"不行。您今天得留在家里帮我做事情，这样会更好的。其实我自己也不想去的。昨天晚上维金斯很沮丧，不过我认为今天肯定会有消息，不管谁的来信、来电都请您替我接收查看，并且按您的判断行事。可以吗？"

"当然没有问题。"

"我也说不上来自己的行踪，所以您不能给我发电报。不过要是运气好的话，可能我用不着走很久，不用等我回来，您就能得到些消息了。"

我在吃早饭的时候，依然没有他的消息，不过我打开《旗帜报》一看，见上面登着这桩案子的新发展。文章报道上写道：

关于上诺伍德发生的惨案，根据知情人士透露案情非常复杂神秘，并没有原先预料的那么简单。新证据显示，撒迪厄斯·肖尔托先生在各个方面都不可能与此案有牵连。昨晚他和女管家博恩斯通太太已经从警署里放了出来。另外，警方已经掌握了真凶的大量线索，此案现由苏格兰场精明干练的埃塞尔尼·琼斯先生负责侦破，预料不久即可抓获嫌犯。

我想："这还算得上是令人满意的结果，我们的朋友肖尔托可算恢复自由了，不过我不知道新线索是什么，看来这是警署方面掩饰自己做法错误的老做派。”

我把报纸扔到了桌上，目光突然又被报上寻人栏里的一段小广告吸引住了。广告写道：

寻人

船主莫迪凯·史密斯和他的长子吉姆在星期二清晨三点左右乘汽艇“奥罗拉”号离开史密斯家码头，至今未归。“奥罗拉”号船身是黑色，有两条明显的红线，烟囱黑色，中间有一道白线。有了解莫迪凯·史密斯与汽艇“奥罗拉”号下落者，请向史密斯家码头史密斯太太或贝克街221B号报信，当面酬谢金币5英镑。

这个小广告很明显是福尔摩斯登的，有贝克街的住址就可以说明了。我觉得这个广告的措辞非常巧妙，即使匪徒们看到了，也自认为那仅仅是一个妻子寻找丈夫的普通广告，一点也不会看出其中的隐秘。

这天时间变得十分漫长。每当听到有人敲门的声音，或者是听到街上传来急促的脚步声时，我心里都希望是福尔摩斯回来了，或者是有人来给广告提供线索了。我想用看书来消磨时间，但是思绪老是乱跑，无法集中精力，不断地出现我们正在追踪的那两个奇怪的匪徒的场景。我现在不知道，我这位同伴的理论会不会有根本性的错误，他是不是犯了严重的自我欺骗，难道他的前提有误？如果有误，他那巧妙的推测就完全不能成立呀。我还真是从没见过他在工作中出错，但是毕竟智者千虑也有一失呀，我想，他钟爱推理，说不定会落入一种误区，绞尽脑汁地运用他的思维，做出微妙奇异的解释，结果往往会把一个简单问题分析得过于复杂离奇。但是从另一方面思考，这些证据也是我亲眼所见，我也亲耳听到他做出推断的理由。回过头来重现那

**词语解释**

智者千虑：指即使很聪明的人对问题也要深思熟虑。



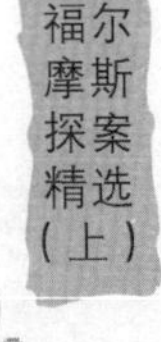

一连串奇怪的情况，虽然许多事实十分琐细，可是全部都指向同一个方向。我也不得不承认，退一万步说福尔摩斯的解释有误，那真正的解释也一定是出乎我们平常见到的，而且令人吃惊。

下午三点钟，门铃声突然响了，接着，听到门厅里有人打着官腔说话，没料到上来的不是别人，竟是埃塞尔尼·琼斯先生。不过他的态度和上次见面时完全不同，他不像在上诺伍德接手案子的时候那么粗暴自信，也没有摆出常识专家的那种十足派头，他的表情显得失望，态度不但谦虚而且还带着些歉意。

他说道："您好，先生，您好！听说夏洛克·福尔摩斯先生出去了，还没有回来？"

"是的，我也不知道他什么时候才能回来。也许您愿意坐下来等一等？请坐在这把椅子上吧，要抽一支雪茄吗？"

"谢谢您，我很乐意抽一支。"他说着用一方红色大手帕擦了擦额头。

"需要一杯威士忌加苏打？"

"嗯，好的，不过半杯就行。现在这时节，天气真的热得要死，我也着急得要命，简直是在受煎熬。您还记得我上次对上诺伍德案的分析吗？"

"我听您说过。"

"咳，我现在不得不重新思考了。本来我已经把肖尔托先生紧紧地攻击在了网子里了，但是，咳，先生，半道里却让他从网子里逃掉了。我真的没想到他会有不在犯罪现场的证明，这个事实真的无法推翻。自从他离开哥哥回家，始终有人看见他，或者是有人跟他在一起，所以从盖板门钻进屋的人就肯定不是他。这可真是桩特别疑难的案子，让我在警署的威望受到了挑战，如果能够得到点帮助，我是十分高兴的。"

**词语解释**

苏打：学名为碳酸钠，俗名纯碱、洗涤碱。普通情况下为白色粉末，易溶于水，具有盐的通性。

我说道："人人都会有需要帮助的时候。"

他带着亲切的口吻，用沙哑的声音说："先生，您的这位朋友夏洛克·福尔摩斯先生是个非凡的人物，谁也不能跟他相比。我知道这位年轻人破过许多案子，没有哪桩案子是让他搞不清楚的。他用的思维方法变化无穷，当然有时候推断会操之过急，但是从整体上说，他可以成为一名最有前途的警官，这话我愿意对着任何人讲。今天早上我接到他的一封电报，从中得知，他对肖尔托这个案子又有了新发现。这就是那封电报。"

他从衣袋里掏出电报递给我。电报是十二点钟从杨树镇发的。电文说：

立刻去贝克街。如果我不在，请等候。我已寻到肖尔托案匪徒的踪迹。如果想知道本案的结局，今晚可与我们同往。

我说道："听起来太好了。他已经重新找到了线索。"

琼斯一听这话，脸上露出了高兴的神色，大声说："哈哈哈哈，这么说来他也出过错了。我们最好的侦查专家也难逃让人利用的结果了。说不定这次也是一场空欢喜，不过我们警察的责任是不能放过任何机会。有人叫门，估计是他回来了。"

**嵌记妙语**

福尔摩斯寻到肖尔托案匪徒的踪迹对处理这个案件的警官们来说无非是一件令人感到惊喜的事，惊喜之中又有调侃，琼斯发现福尔摩斯也有判断失误的时候，其实人人都会有错，只不过发生在福尔摩斯身上是很少有的，因此令琼斯感到很好笑。

楼梯上传来的是一阵沉重的脚步声，他的喘息声很重，说明这个人呼吸很困难。他在中间的时候停顿了一两次，好像不堪忍受上楼梯的辛苦，最后终于走进屋里，他的容貌就像我们从他的声音做出的判断一样。这是一个老人，身穿一身水手服，外面套有水手穿的厚呢子短大衣，纽扣一直扣到了脖子上。他的背有点驼，两腿在不停地颤抖，喘气声显得很痛苦。他手上拄着一根粗木棍，肩膀随着呼吸的节奏一上一下地动，似乎想要竭力把气吸进肺里。他围着一条花围巾，把自己的下巴都遮住了，

我只看见他那一对闪闪发亮的眼睛、两道白眉毛和满脸的花白胡须。他给我的印象就像是个贫困潦倒的老船长。

我问道："老人家，请问有什么事吗？"

他用老年人的方式缓慢地环顾一圈。

他问道："夏洛克·福尔摩斯先生不在家吗？"

"他不在家，但是我可以代表他，您有什么话要对他说的，都可以告诉我。"

他说道："不行，我只能对他本人说。"

"可是我已经告诉您了，我现在就能代表他。是不是关于莫迪凯·史密斯家汽艇的事？"

"对。我知道船在哪里，还知道他要追踪的人在哪里，并且知道财宝在哪里，这一切我全都知道。"

"您告诉我好了，我一定会转告他的。"

他表现出老人那种顽固的坏脾气："只能当着他本人，我才可以说。"

"那您还得等一等。"

"不行，不行，我不可以为了让别人高兴浪费自己一天的光阴，既然福尔摩斯先生不在家，那福尔摩斯先生就一定要自己去打听这些消息了。你们这两个人我都不喜欢，我一个字也不会告诉你们的。"

他正要拖着脚步朝门口走去，埃塞尔尼·琼斯连忙跑过去拦住他。

他说："朋友，请您稍等。如果您有要紧的线索，千万不要这么走掉。不管您愿意不愿意，我们都要把您留住，等我们的朋友回来。"

老人小跑两步想夺门而出，可是埃塞尔尼·琼斯早早地用他宽阔的脊背靠在门上，他发觉反抗已毫无用处了。

他就用手杖狠狠地敲打着地板，然后喊道："你们真是太无礼了！我来到这里拜访一位绅士，我和你们两个人素不相识，你们却抓住我，待我这么无礼！"

我说道："一点儿也没关系的，您花费的时间我们会做出相应的补偿。请坐在那边的沙发上吧，我相信您用不着等太久的。"

他阴沉着脸走过去坐在沙发上，双手捂住脸。琼斯和我继续抽着雪茄沟通，突然间，福尔摩斯的声音打断了我们的谈话。

"我觉得你们也应该敬我一支雪茄才对。"

我们两人都吓了一跳，连忙离开座位跳起身。看见福尔摩斯就坐在我们的身旁，脸上挂着平静的微笑。

我十分惊讶地喊道："福尔摩斯！是您吗？那老头在哪呀？"

他拿着一把白发，说道："老头儿就在这里，假发、假胡须、假眉毛，全在这儿。我觉得我的伪装搞得还真不错，没想到把你们也骗过了。"

琼斯乐呵呵的，不禁喊道："咦，您真是一个骗子！骗得还真够得上演员水准，而且还是个出色的演员，您的咳嗽声学得惟妙惟肖，简直像个救济院的贫民，还有您那两条弱不禁风的腿，如果要上台表演的话每星期准能挣 10 英镑。不过我觉得我认出了您那闪闪发亮的眼神，您还是没有完全把我们骗过。"

他点燃雪茄烟，接着说道："我一整天都打扮成这个样子。您知道，现在已经有很多不法分子渐渐熟悉了我的这张面孔，自从咱们这位朋友把我的侦探事迹写成书以后，我就更加引人注目了。所以我这次行动的时候只好照这样子简单地化化装。您接到我的电报啦？"

"接到了，所以我才在这儿。"

"这案子您进展得怎么样了？"

"一点儿进展都没有。我还不得不释放了两个人，剩下那两个也没有什么证据扣留。"

**词语解释**

惟妙惟肖：形容描写或模仿得非常逼真。

“那不要紧，一会儿我给您找另外两个人来补他们的缺。不过您事先必须听我指挥，一切正式功劳都归您，但是您必须按我指出的路线行动。这点您同意吗？”

“完全同意，只要您帮我抓罪犯就可以了。”

“好，首先，我需要一艘警察快艇，一艘汽艇，今天晚上七时前开到西敏寺码头待命。”

**词语解释**

待命：等待命令。

“这个很好安排，在那附近就有一艘汽艇，我待会儿到街对面打个电话确认一下就可以了。”

“我需要两个健壮的警察，为了预防罪犯拒捕。”

“船上一开始就有两三个人，还需要别的吗？”

“我们只要捉住罪犯，就能夺回财宝。我觉得我的这位朋友一定喜欢亲自把财宝箱送到那位年轻女士手里，因为这批财宝的一半是归她所有，必须由她头一个打开那箱子。您说呢，华生？”

“我非常愿意。”

琼斯摇头道：“这种行动很不符合规定。但是整个案件都不符合常规，所以我觉得我们可以睁一只眼闭一只眼，不过看完之后财宝必须移交当局，等到官方审查后才能给财宝应得的人。”

“那是当然的，这个很容易安排。还有一点，我想亲耳听到乔纳森·斯莫尔亲口说出这一案件的始末详情，您知道的，我向来是要充分了解每桩案子的全部详情的。在警察的严密看管下，或者在我这里，或者其他的地方，对他做一次非正式讯问。您大概对此没有什么反对意见吧？”

“您掌握着整个案情。我都不知道这桩案子里有个叫乔纳森·斯莫尔呢。不过，如果您能抓住他，我觉得我没有理由拒绝您讯问他。”

“这么说，这一点你也同意？”

“完全同意，您还有什么要求吗？”

“是的，还有个要求，就是我一定要留您跟我们一起吃晚饭，半个小时就能准备好。我这儿有牡蛎和一对松鸡，还有瓶上等白葡萄酒。华生，或许您还没有发现，我是个好主厨呢。”

同步思考

福尔摩斯会做饭吗?

# 第十章　凶手的末日

我从来不知道福尔摩斯是一个如此健谈的人，他一连说了好几个话题，他从奇迹剧到中世纪的陶器，从意大利的斯特拉迪瓦里制作的小提琴到锡兰的佛学，一直谈到未来的战舰。不管他谈到哪一方面的时候，他似乎都做过非常详细的研究。他说话的口吻也诙谐幽默。从而我知道了福尔摩斯在心情好的时候，就会滔滔不绝地说个不停，他一扫前两天的沉默寡言，兴致特别高，琼斯先生在不吃饭的时候也是一个十分善于交际的人，在这顿饭上他大快朵颐，像是一个美食家。我们这顿饭吃得很开心。席间谁也没有提到我们聚在一起的共同目标是什么。

词语解释

奇迹剧：奇迹剧又名圣迹剧，描写《圣经》中圣母及圣徒们的故事，最初只是做礼拜时宗教仪式的一部分。到公元10—11世纪才在节日时演出奇迹剧以示庆祝。

收拾完餐桌后，福尔摩斯看了一下他的表，斟满三杯波尔图葡萄酒。

他说道：“我们再干一杯，预祝今晚这次小小的行动取得成功，现在，该动身了。华生，您有没有手枪？”

“我的抽屉里面有一支左轮手枪，那是我以前在军队里使用过的。”

“希望您最好带上，这样可以有备无患。我看见马车已经等在门外了，我叫马车六点半钟来到这里的。”

刚刚过了七点，我们就来到了西敏寺码头，汽艇早早地停靠在那里等待着我们，福尔摩斯说：“这



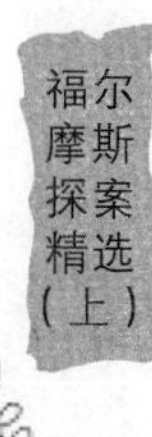

上面有没有什么明显的标志一看就知道是警艇？”

“有，船边上有一个绿灯。”

“摘掉。”

经过这一个小小的改变之后，我们登上了船，船缆解开了，琼斯、福尔摩斯和我都坐在船首。船上有一个人在掌舵，一个人照管发动机，还有两名魁梧的警长坐在前面。

琼斯问道：“去哪里？”

“伦敦塔，你让他们把船停在雅各布森船坞对面。”

我们的这艘汽艇速度真的很快，飞似的超过了一艘艘满载的驳船，经过它们身边的时候，觉得它们仿佛都在抛锚停泊着似的。我们很快又超过一艘普通汽艇，福尔摩斯露出满意的微笑。

**词语解释**

抛锚：下锚于水中使船停稳；汽车等发生故障而停止行驶。

他说道：“用这样速度的话，河里的任何船我们都能赶上。”

琼斯道：“那倒也不见得，不过说实在话倒是没有多少船能赶上我们。”

“我们现在必须赶上‘奥罗拉’号，那是一艘有名的快艇。华生，现在我就把案件的具体情况讲给你听，你记得我被一个很小的障碍拦住心里很苦恼是吧？”

“嗯，我记得。”

“我当时把我的所有的精力投入一项化学分析实验中，我记得一个伟大的政治家曾说过：‘改变工作的性质，就是最好的休息的方法。’我做好这个溶解碳氢化合物的实验以后，我重新回到这个肖尔托的问题上来。我派出去的孩子回来都说没有这艘汽艇的消息。这艘汽艇也不在任何一个码头停泊，也没有返回来，也没有为了毁灭证据而沉没。我知道斯莫尔可能是一个狡猾的家伙，但是一定不会严谨到不留下一点蛛丝马迹。只有受过高等教育的人，才会思考得十分周密。我仔细地思考这件事情的来龙去脉，他监视了庞迪彻里别墅一段时间，那么他在伦敦一定有一个藏身的地方。既然他居住过一段时间，那么他在离开的时候绝对不会拔腿就走，那么他无论如何都会安排一下自己的逃跑准备，这个结论就是我排除一切可能会得到的结论。”

我说道：“我觉得这个可能性不太大，说不定他在行动之前就已经做好了远行逃跑的准备。”

“我倒觉得你说的这种可能是几乎不存在的。他所居住的地方对于他来说是一个非常宝贵的藏身的地方，不到万不得已他是不会放弃的。还有一点，他的那个朋友的长相是非常奇特的，即使化了装，人们也可以很容易地把他给认出来，所以掩藏他的最后的办法就是深夜活动，在夜幕降临的时候出来，在天快亮的时候回到居住的地方。根据史密斯太太的说法，他们是在半夜三点的时候到的，那么再有一个小时的时间天就亮了，路上的人就多了，所以我觉得他们住的地方就不会太远。他们花高价向史密斯租用了快艇，然后又不让他声张，很明显他们准备逃跑。所以他们很有可能会在自己居住的地方，居住一两天，看一下报纸或者是新闻上是怎么说我，看一下自己有没有被怀疑，然后在夜幕掩护下从格雷夫森德码头或多佛海峡乘上他们已经订好船位的大船，逃往美洲或其他殖民地。这样他们就可以逍遥法外了。”

“问题的关键是那艘汽艇呢？他不能把这艘船也带回到他的巢穴里去呀。”

“当然不可能了呀，我认为现在那艘船没有被我们发现，但是它绝对不会离得太远，处在斯莫尔的位置，根据他的想法来思考，如果真的有警察在搜查的话，那么放在码头，或者停泊在岸边很容易被发现，怎样才可以把船给藏起来，然后又可以随

**词语解释**

来龙去脉：原指山脉的走势和去向像龙体一样起伏。现比喻一件事的前因后果或一个人的来历。

海峡：指两块陆地之间连接两个海或洋的较狭窄的水道。它一般深度较大，水流较急。海峡的地理位置特别重要，不仅是交通要道、航运枢纽，而且历来是兵家必争之地。因此，人们常把它称为“海上走廊”“黄金水道”。



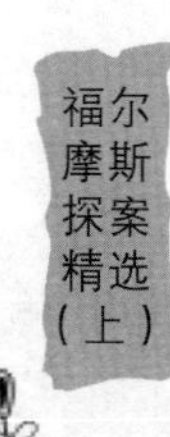

传随到呢？如果我是他的话我会怎么做呢？那么我想就只有一个办法，那就是把船开到一个船坞里面去修理，这样的话不仅可以达到修理的目的，也可以提前几个小时使用。”

“听起来这个办法倒是很简单。”

“往往越是简单的道理越会被我们想得复杂。最简单的事实往往也被我们忽略。于是我就按照我的这个思路去实施。我换上一个水手的衣服，然后到河下游的船坞一个挨一个地问。问了十五个都没有消息，到第十六个雅各布森船坞的时候，我得知两天前有一个拖着木腿的人把‘奥罗拉’号送进了船坞，那里的工头对我说：‘它的船舵一点毛病都没有。船就在那儿，就是那个上面有两道红线的船。’他正在说着的时候，有一个喝醉酒的人走了进来，他就是消失很久的史密斯，当然我是不认识他的，是他自己边说边走地自报家门。他说：‘今晚八点钟我们的船要出坞，记住了，整八点。我有两位客人要坐船，他们可都不是愿意等待的主儿。’估计罪犯给了他很多钱，因为他把身上的钱弄得乒乓作响。我本来跟踪了他的，但是他进了一家酒店，所以我就又折回雅各布森船坞。刚好遇到了我的一个小帮手，要他帮我看着，盯住汽艇，如果汽艇出发了，他就会挥动手中的手帕，我们就出去追，现在我们就等在这里，等着信号，如果这样还不能人赃俱获，那还真成了怪事。”

**嵌记妙语**

前面提到琼斯警探因“常识”推理失败，这里福尔摩斯强调最简单的事实往往被忽略，看来无论是简单还是复杂，都应以缜密细致的观察与推理作为前提。这也在提醒我们复杂与简单往往是辩证的，世界上好多事情都是如此啊！

琼斯说道：“不管这几个人是不是真的凶手，您的准备真是够周密的。但是如果要是由我处理这件事情的话，我一定派出一队能干的警察，等到罪犯来到雅各布森船坞的时候，当场就把他们逮起来。”

“那可不行，斯莫尔是一个精明的家伙，他一定会在出发前看一下情况，如果他感到怀疑的话，说不定又会躲起来一周多的时间呢。”

我说道："其实您也可以紧紧盯着莫迪凯·史密斯，跟着他去找到他们的巢穴。"

"那么我就会把这天的时间全部浪费了。我敢跟您打赌，赔率是 100∶1，我保证史密斯不知道他们两个人的行踪。史密斯得到了丰厚的报酬，还有酒喝，他还有什么好问的？他们一定会给他捎信来，告诉他怎么做。我把各种有可能出现的问题都考虑到了，但这却是最好的办法。"

说话之间，我们已经驶过了泰晤士河上的好几座桥。当我们驶出市区的时候，夕阳刚刚下去，它的余晖洒落在圣保罗教堂顶上的十字架上，为它镀上了一层金色的外衣。我们还没有到达伦敦塔的时候，暮色已经降临了。

福尔摩斯指着萨里区河岸的一片如林的船桅帆索，说道："那里就是雅各布森船坞，我们趁着这些驳船作掩护，慢慢地在这附近来回游弋。"他从口袋里面拿出了夜色的望远镜，仔细地向对面看了一遍，然后说道，"我看到我的那个哨兵了，不过他现在还没有用手帕发信号。"

琼斯急不可耐地说道："那我们干脆停泊在下游去等他们吧。"

这时的我们都有些着急了，就连并不知道到底他们来做什么的警长和司炉工，也显得焦急了。

福尔摩斯答道："虽然我们知道他们十有八九会往下游去，可是我们并没有十足的把握。所以我们不能把这当成是理所当然呀。再说从我们这个地方可以很清楚地看到船坞的出入口，他们却很难看清楚我们。今天的天气不错，也没有雾，所以我们必须待在我们现在这个位置。你们看那边，煤气灯光下来往的人有多密集。"

"他们都是船坞下班的工人。"

"这些人的外表看起来虽然肮脏粗俗，可是我

**词语解释**

游弋：巡逻。无目标地兜游，监视某些可能发生的事情。



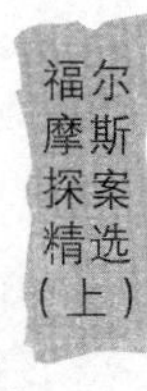

觉得他们的内心深处都藏着一些神奇的东西，这些东西都是不朽的。单单从外表上看并不能看出这一点，但是这里面有很多我们无法预知的事情，其实人本身就是一个不可思议的谜。”

我说道：“所以人们说人是有灵魂的动物。”

福尔摩斯说：“温伍德·里德对这个问题有很好的解释。他说：‘虽然每个人都是个难解的谜，可是人类作为整体却是个数学的确定值。’比如说我们无法预测一个人会如何行动，但是我们却可以预测出人类的一般行为。个人的行为是个变量，而整体共有的行为却是一个恒量。这就是统计家的说法。你们看到那条白色手帕了吗？那边肯定有个白色的东西在挥动。”

**嵌记妙语**

具有多学科知识的头脑在这里体现无疑！

**词语解释**

变量：是指没有固定的值，可以改变的数。

我喊道：“是的，就是您派的那个小哨兵。我看得非常清楚。”

福尔摩斯喊道：“那个就是‘奥罗拉’号，速度飞快！师傅，现在全速前进，追上那艘亮着黄灯的汽艇。我的天哪，要是咱们追不上它，我真的不能原谅我自己。”

“奥罗拉”号已经从船坞出入口开出去了，它的速度惊人，没等我们看清楚，它就已经超过两三条小船，加起速度跑得飞快了。这时，它正贴着河岸以快得惊人的速度向下游飞驰。琼斯见状，绷着面孔直摇头。

他说：“这船跑得太快了！我怀疑咱们追不上它。”

福尔摩斯咬牙切齿地说道：“咱们一定要追上它。司机，快点加煤！让我们的汽艇全速赶上去！就是把船烧了，也要抓住他们！”

我们此时紧紧地咬住了“奥罗拉”号。只见炉火熊熊，蒸汽喷薄，发动机铿锵有力，我们的小船就像是一把锋利的宝剑，用它尖利的剑头刺破平静的河面，强大的力量将左右两边的浪峰击得随意翻滚，随着发动机的轰鸣，船身也在震颤，在飞跃，好像是有了生命。我们船首有一盏大灯集中向前方射出一道长长的黄色光束。前方远处的一个小黑点，就是“奥罗拉”号，它后边翻卷的那道白色浪花，说明了它的航行速度。我们飞快地掠过一串串驳船、蒸汽船、商船，走着一条非常崎岖的路线，时而在这条船后面，时而绕过另一艘船。黑暗中，许多声音都在为我们呐喊助威，为我们欢呼，可是“奥罗拉”号仍然呼啸着在飞速向前，但我们仍然在后面紧追着不放。

嵌记妙语

熊熊、喷薄、铿锵、轰鸣、震颤、飞跃等说明了凶犯的船只“奥罗拉”号速度之快，它拼命地逃窜，福尔摩斯他们在后面穷追不舍，这样的速度意味着他们即将面临危险甚至要付出生命的代价，为下文埋下伏笔。

福尔摩斯冲着下面的轮机房高喊道：“伙计们，快，加煤，多加点煤！把蒸汽全部都烧出来。”轮机房的熊熊烈焰将他那张老鹰似的脸给映红了。

琼斯望着“奥罗拉”号，说道：“我看咱们已经靠近那艘船一点点了。”

我说道：“是的，我们的确赶了不少，我估计再有几分钟就追上了。”

正在这时，我们的厄运降临了。一艘拖船拖着三只驳船拐了过来，拦在我们和“奥罗拉”号之间，多亏我们急转船舵，才避免了跟它相撞。可是等我们绕过这串驳船继续追时，“奥罗拉”号又比我们多跑了足足有两百多码，庆幸的是我们还能看到它。我们已经由阴暗朦胧的暮色追到了满天星斗的夜晚。我们已经将锅炉烧到了极限，发动机的推力也非常凶猛，脆弱的船壳经不起这么刺激的追赶开始咯吱作响，颤动不已。我们已经从伦敦桥中间穿过，越过了西印度船坞，来到了长长的德普特浅滩河段，驶过狗岛后再次加速。“奥罗拉”号刚才只是我们眼前的一个朦胧的黑点，不过现在已经看得很清楚了。琼斯用我们的探照灯向它照射去，只能看见船上面的人影，看见了一个人坐在了船尾，他的两腿

词语解释

厄运：不幸的命运；苦难的遭遇。
探照灯：专为户外安防监控领域开发设计，广泛应用于国防、军事、司法、水利、电力等部门以及大型工矿企业、大型工程施工场地、大型养殖场、油田、钢铁厂、飞机场、码头、海上或野外搜索、搜救等场所的灯。

之间有一个黑乎乎的东西，旁边还有一个黑乎乎的影子，看上去像是一只狗，一个男孩在掌舵，借着锅炉的红光，可以看见史密斯正光着上身在拼命加煤。也许他们在一开始的时候不知道我们在跟踪他们，但是到了现在他们转弯的时候，我们也转弯，很明显地就可以知道我们在追赶他们。到了格林尼治，我们两个船的距离 300 步，到了布莱克沃尔时两船只有 250 步了。我在外面闯荡了大半辈子，去了不少的地方打过猎，也追赶过不少的野兽，但是从来没有像今天晚上这样奔波追赶犯人来的刺激。在如此寂静的夜里，前面船上的机器声我们已经听得很清楚。坐在船尾的那个人依然蹲伏在甲板上，他的两只手在拼命地挥动，似乎非常忙碌。他还不断地抬头张望，估计是在计算两个船的距离。琼斯很用力地在呼叫，想要他们停下来。距离在一点一点地缩近。两个船依然在飞速地前进。这时已经到了开阔的河段，一边岸上是芭金平原，另一边是普拉姆斯台德沼地。船尾那个人这时候站了起来，开始对着琼斯大吼大叫，他的身材虽然魁梧，但是他的两脚似乎站不稳，我看见他的右脚是一大截木棍。缩在他身边的黑影慢慢地站了起来，原来是一个黑人小孩，只见他的大脑袋奇形怪状，一头蓬乱无比的小鬈发。福尔摩斯把手枪握在手里，我看见这个黑人扭曲的面孔，也把手枪掏出来。他的身上穿着一件毯子似的衣服，长得让人看到就想做噩梦。我从来没见过这么变异的怪相，他的两只小眼睛凶光闪闪，两片厚嘴唇向外翻卷，甚至连他的牙根都露出来了，他向我们狂喊乱叫，好像是兽性发作。

福尔摩斯轻声对我说：“只要他一抬手，我们就开枪。”

我们两个船身之间只有一个船身的距离，几乎可以看得到我们追逐的猎物就在我们的眼前。那个

白人正站在船中间对着我们怒骂，那个丑陋的小孩子在我们的灯光下咬牙切齿的。

多亏我们离得比较近，我们在很认真地盯着对方看的时候，那个小黑孩突然从袍子里面拿出了一个像尺子大小的圆木棍子在嘴边准备吹，这时候我和福尔摩斯很有默契地立刻扣动扳机，同时发射。黑小孩顿时向上扬了扬胳膊，掉进了水里面。那双狠毒的眼睛也消失在了白色的旋涡里面。装木腿的人迅速地冲向船舵，用尽了他全身的力气冲向了南岸，我们几乎快要撞到了船尾，不过我们也很快地转了过去追上了他。“奥罗拉”号已经快到南岸了。岸上是荒凉的旷野，月光照着这些空旷的地方，前面是一片片死水潭和正在腐烂的植物。那艘汽艇冲到岸边上时，搁浅了，船头耸向空中，船尾没在水里。那逃犯跳上岸，可是他的那只木腿却立刻陷进了整个泥淖里，他拼命地挣扎折腾，可是毫无效果。他越使劲就越陷得深，他嘴里狂喊乱叫，左脚使劲乱跺。我们把船顺着岸边停了下来，他已经钉在那里寸步难移了。我们从船里拿了一根绳子套在了他的肩上，才把他给拖了出来。史密斯父子两个收到我们的命令后才乖乖地来到我们的船上，我们把搁浅的船从水里面拖了出来，然后放在了我们船的后面。这时一个精致的印度铁箱摆在船的甲板上，一看就知道是让肖尔托家遭殃的那只宝箱。可是箱子上没有钥匙，非常沉重，我们只能把这个小箱子拿到我们的船上。在我们缓缓往回走的时候，用探照灯在河面上四下寻找，但是根本就没有找到那个小黑孩的尸体。在泰晤士河底的淤泥中，躺着那个异域怪客的枯骨。

福尔摩斯指着舱盖说：“快看，由此可见我们的速度还是不够快。原来离我们以前站的地方，后面有一个毒镖。很有可能是在我们开枪的同时射过

**词语解释**

毒镖：“二战”时英国的化学武器，用于对敌军发动密集攻击，它的主体是用缝纫针制作的。即便毒镖被拔出后，伤者也很可能在5分钟内晕倒。如果毒药剂量达到致命水平的话，伤者将在30分钟内死亡。

来的。福尔摩斯看着那个毒镖，像往常一样耸耸肩，淡淡地笑了一笑，不过我现在每每回想起那天晚上死神与我们擦肩而过，心里仍然会有余悸。

# 第十一章　大宗阿格拉财宝

词语解释

伺机：窥伺时机。

现在俘虏坐在我们的船舱里，对面是他伺机多年、花费千辛万苦得来的铁箱。他在 50 岁左右，他的皮肤黝黑，两只眼睛流露出一种不顾一切的鲁莽神色，古铜色的面庞上布满了皱纹，人们一看就知道是长年在露天的情况下出了很多苦力的人。他的下巴向外突出，上面长满了胡须，一看就知道是一个性格倔强的人，他天生卷曲的头发现在已经大半是花白的。平心而论他的容貌不是很难看，但是现在的他处于一种盛怒之中，他浓厚的眉毛和下颚拧在了一起，看上去就变得很面目可憎。他静静地坐在那里，眼睛一动不动地盯着那个使他犯罪的铁盒子。不知道为什么我觉得他呆板的脸上露出来的不是愤怒，更多的是悲哀，有一次他偶尔抬起了头，我看到他的眼睛里面有些许的讽刺。

福尔摩斯点燃一支雪茄烟，说道："我说，乔纳森·斯莫尔，我只能很遗憾地说，事情竟弄到这种地步。"

他坦白道："先生，我也感到遗憾。一不小心，我的这条命没了。不过我现在可以以《圣经》的名义发誓，我并没有动手杀害肖尔托先生，其实是那个小恶魔童格射了一支该死的毒镖。先生，我真的没有指使他那么干。肖尔托先生的死叫我心里很难受。我还用绳子狠狠地抽打了那个小魔鬼一顿，可是人已经死了，我又不能让他复生。"

福尔摩斯说："抽支雪茄烟吧。您现在全身都湿透了，最好拿着我这个酒瓶，喝两口酒暖暖身子。我想知道，当您爬着绳子上去的时候，怎么知道那个矮小的黑家伙能够敌得过肖尔托先生呢？"

"先生，听你这样说，好像你当时就在现场似的，什么你都亲眼看见了。说实在话，我当时以为屋子里面没有人，我对那间屋的作息时间是十分熟悉的，平常的那个时候是肖尔托先生下楼吃饭的时间，我现在没有丝毫的隐瞒，我知道现在说实话就是对自己最好的辩护，但是当时要是老少校在屋里的话我一定会很高兴地杀死他的，就跟你现在抽雪茄一样，但是现在却因为小肖尔托把我关进了监狱，我就有点倒霉了，我跟他没有任何冤仇。"

"您现在由苏格兰场的埃塞尔尼·琼斯先生负责看管的，您被他带到了家，所以我需要你将全部的事实彻彻底底地说清楚，这样也许我才可以帮你。我想我可以证明那毒镖的作用很快，没有等您爬进屋里，肖尔托先生已经中毒身亡了。"

"是的，先生，的确是这样的。当我爬进窗户后，一看见他歪着脑袋狞笑的模样，就把我吓坏了，当时要不是童格跑得快，当场我就把他给宰了。后来他告诉我说，慌乱中丢了那根木棒和一袋毒镖，现在我在想一定是那两样东西给了你们线索，然后你们顺藤摸瓜地找到了我们，不过你是怎样联想到我的，我就不知道了。这是我自己不好，不能怨你。"他又苦笑道，"我这辈子真是够倒霉的，你看看，本来我是可以享受这 50 万英镑的，可是我前半生在安达曼群岛修筑防波堤，后半生恐怕又要去达特姆尔沼地挖排水沟。自从见到那个商人阿奇麦特，跟这笔财富有了关系之后，我就开始了自己的倒霉运气。你瞧瞧，每一个跟这个财宝有关系的人都交上了厄运。那个商人因财宝遭到了谋杀，肖尔托少校

**词语解释**

苦役：古代为惩罚有罪之人，剥夺其人身自由并将其遣送到指定地点从事繁重的体力劳动，《悲惨世界》里的冉阿让就是因偷了一个面包被判19年苦役。

因守了一辈子的财宝而伴随着恐惧和罪恶度过，而我则是因为它终身做苦役。”

这时，埃塞尔尼·琼斯的胖脸和笨重的肩膀探进这个一丁点儿小的船舱。

他说道：“这可真像是家人在团聚啊。福尔摩斯，给我喝口酒吧，我想咱们大家都要互相庆贺一下才对，可惜还有一个没有让我们抓到活的，不过我们也没有别的选择是吧。我说，福尔摩斯，多亏您下手快呀，咱们能赶上这条船可真算是上帝保佑呀。”

福尔摩斯说：“结果好就是一切都好，可我真的没料到‘奥罗拉’号竟有这般速度。”

琼斯道：“据史密斯说，‘奥罗拉’号是泰晤士河上最快的汽艇之一，当时若是有一个擅长驾船的人帮他驾驶，我们恐怕根本就真的追不上它。他当时还发誓说他对上诺伍德家的惨案一点也不知情。”

我们的囚犯喊道：“是的，他的确是不知道事实的人，因为当时我听说他的船是比较快的，因此我就找到了他，花了一笔大价钱租到了那个快艇，我还对他说，如果他能够把我们带到格雷夫森德，让我们登上停泊在那里开往巴西的‘翡翠号’的时候，我们会给他更大一笔钱。”

琼斯说道：“如果事实真的像你所说的一样他没罪，我们也不会让他受处罚的。我们虽然抓人迅速，但是判罪并不轻率。”这时傲慢的琼斯开始表现出对囚犯大摆威严的神气，让人觉得十分好玩。我见福尔摩斯微微一笑，看得出，琼斯的话也已经引起了他的注意。

琼斯又道：“我们现在就要到沃克斯豪尔桥了。华生大夫，您可以带着财宝箱在这里上岸。其实我用不着提醒您，我的这种做法要负重大责任，而且这种做法绝对是违规的，但是协议就是协议，我本能不讲信用，不过因为财宝太贵重了，我有责任派一个警长陪您一同前去。您准备坐车去，是吗？”

“是的，我坐车去。”

“真是太可惜了，我们没有钥匙，要不然咱们可以预先清点一下有多少东西，您恐怕还需要把箱子砸开。斯莫尔，钥匙哪里去了？”

斯莫尔说得非常干脆：“河底下。”

“哼！你这个人，真不知道给我们添了多少麻烦，为了您，我们不知道已经费了多少人力物力，不过大夫，我有必要再次警告您了，千万小心。您回来的时候把箱子带到贝克街，我们就在那里等您，然后去警署。”

我们在沃克斯豪尔上了岸，带着那个沉重的铁箱子，跟我同行的还有一个十分温和率直的警长，一刻钟左右，我们来到了塞西尔·福里斯特夫人家。开门的女仆对于我们这群夜晚来访的客人感到非常惊讶，她说福里斯特夫人不在家，看来是在深夜的时候才会回来，不过莫斯坦小姐在客厅里面呢，我让那个警长在车里等我，自己拿着铁箱子走到了客厅。

莫斯坦小姐静静地坐在窗前，她穿着白色半透明的衣服，在她的腰间和腰际上有红色的饰品作为装饰，灯光温柔地洒在了她的身上，她白皙的胳膊放在凳子上，照射在脸上的灯光更是将她的面孔照射得端庄可人。金黄色蓬松的头发衬托出她的柔美，但是她的脸上流露出与她的身体不协调的忧郁，一听到我走路的声音，她就跳起了身子，脸上露出了惊喜的表情。

她说：“我刚刚听见了马车的声音，还以为会是福里斯特夫人提前回来了呢，真的没有想到你会来，你给我带来了什么消息吗？”

我把铁箱子放在了桌上，虽然心情沉重，但是

**词语解释**

白皙：白净；皮肤白而干净。

还是装出一副很愉快的神色，大声说："我带来的东西可比消息好多了，我这东西比任何消息的价值都高，你看，我给您带来了财富。"

她向铁箱瞥了一眼。

"这就是你说的财宝？"她的口吻十分冷淡。

"嗯，是的，这个铁箱子里面的就是阿格拉财宝，一半是您的，另一半是属于撒迪厄斯·肖尔托先生的。你们二人每人应该分得 25 万英镑。您想想看！光是每年利息就有 1 万镑。在英国很少有女子这么有钱，怎么样，难道这还不精彩吗？"

我自己都觉得我表现的喜悦有些过头了，她明显地感觉到我的声音里面有虚夸的成分。我看见她稍稍扬了一下眉毛，然后用好奇的眼光望着这么激动的我。

"我能得到这笔财富，很大程度上归功于你。"她说道。

我答道："不！不！不是我，这都是我的朋友夏洛克·福尔摩斯。我的确心里面有千万分的愿望，想要帮你追回这笔财富，可是我连一条线索都找不到。不过福尔摩斯是一个十足天才，他费尽千辛万苦、绞尽脑汁地为这个案子，差一点我们就功败垂成了，不过我们还是最后抓住了凶手，夺回了宝藏。"

**词语解释**

功败垂成：功，事业事情；败，失败；垂，接近，快要；成，成功。指事情接近成功的时候却遭到了失败。含有惋惜之意。

她说道："华生大夫，究竟是怎么回事？请坐下来告诉我全部经过吧。"

我简单扼要地向她叙述了上次与她分手后发生过的事情，谈到福尔摩斯的侦探过程和他搜寻的新方法、发现"奥罗拉"号、埃塞尔尼·琼斯来访，以及今晚的冒险经历、在泰晤士河上的汽艇与汽艇之间的追逐等。她的嘴唇半张开，听得出了神，我从来不知道自己如此地会讲故事，当她听到我们险些遭受到毒镖伤害的时候，她的脸色变得惨白，我

真的很怕她会突然晕倒。

我急忙倒了一杯水给她喝，她说道："不要紧，我没事。只是听到我的朋友们为我的事情冒这样的险，我的心里十分不安，谢谢你们。"

我回答道："一切都过去了，算不得什么，我不再讲这些让人厌烦的枝节了，咱们看看可以使咱们高兴的东西吧。这就是那财宝，还有什么比这更让人高兴呢？我先带过来让您看看，我想让您先睹为快，相信您一定会感兴趣的。"

她说："我当然非常感兴趣。"但是她的口吻并没有多大的兴奋，因为这是我们花费了不少的心血才得到手的，她不能不有所表示，否则就会显得她太不知道感恩了。

她看着箱子说道："多么漂亮的箱子啊！这个箱子是在印度做的吧？"

"嗯，是的，这是用印度贝拿勒斯城的金属做成的。"

她尝试着提了提这个箱子，说："它可真够重的！我想这个箱子本身恐怕就很值钱吧。钥匙在哪儿呢？"

我回答道："被斯莫尔扔到泰晤士河里去了，现在我们借用一下福里斯特夫人的拨火棍吧。"在箱子的正面有一个粗大的锁扣，上面制作了一尊坐佛像。我把拨火棍放进了锁扣的下面，然后用力向外一撬，只听砰的一声，铁扣打开了，我双手颤抖地缓缓地将盒盖打开，我们俩目不转睛地看着，瞬时间都被里面的景象吓呆了——里面空无一物。

难怪这个箱子会这么重呢，它整个都是用2/3英寸厚的铁板做成的，非常坚固，制作的过程也是异常地精致，的确是用于收藏财宝的箱子，可是这里边什么也没有，完全是空的。

莫斯坦小姐用平静的口吻说："财宝丢了。"

**同步思考**

给莫斯坦小姐的箱子里装有财宝吗？

**嵌记妙语**

莫斯坦小姐不仅貌美、稳重有勇气，还有一颗善良、平静、不慕财富的心，真是难得的一位佳人。



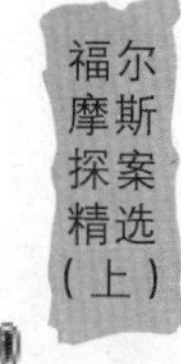

我听到这句话的时候，明白了其中的含义，似乎压在我心头的一个阴影消失了。我无法说出这个阿格拉财宝压在我的心头有多重，虽然我知道我的这个想法是多么的自私、不忠、错误，但是我知道横在莫斯坦小姐和我之间的这个金钱的障碍已经消除了，其他的对于我来说已经无所谓了，我也都意识不到了。

我由内到外地不由得失声说道：“感谢上帝！”

她望着我，脸上马上浮现出质疑的微笑。

“您怎么可以这样说呢？”她问道。

“我爱你，玛丽！”我说着紧紧地握住了她的手，她也没有缩回去。“对于我来说您是高不可攀的，我爱你，玛丽，比这个世界上所有的男人更爱他们所心爱的女人，但是这些财宝、这些财富，压得我没有勇气向你开口。现在这些财宝没有了，我有了向你表白的勇气，现在我终于可以向你开口，向你说出我是多么多么地爱你。所以我说：‘感谢上帝。’”

我一伸手把她搂在了怀里，她也低声地说：“那我也想说：‘感谢上帝。’”

相信在那样的一个晚上，我在别人失去财宝的同时，得到了稀世珍宝。

# 第十二章　乔纳森·斯莫尔的奇异故事

我再次坐上车的时候已经很晚了，不过那个警长很有耐心地在车上等我。不过当他看到了那个空空的里面什么也没有的箱子的时候，他的神情十分沮丧。

他十分忧虑地说道：“看来现在的奖金是没有

了，没有了宝物，就别指望什么奖金了。如果宝物还在的话，我和我的伙伴山姆·布朗今天晚上每个人就可以获得10英镑的奖金。”

我说道：“撒迪厄斯·肖尔托是一个十分富有的人，无论宝物存在与否，都不可能会少了你们的奖金的。”

可是这位警长依旧表现得很失望。

他说：“埃塞尔尼·琼斯先生肯定也会骂我们的。”

这位警长的猜测很正确，当我们一起来贝克街并且把空箱子递给琼斯侦探的时候，他自己不由自主地大惊失色了。他们三个人——福尔摩斯、凶犯以及琼斯先生，刚好也到了贝克街。这是因为他们没有按照计划，半路去了一趟警察署，然后去警察署里面做了报告。我的朋友福尔摩斯跟平常一样躺在他的椅子上，斯莫尔则是很心平气和地坐在我朋友的对面，他的木制的假腿放在他健康的腿上，当我拿着一个空盒子给大家展示的时候，他倚在凳子上不由自主地笑起来。

**词语解释**

大惊失色：形容十分惶恐，吓得变了脸色。

埃塞尔尼·琼斯愤怒地说道：“斯莫尔，您还好意思笑，这都是您干的好事儿。”

他歇斯底里地笑着，叫喊道：“哈哈，是的，我当时已经把财宝藏在了一个你们找不着的地方，因为这些财宝都是我的。如果我得不到的话，你们任何一个人也别想找到。实话跟你们说吧，除了在安达曼囚牢里面的那三个人和我外，你们谁都没有权利享受他们，如今既然我们都不能拥有它，那么我就有权利将这些宝藏处理掉。我这样做也符合我们四个人当时许下的承诺：我们永远都是一致的。我知道他们三个人跟我的想法一样——宁愿将财宝扔进泰晤士河里面，也不能交给肖尔托或者莫斯坦等人的手里。我们杀死阿奇麦特并不是为了让他们



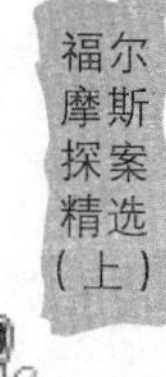

享受幸福，财富和钥匙现在已经沉在了河底。当我察觉到你们可能会追上我们的时候，我就将财宝抛进了河里，这样你们就会一分钱也得不到。你们现在算是做了无用功了。”

埃塞尔尼·琼斯严厉地说道：“斯莫尔，你这个大骗子！如果你想要将财宝丢到泰晤士河里，那么，为什么不连箱子一起丢进河里面，那样不是更容易沉下去吗？”

斯莫尔狡猾地斜着眼瞧了瞧琼斯，说道：“的确，这样我丢财宝的时候容易多了，不过同样地你们捞财宝的时候也就方便多了。你们有能耐抓到我，那么我相信你们绝对有能耐找到财宝，并且可以把它们捞起来。所以我就将财宝分成 5 英里长的地方把它们均匀地撒在了河底。这样的话把它们捞起来就是一件十分费事的事情了。其实我也是无奈才这样做的。当我看到你们快要追上我的时候我都快气疯了，不过，我并不可惜，因为我这一辈子有兴旺的时候也有败落的时候，后来总算明白了：后悔是没有用的。”

琼斯说道：“斯莫尔，现在讲的这件事情是件很庄重的事儿，我希望您能配合我们，维护法律，千万别生出什么新乱子来，增加您自己的罪过！”

凶犯怒吼道：“法律！这是多么动听的字眼儿！财宝不是我们的，又会是谁的呢？宝物并不是他们挣来的却要给他们，难道这就是你们要维护的法律吗？听着我给你们讲一下我们是怎样获得这些宝物的。在那个热病泛滥的沼泽地里，整整二十个年头，我们无论是白天还是黑夜都在红树下面做着苦力。夜里就被关在异常肮脏的囚棚里面，铁镣锁在身上，蚊蝇在身上叮咬，时不时地还有疾病来侵袭，那些受了白人欺负的黑人则会想方设法地来折磨我们，各种各样的虐待是你们无法想象的，这就是我们获

**词语解释**

能耐：本事，技能（多用于口语）。

**嵌记妙语**

凶犯无比愤怒的叙述，反映了当时英国监狱的环境之恶虐：沼泽、肮脏、蚊蝇、传染病……犯人过着禽兽不如的被虐待的生活，因此斯莫尔产生了畸形的报复心理，不惜丢掉自己的性命，只为了不让别人享受他抢劫来的财富。

得阿格拉财宝所付出的代价。难道就是因为我不愿意将这些我们用生命换来的财富给其他人享受，让他们去逍遥，这样就错了吗？这样你们就觉得不公平吗？要真是这样的话我宁可接受绞刑或者是童格的一根毒刺，也不愿意生活在人间地狱里面看着别人使用属于我们的财宝逍遥。”

斯莫尔不再沉默不说话了，激动的他情不自禁地吐出了这番话，这些话是他堆积了二十多年的愤慨。说话的时候，他满腔愤怒，手铐因为双手不停颤抖而叮当作响，看到这样的斯莫尔，我能够理解肖尔托少校为什么一听见这个凶犯越狱逃走的消息后就惊慌失措了，他的害怕是事出有因的。

福尔摩斯心平气和地说道：“不过请你别忘记了，我们对于你们所发生的这一切是不知情的，我们不知道你的经历，当然也就很难判断出正确的一方到底是谁。”

“嗯，先生，你讲的每一句话我还是愿意听的，虽然是你给我戴上了手铐，但是我并不怪你，而且还十分佩服你，因为在整个事件中你都是光明正大的、公正无私的。如果你想听一下我的故事的话我十分愿意从头到尾、仔仔细细地给你讲一遍。并且对上帝起誓，我所说的每一句话都是真的，没有一句谎话。顺便请你把水杯放在我的面前，谢谢，故事有点长，讲得口渴时我会喝点水。

“我出生在伍斯特郡，我的家在柏苏尔城旁边。假如你们有机会到那儿去的话，你们会发现那儿居住着很多斯莫尔族人，其实我一直想要回家瞧一瞧，但是由于我的行为向来不好，所以我的族人也不是很欢迎我。他们都是忠实的教徒，在那边是很有名声的，而且受人尊重，我始终像是一个流浪汉。在我 18 岁的时候，因为喜欢上了一个不该喜欢的人出了大乱子，所以我的家人就把我给赶了出来，于是



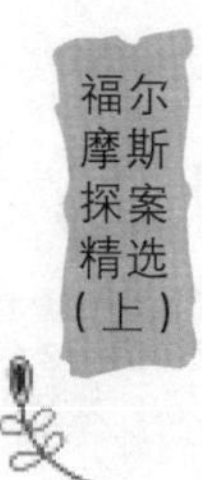

我就真的成了一个流浪人。那时候英国刚好要招兵向印度挺进，为了找一条出路，我就加入了步兵三团，这样就可以吃军饷为生。

“命运说不定会在哪里跟你开一个玩笑。命里注定了我的军旅生涯不会太长久。我刚刚学会了鹅步操，学会用步枪。有一次到恒河里面游泳，当我游到河中间的时候，突然一只鳄鱼就像是要对我做手术似的，迅速快捷地将我的右侧的整个小腿全部咬了下去。由于害怕和失血太多，我晕了过去，多亏了跟我一起游泳的同伴——班长约翰·霍德他也在水里面，他努力地带着我把我带到了河边，否则我早就淹死在了水里面。我在医院待了五个月，装了一条假腿。由于残废了，所以我也就不能当兵了，而且也没有什么工作可以让我干的。

“现在你们可以想象一下，一个不到 20 岁的小伙子，生命还没有开始就变成了一个没有用的瘸子。不过，陷入困境的我运气不错，刚好有一个种植靛青的人要招一个监工，帮助他监督工人们的工作。这个园主刚好认识我在服兵役时的上校，发生意外事故后，我的上校十分关心我。扯长了，言归正传，上校极力促成了我的这份工作，因为这份工作主要是坐在马背上，虽然我残疾了，但是我还是可以用双膝夹在马背上，骑马是没有问题的。我的主要工作是监督工人们的工作情况，然后把这汇报给园主。在这个庄园里面工资可以，住的也可以。我们的老板阿贝尔是一个十分善良的先生，他没事的时候就会来我的屋里吸一根烟，然后聊会儿天，在外面的白人不多，背井离乡的人都会相互照顾，都会有一种亲人似的感觉，不像是我的家乡的人，老死不相往来。当时我认为我这辈子都会待在那个庄园里面。

“唉，没料到美好的事情往往都不会太长久，

忽然之间，仿佛就是一夜之间，大叛乱出人意料地发生了。在第一个月，人们还在安安稳稳地生活着，万事如意地工作着。可是到了第二个月，成千上万的黑人就像是撒缰的野马肆无忌惮地在印度这片土地上驰骋，彻底地把印度变成了一个地狱。当然了关于这件事情，我相信在座的各位比我要了解得清楚，因为你们还可以看报纸，而我在当时只能根据自己的眼睛来观察，自己去体验。我们的庄园在西北几个省的边缘地带，每天晚上都可以看到通天的火花在四射；白天则是成群成群欧洲士兵保护着他们的妻儿到附近有部队的阿格拉城区逃难，阿贝尔先生很倔强，他觉得叛乱一定会很快就解决的，而且这些消息有时候会很夸张，因此无论外面发生了什么，他都悠然自得地在自家的阳台上抽着烟，喝着上等的威士忌。我和负责庄园行政以及财务管理的道森先生及他的太太坚持守护在怀特先生身边。然而，在一个阳光明媚的天气里，灾祸却悄悄地来临了。那天我恰好外出到其他的庄园里办点儿事，傍晚时分我骑着马慢慢地回家的时候，在半路上，我的眼睛被陡峭山谷里面一大堆蜷缩的东西吸引了。好奇心重的我骑着马向下一看，我不由得胆战心惊了。原来是怀特先生的妻子，但是她现在已经被人割成了一条一条的，更让人害怕的是她的尸体已经让野狼和野狗吃得只剩下一推骨头了。道森的尸体也在旁边，他的手里还有一支用完了子弹的手枪，在他的面前横七竖八地躺着四具叛兵的尸体。我抓紧了缰绳，正不知道怎么办才好时，突然阿贝尔先生的庄园烧了起来，火焰已经到了房顶上，如果我这时候赶回去的话也是死路一条，正在这时几个黑人用手指着我，接着就有几颗子弹从我的头上飞过，我马上掉头飞驰过去，半夜才到达了阿格拉城。

**词语解释**

肆无忌惮：非常放肆，一点都没有顾忌。肆，放肆；忌，顾忌；惮，害怕。

庄园：指乡村的田园房舍；大面积的田庄。

**嵌记妙语**

为了挽救自己的性命，斯莫尔半夜从贝尔先生的庄园跑到了阿格拉城，这个城市同样地给他带来了恐慌。战乱给人类带来的是国家的破败和人民的穷困，富能兴邦，穷能生恶，只有世界的和平和国家的安定才能使人民过上幸福的日子。

“但是实际上阿格拉城也不是一个非常安全的地方，整个印度那时候几乎变成了一个马蜂窝。而且英国人居住的范围几乎缩小到了只在他们的枪弹射击范围以内的地方，而其他地方的英国人只有离开自己居住的地方去别的地方谋生了。这是上百万人对几百个人的战争。最令人难以接受的是，我们现在所面临的敌人，无论是步兵、骑兵还是炮兵，都是我们自己训练出来的精干士兵。他们所用的枪弹是我们制造的，就连军号的音调也和我们奏的一模一样。在阿格拉驻扎的孟加拉第三部队、两个骑兵团以及一队炮兵，除此之外还有商人和官员组成的义勇军，尽管很残疾，但是我毅然决然地参加了志愿军，我们也曾打败了他们，但是由于我们弹药缺乏，我们不得不退到城里面。

“从各个地方传来的都是非常糟糕的消息，这并不是值得奇怪的事情，因为只要您瞧一瞧地图，您就知道我们那时候正好处于叛乱的中心位置。向东西各延伸 100 多英里的洛昆，还有往南过去 100 多英里的堪尔，那时的各个地方都是明晃晃的刺刀，到处都是残杀声。

“阿格拉是一个很大的城市，那里面居住着形形色色的人们，有各种各样的信仰。在那些狭窄的、弯弯曲曲的街道上，我们是很难防范的。所以我们的长官就调集了部队，在河的对面建立了一个古堡。不知道在座的各位有没有听说过城堡，我想说的是这个城堡很奇怪，第一是它非常地大，它不仅能够接纳下我们的整个部队、妇女、儿童和各种军需用品，还有很多空闲的地方。古堡有新旧两个，但是很少有人去旧的，因为旧的里面四处都是蜈蚣和蝎子，还有空荡荡的大厅、弯弯曲曲的小路和蜿蜒环绕的长廊，它就像是一个迷宫，一不小心你就会迷失方向，有时也有人去冒险，不过他们大多数是在白天的时

**词语解释**

城堡：欧洲中世纪的产物。欧洲贵族为争夺土地、粮食、牲畜、人口而不断爆发战争，密集的战争导致了贵族们修建城堡来守卫自己的领地建筑。

候拿着火把才有勇气进去。

“在旧城堡前面有一个护城河，城堡的两边和后边有很多供人们出入的门洞。我们当时的人很少，不是所有的门都可以守护的，也不是每个人手里面都有枪的，因此分散兵力守护那么多的堡门是不可能的，所以我们在城堡的中心地带设置了护卫中心，每一道门由一个白人带着三个本地人守护。我的主要任务是在每天夜间的一个特定的时间里把守城堡西南侧的一个和其他事物都不联系的城堡门，有两名锡克族士兵可以随时听从我的命令。上头的指令是：只要遇有险情，只需要开一枪，护卫中心就会立即派人去支援。可是，护卫中心离我们看守的地方有 200 多米，两地之间还有很多像迷宫一样的弯弯曲曲的走廊和甬道。我真的很怀疑在遇到袭击的时候，护卫中心能不能及时赶到。

“对于一个刚刚入伍的士兵来说，而且又只有一条腿，可是也当了一个小头目，我心里还是有点儿骄傲的。前两个夜里，我跟那两名从旁遮普省来的印度士兵值班，他们其中一个名叫穆罕默德·辛格，另一个名叫阿卜杜拉·克汉，两人长得都是人高马大，面目狰狞。他们两人长期在战场上打拼，他们曾经在齐连瓦拉战役中和我们的人战斗过，并且都能说一口流利的英语，只不过我听不懂他们在说些什么。而且他们两个还总爱站在一块儿，用那奇怪的锡克语嘀嘀咕咕整夜地说个没完；至于我呢，则是始终独自一人站在城堡门外面，向下看着那宽敞的大路、蜿蜒曲折的小河，还有大城内那光辉闪耀的火光。叽叽喳喳的人群声音、惊天的锣声和咚咚的鼓声，还有那吸鸦片过瘾的反叛军的歇斯底里的叫喊声，时时刻刻都在告诉我们四周危机四伏。每间隔两个钟头就有值夜班的军官到各个岗哨进行一回巡查，预防意外的发生。

**词语解释**

歇斯底里：指情绪异常激动，举止失常，通常用于形容对于某件事物的极度情绪。



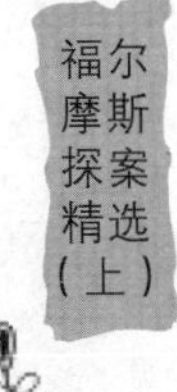

“在值班的第三天夜里，天空中变得灰蒙蒙的一片，下起了绵绵细雨，在这样的天气里，连续站几个小时的岗，的确使人感到忧郁。有几次我试图同那两个人说话，可是他们根本就没有心情跟我聊天。那是深夜两点，巡逻的刚刚走过去，既然我的伙伴不愿和我交谈，我就把枪搁下，拿出烟斗，点燃了一根火柴，但是就在那一瞬间，那两名锡克族士兵朝我突然扑上来，其中一名夺走了我的枪，打开了枪的保险栓，并将枪口冲着我的头；另外一名则拿出大刀架在我的脖子上，并且低声说，如果我敢动一下就拿刀杀了我。

“当时我脑海中出现的第一个念头就是：这两个士兵跟叛军是一伙的，他们首先袭击了我，然后占领这个城堡门，那么整个城堡都会落在他们的手里。古堡里的妇女儿童也会落得跟布尔城里的妇女儿童一样吓人的结果。可能你们几个人会认为我是在为自己胡话八道，不过我可以起誓，当时我真的是这样想的，尽管我已经意识到了锋利的刀尖就顶在我的喉咙上，我依然试图想高声叫喊，就算这将是我的最后一声叫喊也没有关系，因为也许这么做可以给护卫中心一个提醒。那个用刀逼着我脖子的人好像猜透了我的想法，因为就在我即将想要呐喊时，他低声说：‘不要叫喊，古堡里没有丝毫的危险，河这面也没有什么叛兵走狗。’他的话听上去好像很真诚，而且我也知道，只要我一喊出声，那就肯定会被打死，我从这个人褐色的眼睛里面就能够看出这点。所以，我一言不发，默默地等着，看看他们到底想干什么。

“那个身材高大人也凶狠名字叫阿卜杜拉·克汉的开口说道：‘先生，听好了！现在在你面前的只有两条路让您自己选：第一就是和我们大伙一起干，第二就是死。因为这是一件大事儿，咱们谁也

不能有丝毫的迟疑，你是要真心真意地向上帝发誓和我们一起干到结束呢，还是要我们今天晚上就将您的尸首丢到河里，然后渡过河投靠我们的叛军兄弟去？没有别的路可以选择了。生和死，您究竟要选哪一条呢？我们只给您三分钟的时间，你现在仔细想一想，由于时间太紧，我们一定得在巡逻兵再次到来之前就把一切都完成。’

“我说道：‘你们现在还没有告诉我你们究竟要让我干的是什么事情呀，如果你们干的事情对古堡不利，那么你们现在就杀了我，我可不害怕。’

“他说：‘这件事儿跟古堡没有任何的关系，我们让您干的这件事，和你们英国人来印度的目的是一样的——我们想让您发大财。要是您今天晚上跟我们好好合作，我们就用这把刀向您庄重地发誓：将即将获得的财宝公正合理地分您一部分，也就是说给您财宝的1／4，我相信不会有比这更公平合理的办法。我们锡克教教徒是绝不会违反自己的诺言的。’

“我又问：‘究竟是什么财宝呢？我想和你们一起发财，但是前提你们必须告诉我，我应该怎么做呀？’

“他说：‘那么您要先发誓，用您父亲的健康、您母亲的名声以及您的宗教信仰来发誓，从今以后你绝不干有害于我们大伙儿的事儿，不讲有损于我们大伙儿的话。’

“我回答说：‘只要不危及古堡的安全，我甘愿这么发誓。’

“‘那好，现在我也跟我的朋友一起发誓：您将获得财宝的四分之一，也就是说，我们四人，每个人都平均得到一份。’

“我不明白地问道：‘我们不是三个人吗？’

“‘不，我们一共有四个人，多斯特·阿克巴也有一份，我们在等待他的时候，会把这件事情的来龙去脉都告诉您。穆罕默德·辛格，请您在大门口看守着，等他们到来的时候告诉我们。先生，事情是这么回事儿，我相信欧洲人是很讲信用的，因此我们也相信您。您假如是一个喜欢撒谎的印度人，不管您现在如何起誓，我都会用这把刀将你砍死，把您的尸体也丢进河中，可是，锡克族人知道英国人，英国人也知道锡克族人。所以请你仔细听我讲吧。'

"'在我们印度的北方有一个酋长，他的领土虽然很少，但是他的家产很多，有一部分是他的父亲给他的，有一些是他自己攒的，他自己非常小气，也很吝啬，是个十足的守财奴。叛乱发生以后，他既不想得罪白人，又不想得罪叛军，一方面他赞成叛军抵抗白人，因为他收到的消息都是白人被杀害；另一方面他又害怕白人会战胜，然后他自己就没有办法了。但是他是一个聪明的人，他想了一个两全其美的办法，他将自己的财产分成了两部分，一部分给白人，另一部分给叛军。他将自己最昂贵的珠宝和最宝贵的珠宝放在了一个铁箱子里面交给亲信，然后带到阿格拉古堡藏起来，预备等到叛乱平息时再拿回来，另一部分则给了叛军。这样无论是谁赢谁输他都可以保全自己的珠宝。先生你是不是认为他应该把自己的财宝效忠一方？'

"'这个被派出去的假冒商人化名为阿奇麦特，他现在在阿格拉城里，打算混入这个城堡，他的伙伴是我的同胞兄弟多斯特·阿克巴，因此他知道这件事儿。多斯特·阿克巴已经说好他今天晚上会把那个人领到我们看守的这个堡门来，我相信他很快就要到来了。他知道我同穆罕默德·辛格在这里等着他。我们的这个堡门很安静而且偏僻，谁都不会知道他来过这里，所以今晚之后这个世上再也不可能有一个名叫阿奇麦特的假商人了，而酋长的财产

**词语解释**

守财奴：有钱而非常吝啬的人。

也即将归我们四个人所共有了，先生，您觉得怎样？’

“在我的故乡伍斯特郡，是非常珍惜人的生命的。可是在这刀光剑影、尸首遍地的地方，生命真的算不了什么了。这位商人阿奇麦特是生是死，那时对于我来说无关紧要，但是他的那些大宗珠宝却深深地打动了我。当时我就想如果我得到这笔财宝，我的乡亲们看到以前无所事事的我拿着财宝衣锦还乡，那该是怎样地羡慕和崇拜呀。于是我决定跟他们一起做。阿卜杜拉·克汉以为我依然在迟疑，他又动员了我几句。

“他说：‘先生，您想一想，如果此人被指挥官逮到，一定会被杀死，并且把宝物交公，谁都别想得到一分钱。但是如今他既然落入咱们的手里，我们为什么不将他干掉，然后把财产分了呢？财产归咱们所有和充公其实都是一回事儿。这些财产能够使我们变成富翁，而且是大富翁，咱们这个地方离其他的岗哨又那么远，别人不会知道这件事儿的，您想想还有什么办法会比现在这个还要好的呢？先生，请再表个态吧，是和我们一起干呢，还是坚决和我们为敌？’

“‘我的心和灵魂都将永远和你们在一起。’

“这时他把枪递给我，轻声说道：‘太好了，我们信任您，您要和我们一样遵守自己的诺言，如今我们只需要等我的那位兄弟和那个商人就可以啦。’

“我问他：‘那么您的兄弟他知道这个计划吗？’

“‘他是计划的主谋，其实这一切都是他一人的主意，咱们现在出去和穆罕默德·辛格一块儿站岗等人吧。’

“那时候的季节刚好是雨季的开始，天在淅淅沥沥地下着雨，黑压压的乌云在天空中抱成了团。

**词语解释**

刀光剑影：隐约显现出刀剑的闪光和影子。形容环境充满了凶险的气氛。

**嵌记妙语**

恶劣的环境改变了一个人纯朴的观念；贪婪蚕食了一颗原本并不恶毒的心；虚荣最终摧毁了这个人仅有的一点内心防线，他最终选择向恶低头。

**词语解释**

城壕：护城河。

夜色很暗，几米之内就看不清楚，我们的对面就是一个大城壕，里面没有水，可以很轻易地走过来。我们站在一起等一个送死的人。

“忽然，我看见在城壕对面上有灯光在闪烁，它先是出现在小山包后面然后就不见了，过了一会儿又出现了，并且缓缓地朝我们这边走来。

“我叫喊道：‘他们来啦！’

“阿卜杜拉低声命令我说：‘先生，请你像平常一样地审问他，但是记住千万不要威胁他。接着就由我们把他带到屋里面去，你就在门口守着就行了，剩下的事就由我们来做。你把灯拿好，别看错人了。’

“那灯光模模糊糊的，一会儿停下，一会儿前进，直至灯光走近城壕的对岸我才看清楚了有两个人的黑色的影子。就在他们跳下城壕，蹚过积水，爬到岸上来的时候，我才轻声问道：‘来者何人？’

“他们说道：‘是朋友。’我举起灯来，在他们面前照了起来。走在最前面的人是一个印度人，他的个子很高，胡子很长，他的黑胡子长得差不多快到腰间了。说句实在话，除了在舞台上，我还从来没有看到过这么高大的人。另外一个人跟他形成了对比，长得非常矮，他还非常胖，就像是一个大圆球一样，头上围着一个大黄巾，手里面还用围巾包着个包裹。他就像是一个刚刚从老鼠洞里爬出来的小老鼠，一双眼睛闪烁着光芒，在不停地东张西望，他好像害怕得很，浑身都在发抖，特别是他的双手，哆嗦得很厉害。一想到他很快就要被杀死了，我心里的确有点儿不忍。但是当我一想起那批财宝的时候，我就无情地取消了这个想法，当他看见我是白种人的时候，不由得兴高采烈起来，跌跌撞撞地朝我奔来。

**嵌记妙语**

这里体现的是人性和贪婪的斗争，如果贪婪占了上风是很可怕的，就会做出可恶的事情。文中本质善良的斯莫尔为了得到不义财宝，放弃了人性。近朱者赤，近墨者黑，和坏人在一起很容易不由自主地变坏。

“他气喘吁吁地说道：‘先生，请您保护我，我请您保护遇难的商人阿奇麦特，我是由拉吉普塔那里过来阿格拉古堡逃难的。我是你们部队的朋友，我曾经遭到了劫掠、鞭打和欺负，感谢上帝，如今我和我的一切终于又安全了。’

“我问他：‘包里裹的是什么？’

“他回答说：‘这是一个铁皮做的箱子，里边放着几个祖传之物，别人拿走也值不了几个钱，但是我不舍得扔掉。不过，我自己不是很穷，如果您的长官能准许我在这儿避难的话，我一定会对您——年轻的先生，还有您的长官也有重谢的。’

“其实当时，我的心已经软了下来了，我越看他那张因为害怕而变得扭曲的小圆脸，就越不忍心杀掉他。

“于是我吩咐道：‘把他带到护卫中心去。’两名印度兵站在他两边押着他进了黑乎乎的门道，那个高个子的人也紧紧地跟在他们后面走了进去，我从来没有见过这样的四面都被人夹住，难逃一死的人。我拿着灯一个人待在门外。

“我能够听见鸦雀无声的走廊里面他们行走的脚步声，突然，这种声音没有了，紧接着就是相互搏斗和厮杀的声音。过了片刻，突然有个人筋疲力尽地朝我跑来，我十分吃惊，令我更吃惊的是居然是那个小胖子，他的脸上都是鲜血，我从来没有见过一个人长得那么小跑得那么快，后面那个满是胡须的高个子的印度人，手持大刀，就像是一个饿了很久的狼在追赶一只羊。眼看那个小个子商人就要逃脱印度人的追杀了，只要他能路过我身边的洞门外面它就可以获救了。其实我本来就已经准备放过他了，可是人为财死，鸟为食亡，我一想到那些财宝我就不再犹豫了，等他快跑到我身边的时候，我就用手枪在他的两条腿之间射了过去，就像是打中兔子似的，他立刻倒在地上打了两个滚儿。没有等



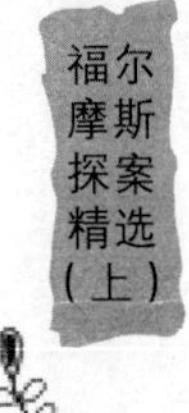

到他再次站起来，高个子印度人就已经冲了过来，往他身上捅了两刀，他没有哼哼一声就倒在了地上。我猜想他躺在地上的时候就已经死去了。看吧，先生们，我没有说谎，我遵守了自己的誓言，不管事实对我是好还是坏，我都全部对你们说了。”

说到这儿，他停下了，用带着手铐的双手接过了福尔摩斯先生为他倒的掺水威士忌酒。从他那冷酷无情的所作所为，还有他讲述那个骇人听闻故事的时候毫无表情的模样，我能够想象得出他是一个多么凶残、冷酷的家伙。不管他将遭受什么样的刑罚，我都不会生出一丝怜悯之心。夏洛克·福尔摩斯同琼斯把两只手都放在膝盖上，坐在那儿倾听着他的讲述，似乎饶有兴趣。可是两个人脸上的讨厌和敌视是藏不住的。斯莫尔大概已经意识到了，因为在他接着往下说的时候，他的话音和神态中也带着很浓的抵触情绪。

**词语解释**

抵触：以角相撞；有矛盾；反对；触犯。

他说：“毫无疑问，当时的情况糟透了，有时候我会想，要是别人处在我那个位置，他会怎么做呢？他会跟我一样，即便被人用刀抵着喉咙，也不说出财宝的下落吗？其实在我们走进城堡的时候，我和他就已经形成了一种敌对关系，不是你死就是我亡。要是他逃离了城堡，这件事就会被人知道，我肯定会在军事审讯中被判为死刑。在那种情况下，判重刑是毫无疑问的。”

福尔摩斯建议道：“还是继续说正经事吧！”

“那好吧。阿卜杜拉和阿克巴还有我，三个人一起把尸体搬到了里面，尽管他个子很矮，可是真够沉的。穆罕默德·辛格待在那里放哨，我们将他抬到早已经给他找好的地方。这个地方离城堡门很远，穿过一条弯弯曲曲的甬道就到了，这是一间空荡荡的宽阔的大厅，大厅里的砖墙已经全都破烂不堪，正好地上有一个大坑，形成一个天然的坟墓，我们将阿奇麦特的尸首放进去后，用碎砖块将他掩埋好。收拾完以后，我们就都回去开始看宝箱。

“那个铁皮箱子在阿奇麦特起初摔倒的地方安安静静地搁着，就是如今摆在你们的桌子上的那只，它的钥匙用一根丝线拴在箱子盖上面那个雕刻着佛像的提手上。我们迫不及待地打开宝箱，箱子里的珍宝在灯光的映照下闪烁着刺眼的光芒，正像我小时候在老家的时候看到的，和我那时想象的情形完全一样。这么多珠宝的确是让人眼花缭乱，看够了以后，我们把珠宝数了一遍，并写出了一张单子，箱子里有 143 颗上好的钻石，包括一颗名字叫‘莫卧儿大帝’的钻石，听说这是世上如今存有的第二颗大钻石，以及 97 块翡翠、170 块红宝石、40 块红玉、210 块青玉、61 块玛瑙，还有很多的猫眼石、土耳其玉、绿玉和我那时叫不上名字的别的宝石。除去这些之外，还有 300 颗滴溜圆的珍珠，当中有 12 颗镶嵌在一条金项链上。顺便说一下，从庞迪彻里别墅带回宝箱的时候，经过查看，其他的都还在里面，就只少那条项链。

**同步思考**

那条项链去哪儿了呢?

“查看完以后，我们又将这些珠宝放到箱子里，拿到城堡门外面让穆罕默德·辛格瞧了瞧。我们又一次庄严地起誓：要永远保守这个秘密，绝不告诉任何人，我们一致同意先把宝箱藏起来，等动乱过去，日子变太平了再拿出来平分这些宝物。我们也想过当时就把珠宝平分，可是因为珠宝价格太昂贵，带在身上万一被别人发现了，会招惹他人的怀疑，何况我们的处所也没有隐秘的地方能够保存它们。于是，我们又把宝箱移到了我们埋葬尸体的地方，从比较完好的一堵墙上拿下几块砖，弄出一个大洞来，把宝箱藏进去，然后再把砖重新放回原处，我们仔细地记录下了藏宝的位置。第二天，我画了四张藏宝图，每个人各拿一张，在每张图的下面都写了我

们四个人的姓名，因为我们曾经发誓我们的一言一行都代表我们四个人的共同利益，因此，谁都不准私吞这一宗财物。我敢向天起誓，我从来没有违反过这一诺言。

**同步思考**

为什么他们四人都拿一份藏宝图?

“好了，接下来就是印度的叛乱结果啦。详细过程我就不向大家细述了，在威尔逊占据了德里，考林爵士占领了拉克瑞之后，叛乱就平息了。新的军队都来到了，叛酋拉纳·萨希伯逃离了印度，率领着一支快速突击队到达了阿格拉，将阿格拉的叛军全部消灭了。全国好像已经恢复了安定的状态。我们四个人一心想着瓜分财宝，然后跑得远远的。几乎一夜之间，我们的计划就泡汤了，我们被逮捕了，以杀死阿奇麦特的罪名。事情是这样的：那个酋长是因为相信阿奇麦特才将财宝交给了他，但是，那个酋长也是有私心的，所以他又另派了一个心腹做间谍，去偷偷盯着阿奇麦特，暗暗观察阿奇麦特的一举一动。酋长一再叮嘱他：要牢牢地盯着阿奇麦特。那天晚上他在后边暗地里紧跟着阿奇麦特，他看到阿奇麦特走进了堡门，他以为阿奇麦特到了城堡里事情就顺利结束了，所以第二天他就想办法走进了城堡。可是他在城堡里无论如何都看不见阿奇麦特的影子，他感到事情有点儿奇怪，于是他就和守护的班长说了这件事儿，班长就把这件事儿汇报给了司令官，很快来了一批军士在城堡里翻天覆地地搜索，不久就找到了阿奇麦特的尸首。当我们还自认为太平无忧的时候，就被以杀人罪拘捕了——三个人是那晚上的看门人，另外一个是死者的伙伴。审判的过程中没有人谈到财宝的事情，因为那个酋长已被废黜，而且被赶出了印度，因此，已经没有什么人再格外关心这件事儿了，可是，杀人的证据已经确凿，法庭审判结果是我们四个人都是杀人凶手。三个印度人被判终身囚禁，而我则被判死刑，

**词语解释**

酋长：一个部落的首领。酋长制度在撒哈拉沙漠以南的非洲广大地区比较普遍，尤其盛行在广大偏远、落后的地区。

幸运的是，我后来又被改成了终身囚禁。

“我们的处境我们自己也奇怪，外面是大批的珠宝，四人却被判处了死刑，想必这一生再也没有自由的时候了，与此同时，我们四个人又一起严守着一个秘密，我们都在期待能有那么一天，我们出去，得到那批财宝，然后摇身一变成为大富翁，尽情享受生活。可这也是最让人难以忍受的地方。明明知道大批的财物在外面等待着我们使用，但是依然要在这里为了吃一些粗糙的米、喝一口冰凉的水而忍受狱卒的任意欺凌。这样的生活简直快把我给逼得发疯啦，还好我天生固执，比较能忍受，一直在慢慢地等机会。

“最后，机会终于来了。我从阿格拉被押送到马德拉斯，后来又从马德拉斯转到了安达曼群岛上的布莱尔岛。由于小岛上白人罪犯很少，而且起初我就表现很好，很快我就得到了特别的照顾。在哈丽特山脚下的好望镇上，我被分配了一间属于自己的小草屋，非常舒服。那个岛上的环境特别差，热病广泛流行，我们附近就是喜欢吃人的生番居住的地方，生番们只要抓住时机就会对我们喷射毒刺。我们在那儿从早到晚忙着开荒、挖掘沟、栽种番薯以及很多别的活儿，直至夜幕降临我们才有点儿空闲时间。在那儿我学会了给外科医师调剂配药，并且学到了一些有关外科的技术。我无时无刻不在寻找逃走的机会，可是这儿离随便哪一个陆地都有几百英里之遥，而且那里的海面几乎没有什么风浪，所以逃跑的概率是很渺茫的。

“外科医师萨默顿是个纨绔子弟，天生喜欢嫖赌。那些驻军的青年军官夜晚经常去他家里一起打牌赌博。我常常调配药剂的药房和他的客厅只隔着一堵墙，两个房间之间开着一个很小的窗子。在手术室中，假如感觉孤独，我经常会将手术室里的灯

**词语解释**

纨绔子弟：旧指官僚、地主等有钱有势人家成天吃喝玩乐、不务正业的子弟。纨，细绢；纨绔，细绢做的裤子。

熄灭，站在那个小小的窗子跟前，倾听他们交谈或者观看他们打牌。我自己原本就喜欢打牌，因此在一边观看就像自己在打牌一样愉快，他们经常在一块儿玩的有土著部队的指挥官肖尔托少校、莫斯坦上尉和布罗姆利·布朗中尉，当然还有房主，那个外科医生，除此以外还有两三名监狱守官，这几位官员也是高手，牌技都很高。每当他们几个人凑在一起，打起来就是昏天暗地。

“可是很快就出现一个不太好的趋势，每回打牌，军官们总是输，而那几名监狱守官一直赢。我得说明一下，我可并非说他们合起伙儿来作弊，只不过是因为监狱守官自从转到安达曼群岛以后每天游手好闲，就用打牌来打发时光。日子一长，他们打牌的技巧就提高了，牌也打得熟练了。而那几个军官牌技太差，因此每次赌钱肯定输，而他们越输越急躁，下注就越大，为此，军官们的钱袋就日益窘迫，其中，输得最多的要数肖尔托少校了。刚开始他输的时候还是拿金币来付，到后来，钱都慢慢地输没了，他就不得不用期票来赌。他有时略微赢一点儿，就又放开胆量，最后就输得越来越多，弄得自己一天到晚愁容满面，喝得大醉，借此消愁。

**词语解释**

窘迫：使苦恼或窘困；又指使经济困难。

“那天晚上他输得比往常都多。因为跟莫斯坦上尉有很多一样的坏习惯，所以两个人平常总是在一起，肖尔托少校还在咕哝着说自己的赌运太差。

“当他跟莫斯坦上尉无精打采地往驻地走的时候，我正在自己的小草屋里坐着。

“路过我的小草屋的时候，他就对上尉说：‘莫斯坦，这下全完蛋了！我该怎么办呢？我必须离职，我即将成穷光蛋了。’

“上尉亲切地拍了拍他的肩膀说：‘老兄，不要胡说八道了，没什么大不了的，比这还要糟糕的事儿我都遇到过，可是……’我只听见了这些话，一个念头陡然出现，在我大脑里回旋。

“两天以后，肖尔托少校正在海岸上独自漫步，我乘机走上前去和他说话：‘少校，我有件事儿想跟您请示。’

“他把嘴中叼着的雪茄烟拿下来，问道：‘斯莫尔，有什么事儿呀？’

“‘先生，我想请示您，假如有藏着的财宝，应该交给什么人最好呢？我知道有一个地方埋藏着50万英镑的珠宝，既然我自己无法取用，我认为最好还是将它交给政府，没准儿他们会为此而给我减几年刑呢。’

“他倒吸了一口凉气，死死地瞅着我，以便确定我没有撒谎，过了一会儿他问道：‘斯莫尔，真的值50万英镑？’

“‘没错，先生，价值50万英镑上等的珠宝，您什么时候想要什么时候都可以拿到，珠宝原来的主人已经被驱逐出境，谁行动快谁就可以拿到。’

“他含混不清地说：‘斯莫尔，应该交给政府，应该交给政府。’他的语气犹犹豫豫，我清楚他已经掉进了我的陷阱里。

“我低声问道：‘那么，先生，您觉得我应当把这件事儿上报给总督吗？’

“‘别着急，斯莫尔，您先不要着急，否则您会懊悔的。您就先把所有的实情都对我讲讲吧。’

“于是我就把所有的情况都告诉了他，为了避免透露出藏宝之处，我在一些地方做了微小的改动。听我讲完，他两眼呆滞地站在那儿，深思了很久，从他那颤抖的双唇我能够看出他的心里正在进行着一场剧烈的斗争。

“过了一段时间，他对我说道：‘斯莫尔，这是一件大事儿，您先不要告诉其他人，等我考虑好了再告诉您应该怎么做。’

“果然，两天以后，他和他的好友莫斯坦上尉半夜里拿着灯来到了我的小草屋里。

“他对我说：‘斯莫尔，我想让您亲自把那天您对我说的事儿照原样给莫斯坦上尉讲讲。’

“于是我又按照先前的话讲述了一遍。

“肖尔托少校说：‘听起来很像是真事儿，是不是？这有干头吗？’

“莫斯坦上尉点了一下头，表示赞成。

“少校说：‘斯莫尔，实话告诉您吧，我和我的这个好友考虑了一下这件事，觉得这笔财富完全是你个人的事，跟占用国家财富没关系，所以没必要把它告诉政府，您完全有权利全权处理自己的幸福，不过您找我们，一定是有什么需要我们帮忙的，如果条件能让我们的意见一致，我很乐意为您处理这件事，起码帮您调查是没问题的。’我也故意装出一副冷漠的模样，可是内心却充满快乐地回答说：‘先生们，说条件，像处于我这种地位的人只有一个小小的条件，那便是我但愿你们可以帮助我和我的三位好友离开这里，然后我们允许你们加入，用五分之一的财物当作对你们二人的报酬。’

**词语解释**

报酬：形容得到他人帮助之后进行报答。有时又指薪水、工作后所得到的物品或钱财。

“他不以为然地说：‘哼！五分之一太少了。’

“我轻声说：‘计算起来你们每个人可以得到5万英镑呢。’

“‘问题的关键是我们要怎么做才能让你们离开这里呢？您很清楚，我们是做不到您所说的条件的。’

“我告诉他说：‘这很容易，您说的我已经都考虑到了，唯一的难题就是我们找不到一条适合做长途航行的船只和充足的粮食。在加尔各答或者马德拉斯有很多的快艇和双桅小帆船，你们会有办法弄一只来的，这样我们就在夜间开船，然后把我们四个人送到印度沿海的任意一个地方，你们的任务

就算完成了。'

“他面带难色地说：‘如果只有您一人还好说。’

“我回答说：‘少一个人都不成，我们四个人已经发过誓，四个人永远在一起。’

“他说：‘莫斯坦，您看看，斯莫尔是一个守信用的人。他对朋友很忠诚，我觉得我们完全能够信任他。’

“莫斯坦回答说：‘这是一笔很有风险的买卖，但是，正像您所讲的，这些钱帮了我们也是帮了你们。’

“少校说道：‘那好吧，斯莫尔，我们答应您的条件，但是，我们得先证实一下，看一看您所讲的是不是真的。请把藏宝之处告诉我们，等轮船开来时，我请假到印度去一趟，证实一下这件事儿。’

“他越急迫，我就越是漫不经心：‘先不要着急，我得先听听那三个人的看法，我之前就告诉过你们，我们四人里面只要有一人不赞成，这件事儿就办不了。’

“他插话说：‘瞎说！这是我们的协议，跟那三个黑鬼有什么关系？’

“我说：‘黑鬼也好，白人也罢，我们之间是有誓言的，必须大家都赞成才能做。’

“过了一段时间我们很快有了第二次见面，在穆罕默德·辛格、阿卜杜拉·克汉及多斯特·阿克巴都在这里的情形下，经过再次商议，双方意见达成一致。最后决定：我们将阿格拉堡的藏宝图送给这两名军人一人一张，在地图上标明藏宝的具体地方，好让肖尔托少校到印度去时进行证实，假如他找着了财宝，他先别动，一定得立刻弄一只小快艇，装上充足的粮食，到罗特兰岛来接我们，那时，肖尔托少校应该立刻回营销假，而让莫斯坦上尉请假到阿格拉去和我们接头，平均分配财宝，并且由莫

**嵌记妙语**

虽然他们在一起发过誓，但坏人的誓言是不可相信的，狼狈为奸的朋友也是如此。莫斯坦和那个上校都是伪君子，虚伪的推辞抵挡不住财宝的诱惑，他们答应和斯莫尔分这笔财宝。



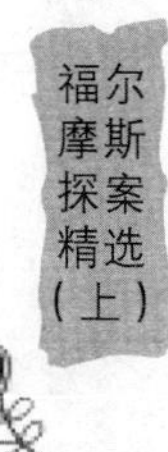

斯坦上尉替少校取他们两人应该得到的那一份。这所有的事情都是在我们的庄严宣誓下决定的——所有人们能够想到的或者所能够说出口的诺言——发誓一起信守，永不食言，接着我们连夜工作，画了两份藏宝图，每一张藏宝图上都标有我们四个人的姓名：阿卜杜拉、阿克巴、穆罕默德还有我自己。

“好了，各位先生们，我说了这么多大家肯定听烦了吧。我想此刻我亲爱的朋友琼斯长官正着急地要将我押到拘留所去，不然他不会放心，所以我就长话短说吧。这个浑蛋肖尔托去印度以后就再也没有回来，后来莫斯坦上尉让我看了一张乘客名单，是由印度驶往英国的邮船。果然，肖尔托的姓名在上面，除此之外，我还得知他的伯父去世了，为他遗留下了很多财产，因此他退伍回乡了。莫斯坦赶紧到阿格拉去了一趟，情况不出所料，财宝都消失了。他这个人真无耻，竟然把五个人一块儿都欺骗了，连他多年的好友莫斯坦都不放过。从那个时候开始，我的人生只有一个目标，那就是只为报仇而生存，我无时无刻不在想着这件事，几乎快被气疯了，不管是生是死，心里只有一个念头——逃走，然后找到肖尔托把他杀死，这是我仅有的一个愿望，甚至阿格拉财物在我心里的分量也赶不上杀死肖尔托的分量重了。

“我这一辈子许下过很多的愿望，一次也没有落空，可是为了这个机会，我却饱经折磨。我对你们说过，我学会了一些医学上的常识。有一天，萨莫顿医生由于发高烧躺在床上，有一名安达曼群岛上的小生番由于病得很厉害，就随便在森林里找了一个很安静的地方等着死神降临，后来被在那儿干活儿的罪犯捡了回来。我尽管知道生番天性凶狠，可还是细心地照料了他好几个月，他慢慢地好了起来，而且能走路了。此时他对我也产生了感情，也就不太愿意返回森林去了，整天就待在我的小草屋子里，我和他学习了一些他们那里的土语，这就更让他敬爱我了。

“他是一个好船夫，名叫童格，而且有一艘很大的独木舟。自从我意识到他对我的忠心和情愿为我付出一切的时候，我知道我逃走的时机来临了。我将我的想法对他说了一遍，并且让他在一天夜晚把船驶到一个没有人的码头上，接我登船，还让他找来几葫芦水、很多芋头、椰子和甜薯。

**词语解释**

独木舟：又称独木船，是用一根木头制成的船。它是船舶的“先祖”，是最早的船舶，在世界各地都曾出现过。

“童格是一个十分忠实的人，说句实在话，在这个世界上再也找不到比他更忠实的人了。他真的把船驶向了没有人看守的码头。事情真的很凑巧，一个平时老是欺负我的狱卒刚好在那里。我总是想找机会报复。现在机会真的来了，他背着枪背对着我，我真的想找一块石头敲破他的头，但是怎么也没有找到。

“最后我计上心头，想到了一个很好的武器。我在黑漆漆的夜里坐下来，把自己的假腿弄了下来，然后握在手里面，猛地跳了三下，然后来到了他的面前，朝着他的后脑勺狠狠地砸了下去。他的前脑壳就被打成了碎末。你们看一下我的假腿上面的裂痕就是打的时候留下的。一只腿承受不了我的全部重量，我和他一起倒在了地上，当我再次站起来的时候，发现他一动不动地躺在了地上。我登上了小船，一个小时以后就驶离了海岸。童格把他的所有物品，连他的打斗武器和神像全都搬到了小舟上，除此之外，他还有一个竹子制作的长矛以及几张用安达曼树叶织成的席子。我把这根矛当成船桅，把席子当成船帆，就这样，我们在大海上借着点风力随意地漂流了十天。到了第十一天的时候，一艘从新加坡开往吉大的商船搭救了我们。那只船上的人都是马来西亚人，



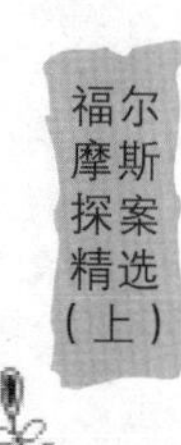

**词语解释**

朝圣：一项具有重大的道德或灵性意义的旅程或探寻。通常是去一个人信仰的圣地或其他重要地点。

**嵌记妙语**

为什么斯莫尔的复仇并不令人同情，他和《血字研究》中霍普一样将复仇作为人生的目标，但是霍普会引起我们的怜悯、同情甚至理解，而斯莫尔的一切行为带给我们的是恶感。显然两者复仇的目的有太大的差异。

他们是要去朝圣的。虽然船上人的行为我不知道，但是没有过多久我们就熟悉了。他们有一个很好的特点，就是让你很安静地待着，不会向你提任何的问题。

“如果我将我和我那小同伴的航海历程都对你们讲一遍，也许等到第二天都讲不完，你们也不想听。我们在这个世界上四处飘荡，四海为家，可是无论怎样也到不了伦敦，每当夜深人静的时候，我都想着怎么去报仇，怎样将肖尔托杀死。在梦中，我已经将他杀死了好几次了。直到三四年前我才来到了英格兰。到达之后，我轻而易举地获得了肖尔托的地址，但是接近他很不容易。于是我又想方设法打听，看看他是不是真的拿走了那些财宝，财宝是不是在他的手里。我和那位帮我忙的人成为好朋友，那个人的姓名我是不会告诉你们的，避免连累他。很快，我就获悉财宝依然在肖尔托的手里。我用尽了所有的办法想着去报仇，但是他很谨慎，他身旁除去两个儿子和一位印度仆人以外，还有两名职业拳击手每时每刻都在保护着他。

“有一天，听说他病危了，在世上的日子不多了，就这样叫他死去，简直太便宜他了，我不甘心。于是，我就立刻闯到了他家的后花园，从窗户外面向里面看，我看见他正躺在床上，他的两个儿子分别站在了他的床的两侧。那个时候，我真的恨不得将他们三个狠狠地打一顿。就在这时候，我看见了他的脑袋耷拉了下来，我知道他已经死了，即使我现在进去也没有什么事情。那天晚上，我悄悄地跑到了他的房间里，把每一个角落都仔细地搜查，想从他的文件中找到他藏财宝的位置，但是还是一无所获。我盛怒之下，在离开房间以前，就把和藏宝图一模一样的签名放在了他的胸口。即使以后见到我的那三个朋友，我也会对他们说，我留下了报仇的记号，对于他们来说或许就是一种慰藉。在他下葬之前，被他掠劫和蒙骗的人应当留下一点儿标记，让他也不会太舒服。

“从此以后，我就把童格当成吃人的野人，带到集市上或者人多的一些地方进行表演，借此来谋生。他可以把生肉一口吞下去，会跳生番的舞蹈，因此，每天我们都能挣到那么整整一帽子的硬币。我也经常听说关于庞迪彻里别墅的情况，一连好几年，除了他们还在寻找宝物外，没有任何的消息，直到后来，我盼望的消息终于传了出来——找到宝藏了。财宝放在巴塞洛缪·肖尔托先生化学实验室的屋顶的暗室里，我马上就跑到那儿侦察地形。可是，我带着这条木头腿是很难爬到屋顶上去的，后来我知道了房顶上有一个暗门，从那里就可以走进去，并且我还知道了小肖尔托先生的用餐时间。突然我想起来了，我可以借助童格来帮忙，这样我就可以很容易成功。于是我就带了一个很长的绳索，带着童格一起过来了。我把绳子牢牢地拴在他的腰间。他好像猫一样快速灵巧，不一会儿，他就从房顶上进到了屋子里，但是，可怜的小肖尔托那个时候仍然在房间里，所以被杀死了。把他杀了之后，童格很高兴，因为我下去的时候，他就像是一个高傲的孔雀在那里走来走去，直到我拿起了绳子的一头，然后狠狠地向他的头打去，骂他是吸血鬼的时候，他居然很吃惊地看着我。我把财宝从阁楼上取下来以后，在那张桌子上面放了一张有四个签名的纸条，表明财宝终于回到了原来的主人手里。然后，我就先用绳子将宝箱放下去，接着自己也沿着绳子滑了下去，童格将绳子收起来，关好了窗子，依然从原路下来了。

“我认为我要说的就只有这些了。我曾经听到一个船夫说，史密斯有一辆速度非常惊人的船——

**词语解释**

慰藉：安慰、抚慰。

**嵌记妙语**

其实斯莫尔本身不想杀人，但是他忠实的朋友却帮他杀了，谋财还要害命，罪上加罪，尽管他没有杀人，也是杀人凶手的同谋。因此只对自己忠实的朋友不一定是好人：引导朋友走歪路的不是真正的朋友。

‘奥罗拉’。这正好是我们逃跑的好工具。于是我向史密斯谈好了条件，雇用他的那条快艇。然后告诉他只有把我们送到大船上，就给他更多的报酬。虽然他知道里面有秘密，但是我可以保证他什么都不知道。所有的一切，每一个字、每一句话都是真的。各位先生，我讲这一切并非想为自己开脱，况且你们并没有很好地对待我，只是我深信讲出真相是最有说服力的辩解。我要叫世界上的人都知道肖尔托少校过去是怎样背信弃义骗了我们，而他儿子的死，是不能怪我的。”

夏洛克·福尔摩斯意味深长地说：“你讲故事的能力很棒，一个人人注意的案件终于有了结果，你所讲的那部分，除了那根绳子是你带的我没有料到，其他的都跟我推断的一模一样。随便问一句，我原本认为童格已经把他的毒刺全部丢失了，为什么后来他在船上面又对我们喷射了一根呢？”

“是的，先生，他的毒刺是丢了，不过在他的吹管里应该还有一根。”

福尔摩斯说：“啊，原来这样，这点是我没有料到的。”

这名罪犯非常激动地问道：“各位先生还有什么问题吗？”

我的伙伴回答说：“我没有了，多谢。”

埃塞尔尼·琼斯说：“行啦，福尔摩斯，你现在应该满足了吧，我们大家都相信你是一个非常出色的犯罪鉴定家，对于今天你的行为以及你朋友的行为我已经很宽容了。现在我们要把这个善于讲故事的人押进监狱了，我才能够放心。现在我要公事公办。马车还在外边等着，两名警长还在楼下面呢，对于你们二人的大力协助，感激不尽，当然了，开庭审判时还请二位出庭去做证。晚安。”

乔纳森·斯莫尔也站起身来告别说：“祝二位

晚安。”

小心翼翼的琼斯在出门时说道：“斯莫尔，你走在前面，你怎么对待安达曼群岛上的人的，我可得格外小心，不能给你用木头打我的机会。”

等他们离开以后，我和福尔摩斯吸着烟，默默地坐了片刻，我开口说道：“这就是咱们这场小戏剧的结果了。可能今后我和您学习的时候不多了，我已经和莫斯坦小姐订婚了。”

他情绪非常低落地哼了一声，叹息道：“我早就想到了，不过请你原谅我不能向你道谢。”

我有点不高兴。

于是问道：“难道您对我的决定有什么不满之处吗？”

“一点都没有，她是我见过的最善良的一个姑娘，也很有利于我们这一行的工作，因为她有很好的逻辑判断方面的天赋，光从她能找到她爸爸钱包里的那张仅存的藏宝图就可以知道。但是爱情这是感情上的事情，我觉得我最主要的就是没有这方面的天赋，所以早晚会发生矛盾的，所以我永远不会谈恋爱，永远不会结婚，以免妨碍我的判断力。”

**嵌记妙语**

这恐怕就是福尔摩斯的爱情观吧！

“我的推断力能够经受得起感情的严酷考验，看起来您是太疲惫了。”

“没错，我也是这样的感觉，恐怕一个星期都缓不过来。”

“奇怪，我很好奇一个懒得出奇的人怎么有时候又那么地勤劳呢？”

他回答说：“是啊，人就是一个矛盾体，我是一个懒得出奇的人，但是又是一个朝气蓬勃的人。我非常赞同歌德的一句名言：‘上帝把您创造成人的外形以后，究竟是金玉还是糟糠全看您自己了。’顺便说一下上诺伍德的案件，正像我起初就怀疑的那样，他们在庞迪彻里别墅中应当有一个内线，如

**词语解释**

糟糠：酒糟、米糠等粗劣食物，旧时穷人用来充饥。



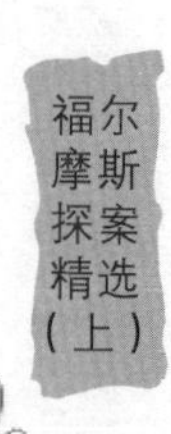

今知道了就是那个印度仆人赖尔·拉奥。因此事实上琼斯已经在他的那张宽大的网里捉到了一条鱼，这应该算是琼斯的个人功劳了。”

我说：“这太不公平了，整个案件都是你一个人在忙来忙去，结果却是我得到了妻子，琼斯得到了荣誉，那么你得到了什么？”

夏洛克·福尔摩斯说：“我？为我省下了这瓶可卡因。”一边说着，他又把他那洁白修长的手指伸向了那个药瓶。

# 冒险史系列

## 波希米亚丑闻

每一次交谈，福尔摩斯都把她称为女人，似乎除此之外，他再也找不到别的称呼叫她。在他眼里，她就是女神，这倒并不是说他对艾琳·艾德勒有什么近乎爱情的感情。他的思维世界，是由理性、严谨、刻板搭建而成的，所有的情感，尤其是爱情，对他而言是不可理解的。我把他看成世界上最完美的用于推理与观察的机器。如果让他处在情人的位置，那就好比把一台完美的机器放在了错误的位置。他从来不说那些叫人感动的话，更不用说讲话时常带着讥讽和嘲笑的口吻。对于那种温柔的情话，观察家可能是赞赏的——因为它对于揭示人们的动机和行为是再好不过的线索了。但是对于一个训练有素的理论家来说，容许这种情感侵扰他自己那种严谨细致的性格，他的精力就会分散，那样就会使他因聪明而取得的成就受到质疑。在精密仪器中落入沙砾，或者是高倍放大镜镜头产生了裂纹，都不会比在他这样的性格中掺入一种强烈的感情所具有的

**嵌记妙语**

华生不愧为福尔摩斯的挚友与战友，他对福尔摩斯的了解超过了任何人，因此他在叙述福尔摩斯故事的时候，才能做到准确、生动又富有感情。但这个故事里即将出现一位女性——艾琳·艾德勒，一个让福尔摩斯叹服、爱慕，甚至改变了他的女性观的女神。



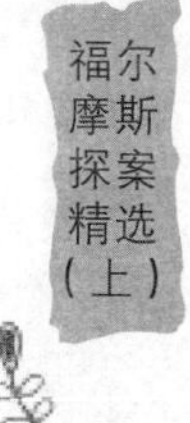

破坏力大。可他的世界就是这样被颠覆了，因为一个女人——艾琳·艾德勒。

我结婚以后就很少和福尔摩斯见面了。完美的婚姻带来的幸福，成为一家之主的乐趣，吸引了我全部的注意力。可是福尔摩斯，依旧是那样的不羁，厌恶社会上一切繁缛的礼仪，所以依然住在我们那所贝克街的房子里，埋头于旧书堆中。他一个星期服用可卡因，另一个星期又充满了干劲，就这样交替地处于用药物引起的瞌睡状态和他自己那种热烈性格的旺盛精力状态中。还和从前一样，他仍醉心于研究犯罪行为，并用他那卓越的才能和非凡的观察力去找那些线索和打破那些难解之谜，而这些谜是官方警察认为毫无希望解答而被放弃了的。我离开了福尔摩斯，变得跟所有人一样，只能通过报纸了解他的境况，比如他被召到敖德萨去办理特雷波夫暗杀案，以及侦破亭可马里的阿特金森兄弟惨案，还有最近他为荷兰皇家完成的微妙和出色的使命，等等。

1888 年 3 月 20 日晚上，就是前一天晚上，我出诊回来(此时我已又开业行医)，正好经过贝克街。我对那所房子的记忆就像我早上才离开那个门一样。在我的心中，我总是把它同我所追求的东西并同在“血字的研究”一案中的神秘事件联系在一起。当路过那大门时，我突然产生了与福尔摩斯叙谈叙谈的强烈愿望，想了解他那非凡的智力目前正倾注于什么问题。他的几间屋子，灯光雪亮。我抬头仰视，可以看见反映在窗帘上的他那瘦高挑黑色侧影两次掠过。他的头垂得很低，两手紧握在背后，迅速而又急切地在屋里踱来踱去。我对他的各种精神状态和生活习惯了如指掌，所以对我来说，他的姿态和举止本身就明白地告诉我——他又在工作了。他一定是刚从药物作用下的梦中起来，满脑子的证据、线索、案情。按了门铃后，我跟着他回到久别的屋子，

**同步思考**

福尔摩斯被哪个人给颠覆了?

**词语解释**

倾注：倒、灌注；把精神、力量等集中到一个目标上。

一股怀旧的味道扑面而来。

我以为他见到我会很高兴，可他的态度实在算不上热情，这真是少见而意外。他几乎一言不发，可是目光亲切，指着一张扶手椅让我坐下，然后把他的雪茄烟盒扔了过来，并指了指放在角落里的酒精瓶和小型煤气炉。他站在壁炉前，用他那独特的内省的神态看着我。

**词语解释**

内省：在心里边反省自己。

"看样子婚姻生活很适合您。"他说，"华生，我想自从我们上次见面以来，您体重增加了7.5磅。"

"7磅。"我回答说。

"相信我，是7磅多。华生，我想是7磅多一点儿。据我的观察，您又开始给病人看病了吧；您过去并没跟我谈起过您要行医啊。"

"您是怎么知道这些的？"

"我可是凭着看一看就知道的，自然是用我的观察推断出来的。否则我怎么知道您最近一直挨淋，而且有一位愚笨又粗心的侍女呢？"

"我亲爱的福尔摩斯，"我说，"您简直太厉害了。您要是活在几世纪以前，一定会被人当成巫婆用火烧死的。的确，星期四我步行到乡下去过一趟，回家时被雨淋得一塌糊涂。可是我已经换了衣服，真想象不出您是怎样推断出来的。至于我那个笨得出奇的女佣玛丽·珍，已经被我的妻子打发走了。可我实在想不通你是怎么猜出来的。"

这又让他得意地嬉笑起来，他那双细长的神经质的手不停地来回搓着。

"这是些很容易看出来的事。"他说，"我的眼睛告诉我，在您左脚那只鞋的里侧，也就是炉火刚好照到的地方，其面上有六道几乎平行的裂痕。很明显，这些裂痕是由于有人为了去掉沾在鞋跟的泥块，粗心大意地顺着鞋跟刮泥时造成的。由此我得到了两个推断结果，一是您曾经在恶劣的天气中



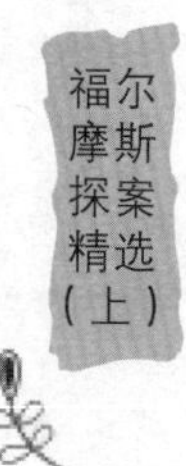

出去过，二是您穿的皮靴上能出现的这么难看的裂痕一定是伦敦年轻而没有经验的女佣干的。至于说您开业行医嘛，如果一位先生走进我的屋子满身的碘的气味，右手食指上有硝酸银的黑色斑点，而且大礼帽右侧面还鼓起一块，说明他曾用过他的听诊器，有这么多线索，我还不能说出他是一位医学知识分子，那我就真够愚蠢的了。”

别人无从依据的事情，在他看来是这样轻松合理，我不禁笑起来：“经您这么一推理，”我说，“事情仿佛总是显得那么简单，几乎简单到了可笑的程度，甚至我自己也能推理，在您解释推理过程之前，我对您推理的下一步的每一情况总是感到迷惑不解。虽然我觉得我的眼力不比您的差。”

“确实是这样，”他点燃了一支香烟，全身舒展地倚靠在扶手椅上，回答道，“你是有眼力，可你只是在看，并不是观察。观察和看之间的区别是很清楚的。比如说，您常看到从下面大厅到这间屋子的梯级吧？”

“很平常看啊，看过很多次了。”

“具体多少次？”

“谁去记这个，不过应该不下于几百次吧。”

“那您能告诉我那一共是多少级呢？”

“多少梯级？我不知道。”

“这不就完了。您只是在看，根本没有有意识地去研究身边的细节。这就是你我的区别所在。您看，我这里有 17 级台阶，因为我有心在观察它。我看您喜欢把我的一两个小经验记录下来，来吧，把这个东西拿去看。”他把一直放在他桌子上的一张粉红色的厚厚的便条纸扔了过来，“这是最近一班邮差送来的，”他说，“您大声地念念看。”

这是张没有日期，也没有签名和地址的便条。便条里写道：某君将于午夜零点四十五分到访，是有至为重要之事要与阁下相商。阁下最近为欧洲一王室的效劳表明，委托阁下承办难于言喻之大事，足可信赖。此种传闻，广播四方，我等知之甚稔。届时望勿外出。来客如戴面具，请勿介意是幸与不幸。

“这件事真的很神秘，”我说，“您想这是什么意思？”

“我还没有可以作为论据的事实。在我们得到这些事实之前就加以推测，那是最大的错误。有人总是不自觉地喜欢用事实来适应理论，也不管那是多么地牵强附会。真理告诉我们必须用理论来适应事实。现在这里有一张便条，您试一下看能不能从中推断出些什么来。”

我看着笔迹和这张写着字的纸，检查得很仔细。

“写这张条子的人可能很有钱。”我尽力去模仿福尔摩斯的推理方法去分析着，“这种纸半个克朗买不到一沓。纸质特别结实和挺括。”

“特别——正是这两个字，”福尔摩斯说，“您举起来向亮处照照看。这根本不是一张英国造的纸。”

我按照他说的这样做了。看到纸质纹理中有一个大“E”和一个小“g”、一个“P”以及一个“G”和一个小“t”交织在一起。

“你知道这是什么意思吗？”福尔摩斯问道。

“不用说这就是制造者的名字，更确切地说，是构成他名字的交织在一起的字母。”

“完全不对，‘G’和小‘t’代表的是‘Gesellschaet’，也就是德文‘公司’这个词。像我们‘Co’这么一个惯用的缩写词一样。当然，‘P’代表的是‘Paper’——‘纸’。现在该轮到‘Eg’了。让我们翻一下《大陆地名词典》。”他从书架上找出一本很厚的棕色书皮的书。“Eglow Eglonitz——找到了，Egria。按照德语的说法，它就是波希米亚，一个离卡尔斯巴德不远的国家。因为瓦伦斯坦死在那个地方而出名，同时凭借其玻璃工厂和造纸厂林立而著称。哈哈，

**词语解释**

牵强附会：把本来没有某种意义的事物硬说成有某种意义。也指把不相关联的事物牵拉在一起。

**同步思考**

华生能推理成功吗？

老兄，您看出这是什么意思吗？”他得意地喷出一大口蓝色的香烟的烟雾，两只眼睛闪闪发光。

“这是在波希米亚制造的纸。”

“完全正确。这张纸条是一个德国人写的。您是否注意到‘此种传闻，广播四方，我等知之甚稔’这种特殊的语法结构？只有德国人才会这样乱使用动词，法国人或俄国人是不会这样写的。所以现在只需要查明这位用波希米亚纸写字、不愿用真面目见人的德国人到底想干些什么。你等着，要是我没有猜错的话，他的到来会为我们解开这一切谜团的。”

**词语解释**

真面目：本来的面貌。犹言真相。

就在他说话的时候，一阵清脆的马蹄声和马车轮子摩擦路边镶边石的轧轧声响起了，我们很快就听到一阵用力的拉门铃声。福尔摩斯吹了一下口哨。

“听声响是两匹马。”

“不错，”他说，接着眼睛朝窗外瞧了一眼，“一辆可爱的小马车和一对漂亮的马，每匹值150畿尼。华生，要是没有意外的话，这个案子的主顾可有的是钱。”

“我想到我该走的时候了，福尔摩斯。”

“哪儿的话，医生，您就待在这里。要是没有我自己的包斯威尔，我也有不知所措的时候。还有就是，这个案子会非常有趣的，你错过会非常遗憾的。”

“但您的委托人……”

“不要理他，也许我会需要您的帮助，没准他也会这样想的。他来啦。您就坐在那张扶手椅子里，医生，好好地看着我们吧。”

缓慢而沉重的脚步声在楼梯上传来，然后在过道上，到了门口骤然停止；响亮而鲜活的叩门声传来。

“请进来！”福尔摩斯说。

一个人走了进来，他的身高足有6.5英尺，胸部宽阔，四肢有力，穿着华丽。那样华丽的装束，简直是富丽堂皇，不过在这种场合似乎有点庸俗。他的袖子和双排纽扣的上衣前襟的开衩处都镶着宽阔的羔皮镶边，肩上披的是深蓝色大氅，用猩红色的丝绸做衬里，领口别着一只用单颗火焰形的绿宝石镶嵌的饰针。他脚上穿着的一双高到小腿肚的皮靴，靴口上镶着深棕色毛皮，这些都让他那粗俗奢华的外表更加醒目。他脸的上半部戴着一只黑色的盖过颧骨的遮护面具，手里拿着一顶大檐帽。显然他刚刚整理过面具，因为进屋时，他的手还停留在面具上。从他脸的下半部看，他嘴唇厚而下垂，下巴又长又直，带着一种近乎顽固的果断，像是个性格坚强的人。

**词语解释**

富丽堂皇：富丽，华丽；堂皇，雄伟，盛大。形容宏伟华丽，气势盛大。也形容诗文辞藻华丽。

**嵌记妙语**

注意肖像描写、细节描写在表现人物时的重要作用。

“我的条子您接到了吗？”他问道，声音深沉、沙哑，带着浓重的德国口音。“我提前已通知过，我要来拜访您。”他轮流地瞧着我们两个人，好像拿不准要跟谁说话似的。

“请坐，”福尔摩斯说，“这是我的朋友和同事——华生医生。他经常大力帮助我办案子。请问您该怎么称呼？”

“我是波希米亚贵族。您可以称呼我冯·克拉姆伯爵。我想您的这位朋友应该是位十分谨慎、值得尊敬的人，可我还是不能肯定可以把极为重要的事托付给他。所以我宁愿跟您单独谈。”

我站起身来要走，但福尔摩斯抓住我的手腕，把我拉回原来的扶手椅里坐下。“要谈两个一起谈，要么就不谈。”他对来人很不客气地说，“在这位先生跟前，凡是您可以跟我谈的您尽管谈好了。”

**嵌记妙语**

华生听了冯·克拉姆伯爵的话刚起身要走，但福尔摩斯又把他拉了回来，并对冯·克拉姆伯爵说凡是跟他谈的都可以当着华生的面谈，从福尔摩斯的话语中可以得知他对与他同甘共苦的华生医生非常地信任。因此我们说真正的朋友就要互相信任，以诚相待。

伯爵耸了耸他那宽阔的肩膀说道，“那么我首先得约定你们二位在两年内绝对保密，两年后这事就无关紧要了。目前说它重要得也许可以影响整个欧洲历史的进程都不过分。”

“我保证遵约。”福尔摩斯答道。

“我也是。”

“您不介意这个面具吧。”我们这位陌生的来客继续说，“派我来的贵人不愿意让你们知道他派来的代理人是谁，我可以实话告诉你们，刚才告诉你们的不是真实的姓名。”

“我已经知道这一点。”福尔摩斯冷冰冰地答道。

“情况很危急。我们必须采取一切预防措施来防止这件事情成为丑闻，不然的话，整个欧洲王族都会遭到严重损害。坦率地说，这件事会牵连到伟大的奥姆施泰固家族——波希米亚世袭国王。”

“这我也知道。”福尔摩斯喃喃地说道，随即坐到扶手椅里，闭上了眼睛。

在来客心里，福尔摩斯毫无疑问是欧洲最具有逻辑能力和精力最充沛的侦探。对福尔摩斯的慵懒，来客不禁流露出好奇。福尔摩斯慢条斯理地重新睁开双眼，不耐烦地瞧着他那身躯魁伟的委托人。

“要是陛下肯屈尊将案情告知，”他说，“我一定会全心为此事出力的。”

**嵌记妙语**

故事至此足以引起读者的阅读兴趣，一位国王屈尊来向福尔摩斯咨询，那将是怎样的案情啊！但福尔摩斯表现出的泰然、自信、不攀附权贵的确让人敬佩。

听了这话，这个人猛地从椅子上站起来，难以自制地在房间里激动地走来走去。接着，他以一种绝望的姿态把脸上的面具扯掉扔到地下。

“您完全猜对了，”他喊道，“我就是国王，这没什么好隐瞒的。”

“嗯，真的吗？”福尔摩斯喃喃地说，“陛下还没开口，我就知道我是要跟卡斯尔·费尔施泰因大公、波希米亚的世袭国王威廉·戈特赖希·西吉斯蒙德·冯·奥姆施泰因交谈。”

“可您一定要理解，”我们奇怪的来客又重新坐下来，用手摸了一下他那又高又白的前额说道，“您必须理解我是不习惯亲自来办这种事的。可是这件事的性质又决定我必须自己出马，让我把它告诉一个侦探，忍受任人摆布的命运。我是从布拉格微服出行来到这里的，就为了向您征询意见。”

“那就麻烦您直接告诉我详情吧。”福尔摩斯说着就闭上了眼睛。

“简单地说，事情是这样的：大约五年以前，我到华沙长期访问期间，认识了一个大名鼎鼎的女冒险家艾琳·艾德勒。我相信您对这个名字并不陌生。”

“医生，请您在我的资料索引中查查艾琳·艾德勒这个人。”福尔摩斯喃喃地说，眼睛睁也没睁开一下。他多年来采取这么一种办法，就是把有关许多人和事的一些材料贴上签条备查。因此，别人说的事情中，他极少有不能马上提供出情况的。关于这件案子，我找到了关于她的个人经历的材料。这材料夹在一个犹太法学博士和写过一篇关于深海鱼类专题论文的参谋官这两份历史材料中间的。

“让我瞧瞧，”福尔摩斯说，“嗯！1858 年生于新泽西州。女中音、意大利歌剧院、华沙帝国歌剧院首席女歌手、退出了歌剧舞台、住在伦敦——哈，没有错！我没猜错的话，就是这位年轻女人和陛下有牵连。过去您曾给她写的那些言语不适的信件，现在则急于想把它们弄回来。”

“是这样没错，怎么才能……”

“您有没有和她秘密结过婚？”

“没有。”

“有法律文件或证明吗？”

“没有。”

“那我就不懂了，陛下。要是这位年轻女人想用信来达到讹诈或其他目的时，她怎么能够证明这些信是真的呢？”

“有我写的字。”

“可以说伪造。”

“我私人的信笺呢？”

**词语解释**

微服：改变常服以避人耳目。通常指帝王或高官为隐蔽身份而改穿的平民便服。

讹诈：借故诬赖敲诈。



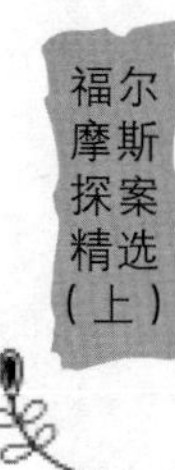

“就说是偷的。”

“我自己的印鉴。”

“仿造的。”

“我的照片。”

“买的。”

“麻烦就在于那是一张合影照。”

“噢，天哪！这可太糟糕了。陛下的私生活的确太粗心大意了。”

“我当时真是疯了——精神错乱。”

“这对您真是个定时炸弹啊。”

“当时还是个王储，太年轻。就是现在我也不过三十岁。”

“您的意思是必须把那张照片重新收回。”

“对，我们已经试过，但是都失败了。”

“陛下可以出钱把照片买过来。”

“她不会卖的。”

“您可以派人去偷啊！”

“我们已经试过五次了。有两次我出钱雇小偷搜遍了她的房子；一次她在旅行时我们调换了她的行李；还有两次我们对她进行了拦路抢劫，但什么也没有得到。”

“完全没有那张相片的痕迹？”

“完全没有。”

福尔摩斯笑了，说道：“这问题真的有点儿幼稚。”

“可的确是个十分严重的问题。”国王口气责备，顶了他一句。

“很严重吗？您认为她会用这照片干些什么呢？”

“把我毁掉。”

“怎么个毁法？”

“我很快就要结婚了。”

“我听说了。”

“我将和斯堪的纳维亚国王的二公主克洛蒂尔

德·洛特曼·冯·札克斯迈宁根结婚。她是一个心思敏锐、不容瑕疵的女人，而且她的家规又很严。只要她对我的行为产生怀疑，我们的婚事就别想继续了。”

“那么艾琳·艾德勒呢？”

“她威胁我说会把照片寄给公主，她是会说到做到的，她一直就是一个这么疯狂的人，您不知道，在她那美丽的女人的容颜下，是一颗男人般刚毅的心肠。只要我和另一个女人结婚，她是什么事都做得出来的。”

“您确定她现在还没有把照片寄出去吗？”

“我确定。”

“为什么？”

“因为她说过，她要在婚约公开宣布的那一天把照片送出去。也就是下个星期一。”

“怕什么。咱们还有三天时间，”福尔摩斯边说边打了一个哈欠，“来得及的。陛下会在伦敦小住时日吗？因为目前我还有一两桩重要的事情要调查调查。”

“对。您可以在兰厄姆旅馆找到我，我用的名字是冯·克拉姆伯爵。”

“我将写封短信让您知道我们的进展情况。”

“那太好了，我非常急于知道。”

“还有一件，就是关于钱的事。”

“由您全权处理。”

“毫无条件吗？”

“我可以告诉您，我愿意拿我国的一个省来交换那张照片。”

“那么这一次的费用呢？”

国王从他的大氅下面拿出一个很重的羚羊皮袋，把它放在桌上。

“这里有300英镑金币和700英镑钞票。”他说。

**词语解释**

瑕疵：玉的斑痕。亦比喻人的过失或事物的缺点。



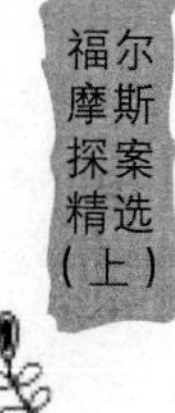

福尔摩斯在他笔记本的一张纸上潦潦草草地写了收条，撕下后递给他。

“那位小姐的地址呢？”他问道。

“圣约翰伍德，塞彭泰恩大街，布里翁尼府第。”

福尔摩斯记了下来。“还有一个问题，”他说道，“照片是6英寸的吗？”

“是的。”

“那么，再见，陛下，我相信我们很快就会给您带来好消息。华生，再见，”皇家四轮马车正向街心驶去，这时他接着对我说，“我想请您明天下午三点钟来，把这件小事跟您聊一下。”

**嵌记妙语**

福尔摩斯接受了关于国王的案件，关于他提出的问题国王都一一作答，因为国王知道他已身经百战，所以对他很信任。福尔摩斯对于国王托付的案子也是一样地自信，他相信这个案件的结果像其他案件一样很快就会揭晓。

我在三点整的时候到了贝克街，福尔摩斯还没有回来。女房东告诉我，八点钟的时候他已经出去了，但我只是非常想见他，我在壁炉旁坐下，做好长久等待的打算。我对这个案子已经产生了浓厚的兴趣，虽然这个案子既不惊悚也不骇人听闻，可是它是国王委托的，仅这一点，就足以让我对这个案子的态度与众不同起来。还有就是福尔摩斯，他的敏锐力、逻辑推理能力，所有的案件都可以在他的手里迎刃而解，奥秘什么的根本就不值得一提。我跟他学习，享受其中的乐趣。他于我就是万能的，没有什么疑案会把他难倒。

下午四点钟左右，屋门开了，走进来一个醉醺醺的马夫。他样子邋邋遢遢，留着络腮胡须，面红耳赤，衣衫破烂不堪。尽管我对我朋友的化装术的惊人技巧已经习以为常了，可对进来的这个人我还是审视再三才敢确定是他。他向我点头招呼一下就进了卧室。不消五分钟，他就和往常一样身穿花呢衣服，风度高雅地出现在我面前。他把手插在衣袋里，在壁炉前舒展开双腿，尽情地笑了一阵子。

**嵌记妙语**

惊人的化装术也是福尔摩斯的特殊才能之一，他侦破的许多精彩案件都是借用化装术完成的。

“噢，真的吗？”他喊道，忽然呛住了喉咙，接着又笑了起来，直到笑得软弱无力地躺在椅子上。

“这是怎么回事？”

“简直太有趣了。您一定猜不出我整个上午做了什么，还有我找到了哪些有用的信息。”

“我想象不出来。也许您一直在注意观察艾琳·艾德勒小姐的生活习惯，也许还观察了她的房子。”

“一点儿不错，可结果却是很令人吃惊。不过我愿意把情况告诉您。我今天早晨八点稍过一点离开这里，扮成一个失业的马夫。在那些马夫中间存在着一种美好的互相同情、意气相投的感情。如果您成为他们之中的一员，您就可以知道您要想知道的一切。我很快就找到了布里翁尼府第。那是一幢小巧雅致的别墅，后面有个花园。这是一幢两层楼房，面对着马路建造的。门上挂着洽伯锁。右边是宽敞的起居室，内部装饰华丽，窗户之长几乎到达地面，然而那些可笑的英国窗闩连小孩都能打开。除了从马车房的房顶可以够得着过道的窗户以外，其他的就没什么值得注意的。我围绕别墅巡行了一遍，从各个角度仔细侦查，别的也没什么让人感兴趣的。

“接着我顺着街道漫步，和预想的一样，我发现在靠着花园墙的小巷里，有一排马房。我帮助那些马夫梳洗马匹。他们给我两个便士、一杯混合酒、两烟斗装得满满的板烟丝作为酬谢，并且提供了许多我想知道的有关艾德勒小姐的情况。除她之外，他们还告诉我住在附近的其他六七个人的情况，我对这些人毫无兴趣但是又不得不耐着性子听下去。”

“艾琳·艾德勒的事怎么样？”我问道。

“噢，她使那一带所有的男人都为她神魂颠倒。我从来没见过她那样俏丽的美人呢。在塞彭泰恩大街马房，人人都是这么说的。她过着宁静的生活，在音乐会上演唱。每天下午五点钟出去，七点钟回家吃晚餐。她除了演唱外，其余时间则深居简出。

**词语解释**

别墅：是居宅之外用来享受生活的居所，是第二居所而非第一居所。现在普遍认识是，除“居住”这个住宅的基本功能以外，更主要体现生活品质及享用特点的高级住所，通常为独立的庄园式居所。

她只与一个男人交往，而且关系还很亲密。那是一个肤色黝黑、体态英俊、很有朝气的男人。他每天至少来看她一回，有时是两回。他是住在坦普尔的戈弗雷·诺顿先生。这些马车夫为他赶车不下十几次，从塞彭泰恩大街马房送他回家，因为有他的信任，所以对他的事都很清楚。我听完了他们所谈的一切之后，便开始再一次在布里翁尼府第附近漫步徘徊，为我的下一步行动制订方案。

嵌记妙语

职业侦探的确是一份有风险但也有趣的工作，接触观察形形色色的人，体验感受形形色色的生活，同时又不能忘记自己的职责和任务，他们体验了多面人生。

“很明显的，这个戈弗雷·诺顿是这件事的关键性人物。他的职业是律师，这个信息对我们可不好。他们两人之间是什么关系呢？他不断地来看她有什么目的？她是他的委托人？他的朋友？或者是他的情妇？如果是他的委托人，她大概已经把照片交给他保存了。如果是他的情妇，那就不大会那么做。我现在的判断很重要，它将决定我接下来是继续对布里翁尼府第实施调查，还是把精力转到那位先生在坦普尔的住宅方面。这也是我必须小心谨慎的原因所在，我们无疑中会扩大我们的调查范围，我不知道您对这些琐碎的细节是不是感到心烦，可是我想您知道我所面对的困难，结果本身并没有乐趣。”

“我正在用心地听着呢。”我回答道。

“我正在权衡抉择的时候，忽地瞧见一辆双轮马车赶到布里翁尼府第门前，由车里跳出一位绅士。他是一位非常漂亮的男人，黑黑的，鹰钩鼻子，留着小胡子——显然就是我听说的那个人。他仿佛十万火急的样子，大声吆喝要车夫等着他。他从替他开门的女仆面前擦身而过，显示出毫无拘束的神态。

词语解释

抉择：挑选；选择（用于较正式的场合或书面）。

“他在屋子里逗留了大约半个小时。我透过起居室的窗户可以隐隐约约地看见他踱来踱去，挥舞双臂兴奋地谈着。可我却没有看到她。他随即走了出来，好像比刚才更加急忙的样子。他在登上马车时，从口袋里掏出一块金表，急切地看了看朝车夫喊道：

‘拼命快赶，先到摄政街格罗斯·汉基旅馆，然后到埃奇丰尔路圣莫尼卡教堂。您要是能在二十分钟之内赶到，我就赏给您半个畿尼。’

“他们一下子就走了。我正在犹豫要不要跟上去的时候，小巷里忽然来了一辆小巧精致的四轮马车。那马车夫的领带歪在耳边，上衣的扣子只有一半是扣上的，马具上所有金属箍头却都由带扣中突出来。他车还没停稳，那个女人就由大门飞奔出来一头钻进车厢。虽然只是一刹那，虽然我只瞥了她一眼，但我已经足够确定她身上有着男人无法抗拒的魔力，不仅是可爱和长相标致。

“‘约翰，去圣莫尼卡教堂。’她喊道，‘要是您能在二十分钟之内赶到那里的话，我就赏给您半英镑金币。’

“华生，这是不可错过的好机会。我正考虑是赶上去呢，还是攀在车后时，恰好一辆出租马车从这街上经过。赶车人对那不菲的车费瞧了又瞧。我可不等他多想，跳上他的车就催他。‘圣莫尼卡教堂，’我说，‘给您半镑金币，要是您在二十分钟之内赶到那里的话。’那时是十一点三十五分，接下来要发生什么事情，那当然是很清楚的。

“我的马车夫赶得飞快。我想我从没有坐过这样快的，但那两辆马车还是比我们先行到达。在我赶到的时候，两匹马正气喘吁吁冒着热气，那辆出租马车和那辆四轮马车早已停在门前了。我付了车钱，急忙走进教堂。整个教堂只有我所追踪的两个人和一个身穿白色法衣、好像正在劝告他们什么似的牧师。他们三个人围在一起站在圣坛前。我就像偶尔浪荡到教堂里来游手好闲的人一样，信步顺着两旁的通道往前走。让我意外的是，忽然间在圣坛前的这三个人的脸都转过来朝着我。戈弗雷·诺顿拼命向我跑来。

**同步思考**

福尔摩斯遇到了什么奇怪的事情？

“‘谢天谢地！’他喊道，‘有您就行了。来！来！’

“‘怎么回事？’我问道。

“‘来，老兄，来，只要三分钟就够了，要不然就不合法了。’

“半拖半拉我到了圣坛。在我还没弄清楚我站在什么地方之际，我发觉我自己正喃喃地对我耳边低低的话语做出答复，为我一无所知的事做证。总的来说是帮助把未婚女子艾琳·艾德勒和单身汉戈弗雷·诺顿紧密地结合在一起。一切是那么迅雷不及掩耳。接着就剩下男方和女方不停地在我耳边表示感谢，而牧师一脸微笑地看着我。我今生还从没遇到过这样荒唐的事。直到刚才我一想到这件事还是禁不住大笑起来了。看来他们的结婚证是有点不够合法，牧师在没有某些证人的情况下，拒绝给他们证婚，幸而有我出现，这才使得新郎不至于跑到大街上随便去找一位傧相。新娘赏给我一镑金币。我打算把它拴在表链上戴着，算是纪念这次神奇的经历吧。”

**词语解释**

傧相：古代称接引宾客的人，也指赞礼的人。举行婚礼时陪伴新郎新娘的人。

**嵌记妙语**

这确实是福尔摩斯探案过程中难得令人感到愉快的经历。

“这真是让人意想不到。”我说道，“后来又怎样呢？”

“咳，我觉得我的计划受到严重的威胁。看来这一对有可能立刻离开这里，因此我必须采取迅速而有力的措施。他们在教堂门口分手。戈弗雷·诺顿坐车回坦普尔，而艾琳·艾德勒则回到她自己的住处。我听到的就是‘跟平常一样，五点钟坐车到公园去。’她辞别他时说道。他们各自乘车驶向不同的方向，我也离开了那里去为自己做些安排。”

“是什么安排？”

“一些卤牛肉和一杯啤酒。”他揿了一下电铃答道，“我一直忙得不可开交，都没工夫吃东西了，今晚我很可能还要更忙些。顺便说一句，我还需要您的帮助，华生。”

“我很乐意。”

“您不怕犯法吗？”

“一点儿也不。”

“也不怕万一被捕吗？”

“只要目标高尚，我愿意做任何事情。”

“噢，这目标是再高尚不过了。”

“那么，我就是您所需要的人了。”

“我很早就确信您是我可以信赖的。”

“接下来您想做什么呢？”

“特纳太太一端来盘子，我这就跟您讲。”他的肚子饿得咕咕直响。他转向女房东拿来的简单食品，说道，“我不得不边吃边谈这件事，因为我的时间不多了。现在快五点钟了，我们必须在两个钟头内赶到行动地点。艾琳小姐，不，是夫人，将在七点钟驱车归来。我们必须在布里翁尼府第与她相遇。”

“然后怎么样？”

“接下来的事我会办，我会把一切事情都办好的。现在还有一点我必须强调，那就是，无论发生什么情况，您都装作不知道或是没看见。您懂吗？”

“难道我什么事也不管吗？”

“现实情况要求您什么都不要管。可能会有一些小的不愉快，您千万不要掺和进去。在我被送进屋子时，这种不愉快的事就会结束的。四五分钟以后，起居室的窗户将会打开。您要在紧挨着打开窗户的地方守候着。”

“是。”

“您一定要盯着我，我会注意不离开您的视线的。”

“是。”

“就像这样——我一举手——您就把我给您的东西扔进屋子里，与此同时，您要提高嗓门喊‘着火了’。您能明白吗？”

**词语解释**

起居室：供居住者会客、娱乐、团聚等活动的空间。起居室这个概念在中国似乎还不是十分盛行，人们更多地接受的是客厅这种说法。在家庭的布置中，客厅往往占据非常重要的地位，在布置上一方面注重满足会客这一主题的种种需要，风格用具方面尽量为客人创造方便；另一方面客厅作为家庭外交的重要场所，更多地用来彰显一个家庭的气度与公众形象，因此规整而庄重，大气且大方是其主要风格追求。

“完全懂了。”

“好，那就没有别的事了，”他从口袋里掏出一支长长的像雪茄烟模样的卷筒说道，“这是一支管子工用的普通烟筒，可以自燃，两头都有盖子。您的任务就是把这东西看管好。当您高喊着火的时候，一定有许多人赶来救火。这样您就可以走到街的那一头去。我在十分钟之内和您重新会合。您明白我的意思吗？”

“我不能介入事情；靠近窗户；盯着您；一看到信号，就把这东西扔进去，然后喊着火了，并且到街的拐角那里去等您。”

“对，就是这样。”

“那您就瞧我的吧。”

“这太好了。马上就到了我扮演新角色的时候了。”

他回到卧室里，再出来时他已经把自己打扮成一个和蔼可亲而单纯朴素的牧师。他那顶宽大的黑帽、宽松下垂的裤子、白色的领带、富于同情心的微笑以及那种凝视的、仁慈的神态，堪比约翰·里尔先生。还有就是，福尔摩斯不仅仅是换了装束，连他的表情、他的态度甚至他的灵魂，所有的一切好像都随着他这身装扮的新角色产生了化学变化。我发现让他成为一位研究罪犯的专家真是有点浪费，他完全可以说是一名出色的演员，或是一名优秀的推理家。

**嵌记妙语**

福尔摩斯把自己装扮成了一个牧师，而且通过对他的打扮和神态的描写，说明他这个牧师扮得十分逼真，完全可以做一名出色的演员，而做侦探真是太屈才了，以致让华生佩服得五体投地。

我们是六点十五分离开的贝克街，当我们提前十分钟到达塞彭泰恩大街的时候已是黄昏，我们在布里翁尼府第外面踱来踱去，一直等到房主回来，那时候天色已经完全黑了下来。这所房子倒是和福尔摩斯描述的一样，我站的地方可与想象中一点不符合。街头拐角有一群穿得破破烂烂、抽着烟、说说笑笑的人，一个带着脚踏磨轮的磨剪子的人，两个正在同保姆调情的警卫，以及几个衣着体面、嘴里叼着雪茄烟、吊儿郎当的年轻人。“您看，”当我们在房子前面踱来踱去的时候，福尔摩斯说道，“他们结了婚倒使事情简单化了。那张照片现在变成双刃武器了，很可能她怕它被戈弗雷·诺顿看见，犹如我们的委托人怕它出现在公主跟前一样。眼前的问题是，我们到哪里去找那张照片？”

“真的，到哪儿去找呀？”

“她随身带着照片的可能性不大。因为那是张6英寸照片，一个女人是不大容易把她藏到衣服里的，而且她知道国王是会拦劫和搜查她的，这样的事情已经发生过两次了，所以我们可以断定她是不会随身带着它的。”

“那么，在哪儿呢？”

“那么还有两种可能，在她的银行家或者律师的手里。可我觉得这两种可能性都不现实，女人有很强的保护隐私的意识，她们总是固执地按她们自己的那一套办事，隐藏东西也是，她是不会考虑到这个事件对办理事务的人有什么政治影响的。所以您一定要记住，她一定会利用这张照片的。而且就在她触手可及的地方，比如她的屋子里。”

“但是屋子已经两次被盗了。”

“哼！那是他们根本就不会找。”

“那您想用什么办法呢？”

“我根本不找。”

“那又怎么办？”

“她会亲自给我的。”

“怎么可能？”

“她不得不那样做。我听见车轮声了，那是她坐的马车。现在我要严格按我的命令行事。”

他的话刚说完，一辆两侧车灯发出闪烁灯光的马车就沿着弯曲的街道向这边走过来。那是一辆漂

**词语解释**

触手可及：指近在手边，一伸手就可以接触到。形容距离极近。

**词语解释**

府第：贵族官僚或大地主的住宅。

亮的四轮小马车，驶到布里翁尼府第门前。马车刚一停下，一个流浪汉从角落里冲上前去开车门，希望赚个铜子，但是却被抱着同样想法窜在前头的另一个流浪汉挤开。于是一场激烈的争吵爆发了，两个警卫站在一个流浪汉一边，磨剪刀的站在另一个流浪汉一边，样子很起劲。这样双方争吵得就更厉害了。也不知谁最先动了手，这时这位夫人刚好下车，立刻就被卷进纠缠在一起的人群中间。这些人满面通红，扭打在了一起，野蛮地殴打对方。福尔摩斯猛地冲入人群去保卫夫人。但是，刚到她的身边，就大喊一声，倒卧于地，脸上鲜血直流。众人见他倒地，两个警卫朝一个方向拔脚溜走，那些流浪汉则逃向了另一个方向。此时，那些衣着比较整齐、只看热闹而没有参加殴斗的人挤了进来，为夫人解围和照顾这位受伤的先生。艾琳·艾德勒赶紧跑上台阶，在最高一层台阶她突然站住了，她的身材在门厅里的灯光的勾勒下极其优美。她回头朝街道问道：

“那位可怜的先生伤得厉害吗？”

“他已经死啦。”几个声音异口同声地喊道。

“不，不，还活着呢，”另一声音高叫着，“但是不等你们把他送进医院，他就会死去的。”

“他太勇敢了，”一个女人说道，“如果没有他，夫人的钱包和表早就被那些流浪汉抢走了。他们是一伙的，这些粗鲁的家伙。啊，他现在能呼吸了。”

“我们还是把他抬到屋里去吧，不能让他躺在街上，夫人！”

“好的。把他抬到起居室里去，那儿有一张舒服的沙发。跟我来！”

福尔摩斯被大家缓慢而庄严地抬进布里翁尼府第，安放在正房里。因为我站在靠近窗口的地方，所以看到了整个事情的经过。当时窗帘没有拉上，所以当屋里所有的灯都亮起来了。我可以看到福尔摩斯是怎样被安放在长沙发上的。我不知道他对自己的所作所为是否感到愧疚，我自己反正是从未有过的羞耻难忍，尤其是看到她照顾福尔摩斯时那种温和而优雅的仪态。但是我不能把福尔摩斯委托我扮演的角色扔掉。我狠着心从长外套里取出烟火筒。安慰自己想，毕竟我们不是想伤害这美人，我们只是不想让她伤害别人罢了。

福尔摩斯靠在那张长沙发上。他的动作看起来真像一个快要窒息的人的样子。一个女仆匆忙走过去把窗户猛地推开。那一刹那我看到他举起手来得到暗号，我扬手把烟火筒扔进屋里去，高声喊道："着火啦！"我的喊声刚落，所有看热闹的人，穿得体面的和穿得不那么体面的人，绅士、马夫和女仆们，也齐声尖叫起来："着火啦！"浓烟滚滚，缭绕全室，并且从打开的窗户冒了出去。眼前一片混乱，到处都是乱跑的人群。稍过片刻，我还听到从房里传出福尔摩斯要大家放心那是一场虚惊的喊声。我快速地穿过惊呼的人群，跑到街道的拐角。在那里还没等有十分钟，他拽着我的胳膊离开了喧嚣骚动的现场。在我们转到埃奇韦尔路的一条安静街道以前，他有几分钟都沉默地急速向前走着。

"医生，您干得真漂亮，"他说道，"简直太漂亮了，一切顺利。"

"您弄到那张照片了吗？"

"我已经知道照片在哪儿了。"

"您是怎么做到的？"

"我不是告诉过您吗，是她自己让我看到照片的。"

"我还是不懂。"

"我不想把一件小事搞得这么神秘，"他说着笑了起来，"这件事很简单。您应该看出端倪来了，刚才街上和咱们一起的那些人，他们统统是雇来的。"

**词语解释**

端倪：事情的真相。



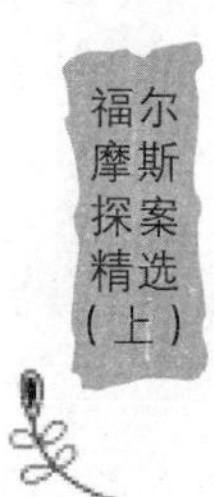

“我是猜到了这是怎么回事。”

“这是一套老花招了。当他们两边争吵起来的时候，我把一小块湿的红颜料放在掌心里，冲上前去，跌倒在地，然后赶紧把手捂在脸上，就这样我成了一个受伤的人。”

“这个我是猜到了。”

“然后他们把我抬进去，她也必须把我弄进去，因为她没有其他的选择。她把我放在起居室里，这正是我预料的那间屋子。那么照片就藏在这间屋子和她的卧室之间，我决定要看看到底是在哪间屋子里。他们把我放在长沙发上，我装作胸闷的样子，他们只好打开窗户，这样就给您创造了机会。”

“这对您有什么帮助呢？”

“这太重要啦！您不了解女人，对一个女人来说，任何危急的时候，她最先去做的就是保护她最宝贝的东西。如果她的房子着火了，她本能地会去找到她最看重的东西，然后保护起来。在达林顿顶替丑闻一案中，我利用了它，在阿恩沃思城堡案中也是如此。结了婚的女人赶紧抱起她的婴孩；没结过婚的女人首先把手伸向珠宝盒。现在我已经清楚，在这房子的东西里，对于我们当前这位夫人来说，没有比那张照片更为宝贵的了。她一定会冲上前去把它抢到身边。着火的警报放得很出色。喷出的烟雾和惊呼声足以震动钢铁般的神经。她的反应有点超出我的意外。那张照片本来收藏在壁龛里，这个壁龛恰好位于右边铃的拉索上面的那块能挪动的嵌板后面。可她站在那里只是稍微停顿了一下，她把那张照片抽出来露出来一半时，我一眼就看到它，我解释说刚才是一场虚惊的时候，她很冷静地把照片放回去了，尽管她知道我在那里。她看了一眼烟火筒很快就出去了。之后我再没见过她，对于该不该拿照片，我犹豫了一下，碰巧马车夫进来了，他

**嵌记妙语**

福尔摩斯真的了解女人吗？有时他也会因自信而变得有些自负，特别是他并不了解某些女人，比如像艾琳·艾德勒这样勇敢、机智、聪慧的女人。

**词语解释**

壁龛：安置在墙壁内的小阁子。

盯着我看。我怕节外生枝，就没动作，直接赶过来见你了。”

“现在怎么办？”我问道。

“我们的调查已经完成了。明天我会和国王一块去拜访她。如果您愿意的话，我们可以一起去。有人会把我们引进起居室里候见那夫人，可等她出来见她的客人时，她既找不到我们，也找不到那照片了。陛下肯定会为重新得到那张照片感到高兴的。”

“那么你们什么时候去拜访她呢？”

“早晨八点钟。那时候她还没起床，那样我们比较方便。另外，我们必须立即行动起来，因为结婚以后她的生活习惯可能完全变了。我现在要给国王打个电报。”

这时我们已经走到贝克街，在门口停了下来。就在他从口袋里掏钥匙的时候，有人路过这里，却跟他打了个招呼：

“晚安，福尔摩斯先生。”

那人说完就匆匆走开了，这时在人行道上有好几个人。这句问候话好像是一个个子瘦高、身穿长外套的年轻人走过时说的。

“我以前听见过那声音，”福尔摩斯凝视着昏暗的街道，惊讶地说，“可我不知道他是谁。”

我那个晚上就留在了贝克街。在我们早晨起来正吃烤面包、喝咖啡的时候，波希米亚国王猛地冲了进来。

“您拿到那张照片了吗？”他两手抓住夏洛克·福尔摩斯的双肩，热切地看着他的脸，高声喊道。

“还没有。”

“有希望拿到吗？”

“当然有希望。”

“那我们现在走吧，我希望现在就拿到。”

“我们必须先去租一辆马车。”



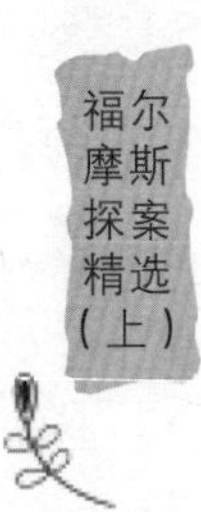

“不用了，我已经准备好马车了。”

“这样就更省事了。”我们走下台阶，再次动身到布里翁尼府第去。

“艾琳·艾德勒已经结婚了。”福尔摩斯说道。

“结婚？什么时候的事？”

“昨天。”

“她跟谁结的婚？”

“她丈夫是一个英国律师，名字叫作诺顿。”

“可她不可能爱他。”

“我倒是希望她是爱他的。”

“您为什么这样呢？”

“如果这位女士爱她的丈夫，她就不爱陛下。如果她不爱陛下，她就不会干预陛下的计划了。这样陛下就不必担心将来会出现什么麻烦了。”

**词语解释**

干预：过问或参与。

“是这个样子的。可是……啊，要是她和我的身份一样就好了，她会是一位多么了不起的王后呀！”说完他就沉默了，一直到我们在塞彭泰恩大街停下来时他都是这样忧郁而沉默。

布里翁尼府第的大门敞开着。一个上年纪的妇人站在台阶上。她瞧着我们从四轮马车里下来，眼光里透出蔑视。

“您是夏洛克·福尔摩斯先生吧？”她说道。

“我是福尔摩斯。”我的伙伴注视着她答道，表情惊愕。

“那太好了！我的女主人说您可能会来。今天早晨她跟她的先生一起走了，他们从蔡林克罗斯到欧洲大陆去了，乘坐的五点十五分的火车。”

“什么！”夏洛克·福尔摩斯不由得打了个冷战。脸色苍白。

**嵌记妙语**

福尔摩斯尽管能力非凡而且非常自信，但这次脸色都苍白了，因为不仅是失算，而且如果艾琳小姐把照片带到了国外，国王要想再拿回这张照片几乎是不可能的。这让福尔摩斯不禁打了个冷战。

“您是说她已经离开英国了吗？”

“是的，而且再也不回来了。”

“那么那张照片呢？”国王赶紧问道，“一切都完了！”

“不，我要进去看一下。”福尔摩斯推开仆人，奔进了客厅，国王和我紧跟在后面。屋里的家具乱七八糟地倒在地上，架子拆了下来，抽屉拉开来了，可以看出她出走时的匆忙，那是怎样一种翻箱倒柜的场面。福尔摩斯冲到铃的拉索的地方，拉开一扇小拉门，里面只有一张照片和一封信。照片是艾琳·艾德勒本人穿着晚礼服照的。信封上写着：“夏洛克·福尔摩斯先生，留交本人亲收。”福尔摩斯把信拆开，我们三个人围成堆，一起读这封信。写信日期是今天凌晨。信中这样写道：

亲爱的夏洛克·福尔摩斯先生：

您的计划相当完美。我完全被您骗了。直到发出火警以前，我对您还是毫不怀疑。但是随后当我发觉我已经泄露了自己的秘密时，我开始思索了。几个月以前，就有人警告我要防备您了。有人说要是国王雇一位侦探的话，那一定是您。他们已经告诉我您的地址。虽然这样，但是我还是向您泄露了您所想要知道的秘密。甚至在我发现您的意图的时候，我仍是不敢相信那么年长、和蔼可亲的牧师会有如此阴谋。但是，您知道，我本人是个训练有素的女演员。我对男人的服装也很有研究。我自己就常常女扮男装，而且这还会给我带来自由的空间。我派约翰——马车夫——监视您，然后跑上楼很快穿上我的散步便服，等我下楼的时候，您正好离开。

随后，我一直跟您到您家门口，如此一来，我就肯定那位著名的侦探先生就是您了。随后，我相当冒失地祝您晚安，紧接着就动身到坦普尔去看我的丈夫了。

我们俩都认为被这么一位可怕的对手盯着，三十六计走为上策；因此在您明天来时将发现这个窝是空的。至于那张照片，让您的委托人放心，我

**词语解释**

女扮男装：女子穿上男装，打扮成男子的模样。

爱一位比他强的人，而这个人也爱我。国王可以做他愿意做的事，而不必考虑别人会给他带来什么样的麻烦。我保留那张照片，只是为了保护自己。这是保藏一件将能永远保护我不受他将来可能采取的任何手段损害的武器。我现在留给他一张他可能愿意收下的照片。谨此向您——亲爱的夏洛克·福尔摩斯先生致意。

艾琳·艾德勒·诺顿敬上

“多么了不起的女人啊——噢，这个女人太了不起了！”当我们三个人一起念这封信时，波希米亚国王这么喊道。

“我想我告诉过你们，她是多么地聪颖过人啊！假如她能当王后，一定是一个令人钦佩的王后。只可惜她的地位和我不一样！”

“从我在这位女士身上所看到的来说，她的水平的确和陛下的水平很不一样，”福尔摩斯冷淡地说道，“对于您交代的事没有一个完美的结局，我感到万分歉意。”

“先生们，恰恰相反，”国王说道，“没有比这更好的结局了。我相信她是说话算数的，那张照片在她手里比被烧掉更让我感到放心了。”

“看陛下这样，我就放心多了。”

“真是太感谢您了。请告诉我怎样酬谢您才好。这只戒指……”他从他的手指上脱下一只蛇形的绿宝石戒指，托在手掌上递给他。

“我认为陛下的一件东西比这戒指更有价值。”福尔摩斯说道。

“那您自己挑吧。”

“这张照片！”

国王睁大眼睛注视着他，满脸惊异。

“艾琳的相片！”他惊诧地喊道，“您要是想要的话，当然可以。”

“谢谢陛下。那么这件事就到此结束了。我谨祝您早安。”他鞠了个躬转身便走，国王伸向他的手他连看都不看一眼。接着我们一起返回他的住处去。

福尔摩斯的杰出计划就这样被一个女人的聪明才智挫败了。关于波希米亚王国受到一桩巨大丑闻威胁的案子也告一段落。过去总是说不屑女人才智的福尔摩斯，自从这件事以后，就再也没有这样说过。每次他说到艾琳·艾德勒或提到她那张照片时，他总是用那位女人这一尊敬的称呼。

**同步思考**

认为女人弱智的福尔摩斯改变了对女人才智的看法了吗？

# 工程师大拇指案

那些亲密的、我们两个一起走过的日子里，我朋友夏洛克·福尔摩斯解决的所有案件中，我最想告诉大家两个案子，这两个自然也是引起福尔摩斯高度注意的。其中一件是哈瑟利先生大拇指案，另一件是沃伯顿上校发疯案。对一位机敏而又见解独到的读者来说，在这两件案子中，大家很可能对后一件会更感兴趣。可我更想把第一个案件讲给读者，虽然它很少用得上我朋友取得卓越成就所运用的那些进行推理的演绎法。因为它的起因实在是太特别了，而且事情的细节又非常富有戏剧性。我知道，这个故事在报纸上已经登载过不止一次了。但是，就像所有其他诸如此类的叙述那样，只用半栏篇幅笼统地登出来，从没引起人们特别的注意。不如就让我为读者把细节慢慢铺展开来，并且让案情之谜随着每一项有助于进一步使人了解全部事实真相的新发现而逐渐得到解决，这样更加引人入胜。当时的情景，给我的印象很深，尽管时光流

**词语解释**

演绎：就是从普遍性的理论知识出发，去认识个别的、特殊的现象的一种逻辑推理方法。

逝，事情已过去两年了，可我对这个案子仍是记忆犹新。

当时我才刚刚结婚，时间是1889年夏天。我那时已重开旧业，做了一名医生，留下福尔摩斯独自一人守着贝克街那个我们曾经共同居住的房子，尽管不时地去探望他，偶尔还劝说他来我家做客，可你们是知道他那豪放不羁的习性的。我的业务发展得不错，恰逢我的住处离帕丁顿车站不远，有几位铁路员工就到我这里来看病。一次我医好多年久治不愈的铁路工人，他为了表示感激，就为我做了大量的广告，逢人便夸我的医术，尽量说服他能影响的每一个病人都送到我这里来诊治。

一天早晨，当时还不到七点，女用人的重重的敲门声把我吵醒。她告诉我有两个从帕丁顿来的人正等在诊室里。经验告诉我，铁路上来的人都是病情很严重的，所以我匆匆穿好衣服就下楼了。到了楼下，我的老伙伴——那个铁路警察走出诊室，随手把门紧紧地关上。

“我把他带到这儿来了，”他把大拇指举到肩头朝后指指，悄悄地说，“他现在好多了。”

“到底发生了什么事？”我问道，因为他的举止使我感到似乎他在我的屋里关了一个怪物。

“是一个新病人，”他悄悄地说，“我认为我最好还是亲自把他送来，省得他半路跑掉。我现在就得走，大夫，我和您一样，还得值班去，他到了你这里就不会有事了。”说完，这位忠实的介绍人，没等我向他道谢就一下子走掉了。

我走进诊室，发现有一位先生坐在桌旁。他穿着朴素，一身花呢衣服，一顶软帽放在我的几本书上面。他的一只手裹着一块手帕，手帕上斑斑点点尽是血迹。他很年轻，看上去最多不超过25岁，虽然面色极其苍白仍掩盖不了他的英俊。他的表情告

**词语解释**

豪放不羁：羁，马笼头，引申为束缚。形容人性情豪迈，不受拘束。

**嵌记妙语**

在福尔摩斯的故事中，我们很少看到有关华生生活和经历的描写，但华生他对朋友的忠实，对爱人的理解，对底层人的同情，和对恶人的痛恨，都给我们留下了深刻印象，因此故事中的华生医生并不是福尔摩斯探案故事中无关紧要的人物，从他身上，我们可以看到作者——柯南·道尔的人道主义立场和态度。

诉我，他正在用他全部的意志来极力控制他的痛苦，那是由于某种剧烈的震动而产生的。

“大夫，很抱歉这么早就来打扰您。”他说，“昨天夜里我遇到了一件极其严重的事故。今天早晨我才乘火车来到这里，在帕丁顿车站打听什么地方可以找到医生时，一位好心人非常热心地把我护送到这里来了。我给了女用人一张名片，我看到她将它放到旁边的桌子上了。”

我拿起名片瞧了一下，见上面印着：维克托·哈瑟利先生，水利工程师，维多利亚街16号甲（四楼）。这就是这位客人的姓名、身份和地址。“真对不起，让您等了这么久，”我边说边坐在我的靠椅上，“我看得出您刚刚坐了一整夜的车，夜间乘车本来是一件让人不耐烦的事儿。”

“噢，这一夜我并不觉得不耐烦，”他说着不禁放声大笑起来，笑声高而尖细，他身子往后靠在椅子上，捧腹大笑不止。作为一个医生，这笑声引起了我极大的反感。

**词语解释**

捧腹大笑：用手捂住肚子大笑。形容遇到极其可笑之事，笑得不能抑制。

“别笑了！”我喊道，“镇定镇定吧！”随手从玻璃水瓶里倒了一杯水给他。

可是，这根本不起作用，他继续他的疯狂大笑。我知道这是一种性格坚强的人在度过一场巨大危难之后所产生的歇斯底里。过了几分钟，他才安静下来，精疲力竭，面色苍白。

“我真是丢脸啊。”他笑得气喘吁吁。

“没事的话，先把这喝下去吧。”他那毫无血色的双颊因为我掺水的白兰地开始有些红润了。

“好多了！”他说，“那么，大夫，麻烦给我瞧瞧我的大拇指吧，准确地说是瞧瞧我的大拇指原来所在的部位。”

他解开手帕，将手伸了出来。当时的情况就算是一个最冷血的人看了也会感到毛骨悚然。只见四



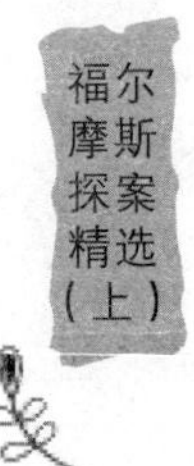

根突出的手指和一片鲜红可怕的海绵状断面，而这里本来该是大拇指的部位。不错，他的大拇指已被连根剁掉或硬拽下来了。

“天哪！”我喊着，“多么可怕的伤口啊，一定流了不少血。”

“是的，流了很多。受伤后我昏迷过去，很长一段时间我完全失去了知觉，醒来时发现它还在流血，于是我把手帕的一端紧紧地缠在手腕上，并用一根小树枝把它绷紧。”

“您的包扎技术很好！不当外科医生真是太可惜了！”

“算不上什么，这只是一项水利学问题，我自己的专业知识完全可以解决。”

“如果我没看错，这是用一件非常沉重、锋利的器具砍的。”我边检查伤口边说道。

“也许是屠夫的砍肉刀。”他说。

“我想这完全是一场意外吧？”

“绝不是。”

“是谁这么凶残？”

“是的，他就是恶魔。”

“太可怕了。”

我用海绵洗涤了伤口，揩拭干净，将它敷裹好，最后用脱脂棉和消毒绷带将它包扎起来。他躺在那里只是咬紧牙关忍着剧烈的疼痛，一动不动。

词语解释

敷裹：涂上并包好。

包扎好后，我问道：“现在您觉得怎样？”

“您的白兰地和绷带，使我觉得自己变成另外一个人了，虽然我非常虚弱，但我还有很多事情需要去办。”

“我认为您最好还是别谈这件事。我看得出来，这样的回忆对您的神经是一种折磨。”

“噢，不会，现在不会了。我必须把这桩事报告警察；不瞒您说，如果我没有这个伤口做证，他们才不会相信我的话，因为这件事极不寻常，而我又没有什么证据足以证明我的话是真实的。况且，即使他们相信我，我所能提供的线索也是非常模糊的，我不能确定他们是否肯给我主持这个公道。”

“嘿！”我喊道，“如果您真想解决什么问题，我可以向您推荐一个人，他就是大侦探福尔摩斯先生。我相信找他比找警察有效率得多。”

“噢，我听说过这个人，”我的客人回答说，“如果他能介入此案，我将是非常感谢的，虽然我还是要报案。您能为我引荐他吗？”

“岂止为您介绍，我还要亲自陪您走一趟。”

“那就太感谢您了！”

“我们雇一辆马车一块儿走，那样我们就可以及时赶过去和他一起吃早餐了。可是您的身体吃不吃得消呢？”

“没问题的，没问题的，跟我的遭遇比起来，这点痛不算什么。”

“那么，让我的用人去雇一辆马车。我马上就来。”我匆匆跑到楼上，简单地对妻子解释了几句。五分钟后，我和这位新相识，已坐上一辆双轮小马车直奔贝克街。

如我所想，夏洛克·福尔摩斯一边读着《泰晤士报》上刊载的寻人、离婚等启事的专栏，一边穿着晨衣在他的起居室里踱步，他嘴上叼着早餐前抽的烟斗，这个烟斗装的都是前一天抽剩下来的烟丝和烟草块。这些东西一般是被小心地烘干了之后就堆积在壁炉架的角落上。他热情地接待了我们，吩咐拿来咸肉片和鸡蛋跟我们一起饱餐了一顿。餐后，他把我们的新相识安顿在沙发上，在他的脑后搁了一个枕头，并把一杯掺水的白兰地放在了他的手边。

**词语解释**

遭遇：遇到的事情（多指不幸的）。

“看来您的遭遇很不平常，哈瑟利先生。”他说，“请您就在这里随便躺躺，不要拘束。您尽量把您能记得的事告诉我，累了就稍作休息，喝口酒提提神。”

“谢谢。”我的病人说，“自从这位医生给我包扎以后，我就感到自己好多了，而您的这顿早餐使我的心灵也得到治疗。为了不耽误您宝贵的时间，我会尽量回忆得详细一些！”福尔摩斯坐在他的大扶手椅里，满脸的疲倦，我知道他是有意在掩饰他那敏锐和热切的心情。我坐在他的对面，两个人静静地倾听着我们的客人细说他那桩稀奇的故事。

“我跟你们二位说，”他说，“我是个孤儿，又是个单身汉，独自一个人住在伦敦，我的职业是一位水利工程师，格林威治的一家著名的文纳和马西森公司的七年学徒生涯，使我在这一行也算有经验的。两年前，我学徒期满。在可怜的爸爸去世后，我又继承了一笔相当可观的钱。于是我就决心自己创业，并在维多利亚大街租到了几间办公室。

**词语解释**

可观：指达到比较高的水平、程度。

“我相信每个人都知道，万事开头难。现实对我更加严酷。两年之间，我只受理过三次咨询和一件小活儿，而这就是我的职业，我的总收入不过是27英镑10先令。每一天，从上午九点到下午四点，我的工作就是待在那个小房间里，一直到最后关门。我终于意识到，将永远不会有任何一个主顾上门了。

“然而，昨天正当我想离开办公室的时候，我的办事员进来通报说有位先生为业务上的事情希望见我，随同递给我一张名片，上面印着莱桑德·斯塔克上校的名字，紧跟着他进屋的就是上校本人。他中上等身材，但是非常地瘦，整个面部瘦削得只剩下鼻子和下巴，两颊的皮肤紧绷在凸起的颧骨上，我从来没有见到过这么瘦削的人。但这样的瘦不是由于疾病所致，完全是先天形成的，这一点可以从他有神的目光、轻快的步伐、自如的举止看出来。他的衣着简朴整齐。他的年龄，我推测大约是40岁。

“‘是哈瑟利先生吗？’他说，有点德国口音，‘哈瑟利先生，有人向我推荐说，您不但精通业务，而且为人小心谨慎，能够保守秘密。’

“年轻人身上的弱点我也没能例外，我鞠了一躬，心里不禁有点飘飘然。随后问他：‘我可以冒昧地问一下，是谁把我说得这么好呢？’

“‘哦，可能我现在不告诉您会更好一点。我从同一消息来源还听说您既是一个孤儿，又是一个单身汉，并且是独自一人住在伦敦。’

“‘是这样的，’我回答说，‘但是请您原谅，我看不出这些和我业务能力有什么关系。据我所知，您是为了一件业务上的事情来同我洽谈的。’

“‘的确如此。但是您会发现我没有半句废话。我们有一件工作想委托您，条件是你必须严格保密，我们认为一位独居的人比跟家属一起生活的应该更能做到这一点。你说是吗？’

“‘您完全可以信任我，’我说，‘如果我向您保证严守秘密，那么我一定会做到的。’

“我说话的时候，他的眼睛一直紧紧地盯着我，生来我从未见过如此猜忌多疑的目光。

“最后，他说：‘我可以认为这是你的承诺吗？’

“‘是的，我保证做到。’

“‘在事前事后以及整个事情进行的过程中，完全彻底保持缄默，绝对不提这件事，口头上和书面上都不提，能做到吗？’

“‘我刚才已经向您保证过了。’

“‘这就定了。’他猛地跳了起来，闪电般地跑过房间，砰地推开了门，直到确认外面过道上空

**嵌记妙语**

这个陌生人让被害人严守秘密委托他的事，甚至不让他自己的家人知道，这样的人是不可相信的，而且可能他就是个坏人。我们平时遇事多与家人商量，以免上当受骗或误入歧途，家人才是我们最值得信任的人。

无一人。

“‘还不错！’他走了回来，‘我知道办事员们有时对他们东家的事情是很好奇的。现在，我们可以安全地谈话了。’他把椅子拉到紧贴我身边的地方，打量着我，眼神里充满怀疑和探索。

“这么一个瘦骨嶙峋的人贴在你身边，动作又那么古怪。我的心里不自觉产生一种恐怖和不舒服的感觉，都有点不想做他这单生意了，心情一下子烦躁起来。

“‘请您说说您的事吧，先生，’我说，‘我的时间是很宝贵的。’愿上帝饶恕我说的后一句话，但那似乎是本能地说出来的。

“‘您觉得工作一个晚上 50 个畿尼怎样？’他问。

“‘还真不少了。’

“‘我虽然说是一个晚上的工作，可实际上可能只需要一个小时，我只不过是想请教您有关一台水力冲压机齿轮脱开的事。只要您指出毛病在什么地方，我们自己很快就会把它修好的。您对这个工作还有什么看法吗？’

“‘报酬这么优厚，工作被你说得似乎有点儿轻松。’

“‘事实本如此，我们这次来就是想请您今天晚上乘坐末班车来。’

“‘去哪儿？’

“‘去伯克郡的艾津。那是靠近牛津郡的一个小地方，离雷丁不到 7 英里。帕丁顿有一班车可以在十一点十五分左右送您到那儿。’

“‘听上去很好。’

“‘我会坐一辆马车来接您。’

“‘这么说还要另外坐一段时间的马车了？’

“‘是的，我们那小地方完全是在乡下，离艾

津车站足足有 7 英里。'

"'这么说午夜前我们是赶不到那儿了。我肯定是赶不上回程的火车,那么我不就得在那儿过夜了?'

"'我们会为您安排过夜的地方的。'

"'那很不方便,我不能早一点去吗?'

"'我们认为,您最好晚上来。就是因为要格外的麻烦,我们才花这么高的价钱请您这样一个没有什么名气的年轻人。你也知道,这个价钱,即使是你这一行中最高明的人士也足够了。当然,如果您想推掉这笔业务,现在还来得及。'

"'50 个畿尼,多么诱人啊,而且我实在是需要这笔钱。''我不是这个意思,'我说,'我将十分愉快地满足您的愿望。只是我有必要了解,您要我做的到底是什么工作。'

"'是啊,我们要您一定保证严守秘密,这会很自然地引起您的好奇心,我们并不打算委托您办一件事情而又不让您知道它的底细。你能保证这儿没人偷听吧?'

"'绝不会的。'

"'是这样的,您应该听说过,漂白土是一种非常贵重的矿产,现在在英国这种矿藏也只有一两处。'

"'我听说过。'

"'最近,我在距离雷丁不到 10 英里的地方买了一小块地——非常小的一块地,而幸运的是其中一块地里有漂白土矿床。可经过探查之后,我发现这个矿床是比较小的。但它却连接了左右两个大得多的矿床——可是,这两处全在我的邻居的地里。但这些善良的人们对他们的土地中藏着像金子一样的宝藏并不知晓。那么,在他们发现他们土地的真正价值之前把他们的地买下来是很划算的。但是,不幸我缺乏购买土地的资金。为此,我找了几个朋友秘密商量。他们提议我们应该秘密地开采我们自

**词语解释**

业务:涉及一个以上组织,按某一共同的目标、通过信息交换实现的一系列过程,其中每个过程都有明确的目的,并延续一段时间。

漂白土:又称漂白黏土。一种活性很强的天然黏土。在当时用作漂白剂。



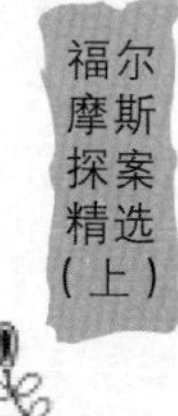

己那小块矿床，用这种方法来筹集购买邻居土地的资金。事实上我们已干了一段时间了。为了便于操作，我们安装了一台水压机。现在这台机器出了故障，我们想请您过去看一下问题出在哪儿。这件事我们一直都小心保密着，如果有人看到我们请工程师来一定会起疑心的。如果让他们知道真相，我们的努力就白费了。所以我想请你答应我不要告诉任何人你去艾津的缘由。我已经把一切都讲清楚了，接下来就是你怎么看了。'

"'我听得很明白。'我说，'唯一不太明白的一点是，水压机对您挖漂白土有什么用处？据我所知，漂白土是像从矿坑里掏沙砾那样挖出来的。'

"'啊，'他不在意地说，'我们发明了另外一种方法，我们把土碾压成砖坯，以便在搬运的时候不至于泄露它们是什么东西。但那只不过是一些细节。现在我已经向您透露了全部秘密，哈瑟利先生，这足以表达我的诚意了吧。'他边说边站了起来。'那么，十一点十五分在艾津见。'

"'我一定会准时到达的。'

"'我不会对任何人说的，您放心吧。'最后，他又久久地以怀疑的目光凝视着我。然后，用他那又湿又冷的手握了我一下，就急急忙忙走出了房间。

"后来，正如你们两位可以想象出来的，当我冷静下来，全盘考虑这件事时，我也很惊讶我会接受这突如其来的委托业务。当然，一方面我很高兴，按照他给我的任务出的价格，他出的酬金至少是十倍于我所要求的，并且很可能这次任务会带来其他一些任务；另一方面就是我的这位主顾实在没给人留下好印象，不管是他的举止还是装扮，而且他让我深夜前往，他的那个漂白土的解释根本就没有足够理由说服我，我无法理解他为什么

**嵌记妙语**

哈瑟利跟一个与自己仅有一面之交的人谈业务，从而从中获利，利益的诱惑把他引诱到了一条不正之路。同流合污、狼狈为奸的朋友都不能相信，何况一个只见过一面的非法勾当之人？不管多大的利益诱惑，不要轻信，多与朋友和家人商量。

这样担心让别人知道这件事。可是利益的诱惑是巨大的，大到足以让我把所有恐惧丢在脑后，我饱餐一顿后就驱车赶往帕丁顿，一路上，没有跟任何人提及我将要去做什么。

“在雷丁，我不仅必须换车，而且必须更换车站。但是，我刚好赶上了开往艾津的最后一班火车，十一点钟刚过，就到达了那灯光暗淡的小站。等到下车的时候，我发现只有我一个人了，除了一个提着灯笼显得发困的搬运工人之外，站台上可以说是空无一人。然而当我走出检票口时，我看到我早上结交的那位相识，他正在另一边没有灯光的暗处等待着我。一句话也没说他就拉着我的胳膊，催着我赶紧登上一辆一直敞开着车门的马车。他拉上两边的窗子，敲了敲马车的木板，马就飞快地奔跑了起来。”

“只有一匹马吗？”福尔摩斯突然插话问道。

“对，只有一匹。”

“您注意到它的颜色了吗？”

“是的，当我跨进车厢时，借着边灯我瞧了一下，是匹栗色的马。”

“看上去怎么样，是蔫蔫的还是很有生气的那种？”

“哦，生气勃勃，并且毛色光亮。”

“谢谢，对不起，打断了您的话，您的叙述非常有意思，请您接着讲下去。”

“就这样，我们上了路，马车走了至少有一个小时。虽然莱桑德·斯塔克上校说只有 7 英里远，可从我们行进的速度和所花的时间来看，我总觉得肯定将近有 12 英里的路程。整个行程中，莱桑德·斯塔克上校一直默默地坐在我的旁边，有几次我不经意间朝他那里看去，他总是机警地盯着我，仿佛我要抢走他的什么。加上乡间路况不好，车子摇摇晃晃，颠簸得很厉害。我本想看看我们到底在什么地

**词语解释**

颠簸：上下震荡。

方，无奈车子是毛玻璃的，只有在经过路灯的地方，才能看到模模糊糊的亮光，其他的什么也看不清。后来，终于走完了崎岖不平的山路，马车在砾石路上平稳行驶一段后，接着就停了下来。莱桑德上校跳下马车，我跟随在后面，他突然一把将我拉进了就在我们面前敞开着的大门。我们好像是一跨出马车便进入了大厅，都没给我看下房子正面的机会。我一跨进门槛，门就在我的身后砰的一声重重地关上了。我隐隐约约地听到了马车离开时吱吱嘎嘎的车轮声。

“房子里漆黑一团，上校一边低声咕哝着，一边摸索着寻找火柴。这时走廊的另一端有一扇门忽然打开，一道长长的金色亮光射向我们这个方向。灯光越来越亮，接着出现了一个女人，手里举着一盏灯，高高地举在头顶上。她朝前探身注视着我们。现在我可以完全看清了，那是一个很漂亮的女人，穿着华丽的衣服，灯光照在她的衣料上，反射出与众不同的光泽。她说着外国话，听语气像是在问话。我的伙伴粗暴地三言两语地回答时，她一阵吃惊，手里的灯差点掉在地上。斯塔克上校走到她身边，对着她的耳朵悄悄地说了些什么，然后把她推回她出来的房间里，随后他手里提着灯又朝着我走过来。

“‘您大概要在这屋里等几分钟，’他说着，推开了另一个房门。这是安静、简朴的小房间。几本德文书散乱地堆在房子中间的一张圆桌上。斯塔克上校把灯放在门旁边一架小风琴的顶上。‘不会等太久的。’说着，他就消失在黑暗中了。

“我瞧着桌子上的书，虽然我不懂德文，但可以看出其中两本是科学论文，其他是诗集。我走到窗口，期待着能看到乡间的景色，但是一扇栎木百叶窗严严地遮住了窗子。房间里寂静得出奇，走廊

**同步思考**

被害人为什么被送到一个神秘的地方？

里传来老旧钟的嘀嗒嘀嗒声，但你看不到钟在哪里。除了这些，一切都是死一般的沉寂。一阵模模糊糊的不安的感觉渐渐紧紧地笼罩着我。这些德国人是做什么的？他们是何种身份？他们为何要到这么偏僻的地方来？这里又是什么地方？我知道的只是这里距离艾津10英里左右，其他的我连东西南北都分不清楚。

“我推断了一下，就这个地方的位置来说，雷丁可能还有其他一些大镇子都在这个半径范围之内的方位，所以这个地方可能并不那么偏僻。我可以十分肯定我这是在乡间，因为这里死一般的沉寂。我在房间里踱来踱去，低声地哼着小调来壮胆，并感觉到我完全是为了挣那50畿尼的酬金来的。

“没有任何预告，万分突然地，我房间的门被打开了。那个女人站在门缝里，身后是黑暗的大厅，那盏灯上昏黄的灯光照在她那热切而美丽的面庞上。她脸上那惶恐不安的神情一下就映入我的眼中，那神情感染我，让我随她恐惧胆寒。她哆哆嗦嗦地举起一个手指警告我不要作声，飞快地对我说了声很不标准的英国话。她的眼睛就像一匹受惊的马驹那样，匆匆地回到身后的阴暗处。

“‘如果我是您我一定会逃掉的。’她说。看来她是在力图使自己讲得平静一些，‘我要是您我就跑掉了，我不会留在这儿。留在这里对您没有好处。’

“‘但是，夫人，’我说，‘我还没有开始我的工作呢，我要看过机器后才能离开这里。’

“‘您这样不值得，’她接着说，‘您赶快走吧，就从这扇门，趁现在没人阻拦您。’我微笑着摇摇头。她突然改变先前的局促，向我走来，两手紧握着说：‘看在上天的面上！’她低声说，‘现在跑还不太晚，快逃吧！’

“我的性格决定了我不会马上离开，我生来带着固执，困难只会激发我的韧性，让我更加坚持不懈。我想到我那50畿尼的酬金，那一趟疲惫的旅行，即便摆在我面前的将是一个很不愉快的夜晚。可是它不能让我放弃就要到手的东西。为什么我不能在完成他们交给我的任务，领取到我应得的报酬后再偷偷逃走呢？我眼前的这个女人，美丽却偏执，尽管她的神情态度给了我力量去信任她，可是我对我想要的十分坚定，我固执地摇了摇头，向她表明我要留下来的态度。她正要重新提出她的恳求，这时只听见楼上有很响的关门声，接着就听到楼梯上的一些脚步声。她倾听了片刻，举起双手做了一个绝望的姿势，便和她来时一样，默无声息地消失了。

“进来的是莱桑德·斯塔克上校和一个身材矮胖、双下巴的褶痕上长着栗鼠胡须的人。上校向我介绍他是弗格森先生。

“‘这位是我的秘书兼经理，’上校说，‘我因为担心穿堂风吹着您，我记得我出去时有把这扇门关着。’

“‘我不怕什么穿堂风，’我说，‘是我自己把门打开的，因为我感到这个房间有点闷人。’

“他狐疑地看了我一眼。‘好吧，我们还是进行我们的工作吧。’他说，‘弗格森先生和我准备领您到上面去看看机器。’

“‘我认为我最好还是戴上帽子吧。’

“‘噢，不用，就在这个屋子里。’

“‘什么？你们在房子里挖漂白土？’

“‘不，不，这只是我们压砖坯的地方。不过这不是您需要关心的，您只要给我们检查一下机器就可以了，告诉我它们出了什么毛病就可以了。’

“我们一起上了楼，上校提着灯走在前面，胖经理和我跟在他后面。这是一座迷宫似的古老房子，有许许多多走廊、过道、狭窄的盘旋式楼梯、低矮的小门，历经几代人的践踏，这里所有的门槛都凹陷下去了。地板上没有铺地毯，也看不出摆放过家具的痕迹。绿色肮脏的污渍留在灰泥的墙上，上面还冒着湿气。但是我并没有忘记那位夫人的警告，尽管我没有把它当一回事，我还是留神注意着我的两位伙伴。弗格森看起来沉默而乖僻，即便如此，我还是从为数不多的几句话里，看出他跟他们是一伙的。

“莱桑德·斯塔克上校最后在一扇矮门前站住，打开了锁。门内是一个小小的方形房间，不能一下子容纳三个人。弗格森留在外面，上校领我走了进去。

“‘我们，’他说，‘现在我们是在水压机里面，要是有人在外面把它开动起来的话，那我们可算完了。这个小房间的天花板，实际上是下降活塞的终端，如果它下落，这个金属地板得承受好几吨的压力。在外面有些小的横向的水柱，里面的水受压力后就会按照您所熟悉的方式传导和增加所受的压力。机器运转起来很容易，只是在运转时有点不灵活，浪费掉一小部分压力。现在麻烦您看一下，要怎么样才能把它修好。’

“这确实是一台庞大的机器，能够产生巨大的压力。我接过他手里的灯，很彻底地检查那机器。当我走到外面，压下操纵杆，一阵飕飕的声音传过来，我马上明白是怎么回事，这台机器里有裂隙，虽然裂隙很细微，可也使得水能经由一个侧活塞回流。我查出传动杆头上的一个橡皮垫圈已经发生皱缩，所以不能塞住在其中来回移动的杆套。压力因此浪费掉很多，我向我的伙伴指出了这一点。他们听得很仔细，并问了几个关于应该怎么修理好这台机器的实际问题。对他们交代清楚以后，我回到机器的

主室内。出于好奇心，我仔细地打量着这个小房间。但只一眼我就清楚了，那个关于漂白土的故事完全是扯淡。如果现在我还相信这个功效如此大的机器是因为生产漂白土而建造，那我未免也太愚蠢了。房间的地板是由一个大铁槽构成的，墙壁是木头做的。我用心观察那个大铁槽，看到上面积了满满一层金属积屑。我想看看到底是什么东西，刚弯下腰去，正用手指去挖，这时只听到一声德语的低沉的惊叫，上校那张死灰色的脸正朝下望着我。'

"'您在干什么？'他问道。

"'我正在欣赏您的漂白土。'我说，'你不要再奢望用那些精心编造的故事来欺骗我了，我想如果我知道了使用这台机器的真正目的，我想我会为您提些更好的使用建议的。'

"我的话一出口，他的脸色变得很难看，灰色的眼睛里射出了邪恶的光芒。我立即就为自己鲁莽的语言而感到后悔。

"'好吧，'他说，'您马上就会知道了！'他向后一退，砰的一声小门被关上了，随即传来钥匙在锁孔里转动的声音。我向门冲去，使劲地拉着把手，但是这门关得严严实实，尽管我连踢带推，它却纹丝不动。

"'喂！'我大叫起来，'喂，浑蛋！放我出去！'

"'这时，在寂静之中，我突然听到了一种声音，这声音一下子使我急得心都要跳出来了。那是杠杆的铿锵声和水管漏水的声音。机器被开动了，灯还在地板上，那是我刚才检查铁槽时放下的，微弱的灯光下，黑乎乎的房顶向我压过来，缓慢地，摇摇晃晃地，一种压迫感龙卷风一样向我卷来。我的专业知识让我很明白自己现在的处境，要不了多久我就会成为肉酱了。恐惧，尖叫，疯了一样用身体去撞门，去抠门锁。还有绝望的哀求，我苦求上

**词语解释**

扯淡：胡扯；闲扯。
铿锵：形容乐器声音响亮，节奏分明，也用来形容诗词文曲声调响亮，节奏明快。铿锵是象声词，有响亮、激越、向上的含义。

校放我出去，可是只传来杠杆运动的机器声。房顶就在我的头顶上了，我抬手就能摸到它的表面，那么粗糙坚硬。我忽然想到一个科学常识，说一个人临死前的姿势对它死时候的痛苦起着很大影响，如果我趴着，不久就会听到自己脊椎被压断的噼啪声，那该是何等的折磨，我不由得颤抖起来。如果我换一种姿势了，我会被迫眼睁睁地看着整个房顶向自己压来，然后是脸被压碎，血肉模糊。突然我的眼光落在一件东西上，心里迸发出了希望的火花。

“我曾经说过，虽然房顶和地板是铁的，墙壁却是木头的。在我向四周投以最后的一瞥时，我看到两块墙板之间透过来一线微弱的黄色亮光。随着一小块嵌板被往后推去，亮光也变得越来越亮，一刹那间我简直不敢相信这儿确实是一扇死里逃生之门。我立刻就从那里冲了出去，失魂落魄地躺在墙的另一边。嵌板在我身后又合上了，但是那盏灯的碎裂声及其稍后两块铁板的撞击声提醒我已经逃出来了。

“我是被人发狂似的拉扯着手腕才苏醒过来的。我醒来后发现自己躺在石头地面上。唤我起来的人，正是我那位好心提醒我的美丽女人，想当初我是多么愚蠢地拒绝了她的好意！

“‘快！快！’她气喘吁吁地喊着，‘他们马上就要来了，如果他们发现你不在就糟了，不要再浪费时间了，快！’

“这次，这次我对她的警告没敢大意。我蹒跚地站了起来，跟着她沿着走廊跑去，紧接着跑下一条盘旋式楼梯。楼梯下面是另一条宽阔的过道。就在我们刚跑到过道时，我们听到奔跑的脚步声和两个人的叫嚷声。一个人在我们刚才待的那一层，另一个在他的下一层，两个人互相呼应着。我的向导被迫停了下来，她绝望地望着四周，突然她推开一

扇房门，里面是一间卧室，皎洁的月光一下子扑进房间来。

“‘这是您唯一的机会了，’她说，‘很高，但您也许能跳下去。’

“就在她说话的时候，过道的尽头处闪现着灯光。我看到莱桑德·斯塔克上校疾步奔来的瘦削的身影，他一只手提着提灯，另一只手拿着一把像屠夫的切肉刀那样的凶器。我想我从未那样快地跑过，我拼命跑过卧室，猛地推开窗户向外望去。月光下的花园看上去恬静、芳香、充满生机。就在我身下最多不过30英尺的地方。我爬到阳台上，正要跳下去，忽然的一个念头使我停住了。我想到我的救命恩人，那个女人，如果他们敢对她不利的话，无论如何我都要回去帮她。很快那个恶棍到了门口，想推开那个女人闯过来，但是她伸开两臂抱住了他，使劲把他往后推。

“‘弗里茨！弗里茨！’她用英国话喊着，‘你忘了上次答应我的诺言吗？你说你再也不会干这样的事了，你答应过我的。你要相信，他不会说出去的！哎呀，他不会说出去的！’

“‘您疯啦，伊利斯！’他咆哮着，竭力从她的双臂中挣脱出来，‘您会把我们全都毁了的。他知道得太多，你给我走开，让我过去！’他把她摔倒在一边，奔到窗口，用他那沉重的凶器向我砍来。这时我身子已经离开窗口，当他砍下来时，我的两手还抓着窗台。我感觉到一阵隐痛，松开了手，我掉到下面的花园里。

**词语解释**

咆哮：指一些人由于感情激动等原因而产生的叫喊声。

“只是一个震动，我并没有摔伤，在我能够站起来的时候，我拼命冲进了矮树丛，我知道附近还有危险，所以并不敢放松，我一路跑着，忽然感到一阵要命的眩晕和恶心，手不由自主地抽搐、疼痛，低头一看，我才知道自己的大拇指被砍掉了，鲜血正汩汩流出。

“我忍着疼胡乱地把伤口包扎起来，一阵耳鸣目眩后，我倒在了蔷薇花丛中。

“也不知过了多久。时间应该很长，因为当我苏醒过来时，夜晚不见了，太阳已经出来。我的衣服全被露水浸湿了，袖子被伤口的血浸透了。伤口剧烈的疼痛立刻使我回忆起夜里的危险遭遇，一想到我可能还没有摆脱追赶我的人，我顿时就跳了起来。但是使我大吃一惊的是，当我朝周围张望的时候，既看不到房子，也看不到花园。原来我一直躺在紧挨着公路的树篱的一个角落里，前面不远处是一座长长的建筑物。当我走近看时，原来就是我昨天晚上下车的那个车站。如果我的手上没有带着这个可怕的伤，我会以为我只是做了一场噩梦。

**嵌记妙语**

被害人的发财梦破灭了，而且是个噩梦。尽管被砍了手指，有幸的是还留了一条性命。任何人都想发财，但要和正当的人发合理合法的财，而且要光明正大，这样才不会为了发财提心吊胆，甚至丧失性命。

“昏昏沉沉地走进车站，我打听到一小时内将有一班开往雷丁的早班火车。我发现值班的还是我来时就在那儿的那位搬运工。我询问他是否听说过莱桑德·斯塔克上校这个人，看他的表情就知道他什么也不知道，我问他是否知道附近有一个警察局，他说在三英里以外。

“我已经被伤痛和疲劳折磨得够久了，根本没有力气走过那段距离，我想好回城后再报警，六点多钟我到了城里，考虑到伤口必须处理了，幸运地碰到这个医生，带我来到这里，有幸把这个案子交给你。”

听完这段不寻常的叙述之后，福尔摩斯和我沉默地坐了好一会儿。然后，夏洛克·福尔摩斯从架子上取下一本贴剪报看起来很笨重的大本子。

“这里有一则会使你们感兴趣的广告，”他说，“大约一年以前所有的报纸都刊登过。您听我念念：

“寻人。杰里迈亚·海林先生，现年 26 岁，职业水利工程师，于本月九日晚十时离寓所后下落不明。身穿……哈！我想，这个时间应该就是上一次上校检修机器的时候。”

“上帝！”我的病人叫道，“那位夫人说的话完全是真的。”

“不用再怀疑了，那位上校就是一个冷酷的亡命之徒，他绝不会允许任何人去妨碍他的阴谋，就像那些海盗一样，不会在他们抢夺的船只上留下一个活口。好啦，对我们而言，现在的每一分钟都很宝贵。希望您的身体还撑得下去，我们得赶紧去苏格兰场报案，这是我们去艾津之前必须做的。”

大约三个小时以后，我们从雷丁出发，坐火车前往伯克郡的小村子。一行人中有夏洛克·福尔摩斯、那个水利工程师、苏格兰场的布雷兹特里特巡官，一位便衣侦探和我。布雷兹特里特在座位上铺开一张本郡的军用地图，忙活着用圆规画了一个以艾津为中心的圆圈。

“就这儿了，”他说，“我是以车站为圆心，十英里为半径画的这个圆圈。先生，我记得您说的是 10 英里。那么我们要找的那个地方大约是在靠近这边线的某个地方。”

“我只记得马车足足跑了有一个小时。”

“您认为他们是在把你弄晕之后，再把您从那么老远送回来的吗？”

“我想应该是他们做的。我冥冥之中记得自己被抬起来送到什么地方去过。”

“让我不能理解的是，”他说，“他们为什么放过已经昏迷的您？是不是那个女人求情，所以坏人心软了？”

“我认为那不大可能。我一生中从来没有见到过比那更冷酷的面孔。”

“放心，这一切很快就会被我搞清楚的。”布雷兹特里特说，“瞧，现在我们已画好了调查的范围，

**词语解释**

冥冥之中：多指凡人无法预测、人力无法控制等不可理解的状况。

接下来只待确定我们在什么地方能找到那个坏蛋。”

“我想我知道。”福尔摩斯平静地说。

“真的吗？现在？”巡官叫了起来，“您已经做出了判断！那么，好，让我们看看谁和您的看法一致。我说是在南面，因为那一带乡间更为荒凉。”

“我说在东面。”我的病人说。

“我说在西面，”那便衣侦探说道，“那一带的小村子都很平静。”

“我说在北面，”我说，“北面没有山，而我们的朋友说他注意到马车没有上过坡。”

“咳！”巡官笑着喊道，“我们的意见有很大的分歧呢。我们兜了一个圈子，就看您这决定性的一票了。”

“你们全错了。”

“不可能！”

“哦，是的，你们全错了。你们先听我讲，”他将手指点在圆圈的中心，“这才是我们要找的地方。”

“但是，那12英里的路程呢？”哈瑟利气喘吁吁地说。

“去6英里，回来6英里，简单又狡猾。您自己不是说当您上马车的时候，那匹马毛色光亮，精神饱满。如果它已经奔驰了12英里那么难走的路，不可能精神那样足。”

“有道理，我也觉得这很可能是一个诡计，”布雷兹特里特若有所思评论说，“当然，至于这个匪帮是什么性质的也就不用再多说了。”

“那当然是毫无疑问的，”福尔摩斯说，“他们使用那台机器铸造合金来代替白银的，是名副其实的大规模伪造货币的罪犯。”

“我们留心这群机灵的坏家伙已经有一段时间了。”巡官说，“他们一直在大批量地铸造半克朗硬币。



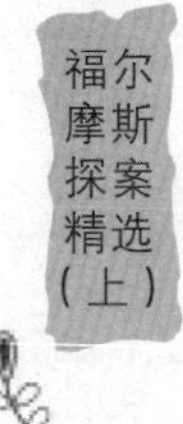

我们一路追踪他们到雷丁，就再也找不到任何线索了，他们非常狡猾，总有办法逃脱，看得出他们是精于此道的惯犯。这下好了，终于有机会抓到他们了。”

可是这位先生似乎高兴得太早，这批罪犯似乎注定不会落入法网。当我们所乘的火车驶进艾津车站时，一股巨大的浓烟从邻近的一个小树丛后面滚滚而上，就像一只硕大无比的鸵鸟毛悬挂在美丽的田园上空。

“是房子失火了吗？”当火车喷着气开出车站时，布雷兹特里特问道。

“是的，先生。”车站站长回答说。

“什么时候的事？”

“先生，听说是夜里起火的。当时火势很大很猛，现在已经是一片火海了。”

“是谁的房子？”

“比彻医生的。”

“告诉我，”工程师插了一句，“比彻医生是个德国人，非常瘦削，鼻子又尖又长，对不对？”

站长放声大笑起来，“你错了，先生，比彻医生是个英国人，在我们这个教区没有谁比他更讲究穿着了，我们得知，他跟一位外国先生住在一起，虽然人们传言那个外国先生是他的病人，可我看他的样子，就算你请他吃上一块肥牛排，也不会有什么问题。”

还没等站长把话说完，我们已经飞快地朝那失火的方向奔去，这是一条通往一座低矮山顶的小路，一座高大的灰白建筑很快呈现在我们面前。

“就是这里了！”哈瑟利显得特别激动地喊着，“瞧这沙石路！还有我躺过的蔷薇花丛，还有那第二扇窗就是我跳出来的地方！”

“看来，”福尔摩斯说，“您所受的痛苦得到



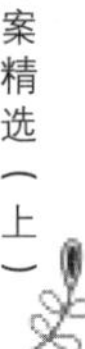

了补偿。毫无疑问，是您的油灯被那台机器压碎的时候烧着了木板墙。他们当时一心想抓你，根本没有发觉。您现在睁大眼睛看看，人群里有没有他们的踪影？可我想他们应该早就走远了，最少在100英里以外了。”

福尔摩斯的担心并不是多余。从那一天起直到现在，无论是谁再没有见过那位漂亮的女人，或是那个阴险的德国人，或者是那乖僻的英国人，他们就如同人间蒸发，再无任何消息。唯一一点线索，一位农民说当天清晨他遇到一辆马车载着几个人和几只沉重的大箱子，飞快地朝着雷丁的方向驶去。但是自那之后，再没有这些亡命之徒逃的迹象了，足智多谋的福尔摩斯，也不能发现哪怕只是一点点有关他们去向的线索。

**词语解释**

亡命之徒：本意是指逃脱户籍改换姓名、逃亡在外的人。现指不顾性命冒险作恶的歹徒。

房子的奇怪布局让消防队员很伤脑筋，三楼上的一个窗户上一截砍下来的大拇指更增添了他们的不安。可是此时房顶已经烧塌变成了废墟，除了一些弯曲的汽缸和铁管子外，让这位不幸的水利工程师付出如此巨大代价的机器被毁坏得一无是处，看不到其他的迹象。一番仔细搜索后，我们在一间附属的外屋里发现了贮藏的大量镍锭和锡锭，可就是没有硬币。不过这让我们知道他们为什么要带走那些大箱子了。

**嵌记妙语**

亡命之徒已逃之夭夭，像是从人间蒸发，毫无踪迹可寻，就连足智多谋的福尔摩斯也无获而返，这个案件让他费尽脑筋，终于他和华生在建筑师的房间里尤其是花园里找到了可疑的线索，可谓是柳暗花明又一村啊。

不过花园松软的泥土总算给我们留下了一些迹象，不然我们永远不会知道这位工程师是怎样从花园被送到那神不知鬼不觉的地方。那些迹象表明工程师是被两个人抬着送过去的，其中一个人的脚大得出奇，另一个人的脚却很小。我们推测，是那个女人和英国人一起把工程师抬到那个花园里去的，那个英国人虽然沉默，可不及他的同伙残忍。所以工程师才有逃过一劫的机会。

当我们再次坐上火车返回伦敦的时候，我们的



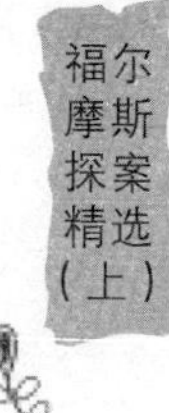

这位工程师还在沮丧，他说："唉，这实在是太糟了。我的大拇指没了，也没得到 50 畿尼的酬金，我真是倒霉，什么也没得到。"

"可你得到了经验！"福尔摩斯笑着说，"您放心！一旦这事宣传出去，您的事务所很快就会家喻户晓，到时候还愁没钱赚吗。"

# 福尔摩斯探案精选（下）

［英］柯南道尔　著
巫晓燕　编译

中国出版集团　现代出版社

**图书在版编目（CIP）数据**

《福尔摩斯探案精选》嵌式阅读 : 全2册 / [英] 柯南道尔著 ; 巫晓燕编译. -- 北京 : 现代出版社,2018.5

ISBN 978-7-5143-5542-0

Ⅰ. ①福… Ⅱ. ①柯… ②巫… Ⅲ. ①侦探小说—小说集—英国—现代 Ⅳ. ①I561.45

中国版本图书馆CIP数据核字（2016）第315549号

**《福尔摩斯探案精选》嵌式阅读**

| | |
|---|---|
| **作　　者** | [英] 柯南道尔 |
| **编　　译** | 巫晓燕 |
| **责任编辑** | 张　霆　哈　曼 |
| **出版发行** | 现代出版社 |
| **通信地址** | 北京市安定门外安华里504号 |
| **邮政编码** | 100011 |
| **电　　话** | 010-64267325　64245264（兼传真） |
| **网　　址** | www.1980xd.com |
| **电子邮箱** | xiandai@vip.sina.com |
| **印　　刷** | 北京中振源印务有限公司 |
| **字　　数** | 656千字 |
| **开　　本** | 700mm×1000mm　1/16 |
| **印　　张** | 42.75 |
| **版　　次** | 2018年5月第1版　2018年5月第1次印刷 |
| **书　　号** | ISBN 978-7-5143-5542-0 |
| **定　　价** | 100.00元（全2册） |

# 原著阅读

**READING**

THE ORIGINAL

# 巴斯克维尔的猎犬

## 第一章　夏洛克·福尔摩斯先生

夏洛克·福尔摩斯清晨总是起得很晚，有时候会通宵达旦，他正在吃早餐。我弯腰捡起昨夜那位客人忘在壁炉前小地毯上的手杖，这是一根制作得非常精巧的硬木手杖，手杖一端有个圆球手柄，叫作“槟榔屿律师手杖”。圆球手柄下面有个银箍，宽度为一英寸，上面刻有“赠给皇家外科医师学会会员詹姆士·莫蒂默，C. C. H. 的朋友们赠，1884年”字样。那些资深的出诊医生经常佩带这样一根手杖，佩带这种手杖，显得气派、权威、让病人感到放心。

“喂，华生，这根手杖能带给您什么帮助呢？”

福尔摩斯正好与我背对而坐，他似乎没有发觉我在摆弄那位客人的手杖。

“您怎么知道我在看手杖？难道您后脑勺上也长着眼睛？”

他说：“可我眼前放着一把锃亮的镀银咖啡壶。好啦，华生，您告诉我，您对咱们这位客人的手杖

**嵌记妙语**

福尔摩斯探案故事常常提醒我们细节的重要，当然发现细节是以观察为前提的。我们应该学会在日常生活中多观察多思考，并要学会描述。

**词语解释**

锃亮：闪光耀眼。

有什么看法？可惜咱们没见着他，对他来这里的目的也毫不知情，因此，这件意外的纪念品就显得比较重要。您认真察看一下手杖，再凭想象把手杖主人的情形讲给我听听。”

我努力地用我这位伙伴的推理逻辑思考着，说：“这是他的熟人赠送的礼品，主要是表达对他的崇敬之情，这样看来，莫蒂默大夫是位经验丰富的已过中年的成功医师，非常受人尊敬。”

“很好！”福尔摩斯说，“好极了！”

“我还看得出来，这位大夫很有可能是在乡村行医，出诊时就是靠步行。”

“你是怎么看出来的？”

“因为这根手杖原本很精致，但是，现在却有很多磕碰的地方，我难以想象城里的医生出诊时愿意随身携带手杖。手杖末端那厚厚的银箍都快要磨穿了，所以，很明显，他经常拄着这手杖走过很多路。”

“完全正确。”福尔摩斯说。

“此外，银箍上刻着‘C. C. H. 的朋友们’，我猜想，这个缩写字眼应该是个猎人协会，他很有可能为当地猎人协会的会员们看过病，做过外科治疗，所以，他们为了表示敬意送他这件礼物。”

“华生，您比原来可是大有长进了。”福尔摩斯边说着边把椅子往后挪了挪，点了支香烟，“有件事我一定要澄清，我取得过一些微不足道的成就，您都如实记载下来，可您却看低了自己的实力，这好像成了您的一种习惯。有些人自己并不是天才，却有一种特别的本领，能够激发出他人的潜能。也许您自己并不发光，但是您能传导光芒，亲爱的伙伴，我承认，我欠您很多。”

他以前从来没说过这么多表扬我的话，我承认，听了这番夸赞我心里极为满足。以前，就算我对他无比钦佩，并且将他的推理方法公之于众，他总是

**词语解释**

微不足道：微，细，小；足，值得；道，谈起。微小得很，不值得一提。指意义、价值等小得不值得一提。

对我的努力置若罔闻，我当时觉得他对我的忽视伤害了我的自尊心。现在，我已经学会了他的推理逻辑，还能学以致用，并且得到了他的赞扬，想到这些，我觉得很是骄傲。这时，他从我手中接过了手杖，用肉眼查看了几分钟，他很快对手杖产生了兴趣，放下香烟，把手杖放到窗前，用放大镜认真研究了起来。

“虽然简单，但也有趣。”他很快走向那把长靠背椅，在自己经常坐的那头坐下，“手杖上确实有一两处迹象，这能给我们的几点推论提供证据。”

“还有什么地方我没注意到吗？”我的语气里带有自负情绪，“我自认为没有漏掉任何重要细节。”

“亲爱的华生，或许您的论断大半都错了！说实话，我说您能激发我的潜能，意思是说，在我注意到您的谬误时，总是会把我的思路引入正确方向，但并不是说这一次您完全错了。那个人肯定是一位在乡村行医的医生，而且他确实经常步行。”

**词语解释**

谬误：错误；差错。

“这么说来，我推测对了。”

“仅此而已。”

“但全部事实不过如此嘛。”

“不，不，亲爱的华生，并非全部——绝不是全部。依我看，送手杖的人，并不是什么猎人协会，而是一家医院。由于两个字头‘C. C. ’是放在‘医院’一词的缩写 H. 之前，因此，很自然就让人想到 Charing Cross 这两个词。”

“也许您猜得对。”

“这个可能性更大。假设咱们以这一点猜想为起点，那我们就有了一个新的证据，据此可以开始了解那位不知名的客人了。”

“好吧！假设‘C. C. H. ’意指查林十字医院，那么我们到底能进一步得出什么推论呢？”

“难道这还不能够说明结论吗？既然您已经学

会了我的推理方法，那就应用吧！”

“我只能得出一个明显的结论，那就是这个人去乡下行医之前曾在城里行过医。”

“我看咱们可以大胆地再向前想象。在刚才推理的基础上，咱们再深究一下，那所医院在什么情况下才会向他赠送礼品呢？在什么情况下，他的朋友们才会集体向他馈赠礼物呢？显然是在莫蒂默打算自己创业，要离开这家医院的时候。现在，我们已经知道有人向他赠送手杖，我们也相信他离开了这家城市医院，要到乡下去行医。于是我们得出论断，说这礼物是在他要去乡下行医时候送的，这个推理应该可靠吧？”

“看来当然有可能。”

“这样，您就知道了，他不可能是个主要医师，因为只有一位医生在伦敦行医多年，并获得了很高的名望，才可能是主要医师，而这样著名的医师怎么可能流落为乡村医生呢。那么，他究竟是什么样的人呢？假如他在医院工作不是一位主要医师，那就只能是个住院部的外科医生或者内科医生了。他的地位略高于医学院毕业的学生。从刻在手杖上的日期可以看出，他至少是五年前离开城市医院的。因此您刚才推断的那位‘经验丰富的已过中年的成功医师’就站不住脚了。亲爱的华生，这人不过是个青年人，不到 30 岁，面目可亲、安于现状、马马虎虎，还养着一只宠物狗，可能比小猎犬大点，但比獒犬小。”

我笑了，认为这样的推断没有坚实的依据。夏洛克·福尔摩斯身子向后一仰，背靠在长椅上，对着天花板连续喷出一堆烟圈。

“您后面说的这些判断，我无法确认是否合理。”我说道，“不过，要想查出这个人的年龄和经历，倒是不太困难。”为了查找这个人的姓氏，

**词语解释**

獒犬：大型工作犬。属于英国高大而古老的品种，体格强壮有力，骨骼坚实而且肌肉很是发达。具有坚韧的耐力和非常警觉的天性。身架巨大，身体非常饱满。

我在放医学书籍的小书架上取下一本医务人员名录，名录上有好几个都是姓莫蒂默的，但只有一个才可能是那个医生。我大声读出这个名录：

“詹姆士·莫蒂默，德文郡达特姆尔高地格林潘人，1882年从皇家外科医学院毕业。1882年至1884年在查林十字医院任住院外科医生，曾发表了《几种隔代遗传的变异症》(1882年的《手术刀》杂志)、《我们在前进吗？》(1883年3月刊《心理学报》)；撰写的《疾病是否隔代遗传》获得了杰克逊比较病理学奖，还是瑞典病理学协会会员；曾是格林潘、托斯利和海巴罗等教区的医务长。”

“华生，上面并没有提及当地的猎人协会吧！”福尔摩斯带着嘲弄的微笑说，“不过我与您的观察结果相同，他只是位乡村医生，所以我的推论是准确的。至于刚才说过的修饰词，我没记错的话，应该是‘面目可亲、安于现状、马马虎虎’。凭借我的经验，在这个社会上，只有面目可亲的人才可能收到礼物，只有不追求名利的人才会放弃在伦敦的职业主动到乡下去行医，也只有马马虎虎的人才会在主人屋里等上一个小时，走的时候不仅没留名片，还忘记拿走自己的手杖。”

“那么那只狗怎么解释呢？”

“那只狗总是叼着这根手杖跟在主人后面跑，由于手杖很沉，狗必须牢牢叼住手杖中间的位置，因此，这个中间位置就留下了狗的清晰的牙印了。从这些牙印的间距看，这只狗的下巴比小猎犬宽，比獒犬窄。它很有可能是一只卷毛的长耳猎犬。”

他立起身，一边说，一边在屋里来回走动，他在凸窗前留住脚步，说话的语气斩钉截铁。我感到无比惊讶，赶忙抬头迅速看了他一眼。

“亲爱的伙伴，您为何这么确定呢？”

“原因很显然，我现在已经发现那只狗了，它

**词语解释**

斩钉截铁：形容说话或行动坚决果断，毫不犹豫。



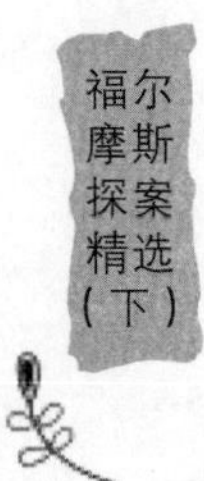

就站在我们屋子大门外的台阶上，听！这是那只狗的主人按门铃的声响。华生，我求求您，不要离开，您和他是同行，您在场对我应该有些帮助。华生，现在可是我们人生中最具转折性的时刻，您仔细听楼梯里的脚步声，他正要走进我们的视线，可我们并不知道是非祸福。这位詹姆士·莫蒂默医生可是位医学界的人物，而我夏洛克·福尔摩斯则是位犯罪问题专家，他会向我提出些什么问题呢？请进！”

刚见到这位客人的外表，我不由得大吃一惊，我之前想象的是一位典型的乡村医生，而现实的他却是高高瘦瘦的，鼻子很长像个鸟嘴，一双灰色的眼睛隔得很近，在一副金边眼镜后面炯炯有神，看得出其眼神十分敏锐。他身穿医生职业装，但是看上去很不干净，外套非常脏，裤子也很沉旧了。尽管他年纪轻轻，但是长长的脊柱开始变得弯曲，走路的时候脑袋向前伸，却挂着贵族般的和蔼面容。他一进来，眼光立刻落在福尔摩斯手里拿着的手杖上，很快大叫一声向他奔过去，说：“真是太惊喜了！我一直想不清楚，不知把它忘在您这了，还是忘在轮船公司了，我无论如何也不愿丢去这根手杖。”

**嵌记妙语**

福尔摩斯和华生正在推断这根手杖的主人及其来由的时候，这个重点人物出场了，他的长相、着装完全出乎华生的意料，这意味着华生的推理不够成功。但是无论如何故事的核心人物出场了，并且给人以深刻印象。

**词语解释**

炯炯有神：炯炯，明亮的样子。形容人的眼睛发亮，很有精神。

“要我看，这应该是件礼物。”福尔摩斯说。

“是的，先生。”

“那是查林十字医院送的吗？”

“是那个医院的两个朋友在我结婚时送我的。”

“天哪！天哪！真倒霉！”福尔摩斯摇着头说。

莫蒂默医生觉得有点诧异，他的眼睛在眼镜后面眨巴着。

“为什么倒霉？”

“因为您扰乱了我们的一些小结论。您刚才说是在结婚的时候送的，是吗？”

“没错，先生，我一结婚就离开了那家医院，也放弃了成为顾问医生的名利追求。但是，为了建立起我的家庭，这样做是非常必要的。”

“还算凑合，我们的结论不算太离谱。”福尔摩斯说道，“嗯，詹姆士·莫蒂默大夫……”

“您称我先生好了，我是皇家外科医学院一个很不起眼的毕业生。”

“显而易见，你还是个逻辑思维严密的人。”

“对科学略知一二，福尔摩斯先生，我不过是个在一望无际的海岸边捡贝壳的人。我想我是在和夏洛克·福尔摩斯先生说话，而不是……”

“不，这是我的朋友华生大夫。”福尔摩斯说。

“先生，很高兴见到您，我听到人家把您和您的朋友相提并论。我对您很感兴趣，福尔摩斯先生，我没想到您有这么长的头颅，也没想到您有深陷的眼窝。您不介意我摸一摸您的头颅骨缝吧？您的头骨模型，对人类学博物馆必将是个珍贵的展品，当然，您的头骨实物就更珍贵了。请原谅，我并不是想惹您生气，可我承认，我真的觊觎您的头骨。”

夏洛克·福尔摩斯做了个手势，请这位陌生的客人坐在一把椅子上，说道：“先生，看得出来，您和我一样，都热衷于研究自己职业中的问题。我从您的食指上看得出，您经常抽自己卷的烟，请随意抽吧。”

客人掏出卷烟纸和烟丝，把烟丝放在纸片上，不一会儿就卷成一支香烟，手法熟练得令人诧异。他有着细长的手指，动作十分灵巧，就像昆虫的触须一样不停地动。

福尔摩斯没说话，可是他的目光却在不断地打量着这位客人，显然他已经对这位奇怪的客人产生了兴趣。

最后，福尔摩斯终于说话了：“先生，您昨晚赏光来访不遇，今天再次光临。我想，应该不只是为了研究我的头颅吧？”

**词语解释**

觊觎（jì yú）：渴望得到不应该得到东西。

“不是的，先生，当然不是，不过，如果有机会，我也很乐意研究您的头颅骨。福尔摩斯先生，我承认自己是个缺少实践经验的人。我来找您，是因为忽然遇到一桩极其特殊而严重的问题。我觉得您是最高明的专家，在欧洲名列第二……”

“是吗？能告诉我那位有幸排在第一位的人的名字吗？”福尔摩斯的问话语气有些刻薄。

“如果从具有严密科学思维逻辑的方面来看，贝迪永先生肯定是最富有魅力的。”

“那么您为什么不去请教他呢？”

“先生，我强调的是具有缜密科学思维逻辑的人，但从实际情况来讲，您无疑就站在第一位了，没有人会怀疑您的实力。先生，我希望并没有在无意中……”

福尔摩斯说：“只是一点，莫蒂默大夫，您就直接说吧，您究竟要在我这儿得到什么东西呢？”

# 第二章　巴斯克维尔的灾祸

詹姆士·莫蒂默医生说：“我衣袋里装着一份文件。”

福尔摩斯说：“您一进屋我就看出来了。”

“是一份旧文件。”

“应该是 18 世纪初期的，不是赝品。”

“您怎么知道，先生？”

“您刚才说话的时候，我看见这份文件从您的衣袋里露出外面一两英寸。作为一个专家，如果我猜测的年份误差超过 10 年，那我就不配为一个专家了。您也许读过我的那篇小论文，谈论的就是这个话题，照我看，这份文件的撰写年份是 1730 年。”

**词语解释**

赝品：伪托原作的书画；伪造的文物。

莫蒂默医生将那份文件从胸前的衣袋里掏了出来，说："准确的年份是 1742 年。这是一份祖传文件，是查尔斯·巴斯克维尔爵士交付给我的，大概 3 个月前，他猝然惨死，这件事引起德文郡上下一片骚动。实际上，我不仅是他的医生，还是他的好友。先生，他这个人意志非凡、为人精明、做事务实，唯独缺乏我那样丰富的想象力。他很重视这份文件，而对他可能落得的下场也有所防备，最后果然不出他自己预料。"

福尔摩斯将这份旧文件平摊在自己的腿上。

"华生，您仔细看，文字中交替使用大 S 和小 S，这是我确定年代的几个根据之一。"

我凑在他的身后，看着那张发黄的纸，注意到上面褪了色的文字，只见文件顶部写着"巴斯克维尔庄园"，下面是用潦草的笔迹写的几个大大的数字"1742"。

"看来好像是在陈述什么事情。"

"没错，讲述的是一个巴斯克维尔家族的传说。"

"不过，照我看，您来找我，大概是为近期发生的事情，应该是桩更有价值的事情吧？"

"确实是近期发生的事情，而且是件非常现实、燃眉之急的事情，要求必须在 24 小时之内做出判断。这份文件虽然很短，却与这事有着紧密联系，如果你们同意，我把上面的信息读给你们听。"

福尔摩斯身子靠在椅背上，双眼紧闭，两手的指尖抵在一起，显出一副专注的神情，莫蒂默将文件放在光亮处，用沙哑尖厉的声音朗读出一篇古老而神奇的故事。故事内容如下：

嵌记妙语

朗读在我们这个时代已经是很奢侈的事情了。但朗读和倾听带给人的愉悦是很难用语言形容的，让我们尽可能多地朗读或者倾听故事与美文吧！

关于巴斯克维尔猎犬的由来，一直有许多说法。我是雨果·巴斯克维尔的直系后代，这个故事是父亲讲给我的，我父亲还是直接听我祖父说的。我便

相信下面记述的事情确实发生过，但愿我的儿子们能相信，公正的神明能惩罚那些有罪的人，但是只要他们祈祷悔过，无论犯了多么深重的罪孽，都能得到神明的宽恕。你们虽然得知了此事，但不必为前辈得到的报应而恐惧。只要自己谨言慎行，咱们家族过去尝过的恶果便不会重演，也不会导致家族的毁灭。

据说是在大叛乱时期（我真心向你们推荐，希望你们读一读学者克拉伦登勋爵写的历史），这座巴斯克维尔庄园本属于雨果·巴斯克维尔，可以肯定，他性格无比粗野，亵渎神圣，目中无人。假如仅此而已，乡邻尚能原谅，因为当地并不盛行宗教信仰，但他天性放荡残忍，他的名字简直为西部地区所不齿。这位雨果先生一度钟情于（我们权且用这个纯洁的字眼描述他卑鄙的情欲）巴斯克维尔庄园附近一位自耕农的女儿，但这位年轻的村姑一向小心翼翼，在当地享有好名声。因为担心沾染他的恶名，便避免与他碰面。在一年的米迦勒节那天，这位雨果先生得知她的父兄出了门，就约了五六个游手好闲的下流伙伴，偷偷窜到她家，把姑娘抢了回来。他们把她弄进庄园，关进楼上一间小屋，雨果便与自己的狐朋狗友尽情狂欢，通宵达旦，这便是他们的夜生活。听见楼下的狂乱声响，说的都是些不堪入耳的脏话，楼上那位可怜的姑娘吓得浑身哆嗦。人们说，雨果·巴斯克维尔发起酒疯来，说的根本不是人话，如果有人敢学着他说话，一定会遭天打五雷轰。最后，姑娘在极度恐惧中勇敢出逃，就连最敏捷勇敢的人也会对她的出逃赞叹不已。她钻出窗口，顺着南墙屋檐下的蔓藤爬下去，然后穿过荒凉的沼泽地，径直往家里跑，那庄园离她家大概有3英里路远。

后来，雨果撇下那帮客人，带着食物和酒——

**词语解释**

米迦勒节：基督教节日，纪念天使长米迦勒。西方教会定在9月29日，东正教会定在11月8日。圣米迦勒作为天使军主力战士之一，被视为抵抗夜晚黑暗入侵的保卫者。此外，出自非宗教的意图，米加勒节在不同国家也各有详细记载的不同时间和季节，以英国和爱尔兰较为显著。

可能还有更糟糕的东西——上楼去找他抢来的姑娘，没想到他的笼中鸟早已飞走了。他顿时发了疯，冲下楼梯，跳上餐厅的大餐桌，一顿咒骂折腾，酒罐木盘全让他踢得满屋子乱飞。他冲着那帮伙伴大叫大嚷，说是要不惜一切代价，当晚就把那村姑抓捕回来，就是把肉体和灵魂全都丢给恶魔都在所不辞。那帮纵酒狂饮的家伙们见了他暴怒的模样，都吓得目瞪口呆，其中有个凶神恶煞的家伙比别人醉得更凶，他大声嚷道，该把猎狗都放出去追她。雨果一听这话，立刻跑出门，招呼马夫牵马备鞍，把犬舍里的狗全都放出来，让猎狗闻了闻少女丢下的头巾，就把它们一窝蜂放了出去，猎狗狂吠不已，朝月光下的沼泽地上狂奔而去。

这帮狂欢宴饮的家伙开始目瞪口呆，半天都没弄明白主人慌忙要跑去沼泽地干什么，后来他们终于明白过来，于是大喊大叫，好一阵忙乱，有的嚷嚷着找自己的手枪，有的慌忙找自己的坐骑，有的人还要带上一瓶酒。最后，他们醉醺醺的脑袋才恢复了一点理智，一帮人总共13个，全都上马追了过去。一轮皎洁的月亮照得地面雪亮，他们并肩骑马狂奔，沿着少女回家的必经之路疯狂追去。

他们跑了一两英里，遇到一个夜晚在荒野上放牧的人，他们就大声问他，是否看见他们要追捕的人。据说那牧人当时吓得连话都说不出来了，后来，他终于缓过神来，这才开口说话，确实看到了那个可怜的少女，后面还跟着一群猎狗，在肆意地追踪。那牧羊人紧接着说："我还看见雨果·巴斯克维尔老爷，他也骑着那匹黑马从这儿呼啸而过了，身后还跟着一只大猎犬，魔鬼似的一声也不叫。上帝啊，可别让那种狗跟上我！"一帮醉鬼老爷把那牧人臭骂了一顿后，便接着骑马继续追赶下去了。不久他们就听到沼泽地里传来了一阵清晰的马蹄声，随后，

**词语解释**

肆意：任性；任意。



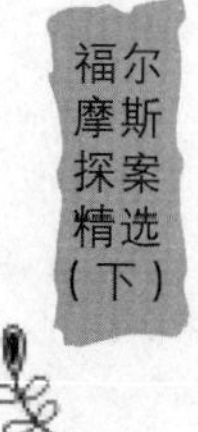

他们就看见了那匹黑马，只见黑马的嘴里流着白沫从他们身旁跑了过去，鞍上并没有人，缰绳被拖在了地上，他们一个个不禁吓得浑身打哆嗦。一伙浪子战战兢兢地挤在一起，心里感到万分恐惧，可他们还是继续在沼泽上往前走，如果是单独一人，估计早就掉转马头往回跑去了。他们就这样慢吞吞地骑马走着，最后终于赶上了那群猎狗。那都是些优种猎犬，以无比勇猛而著称，可这时竟然都挤在了沼泽地上一条深沟的角落里，个个呜呜哀鸣着，有些狗已经逃之夭夭，有些狗颈毛倒竖，两眼直勾勾望着前面一条窄窄的小沟壑。

**词语解释**

战战兢兢：战战，害怕，恐惧的样子；兢兢，小心谨慎的样子。形容因非常害怕而微微发抖的样子。也形容做事非常谨慎小心。

这帮人赶紧勒住马，可以猜得出，他们此时远比出发的时候清醒多了。其中大多数人已经不想再往前走了，可是有三个人胆子最大，他们比其他人醉得更凶，这三个人继续策马走下山沟。前面出现一片宽阔的空地，中间立着两根大石柱，这些石柱至今还在，可能是古人立在那里的。月光把那片空地照得雪亮，他们追踪的少女惊恐疲惫交加，已经倒地而死，躺在那块空地的中央。三个胆大包天的酒鬼看着眼前的景象，吓得酒都化作冷汗冒出来了。他们感到毛骨悚然既不是因为看见了少女的尸体，也不是因为她旁边躺着雨果·巴斯克维尔的尸体，而是因为有一头可怕的野兽站在雨果身旁，那家伙模样有点像猎狗，可谁也没见过体形那么大的猎犬。他们发现，那野兽正在撕咬着雨果·巴斯克维尔的喉咙，三个人看得发呆，只见那野兽扭过闪亮的眼睛，冲着他们直流口水。三个人见状，吓得纵声大叫，赶忙拨转马头逃命，一路穿过沼泽荒地时，他们还丢了魂似的惊呼不已。据说其中一人当晚就让当时见过的景象吓死了，另外两个落了个终身精神失常。

我的儿子们，这就是关于那只猎狗的正宗传说。据说自从那时起，那只幽灵狗就一直困扰着咱们家族。我把这事如实记录下来，因为听谣言乱猜测比了解真相更恐怖。不可否认，咱们家族的人，有许多未得善终，不是横遭惨死，就是无法解释死因，但愿上帝无限的慈爱能庇护我们，不致让我家第三代以至第四代永远无辜受罚，毕竟我们是《圣经》的信徒。我的儿子们，我以上帝之名命令你们，并且劝你们要多加小心，千万避免在黑夜降临、罪恶势力嚣张的时候穿过沼泽地。

“这是雨果·巴斯克维尔留给两个儿子罗杰和约翰的文件，文件中嘱咐二人不可将此事告知其姐姐伊丽莎白。”

莫蒂默医生读完这篇奇特的叙述文章，把眼镜推到额头上面，两眼盯住夏洛克·福尔摩斯。

福尔摩斯打了个哈欠，把烟头扔进炉火中。

“怎么样？”他开口道。

“您不觉得有趣吗？”

“对搜集童话故事的人来说，倒算是有趣。”

莫蒂默医生从衣袋里掏出一张折叠起来的报纸。

“福尔摩斯先生，下面我要告诉您一桩发生在近期的事。这是一份今年5月14日的《德文郡纪事报》，里面有一篇关于几天前查尔斯·巴斯克维尔爵士死亡的简短叙述。”

我的朋友身体稍向前倾，神情也变得更加专注了。我们的客人重新戴好眼镜，开始朗读：

最近，查尔斯·巴斯克维尔爵士不幸暴卒，本郡上下皆感悲哀。在下届选举中，他本来可能接受提名，成为德文郡中部自由党候选人。虽然查尔斯爵士在巴斯克维尔庄园居住不久，但因其善良的天性与极度的慷慨，与之交往的民众无不对其敬爱有加。当今新贵浮躁，而查尔斯这样一位名门之后，竟然在海外致富后衣锦还乡，欲重振遭厄运而中衰

**词语解释**

暴卒：得急病突然去世。



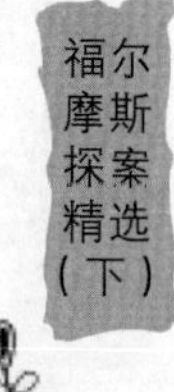

之家境，此类例证诚为可喜。众所周知，查尔斯爵士曾在南非经商致富，但他比其他人明智，并不等到蚀本赔光才后悔，而是带着资财返回英格兰。他返回巴斯克维尔庄园定居不过两年，人们普遍为他庞大的重建和修葺计划而赞叹，然此计划却因其本人逝世而中断。他身后并无子嗣，生前曾公开表示，在他有生之年，远近乡邻都要因他的巨额财富而受益，因此，很多人不免因个人原因悲悼他英年早逝。他对本地及郡慈善机构的慷慨捐赠，本报时有报道。

验尸结果尚未完全澄清查尔斯爵士的死因，至少未能消除当地人因迷信所引发的种种谣传，人们没有理由怀疑其中有犯罪成分，也无法想象系源自非自然死因。查尔斯爵士是个鳏夫，也许在某些方面表现出精神状态稍有反常。他虽然有大宗财产，但个人趣味比较简单。他在巴斯克维尔庄园居住时，仆人只有巴里莫尔夫妇二人，丈夫是男管家，妻子当女管家。他们的证词已由几位朋友证实，说明查尔斯爵士生前有过健康不佳的迹象，尤其表现出几点心脏病的症状：面色发青、呼吸困难、严重的神经衰弱。死者的朋友兼私人医生詹姆士·莫蒂默也提出了同样的证明。

词语解释

鳏夫：妻子死亡未再结婚的男人。

案情其实很简单。查尔斯·巴斯克维尔爵士有一个习惯，每晚就寝前，一定要沿巴斯克维尔庄园中优美的紫杉林荫道散步。巴里莫尔夫妇在证词中说明，死者确有此习惯。5月4日，查尔斯爵士称，他翌日要去伦敦，命巴里莫尔为他收拾行李。当晚他照常出去散步，散步时习惯于抽雪茄烟，可他再也没有回来。到了十二点钟，巴里莫尔发现厅门还开着，感到十分惊讶，就提着盏灯笼，出去寻找主人。这天刚下过雨，林荫道上爵士的足迹很明显，在林荫道中段有个通往沼泽荒地的栅栏门。有迹象显示，查尔斯爵士曾在门前稍站片刻，然后沿着林荫道走下去，在林荫道的尽头巴里莫尔发现了主人的尸体。有一个现象无从解释，巴里莫尔说，他主人的足迹在过了通往沼泽地的栅栏门之后，就不再是先前的模样了，好像从栅栏门以后就变为踮着脚尖走路。有一个名叫莫菲的吉卜赛马贩子，他当时就在沼泽荒地上，距出事地点很近，他解释自己当时喝酒醉得厉害，他当时隐约听到了几声呼喊，但分辨不出是来自哪个方向。查尔斯爵士身上没有任何遭受暴力袭击的痕迹，可是医生在证词中指出，他的面容严重变形，以致到了难以辨认的程度，莫蒂默医生开始无法接受，躺在他面前的尸体竟然是他的病人和朋友。据解释，这种面容严重变形的现象往往是因心脏衰竭和窒息而死，尸体解剖证明这种解释是正确的，说明死者的器质病变由来已久，法院验尸官也提交了一份与医生证明相符的结论，这样的结论毕竟还算善终。由于查尔斯爵士的继承人仍将住在庄园，并继续履行他因不幸而中断的善行，因此，能证明他确属善终显然非常重要。假如验尸官的结果不能彻底推翻邻里相传的荒诞谣言，则很难让查尔斯爵士的继承人落户庄园。据了解，爵士最近的亲属，就是他弟弟的儿子亨利·巴斯克维尔先生，希望这人仍然健在。关于这个人，根据人们最后一次听到的消息，说他在美洲，现已开始与他取得联系，以通知他来继承这笔为数庞大的财产。

莫蒂默把报纸叠好，放回口袋里。

“福尔摩斯先生，有关查尔斯·巴斯克维尔爵士之死的真相，这些都是当众公布的事实。”

夏洛克·福尔摩斯说：“我真得感激您，让我仔细了解了这件离奇的案件。当时我也读过一些报纸的报道，但那时我正专心研究梵蒂冈宝石那桩小案件，因为着急给教皇破案，竟没有关注在英格兰发生的一些案件。您刚才说，这段新闻已包括了公

**嵌记妙语**

福尔摩斯对巴斯克维尔的这个案子特别感兴趣，虽然还是没有得到自己想要的结果，但是他还是很感激莫蒂默为他提供的信息。由于福尔摩斯以破案为自己的事业，所以一旦他进入一个案件，便会对其负责到底，至于其他案件他只得放在以后了。

布的全部事实？”

“是的。”

“那么请您再告诉我一些内幕的事实吧！”他靠在椅背上，又把两只手的指尖抵在一起，露出十分冷静的表情，好像法官在判案。

莫蒂默医生变得激动了，他说道：“要是我说出来，那就是把没有告诉过任何人的情况都透露给您了。这些内幕情况我还没对验尸官说，因为我是一个从事科学工作的人，不愿出现在公众面前，显得默许了一种流传的谣言。我这么做还另有原因，就像报纸上所说，如果再有什么事情让巴斯克维尔庄园的名声进一步恶化，那个庄园就真的不会有人敢去住了。出于这两个原因，没把我知道的全部情况说出来我想还是明智的，因为如实说出来的后果实际上没什么好处，尽管如此，我还是向您如实说来。

“沼泽荒地上人烟稀少，相距较近的住户关系就比较密切，因此我和查尔斯·巴斯克维尔爵士见面的机会很多。除了莱福特庄园的弗兰克兰先生和博物学家斯特普尔顿先生之外，方圆数十英里内没有一个受过教育的人。查尔斯爵士是一位喜欢隐居的人，可他是病人，我是医生，我们自然有机会相聚。出于对科学的共同爱好，我们两人变得亲近起来。他从南非带回很多科学资料，我们一起度过了许多难忘的夜晚，一起讨论南非原始民族布什人和西南非原始民族霍屯督人在比较解剖学上的差异。

“我越来越清楚，在查尔斯爵士生命的最后几个月里，他的精神高度紧张，到了近乎崩溃的程度。他非常相信我刚才读给您听的那个传说，虽然他经常在自家院子里散步，但天一黑就坚决不肯去那片荒地了。福尔摩斯先生，您觉得难以相信，可他竟对自己已经厄运临头深信不疑，当然，他家祖先遗

**嵌记妙语**

这个故事中构成“恐怖”因素的重要一环即是沼泽，它本身所具有的神秘性、破坏性很好地衬托了这个故事的整体氛围。

留的传说确实让人不寒而栗。他满心都是对未来发生意外变故的担忧。他多次问过我，夜间出诊途中有没有看到过什么奇怪的东西，有没有听见过一只猎狗的嗥叫声。后面这个问题他经常问我，而且每次问我，他的声音里总是带着恐惧的颤音。

“我清楚地记得，那是在他去世前大约3个星期，有天傍晚我驾着马车去他家。他当时正在门厅外面。我都已经下了我那辆两轮轻便马车，安全地站在他的跟前了，突然看见他的眼里露出极度惊恐的神情，眼睛牢牢地盯在我身后。我也扭头望去，瞥见车道尽头有个东西经过，我觉得样子像黑色的大牛犊。见他那么惊恐，我便走到那个东西经过的地方左右观察了一阵，然而，它已经跑得没有踪迹了。这件事似乎在他心中留下了可怕的阴影。我整整陪了他一个晚上，就是在那天晚上，他解释了自己情绪激动的缘故，还托我保存刚才首先读给你们听的那份文件。我提到的这个小插曲，在随后发生的悲剧中可能有些重要性，不过，当时我却认为那是件微不足道的小事，他的惊恐也显得没有根据。

“查尔斯爵士听从了我的劝告，打算到伦敦去。我知道，他的心脏已经犯病了，他总是焦虑不安，尽管原因荒诞不经，却严重影响了他的健康。我想，在城市里住几个月，能让他转移注意力，让他恢复健康。我们共同的朋友斯特普尔顿先生非常关心他的健康状况，他也有相同的意见，可是，可怕的灾难竟发生在他临行前的时刻。

“查尔斯爵士去世的那晚，管家巴里莫尔发现以后，马上派马夫珀金斯骑马来找我。我总是睡得挺晚，朋友出事后不到一小时就赶到了巴斯克维尔庄园，我做了所有该做的事，我还沿着紫杉树林荫道往前走，仔细观察他的足迹，在通往沼泽荒地的栅栏门附近，那里还有他曾驻足的脚印，我发现，

**词语解释**

不寒而栗：栗，畏惧，发抖。不冷而发抖。形容非常恐惧。

荒诞不经：荒诞，荒唐离奇；不经，不合常理。形容言论荒谬，不合情理。



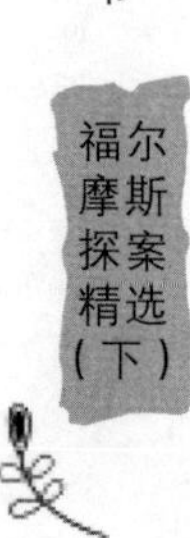

从那一处往后，足迹的形状有所变化。我还发现，除了巴里莫尔在软沙地上留下的足迹外，并没有其他足迹，最后我仔细检查了尸体，我到达以前没有人动过他。查尔斯爵士趴在地上，脸朝下，两臂伸出，手指插进泥土里。他的面容因情绪波动太大而扭曲在一起，我快认不出他了，他的身上的确没有任何伤痕，但是在验尸的时候巴里莫尔提供了一个可怕的证明。他说在尸体旁边没看见任何踪迹，但我发现了，就在离尸体不远的地方，还留着新留下的清晰的足迹。”

“足迹？”

“是的，足迹。”

“是男人的还是女人的？”

莫蒂默的眼神突然变得非常奇怪，回答的时候，声音低沉得像耳语一般：

“福尔摩斯先生，是些特别大的猎狗爪印！”

## 第三章　疑案

听完这句话，我从头到脚都在战栗，医生的声音也在打战，他为自己所讲的这个恐怖故事而感到害怕。福尔摩斯把上身往前倾，他显得无比激动，表情尽量表现得从容，眼神却炯炯有神，这显然是他对一件事情感兴趣时才会有的眼神。

“您亲眼所见？”

“就好比我现在看见您一样真实。”

“您没对其他人说这些？”

“说了又有什么效果呢？”

“怎么能保证别人就没看见呢？”

“爪印距尸体约有 20 码远，谁也不会想到两

同步思考

在荒地上留下的爪印是牧羊犬留下的吗？

者的联系。如果我也不了解这个传说，估计也不会留意到那些爪子的痕迹。”

“在荒地上真有牧羊犬吗？”

“当然有，但那些爪印不是牧羊犬留下的。”

“您说爪印很大，是吗？”

“是的，很大。”

“但是爪印没有靠近尸体吗？”

“没有。”

“事发当天晚上的天气怎么样？”

“阴冷而潮湿。”

“当时没下雨吧？”

“没下。”

“林荫道具体是什么样子的？”

“路旁的老紫杉形成两道树篱，高 12 英尺，密密麻麻，人无法从中越过，中间还是一条 8 英尺宽的步道。”

“树篱和路之间还有什么东西阻隔吗？”

“有，在小路两旁各有一条约 6 英尺宽的狭长草地。”

“我猜想，栅栏门应该是在树篱的某一处开着吧？”

“是的，有个通往沼泽地的侧门。”

“那里还有其他的开口吗？”

“没有。”

“这么看来，若要进入紫杉树林荫道，只有两条路，一条是面向沼泽荒地，另一条是房子那边，对吗？”

“还有另一个出口，那就是林荫道尽头的凉亭。”

“当时查尔斯爵士走到那里了吗？”

“没有，他倒下的地方距那儿还有 50 码远呢。”

“您看到的脚印是在路上还是在草地上呢？莫蒂默大夫，请告诉我，这一点非常重要。”

“草地上根本看不到什么痕迹啊。”

**词语解释**

码：长度单位。3 英尺长，约合 0.9144 米，常刻有英尺、英寸和英寸的分度。



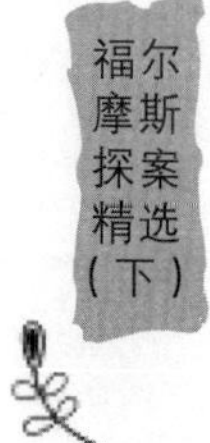

“那是靠近栅栏门那一侧的路上吗？”

“是的，就是在栅栏门那一侧的路边上。”

“我对您的话非常感兴趣。还有一点就是，栅栏门是关着的吗？”

“不仅关着，还上了锁。”

“栅栏门的高度呢？”

“4 英尺左右。”

“那就是说，任何人都能翻过来吧？”

“是的。”

“您有没有在栅栏门上看到什么痕迹啊？”

“还真没有什么特别的痕迹。”

“天哪！难道就没人去检查那里吗？”

“检查过，而且是我亲自做的检查。”

“难道就没有发现什么痕迹吗？”

“那里非常混乱。但很显然查尔斯爵士在那里足足站了有 5 分钟到 10 分钟。”

“您是怎么推断出来的呢？”

“因为他有两次从抽的雪茄上抖下烟灰。”

“您的推断简直太妙了！华生，他是咱们的同行，思路跟咱们一样。那么脚印呢？”

“在那一小片沙砾地面上到处都是他的脚印，但我的确看不出还有其他人的脚印。”

只见夏洛克·福尔摩斯带着不耐烦的神情无趣地敲着膝盖。

他大声嚷道：“要是我在现场该有多好！这显然是桩令我十分感兴趣的案件，这桩案件也为专家提供了极好的科学研究机会。要是我在现场，一定能在那片沙砾地面上看出更多的线索，可是现在，那些痕迹早已让雨水冲刷掉了，也被那些看热闹的农民脚上的木鞋践踏光了。唉！莫蒂默大夫，莫蒂默大夫，当时您怎么就不叫上我一同去呢！说实话，您应该对这桩案件负很大的责任。”

**嵌记妙语**

请注意这些对话，精简有力，富于表现性，如果你愿意可以和朋友表演这段对话，从而体会“剧情”的紧张感，以及一个神探的思维方式。

**同步思考**

为什么福尔摩斯脸上出现不耐烦的神情？

“福尔摩斯先生，我无法请您去，这样做为的是避免暴露这些真相，我刚才说过不愿这样做的原因了。再说，再说啦……”

“您还有什么好犹豫的？”

“有些问题，就是连最精明老练的侦探也是束手无策的。”

“那您是说，这是一件再自然不过的事情？”

“我可没这么说过。”

“您嘴上倒是没这么说，我知道您心里肯定有过这个念头。”

“福尔摩斯先生，自从这桩悲剧发生之后，我还听到过一些无法与自然法则相吻合的事情。”

“那请您说得具体一点，好吗？”

“我知道在这可怕的事情发生之前，就有些人曾在那片荒地上看到过一个动物，模样跟这个巴斯克维尔的怪兽形状相同，并且绝不是科学界已知的动物类型。人们都说那是一只个头很大的动物，眼睛闪闪发光，模样凶恶，活像魔鬼。我还反复询问过那些人，其中一个是老实的乡下人，一个是钉马掌的匠人，还有一个是沼泽荒地上的农夫。他们都讲述了关于这个可怕魔鬼的故事，故事内容完全相同，与传说中那条恶狗形象很是相符。我向您保证，整个那个地区的人都沉浸在无边的恐惧中了，只有铁胆汉子才敢在夜晚走过那片沼泽荒地。”

“难道像您这样受过科学教育的人，还会相信这是什么再自然不过的事情？”

“我确实也不知道该相信什么了。”

福尔摩斯听罢只好耸了耸肩。

他说：“迄今为止，我做的调查工作仅限于人世间，我只是以适当的方式与人类的罪恶作斗争。但是，要让我跟罪恶之神打交道，也许我就力不从心了。但您要相信，脚印是确实存在的啊。”

**嵌记妙语**

福尔摩斯对莫蒂默诉说的关于非自然现象的事情感到不可思议，但是对于莫蒂默的反应更是感到好奇，他不相信一个受过高等教育的人也会相信这种事情。作为人类，都会有对一些奇怪的事情或多或少相信或者敬畏的心理，所以莫蒂默的心情我们是可以理解的。



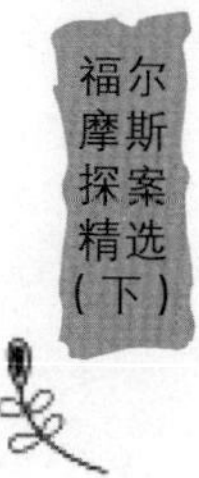

“那只奇怪的猎犬的确够实在的，一定能撕碎人的喉咙，可它又是个可怕的魔鬼。”

“我看得出来，您几乎已经倒向超自然论一边了。可是，莫蒂默大夫，现在请您告诉我，既然您有这种看法，为何还要来找我帮忙呢？您对我说，调查查尔斯爵士的死因毫无意义，而您却以同样的口气对我说，希望我去调查。”

“我并没有说过希望您去调查啊。”

“那我能帮上您什么忙呢？”

“我希望您能告诉我，等到亨利·巴斯克维尔爵士来了该怎么办呢？”莫蒂默医生看了看自己的表说：“还有一个小时零一刻钟，他就要抵达滑铁卢车站了。”

“他就是那位继承人吗？”

“对。在查尔斯爵士死后，我们对亨利·巴斯克维尔爵士做过详细的调查，发现他一直在加拿大务农。通过我们得到的各种评论，他无论在哪个方面都是个很优秀的人，我来找您并不是作为一个医生的身份，而是作为查尔斯爵士遗嘱的托管人和执行人。”

“我猜想，肯定不会再有别人提出继承申请了吧？”

“不会的，再没有别人提出申请了。在他的男性亲属中，我们能查找到的另一个人只有罗杰·巴斯克维尔了。这个罗杰在他们兄弟三个中排行老三，查尔斯爵士是老大，年轻时就去世的老二是亨利·巴斯克维尔的父亲。老三罗杰则是家里的害群之马，他和那专横的老巴斯克维尔不愧是一脉相承。人们说，他的模样和家里那幅老雨果的画像并没有两样，他犯了事情，闹得在英格兰无安身之处，只好逃往美洲，1876 年，他在那边因为得了黄热病而不幸死亡，亨利就是巴斯克维尔家唯一的子嗣了。在一个

**词语解释**

害群之马：危害马群的劣马。比喻危害社会或集体的人。

小时零五分钟之后，我必须在滑铁卢车站去接他。我收到一份电报，说他已在今天早晨抵达南安普敦。福尔摩斯先生，请您为我指点迷津，我该如何安排他呢？”

“他到祖祖辈辈都居住的地方住有什么不妥的呢？”

“当然，他这么做很合乎情理。但是，鉴于巴斯克维尔家的人的悲惨命运，只要到了那儿，就会惨遭不幸。我敢肯定，如果查尔斯爵士在死前有机会和我说上话，一定会警告我说，千万不要把这传承家族的最后一条血脉葬送在这个倒霉的地方，他可是我们家族巨额财产的唯一继承人啊。然而，我也不得不承认，那确实是个贫困荒凉的地区，乡间的经济繁荣和生活幸福都要靠着他的所作所为。如果那座庄园里没有主人，那么查尔斯爵士所建造的善行大厦便会成为毫无用处的摆设，显然我本人也十分关心此事，只怕掺杂了过多的主观倾向性，所以才来征求您的建议啊。”

**嵌记妙语**

金钱的作用有很多，但其本质必须是服务于人类。查尔斯爵士修建“善行”大厦不仅是表现他的慷慨，更重要的是他了解金钱的价值和意义是什么。

福尔摩斯沉思了一会儿。

他说：“那么我们简单总结一下吧。按照您的观点，有一种魔鬼般的神奇力量，使得达特姆尔成为对巴斯克维尔家人不安全的居住地——这是您的观点，是吗？”

“至少我可以这么认为，有些迹象表明有这种可能性吧。”

“不错。可是可以肯定地说，如果您那种超自然的理论是正确的，那么，这位青年人住在伦敦跟住在德文郡都是一样地倒霉。一个魔鬼竟然在当地具有和教区礼拜堂一样的权威，那简直难以想象。”

“福尔摩斯先生，假如您亲自经历过这些事情，也许您就不会这么轻率地下结论了。按照我的思路，您的建议是：这位青年住在德文郡和住在伦敦是同样安全的。他在 50 分钟之内就要到了，您有什么建议呢？”

“先生，我建议您立即搭上一辆出租马车，并带走您那只长耳猎犬，它正在抓挠我的前门呢。你们一道去滑铁卢车站接亨利·巴斯克维尔爵士吧。”

“然后呢？”

“然后，在我把这事彻底想通之前，什么也不许告诉他。”

“那么您要花多长时间才能把它想通呢？”

“24 小时吧。莫蒂默大夫，如果您在明天 10 点钟再来这里找我，我将会十分感谢。当然如果您能带上亨利·巴斯克维尔爵士一起来，就会更加有助于我做出未来的计划。”

“福尔摩斯先生，我一定遵命。”他把这约会时间用铅笔潦草地写在了袖口上，就匆匆告别了。他神色显得有些奇怪，眼睛仿佛在凝视，却心神不定，他刚走到楼梯旁，福尔摩斯就把他叫住了。

**词语解释**

心神不定：定，安定。心里烦躁，精神不安。

“莫蒂默大夫，我再向您提个问题。您刚才说，查尔斯·巴斯克维尔爵士在死前，有几个人在荒地上看见过那个鬼怪，是吗？”

“有三个人看见过。”

“再后来还有其他人看见过吗？”

“这还没有听说过，不太确定。”

“谢谢您，祝您早安。”

福尔摩斯重新回到自己的座位上，露出了那种表面上很平静而内心却非常满足的神情，这说明了眼前的这桩任务很让他感兴趣。

“你要出门吗，华生？”

“如果我留在这能对您有用，我就不出去了。”

“不，我亲爱的华生，如果需要采取行动，我一定会向您求助的。从一定程度上来说，这桩案件确实很有意思。当您在经过布拉德利商店的时候，还要麻烦您劳驾他们送来一磅重的味道浓厚的烟丝来，好吗？谢谢您。如果可以的话，请您在黄昏前不要回来，这是桩极为有趣的案件，我希望抓紧利用这段时间，把早上从他那得到的一切信息好好琢磨一番。”

我很清楚，他在此时非常需要安静地独自思考问题。充分利用这段时间，他可以高度集中精力，认真研究每一个细微的证据，做出种种假设并做出比较，最后再定夺哪几点才是关键，哪几点并不具有实质意义。因此我那段时间都待在俱乐部，直到天黑才回贝克街，待回到卧室已经快到9点钟了。

我轻轻推开房门，给我的第一感觉就是屋子里仿佛着了火，因为满屋子都被烟雾包围着，台灯也黯淡无光了。待我走进屋后，我才暗自庆幸，还好不是那么倒霉，屋子内并没有着火，不过是因为福尔摩斯抽烟过多，那劣质烟草冒出了大量的浓烈烟雾罢了。我被烟雾呛得咳嗽起来。透过浓密的烟雾，我才依稀看见福尔摩斯的朦胧身影，只见他身穿睡衣，蜷缩在沙发里，他嘴里衔着黑色的陶制烟斗，周围放着一个个纸卷。

**词语解释**

黯淡无光：黯淡，同“暗淡”，不明亮，昏暗。形容失去光彩。

“华生，您是不是感冒了？”他关心地问道。

“没有，是被这屋子里的浓密烟雾呛的。”

“听您这么说，我也发觉屋子里的烟味确实够浓的，从外面走进来容易呛着。”

“何止是够浓？哼！这简直让人难以忍受啊！”

“我看，那就把窗户打开吧！我没猜错的话，您应该在俱乐部待了一整天吧？”

“我亲爱的福尔摩斯！”

“我没猜错吧？”

“您说得太对了，可您是怎么得知的呢？”

**词语解释**

手足无措：措，安放。手脚不知放到哪儿好。形容举动慌张，或无法应付。

他见我显得有些手足无措，不禁嘲笑起来。

“华生，这是因为您的表情轻松而又愉快，我便想拿出自己的撒手锏好好捉弄您一下。您想啊，您不顾雨天的泥泞而出了门，晚上回来却是全身干干净净的，帽子也没湿，鞋子依然闪闪发亮，那您毫无疑问是整天坐在室内没出去的。您还没有亲近的朋友，那您还能上哪儿去溜达呢？这难道不是很明显的破绽吗？”

“真是不错，相当明显。”

“这个世界上布满了明显的事儿，却很少有人能仔细观察得到。那么您认为我一直待在什么地方呢？”

“您也待在了屋里没出去。”

“正好和您相反，我倒去了趟德文郡。”

“那准是您的灵魂去那了吧？”

“您说得太对了，是的，我的身体一直坐在这沙发上。可惜的是，我的思想却远在德文郡。这期间，我的身体却喝掉了整整两大壶咖啡，还吸了过多的烟，多得简直令人瞠目结舌。在您走后，我就派了人到斯坦福德警局要来了那片沼泽荒地的军用地图，于是我的思想就在这张地图上思考了一整天。我自认为对那片沼泽荒地的道路情况已经非常熟悉，可以说是到了了如指掌的程度。”

“是不是一张大比例的地图啊？”

“很大，”他于是把地图的一部分在腿上展开，“这个位置就是我们特别留意的地方，这中间便是巴斯克维尔庄园了。”

“这四周还有树林围绕啊？”

“是的。那条紫杉树林荫道，在图上虽然没有标出名称，但我猜想一定就是这条线，您可以看出来，那片沼泽荒地位于它右侧。这一小片建筑物就是格林潘村，咱们的朋友莫蒂默医生就居住在这里。就在半径 5 英里之内，您容易看出，这里的房屋散落其间，人烟稀少。而这里就是故事里说到的莱福特庄园，这里面有一所标出名称的房屋，这很有可能就是那位生物学家的住处，如果我没记错的话，他姓斯特普尔顿。这是两家沼泽高地的农舍，一座叫臭泥潭，另一座叫高地山岩。14 英里以外的地区则是普林斯顿的大监狱，有人住的这些点散布各处，这些居住点之间及其周围都是没有人烟的荒凉沼泽地。这里就是上演过这出悲剧的现场，也许我们能推波助澜，让这出悲剧在这个地方再次重演呢。”

“这真是一个恶魔之地。”

“啊，假如魔鬼真想扰乱人世间的人和事，那么这里的天时和地利的自然环境真是再合适不过了……”

“怎么了，就连您也准备采用超自然的解释了？”

“那魔鬼的变身或许真是个有血有肉的生物呢，难道不是吗？现在，咱们要解决两个关键问题：一是究竟是不是属于犯罪行为；二是这个罪行到底是属于什么样的性质，又是怎样犯下这样的罪行的？当然啦，假如莫蒂默医生的判断真有科学依据的话，那我们就真要去对付超自然的巨大力量了。如果真是那样的话，那么咱们的调查工作也就到此结束了，但是只有在各种假设都被彻底排除之后，我们才能再回到自己的思路上来。您如果不介意的话，我建议把窗户关上，我很奇怪，因为我觉得在烟雾浓烈的环境下，我才能集中思维。我尽管还没有到钻进箱子才能思考的地步，不过那一步是迟早的事，也正是我这个信念逻辑的必然结果。对于这桩特殊案子，您思考过吗？”

“当然思考过，在白天我就想过很多。”

“那您有什么看法呢？”

“这案件太扑朔迷离了。”

“这当然有迷离之处，不过有几点比较突

**词语解释**

扑朔迷离：形容事物错综复杂，不容易看清真相。

出，比如说，其中有足迹的变化。对此您有什么看法呢？”

“莫蒂默就说过，查尔斯爵士在那段林荫道上是踮着脚尖走路的。”

“他那不过是重复了一个傻瓜在受盘问时才会说的话，您想啊，他为何非要踮着脚尖在林荫道上走路呢？”

“那么，您该怎样解释死者的这种做法呢？”

“华生，他当时是在跑啊，而且是在拼命地跑，一心想从死里逃生，一直跑到心脏破裂倒地而死。”

“那么他在拼命逃避什么呢？”

“咱们的关键问题就在这里。各种迹象都表明，死者在开始跑之前就已经吓得昏了头。”

“您这么说有什么根据呢？”

“我设想他恐惧的原因主要源于那片沼泽地。假如这一点设想成立的话，那么只有一个人才会吓得他六神无主了，才会不分方向，不朝自家的住处跑，反而朝相反的方向逃命。如果那吉卜赛人的证词可以当作真话来借鉴的话，那么死者当时是一边跑一边大声高喊救命的，而死者所跑的方向却正是最不可能获得援救的方向。另外还有一点，当天晚上他究竟在等谁呢？为什么非要在紫杉树的林荫道上等，而不在自己的房子里等呢？”

“您认为他是在等人吗？”

“死者已经上了点年纪，身体也很虚弱。他在傍晚时分散散步是可以理解的，然而当时地面潮湿，天又黑，看起来十分阴冷，他竟然在林荫道上足足站了 5 分钟到 10 分钟的时间，这难道不足为奇吗？当然，莫蒂默大夫的实际经验很值得认可，因为他根据地面上的雪茄烟灰，得出了死者在栅栏门附近站过 5 分钟到 10 分钟的结论。”

“可是查尔斯爵士每天晚上都要出去散步啊！”

**同步思考**

福尔摩斯觉得查尔斯爵士之死的关键问题是什么？

**词语解释**

不足为奇：足，值得。不值得奇怪。指某种事物或现象很平常，没有什么可奇怪的。

“我觉得他不会每天晚上都在通向沼泽地的栅栏门前持久等待，而从一些蛛丝马迹来看，他宁愿避开那片沼泽地。当天晚上他确实在那里等过人，而且是在他准备去伦敦前的那天晚上。案件似乎有了点眉目了，前前后后变得有序起来了。华生，麻烦您把小提琴递给我，这事就等到咱们明天上午与莫蒂默大夫和亨利·巴斯克维尔爵士见面时再一起详谈吧！”

**词语解释**

蛛丝马迹：从挂下来的蜘蛛丝可以找到蜘蛛的所在，从马蹄的印子可以查出马的去向。比喻事情所留下的隐约可寻的痕迹和线索。

# 第四章　亨利·巴斯克维尔爵士

福尔摩斯身上穿着睡衣等待着早就约定好的见面，我们的早餐桌也早就收拾好了。而莫蒂默大夫他们也很守时，10点的钟声刚刚敲过，莫蒂默医生就到了，莫蒂默医生的身后紧跟着的是年轻的准男爵亨利·巴斯克维尔爵士。准男爵身材矮小，但是两只黑色的眼睛十分醒目，眉毛很浓密，30岁左右的年龄，身体看上去很结实，那张脸看起来也很坚强而且很要强。他身穿红色的苏格兰式的衣服，从外表来看，他是一个饱经风霜、阅历丰富、大多数时间都在外面奔波的人，但是他那镇定自若的眼神和安静而充满自信的神情，确实很有绅士风度。

“这位就是亨利·巴斯克维尔爵士。”莫蒂默医生给我们简要介绍了一番。

“噢，是啊，”亨利爵士继续说道，“真是奇怪了，夏洛克·福尔摩斯先生，即使我这位朋友没有提议今天清晨来找您，我自己也会执意来麻烦您的。我知道您是非常善于解答疑难问题的人，而我今天清晨刚好碰到一件奇怪的事。”

“请您坐下来说吧，爵士。难道您刚刚来伦敦

**嵌记妙语**

福尔摩斯是个才华横溢的侦探，所以当人们遇到困难时都会过来找他解决，不论是私人还是官方，他都乐意去帮忙。亨利爵士来见福尔摩斯，一方面是朋友的提议，另一方面是他自己遇到了问题。



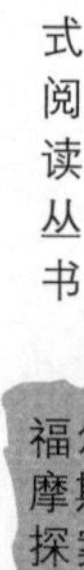

就碰到了奇怪的事情？”

“福尔摩斯先生，其实可以说是无关紧要的事儿，这完全有可能是一个玩笑。如果您能把它当作信的话，这便是我今天早晨接到的一封信。”

亨利爵士把那封信展开平放在桌子上，是普通的信封，灰颜色，信封上面的字迹写得非常潦草：诺桑勃兰旅馆，亨利爵士笑启。信封上面的邮戳表明了寄信的时间是在昨晚。

“有人事先知道您要在那这家旅馆住下吗？”福尔摩斯用敏锐的眼神盯着亨利爵士问。

“没有人知道，我和莫蒂默先生见面以后才决定在那家旅馆住下的。”

“莫蒂默先生，那么，在那之前，您曾经去过那家旅馆没有？”

“啊，我一直都和一个朋友在一块儿，而对住那家旅馆的事我是丝毫未透漏。”

“嗯，好像真的有人对你们的安危十分在意呢。”他从信封中抽出了一张折了四下的半张 13 英寸 ×17 英寸的信纸。他将这张信纸展开，平放在桌面上，中间有一句话是从报纸上剪切下的铅字拼凑起来的，是这样写的：您如果爱惜生命或者有理智的话，请远离沼泽地。只有“沼泽地”这三个字是用手写的。

“福尔摩斯先生，您能否告诉我，这句话说的究竟是什么意思？到底是什么人对我这么关心呢？”

“莫蒂默医生，您对这件事有什么看法呢？无论如何，您必须得承认这封信上绝对不会发生什么神秘的事情吧？”

“那还用说，先生，可是寄信的人却很有可能认为这是一件非常神秘的事情。”

亨利爵士的脸上立刻充满了专注的表情：“看起来你们二位早就知道、早就预料到了，是不是啊？”

“亨利爵士，在您走出这个房间之前，您就会明白我们所了解的所有事情了，这一点我向您保证。”夏洛克·福尔摩斯说道，“当下还是请您答应我们只讲有关这封一定是昨晚拼凑成发过来的非常有趣的信吧。华生，还有前一天的《泰晤士报》吗？”

“都在那个角落里放着呢。”

“请您递给我一份行吗？打开里边的那专门刊登主要评论的那一版。”他从头到尾很快浏览了一遍，“这篇非常重要的评论讲的是关于自由贸易的，在此我给你们读一读其中的一部分吧。”

“可能您还会再次被甜言蜜语所迷惑，维护税则会对您所做的生意或者是工业有鼓动的作用，可如果从理智上讲，从长远的角度来考虑，这种立法务必会让国家永远都富强不起来，不仅减少了进口的总产值，还降低了这个岛国的平均生活水平。”

“华生，您对这事有什么看法呢？”福尔摩斯欣喜若狂地叫喊起来，同时心满意足地摩擦双手，“您难道不认为这是一种非常值得佩服的情感吗？”

莫蒂默医生带着职业性的好奇的眼神看着福尔摩斯，而亨利·巴斯克维尔爵士则出乎意料地凝视着我。

“我不怎么理解税则这种事情，”亨利爵士又说，“但是在我看来，就拿这封简短的信来说，我们似乎已经有些偏离主题了。”

“正好相反，我认为我们就是在主题的重点上，亨利爵士，华生对我所采用的办法远远要比您了解得多，可或许连他也不一定很明白这个长句子有多么重要。”

“没错，我承认我确实看不出这两者之间究竟有什么联系。”

“但是，亲爱的华生，这两者间有着非常紧密的联系，短信里的每一个单字全部是从这个长的句

**词语解释**

欣喜若狂：欣喜，快乐；若，好像；狂，失去控制。形容高兴到了极点。

子中摘录出来的啊。比如：‘您’‘您的’‘生’‘命’‘理性’‘价值’‘远离’等。难道您现在还看不出这几个字是从那段话里面摘出来的吗？”

“我的天啊！完全正确！哎呀，您真是太聪明了！”亨利爵士惊喜地喊道。

“假如对这点还有疑虑，那么‘远离’和‘价值’这几个字是从同一个地方剪切出来的，这一事实就足以清除疑虑了。”

**嵌记妙语**

阅读福尔摩斯故事集的乐趣，除了感受超强大脑带来的“头脑风暴”，还有一种怀旧感：对古老的事物的留恋和体验。剪贴报纸、写信、读信、写字，都给人某种温暖的感觉。

“是啊，如今——真的是这样！”

“是啊，福尔摩斯先生，这的确是意料之外的事情。”莫蒂默医生诧异地注视着我的朋友说，“假如真的有人说这几个字是从报纸上面剪切下来的，我能相信，但是您居然能说出是哪张报纸上的，竟然具体指出是从一篇很重要的评论文章中剪切出来的，这可是我所听说过的最了不起的事情了。您究竟是如何知道的啊？”

**同步思考**

莫蒂默医生听说过的最了不起的事情是什么？

“莫蒂默医生，我觉得，您能分辨出黑人和因纽特人的头骨的不同吧？”

“那是必需的。”

“可是，如何分辨呢？”

“因为那是我的长项。两者的不同是非常明显的，从眉骨的突出度、颌骨的独特斜度，还有脸部的……”

“同样，那也是我的长项啊，那不一样的地方也是很显眼的，就如黑人和因纽特人在您眼里有明显的不同那样。我认为，《泰晤士报》中所使用的小五号铅字和半个便士一张的晚报所用的字迹潦草的铅字之间，也同样存在着千差万别。对于犯罪学专家来说，区别报区所使用的铅字，是他们的一部分最基本的常识。然而，说句良心话，在我年轻的时候，也曾经有过一次将《李兹信使报》和《西方晨报》混为一谈了。但是《泰晤士报》评语栏中所用的字体是十分奇特的，不会被混淆，错看成其他的报纸。因为这封信是前一天贴起来的，因此或许在前一天的报纸中就能够找到这些文字。”

“福尔摩斯先生，我明白了，换句话说，”亨利·巴斯克维尔爵士高兴地说，“剪贴这封短信的那个人是拿一把剪刀……”

“应该是指甲剪，”福尔摩斯说，“您可以看到，那把剪刀的刃不长。因为那个人在把‘远离’这两个字剪下来时剪了两次。”

“确实是这样的，或者也可以这样说，有一个人，手里拿着一把刃非常短的剪刀将这封信里面的字给剪了下来，之后又用糨糊粘贴上去了……”

“不，是胶水。”福尔摩斯说。

“是拿胶水粘在纸上面的。可我很纳闷的一点就是为何‘沼泽地’这三个字却是手写的呢？”

“原因很简单，寄信人没有在报纸上面找到这三个字，其他的字在报纸中很常见，但是这三个字就没那么常见了。”

“啊，那当然了，这么分析就能解释通了。您由这一封短信中还能看得出一些其他的线索吗，福尔摩斯先生？”

“还有一些现象是可以进行细致的探究的，他为了能够将所有的迹象都销毁，确实曾经没少费心思，您能看得出来这个地址写得也是横七竖八的。但是《泰晤士报》这张报纸除去曾经接受过高等教育的人以外，阅读它的人不多。因此我们能够假设出这封信是一个受过高等教育的人所写出来的，他是故意造出一种假象，让我们以为信是没有文化的人所写出来的。而从他竭力掩藏自己的笔迹这一点来看，好像他担心笔迹也许会被您看出或者查对出。而且，您可以看到，那几个字没有呈水平线粘，有的字粘得比别的字要高。比如说‘生命’这两个字吧，

**词语解释**

横七竖八：有的横，有的竖，杂乱无章。形容纵横杂乱。



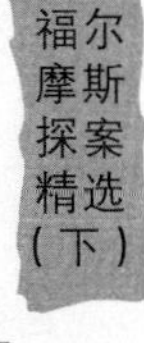

粘得就高低不平。这或许表明将这些字剪下来的人有点马马虎虎，或者是他比较激动，又或者比较匆忙。总的来说，我是比较倾向于后一种想法的，因为此事很明显是极其重要的，这种信的编纂者，由此可见也不像是一个马虎的人。如果他是比较慌忙的话，那这也就引发出一个很值得我们注意的新的情况：为何他会如此的慌忙呢？因为清晨发出去的每一个信件，在他走出旅馆之前都会送往亨利爵士的手中。这封信的作者是担心被人碰到吗？但是他又担心被什么人碰到呢？”

“我们这不是在胡乱猜想吗？”莫蒂默医生对此十分不以为然。

**词语解释**

不以为然：然，是，对。不认为是对的。表示不同意或否定。

“嗯，我这是在把各种可能性做一番比较，并且把其中和事实最接近的挑出来；这就是运用了科学的推断，事实根据永远都是我们进行分析的起源。现在还有另外一点会令您感到我们是在瞎猜的，但这一点，我几乎可以确定，写在这封信上的住址肯定是一家宾馆。”

“您为什么这么说呢？”

“如果您稍加留意的话，就会发现这笔尖和墨水都曾经给写这封信的人增添了不少的麻烦。在写这个字时，笔尖就曾经挂住了纸面两回，而且墨水溅了出来。在写这么短的一个住址期间，墨水就曾淡了三回，这表明瓶子里的墨水已经不多了。你好好地想一下，我们家里面通常所用的钢笔和墨水瓶是很少会出现这种情况的，竟然这两种情况会出现在一起了，那就是更为罕见了，您一定知道这种情况在旅馆里就是非常容易出现的。的确，我敢毫不迟疑地说，假如咱们能去查林十字街周围的各个旅馆里查看一下纸筐，只要一发现评论被剪了的那张《泰晤士报》的残余部分，我们立刻就可以找出寄出这封奇怪的信的人了。啊！哎呀！这是什么？”

他将那张粘贴着字的 13 英寸 ×17 英寸信纸拿到了眼睛跟前非常仔细地看着。

“怎么了？”

“没什么，”他一边说着一边又放下了那张信纸，“这是大半张白信纸，上面连一个水印都找不到。依我所见，从这一封奇怪的信纸上我们也就只能获得这些启发了。啊，亨利爵士，自从您到达伦敦之后，还遇到过什么奇怪的事儿吗？”

“噢，没有，福尔摩斯先生，我觉得还没有。”

“您是否曾经发现有人偷窥或者是对您进行过跟踪？”

“我仿佛是走入了一本故事情节奇怪惊人的小说中一样，”我们的客人说，“真见鬼，跟踪我做什么？”

“现在我们所说的就是这件事。我们在对这件事进行讨论之前，您再也没有想要跟我们说的事情了吗？”

“噢，这得看什么事儿是你们所谓的值得说的了。”

“我认为在我们生活中所发生的一切不正常的事情都很值得说。”

亨利爵士咧开嘴笑了笑。

“关于英国人生活的事情，我知道得还很少，因为我的全部时间几乎都是在美国或者加拿大度过的。但是我将一只皮鞋丢掉并不是这日常生活中的一个组成部分吧？”

“您曾经丢失了一只皮鞋吗？”

“我亲爱的爵士，”莫蒂默医生喊了起来，“那只不过是将位置放错了罢了。您回到旅馆里之后仔细找找的话一定能找到的。用这点小事来耽误福尔摩斯先生的宝贵时间简直是毫无用处？”

“唉，是他刚才问我除去日常生活以外还有没有什么蹊跷的事儿。”

**词语解释**

蹊跷：奇怪，可疑。

“没错，”福尔摩斯说，“不管这一件事看起来是何等荒唐。您说的是自己曾经有一只皮鞋丢了吗？”

“唉，还不是说放错位置了嘛。昨天晚上我把一双鞋都搁在屋门外了，而今天早上就只剩一只了，我从给我擦这两只皮鞋的那个人口中也盘问不出什么情况来。最可惜的是这一双高筒皮鞋是我前一天晚上刚刚从河滨路那里买回来的，我还一次都没穿过呢。”

“既然您一次还没穿过，为什么您要拿到屋门外去擦呢？”

“我买的那双高筒皮鞋是浅棕色的，还没有打过鞋油呢，所以我就把它拿到外面去了。”

“如此说来，您是昨天一到伦敦就立刻到街上去买回一双高筒皮鞋吗？”

“我还一起买了许多东西呢，莫蒂默医生陪我东跑西跑的。您知道，既然我们要去那儿过日子，那我就得穿上本地样式的衣服，可能我在美国西部所养成的生活习惯使我看起来有点儿行为不检了呢。除了其他的，我还花6块钱买了这一双浅棕色的高筒皮鞋，但我一次都还没有穿过，就被别人给偷走了一只。”

“被偷走的好像是一件不成双就毫无用处的物品，”夏洛克·福尔摩斯说，“我和莫蒂默医生的看法一样，那只丢失了的皮鞋也许很快就能找到。”

“嗯，各位先生，”准男爵以十分坚定的语气说道：“我感觉自己已经将所知的所有小事都跟你们说了。如今，你们应该履行你们的诺言了，把我们大伙儿所一致关心的事情具体地给我讲讲吧。”

“当然您的要求是合情合理的，”福尔摩斯回答说，“莫蒂默医生，我认为您最好还能够像您昨天跟我们所说的那样，将您了解的一切再跟我们说

**嵌记妙语**

福尔摩斯在厘清所发生事件的具体过程之前，还要完整地理顺莫蒂默昨天和今天所讲述的一些零碎的小事件，所以他要求莫蒂默把他讲过的再从头讲述一遍，以便确认自己听到的没有遗漏之处。

一遍吧。”

受到这种鼓舞以后，我们这位科学事业者就从衣兜里掏出了他那张手写的稿子，就像昨天清晨一样将所有的案情都讲述了一遍。亨利·巴斯克维尔爵士全神贯注地听着，并且不时地还会发出一些惊讶的回应。

“嗯，由此可见我好像是继承了一份带有怨恨的遗产，”在很长的讲叙完以后他说，“那是当然，打我小的时候就听说过关于这一只猎犬的事情，这个故事是我家最爱讲的，可我过去却从不相信这个的。话要说起来，我伯父的死——啊，这事儿好像让我心里感到很难受，并且到现在为止我还没能弄明白呢。这样看来你们似乎根本无法确定这究竟是应当由警察来查办还是牧师来负责。”

“确实是这样。”

“现在却又冒出了为我而寄到旅馆里面的这一封信。我认为它也许和此事是有所牵连的。”

“这件事似乎表明了关于沼泽地里所发生的事情有人了解比我们更多的内幕。”莫蒂默医生肯定地说。

“而且，”福尔摩斯说道，“那个人好像对您并没有歹意，因为他只不过是向您发出了灾难的忠告。”

“或许他们是为了自己的某种企图想要将我吓走。”

“啊，当然不能排除这种可能性。我很感谢您，莫蒂默医生，因为您对我讲述了一个具有好几种有意思的可能性的情况。可是，亨利爵士，现在一个十分实际而且一定要解决掉的问题就是究竟您是不是应该返回巴斯克维尔庄园呢？”

“我不去的理由呢？”

“那里似乎并不是很安全。”

**同步思考**

在巴斯克维尔讲话期间通过他的表情能够觉察到他及他的家里人的脾性是怎样的?

“您所指的不安全，是源自传说中的那只猎犬呢，还是源自那个人呢？”

“那就是我们目前想要搞清楚的问题啊。”

“无论它是什么，我的回答是已经确定了的。地狱里面并没有什么恶魔，尊敬的福尔摩斯先生，而且，在这个世界上，也并没有任何人能够阻挡我回到我亲爱的故乡。这就是我最后的回答。”在他讲话时，他那浓密的两道眉毛紧蹙着，脸也变得越来越红了。很明显，巴斯克维尔家里人的脾性很坏，而在他们这个硕果仅存的后代身上，还没有彻底消失。“与此同时，”他接着说下去，“关于你们所对我说的一切的事实，我还没有进行深刻思考的时间。这事儿很重要，只在一起讨论一次，谁都无法全部明白并决定些什么，我习惯于经过独自静静地思考以后再做出决定。喂，福尔摩斯先生，现在已经都十一点三十分了，我要马上返回旅馆了。假如您和您的伙伴华生医生可以在两点时来同我们一起享用午餐的话，那个时候，我就可以更详细地给你们讲讲此事是多么让我感到惊讶了。”

“不知道华生是否方便呢？”

“没事儿。”

“那您就等着我们吧。我们为您来租一辆马车可以吗？”

“我倒很想散散步，此事的确使我的心里感到很不平静。”

“我非常乐意陪着你一起去溜达。”他的伙伴说。

“那就这么定了吧，那咱们就下午两点见吧。再见了，祝您早安！”

我们听见了客人们起身下楼的走路声和砰地一下关上房门的声响。突然之间，福尔摩斯从一个懒洋洋的人变成精神非常振奋的人了。



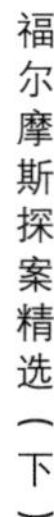

“华生，快点将您的鞋子和帽子穿戴好，快点抓紧时间！”他穿着一身睡衣跑到了屋子里面，瞬间就将衣服穿戴好了。我们一块匆匆忙忙地跑到了楼下，冲到了大街上去。在我们前边，朝牛津街那边大概有两百码的地方，还能看得见莫蒂默医生和巴斯克维尔爵士。

“不知道你是否要跑过去将他们叫住？”

“我的天啊！我亲爱的华生。您能陪着我，我就很知足了，只要您还肯和我在一块儿的话。我们那一位朋友的确是非常机灵的，今天早晨还的确是一个散步的好时间啊。”

福尔摩斯加快了速度，让我们和他们两人之间缩短了一百码的距离，然后就紧随其后，彼此保持一半的距离，我们紧跟着他俩来到了牛津街，又走上了摄政街。又一次，我们的那两位朋友停了下来，向着商店的窗户里面探视着，就在那时，福尔摩斯也像他们一样盯着那个窗子看。过了片刻，他兴奋地压低嗓门喊了一声，沿着他那警觉的目光，我看见了一辆原本停留在街道另一面的、里边坐着一个形迹可疑的男人的两轮马车此刻又缓缓地驶进了我们俩的视线。

**词语解释**

探视：查看；窥视。

“华生，就是那个人，我们还是赶紧走吧！就算是什么都没干的话，起码咱们应当把他看得清清楚楚。”

刹那间，我看见了蓄着一绺浓厚的黑胡子、有着两只炯炯逼人的眼睛的脸，在马车一旁的窗子里朝我们回转过头。刹那间他推开了车顶上滑动的窗户，朝那个马车夫说了几句话，随后，那辆马车就沿着摄政街飞驰而去。福尔摩斯满脸焦急地打量着四周，他想要叫住一辆马车，但是却找不到任何一辆空车。然后他就跑了出去，在车和马的潮流中发疯似的追上去，但是那辆马车跑得简直太迅速了，

**词语解释**

气喘吁吁：吁吁，出气的声音。形容呼吸急促，大口喘气。也形容因运动或体力劳动等，导致身体出了许多汗。通常指人劳累到极点时的状态。

盯梢：暗中跟在某人后面（监视其行动）。

已经看不见影儿了。

“唉，”福尔摩斯气喘吁吁的，面色苍白，从人流中跑出来，愤怒地说道，“咱们以前遇到过这种坏运气和做过这样差劲儿的事儿吗？我说华生啊，你要是一个老实人的话，就一定要将这件事如实地记录下来，作为我日后战无不胜的有力反证。”

“那个人的名字叫什么啊？”

“我不知道他的名字。”

“肯定是暗中监视的人吗？”

“哼，按照咱们所掌握的线索推测，很明显从巴斯克维尔来到城内之后，就已经被人死死地盯住了。否则为何这么快就有人知道他要下榻在诺桑勃兰旅馆呢？假如第一天他就被他们盯住了，我敢保证，第二天依然要继续盯梢。或许您已经看出来了，当莫蒂默医生在诉说那个故事的时候，我两次都走到了窗户的跟前。”

“没错，我依然记得。”

“当时我是在大街上找佯装无事游逛的人，但是我一个都没有发现，和咱们作对的是一个极其狡猾的人啊，华生。这件事非常微妙呢，尽管我还无法确定那个人是敌是友，但我感觉他必然是个有勇有谋的人。当我的朋友走了之后我就即刻尾随他们，目的就是想将他们的盯梢人找出来。他简直太精明了，甚至连走路都感到不妥，他给自己预备了辆马车，这么一来他就能跟随在后面闲逛，或者是从他们的身边猛地奔过去，避免引起他们的注意。他的这个办法还有一个十分独特的好处，若是他们果真乘坐在一辆马车上的话，很快他就能够跟随着他们。可是，很明显也有一个弱点。”

“如此一来的话，他就要受制于那个马车夫了。”

“一点儿没错。”

“咱们没有把车牌号记下来，真遗憾。”

“亲爱的华生啊，虽然我看起来是很笨的，可是您一定也不至于真的以为我竟然会笨得忘记记车牌号码了吧？车号是No. 2704。可是，它目前对咱们还没有什么用。”

“我真的看不出在那样的情形下您还能做些其他的什么事儿。”

“当我见到那一辆马车之时原本应当马上转身朝相反的方向走的。当时我应该镇定自若地雇另外一辆马车，保持一定的距离跟随在那辆马车后边，或者最好赶车去诺桑勃兰旅馆里等着。当那个陌生人跟随着巴斯克维尔到家门口时，我们就可以以牙还牙了，看看他到哪里去。可是我那个时候太过粗心大意，而且还有一些操之过急，导致对方采取了十分狡猾的行动，咱们就这样暴露了自己，并且还将目标也失掉了。”

**词语解释**

操之过急：操，做，从事。处理事情，解决问题过于急躁。

我们一面交谈一面沿着摄政街信步继续前进，在我们前边的莫蒂默医生和他的同伴早就消失得无影无踪了。

“现在要是还想跟随他们的话，也丝毫没有任何意义可言了，”福尔摩斯说道，“监视他的人离开了，就绝不会再返回来了，咱们一定要好好考虑考虑，接下来该怎么办。您是否能够认出那马车上的人的容貌啊？”

“若是让我认的话，我也就只能认出那一绺胡子。”

“我也能——但是我想那也许是一绺假胡子。对于一个做这种需要绝对细心的事情的精明人来说，一绺胡须除去能掩盖他的容貌以外，是没有其他的作用的。进来吧，华生！”

我们进入一家当地的佣工介绍所，受到了介绍所经理的热情欢迎。

“啊，维尔森，我认为您还没忘掉我曾经荣幸地帮助过您的那件小案子吧？”

“先生，我真的是没有忘记啊。您不仅挽救了我的名声，甚至还救我一条命呢。”

“您有点太过夸张了，我亲爱的朋友。维尔森，我曾记得在您手底下有一个叫卡特莱的小孩儿，在上次调查的时候，曾经表现出一些才华。”

“是这样的，先生，现在他还在我们这里呢。”

“能麻烦您把他叫过来吗？多谢！还麻烦您将这张 5 英镑的钞票帮我换成零钱。”

一个 14 岁左右、朝气蓬勃而长相聪明的小孩，服从经理的吩咐来了。他拘谨地站在那里，用非常敬重的眼神盯着眼前这一位名侦探。

**嵌记妙语**

在维尔森手下有一个叫卡特莱的 14 岁左右的小男孩，福尔摩斯看中了他的一些才华和诚恳，并要求小男孩过来帮一些忙。福尔摩斯这位著名的侦探不仅在大人眼里很受尊敬，在小孩子眼里也是很有影响力的，所以小男孩用非常敬重的眼神看福尔摩斯。

“将那册首都旅馆指南递给我，”福尔摩斯说道，“多谢！卡特莱，总共有 23 家旅馆的名称全部都在这里面，就在查林十字街的四周。您看见了吗？”

“先生，我看到了。”

“您需要挨家到这一些旅馆中去。”

“没问题，先生。”

“您每走到一家就送给看门人 1 先令，这是 23 先令。”

“没问题，先生。”

“您就对他们说想要看一看昨天被清扫出来的废纸，您就跟他们说想要找一封被送错地方的电报。记清楚了吗？”

“记住了，先生。”

“但是真正让您寻找的是掺杂在里边的一张用剪刀剪了几个小窟窿的《泰晤士报》。我这里有一张《泰晤士报》，就是这一篇，您能够非常轻易地辨认出来，您是不是能够认出来呢？”

“能，先生。”

“每次看门人都会将在客厅里面看门的人叫过来进行一番询问，你记住，也要给他 1 先令。你再将这 23 个先令拿好了。在 23 家旅馆中您也许会看到大部分的废纸前一天都已经被烧毁或者拉走了，但其中三四家也许会让您瞧一下那些废纸，您就在那些废报纸堆中寻找这一张《泰晤士报》，但也有可能什么也找不到。再将这 10 个先令拿着，以备不时之需。你记住，一定要在黄昏之前往我贝克街的家里面拍上一份电报，将你今天寻找的结果及时告诉我。此刻，华生，咱们唯一需要做的事儿就是拍一份电报查明那个马车夫了，车牌号是 No. 2704，接下来的时间去证券街的一家美术馆里看一下，等待我们要去旅馆的时间。"

**词语解释**

不时之需：不时，不定什么时候，不是预定的时间。用来指随时的，不是预定时间的需要。

## 第五章　三条断了的线索

夏洛克·福尔摩斯有着超乎寻常的控制力。出自近代比利时大师们手下的作品，似乎已经忘记了困扰着我们的那些蹊跷事情。从我们走出美术馆直到来到诺桑勃兰旅馆为止，他只是谈论那些艺术品。说实话，他对艺术的鉴赏力是有限的。

"二位赶紧到楼上去吧，亨利·巴斯克维尔爵士已经在楼上恭候多时了。"账房对我们说，"他吩咐我等你们一到立刻就把你们带上楼。"

"请问，是否能够看一看贵旅店的客人等级册呢？"福尔摩斯说。

"当然可以。"

旅客登记册显示了有两帮客人在巴斯克维尔的后面前来住宿。一是来自新堡的肖菲勒斯·约翰森一家；二是来自奥吞州亥洛基镇的欧摩太太和她的女用人。

"这一定是我所认识的那一个约翰森先生，"



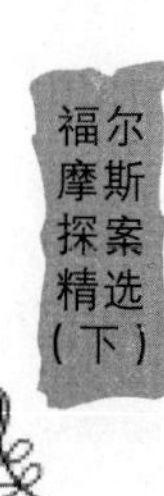

福尔摩斯转身向那个守门人说，“他是一位律师对吧？他一头苍白的头发，走路还有一点跛脚。”

“您也许弄错了，先生，此人是煤矿主约翰森先生，是位手脚便利的绅士，岁数没有您大。”

“您肯定是记错了他的职业了吧？”

“完全不可能的，先生！他已经在我们这里住了很多年了，我们都对他很熟悉的。”

“啊，好了。欧摩太太，我好像认识这个人，请谅解我的好奇心太重，但是在拜访一位朋友时常常会碰见另外一位朋友，这也是经常发生的事儿啊。”

“先生，她可是一位体弱多病的太太啊。她的丈夫曾经还是葛罗斯特市的市长呢。每次她一进城，就会住在我们的旅店里。”

“谢谢您，恐怕她不是我认识的那位欧摩太太。方才咱们询问的这几个问题已充分说明了一个非常重要的实际问题，华生，”在我们一块儿上楼时，他接着轻声说，“现在咱们可算是知道了，那些对咱们朋友怀着很强好奇心的人们，并没有同他住在这一个旅馆里。这也可以说，尽管他们像咱们所见到的一样，非常喜欢盯他的梢，但是，他们同样很害怕会被他发现。没错，这个事可是能充分地说明问题呢。”

“您这话怎么讲呢？”

“它表明——天啊，亲爱的朋友，这究竟是怎么回事？”

当我们即将走到楼梯最上面的台阶上时，正好碰到亨利·巴斯克维尔爵士从对面走过来，他一副怒气冲冲的模样，脸涨得红红的，手中拎着一只沾满泥土的旧高筒皮鞋。他已经气得说不出一句话了，在他张口说话的时候，倘若与清晨相比的话，就显得他说话的嗓门异常地洪亮，他那西方的口音也显得重了很多。

**词语解释**

怒气冲冲：盛怒的样子。

“他们这个地方的人，似乎觉得我好欺负，”他气冲冲地骂道，“还是让他们都留心吧，不然的话，我就让他们清楚他们闹着玩的对象完全找错了。简直太不像话了！假如他没有找到我丢失的那只鞋，那就别怪我不客气了。福尔摩斯先生，我的确也是喜欢闹着玩的人，但是，我不得不说，他们这次做的还真是有点过火。”

“您还在找那只皮鞋吗？”

“可不是，先生，今天非找到不可。”

“可您说您自己丢失的不是一只刚刚买回来的浅棕色的高筒皮鞋吗？”

“不错，先生。但是现在又丢失了一只黑色的旧皮鞋。”

“这究竟是怎么一回事啊，您说的不会是……”

“我正想说，我总共有3双皮鞋——刚买的棕色的，黑色的旧鞋和我脚上穿着的这双漆皮的。他们昨晚偷走了我那双新买的棕色皮鞋，今天又将一只黑色的偷走了——喂，究竟您是否找到他们了啊？说呀，喂，别光站在那儿瞪眼睛！”

走过来一位惶恐不安的德国籍侍者。

“对不起，先生。我已经在旅馆里面到处打听了，没有任何结果。”

“那好吧，在天黑以前把那只鞋给我找到，不然我就要找你们的老板去，告诉他，我立刻就搬出这家旅馆。”

“先生您放心，一定会找到的，您稍等片刻，我保证为您找到。”

“希望是这样，在这个贼窝中我可不想再丢失什么东西了——咳，尊敬的福尔摩斯先生啊，请原谅我竟然拿这样的小事来打扰您吧……”

“我反而觉得这是件很值得引起人们留意的事儿呢！”

嵌记妙语

在其他人眼中的小事，在福尔摩斯看来却有可能是案件的重要信息或线索。

词语解释

意味深长：意味，情调，趣味。现指意思含蓄深远，耐人寻味。

"啊，你是不是把这件事看得太过严重了啊！"

"您对此事怎么解释呢？"

"我根本就没想解释这件事啊。看来在我所经历过的事情当中，这可以说是最令人生气和最古怪的事儿了。"

"或许这是一件最为古怪的事情……"福尔摩斯意味深长地说道。

"您对此事是怎么看的呢？"

"啊，我并不能说我已经清楚这件事了，亨利爵士，我不得不说，这件案子着实不简单啊。把此事和您的伯父之死相互联系起来看以后，说实话，在我侦破过的500起重要案子中，没有一件能像这事一样离奇怪诞。但是目前我们已经掌握了几条线索，我想，这些线索中一定有一条能让我们接近真相的。我们也许会在不正确的线索上浪费一些时间，可是我们迟早会找到正确的道路的。"

我们一起共享了快乐的午餐，在共进午餐的时候，很少提到将我们连接在一起的那一件案子。用完午餐之后，福尔摩斯在休息室里面问巴斯克维尔准备要去什么地方。

"去巴斯克维尔庄园。"

"准备什么时间出发呢？"

"周末。"

"总的来看，"福尔摩斯说道，"我认为您的这个决定还是个明智之举。我可以充分地证明，在伦敦有人在盯您的梢，在伦敦那么大的城市中，人海茫茫，难以搞清楚这个人叫什么名字，或者是他们到底怀有什么企图。如果他们心存歹意的话一定会给您带来厄运的，我们或许无法阻止这个厄运的降临。莫蒂默医生，您难道没有发现在你们今天从我家出去之后就已经被人盯梢了吗？"

莫蒂默医生惊讶万分。

“被人盯住了？被什么人？”

“很抱歉，这个恰恰是我无力对您进行回答的事情。达特沼泽地里，在您的邻居中或者是在您比较熟悉的人里面，有没有一个蓄着又长又黑的胡须的人啊？”

“没有——嗯，我想一想——啊，有，查尔斯爵士的管事巴里莫尔是蓄着络腮黑胡须的。”

“啊！巴里莫尔现在在哪里？”

“他正在经营着他的那个庄园呢。”

“最好你们还是确认一下吧，究竟他是不是待在那里，说不定他现在就在伦敦呢。”

“您怎么去确认这个呢？”

“拍一封电报，就写上‘是否已经为亨利爵士准备妥当了？’这样就好了。将这封电报寄到巴斯克维尔的庄园里，交到巴里莫尔先生的手上。距庄园最近的电报局在什么地方？是不是格林潘？太好了，咱们再给格林潘的邮政局长拍一封电报，就写上‘给巴里莫尔先生的电报必须交给本人。如果他本人没有在的话，就一定要告诉诺桑勃兰旅馆亨利·巴斯克维尔爵士。’如此一来，不用等到晚上我们就能够清楚巴里莫尔是否确实在那个庄园里面了。”

“这个方法不错，”巴斯克维尔说道，“但是，莫蒂默医生，这个巴里莫尔到底是一个什么样的人呢？”

“巴里莫尔的爸爸是庄园里的老管家了，但是现在已经去世了，他们负责照料这一座庄园已经是第四代了，据我所知，他们夫妻在乡里向来是德高望重的。”

“而且，”巴斯克维尔说，“此事很清楚了，只要我们家里的人没有住在庄园内，这帮人可就享清福了，几乎没有什么事情可做。”

**同步思考**

巴斯克维尔的什么决定是个明智之举？

**词语解释**

德高望重：德，品德；望，声望。道德高尚，名望很大。

“这个倒是实话。”

“究竟从查尔斯爵士的遗嘱里巴里莫尔有没有从中捞到好处呢？”福尔摩斯问道。

“他们夫妇俩每个人分到了 500 英镑。”

“啊！那他们是不是早就知道今后能够得到这一笔钱的呢？”

“早就知道的，查尔斯爵士很愿意说他的遗嘱里面写的是什么内容。”

“这件事儿很有意思。”

“但愿，”莫蒂默医生说道，“您别怀疑每一个从查尔斯爵士的遗嘱中捞到好处的人，他本人也给了我 1000 英镑呢。”

“这是真的吗？还有谁获得了这种馈赠呢？”

“有不少人获得了一些小额的馈赠，还有很多钱捐献给了公共慈善事业。其余的钱都给了亨利爵士。”

“一共有多少家产呢？”

“74 万英镑。”

福尔摩斯惊讶地扬起了自己的眉毛，说道：“我真是没有想到会是如此巨大的一笔数目。”

**嵌记妙语**

福尔摩斯探案中有多少悲剧是因金钱导致的啊！

“查尔斯爵士富甲天下，但是在我们查验他的证券之前，并不知道他到底有多么富有。原来将所有钱财加起来，总值竟然有将近 100 万英镑之多呢。”

**词语解释**

富甲天下：甲，第一。天下最富裕的，比喻很富有的意思。

“我的天啊！谁要是见到如此巨大的一笔财产一定都会不顾一切地赌上一把。可我还有一点不明白的，莫蒂默医生，倘若这位年轻的朋友遭遇到任何不测的话——请您一定要原谅我这令人感到不愉快的假设——谁将会获得这一大笔财产呢？”

“因为查尔斯爵士的弟弟罗杰·巴斯克维尔没有娶妻生子就死去了，因此财产就应该遗传给远房的表兄弟戴斯门家中的人了。杰姆士·戴斯门是威斯摩兰那里的一位年老的牧师。”

“非常感谢，所有的情节都是非常值得我们留意的。请问您是否见过杰姆士·戴斯门先生呢？”

“我是见过的，杰姆士·戴斯门先生曾经过来访问过查尔斯爵士。他是一个仪态端庄的人，过着神圣而纯洁的生活。我还曾记得，他回绝由查尔斯爵士那儿接受什么钱财，尽管查尔斯爵士曾经执意赠送。”

“难道这个一点嗜好都没有的人竟然想要成为查尔斯爵士财产的继承人吗？”

“他将会成为这笔巨额家产的合法继承人，因为他的继承是受到法律保护的。不仅如此，他将还会对遗产进行继承，除非现在的所有者重新立遗嘱——当然他也有权利随意处理。”

“难道你尚未立过什么遗嘱吗，亨利爵士？”

“我哪里有时间立啊，福尔摩斯先生，我是昨天才知晓这件事的真相的。但是，不管在什么情况下，我总感觉钱财不应当和爵位以及产业分开。我那不幸的伯父生前未了的心愿就是这样的。若是主人没有将这个家业维持下去的充足的钱财，那么他坚决不会将巴斯克维尔家族的声望恢复的，房地产和钱财是坚决不能分离开来的。”

“没错。啊，亨利爵士，对于您应当立刻到德文郡去的这个见解，我也是这样想的。可是有个条件，您绝对不能独自一人去。”

“放心吧，莫蒂默医生会陪同我一起回到那里去的。”

“但是，莫蒂默医生有医务和家务之事缠身啊，并且他家距您家也有数英里那么远呢，虽然他对您怀着很大的好意，也许他对您也是无法及时救助。亨利爵士，您可不能这么做啊，您势必要寻找另外一个值得您信任的人，并且能够时刻陪伴在您的身边，让他陪您一起去。”

“那么，福尔摩斯先生您是否愿意完成这项任

**词语解释**

遗嘱：指立遗嘱人生前在法律允许的范围内，按照法律规定的方式对其遗产或其他事务所作的个人处理，并于遗嘱人死亡时发生效力的法律行为。

务呢？”

“假如事情发展到了出现危机的地步时，我肯定会尽量自己去的，可是您要知道，我有接纳来自各方面咨询的业务和来源广泛的恳求，假如让我永远远离伦敦，那我做不到。现在我们这里就有一位从英格兰过来的十分值得我们尊敬的人，他正遭受着他人的诽谤和恐吓，唯有我才能将这一灾难性的丑行阻止。您能看得出，如今让我去达特沼泽地是一件根本办不到的事儿。”

词语解释

恳求：向发出动作的对象以一种诚恳真挚的态度请求（帮助、事情等），给人感觉十分郑重。

“那么您想让谁同我一起过去呢？”

福尔摩斯把手放在我的胳膊上说道：

“假如我的同伴想做这件事的话，那么在您正处在危险的境况下，想找个人来陪着并且保护您，他是最合适的人选了，他也是最使我放心的人。”

“您的这个突如其来的提议可真是令我不知所措啊。”巴斯克维尔在我没有来得及反应的时候就紧紧地握住了我的手，并且充满热情地晃动了起来。

“啊，华生医生，您的真情厚意我简直感激不尽，”他说，“我的处境您是知道的，您对这件事的了解几乎是跟我一样的；如果您能够来到巴斯克维尔庄园陪着我的话，我对您的感激之情一定会终生铭记的。”

将要投入的冒险，对我来说是任何时候都具有诱惑力的，况且我还受到了福尔摩斯的吹捧和准男爵把我当成朋友看待的真挚感情的感动呢。

嵌记妙语

挚友就应该像华生医生这样吧！彼此关心、帮助、付出并给予赞赏。

“我会去的，我很高兴去的，”我说道，“如此将我的时间进行利用还是非常有意义的。”

“您一定要非常仔细地向我进行汇报，”福尔摩斯说道，“当那终究会出现的危机出现的时候，我将会告诉您应当如何去应对。想必这个周六就能够预备好出发的事情了吧？”

“不知道对华生医生是否会带来不便呢？”

“没事儿。”

“那好吧，除非我有其他的通知，星期六咱们在车站见面，乘坐从帕丁顿驶来的十点半的那列火车。”

巴斯克维尔就在我们准备站起来告辞之时，突然喜不自胜地向屋角的地方奔去，从那橱柜的下面将一只棕色的长筒皮鞋拿了出来。

“这正是我丢失的那只鞋。”他叫喊起来。

“希望咱们一切困难就像这件事一样消逝！”夏洛克·福尔摩斯说道。

“可这确实是一件非常令人奇怪的事儿啊，”莫蒂默医生说，“我在午餐之间已经在这个屋子里面认真地找寻过一遍了。”

“我也寻找过啊！”巴斯克维尔说，“每一个角落都找了一遍。”

“那个时候，我保证屋子里没有这只长筒皮鞋。”

“如此说来，肯定是侍者趁我们用午餐的时间将鞋放在那里的。”

**嵌记妙语**

巴斯克维尔和莫蒂默在午餐之前已经对屋子进行了一次全面搜索，确实没有发现那只可疑的长筒皮靴，可是在午餐过后，他们却发现它就在屋子里面，他们一行人怀疑是侍者在他们用餐的时候趁机放进来的。

那个德国的侍者随之被叫了过来，但是，他对这件事却是毫不知情，无论如何进行询问，都是一无所知。意图不明的神奇事件一个连一个地不断发生，如今又添了一件。除去查尔斯爵士突然而死的整个恐惧事件以外，在两天以内就出人意料地发生了一系列难以解释的怪事：这其中有接到那一封用铅字拼写而成的奇怪的信件，两轮马车中蓄着黑色胡须的监视者，刚刚买回来的棕色皮鞋以及旧的黑色皮鞋的丢失，以及现在又物归原主的棕色皮鞋。当我们乘车返回贝克街时，福尔摩斯一言不发地坐在那里，我从他那皱得紧紧的两道眉毛和严肃的面孔就可以看得出，他此时的心情正和我相同，在忙着尽力拼凑一些可以解释这些奇怪而又很明显相互

之间没有关系的小插曲的推测。他整个下午甚至到了半夜都是那样痴痴呆呆地坐在那里，紧紧地被缭绕的烟雾和沉思包围着。

刚想用晚餐就收到了两份电报，第一封是：

已经确认了巴里莫尔的确就在庄园里面。

巴斯克维尔

第二封是：

按照嘱托曾经去过那23家旅店，但是未曾找到那所谓的被人剪过的《泰晤士报》。抱歉。

卡特莱

“华生，很遗憾，我们这两个线索都已经失去任何希望了。再也没有比事事不顺的案件更令人苦恼的了。咱们得转变方向另寻线索。”

“或许咱们能够找到那个为监视者驾车的马车夫。”

“没错。我已经发出了电报请求执照管理科查明他的名字和住址——假如现在来的就是对于我那份电报的答复的话，我也绝不会感到惊讶的。”

事实证明了，门铃的响声为我们所带来的回答远比我们期望的结果更加令人欣喜。因为门刚开就走进来一位举止野蛮的人，很明显他就是我们所要寻找的人。

**同步思考**

是什么东西给他们带来了令他们欣喜的线索？

“我从总局那里得到消息说这里有一位绅士想要找出驾驶No. 2704出租马车的那一位马车夫！”他粗声粗气地说道，“我赶车都已经有7年了，从来没有听过一位客人讲一句不如意的话，我径直从车场到这儿来了，我想当着您的面问清楚，对我到底有哪些不满？”

“千万不要产生误会啊，对于您，我并没有任何不满之处，”福尔摩斯忙说，“恰恰相反，倘若您能够对我提出的每个问题都清楚地回答的话，我还会将6个先令支付给您。”

车夫听了这句话咧咧嘴，满脸堆满笑容说："天啊，今天我可真是碰到天大的好事了。有什么问题先生就尽管问吧。"

"第一，我要询问您的名字和地址，今后有用得着您的时候我好和您联系。"

"约翰·克雷屯，家住本镇特皮街3号；我所驾驶的那辆马车是从离滑铁卢车站很近的希波利车场里面租借过来的。"

福尔摩斯将约翰口述的内容逐一记录了下来。

"如今，克雷屯，请您将今天清晨来暗中观察这座房子而后来又在摄政街尾随两位绅士的那位乘客的一些事儿对我们说说吧。"

那个人看起来非常地惊讶，并且还有那么一点束手无策的感觉。"呃，此事我好像不必再对您说了，因为看起来您了解的和我差不多。"他说，"是这样的，那一位乘客曾经这样对我说，说他自己是名侦探，并且对我提出了警告，不允许我将他的事情跟其他人说。"

**词语解释**

束手无策：策，办法。遇到问题，就像手被捆住一样，一点办法也没有。

"老弟，这件事儿非常严重，假如您想对我保留什么事儿不说的话，您就要有麻烦了。刚才您说那位乘客曾经告诉您他是名侦探？"

"没错，他是这么对我说的。"

"他什么时候对您说的呢？"

"就在他准备要下车之时。"

"他还讲过什么其他的吗？"

"他告诉了我他叫什么名字。"

福尔摩斯用获胜的目光快速地瞥了我一下。"噢，他真的将他的名字告诉你了吗？怎么会如此轻率啊？他说他的名字是什么啊？"

"他的名字，"马车夫说，"叫夏洛克·福尔摩斯先生。"

有生以来我从没见到过我的朋友像听见马车夫



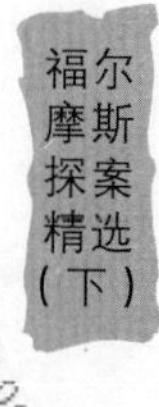

这句话时那么惊讶不已。他听到这个回答刹那间惊讶地坐在那里一言不发，紧接着，他又大声地笑了起来。

“绝了，华生，真够绝的，”他说，“我认为他的确是一个像我一样敏捷、机灵的人。我上次可是被他整得够惨的了——他的名字就是夏洛克·福尔摩斯，是不是？”

“你说的没错，这就是那位乘客跟我说的他的名字。”

“太绝了！告诉我他在哪里乘上了您的马车以及从那往后的事儿吧。”

“他是在九点三十分在特莱弗嘎广场乘坐上我的马车，他跟我说自己是一名侦探，并且跟我说，如果我能够一天到晚都完全听从他的吩咐，并且不提出任何的异议，他就承诺给我 2 英镑。我欣然接受了。我们先赶往诺桑勃兰旅馆，在那儿一直等到那两位绅士走出旅馆并且搭上了一辆马车，我们紧紧地跟在他们的马车后面，直至停在这所房子附近为止。”

“是不是就是这一扇大门啊？”福尔摩斯向马夫问道。

“您的这个问题我还真无法确定，可是我能确认的就是，那位乘客简直是无所不知。我们在大街上停了一个半小时，过了一段时间有两位绅士从我们身边徒步经过，我们就沿着贝克街尾随着，并顺着……”

福尔摩斯将他的话打断了，说道：“你所说的这些我全都清楚了。”

“当我们驶过了摄政街大概有四分之三的路程时，突然之间，我的那位乘客把车顶上的滑窗打开了，冲我大声叫喊着，叫我尽可能快地把车赶到滑铁卢车站，我快马加鞭，没有用上 10 分钟就到达了车站。

**词语解释**

快马加鞭：跑得很快的马再加上一鞭子，使马跑得更快。比喻快上加快，加速前进。

他真的给了我两英镑，径直朝车站里面走过去了。就在他正欲离开之时，又转过身子对我说：‘如果您知道了或许会非常惊奇，我就是大侦探福尔摩斯。’就这样我才得知了他的名字。”

“原来是这样。您往后就再也没有见到过他吗？”

“他走到车站里面的时候我就再也没有见到他。”

“此刻您能描述一下夏洛克·福尔摩斯先生的长相吗？”

马车夫挠挠头皮说：“嗯，他的长相还真是不太好描述啊。他给我的感觉是 40 岁左右，中等身材，与您相比的话，会矮个两三英寸吧，先生。打扮像是一位绅士，留着黑色的胡子，胡子的顶端很整齐，面色惨白。我认为我能讲的也就只有这些。”

**嵌记妙语**

马车夫准确地描述出了伪侦探的长相特点：个头、年龄、胡子、面色等，这是我们应该学习的地方：能够准确捕捉一个人的形象特征。

“你还记得他眼睛的颜色吗？”

“不，我不记得了。”

“其他情况您全都已经忘记了吗？”

“是的，先生，记不起来了。”

“那好吧，那么付给您这 6 先令。如果往后您还能提供更多情况的话，您还能够获得 6 先令的奖励。晚安！”

“祝您晚安，先生，多谢。”

约翰·克雷屯满面笑容地离开了。福尔摩斯看着他的背景，耸了耸肩膀，满脸沮丧地微笑转过身子向我走来。

“现在第三个线索也断了，刚刚有了点眉目，现在又迷惘了。”他说道，“这个精明老到的浑蛋！咱们的底他摸得一清二楚，他知道亨利·巴斯克维尔爵士曾经和我见过面，在摄政街发现了我是什么人，想到我已经记录下了马车的车号，肯定会去寻

找那个马车夫的，于是就把这个嘲讽的消息带给我们。华生，我不得不说啊，你我这次可真是遇到强劲的敌人了。我曾经在伦敦遭遇过挫折，但是希望您在德文郡的运气能够比在这里好一点，可是，我还真是没办法将心放下来啊。”

“对什么放不下心呢？”

“对让您去做的这件事放不下心。华生，这件事真的是非常麻烦啊，不仅麻烦而且还非常不安全，我简直越发讨厌这件事了。是的，亲爱的朋友，您可以取笑我，但是我告诉您，假如您能安然无恙地再次返回贝克街来，我想我不会再有比这还高兴的事了。”

**词语解释**

安然无恙：恙，病。原指人平安没有疾病。现泛指事物平安未遭损害。

# 第六章　巴斯克维尔庄园

亨利·巴斯克维尔爵士和莫蒂默医生都已经在约定的日子里准备妥当，我们就按照原定的计划出发去德文郡了。夏洛克·福尔摩斯一直把我送到车站，临别前，又给了我一些嘱咐和提议。

“华生，我并不想将我的看法和猜疑说出来，以防对您产生什么影响，”他说道，“我只希望您能够就告诉我所有的详尽事情，让我来对这些工作进行归纳和推理。”

“什么样的实情呢？”我认真地问他。

“看起来和本案相关的所有实情，不管是直接的还是间接的都不要放过，尤其是年轻的巴斯克维尔和他邻居们之间的关系，或者是和查尔斯爵士的猝死相关的各种新的发现。我曾经在几天前进行了一番调查，但是所有的调查结果都毫无用处。唯有一点看起来是毫无疑问的，那就是下一个继承人杰

姆士·戴斯门先生是一位稍微年长一些的老绅士，这位老绅士的心地非常地善良，因此，他不可能做这种迫害的举动。我真的认为在咱们想事情的时候可以完完全全把他排除，其余的其实也就只剩下在沼泽地里围绕在亨利·巴斯克维尔身边的人们了。”

“先辞退巴里莫尔夫妇难道不好吗？”

“千万不能这么做啊，否则你就要犯下绝对的错误了。要是他们是好人的话，这么做就太不应该了；如果他们是坏人，如此一来反倒没有办法令他们获得应有的惩罚了，坚决不能这么做，咱们一定要将他们划进嫌疑分子的黑名单中。要是我记得没错的话，嫌疑犯还应该有一个马夫，沼泽地里的两个农民。再就是咱们共同的朋友莫蒂默医生，我敢担保他一定是很清白的，但是，咱们对于他的太太却是一概不知啊。生物学家斯特普尔顿，以及他的妹妹，听说她长得很漂亮。还有莱福特庄园的弗兰克兰先生，这个人的情况我们还不了解，还有另外一两个邻人。这都是需要您多加注意的人啊。”

“我会全力以赴的。”

“想必您的身上一定藏了武器吧？”

“是的，我也觉得最好还是带着。”

“没错，您的那支左轮枪最好能够时刻携带着，不能够掉以轻心啊。”

我们那两位朋友早就订好了头等车厢的座位，现在正在月台上等待着我们呢。

“没有，我们没有发现任何情况，”莫蒂默在回答我朋友问话的时候说道，“但是我敢肯定的一件事是我们这几天没有受到别人的跟踪。在我们外出时，每一次都是很仔细地观察的，没有人能从我们的眼里逃过去。”

“想必你们一定是经常在一起玩耍吧？”

“只有昨天下午例外。每我进城的时候，经常

**词语解释**

绅士：或曰士绅，旧指地方上有势力的地主或退职官僚。中西交往之后，该词被作为英语gentleman的意译之一（另译为“君子”）。

掉以轻心：掉，摆动；轻，轻率。对事情采取轻率的漫不经心的态度。



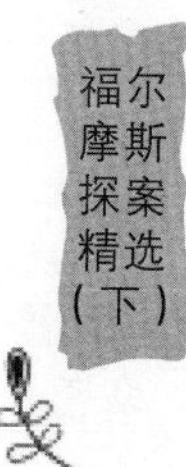

就会有一整天的时间都是浪费在娱乐上面的，因此，我整个下午的时间全都用在外科医学院的陈列馆里面了。”

“我去逛了一趟公园，”巴斯克维尔说道，“但是我们并没有遇到什么意外。”

“不管怎样，都不能掉以轻心了，”福尔摩斯边说着边一脸严峻地摇头，“亨利爵士，我真的很希望您不要独自来回地走动，否则您一定会大祸临头。您的那一只高筒皮鞋找到了没有？”

“没找到，先生，看来再也无法找到了。”

“那也别继续再找了！确实是一件非常有意思的事情。好了，再见。”在火车沿着月台慢慢开启的时候，他叮嘱说，“亨利爵士啊，千万不要忘记莫蒂默医生给我们念的那个十分奇怪而又年代久远的传说里的那一句话——千万不要在天黑下来之后，不要在邪恶的势力张狂之时从沼泽地里穿过去。”

在我们离开月台已经很远的时候，我回过头来，看见福尔摩斯挺拔、严峻的影子仍旧纹丝不动地站在那儿望着我们。

这确实是一次快速并且令人身心愉快的旅行。我与我那两个朋友在旅途中的关系比之前好得多了，我有时还会同莫蒂默医生的长耳猎犬在一起玩闹一会儿。火车疾速前进几个小时以后，棕色的土地渐渐地变成了红色，砖房变成了石头建筑物，枣红色的牛群在树篱圈起来的地里吃着草，绿茵茵的草地和极为茂密的菜园表明，这个地方气候潮湿，好收成轻易可得。年轻的巴斯克维尔满脸热切地注视着窗户外面，他一见到德文郡每一个熟悉的景象就会情不自禁愉悦地叫喊起来。

**嵌记妙语**

火车在轨道上疾速前进，土壤由棕色转为红色，砖砌房屋变为石头建筑，牛群是枣红色的，沿途的草和菜地极为茂盛，可以判断出这是个气候潮湿的地方。伴随着这样的景色，他们到了德文郡，为要调查一些关于这个案件的信息，景物描写给他们紧张的心情带来愉悦。

“自打从这儿离开以后，我去过世界上许多的地方，华生医生，”他说道，“但是我从未见到过任何一个地方能够跟这里媲美。”

“我还从不曾看到过一个不称赞家乡的德文郡人呢。”我说道。

“不光是这里的地理条件出众，即便是生活在这里的人也都非常出众呢。”莫蒂默医生说，“看一看我们这个伙伴，他那圆乎乎的头颅就是属于凯尔特型的，当中充溢着凯尔特人的激烈的情感。不幸的是查尔斯爵士的头颅却是一个非常罕见的典型，他头颅的特征有一半像是爱弗人，另外一半又像是盖尔人。从前见到巴斯克维尔庄园那会儿，还是在您年轻的时候呢，对不对？”

“在我父亲去世的时候，我还只是一个十几岁的孩子，当时他居住在南边沿岸的一幢小房子里，因此我从来不曾见到过这座庄园。我父亲去世后，我就直接去了美洲的一位朋友那里。我跟您直说吧，我对于这座庄园的好奇心就如同华生医生一样，我也很期待能够见一下沼泽地。”

“真的吗？那您很快就能够得偿所愿了，因为您即将要见到那块您期待已久的沼泽地了。”莫蒂默医生一边说着一边朝车窗外指着。

在那被分割成很多绿色方格的田野和顶部形成矮矮的弯曲的树林那边，远远地突现出了一座灰暗葱郁的小山。山顶上面有一个长短不一、形状又十分怪异的缺口，远远地望过去朦胧阴暗，就如同是梦境一般。巴斯克维尔在那里静静地坐了很长时间，双目紧紧地盯着那里。我从他那热烈而急切的脸上能够看出，这里对他意义多么重大啊，第一次看见那奇怪的、被同族人左右了那么长时间的、到处都会引起人们对他们深切回想的地方。他身上穿的是英格兰呢的衣服，操着一口美洲的口音，在一节非常普通的火车车厢的角落里面静静待着。但是每次我看见他那黑而富有表情的脸时，总是让我真切地感觉到他的的确确是那个尊贵、亲切的家族的后代，

并且带着一家之主的风范。自尊、智慧以及豪爽从他那浓密的眉眼、板栗色的大眼睛以及充满神经质的鼻孔里面自然地流露出来。要是在那可怕的沼泽地里，真的遇到了什么为难和凶险的事情，他起码是一个诚实可靠的、能毫不畏惧地担负起责任来的朋友。

**词语解释**

神经质：指人的神经过敏、胆小怯懦、情感容易冲动的性质。又称忧郁质。

静谧：寂静；平静。

火车在一个路边的乡间小站上停靠了，我们从火车上面走了出来。在低矮的白色围栏外边，停着一辆两匹短腿小马驾着的四轮马车，它是专门来接我们的。很明显，我们的到来是一件非常重大的事情，随着我们的到来，站长和脚夫全都聚拢了过来，抢着帮我们提行李。这儿原本是一个安静、美丽而又淳朴的地方，可是，在出口处，有两位身穿黑色制服、军人模样的人待在那儿，让我感到不解。他们的身子在一只短来复枪上面靠着，目不转睛地紧盯着经过的我们。马车夫个子不高，样子冷淡而又蛮横，他给亨利·巴斯克维尔施了个礼，片刻后，我们就顺着宽敞的灰白色的大街奔驰起来。大路两旁凸起着高低不平的牧草地，透过那茂密而又参差的缝隙能够见到一些墙垣以及房顶全都被建造成人字形的老式的住宅，静谧的，布满阳光的村子后面却是此起彼伏的被黄昏的天空映衬出来的充满昏暗的沼泽地，在这其中，还有几座高高低低，充满险峻的小山。

四轮马车又驶上了旁边的一条岔道，我们驶过了被马车经过几个世纪轧成的、深深下陷的小巷一般的沟道，小路两旁都是长满了湿乎乎的苔藓和一类枝叶肥厚的羊齿植物的石壁。在夕阳斜晖的映照之下，那色彩斑斓的黑莓和古铜色的蕨类散发着无限的光芒。我们丝毫不敢停留地不断向上走着，从一架花岗石的窄桥上穿了过去，顺着一条汹涌澎湃的激流朝前奔驰而去。水流湍急奔涌、水花飞溅，在灰色的乱石中间奔腾而过。小路在生长茂密的低

**嵌记妙语**

精细、准确、生动的环境描写，令人如身临其境。

矮的橡树和枞树之间的峡谷当中，顺着弯弯曲曲的小河曲折逆流而上。巴斯克维尔每每经过一个转折点总会十分激动地高声欢呼，他热切地看着四周，同时又不断地向我们提出一些数不清的问题。在他眼里，一切都是漂亮的，然而在我看来这个地方总感觉有一些悲凉凄惨和明显的晚秋景色。小径上撒满了枯萎的树叶，在我们走过那会儿，又有一些树叶飘飘扬扬地从头上方飞落下来。当我们的马车从那落叶之上经过之时，辚辚的车轮声陡然停止了——在我的眼里，这所有的东西都是造物主撒在重返家园的巴斯克维尔家族后代车前凶险的礼物。

"啊！"莫蒂默医生喊了起来，"那是什么东西？"

眼前展现出了长满了石楠一类四季常青灌木的斜坡，这是隆起在沼泽地边沿上的一个地方。

在那最顶上有一个坐在马背之上的士兵，非常清晰，就如同是雕刻在碑座之上的骑士雕像，乌黑而又十分严肃，马枪做出准备要射击的样子搁在向前伸着的左臂之上。他在观察着我们经过的这条小路。

"珀金斯，我想知道，他要做什么呢？"莫蒂默医生问道。

车夫从座位上转过身子回答道：

"一名犯人从王子镇那边逃走了，先生，到现在为止，他已经出逃三天的时间了，狱卒们正在紧密盯着车站和街道，可是至今仍未发现他的踪迹。这一带的农户们整天提心吊胆，老爷，这倒是不假。"

"啊，我听说了，要是谁可以提供消息的话，就能获得5英镑的赏钱呢。"

"是这样的，老爷，但是与有可能被抹脖子相比，这5英镑看起来简直是太渺小了。您要知道，这可并非一个平平常常的罪犯啊，他可是个杀人不眨眼的角色。"

“那这个罪犯究竟是什么人呢？”

“他名叫塞尔丹，正是在瑙亭山杀了人的那个家伙。”

我对那件案件记得可是非常清楚的，他所犯的可是惊天大罪啊，他的整个谋杀的过程都贯穿着异常阴险的暴行，所以这个案件也曾经令福尔摩斯非常感兴趣。后来之所以赦免了他，是因为他的行为非常残忍，人们对于他的精神状态是不是正常产生了怀疑。我们的马车爬到了斜坡的顶上，我们的眼前出现了一片广阔无垠的沼泽地，上面零星装饰着非常多圆锥形的石冢以及一些跌宕起伏的岩岗，繁杂的色彩令人看过之后感到眼花缭乱。一阵冷风从沼泽地上拂过，我们不由得都打起了冷战。在那荒无人烟的原野上，这个好像魔鬼一样的家伙，没准儿会在某条沟壑里像一个野兽一样隐藏着，他心里充满了对抛弃他的那些人的仇恨。深处这空无一物的荒原之中，被凉飕飕的冷风吹着，还有那阴暗的天空，加之这个尚未找到踪影的逃犯，就显得更加的阴森恐怖了；甚至连巴斯克维尔也默不作声了，他将大衣包裹得更加严实了。

**词语解释**

跌宕起伏：跌宕，富于变化，有顿挫波折。形容事物多变，不稳定。也比喻音乐忽高忽低，起伏动听。

我们转过头向远处望了一下被我们甩在后面的富饶肥沃的田野。小河被那傍晚的太阳照射得如同金丝一样，将那刚刚耕过的红色土地以及广阔的郁郁葱葱的树林照射得闪闪发光。前边赤褐色和橄榄色斜坡上的大路变得更加荒芜凄凉了，四处罗列着大块的石头。我们有时会从一座沼泽地的小屋子前经过，小屋子的屋顶和墙壁全都是用石料堆砌而成，墙壁上没有用蔓藤将那粗糙的表面遮挡住。我们向下俯望，突然看见了一块好像碗一样的洼地，那儿生长着一小块儿、一小块儿的因年代久远而被大风刮弯了的发育非常不好的橡树和枞林，在树木的顶上，伸出了两个细而高的塔尖。车夫用鞭子指向那儿说道：

“看吧，前面那个就是巴斯科维尔庄园了。”

庄园的主人站起身，脸颊泛起了红晕，眼睛炯炯有神地注视着，几分钟过后，我们就来到了庄园的大门外。庄园的大门是由弯曲交错、密密的铁条构成的，门的两边各有一根饱经风霜的大柱子，柱子的上面因为布满了苔藓而令人感到肮脏不堪，柱子顶端也装饰着石雕的巴斯克维尔家的野猪头的头像。门房已经变成了一堆倒塌的黑色花岗石，而且露出了一根根光秃秃的椽木。但是正对着它的却是一栋新建筑物，刚刚建好了一半，是查尔斯爵士第一次用从南非挣来的黄金建起来的。

**嵌记妙语**

巴斯克维尔庄园终于出现在人们面前了，只是它的阴郁、颓败、昏暗令人感到不适，刚刚还感到激动，且“高声欢呼”的巴斯克维尔“不禁颤抖”地“忧伤”地看着古宅，这确实是一个发生过悲剧的地方。

我们一进到院子里就踏上了一条甬道。此刻车轮因为走到了落叶之上而变得十分安静，在我们的头顶上，古树的枝杈交错成一条阴郁的拱道。经过很长而昏暗的车道，看见了尽头有一座房子好像幽灵一样在闪着光芒，巴斯克维尔不禁颤抖了一下。

“是不是就出现在这个地方啊？”他放低了声音问道。

“不，不是的，在水松夹道那边。”

这个年轻的继承人一脸忧伤地环顾着四周。

“这真是个令人恐惧的地方，难怪我伯父会感到自己要大祸临头，”他说道，“这里会令每一个人都毛骨悚然的。6 个月内在厅前安装上一排 1000 瓦的天鹅牌和爱迪生牌的灯泡，等到那时您将会再也辨认不出这个地方了。”

**词语解释**

毛骨悚然：悚然，害怕的样子。汗毛竖起，脊梁骨发冷。形容十分恐惧。

甬道的尽头是一块广阔的草坪，我们已经见到了那座房子。在昏暗的灯光下，我能够看清当中是一栋结实的楼房，前边突出着一个走廊，房前长满了常春藤，只有在窗子或者是安装着盾徽的地方被剪掉了，就好像是在黑色面罩的破烂之处补上了一块补丁一样。中间的这一栋楼房的顶端有两个相互



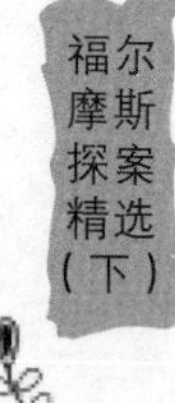

对称的古香古色的塔楼，塔楼的上面还有很多的瞭望孔和枪眼。在塔楼的左右两翼，分别有一栋样子流行的、用黑色的花岗岩建立而成的翼楼。幽暗的灯光照射到了那窗棂结实的窗口里，此刻，一股股浓黑的烟柱正从那装在险峻而倾斜的房顶之上的非常高的烟囱中喷出。

“亨利爵爷，非常欢迎！欢迎您来巴斯克维尔庄园！”一位个子高大的男人从走廊的阴影中走出来，拉开了四轮马车的车门。在那厅房暗淡的黄色灯光前面，一个妇女走了过来，她过来帮助那个人将我们的行李包卸了下来。

“亨利爵士，倘若我准备直接回家，不知道您会不会生气呢？”莫蒂默医生说道，“此刻我太太正在家里等着我呢。”

“您还是等一会儿用了晚餐再回家吧。”

“不行，我一定要马上回家，说不定家里已经有很多事情在等着我呢。我其实应该留下来带着您观看一下房子，不过假如我和巴里莫尔对比起来，他却是一个更出色的向导。再见了，无论是白天还是黑夜，只要我能够帮得上忙，您就尽管来召唤我。”

亨利爵士和我一起来到厅堂，小道上的马车声就听不见了，身后紧接着传来了重重的关门声。我们所在的屋子确实是非常华丽而又美丽，很高并且十分宽敞，因为年代很久而变成了黑色的椽木巨梁紧紧地彼此挨在一起。在高大的铁狗塑像后边。庞大的老式壁炉里面，木柴正燃烧得噼啪作响。亨利爵士同我一起将手伸出来烤火，因为坐车的时间太长，我们的身体都已经僵硬了。后来我们又向周围望了望，看见了长长的、装饰着旧式的彩色玻璃的窗子，橡木制成的嵌板细工，牡鹿头的标本，还有墙壁上挂着的盾徽，在屋子当中大吊灯温和的灯光照射下，看起来都十分昏暗而阴沉。

**嵌记妙语**

来到巴斯克维尔庄园，莫蒂默辞别他的朋友回家去了，华生他们来到了一栋豪华而又美丽的建筑里面。这是个因历经年代久远而显得有些古老的屋子，在大吊灯温和的灯光下，其中的一切装饰让他们的心情也变得沉重起来。

"同我想象的一模一样，"亨利爵士说，"这难道不恰恰正是一个古老家具应当具备的情景吗？我一想起这就是我的家人居住了5个世纪的大厅，我的心里就会感到非常沉重。"

当他向周围环视的时候，我可以看出，他那张黑黝黝的脸上燃烧着孩子一样的热情。尽管他站着的地方有灯光照耀着他，但是墙壁上面细长的投影以及黑漆漆的天花板就如同是在他的头顶上展开了一座天篷一般。巴里莫尔将行李包送到我们住的屋子之后又回来了。他用接受过良好培训的仆役所专门具有的顺从的态度，站在我们的跟前。他可真是气度非凡啊，有着十分英俊的长相、高大的身材，以及修剪得非常细致的黑胡须和一张白净而异常俊美的面孔。

"爵爷，您想立刻用晚餐吗？"

"已经预备好了吗？"

"爵爷，晚餐很快就会准备好的。亨利爵士，你们屋子里面的热水都已经准备好了，在您的新决定做出之前，我与我的妻子非常希望能够与您在一起生活，但是您一定要了解，如果这样的话，这栋房子里就可能需要非常多的佣人。"

"有什么新情况发生了吗？"

"爵爷，我只是说，查尔斯爵爷的生活是十分隐遁的，所以我们仍旧能够照看得了他的需求，可是您呢，当然期望有非常多的人和您在一起生活，所以您肯定是需要把家里的事儿加以变化的。"

"您的意思是说您和您的妻子预备要不干了是吗？"

"尊敬的爵爷，即便是我们不干，也需要等到您非常便利之时才行啊。"

"但是，你们一家人不是已经和我的家人共同生活了好几代了吗？假如我刚开始在这儿生活就切

**词语解释**

隐遁：隐居起来，逃避尘世。

断了这个维持时间很长的家庭关系，那我真是感到太遗憾了。”

从这个管家白净的脸上，我隐约看到了发自肺腑的感激之情。

“爵爷，我和我的妻子也同样是这么认为的。说真的，爵爷，我们两个人都是十分尊敬查尔斯爵士的，他的死让我们十分吃惊，这个地方四周的环境，每一个地方都使我们觉得很悲痛。我担心在巴斯克维尔庄园我们的心永远都无法平静。”

“可是您预备要去做些什么呢？”

“爵爷，我很坚信如果我们出去做些小生意的话，一定能够成功的。宽容仁慈的查尔斯爵爷已经想让我们这么去进行了。但是现如今，我看我还是先带着爵爷您去看看您住的屋子吧。”

在这年代已久的厅堂的上部，有一圈安装有回栏的方形游廊，要经过一块双叠的楼梯才能到上面去。从中央的厅堂里伸展出两条狭长的甬道一直通往整栋楼房，所有的房间都是向这两条甬道开着的。我的卧室同巴斯克维尔的卧室是在同一边上的，并且是紧挨着的两个房间，比起大楼中部的那些屋子，这里的屋子样子要新很多，屋子里颜色鲜亮的糊墙纸以及无数根点燃的蜡烛多多少少将我们刚到此地时印在脑海中的郁闷感消除了一些。

同步思考

他们所在庄园的饭厅的环境是怎样的？

但是开向厅堂的饭厅却是一个幽暗阴森的地方，这是一个狭长的房间，有一段台阶将房间从当中分为高低各不相同的两部分，比较高的那部分是供家中人用餐的地方；相对较低的那一部分则是用人们使用的；另外一段相对较高的地方有一个演奏廊建在那里。黑色的梁木从我们的头顶上穿过，再往上，就是被熏得发黑的天花板了。假如用一溜儿燃烧着的火炬将房间照亮，在一个多姿多彩、痛快淋漓的古老的宴乐当中，这严肃的氛围或许能被平缓下来，可是如今呢？两名身着黑衣的绅士在灯罩下面映射出来的很小的光圈之中坐着，彼此之间谈话的声音压得非常低，而且他们的精神也显得有一些郁闷。一排隐约现出的祖先的肖像，身上穿着各种各样的衣服，由伊丽莎白女皇时代的一名骑士开始，一直到乔治四世皇太子摄政时期的纨绔子弟结束，他们都瞪着大眼睛看着我们，默不作声地伴随着我们、威胁着我们。我们几乎一致都保持缄默，我非常开心地将这顿饭吃完了，我们可以去那样式新颖的游戏房中尽情地抽上一支烟了。

“说实话，我感觉这里的确不是一个令人愉悦的地方，”亨利爵士说道，“原本我还希望自己能够逐渐适应这里的环境，可是我现在一直都感觉有些别扭和不适。难怪我伯父独自一人居住在这样的一座房子里会变得惶恐不安呢。啊，假如您不反对的话，我们今天晚上早点儿睡觉，或许在早晨起来时会显得比较使人高兴呢。”

在我睡觉之前，我将卧室里的窗帘拉开了，站在窗前向窗外去观望了一番。这窗子是朝着厅前草坪打开的，再比较远点儿又有两丛树木，在越刮越大的狂风里呼啸摇晃着。由一齐奔走的云彩中的空缝里现出一轮半圆的月亮。在那暗淡的月光之下，透过那茂密的森林，我看到了绵延不绝的低洼以及凹凸不平的山岗边际，还有那高低起伏的阴森的沼泽地。我把窗帘拉到了一起，感觉我当时的印象和过去的还是相同的。

可这还不是最终印象。我尽管觉得疲惫不堪，但是又无法入睡，翻来覆去，越想早点入睡就越睡不着。死一般的寂静弥漫在这古老的屋子里，报时的钟声每一刻钟便从那远处传来。但是后来，忽然间，在死一般寂静的深夜里，有一种声响传入了我的耳朵里，清楚而又洪亮。肯定没错，是一个女人抽泣

的声音，好像是个被无法忍受的痛苦折磨着的人发出的强忍着的哽咽，这声音让我不由得坐了起来。这个声音与我们的距离并不是很远，可以肯定的是，它一定也是从这个房子里面发出来的。我的每一根神经都因此而感到无比紧张，等了半个小时的时间，除了那鸣响的时钟声以及墙外的常春藤被风吹拂相互之间摩擦的沙沙声，我就再也没有听到其他的异响。

嵌记妙语

对于夜的描述通常是悬疑类小说的聚焦点，华生在这个阴郁的庄园里的不安之感，因夜间听闻女人的抽泣而加剧，至此，巴斯克维庄园作为故事一个背景已被推至前景，成为故事发展的一个重要推动力。

# 第七章　梅利皮特宅邸的主人斯特普尔顿

次日清晨起来，山庄那清新秀美的景色，多少驱散了我们刚刚见到巴斯克维尔庄园的时候所产生的恐惧和阴森的感觉。当我与巴斯克维尔爵士坐下来共进早餐的时候，阳光已经从很高的窗户中投射了进来，从那安在窗户上的盾徽形窗的玻璃穿过，散射出一缕缕幽静而又温和的色彩纷呈的光芒，在金黄色的日光的映照之下，那颜色很深的护墙板散发出青铜色的光芒，我真是不敢相信，眼前这个就是昨夜令我产生黑暗阴影的屋子。

“我认为这只能怪我们自己的感觉，而不能抱怨屋子！”准男爵说，“当时，我们因为旅途的疲劳，坐车受到的寒气，从而对这里有了不好的印象。我现在的内心和身体都已经焕然一新了，所以，我此刻感到非常开心。”

词语解释

焕然一新：焕然，鲜明光亮的样子。改变旧面貌，出现崭新的气象。

“可这不仅仅是想象，”我回答说，“譬如说，您听见有人——我认为是个女人——在深夜哭泣吗？”

“这真是太奇怪了，在我睡得懵懂之间确实隐约听到了女人的哭声。之后我又等了很久的时间，但却再也没听到，我当时怀疑自己是在做梦。”

“我听得很清楚，并且我敢确定，是有女人在哭。”

“那我们还是尽快将这件事弄清楚吧。”他拉铃唤来了巴里莫尔，问他是不是能对我们所听见的哭泣声做出解释。我看到总管听了主人的疑问之后，原本惨白的脸色变得更惨白了。

“亨利爵士，我们整个宅子里一共就两个女人，”他回答说，“一个是住在对面厢房的女仆；另外一个女人就是我妻子了，可是我敢对天发誓，那个夜里哭泣的女人定然不是我的妻子。”

但是后来证实他居然是在说谎，因为在早餐以后，我在走廊上赶巧和巴里莫尔太太碰到了一块儿，阳光正照在她的脸上，她是一个身材高大、表情冷漠、身体肥胖的女人，嘴上挂着严厉的神情。可是她的双目很明显是变红了，还用她那肿胀而又通红的眼睛看了一看我，如此说来，她就是那个夜里哭泣的人了。假如她真的哭过，她丈夫就必定知道其中的原因，但是他竟然担着很明显就能被人看出来的风险公然说谎。他为什么要撒谎呢？再者就是，她如此悲痛哭泣的原因究竟是什么呢？在这脸庞白净、俊美、长着黑胡子的人四周，已经有一种神奇而悲惨的气氛。是他最先发现查尔斯爵士尸体的，而且我们是通过他才获悉老人死亡的详细情况的。是吗？莫非我们在摄政街看见的那驾马车中的那个人是巴里莫尔？胡子有可能是一样的。马车夫描述的是一个个子非常矮的人，但是这种印象也许有差错。究竟我怎样才能搞清楚这个疑点呢？很明显，应该做的第一件事就是去找格林潘的邮政局长，搞清楚那份试探性的电报是不是确实当面交给了巴里莫尔。

**词语解释**

公然：明目张胆；毫无顾忌。



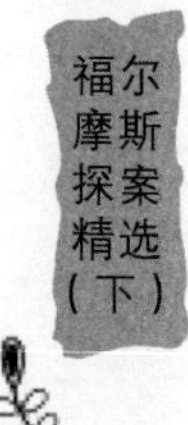

无论结果是什么样的，起码我应当有一些能够向福尔摩斯汇报的事情。

亨利爵士在早饭过后必须看非常多的文件，因此，这恰好是我外出的时间。这是一次令我感到心情十分舒畅的散步，我在沼泽地的边缘步行了 4 英里的路程，最后，我到了一个荒凉的村庄里，在这个村子里，有两座远远比其他房子都要高大很多的房屋，之后我才知道，这两座房屋一座是客栈，另外一座是莫蒂默医生的房屋，那个邮政局长——同样也是这个村子里面的食品杂货商，对于那一份电报记得是一清二楚。

“毫无疑问，先生，”他说道，“我完全是按照吩咐让人把那封电报送给巴里莫尔先生的。”

“什么人送进去的？”

“是我的孩子送过去的。杰姆士，是你在上个礼拜将那份电报送给庄园的巴里莫尔先生的，是这样的吗？”

“没错，爸爸，是的。”

“那是他亲自接收的吗？”我问。

“啊，他那个时候恰好在楼上，所以我没能亲手把电报送给他，可是，我将电报送到巴里莫尔太太的手中了，太太跟我担保过会即刻将电报送到楼上去。”

**同步思考**

是谁亲手接了邮政局长派人送去的电报？

“您见到巴里莫尔先生没有？”

“先生，我并没有见到巴里莫尔先生，我说过，那个时候巴里莫尔先生正在楼上待着呢。”

“要是您根本没见到他，您为什么会知道他就在楼上呢？”

“噢，因为他的妻子肯定会知道巴里莫尔先生究竟在哪里啊！”邮政局长有点儿不满地说，“究竟巴里莫尔先生有没有亲手接到那封电报啊？假如出现了什么差错，也应当是巴里莫尔先生自己来提出疑问啊。”

似乎想要将这件事情继续查下去已经看不到任何希望了，可是有一点是确信的，那就是，虽然福尔摩斯使用了妙计，但是我们仍然无法证实巴里莫尔先生一直未曾去过伦敦。假如事情的真相是这样的——假如他就是看见查尔斯爵士还活着的最后一个人，就是第一个追踪刚返回英伦的新继承人的人，那又能怎样呢？他究竟是受到别人的指派，还是说他有一个同谋者？害死巴斯克维尔家的人他能获得多大的益处呢？我记起了用《泰晤士报》的评论剪切粘贴起来的警告信。这是否就是他所为，或者是有些人想要对他的诡计进行反抗而做的呢？能想象得出只有亨利爵士所猜想过的那个目的，也就是说，假如能把庄园的主人吓得离开此处的话，那么巴里莫尔夫妇就会得到一个永远且舒服的家了。可是这样的一个解释，对于像围绕着年轻的准男爵所结成的一张看不到摸不着的罗网、经过一番深思熟虑的阴谋来说，的确是有些不太恰当啊。福尔摩斯自己曾经说过，在他那一大堆多得让人吃惊的侦探案件中，再也找不到比这更烦琐的案件了。在我沿着那一条灰白色而又十分寂寞的小路上往回返的时候，在我的内心深处进行深深的祷告，我希望我的朋友能够从他那繁忙的任务当中抽出时间回到这里来，赶紧卸下扛在我肩膀上的重任吧。

**同步思考**

华生也沉陷在这个罗网中，他的困惑某种程度上也是福尔摩斯的困惑。这次华生一个人的冒险、探案，究竟会有怎样的发现呢？

突然一阵小跑和叫我名字的声音把我的思绪打断了，我转过身子，心里想肯定是莫蒂默医生，可是令我吃惊的是，居然是一位陌生人。他是一个身材又矮又瘦，脸上的胡须刮得精光，五官非常端正的人，他的头发是淡淡的黄色，下巴颏又尖又细，看起来像是34岁的样子，身着一身合身的灰色衣服，头顶上戴着一顶草帽，肩头还挎着一个十分薄的植物标本的匣子，手里面还拎着一张绿色的扑蝶网。

词语解释

冒昧：（言行）不顾地位、能力、场合是否适宜（多用作谦词）。

“我想请您对我的冒昧唐突多多包涵，华生医生，”当他气喘吁吁地来到我面前时说，“在沼泽地这个地方，大家都像是一家人一样，相互见了面，都不必作正式的介绍。想必您已经从莫蒂默医生那里听说我了吧，我就是住在梅利皮特的斯特普尔顿。”

“您的匣子和网就已经清清楚楚地告诉我了，”我说，“因为我早就听说过斯特普尔顿先生是一名生物学家。但是您怎么认得我呢？”

“就在我去拜访莫蒂默医生的时候，您正好从医生的窗前走过去，所以，是他告诉我您是谁的。正因为你我是同路的，因此我想将您追上，同您打一个招呼。我想亨利爵士的这次旅行一切顺利吧？”

“多谢，他挺好。”

“在查尔斯爵士悲惨地死去以后，我们都害怕这个刚到的准男爵可能不想住在这儿呢。想让一个原本十分富有的人降低自己的身份在这种地方隐没着，还真是有些说不过去呢。但是，不用我说什么，这一点对这个偏僻的地方而言，还真是至关重要呢。想必，对于这件事，亨利爵士没有疑神疑鬼的吧？”

“我想可能不会吧。”

“您肯定听过有关缠着这一族人的恶魔一样的猎犬的那个谣传吧？”

“没错，我的确是听说过。”

“生活在这里的农民简直太容易相信谣言了！他们任何一个人都能保证说，在这片沼泽地里曾看到过这么一只畜牲。”尽管他讲话时的神情是面带笑容的，但是我却能够从他的眼睛中读出他对于这件事的态度是非常认真的。“这件事使查尔斯爵士的内心深受影响。我坚信，就是由于这件事才让他有了惨痛的结局。”

“怎么会呢？”

“他的神经已经绷得太紧了，以至于只要他一见到狗，就会心脏病发作。我想他在死前的那一夜，在水松夹道里，他确实看见了某种相像的物体。我之前还非常担心会有灾祸的发生，因为我很喜欢那个老人，并且我也知道他患有心脏病。”

“您是怎么获悉这一点的？”

“我的朋友莫蒂默对我说的。”

“那么，您是认为查尔斯爵士是被那条狗追上，并且被狗吓死的吗？”

“除了这样以外您有什么别的解释吗？”

“我的确还没有想到更好的解释。”

“夏洛克·福尔摩斯先生呢？”

他的这句话让我顷刻之间屏住了呼吸，但是，我再一看对方平静淡定的眼神，才意识到他并非是想存心让我惊诧的。

“华生医生，想要让我们装作根本不认识您是非常难的，”他说，“我们在这儿早就看见您那些侦探文章了，而且您也不可能办到既夸赞了您的朋友，而又不让您本人出名。当我从莫蒂默的口中听到关于您的消息时，他也并没有刻意隐瞒您的身份，现在您既然已经到这里来了，显然福尔摩斯先生对这个案子是非常感兴趣的，但是我呢，我也非常有兴趣知道他对这件案子有何独到的见解。”

“或许我不可以回答您提的问题。”

“冒昧地请问一句，他会不会光临此地呢？”

“他现在还不能从城里离开，因为他正在全身心地查办另外一件案子。”

“太遗憾了！他或许能把这件费解的事情为我们弄出个眉目来呢。您开始调查时，假如我能帮上忙的话，只管吩咐好了。您要是能将您的疑问或者是您接下来准备要做的事情告诉我，或许我马上就能帮助到您，或者是给您提出一些建议。”

“请相信，我在这儿只是来探望我的朋友亨利

**嵌记妙语**

查尔斯爵士的心脏病使得他的精神每天都处于紧张状态，再加上他听信谣言而使自己遭受其害，导致他一见到狗就会心脏病发作。这便是那个 34 岁男子为华生提供的有关老人之死的消息了。

**词语解释**

独到：与众不同。

爵士，而且我也用不着什么帮助。”

“很好！”斯特普尔顿说，“您如此谨言慎行也是有您自己的道理的。我受到教训真是自作自受，因为我想这只是毫无意义的多管闲事。我敢向您担保，以后我再也不会提及此事。”

我们从一条细窄而长满草的由大路上斜岔出去的小径上经过，拐弯抹角地经过了沼泽地。右边是直上直下的到处都是杂乱石头的小山，很多年以前已经被开辟成了花岗岩采石场；在我们对面的是一片黑压压的崖壁，一些羊齿植物和荆棘从那缝隙里面长出来；在远处的小山上，飘动着一缕灰色的烟雾。

“在继续沿着这条沼泽地上的小路走上一会儿就能够到达梅利皮特了，”他说，“或许您可以抽出一小时的时间，我很希望能够将我的妹妹介绍给您。”

我想到的第一件事是应该陪着亨利爵士，但是接着又想到了那一叠满满地积在他书桌上的文件和证券，当然在这种事上我是不能帮助他的，而且福尔摩斯还曾经特地告诉我，应该对沼泽地上的左邻右舍注意观察，于是我就接受了斯特普尔顿的邀请，一块儿踏上了小路。

**嵌记妙语**

华生医生认真而负有责任感的态度，在这个案件中起到重要作用，正是华生医生的在场，才使福尔摩斯更清楚地洞悉了案件背后的阴谋，并且使那个幕后人误以为福尔摩斯已远离此案件。

“这一片沼泽地可真是神奇得很啊，”他一边说着，一边向四处张望着。高低不齐的丘原，就像是连绵的绿色波浪；有高有低的花岗岩山顶，就像是被波涛冲击而起的形状怪异的浪花。“这片沼泽地永远不会令您产生烦腻的心理，这块沼泽地隐秘而又神奇的地方简直令您无法想象，如此宽广、凄凉而又如此地神奇。”

**词语解释**

烦腻：厌烦。

“那么说，沼泽地对您来说肯定是非常熟悉的啊？”

“我也不过是在这里待了两年的时间吧，我在本地居民的眼里还是刚来的呢。我刚刚到此地的时候，查尔斯爵士也是在这里刚刚住下不长时间的。我的好奇驱使我察看了这乡间的每一个地方，因此我觉得能像我这么了解此地的恐怕不多。”

“想要弄明白是一件非常难的事情吗？”

“的确是很难。您要知道，譬如说，北边的这片大平原，中央耸立着几个形状怪异的小山。您是否能够看出一些特别的地方呢？”

“这倒是个罕见的策马驰骋的好地方。”

“您势必会这么想的，但是我要说的是，到现在为止，这样的念头已经赔进去不计其数的性命了。您能看到那些密集分布着嫩绿草地的地方吗？”

“没错，那个地方看起来似乎比其他地方要肥沃一些呢。”

斯特普尔顿哈哈大笑起来。

“那就是大格林潘泥潭，”他说，“在那儿只要一不留神，不管是人还是牲畜都会丢命的。就在昨天，我还亲眼看见一匹沼泽地的小马在陷到里面去，再也没能够出来。一段时间以后我还看见它从泥坑里伸出头来，但是终于还是陷落了下去。即便是在干旱的月份，经过那儿也不安全，下了几次秋雨以后，就越加恐怖了。但是我却能够将通往泥潭中间去的路找出来，并且还有把握能够完好无损地回来。天哪！又一匹可怜的小马掉到里面了。”

此刻我也见到一个棕色的东西正在那蓝色的苔草丛中挣扎着，脖子不断扭动着试图弹出来，随后发出一阵哀鸣声，这令人心惊的绝望的叫声在沼泽地里面传出阵阵回声。我被吓得几乎全身冰凉，但是却有点儿无动于衷。

“完了！”他说，“它已经彻底地陷到这泥潭里面去了，这里两天内就死了两匹马，以后还不知道会有多少马掉进去；因为在干巴巴的天气里，它们已习惯了往那儿跑，但是它们陷进泥潭以前是不

会知道那儿干燥和雨后有什么不一样的。格林潘大泥潭简直就是个鬼地方。”

“但您刚才不是说过您知道如何过去的道路吗？”

“是啊，这儿有一条小道，只有动作很敏捷的人才能穿行过去，我已经发现了这条道。”

“可是，为何您会有走入如此令人心惊的地方的念头呢？”

“啊，您看见那边的小山丘了吗？那真像是四周被不能通过的、历史悠久的泥潭隔开的小岛。倘若您能够想办法到那里去的话，那里才会见到罕见的植物和蝴蝶呢。”

“有时间我也去试试运气。”

他猛然间一脸惊愕地盯着我看起来。

“一定要放弃这个想法，”他说，“那么一来就相当于我亲手杀了您。我敢担保，您很难会活着回来的，我也是完全凭借着记住一些杂乱的地标才能找到那里的。”

“天哪！”我大叫一声，“那是什么？”

一声悠长低沉、凄凉得无以言表的哀叫声充满了整片沼泽地，布满了整个空间，但是不能说明是从什么地方传出来的。最开始是隐约不清的哀号声，之后又变成了低沉的怒号，紧接着又变成了十分忧郁但充满节奏感的号叫的声音。斯特普尔顿脸上带着好奇的神情看着我。

“这个沼泽地可真是个充满神奇的地方啊！”他说。

“这到底是什么呢？”

“农民们都说那是巴斯克维尔的猎犬在寻觅猎物。之前我曾经也听说过几次，但是却从未有这么响亮的声音。”

我内心惊恐得一个劲儿地打哆嗦，一边往周围看着那生长着一片片绿色树丛的高低起伏的原野。

**词语解释**

惊愕：因惊奇而发愣。

**同步思考**

请关注犬吠声时斯普尔顿的神情，这“好奇的神情”是因为什么呢？或者是预示着什么呢？

在那广阔的原野之上，除了有两只大乌鸦在我们身后的岩石上高声鸣叫之外，再没有任何的声响了。

“您是一位接受过教育的人，想必不相信此类流言蜚语吧？”我说，“您想这种怪叫声是从哪里传出来的呢？”

“有的时候，也会有一些古怪的声响从这泥潭中传出来。烂泥下陷或者是地下水往上冒，或是什么其他的缘故。”

“不对不对，那分明是动物鸣叫的声响。”

“啊，可能是吧。您听到过鹭鸶的叫声吗？”

“没有，我从来都没有听过这种声响。”

“在英伦这是一种很罕见的鸟——差不多已经灭绝了——但是在沼泽地里可能还有。没错，即便我方才听到的是很难一见的鹭鸶的叫声，这也完全没有什么值得奇怪的。”

“这可是我一辈子中听见的最吓人、最古怪的叫声了。”

“没错，这里可真是一个充满神秘且十分恐怖的地方啊。您看小山的那边，您认为是什么呢？”

整个陡峭的山坡上全都是灰色石头围起来的圆形的断壁残垣，最起码有 20 处。

“那里难道是羊圈吗？”

“不，那是我们令人尊敬的祖先的住所，在史前时期有特别多的人居住在沼泽地里，因为从那时开始再也无人在那儿住过，因此我们看见的那些布置细微的地方是他们离开小屋之前原封不动的样子。那些便是他们缺少了屋顶的房子，倘若您因为感到好奇而去屋子里转上一圈的话，您还会见到床和炉灶之类的东西。”

“简直够得上一个市镇的规模呢。有人居住是在什么时候呢？”

“或许是在新石器时代吧——具体的年份已经

**词语解释**

断壁残垣：残垣，倒了的短墙。垣，矮墙，也泛指墙，多指废墟。形容房屋遭受破坏后的凄凉景象。

查不出来了。”

“他们当时都干什么呢？”

“他们在这些山坡上面放牛，当青铜刀取代了石斧之后，他们就知道了应该如何开掘锡矿。您看见那边山上的那些壕沟，那就是它们当年开掘后留下的痕迹。当然，华生医生，您将会看到沼泽地的一些奇特之处的，噢，抱歉，请稍等一下！肯定是赛克罗派德大飞蛾。”

**词语解释**

壕沟：作为保卫或圈围用的明沟。

一只弄不清是蝇或者蛾的东西横穿小路，飘然而过，一瞬间斯特普尔顿就迅速有力地扑了上去。令我感到非常惊诧的是那个小动物竟然径直向大泥潭飞了过去，但是我的朋友则将他手里那张绿色的网舞动着，跳动在一簇簇小树之间，对它紧追不舍。他身穿灰色的衣服，加上忽然跳跃、弯曲前行的动作，使他本身看起来就好像是一只大飞蛾。我既对他那充满灵敏性的动作充满羡慕，又很担心他会失足于那不知道深浅的泥潭当中，我站在那里盯着他向前扑去。因为听见走路的声音，我调过头来，看见在我附近的路旁有一位女子，她是从飘荡着一缕烟雾、证明是梅利皮特所处之地的方向而来，因为一直都被沼泽地低洼的地方挡着，因此直到她走到近前时我才发现。

我敢断定，她就是我曾经听说过的斯特普尔顿小姐，因为沼泽地里面并没有太多的太太和小姐，并且还曾听人说过她是个美人儿。朝我走过来的这个女人，真的是应该归入非凡的一类。兄妹二人外貌迥异，可能再也找不出比这还要明显的了。斯特普尔顿皮肤的颜色适中，有一头浅发和一双灰眼睛；而这个女子的肤色比任何一个我在英伦见过的女子都要深上许多，她的身段修长，面容姣好。她天生一副傲慢而漂亮的脸，相貌端正，如果没有美感的双唇和漂亮而又热切的黑眼睛相配的话就会显得冷漠了。她有着十分完美的身材，并且在她那一身华服的映衬之下简直就是沼泽地小路上的神秘的幽灵。在我回转过身子时，她正望着她的哥哥，接着她就迅速朝我走来。我脱掉帽子刚想讲几句解释之言，她的话就将我引入一条新的思路上。

“赶紧走！”她说，“马上回到伦敦去，立刻！”我充满惊诧地呆呆地盯着这个姑娘。她的眼冲着我放射出咄咄逼人的光，一只脚烦躁地在地面上跺着。

**嵌记妙语**

这令华生非常吃惊，一个不同寻常的要求，而且出自斯特普尔顿小姐之口，让人感到莫名其妙。但却渲染出案情更诡异的氛围。

“为何你觉得我应当走呢？”我问。

“我无法做出解释。”她轻轻地恳求道，带着一种怪异的大舌音，“但是请您看在上帝的分上一定要相信我的话，赶紧走吧，再也不要回到这片沼泽地上来。”

“可是我才刚刚到这里啊！”

“您啊，您这个人哪！”她大叫道，“难道您丝毫不认为我的警示对您是非常有帮助的吗？回到伦敦去吧！今天晚上就走！无论如何您都要从这里离开！嘘，我哥哥过来了！关于我刚才所说的话，您一个字都不要提。麻烦您把杉叶藻旁边的那一枝兰花摘下来给我好吗？我们这片沼泽地上生长着非常多的兰花，但是很显然，您来的过于晚了，所以您已没办法见到这里的美景了。”

**词语解释**

杉叶藻：具匍匐根状茎，生于泥中。茎直立，不分枝，全株无毛。茎的下部沉水，上部浮水或挺水，高20—80厘米，圆柱形，具关节。叶线形或圆形，叶6—12片，轮生质软，全缘，不分裂，长1—2.5厘米，顶端钝头，基部无柄，生于水中的叶较长而质地脆弱。

斯特普尔顿已经不再捕捉那个小虫，来到了我们身旁，因为疲劳而气喘吁吁，而且满脸通红。

“啊哈，贝莉儿！”他说。但是以我所见，他的这声招呼并没有什么真诚在里面。

“啊，杰克，您很热了吧？”

“嗯，刚才我去追赶一只赛克罗派德大飞蛾去了，就是那种晚秋时节很难见到的一类。可惜的是我并没捉到它！”他心不在焉地说，但是他那炯炯有神的小眼睛却不停地扫视着我和那个女子的面孔。

“看来你们已经向彼此做过自我介绍了。”

“是的，我正在对亨利爵士说，他来得太迟了，已经看不见沼泽地的真正的美景了。”

“啊，您认为他是谁呀？”

“我认为这位先生一定是亨利·巴斯克维尔爵士。”

“错了，错了，”我说，“我是华生医生，一个身份低微而又平凡的人，我是爵士的朋友。”她那表情丰富的脸因气恼而涨得通红。

“我们竟然会在误会中聊了起来。”她说。“啊，没事，你们只聊了一会儿。”她的哥哥在说这话的时候已经用他那充满疑惑的眼光紧盯着我们。

“我没有把华生医生当客人看待，而是把他看成这里的住户同他聊天，”她说，“对他来说，兰花开的迟早并不会有太大的关系。但是还是走吧，难道您不想去参观一下我们在梅利皮特的住所吗？”

走了不远的路就到了，是一座沼泽地上的冷清孤寂的房屋，在过去这儿还繁华时是一个牧人的农舍，但是如今在一番改建之下，已经成了一处样式新颖的住所了。四周被果园围着，但是那些树就如同是沼泽地里普通的树一样，都是又低又矮，而且发育不良的，这里给人一种郁闷的感觉。一个怪模怪样、瘦削、显得和这座屋子很般配的、衣服破旧掉色的老男仆把我们请到了里面。房子的面积非常大，屋子里面布置得井井有条，在这里我能够看出那位女士的爱好是什么。我从窗子里往外看去，那一望无际的、布满了花岗岩的沼泽地，无止境地向远方的地平线处起伏着。我突然感到非常纳闷，为何这位接受过高等教育的男子和这位如此美艳动人的女士会在这里居住呢？

“找了个奇怪的住处，对吧？”他像回答我所想象的问题一样说，“可是我们却能够在这里住得非常惬意，你说对吧，贝莉儿？”

**词语解释**

井井有条：井井，形容整齐有条理的样子。形容条理分明，整齐不乱。

“是非常快乐。”她说，但是她的口气却颇为勉强。

“我过去建了一个学校。”斯特普尔顿说，“那样的事业在北方，对于我这种性情的人来说，不免会有一些单调和无聊。但是，能够同年轻人一起生活，并对他们提供帮助，培育他们，并且用自己的品德和志向影响年轻人的心灵，这对于我来说却是非常珍贵的。可是我们并不幸运，学校里出现了很厉害的传染病，死掉了3个男学生，在这种沉重的打击下，学校再也没能恢复，我的钱也大部分无法挽回地赔掉了。可是，倘若不是因为将与那些可爱的孩子们一起生活的乐趣失去的话，原本我可以不将这个倒霉的事情铭记于心的。因为我非常爱好动物学和植物学，在这儿我找到了无限的资源可以让我进行钻研，并且我妹妹也同我一样深深地爱好对大自然的考察工作。华生医生，您的表情已经告诉我，这所有的事情从您看到我们窗户外面那片沼泽地开始都已经钻到您的大脑里面去了。”

“我确实想过，这儿的生活对您妹妹或许有点儿乏味无聊，可是对您还略微好一点儿。”

“不，不，我从来都不觉得乏味。”她急忙说。

“我们这里有非常多的书，还有我们的科研项目和一群非常有趣的邻居们。莫蒂默医生在医学界里是个知识渊博的人！不幸的查尔斯爵士也是个可爱的伙伴。我们对他相当了解，而且对他还有着无言的思念。您认为我今天下午是否应当冒昧地对亨利爵士进行拜访呢？”

“我相信他一定会对您十分欢迎的。”

“那么，最好请您顺便打声招呼，就说我想去。可能在他适应这种新环境之前，我们能尽微薄之力，以便让他早日安顿下来。不知道华生医生是否有兴趣到楼上去看一下我收集的鳞翅类昆虫呢？我认为

**嵌记妙语**

斯特普尔顿和他的妹妹对待华生医生非常地热情，他的到来无非是给他们增添了很多乐趣，他们邀请他参观他们所生活的环境，斯特普尔顿甚至邀请他参观他搜集的鳞翅类昆虫。

那已经是在英伦西南部所能够收集到的最完备的一套了。当您参观完以后，大概午餐也就准备好了。”

但是此刻我已经非常急于想回去看我的委托人了。阴森的沼泽地、可怜的小马丧命和那同巴斯克维尔的猎犬的吓人的谣传是有关系的、让人不寒而栗的声音，所有这一切都在我的心里罩上了一层忧郁的色调。在我那隐约的印象中，斯特普尔顿小姐明确的警告不断地浮现出来。她那个时候说话的态度那么真诚，让我不能继续对在这警示的背后肯定有着深刻而严重的理由起疑心了。我婉言谢绝了要将我留在这里共进午餐的邀请，即刻踏上了回去的路，顺着我过来时的那一条长满野草的小路往回走去。

似乎同路熟的人必定能发现近路一样，在我还没有踏上大路时，我就惊讶地发现斯特普尔顿小姐正在路边的一块石头上坐着。因为经历过了一阵剧烈的运动，她的面色看起来有些红润，她的双手在腰部叉着。

“为了拦住您，我一下就跑到这里来了，华生医生，”她说，“我甚至都没顾得上戴帽子。我不能在这儿久留，要不然我哥哥就会因为我不在而觉得孤独了。我因为我所犯下的愚昧的错误向您道歉，我竟然会将您误认为是亨利爵士。请将我刚才的话忘了吧，对您来说毫无用处。”

“但是我是不会忘记的，斯特普尔顿小姐，”我说，“我是亨利爵士的朋友，我深切地关心着他的幸福。能否告诉我为何您如此迫切地想让亨利爵士回伦敦呢？”

“华生医生，那只不过是一个女人的一念之差罢了。当您对我有一定的了解时，您就会知道，我对我个人的言行并非都能讲出什么理由来的。”

“不是的，不是的。我现在还能记得起您那颤抖的声音以及您那急迫的目光。斯特普尔顿小姐，

**词语解释**

一念之差：念，念头、主意；差，错误。一个念头的差错（造成严重后果）。

我希望您能够向我如实告知，从我到了这里，我就感觉这里面四处充满疑问，值得我怀疑。生活已经变得像格林潘泥潭似的了，周围绿林密集，人们将在那儿落入泥中，而没有人能为他指明一条脱身的道路。请您告诉我，究竟您是什么意思啊，我保证会将您的警告转告亨利爵士。”

她的脸上有一种迟疑不定的神情一闪即逝，但是在回答我时，她的双眼立刻又变得坚定起来。

“华生医生，我看您是多虑了，”她说，“我和哥哥一听到查尔斯爵士的不幸之后都非常惊诧。我们同这个老人相互非常了解，因为他最爱经过沼泽地来我们的房屋这里散步，他家的霉运深深地影响着他。当这惨剧真的发生之后我才感到他之前所显示出来的恐惧都是有原因的。如今当这里又有人到这儿来住时，我感到担心，为此我认为，对于有可能还会发生在他身上的危险，应当给予警示。这就是我想转达给亨利爵士的所有的想法。”

“可是您之前说所的危险究竟是什么呢？”

“您知道那条猎犬的事情吧？”

“对这种无凭无据的话我是不信的。”

“但是我信。倘若您的话能够影响到亨利爵士的话，就请一定让他离开这令他们整个家族都遭遇不幸的不祥之地吧。天下这么大，容身的地方应有尽有，为什么他非得住在这么不安全的地方呢？”

“亨利爵士恰恰是因为这里是个不祥的地方才搬过来的，他的性格使然。除非您能再为我提供一些比这还要详细的材料，要不然，要想让他离开这儿或许很难。”

“我压根不知道什么详情，你还想让我说出什么来呢？”

“我想再向您提出一个疑问，斯特普尔顿小姐。倘若您当时想要告知我的就是这些话，那为何又不

**同步思考**

是什么原因使得亨利搬到这个不安全的地方的？

愿意让您的哥哥知道呢？其中并没有让他或者是其他人不赞成的地方啊。”

“我哥哥高兴这所庄园里有人住，他认为这是对当地穷人有利的事情。倘若哥哥知道我劝亨利爵士离开这里的话，那他一定会很不高兴的。我已经尽我所能了，我再也没有什么想说的了。现在我不得不回去了，否则哥哥见不到我会起疑心的。再见！”她回转身子走了，没过几分钟就在乱石之中没了踪影，而我就满怀着无以言表的惧怕赶紧回到了巴斯克维尔庄园。

# 第八章　华生医生的第一份报告

从事情一开始我就把一切都按先后顺序，把我写给夏洛克·福尔摩斯先生的信件抄录下来。现如今这些信件就在我面前的桌子上放着，在这其中，有一封已经丢失了，我知道我对这件事的记录是非常属实的，没有丝毫出入。我对这些可悲的事件记得很清楚，当时那种感觉和怀疑一定在信中反映出来了。

亲爱的福尔摩斯：

之前我给您发的信件和电报中，已经向您告知了这个世界最荒凉的角落里面所发生的种种最新状况。人在这里待久了，心灵中便会深深融入沼泽地的精神，融入其广袤与博大，也融入其严酷的魅力。只要一接近这个沼泽地的核心地带，就即刻会将英国所有的现代痕迹都抛到九霄云外。另外，在这个地方，到处都能见到史前人类居住过的房屋以及他们劳作过的痕迹。散步的时候，四周到处都能看到人类住过的屋舍，而房子的主人早已湮灭在历史的长河中了，这里还有古人的坟墓和整块石头的巨大石雕，那可能是当时的庙宇遗迹。在那一道又一道疤痕一般的岩石山坡上见到灰色石块垒成的小屋子会令人忘记了我们现在所处的这个年代。假如低矮的门洞里真的爬出身披兽皮、毛发散乱的野人，看着他将带有燧石箭头的箭搭在弓弦上，人们也许会感到非常自然，甚至感到比现代人出现在这里更自然。最令我感到奇怪的是这块无比贫瘠的土地之上竟会居住着如此稠密的人口。我并不是个考古学家，可我能想象得出，这里的居民都是些不善争斗而且受人蹂躏的种族，被迫蛰居在这块没人愿意要的地方。

**词语解释**

蹂躏：践踏，踩。比喻用暴力欺压、侮辱、侵害。

当然了，这与您将我派到这里所执行的任务丝毫没有任何关系，并且，对于您这样一个务实的人而言，这些介绍会令您感到十分乏味。我还记得，我们谈论究竟是太阳围着地球转还是地球围着太阳转时，您表现出漠不关心的态度。那就让我回到关于亨利·巴斯克维尔爵士的事情上来吧。

之所以您前几天没有收到我的报告，是由于到现在为止我也没有发现什么值得向您报告的重要情况。可是，后来发生了一件非常令人惊讶的事情，我现在就及时向您报告。我首先要让您了解到整个情况中的一些彼此相关的事实。

其中之一是关于我很少谈到的沼泽地里的那个逃犯。现已有充分的理由，可以相信他已经跑了，本地区居住分散的居民因此可以大大松一口气了。从他越狱到现在已经有两周了，在此期间没有人见到过他，也没有关于他的任何消息传来。确实很难想象，他在这段时间内能始终藏身在沼泽地里。当然，在沼泽地上藏身是毫无困难的，任何一所小石屋都可以充当他的藏身处。但是倘若他不将沼泽地里的羊进行扑杀的话，那他就没有任何可以食用的食物，

所以人们据此推断，他已经逃走了。这样一来，那些分散住在边远地区的农夫们就可以睡安稳觉了。

庄园上住着4个身强力壮的男人，相互照应是没问题的。但是我必须要承认只要我一想到斯特普尔顿一家，我的心就会十分不安。他们住在一个孤立的地方，遇到事情，方圆几英里找不着人帮忙，家里只有一个女仆、一个老男仆和他们兄妹二人，而那位哥哥也不是个身体很强壮的人，假如那个从诺丁山逃出来的亡命徒闯进去，他们定会束手无策呢。亨利爵士和我对于他们的情况都非常地关心，而且我们还向兄妹俩建议让马夫珀金斯到那里与他们一起睡觉，但是斯特普尔顿却丝毫不以为然，将我们的好意谢绝了。

事实上，我们这位准男爵朋友已经渐渐对那位女邻居表现出了相当大的兴趣。这也没什么奇怪的，他本来就是个好动之人，在这样孤寂的地方，并且她也是一个非常吸引人的美人儿。她有一种热带的异国美貌，她哥哥却既冷淡又不易动感情，兄妹俩真有天壤之别，但是，他也让人体会到，在他内心深处潜藏着烈火般的情感。有一点是十分肯定的，他对她有很大的影响力，我已经观察到，每当她开口说话的时候，都会不时地瞟上他一眼，似乎她说的每句话都需要征得他的同意，我相信他会善待自己的妹妹。他的两眼炯炯有神，薄嘴唇的形状露出坚定，这些特点往往让人联想到性格果断，甚至有可能联想到粗暴的性格。你一定会认为这个是您非常有趣的研究对象。

我们见面后，他当天就来拜访巴斯克维尔。他又在第二天早上带着我们去沼泽地里看传说中放荡的雨果曾经出事的地方。我们在沼泽地里走了好几英里才到那儿，那地方十分荒凉阴郁，能让人触景生情，联想起那个故事。在两座崎岖的山冈之中，我们发

**词语解释**

触景生情：指受到眼前景物的触动，引起联想，产生某种感情。

现了一条并不是很长的山沟，沿着山沟走过去是一片非常开阔的空地，那里的野草十分繁茂，四处都点缀着羊胡子草。空地中央耸立着两块大石头，顶端已风化成了尖的，活像某种巨兽的獠牙。在这片沼泽地上，处处都与传说中那个旧时悲剧的情景相符。亨利爵士对此兴趣盎然，并且他还不断地问斯特普尔顿是否会相信妖魔鬼怪会对人类进行干预的事情。尽管他问话的口吻很是漫不经心，但是我已经看出他内心深处将此事当真了。斯特普尔顿回答得十分谨慎，很容易感觉到，他尽量避免正面回答，不愿把自己的意见全部表达出来，似乎唯恐影响到准男爵的情绪。他同我们讲述了一些与其类似的事情，他说有一些家庭也曾经遭受过恶魔的骚扰，这令我们感到他对于这件事的看法与普通人毫无两样。

归途中，我们访问了梅利皮特宅子，在那里吃了午饭，亨利爵士和斯特普尔顿小姐就是在那里首次见面的。他对于斯特普尔顿小姐是一见钟情，并且我敢说他们是两情相悦，他在我们回家的路上不断提及她。从那天起，我们几乎每天都和他们兄妹见面。

**词语解释**

两情相悦：形容双方对彼此都有好感，反义词是一厢情愿。

今晚他们在这里吃饭，席间就谈起我们下礼拜到他们那里去拜访的计划。或许人们会认为斯特普尔顿会非常愿意这样的结合，但是我却注意到，只要亨利爵士对他妹妹稍加关怀和注视，哥哥的脸上就会流露出十分强烈的反感之情。他无疑非常喜欢妹妹，没有她的陪伴，他的生活会非常寂寞，可是，假如他竟因此而阻碍如此美好的婚姻，那就未免太自私了。我十分肯定，他并不希望他们之间的感情发展成为爱情，并且我还不止一次发现他曾经想尽一切办法避免他俩有单独接触的机会。您指示过我，永远不许亨利爵士单独外出，可是，这本来就有种种困难，现在再加上爱情问题，就更难办了。如果



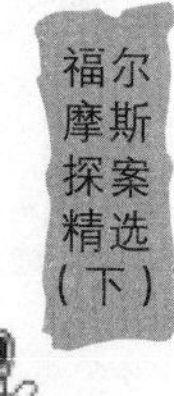

我坚持执行您的命令，丝毫也不通融，那我就可能变成个不受欢迎的人。

莫蒂默在周四那天同我们一起吃饭，他发掘了一座古墓，弄到一个史前人类的颅骨，在一个名叫长山丘的地方，他因此而感到十分激动。他是我见过的最真诚的热心人！后来斯特普尔顿兄妹来了，在亨利爵士的请求之下，这位好心肠的医生就领我们去看紫杉树林荫道，对我们说明查尔斯爵士丧命那天晚上的全部经过。

那是一次十分漫长的步行，让人的情绪十分地阴郁。那条紫杉树林荫道两旁是修剪整齐的高树篱，路两旁各有一条狭长的草地，林荫道尽头有一个破败的旧凉亭。那一扇通向沼泽地的栅栏门开在中央，在那里，老绅士还曾经留下过雪茄烟，栅栏门是一扇装有门闩的白色的木门，木门的外面就是一片广阔无垠的沼泽地。我不曾忘记您对这件事情的看法，因此我还尝试着想象出整个事情的发生过程。大概是老人站在那里的时候，看见有个东西穿过沼泽地向他跑过来，那东西把他吓得像丢了魂似的，他不顾一切地奔跑起来，一直跑到心脏衰竭而死。他就是顺着那条阴森森的长林荫道奔跑的。可是，为什么他要奔跑呢？仅仅就是因为他见到了一只牧羊犬在沼泽地上吗，还是看到了一只默不作声的幽灵大猎犬，抑或是有人在捣鬼？那个皮肤白皙、神色警觉的巴里莫尔是否隐瞒了自己知道的某些情况？所有的这一切都是如此地扑朔迷离，但是，我总是感觉在这幕后有一个罪恶的阴影。

自从上次给您写信后，我又见到另一位邻居，是莱福特庄园的弗兰克兰先生，他住的地方在我们南面，距离约4英里。他是一位有点年纪的人了，但是他的面色却十分红润，他长了一头银发，他的脾气也十分暴躁。他热衷于法律，为诉讼花掉了大

**词语解释**

衰竭：因病而生理功能极度衰弱。

笔财产，他与人争讼，只为体验争讼的快感，同样一宗案子，他根本不在乎自己是站在原告方还是被告方，难怪他会觉得这是个耗资大的娱乐项目呢。他有的时候会将一条路都阻断，而且还会对教区让其让路的命令进行公然的反抗。有时他竟亲手拆毁别人的大门，并声称这里昔日曾是一条通途，为的是有机会反驳原告对他提出的侵害诉讼。对于旧采邑权法和公共权法他都十分地精通，有的时候，他会利用他掌握的知识来帮助弗恩沃西村民维护利益，但有的时候又会利用自己掌握的知识与他们作对。因此，村民根据他当时的所作所为，时而抬着他在村中街上游行庆胜利，有时则以他的名义扎成草人当街焚烧。据说，现在在他的手头还有七宗尚未了结的讼案，而且没准儿这些讼案会将他仅剩的财产全部耗光。到时候，他就像一只拔掉了毒刺的黄蜂，于人无害了，撇开他对法律的热衷，他这个人倒十分和蔼可亲。对他我也就是提一下罢了，因为您曾经嘱咐过我将周围人的情况全都描述给您，现在，他正忙于一些十分莫名其妙的事情。他是个业余天文爱好者，有一架很好的望远镜，他就一天到晚趴在自家屋顶上，用望远镜监视沼泽地，想要找到那个逃犯。倘若他能够将自己的精力全都放在这件事上那倒也是平安无事，但是据谣传说他准备要对莫蒂默医生提起控告，控告的罪名是他尚未得到死者近亲的同意就私自掘开坟墓，原因是莫蒂默医生从长山冈的古墓当中掘出了一具新石器时代的人类颅骨。他的确将我们生活中的单调打破了，并且在大家都急需乐趣之时给我们带来了些许开心。

上面我介绍了那个逃犯、斯特普尔顿、莫蒂默医生、莱福特庄园的弗兰克兰等最新情况。结束这封信之前，我再告诉您一些关于巴里莫尔的最重要情况吧。在这其中，昨天晚上的发展尤为值得关注。



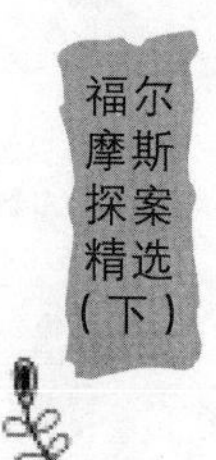

第一件事是关于您从伦敦发过来的那一封有着试探性的电报，当时您发电报的目的是证实巴里莫尔是否真的待在这里。这个我已经对您解释过了，邮政局长的话已经非常明确地证实那次试探没有任何意义，咱们什么也没证明的了。我把事情的真相告诉了亨利爵士，可他立刻直截了当地把巴里莫尔叫来，问他是否亲自收到了那封电报。巴里莫尔说是的。

词语解释

直截了当：了当，干脆，爽快。形容（言语行动等）简单明了，不绕弯子。形容人很直爽。

"是那个孩子亲自将这个交给您的吗？"亨利爵士问。

巴里莫尔显得很惊讶，稍稍考虑了一会儿。

"不是，"他说道，"我当时正在楼上的储藏室里面，这封信是我妻子送上来给我的。"

"是您亲自回的电报吗？"

"也不是，是我告诉妻子应当如何回电报，之后她下楼回的电报。"

当晚，巴里莫尔自己又重新提起了这个问题。

"亨利爵士，我不明白您今早提那个问题的目的是什么呢，"他说道，"难道是我做了什么令您对我失去信任的事情了吗？"

亨利爵士不得不向他保证说，绝无此意，为了让他安心，还把自己的许多旧衣服都送了他。原因是，之前他在伦敦置办的行头已经全都运过来了。

巴里莫尔太太引起了我的注意。她身材笨重，却非常结实，态度很拘谨，令人肃然起敬，几乎有一种清教徒式的严峻，您很难想象出一个比她更难动情感的人了。但是我也曾经告诉过您，在我来到这里的头天晚上就曾听到过她伤心的啜泣，从那之后，我多次见到她脸上挂着泪痕，她的心被沉重的悲哀咬噬着。有时我想，没准她心中存有某种内疚，有时我怀疑，也许巴里莫尔在他家庭里是个暴君。我总觉得在这个人的性格里有些特别可疑之处，可是，昨晚的奇遇消除了我的全部怀疑。

或许这些根本就是一些微不足道的事情。我睡觉向来不沉这是您早就知道的，并且我在这所房子里面要时刻保持警醒，所以，我现在睡觉比起平日里更加不踏实了。昨天晚上，大约在午夜两点钟，我被卧室门外蹑手蹑脚的脚步声惊醒了，我爬起来，打开房门，偷偷往外窥视，只见一条长长的黑影投射在走廊地板上。那是一个手里面举着蜡烛，轻轻地从过道边上走过去的身影，那个人身上穿着衬衫和长裤，脚上没有穿鞋。我只能看到身体轮廓，可是，从他的身材判断，这人就是巴里莫尔。他走得很慢，很谨慎，整个外表有一种难以形容的鬼鬼祟祟模样。

我之前向您进行过描述，环绕在大厅上方的走廊中间有一段阳台，在阳台的另外一侧又是一个走廊。我一直等到他走得看不见了才跟踪过去，当我走近阳台的时候，他已走到走廊另一端的尽头了，我看见一扇开着的门里射出了灯光，就知道他进了一个房间。因为这些房间里面现如今既没有任何陈设也没有人在里面居住，所以他的举动就更加显得诡秘了。灯光很稳定，似乎他是在一动不动地站着，我蹑手蹑脚、尽量不出声地沿走廊走去，并从门边向屋里偷看。

巴里莫尔弯着腰站在窗户跟前，手里面拿着蜡烛，凑近窗户玻璃，我能够见到他头部侧面的轮廓，他向那一片漆黑的沼泽地进行观望的时候，他的表情是严肃而又十分焦急的。他站在那里仔细观察了几分钟，然后深深叹了一口气，以一种不耐烦的手势弄灭了蜡烛。我尽快潜回自己的卧室，没过多久就听到门外传来鬼鬼祟祟的脚步声。过了许久，就在我即将进入梦乡的时候，我听到了有人拧门锁的声音，对于这些声音传来的准确方向我无法确定，也猜不出来这声响背后的意义，但是我坚信，在这

**词语解释**

鬼鬼祟祟：祟，鬼怪所造成的灾祸。鬼祟，鬼怪作祟，作弄。形容行动偷偷摸摸，不光明正大；或者心怀鬼胎，暗中使用诡计。

**嵌记妙语**

自从华生来到这个神秘阴森的房子之后，他对巴里莫尔很是好奇，根据他的观察，巴里莫尔在大家都已入睡的夜里拿着蜡烛观看那片沼泽地，又不耐烦地把蜡烛弄灭了，没过多久，华生又听到他的卧室外面传来鬼鬼祟祟的脚步声和拧门锁的声音，这一切都让华生怀疑巴里莫尔很可能就是这个案件的参与者。

幢阴森的房间里，正在发生一件十分隐秘的事情，我们迟早会将这件事弄个清楚明白。我不愿拿我的看法来烦扰您，您已经说过要我只把事实提供给您。今天早晨我曾和亨利爵士长谈了一次，根据我昨晚所做的观察，我们已拟订了一个行动计划。现在我还不想说，但是我们的行动计划势必会令我的下一篇报告读起来充满极大的趣味性。

华生

10月13日于巴斯克维尔庄园

# 第九章　沼泽地上的灯光

（华生医生的第二份报告）

亲爱的福尔摩斯：

在我刚刚担当这个使命的时候我很遗憾未曾向您提供更多的有利消息，但是，相信您很快就会发现我正尝试着努力将之前的遗憾赶紧弥补过来。而且，我们周围现在正发生着越来越多的事件，情况也变得越来越复杂了。我的上一篇报告，以巴里莫尔站在窗前观望结束，如果我估计正确，您看到我所掌握的材料一定会大吃一惊的，事情的变化出乎我的意料。在刚刚过去的两天里，这几个方面事情的脉络已经逐渐清晰起来了，但是另外一些方面似乎又变得更为纷繁复杂了。下面，我还是按照您之前的嘱咐，将事情向您转述，之后您再做出判断。

**词语解释**

纷繁复杂：头绪、表象多而且复杂。

我发现那桩怪事后，第二天早饭以前，我再次穿过走廊，察看了一下昨晚巴里莫尔去过的那间屋子。他曾经专心致志地透过那一扇窗户向窗外进行张望，那是一扇朝西面敞开的窗户，我发现这扇窗户同屋子里的其他窗户都不一样，原因是这扇窗户是面向沼泽地里的，从这里可以对整个沼泽地进行俯瞰，并且，这个厢房所处的位置也是与沼泽地最近的，可以透过两棵树之间的空隙一直向外眺望，倘若从其他的窗户向外张望也就只能见到沼泽地的一小部分而已。因此可以推论出，巴里莫尔一定是在看沼泽地上的某种东西或某个人，要达到这种目的，只有这个窗户才适合。那天夜里非常黑暗，因此我很难想象他能看到什么人。我猛然间想到或许他是在搞婚外恋，这也就可以解释为何他要这样偷摸行动，又为何他的妻子情绪会一直波动。他是个相貌出众的人，是能迷住一个乡村女子的，因此这一理论看来还是有些根据的。后来我回到自己房间后听到开门声，可能是他出去幽会了。所以我在早晨的时候就自行推敲起来，虽然结果或许也证明了这样的怀疑是没有任何根据的，如今我还是要将我的怀疑逐一向您叙述。

不管巴里莫尔的行为该如何解释，我都觉得自己无法单独承担这个责任，于是，早饭后我到准男爵的书房去找他，把我见到的事都告诉他了。但令我感到十分意外的是，准男爵听到我的讲述之后丝毫没有感到任何的吃惊。

**同步思考**

准男爵听到华生所讲述的他观察到的巴里莫尔的事情之后，有什么大反应吗？

“巴里莫尔在夜里经常走动的事情我早就知道了，我也曾想找他好好谈一谈这件事，”他说道，“我两三次听到他在过道里走过的脚步声，时间恰好跟您所说的一样。”

“那么，说不定每天夜里他都会去那一扇窗户跟前向外张望呢。”我提醒他说。

“也许吧。如果真是这样的话，咱们倒可以跟踪一下，看一看他究竟在干什么。倘若您的朋友福尔摩斯在这里的话，他会如何处理呢？”

“我相信他一定会采取行动，”我说道，“就像您建议的那样，跟踪巴里莫尔，看看他干些什么事。”

“那我们不妨就一起来干这件事吧。”

“可是，他一定会听到咱们的。”

“他的耳朵有一点背，并且，咱们不管怎样都要将这个机会抓住。咱们今晚就一起坐在我屋里，等他走过去。”亨利爵士兴奋地不断地搓自己的双手，很显然，他对这次冒险十分感兴趣，因为这将他在沼泽地生活的沉寂很好地打破了。

准男爵联系了曾为查尔斯爵士拟订建筑计划的建筑师和伦敦的承包商，因此，我们不久便会看到，这里的面貌要发生巨大的变化。他同时还联系过普利茅斯的装修工人和家具商。我们这位朋友既有充足的资金，又有远大的抱负，他要不辞辛苦、不惜代价恢复这个名门望族的辉煌。等到将这座房子的增建全都装修好了之后，家里面就缺一位女主人了，这话你我心知肚明就好了，我从一些确凿的迹象中看出，只要那位女士点头，他简直是求之不得的。我很少会见到一个男人像他那般如此痴迷于一个女子，他对我们那位漂亮的邻居斯特普尔顿小姐深深着迷了。然而，真挚的爱情发展得并不像人们期望的那么顺利。爱情之海的平静水面今天就让一阵意想不到的波澜搅乱了，给我们的朋友造成了相当大的困惑和烦恼。

**词语解释**

名门望族：指高贵的、地位显赫的家庭或有特权的家族。

在上面那一段关于巴里莫尔的谈话结束了之后，亨利爵士将帽子戴在头上准备出门，当然，我也预备要跟他一起出去的。

“怎么，您也去吗，华生？”他问道，眼睛里露出好奇的神色。

“那就要看您是否想要去沼泽地了。”我说。

“我就是去那儿。”

“可您知道我接受的指示。倘若您因此受到妨碍，我只能说声抱歉，但是，您也听过福尔摩斯先生对我郑重其事的要求，他坚持说我一定要跟在您的身边，特别不能让您单独去沼泽地。”

亨利爵士面带愉快的微笑，搂着我的肩膀。

“我亲爱的伙伴，”他说道，“尽管福尔摩斯非常地聪明，但是他并未能预见到我到了沼泽地之后发生的事情啊。您明白我的话吗？我相信您绝不愿意做妨碍别人的事。我非单独出去不可。”

这事让我左右为难了，我不知道该说什么，也不知道该怎么办才好。他在我尚未打定主意的时候就提起手杖出门了。

我将此事反复考虑了几遍，觉得良心在强烈地谴责我，因为我竟在心里找托词，让他从我身旁离开。一旦因为我没能听从您的指示而导致不幸的事发生，我就只能向您进行忏悔，我甚至能够想象得出我那个时候会有什么样的情感。说真的，我一想到这里脸都红了。也许现在去追他还不算太晚，于是，我马上出发，朝梅利皮特宅子方向奔去。

我以自己最快的速度沿着小路匆匆赶去，一直赶到了那个通往沼泽地的小路的岔口处。我在岔口担心将方向弄错，就登上了那个采石场的小山丘上居高临下地远眺。我马上就看到他了，他正在沼泽地的那条小径上走着，距离我大约1/4英里，身旁还有一位女士，那位女士除了斯特普尔顿小姐还能是谁呢，显然他俩之间已有了默契，而且这是个事先定好的约会，他们一面缓缓散步，一面深入交谈。我远远望着她双手微微地做着十分急促的手势，看起来她说的话是充满真诚的。他聚精会神地听着她所说的话，有那么一两次他还非常干脆地摇着头表示对她所说的话反对。我站在岩石中间望着他们，不知道下一步该怎么办，假如跟上去打断他们的亲密交谈，那简直像是桩暴行，而我的责任却是一时一刻也不能让他离开我的视线。对朋友进行跟踪和

**词语解释**

郑重其事：郑重，审慎，严肃认真。形容说话做事时态度非常严肃认真。



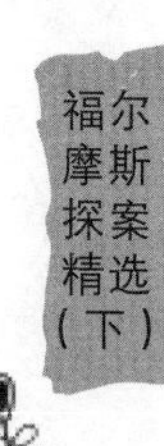

窥视可真是一件令人厌恶的任务，虽然是这样，我只能站在山上对他进行观察，等到事后再对他进行坦白以求得心里的安宁，除此之外，我别无他法。说实话，如果当时突然发生某种危险，对他构成威胁，我离他就太远了，无法及时援助。我坚信您与我的看法是一致的，处于这种位置的我是十分困难的，并且我也再没有其他好办法了。

后来，咱们的朋友亨利爵士和那位女士停下了脚步，站在那里全神贯注地谈着话。我突然发现，偷窥他们会面的并不止我一个人，因为我瞥见一个绿色的小东西在空中晃动，又看了一眼，才发现那绿色的东西是装在一根杆子的顶端，拿杆子的人正在坎坷不平的地方走着。原来那个窥视的人正是拿着扑蝶网的斯特普尔顿，他与那对情侣之间的距离可比我要近得多了，似乎正在走向情侣所在的位置。正在这时，亨利爵士突然将斯特普尔顿小姐拉到自己身旁，伸出胳臂搂住她，我仿佛看到，她把脸扭向一旁，竭力想从他怀抱中挣脱出去。亨利爵士的脸俯向她，但是她却将自己的一只手举起来，似乎是在对此表示抗议，随后我见到他们一阵慌乱后急忙分开，将身子转过去，原因是他们受到了斯特普尔顿的搅扰。他朝他俩狂奔过去，那只捕蝶网在他身后乱摆，显得很滑稽。他冲着那对爱侣指手画脚，几乎像是在舞蹈，显得情绪很激动，可我想象不出这出戏究竟是什么意思。看起来，亨利爵士是遭到了斯特普尔顿的责骂，亨利正竭尽所能地解释，但是对方却拒绝接受，于是，爵士的解释也变得充满怒气，那位女士在旁缄默不言，摆出一副十分高傲的架势。最后斯特普尔顿转过身，模样专横地向他妹妹招了招手，她看了亨利爵士一眼，样子显得犹豫不决，最后还是跟她哥哥并肩走了。从斯特普尔顿的手势足以看出他对妹妹也表示出了同样的不

**词语解释**

全神贯注：贯注，集中。全部精神集中在一点上。形容注意力高度集中。

犹豫不决：犹豫，迟疑。拿不定主意。

快。准男爵望着他们的背影站了一会儿，然后慢慢沿着来路往回走，一路上低着头，一副典型的沮丧神态。

我也不知道自己究竟是什么想法，就是感觉趁着朋友不注意的时候偷窥人家的亲昵行为是非常令人羞愧的，于是我顺着山坡跑了下去，想要同准男爵相遇在山脚下。他气得满脸通红，紧皱着双眉，就像个智穷才竭不知所措的人一样。

“天哪！你是从哪里冒出来的啊，华生，”他说道，“莫不是您竟然违背誓言，跟踪我？”

我把一切都解释给他听了：我如何感到无法独自待在家里，如何循踪追他，以及看到了发生的一切。他听得两眼冒火，充满怒气地盯着我，但是我的坦白却很快冲淡了他的怒气，他最后忍不住笑出声了，声音里还带着些许悔意。

“我原以为平原中心是个不会被人发现的可靠地方呢，”他说道，“可是天哪！似乎整个乡的人都跑出来观看我求婚，并且还是如此糟糕的一场求婚！您订的座位在哪儿呢？”

“就在那座小山上。”

“原来您是坐在距离现场很远的后排啊！但是她哥哥却毫不客气地冲到了前排来。您看到他向我们跑过去了吗？”

“看到了。”

“不知道之前您是否见过她哥哥像个疯子似的模样？”

“没见过。”

“我敢担保他根本就不是疯子。直到今天为止，我一直认为他是个头脑清醒的人，但是，请您相信我的话，不是他，就是我，总有一个得穿上捆疯子用的紧身衣。但是我究竟错在哪里呢？华生，咱们也相处好几个星期了。你是否能够坦白地告诉我，



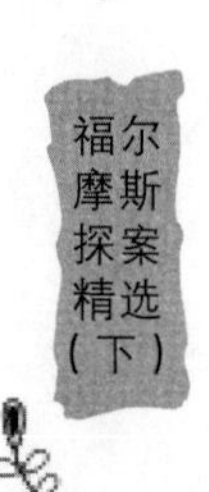

究竟我有何不好的地方竟然无法娶到我自己深爱的姑娘呢？”

“依我看，没有。”

“他总不会是对我的社会地位有所反对吧？因此，他必然是因为我自身有缺点才讨厌我。他为什么要反对我呢？我一生认识过许多人，无论是男是女，我都没有得罪过。可甚至连我碰她的手指都是要遭到他的反对的。”

“他说过这样的话吗？”

“不仅说了，他还说了很多其他的话。我跟您说，华生，我和她相识虽然只有几个礼拜，可是从一开始，我就觉得她跟我是天造地设的一对，她也有同样的感觉，她觉得和我在一起很快活，对于这一点我敢发誓，因为女人的眼神比语言更有力。但是她哥哥却一直反对我们在一起，今天好不容易找到一个能与她单独相处的机会，这真的是第一次这样的机会啊。她见到我非常地开心，但是之后她又不愿意同我谈情说爱，甚至还对我的爱进行了制止。她就是不断地重复这里非常危险，唯有我离去才会令她感到快乐。我告诉她说，自从我见到她，就再也不想离开这里了，如果她真的想让我走，唯一的办法就是她做出安排跟我一道走。我紧接着说了很多的话，并向她求婚，但是还未等到她的回答，她哥哥就跑了过来，那个神情跟疯子没有区别，脸色煞白，甚至连他浅色的眼睛都像是着火了一样。我对那位女士做了什么？我为的是得到她的爱，哪敢做让她不高兴的事呢？难道我自以为是个准男爵，就为所欲为了吗？倘若他不是她哥哥的话我应付起来也就会方便很多了。可我当时只能对他说，我爱他妹妹，而且并不以自己有这样的感情感到丢人，而且我希望她能做我的妻子。结果他听了我的话之后，态度没有任何的好转，最后我也忍不住发脾气了。

**词语解释**

天造地设：造，制作；设，安排。指事物自然形成，合乎理想。

糟糕的是她就站在旁边，回想起来，我的有些话可能说得有点过头了。结局您也看到了，他把她带走了，而我呢，感觉比任何人都狼狈，完全不知所措了。华生，若是您能将这件事的缘由告诉我的话，我定会对您心存感激的。”

我当时试着提出一两种解释，可是，说实在的，我自己也彻底感到迷惑不解。要知道咱们的这位朋友从身份、年龄、财产和人品、相貌上来说都是无可挑剔的，除了对他的家族产生威胁而有厄运之外，我简直找不出他身上有任何的毛病。让人感到吃惊的倒是那位哥哥，他丝毫不考虑女士本人的意愿，就粗暴回绝了我们这位朋友向她的求爱。同样让人惊讶的是，那位女士竟然丝毫也不表示抗议就屈从了。不过，斯特普尔顿在当天下午就亲自到访了，这才将我们心里面的猜测平息了。他是为自己早晨的粗鲁态度来道歉的，两人在亨利爵士的书房里谈了很长时间，两方面还商定，我们下星期到梅利皮特宅子去吃饭，这也显示出双方的裂痕基本上消除了。

“我并不是说他来和解就不是个疯子了，”亨利爵士说，“他今天早上朝我跑过来时的那个眼神我很难忘，但是，我必须承认，他的道歉非常圆满和自然。”

“他对自己早上的行为做过什么解释吗？”

“他说他妹妹是他生活的全部，这我也能够理解。他重视她，我也高兴，他们一直生活在一起。按照他的说法，他是个十分孤独的人，他的生活只有妹妹的陪伴，所以，一想到要失去这个妹妹，他的心里就非常难过！他说，他没想过我爱上了她，所以亲眼看到这成为事实，感觉到我可能把她夺走，便大为震惊，一时失去理智，言行完全出轨了。他对早上发生的事情感到非常地抱歉，并且，他还深

**嵌记妙语**

斯特普尔顿非常疼爱他的妹妹，也非常爱他的妹妹，他们两个生活在一起时间久了，他也就习惯了这种相依为命的生活，以致当亨利爵士向她提亲的时候，他甚至失去了理智，生怕别人把妹妹从自己身边夺走，却丝毫没有顾及妹妹一生的幸福。

刻地意识到了自己的想法不仅不明智而且十分自私，他不能将自己的妹妹拴在自己的身边一辈子的。他还说，如果她非离开他不可，他也情愿看到她嫁给像我这样的好邻居，而不是嫁给别人。可是无论如何，这对他是一个打击，因此需要一些时间为这事做好精神准备。他希望我不要太过着急，在今后3个月里面可以培养和妹妹的友谊，但是不要有恋爱结婚的想法，这样他就不会再干涉和反对。这个我表示答应，于是事情也就平息下来了。"

于是，我们那些不多的谜团中，一个谜就这样厘清了，这有点像陷入泥淖，但挣扎中终于碰到了坚硬的地面。我现在才清楚了为何斯特普尔顿会反对男人们追求他的妹妹，即便是亨利爵士如此般配的男人。现在我再从这团乱麻中抽出另一条线索吧，就是关于那个奇怪的夜半哭声、巴里莫尔太太满面泪痕、管家深夜鬼鬼祟祟到西面花格窗前眺望这些事。亲爱的福尔摩斯，赶紧对我进行祝贺吧，您因为信任派我过来，而我也的确没有辜负您的期望，一夜之间就彻底搞清楚这件事了。

我用"一夜之间"这个说法算是个比喻，实际上是花费了两个夜晚的努力，因为头一夜我们什么也没发现。我在亨利爵士的房间里面同他一直坐到了将近凌晨三点钟，但是除了楼梯上那只大钟报时的声音之外，我们没有听到任何的声响。白白熬了一夜，最后我们俩都歪在椅子上睡着了。幸亏我们并没有因此气馁，决定再试一次。第二天夜里，我们捻小了灯头坐在那里，无声无息地抽着烟。时间过得简直太慢了，慢得令人产生质疑，但是我们凭借着猎人狩猎的耐心进行等待，似乎是在对自己设下的陷阱进行监视，期望猎物能够在不经意之间掉进去。钟敲了一下，后来敲了两下，我们几乎绝望了，差一点儿就打算再度放弃，就在这时，一个声

**词语解释**

无声无息：没有声音，没有气息。比喻没有名声，不被人知道。

音让我俩在椅子里猛然坐直了身子，睡意顿时全消，所有感觉重新变得敏锐了。我们听到从过道里面传出来的咯吱咯吱的脚步的声响。

我们听着那偷偷摸摸的脚步声从门外经过，最后消失在远处。准男爵轻轻地将门推开来，我们便开始进行跟踪，那个人转到了回廊中，走廊上是漆黑一片。我们悄悄地走到了另外一侧的厢房里，刚刚好能够看到他那高大的身影以及他脸上的黑色胡须。他弯着腰，踮着脚尖，轻轻穿过走廊，后来就走进上次进去过的那扇门，黑暗中，烛光把门口的轮廓照亮了，一道黄光穿过了阴暗的走廊。我们俩走得异常小心，在将自己全身的重量转移到每一条地板之前，都要小心地进行试探。出于谨慎，我们没有穿鞋，尽管如此，陈旧的地板还是在脚底下咯吱作响，有时候地板的声音相当大，似乎他不可能听不到我们走近的声音，幸亏那人耳朵背，而且正在全神贯注干着自己的事。终于，我们小心翼翼地走到了门口，偷偷地向里面张望着，只见他正弯着腰在窗户前面站着，手里面还拿着一支蜡烛，他那毫无血色的面孔紧贴在窗玻璃上，全神贯注地眺望着窗外，这样的情形同我前天夜里所见到的如出一辙。

我们事先并未约定好行动计划，可是准男爵这个人性子太直，自然采取最直率的办法。他毫不犹豫地走进了屋子里，将巴里莫尔吓得惊跳了起来，他深深地倒吸了一口冷气，站在我们的对面，原本就毫无血色的脸现在更是吓得煞白，全身都在发抖。他看看亨利爵士又看看我，那苍白的脸上，闪闪发亮的黑眼睛里充满了惊恐。

**嵌记妙语**

亨利爵士的率直处处表现出来了，向斯特普尔顿小姐的求婚也如闪电。由此看出，他是个个性很鲜明的绅士，更是一个真诚、有担当的绅士。

“巴里莫尔先生，请问您在这里做什么呢？”

“没干吗，爵爷，”他显然极度惊恐，话都几乎说不出来了，抓着蜡烛的手抖个不停，烛光投下的人影也上下跳动。“爵爷，是这样的，我夜晚的

**词语解释**

巡视：目光来回扫视。

时候都会四处走走巡视窗户是不是都插上了插销。”

“二楼上的窗户？”

“是的，爵爷，所有的窗户。”

“听着，巴里莫尔，”亨利爵士的口吻严厉，“你势必要跟我们讲实话，与其在这磨叽，还不如早点说出来，也免得给我们添麻烦了。不要跟我们扯谎，赶紧说你究竟在窗户跟前做什么？”

那家伙望着我们，一脸的无奈，像个充满疑虑和极度痛苦的人，他两手扭在一起。

“爵爷，我真的没做任何坏事，我只不过是拿着蜡烛在窗户跟前张望呢！”

“可您为什么要把蜡烛拿近窗户呢？”

“亨利爵士，求您别再继续追问了！我跟您说，爵爷，这不是我个人的秘密，所以我不能说，假如仅仅是我自己的事，与别人无关，我就不会对您隐瞒了。”

我突然灵机一动，将蜡烛从管家那颤抖的双手里拿了过来。

“他肯定是拿着这跟蜡烛在向外发信号，”我说道，“咱们就看一看是否有信号回答吧。”我也像管家一样手里面拿着蜡烛，走到了窗户跟前，眺望着窗户外面满目的漆黑一片。月亮被云遮住了，朦胧中，我只能辨别出重叠的黑色树影和颜色稍浅的广袤沼泽地，后来，我高声欢呼起来，正对着窗户的黑暗中，远处忽然出现一个极小的黄色光点。

“看啊，在那里呢！”我高声呼喊道。

“哦，不，爵爷，那什么都不是，什么都不是啊！”管家插嘴道，“我向您保证，爵爷……”

“华生，赶紧把您的灯光从窗口移开！”准男爵喊了起来，“看哪，那个灯光也移开了！啊，您这个老流氓，难道您还要说那不是信号吗？来吧，说出来吧！您的那个同伙究竟是什么人，你们正在密谋什么阴谋诡计呢？”

那人的表情忽然换了一副坚毅神色。

“这件事与您无关，是我自己的事情，所以请恕我不能回答您。”

“那您马上就给我辞职走人。”

“太好了，爵爷，我这就离开这里。”

“您这么走可是不体面的。天哪！您真该为自己感到羞耻！在我们的家族里面，您的家人已经在这个房子里面同我们生活了100多年的时间了，如今竟然被我发现您在对我图谋不轨。”

“爵爷，不是这样的，他并非是要加害您！”一个女人的声音传了过来，闻声望去，只见巴里莫尔太太正站在门口，她的脸色更加惨白，一副惶恐不已的表情。如果人们不注意她脸上的惊恐表情，肯定会觉得她裙子和披肩勾勒出的庞大身躯更可笑。

“伊莉萨，咱们是必须要走了，我们在这里的生活算是到此为止了。去收拾咱们的东西吧。”管家说道。

“唉，约翰哪！全都是我的错，是我连累了你。亨利爵士，您听我说，这全都是我的错，是我让他这么做的，他全是为了我啊。”

“那就坦白说出来，您这话究竟是什么意思？”

“我那不幸的弟弟正在沼泽地里，就要饿死了，我们不能让他饿死在自己家门口。这个烛光就是想要告诉我的弟弟已经为他准备好食物了，而他发出来的灯光是告诉我们将食物送到哪。”

“这么说，您的弟弟是……”

“没错，爵爷，就是塞尔丹，那个逃犯。”

“这是实话，爵爷，”巴里莫尔说道，“我对您说过这并非是我的秘密，因此我不能说，但是，既然您现在已经听到了，即便是有阴谋诡计也不是冲着您的。”

**词语解释**

阴谋诡计：诡，欺诈，奸滑。指暗地里策划坏的害人的主意。

**嵌记妙语**

故事里的故事，好在真相大白了，不然华生真的要陷在一张很难梳理清楚的网中了。

这就是深夜潜行和窗前灯光的解释。亨利爵士和我都盯着那个女人，感到非常吃惊，这难道可能吗？难道眼前这位顽强可敬的女人竟然与那个声名狼藉的罪犯是亲姐弟？

**词语解释**

声名狼藉：声名，声望、名誉；狼藉：乱七八糟，杂乱不堪，不可收拾。形容名誉坏到了极点。

“是的，爵爷，我娘家姓塞尔丹，他是我的弟弟。他小时候，我们把他娇惯坏了，什么都由着他，弄得他认为世界可以由他随意摆布，以为自己可以为所欲为。在他长大成人之后结交了一群坏朋友，随后他简直就变了个人，操碎了我母亲的心，但是他却不断地玷污我们家的名声，不断地犯罪，并且越陷越深，最后成了一名重罪犯，要不是上帝的仁慈，恐怕他现在已经不在这个世界上了。可我是他姐姐呀，爵爷，在我心里，他永远是原来那个一头鬈发的小男孩，我是他姐姐，小时候帮着妈妈养育他，跟他一道做游戏。爵爷，他敢逃出监狱，就是因为知道我们在这里住，也不会见死不救。他在一天夜里拖着浑身疲惫的身躯来找我，他已经饥肠辘辘，监狱的看守还在身后穷追不舍，这能令我们如何是好啊？就只能将他领进来好好照顾，给他一口饭吃。后来，爵爷您来了，我弟弟认为在风声过去以前，躲进沼泽地比去哪儿都安全，就去那里藏了起来。我们每隔一天，就在晚上隔着窗户点亮蜡烛，看看他是不是还在那里，如果有亮光回答，我丈夫就给他送去一些面包和肉。我们无时无刻不希望他能离开，但是，只要他还在一天，我们就得照顾他啊。这就是全部实情，您看得出，我是个诚实的基督徒，如果这样做有什么罪过，都不能怨我丈夫，应该怪我，因为他是为我才做这事的。”

听起来，那个女人所说的话十分地诚恳，足以证明她所说的都是实话。

“这话当真吗？巴里莫尔？”

“亨利爵士，这的确全是实话啊。”

“那好吧，我不能怪您帮您太太的忙。我将刚才所说的话收回去，现在你们赶紧回到自己的屋子里去吧，这件事情我们明天再说。”

我们在他们离开之后又向窗外望了过去。亨利爵士把窗户打开，夜间的寒风吹着我们的脸，在漆黑的远处，那黄色的小小光点依旧在亮着。

“我真是很奇怪，为何他有这个胆量敢这么干？”亨利爵士说道。

“也许他那光亮只对着这边，只有这里才能看到。”

“非常有可能。您认为距这里会有多远的距离呢？”

“我看是在裂石山那边。”“也就一二英里的距离吧。”“恐怕还没那么远呢。”“嗯，巴里莫尔送饭去的地方不可能很远，那个坏蛋正在蜡烛旁边等着呢。华生，我的天啊，我真想现在就去将那个人抓住。”

这个念头在我的脑子里也闪现过，我觉得巴里莫尔夫妇并不是很信任我们，之所以说出这个秘密，完全是被逼的。那人是个十足的恶棍，对社会是个危险，对他既不该怜悯，也不该原谅。倘若我们利用这个机会抓住他，并将他送到监狱里去，让他没有再为害一方的机会，那我们也算是尽到该尽的社会责任了。他的性子如此残暴，倘若我们置之不理的话，说不定别人就会为此付出惨重的代价。说不定我们的邻居斯特普尔顿会在某天夜里受到他的袭击，也许正因为想到了这一点，亨利爵士才打定主意要去搞这次冒险。

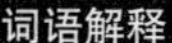

词语解释

置之不理：放在一边，不理不睬。

“我也去。”我说道。

“那就将您的左轮手枪带上，再将那高筒皮鞋穿好。我们出发的越早就越好，否则，那个家伙说不定会将蜡烛吹掉逃跑的。”

没出5分钟我们就离开家上了路，在秋风低吟和落叶飒飒声中匆匆穿过黑魆魆的灌木丛。晚上的

空气非常地潮湿，空气中夹杂着浓重的腐朽气味，天空中飘着云彩，月亮也不时在云隙中将脸探了出来。我们刚刚踏上沼泽地，天就下起了细雨。那亮光仍旧在前面稳定地发着光。

“您带武器了吗？”我问道。

“我这里有一条猎鞭。”

“咱们必须朝他扑过去，据说他是个亡命徒。咱们得趁其不备的时候将他抓住，不能给他任何抵抗的机会。”

“我说，华生，”准男爵说，“您觉得福尔摩斯会对咱们的做法如何评价呢？在这种罪恶嚣张的夜里。”

**嵌记妙语**

在亨利爵士和华生的心中都有对善和正义的追求，再有福尔摩斯作为精神“支持”，虽然有恐惧但也会全力以赴，只是不曾想到更为恐怖的事情发生了！

就在此时，一阵阵奇怪的吼叫声从那一片阴森的荒地中传了出来，似乎是在对爵士的话进行回答。那声音借助风势穿过夜空，跟我在大格林潘泥潭边上听过的声音一个样，先是一声长长的低吟，然后是一声高吼，最后在一声凄惨的呻吟后消失。那股声音一阵又一阵地间歇性地响着，十分狂野、刺耳，令人听了感到毛骨悚然，令整个空气都悸动了。准男爵一把抓住我的袖子，他的脸在黑暗中隐隐发白。

“华生，天啊，那是什么东西发出的声音啊？”

“我不知道啊，是从沼泽地里传出来的声音，之前我听过一次的。”

声音消失了，四周一片寂静。我们屏住呼吸细听，可是什么也听不见。

**词语解释**

屏住呼吸：暂时抑止呼吸；有意地闭住气。

“华生，”准男爵对华生说道，“这是猎狗传来的吠叫声。”

我感觉浑身的血都凉了，因为他这话说得战战兢兢，显然突然感到了恐惧。

“他们是如何解释这种声音的呢？”他问道。

“您说谁？”

“乡下人啊！”

“啊，他们都是一些没有任何文化的人，为何还要在意他们说什么呢！”

“告诉我，华生，他们是怎么说的？”

我犹豫了一下之后，但是却没有办法对这个问题逃避。

“他们说那就是巴斯克维尔猎犬的叫声。”

他咕哝了一声便沉默了。

“那是一只猎狗传来的声音，”他终于又开口了，“但是叫声传来的方向应该是在几英里之外，我认为应该是在那个方向。”

“究竟从哪个方向传来的，是很难分辨的。”

“声音随风势走。那边不就是沼泽地方向吗？”

“没错，就是那里。”

“啊，是在那边。喂，华生，您不认为那是猎狗的叫声吗？我又不是小孩，您不需要有任何担心，尽管实话实说。”

“上一次我听到这个声音，是和斯特普尔顿在一块的时候，他的解释是那是怪鸟的叫声。”

“不对，不对，那是猎狗。我的上帝呀，这些说法还有真实成分没有啊？华生，您该不会是相信这些了吧？”

“不相信。”

“若是在伦敦的话这样的话一定会被当作笑话，但是站在这个漆黑的沼泽地里，又听着这样的叫声，那可就不一样了。我伯父死后，在他躺倒的地方，旁边就有猎狗的足迹，这些都齐了。华生，我看我并不是胆小的人，但是那种声音足以令我浑身战栗，您快摸一摸我的手！”

他的手凉得像块大理石。

“明天一早就会好起来了。”

“我想我永远都不会忘记这可怕的声音的。您说咱们现在怎么干？”

“咱们回去吧？”

**词语解释**

咕哝：小声地说话（多指自言自语，并带有不满情绪）。

“不可能！咱们出来是要抓人的，人还没抓住呢。咱们在搜寻那个罪犯，可是，没准正有一只魔鬼般的猎犬在后面追踪咱们呢。那就来吧！即便是所有洞穴里面的妖魔鬼怪此刻都出来了，也阻挡不了我们。”

我们跌跌撞撞地往前走，黑暗中，峭壁崎岖的山丘包围着我们，那黄色的光点依然在前面闪亮着。在伸手不见五指的夜晚中，最难以判断的就是与灯光之间的距离了。有的时候，感觉那个亮光似乎远在地平线上，而有的时候，又似乎感觉灯光离我们很近，最后，我们终于看清楚了它所在的位置，就知道距离真的非常近了。一支点亮的蜡烛插在一条石缝里正淌着蜡油，它两面都被岩石挡住，既可避免风吹，又避免让巴斯克维尔庄园以外的方向看到。我们被一块突出来的花岗岩遮挡着，我们顺势躲在石头的后面，从石头上望着那个被视为信号的灯光。真是怪事，沼泽地深处只见一支蜡烛点亮着，周围却毫无生命的迹象，只有一个黄色火苗和它两侧被照得发亮的岩石。

**嵌记妙语**

华生和亨利爵士走着漆黑的夜路来到巴斯克维尔庄园以外的沼泽地里，他们被里面的阴森和恐怖的声音吓得浑身战栗，后来终于看到了一点亮光，那是一直燃烧着的蜡烛的光，可是更令人害怕的是蜡烛的周围却不见点蜡烛的人，甚至毫无生命的迹象。

“现在咱们应该怎么办呢？”亨利爵士压低声音问道。

“就在这里静候，他一定就在那个烛光的周围。放亮眼睛，看能否找到他。”

我的话刚说出口，我们两人就同时看见他了，只见蜡烛附近的岩石后面探出一张可怕的黄面孔，那是一张野兽般的面孔，满脸横肉，肮脏不堪，长着粗硬的长须，乱蓬蓬的头发，倒很像住在洞穴里的古代野人。下面的烛光将他那双狡猾的小眼睛照得锃亮，双目露出了凶光，在黑夜中左右窥探，就好像是一只狡黠的猛兽听到了猎人的脚步声音。

显然有某种东西引起了他的怀疑。搞不好他与巴里莫尔之间还有其他私定的暗号只是我们不知道而已，又或许还有别的理由令那个家伙产生怀疑，因为他那凶恶的脸上分明是写着恐惧。考虑到每一秒钟他都可能从亮处窜开，然后消失在黑暗中，我便一个箭步冲了上去，亨利爵士也跟着跑过来。就在同一时刻，那罪犯尖声骂了我们一句，打来一块石头，那石头砸在刚才我们藏身的岩石上。我一眼就看到了他那粗壮的身影，他即刻又跳起来，转过身夺命而逃。碰巧月光从云缝里照了下来，我们冲过小山头，那人从山坡另一面飞奔而下，一路上像山羊似的在乱石上跳来跳去。倘若我用左轮手枪对他远射或许会将他碰巧打瘸，但是我带这抢只是为了自卫，并不能向一个没有武器的人开枪，况且，对方还在逃跑。

我们两个都跑得很快，而且受过相当好的训练，可是，不久我们就发现，要想追上他根本没希望。我们借着月光过了许久还能见到他，一直到他在很远的一座小山丘的乱石中间变成了一个迅速移动着的小黑点。我们跑呀跑，直跑到疲惫不堪，可是他和我们的距离反而越来越大了。最后，我们只得在两块大石上坐下来，大喘着气，眼睁睁看着他消失在远处。

**词语解释**

疲惫不堪：疲惫，极度疲乏；不堪，不能忍受。形容非常疲乏。

就在此刻，发生了一件意想不到的事情。当时我们已经从坐过的石头上站起身，放弃了无望的追捕，打算转身回家，即将落山的月亮低悬在右边，银色的月亮已经开始沉入一座花岗石山冈的嶙峋尖顶。我借着明亮的月亮见到了一个男人的轮廓，只见那个站在山顶之上的男人就似一座浑身漆黑的铜像一般。

**同步思考**

转动脑筋想一想，这个男人是谁？又高又瘦，如一个精灵？

福尔摩斯，您可别以为那是我的一个幻觉，我向您保证，我一辈子从来没看得这么清楚过。根据我的推断，那个男人一定是又高又瘦，他的两腿稍微分开站立着，双臂在胸前交叉着，低垂着脑袋，似乎正面对着眼前的泥炭和岩石的广袤荒野进行思考，这个男人简直就是这个令人恐惧的地方的精灵。他不是那

个罪犯，因为他离罪犯逃遁的地方很远，另外，他的身材也高大得多。我不禁惊叫了一声，把他指给准男爵看，可是，就在我转身抓他手臂的时候，那人不见了。此刻月亮仍旧没有沉入花岗岩的尖顶，但是那个站立不动的人影却再也没有出现在山顶。

我本想走到那个方向，把那里的岩石山冈搜索一下，可是距离相当远。再者说了，自打听到那个可怕的叫声，准男爵便将家族里那个可怕的传说回想起来了，一直感到心惊胆战，根本没有冒险的心情了。他并没有看到岩顶上的那个孤独的人，因此也没有体会到我当时的感觉，那人的怪异身影和威风凛凛的神气让我感到毛骨悚然。

**词语解释**

威风凛凛：威风，威严的气概；凛凛，严肃，可敬畏的样子。形容声势或气派使人敬畏。

“肯定是个监狱警，”他说道，“自打那个家伙从监狱里逃跑之后，沼泽地里就随处可见警察了。”

嗯，也许他的解释是对的，可是只有得到证明，我才会相信是真的。我今天预备给普林斯顿的人发去一份电报，告诉他们应当去哪里抓捕那个尚在逃逸的罪犯。说来真倒霉，我们白跑了一趟，竟然让他给溜掉了。这就是我们昨晚一系列的冒险经过，福尔摩斯先生，你不得不承认自己在写报告方面非常在行。在我讲给您的事情当中，也许与本案没有太大的关系，但我想还是把所有的事实告诉给您，让您自己去选择，看看哪些能帮您得出结论吧。当然了，我们也是有一些进展的，就比如说巴里莫尔吧，我们已经将他行为的动机查清楚了，让这个案情也变得清晰了。可是那神秘的沼泽地和那里的奇特居民，依旧让人觉得很神秘。希望在下一份报告里，我能把这一点也稍加澄清，如果您能亲自来就最好不过了。但是，你在几日之后就能收到我给您写的下一封信了。

华生

10月15日于巴斯克维尔庄园

# 第十章　华生医生日记摘录

我在前面引用了开始几天寄给夏洛克·福尔摩斯的几个报告，但随着故事的发展，我只能停止使用这种方法，重新凭回忆讲述，当然当时的一些日记也对我有很大的帮助。对几段日记进行摘录能够令我回忆起那些无法在记忆中抹去的情境，让我再次回到当时经历的场景中。我们那天夜里到沼泽地追捕逃犯无功而返，还在沼泽地又经历了那段奇遇。我就从那以后的第二天早上开始讲吧。

10 月 16 日，阴有雾，间有蒙蒙细雨。云雾滚滚而来，将庄园的房子淹没其中，云雾有时散开，露出起伏的荒凉沼泽地，看得见山坡上银丝般纤细的纹理，也能看见远处岩石湿漉漉的表面在反光。所有的景物都令人感到心情十分压抑，人的内心感受也被这种忧伤的情绪深深地笼罩着。准男爵在经历过昨晚的恐惧之后情绪一直很低落，我也感到心情十分沉重，有着一种危险即将到来的感觉，并且我还感觉到我们始终都面临着危险，因为危险的不确定，因此那种恐惧就更强烈。

难道我这种感觉毫无根据吗？将最近发生的一系列的事情进行回顾，全都暗示着在我们周围一直存在一种邪恶的力量。这座庄园以前的主人惨死故乡，去世的情景与这个家族的传说完全相符。还有不少农夫一再声称，在沼泽地里目击过怪兽。我自己也两次亲耳听到像猎狗在远处嗥叫般的声音。难不成这个世界真的存在超自然的事件吗？这简直太令人难以置信了。如果真的是个猎犬幽灵，那又怎么解释那留下来的实在的爪子印和刺耳的吠叫声？

这实在令人无法想象。斯特普尔顿可能迷信，莫蒂默也有可能。可是好在我还稍稍具有一点常识，无论如何也不信这套鬼话。倘若我真的相信如此的话，那岂不是把自己与那些可怜的庄稼汉画上等号了？他们把狗说成幽灵还不满足，竟然把它形容得嘴巴眼睛都能喷出地狱之火，福尔摩斯绝不会听信这些异想天开的说法，而我则是他在这里的代理人。但事实是不容改变的，我的确在沼泽地里听到过两次那种吠叫声。倘若在这个沼泽地里真的藏着一条大猎狗，那所有的事情都好解释了，但是，这样的猎狗能藏匿在什么地方呢？它如何猎取食物呢？它是从哪儿来的呢？为什么没人在白天见过它呢？可以肯定的是，无论用合乎自然的法则抑或是超自然的解释，都说不通这件事。除了这条魔鬼猎犬之外，在伦敦还有过与它沆瀣一气的那个“人”，这毕竟也是个事实。不仅仅是马车里盯梢的人，还有亨利爵士收到的告诫他不要去沼泽地的警告信，至少这些全都是真实存在的。不过，做那些事的人既有可能是个要保护他的朋友，也有可能是个敌人。那个朋友或敌人现在究竟在哪里呢？他是仍旧在伦敦呢，还是已经跟踪我们到了这里？他会不会是，是那个被我看到的站在岩石上做思考状的男人？

**词语解释**

异想天开：异，奇异；天开，比喻凭空的、根本没有的事情。指想法很不切实际，非常奇怪。

虽然我看到他只有片刻工夫，可是有几点我敢发誓是真的。首先，我现在和所有的邻居都见过面了，他绝不属于我在这里见过的人。其次，他的身材看起来比斯特普尔顿可是要高大得多了，比起弗兰克兰他又瘦很多。虽然有可能是巴里莫尔，可他当时留在家里，而且我可以肯定，他不会跟踪我们。如此说来，有一个人一直在尾随着我们，如同是我们在伦敦被人跟踪一样，我们从未甩掉过他。假如我们能抓住那个人，我们的各种困惑就能彻底解开了。为了实现这一目的，我现在必须全力以赴。

我最初的想法是将所有的计划尽数向亨利爵士说出来。冷静思索一番后，我认为最聪明的办法是自己动手，尽量避免跟任何人谈起。他沉默寡言，一直有点神情迷惑，在沼泽地听到那个声音后，他的精神受到了很大的震动。我再也不想对他提及任何事情，以免他又会加深忧虑。若是想要实现我的目标，就唯有我单枪匹马地行动了。

今天早饭以后，我们这里又出了件小事。巴里莫尔要求和亨利爵士单独谈话，他俩走进书房，关起门来谈了一会儿。我很多次都在台球房里听到他高声嚷着那些我清楚不过的事情。过了一会儿，准男爵就打开房门叫我进去了。

"巴里莫尔将他的一点不满向我表达了，"他说道，"他认为自己是自愿告诉我们他的秘密，但是我们却因此去追捕他的内弟，这种做法非常不合适。"

管家站在我们面前，他面色十分惨白，但态度很从容。

"爵爷，或许是我说话的方式有些不妥，"他说道，"倘若您也这么认为，就请您原谅我。但是，我确实感到非常惊异。今天凌晨听见你们二位绅士回来，还得知你们是去追捕塞尔丹。即便是我没有给他任何的压力，那个可怜的人也已经吃尽苦头了。"

"倘若不是您被逼无奈才说的话，那情形就完全不同了，"准男爵说道，"但是您将此事说了出来，或者是您太太说出来，完全是无可奈何的。"

"我没有想到您竟会利用这一点，亨利爵士……我真没想到。"

"这个人对社会有危害。在那片沼泽地里面，四处都是独居的住户，并且他又那么目无法纪，只要见过他，就会明白这点的。就拿斯特普尔顿先生一家来说吧，他家只有他一个人能保护全家，除非

词语解释

单枪匹马：原指打仗时一个人上阵。比喻行动没人帮助。
目无法纪：不把国家法律放在眼里。形容胡作非为，无法无天。

把塞尔丹重新关进监狱，否则谁也没有安全感。”

“爵爷，我向您担保他一定不会私闯民宅的，他也不会在这里打扰任何人的。我向您保证，亨利爵士，过不了几天就能做好必要的安排，他就要动身去南美洲了。爵爷，请您看在上帝的分上不要让警察知道他还在沼泽地的消息，我恳求您了。他们已经放弃了在那里对他的追捕，他可以一直安静地藏在那里，等到船只准备好，他就离开。您若是将他告发的话，他势必不会饶了我和我的妻子的，爵爷，我求您了，千万不要跟警察说这件事。”

“您看怎么样，华生？”

我耸了耸肩：“纳税人的负担也会因为他的安全离开而减轻一点。”

“我是担心他在离开这里之前还会对某个无辜的人实施他的犯罪行为。”

“他不会这样发疯的，爵爷，他所需要的一切东西我们都给他准备齐全了。如果他再触犯一次法律的话，他的藏身之所自然也就暴露了。”

“这倒是实话，”亨利爵士说道，“好吧，巴里莫尔……”

“爵爷，上帝保佑您，我也打心底里对您感激不已！若是他再次被捕的话，简直会要了我妻子的命的。”

“华生，我们这是授意他实施一桩严重犯罪吗？但是我听了他刚才的叙述已经感觉不能再向警察告发那个人了，就这样算了吧！行了，巴里莫尔，您可以走了。”

那人结结巴巴说了些感谢的话，转过身去，可是他犹豫一下之后又回转身来。

**词语解释**

结结巴巴：说话吞吞吐吐、疙疙瘩瘩。形容说话不流利，或有顾虑，有话不敢直说或说话含混不清。

“爵爷，您对我们太好了，我一定会竭尽所能来报答您的恩情的。亨利爵士，我知道一件事，也许早就该说出来了，可这是在验尸之后过了很久我才发现的。我从未向任何人提及这件事，这件事情和查尔斯爵士的死有关系。”

嵌记妙语

案件是否会在此出现一个转折呢？我们期待着。

准男爵和我两个人都猛地站了起来：“您知道他是怎么死的？”

“不不不，我并不知道他是怎么死的，爵爷。”

“那么，您知道什么呢？”

“当时他站在栅栏门前的原因是他同一个女人见面。”

“去跟一个女人见面！他？”

“是的，爵爷。”

“你知道那个女人的名字吗？”

“我虽然不知她的全名，但知道她名字的缩写为L. L. 。”

“巴里莫尔，你是怎么知道这一切的？”

“啊，亨利爵士，您伯父那天早晨收到一封信。因为他是个出名的人，所以他经常会收到很多的信件，并且大家都知道他非常善良，所以，不管谁有了困难都愿意向他求助。但是那天早上恰巧仅仅就收到了一封来信，因此引起了我的关注。那信是从一个叫库姆·特雷西的地方寄来的，而且是女人的笔迹。”

“嗯？”

“啊，这一切还是我在我太太的提醒之下才记起来的，爵爷。是在几个礼拜以前，她收拾了查尔斯爵士的书房，自从他死以后，谁也没动过那里的东西。她在壁炉比较靠后的地方发现了一张燃烧过的信纸的灰烬。大部分已经成了碎片，只有信末的一小条还连在一起，字迹在烧成黑色的底子上呈灰白色，还能看得出上面的内容。看起来极像是信末的附言，附言是这样写的‘您是一位君子，请您看过之后烧掉这封信并在10点钟到栅栏门的旁边。’下面是用L. L. 这两个字母签的名。”

“你还保存着那张纸吗？”

“不在了，爵爷，我们一动，它就粉碎了。”

“你是否记得在查尔斯爵士收到的信件中是否还有同这封信笔迹类似的信件呢？”

“噢，爵爷，我并没有特别留意过他的信件。正是因为那天早上就只收到这一封信才引起我的注意的。”

“你也弄不清这个L．L．是谁？”

“爵爷，我也弄不清楚，我知道的就这么一点点。对于查尔斯爵士的死，我个人认为您可以通过那个女人了解到更多的情况。”

“巴里莫尔，这真是令我狐疑了，为何你要将这件事情隐瞒呢？”

**词语解释**

狐疑：狐性多疑，每渡冰河，且听且渡。后用以称遇事犹豫不决。

“唉，爵爷，当时我们自己刚刚有了烦忧；爵爷，另外是我们两人都十分敬重查尔斯爵士，我们认为自己一定要对得起爵士对我们所做的一切。我们认为，把这件事兜出来，对我们已故主人的声誉没好处，另外，这事还牵扯到一位女士，当然就更该谨慎从事了。即使是我们当中最好的人……”

“您认为会对爵士的名誉造成损伤？”

“是的，我认为这件事不会有什么好结局的，爵爷。但是，如今您对我们如此之好，若是我们不将我们知道事情的全部都告诉您的话，又太对不起您了。”

“好极了，巴里莫尔，您可以走了。”管家走了以后，亨利爵士转身问我，“喂，华生，您对这个新发现有什么看法？”

“此刻的我比其他任何时候都感到迷惑。”

“彼此彼此，但是只要我们能将这个L．L．查清楚，那整个事情也就明朗了。咱们能得到的线索就是这么多，咱们已经知道，有人了解事情的原委，只要能找到她就好了。您认为眼下我们应当如何入手呢？”

“马上告诉福尔摩斯所有的事情，这样就能够将他所要寻找的线索都告诉他了。他如果看到这些情况不来才怪呢。”

我即刻回到自己的房间里将今天早上的谈话内容写给了福尔摩斯。我很清楚，他最近很忙，因为从贝克街寄来的信很少，写得也短，对于我提供给他的消息，他一点也不加评论，而且几乎从不提到我的使命。毫无疑问他一定是在全神贯注地破解那一桩恐吓信的案件，但是他对于这件案件的兴趣一定会被案件新的进展给迅速点燃的。要是他此刻在这里该多好啊。

10月17日，整天倾盆大雨。常春藤响声一片，房檐滴水成流。我突然想到了那个逃犯，他一个人隐藏在这荒凉阴冷的沼泽地地面，头顶上没有一点遮盖的东西，可真是可怜啊！无论他曾经犯过什么样的罪孽，如今吃这些苦也算是赎了一点罪了。我又想起了其他人：马车里的那张面孔、月亮背景下那个人的轮廓、那个隐秘的盯梢者和那个我只看见过黑魆魆轮廓的人。难道他们也暴露在倾盆大雨中吗？

**嵌记妙语**

下雨的天气，可以让人烦躁的心安静下来，但是安静的同时，也会想到一些繁忙时候无暇顾及的事情来。华生身处此景，令他想起了那些逃逸者的处境，此时的他们正冒着大雨无处遮身，华生不觉心生怜惜。

我在傍晚时分将雨衣和雨鞋都穿上，踏着那松软的沼泽地走出了很远，内心被各种可怕的想象充盈着，雨打在了我的脸上，风在我的耳边呼啸着。但愿上帝能够给予那些沦落泥潭中的人们伸出援手，在这滂沱的大雨中，即便是那坚硬的高地都变成了泥淖。我终于找到了那个黑色的岩石山冈，就是在这个山冈上，我看到过那个孤单的人在监视我们，我从崎岖的山冈顶上俯视，望着下面阴冷凄凉的荒原。赤褐色的地面被暴风骤雨扫过，如同那青石板颜色的浓云在大地上面低悬着，那些形状怪异的山冈被灰蒙蒙的云团紧紧包围着。在左侧远处的山谷里，透过树梢和弥散的云雾，隐约看得见巴斯克维

尔庄园那两座细高的塔楼。除了那些密布在山坡上的史前小屋之外，这就是周围唯一的人类生活迹象了。我就是在这个地方，两天前的那个夜晚瞥见那个孤独的男人的，现在我还是在原来的地方，但是却没看到那个人。

回去的路上，莫蒂默医生驾着他那辆两轮轻便马车赶上来，他从沼泽地远处一个叫臭泥潭的农舍回来，一路驶过崎岖不平的沼泽地小径。他向来对我们十分关心，每天都会来庄园里看望我们，他执意让我上他的马车，我是坐着他的马车回家的。我得知他近来十分伤心，因为他那只长耳小猎犬失踪了。他说，小狗乱跑，跑到沼泽地里，后来就一直没回家。我尽可能地对他进行安慰，但是一想起我见到的那个深陷泥潭的小马，我也就不再幻想他会再见到他的小狗了。

**词语解释**

崎岖不平：崎岖，地面高低不平，形容道路高低不平。

“我说，莫蒂默，”我们在崎岖不平的路上颠簸摇晃，“这儿凡是我们能找到的人您几乎都认识吧。”“几乎是。”“那就请您将名字缩写是L. L.的女人全都说给我听吧。”

他想了几分钟。

“没有，”他说道，“除了几个做苦工的和吉卜赛人我不知道，其他的农妇或者乡绅没有一个名字是这个的。哦，等一等，”他停顿了一下，又说，“有一个人叫劳拉·里昂，她的姓名字头正是L. L. 可她住在库姆·特雷西。”“您是否能给我描述一下她？”我问道。

“是弗兰克兰的女儿。”“什么？您是说他是疯子弗兰克兰的女儿？”“没错，她嫁给了一个到沼泽地里画素描的画家，那个人姓里昂。但没想到那竟是个卑鄙小人，后来狠心地抛弃了她。根据我听到的情况判断，过错可能并不完全在一方，不过，凡是与她有关的事，那做父亲的一律不管，因为她没得到父亲同意就结了婚，也许还有其他原因。她的人生因为父女之间的不和睦而带来了很多不如意。”“她是如何养活自己的呢？”“我想老弗兰克兰会给她一些接济的，但不会多，因为他自己那些倒霉官司已经把他拖累得够受了。无论她是否是咎由自取，做父亲的总不会袖手旁观，任凭女儿就这么沉沦下去。她的事情传出去之后，本地有一些人都向她施以援手，让她能够自立。斯特普尔顿和查尔斯都帮过忙，我也给过她一点钱，为的是让她搞打字服务。”

他很好奇我为何问及此事，我满足了他的好奇心但是并未透露太多，原因是我并不能轻易将自己的心里话向任何人告知。我在心里面暗自决定明日一早要到库姆·特雷西去。倘若有幸能与那位劳拉·里昂太太见上一面，我们就能将这桩疑案的调查工作极大向前推进了。我已经学得像蛇一样聪明了，莫蒂默追问到不便回答的时候，我就用不经意的口吻问起了弗兰克兰的颅骨属于哪种类型。从这个问题的提出一直到我们到了目的地，我们之间的话题除了头骨学就没有其他的了。看来我真是没白跟福尔摩斯待这么多年的时间啊。

在这风狂雨暴的凄惨惨天气里，只有一件事还值得记录，那就是我刚才跟巴里莫尔的交谈，他又给了我一张能在恰当时候打出去的好牌。

莫蒂默留下来共进晚餐，用完晚餐之后他与准男爵一起玩牌。管家将我的咖啡给我送到了书房中，我趁此机会又追问了几个问题。

“喂，”我说道，“您那位好亲戚已经走了呢，还是依然在那边藏身？”“我不知道，先生，但愿他已经走了，因为他在这里只能给人增添烦恼。我最后一次送吃的给他是三天前的事情了，此后他就杳无音信了。”“那次您见到他了吗？”“没有，

**词语解释**

袖手旁观：把手笼在袖子里，在一旁观看。比喻人置身事外、不协助别人。

**嵌记妙语**

华生很少在故事中称扬自己，这是不多的一次，但是他仍谦逊地指出是福尔摩斯教会他的。

先生，我第二次去的时候却没发现食物。”“那么说，他一定还在那儿呢？”“先生，您非常明显的是感觉他还在那里，否则就是让其他人拿走了。”

我正坐着喝咖啡，可杯子还没送到嘴边就情不自禁停住了，盯住他问道：“如此说来，您是知道还有另外一个人的存在的？”“先生，您说得没错，还有一个人也在沼泽地里。”“您见过他吗？”“没有，先生。”“那您是怎么知道这个人的存在的呢？”“是塞尔丹告诉我的，先生，一个礼拜前，也许更早一些的时候。他也藏在那里，可是我估计他并不是个逃犯。华生大夫，不瞒您说，我实在是对这种事情厌恶至极啊。”他的口吻突然变得激动了。

词语解释

情不自禁：禁，抑制。抑制不住自己的感情。

“您听我说，巴里莫尔！我对这种事情也丝毫不感兴趣，所有的一切都是为了您的主人。我来这儿是为了帮助他，除此之外没有其他目的。您如实告诉我您厌烦的事情是什么吧？”

巴里莫尔迟疑了一下，似乎后悔说出来的话，否则就是感觉对自己的感情难以名状。

“这些令人惊奇恐惧的怪事似乎永无休止，先生。”他终于喊了起来，还朝面向沼泽地的窗户挥了一下手，此时，雨水正冲刷着那扇窗户的玻璃。“我敢担保在那里的某一个地方有一个暗杀的阴谋，肯定有一个可怕的阴谋在暗暗滋生着！先生，要是亨利爵士能返回伦敦去，我会非常高兴的。”“您是否有什么根据啊，为何如此惊恐？”“您看看查尔斯爵士的惨死吧！验尸官说的那些话已经够糟糕了，夜里沼泽地上还有奇怪的叫声。只要太阳一落山，即便是您给再多的钱也不会有人愿意从沼泽地穿过去。还有藏在那里的那个人，他在那里窥伺、等待！他等待什么呢？有什么意图呢？对于巴斯克维尔家的任何人来说，这所有的一切都不是好兆头。等到新的仆人来接管亨利爵士的庄园之时，我会迫不及待地离开这里，包括这里的全部。”“可是关于沼泽地里的这个陌生人，”我问道，“您能告诉我些什么吗？塞尔丹说过什么没有？他是否找到了那个人的藏身之所？是否发现他在做什么事情？”“塞尔丹看见他一两次，可那是个非常险恶的家伙，什么情况也不肯暴露。塞尔丹开始还怀疑他是警察，但是很快就发现他有着自己的一番计划。塞尔丹也搞不清楚他到底想要做什么，只估摸着是个上流人物。”“他是否向您透露过那个人的藏身之所呢？”“在山坡上古老的房子里，就是古人住过的那些小石头房子。”“可是他如何果腹呢？”“据塞尔丹发现，他需要的东西是由一个小孩提供的。我敢肯定他所需要的东西都是那个小孩从库姆·特雷西那个地方搞来的。”“好极了，巴里莫尔。我们日后再探讨这个问题吧。”管家走后，我透过朦胧的窗玻璃，看着天空中那飘浮的云朵，望着随狂风猛烈摆动的树梢轮廓。在这狂风怒吼的夜晚，就是躲在温暖的房子里都觉得可怖，躲在沼泽地上的一栋石屋里是什么滋味，不用说也知道吧。究竟是多深的仇恨才能够令一个人心甘情愿地在这样的时候隐藏在那么孤独可怕的地方啊！究竟是怎样的不可告人的目的和重要意义，才使他忍受如此的煎熬！

**同步思考**

这的确是一个怪人，他是谁呢？

沼泽地的那幢房子里面一定隐藏着令我寝食不安的问题的核心。我发誓明天一定要把那个问题搞明白。

**词语解释**

寝食不安：睡不好觉，吃不好饭。十分忧虑担心的样子。

# 第十一章　岩岗上的人

上一章里，我摘录令我自己激动的日记，描述的主要是10月18日之前的事情。从那个时候起这

些奇怪的事情就开始向前迅速发展，最后有了恐怖的结局。从那之后两天的事情我早就烂熟于胸了，完全不需要看记录了。我就从确定了两件非常重要的事情的第二天开始说吧。

这两件事情的其中一件就是库姆·特雷西的劳拉·里昂太太曾经给查尔斯爵士写过一封信，信里面的内容恰好正是在爵士死的时间和地点与其见面；另外一件是正是那个隐藏在沼泽地里面的人，可以在山边的石头屋子里找到他。知道了这两个事实以后，我认为要是我仍然无法让此案稍微露出一点儿破绽，不是我平庸低能，就是我胆小如鼠。

我前天晚上未曾找到合适的机会将自己知道的关于里昂太太的事情告诉准男爵，原因是他一直被莫蒂默医生拉着打牌，并且他们结束时已经很晚了。今天早餐时间，我才把自己知道的事对他说了，并且问他是不是想和我一起去库姆·特雷西。刚开始他急着想去，但是经过又一次熟虑以后，我们俩都认为，要是我一个人去，效果会好些。原因是越是正规的拜访方式越不能让我们了解到更多的内容，因此，我将亨利爵士留在家中了，我心里带着些许的愧疚动身去寻找新的线索了。

在到达库姆·特雷西后，我让珀金斯安顿马匹，接着就去打听我到这儿来所想找的那位女士。她家的位置不错，很容易找到，家里面的摆设也是非常大方恰当的。我被一个女仆十分随便地带了进去，当我步入客厅的时候，一位坐在一个雷鸣吞牌打字机前的女士急忙起身，满目含笑地向我打招呼，但是当她发现我并不是他认识的人时，她的脸又恢复原样，继续坐了下去，并问我为何到这里。

这个里昂太太给人留下的第一印象是长相十分标致。她的双眼和头发都是美丽的深棕色，脸上尽管带着很多雀斑但却有着对于棕色皮肤而言十分恰

**词语解释**

标致：外表、风度等接近完美或理想境界，唤起美感上的极大享受。

如其分的红晕，如同是在那淡黄色的玫瑰花心中隐浮着令人欢愉的粉红色一般。我再强调一遍，她给人留下的第一印象就是美的欣赏。但是紧接着就看到了欠缺，那脸颊上有着某种难以言表的、不对劲的地方，带着一些粗野的神色，或许目光过于呆板、嘴角过于松弛，这一切都把她那没有丝毫缺点的美丽相貌破坏了。当然了，这都是之后的观点了，我那个时候就知道自己是站在一个十分标致的女人的面前，听着她询问我到此地拜访的意图。直到那个时候我才确切地意识到自己的任务有多么难。

“我很荣幸，”我说，“和您的父亲关系不错。”从那个女人的反应中我能感觉到，我的介绍方式非常地愚蠢。

“我们之间没有丝毫的关系，”她这样回答我，“我不欠他任何东西，我和他的朋友也没有任何瓜葛。要是没有已经死去的查尔斯·巴斯克维尔爵士和其他几位心地善良的人的话，我可能早已经饿肚子了，我父亲才不理会呢。”“是一些关于查尔斯爵士的事情，我想跟您确认一下。”

**词语解释**

瓜葛：瓜和葛都是蔓生的植物。原指纠缠、纠纷，现比喻辗转相连的亲戚关系或社会关系，也泛指两件事情互相牵连的关系。

女士听到我这句话的时候顿时脸色煞白，脸上的雀斑也越发明显了。

“您认为我对他的事知道得很多？”她问，她的手指无意地摸着她的打字机上的标点符号键。

“你们是认识的，对不对？”“我一早就说了我对他的厚意非常地感恩。假如说我还能够自立生活，那主要是因为他对我所处的悲苦境地的关心了。”“您是否与他有过书信往来？”

女士随之迅速地将头抬了起来，愤怒的光芒从棕色的眼睛中喷射出来。

“我不明白您到底要想知道些什么？”她大声问。

“为了防止丑闻传播。比起这件事被传播开来，

我在这里询问总是好收场一些吧。”

她一言不发，但是她的脸色依旧是那样惨白。后来她带着毫不顾忌和勇敢的神情抬起头。

“那好吧，我说，”她说，“那您有什么想知道的您就直接问吧。”“您究竟是否与爵士有过书信往来呢？”“我确实是写过一两封信给他，感谢他的关心和慷慨。”“什么时候发给他的？”“忘了。”“那么您是否和他见过面呢？”“见过面，在他来库姆·特雷西时见过一两次面。爵士是一个非常低调的人，喜欢在暗地里帮助他人。”“但是，假如您和他见面不多而又不经常通信的话，有关您的事情他为什么会那么清楚，以至于像您所讲的那样给您那么多的帮助呢？”

她毫不犹豫地回答了我这个看似非常难以回答的问题。

“有几位绅士很了解我那令人悲惨的境地，他们一起帮助过我。斯特普尔顿先生就是其中之一，他不仅是查尔斯爵士的邻居，还是他的好朋友，他十分善良，爵士也是从他那里得知我的不幸的。”

我知道查尔斯·巴斯克维尔爵士过去有几次请斯特普尔顿负责替他分发救济金，所以这位女士的话听上去好像是真的。

**同步思考**

在华生的追问下，里昂太太的神情变化是怎样的？

“你是否曾经写过信给查尔斯爵士，约他与你见面？”我接着问。

里昂太太再次被气得满脸通红。

“你这样的问题不觉得非常失礼吗，先生？”“对不起，太太，但是这个问题是我不能回避必须问的。”“那样的话，我就告诉您吧，绝对没有。”“在查尔斯爵士意外身亡那天也没有写？”

面部的红色立即消退了，映入我眼帘的是一副面如死灰的脸。从她那干涩的嘴巴里面已经没有办法再说出没有了，与其说是我听到了，倒不如说是我看出来了。

“肯定是您的记忆把您蒙骗了，”我说，“我还能背出您那封信里的其中一段来，您听着：‘若您是正人君子的话，就请看完这封信之后迅速烧毁，并在 10 点钟到栅栏处等着我。’”

那个时候，我猜想她已昏过去了，但是她居然极力让自己恢复了平静。

“这个世界上难道真的没有正人君子的存在吗？！”她的呼吸加快了。

“您误解查尔斯爵士了。他的确已经把信烧掉了，但是有的时候，尽管是一封已经烧过的信，仍然能够辨认得出。事到如今，你不会再否认曾经写过这样一封信了吧？”“不错，我的确写过，”她叫着，并且把一肚子的心事都一口气讲了出来，“是我写的。为何我要拒绝承认这个事实呢？我为何会感觉如此耻辱呢，我期盼着他的资助，之所以约见他也是为了能够得到他的资助。”“但是怎么定在这样一个时间呢？”“因为当时我刚刚得知他第二天就要去伦敦，并且一走可能就是好几个月。因为别的原因我又没法早点去那儿。”“但又为何约在花园中而不是直接去屋子里面见查尔斯爵士呢？”“您觉得，一个女人在这样的时间独自一人去一个单身汉家里，这恰当吗？”“噢，您是否还记得您到那里之后发生的事情呢？”“或许您不会相信，我那次并没有去，我爽约了。”“里昂太太！”“没去，我用所有在我看来是最神圣的东西对您起誓，我没去。出了点儿事，让我没去成。”“出了什么事呢？”“那是一件隐私的事情，我没有办法回答您。”“如此说来，既然您已经承认了在查尔斯爵士死的时间和地点约见过他，又为何否认赴过约呢？”“这是千真万确的。”

我再三盘问她，但是说到这儿她再也不肯说些

**词语解释**

爽约：书面语，一般用于较为正式的场合，指没有履行约会；失约。“爽”即违背、没有履行的意思。与失约、“放鸽子”同义。

什么了。

“里昂太太，”后来我结束了这次冗长而又一点儿结果都没有的造访，站起身来说，“因为您不愿意和盘托出您所知道的事情，令你承担了十分严重的责任，并且已经将您自己置身十分危险的境地。要是我必须让警察来盘问的话，您就会知道您的嫌疑有多么大了。倘若你真的无辜，又为何要否认你曾经在那天给查尔斯爵士写信的事实？”“因为我害怕从那个问题中得出某个错误的结论来，那么一来，我也许就会被卷进一件丑闻里去了。”“如此说来，为何你又那么着急地让查尔斯爵士烧毁你写给他的信呢？”“这个您完全可以从那封信中知晓。”“我根本就没说我看过信的所有内容啊。”“那你刚才为何能够念出其中的一段内容？”“我念了附笔，我讲过，那封信已经被烧毁了，并且并不是所有的内容都能够认出来。我还想要问问您为何着急让查尔斯爵士烧毁那封他死去那天收到的信件？”“这完全是我和他两个人之间的个人隐私。”“最主要的原因只怕是您想躲避公然的追问调查吧。”“那我还是如实对您说吧，倘若您之前听说过关于我的不幸遭遇，那就一定会知道我之前曾很不谨慎地结过婚，之后又因此而感到十分懊悔。”“我听说过不少了。”“我的生活时刻都受到我丈夫的打扰，我非常恨他。法律和他站在一边，我天天害怕他会威逼我和他一起生活。当我给查尔斯爵士写这封信的时候，我知道了若是我能够支付一定的费用，我就能够重新获得我的自由。这正是我所期望的一切——心境平静、快乐、自尊——这就是一切。我知道查尔斯爵士非常慷慨，并且我相信，要是他听我亲自说出这件事情的话，他就肯定会给我帮助的。”“那您为何又爽约了呢”“原因是那个时候我已经得到帮助了。”“那么，为什么您没写信给

词语解释

造访：前往访问；拜访。

查尔斯爵士，有关这件事向他做出解释呢？”“若是我没从第二天清晨的报纸上得到他死去的消息，你认为我不会这么做吗？”

我提出了所有问题，她都给予了合情合理的回答，丝毫没露出任何马脚。我能做的就是查查她是否真的通过法律手段向他丈夫提出离婚，而且是在惨剧发生的前后。

无疑，要是她确实到巴斯克维尔庄园去过的话，恐怕她不一定有胆识说自己没去过。因为她无论如何也要坐马车才能够去那儿，如果是这样，得到第二天早上她才能够返回库姆·特雷西，这样一次远行是不能瞒天过海的。因此，她所说的很有可能都是实话，或者说最起码部分是真实的。这次我碰到一个难啃的骨头，它像横拦在通往我要去的目的地道路上的一堵墙。但是我越想象那个女士的面容以及她的表情，我就越感到她还有某种东西没有告诉我。为何她的脸会变得如此之苍白？又为何她每次都要极力否认，唯有到了无可奈何的时候才不得不承认呢？为何她在惨剧发生之时保持缄默？当然了，这些事情并不像她极力对我表白的那样无辜。现在，沿着这个方向我已经不能深入调查下去了，不得不转到藏在沼泽地中的石屋去寻找别的线索了。

可是，这同样是一个非常模糊不清的线索，我在往回返的途中想到了这一点。我看见一山紧挨着一山，上边都有古时候人们在那儿生活时留下的遗迹。巴里莫尔只是说那个陌生人住在那些弃置不用的小屋当中的一座里，这样的小屋不计其数地分布于整个沼泽地里。我将那个曾经在那里见过那个男人的黑岩石岗的顶峰当作我找寻线索的一个中心。我应该从那儿着手查看沼泽地中的所有小屋，直到找到我想找的那座为止。要是那个人就在屋里的话，我要叫他亲自说出他是什么人，为什么要这样长久

**词语解释**

瞒天过海：比喻用伪装来哄骗对方，背地里偷偷地行动。

**嵌记妙语**

华生医生同这个女人的对话紧凑、严密，一环扣一环，但是仍未能找到更有价值的线索，可是读者会从中感到必有更大的隐情。



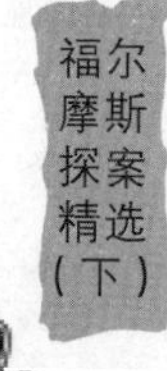

地跟踪我们，必要的时候还会不惜用我的手枪逼迫他说出来。或许他能够在摄政街的人群中逃离我们的追捕，到那时在这一片荒芜的沼泽地里，他恐怕也无计可施了。不过要是我找着了那座小屋而那个人不在屋内的话，不管多久，我也得把他给等回来。福尔摩斯在伦敦不小心让他逃跑了，我必须要吸取教训，若是我能揪出他的话，那必是极大的成功。

**词语解释**

无计可施：计，策略、办法；施，施展。没有办法可用。

我们在调查这桩案子的过程中，运气始终都不太好，不过峰回路转，如今带给我好运的人不是别人正是弗兰克兰先生。他满面红光，胡子花白，正站在他的花园门前，那个花园的门口正好与我经过的大路相对。

“您好啊，华生医生，”他异常兴奋地叫着，“您得让马歇口气啊，进来喝一杯，祝福我吧。”

白打我知道了他如何对待自己的女儿后便对他失去了兴致，可是我一心想让珀金斯和马车回去，这倒是一个极为难得的好机会。我下了车，留了一个信儿给亨利爵士，说我会在晚餐时间准时回去，接着我就和弗兰克兰先生一起进入了他的餐厅。

**嵌记妙语**

在华生得知弗兰克兰先生对待他自己的女儿很不好的情况下，再次过来访问他时，华生却对他失去了之前的兴致，即使他热情地招待华生。华生一心想让自己安静一些，趁着来到弗兰克兰先生这儿的机会就打发帕金斯回家，并且让他给亨利爵士捎了口信。

“华生先生，今天可真是一个我这辈子最值得庆祝和难以忘却的一天啊，”他不断地咯咯地笑着，一边说着，“我已经了结两桩案件了，我必须得教训教训这儿的人们，让他们明白，法律就是法律。居然在这里还有一个不担心吃官司的人呢。我已经证明了有一条公路刚好经过老米多香的花园中心，先生，距离他的前门不到 100 码。不知先生对此有什么样的看法呢？我们的确应当让这群大人物受到教训了，要让他们清楚，平民的权利是不容他们糟蹋的，这群无耻的东西！我还封了一片弗恩沃西家的人经常到那儿去野餐的树林。这群无法无天的人们好像觉得根本就没有什么产权，他们可以到处乱跑，把烂纸空瓶扔得到处都是。你知道吗，华生，我将这两桩案件都打赢了。自从我告发约翰·摩兰爵士在他自己的鸟兽畜养场里随意开枪以后，我还没有像今天一样高兴过呢。”“那么究竟您是如何告发他的呢？”“先生，请看一下记录吧。值得看一下的——弗兰克兰对摩兰，高等法院。我最终是以 200 英镑的大价将这两场官司赢得的。”“您获得什么了呢？”“我没有从这两场胜利的官司中捞取任何一点好处。令我觉得自豪的正是在我干这些事时，没有掺和一点儿私利，我的所作所为纯粹是受社会责任感的驱动。我非常相信，或许我今晚就会被弗恩沃西家的人扎成草人给烧了，他们上次就是这么做的，我已经向警察报告过了，我认为警察应当及时制止这种卑鄙的行为。县里的警察局简直太恶劣了，先生，他们根本就没有给我原本应当受到的保护。弗兰克兰上诉女王政府的案子，很快就会引起全国的关注了。我已经警告过他们，如果一直这么对我，一定会有后悔的一天的，如今，我的话应验了。”“您凭什么对自己这么有信心呢？”我问。

**嵌记妙语** 从这一点来看，古怪的弗兰克兰先生仍是一个有社会公德、有道义精神的老人。

老头显现出一副有点儿沾沾自喜的神情来。

**词语解释** 沾沾自喜：扬扬自得的样子。形容自以为不错而得意的样子。

“原本我是可以透露一点他们想知道的事情的，但是我却偏不这么做，我就想看着他们着急。”

我原本始终都在想着找个赶快溜走的借口，不再继续听他那些胡诌，但是，此刻我又想多听一些了。我十分清楚这个滑稽的老鬼超乎常理的古怪性格，倘若您只要表现出些许兴趣来，他势必就会产生疑心而停住嘴不再说下去。

“是件偷猎的事情，没错吧？”我带着满不在乎的神情说。

“啊哈，伙计，是件比这更重要的事情啊！在沼泽地里的那名罪犯怎么样了？”

我听了之后异常吃惊，“您难道知道他的藏身

之所？”我说。

“尽管我根本不知道他到底是在什么地方，但是我一定能帮助警察逮住他。难道您就没有想过将这个罪犯抓住的最好办法就是：首先弄清楚他食物的来源，再顺藤摸瓜找到他吗？”

他说的话的确已经越加令人心惊地和事实接近了。“当然了，”我说，“但是您怎么知道他的确是在沼泽地中呢？”“原因是我见过那个给他送食物的人啊。”

我开始替巴里莫尔担心。被这么一个专门爱打官司和搬弄是非的老头抓住把柄，还真是一件不可思议的事情，但是接下来他所说的话又令我宽慰不少。

**词语解释**

官司：“官司”一词是民间从古到今的通俗说法。“官”和“司”旧时本意都指“官方”“官府”“官吏”“掌管”等意思，因而，发生利害冲突的双方到官府或官员那里去请求裁决是非，官府或官员根据查明的事实做出裁断的整个活动，民间就称为“官司”。

“你要是知道给他送食物的是一个小孩，你势必会大吃一惊吧。我天天都从放在房顶上的那架望远镜中看见他，他天天都在相同的时刻经过相同的道路，除了去那个犯人那儿以外，他还会去什么人那儿呢？”

这简直是个好运气！我将自己对这件事有着浓厚兴趣的所有表现都强压在心底。一个小孩儿！巴里莫尔过去说过，我们搞不明白的那个人是让一个小孩为他送食物的。弗兰克兰发现的并非是那个罪犯的线索，而是那个男人的线索。要是我能够从那儿了解到他所知道的事情，就可以省下我做长时间而劳累的跟踪了，但是，很明显我还一定得对此表示疑惑和冷漠。

“或许只不过是一个沼泽地牧人的孩子在给自己的父亲送食物而已。”

只要我表现出些许的不赞成就足以令这个老头怒火冲天。他双眼恶狠狠地看着我，灰白的胡须像发火的猫一样翘了起来。

“先生，我说的可是千真万确的！”他一边

说着，一边将手指向那广袤的沼泽地，“您看到远处的那块黑色的岩岗没有？您看见远处那座矮山了吗？就是长满荆棘的那座？沼泽地中岩石最多的地方就是那里。您难道不会认为牧人会在那个地方休憩吧？先生！您的看法简直太荒谬了。”

我只能乖乖顺从他的话，回答道我这么说的原因是我对所有事实真相一无所知，见到我认输的态度，他感到十分开心，也就更愿意对我继续多讲一些了。

“先生，我认为您应当充分地相信我，因为只有掌握了非常充分的证据之后才会将一个肯定的意见说出来的。我曾多次看见那个孩子抱着一卷东西，一天一次，甚至是一天两次，我都能……等一下，华生医生，我看到某种东西在那个山坡上动，是不是我眼花了啊？”

约莫在几里远的地方，我能很清楚地看到在灰色和墨绿色映衬之下的一个黑色的小点。

“来呀，先生，上来呀！”弗兰克兰边喊边向楼上冲去，“您不妨先亲自去看一看，之后由您自己来对这个事件进行判断。”

那架望远镜是一个固定在一只三脚架上的吓人的仪器，就摆在很平的铅板房顶上。弗兰克兰一边盯着镜头一边兴奋地喊道：

“华生医生，你赶紧过来啊，否则他就要走过那个山了！”

确实，他就在那儿呢，一个肩上背着一小卷东西的孩子，正在吃力地缓缓往山上爬去。当他到达顶峰时，在深蓝色的天空中，刹那间我看见了那个外表凌乱的粗汉。他看起来像是担心其他人跟踪一样，神色十分慌张地张望着周围，之后便在山的后面消失了。

“看吧，我说的没错吧？”“的确是没错的，

看起来那个小孩子像是肩负着某个秘密的使命。""要说是怎样的使命，即使是县里的一个小警察都能够猜想得出，但是我什么都不会对他们说，当然，我也希望您能和我一样，华生医生。您一定不要走漏任何风声，您清楚吗？""绝对不说。""他们这样对我简直太不可理喻了。我敢担保等到弗兰克兰对女王政府的诉讼案出了最终的结果，全国上下都会因此而感到十分愤怒。不管怎样，我也不愿意给警察帮忙的。他们想管的是我这个人，而并非模拟我的、被这帮混账绑在柱子上烧毁的草人。您别走啊！您还要同我一起将这瓶酒干掉，让我们共同将这个了不起的成功庆祝一下！"

**词语解释**

不可理喻：喻，开导，晓谕。不能用常理使那个人明白，形容蛮横或固执。形容人不讲道理。

我委婉地谢绝了他对我提出的所有要求，并且想尽办法将其想要陪我走回家的念头也打消了。在他能够看到我时，我始终都是沿着大道走，然后我忽然转身走过沼泽地，朝着那个孩子没有了踪影的那个山上走去。我敢担保，对于我来说，每一件事都是十分如意的，我坚决不会因为自己缺乏毅力或干劲而白白浪费掉这次捡来的机会的。

**嵌记妙语**

华生医生在这个案件中确实表现出了足够的忠诚、坚持、勇敢和智慧。

当太阳快要下山的时候，我也到达了顶峰，脚下的山坡冲着太阳的那边成了金绿色，而黑暗则把另一边深深地掩盖了下去。在很远的地平线上，形状怪异的贝利弗和维克森岩岗从一抹灰蒙蒙的暮色里突出来。大地漫无边际，悄无声息。一只灰雁，也有可能是一只麻鹬或者是海鸥在广阔的天空中自由地飞翔着。在无垠的天空和荒凉的大地间，唯一的生物或许就是它和我了。荒原的景象，寂寞的感觉和我那神秘而急切的使命让我禁不住哆嗦起来。四处都见不到小孩的踪影，但是，在我底下的一个山沟里，有很多围成圆圈的十分古老的石头屋子，在这其中还有一座能够让人不会受到风吹日晒的房顶。我一看见它，内心不由得一阵激动，这肯定就是那个人的藏身之处了。我的脚总算踏上了他隐匿地方的门槛了——我终于把他的秘密发现了。

当我离小屋越来越近的时候，我十分谨慎而又小心地走着，如同是斯特普尔顿高举着他的捕蝶网逐渐向那个落得很稳的蝴蝶靠近一般。正如我的预料一般，这儿的确曾住过人。乱石堆中有一条模糊可见的小径，通往一处坍塌了的做门用的开口。或许那个神秘莫测的男人就藏身于此，又或许他此刻正游荡在沼泽地里呢。一种冒险感让我觉得极其激动，我把烟头扔掉，用手紧紧地握着枪柄，快速地来到门前，我往屋子里看了看，里边空荡荡的。

**词语解释**

神秘莫测：非常神秘，难以推测。常用来形容一些不可理解的事物或现象，或使人摸不透，高深得无法揣测。

种种迹象证实了我的确是找对了地方——此地就是那个人的藏身之所。一个防雨布里面包了几条毛毯，放在一块石板上，或许新石器时代的人曾经在那上边睡过，在一个原始的壁炉中还有一堆已经烧过的灰烬，一些厨房用具和半桶水放在旁边。地上乱糟糟地扔着一堆已经见了底的罐头盒子，各种迹象都向我证实，那个人已经在这个屋子里面住过一段不短的时间了。当我的双眼习惯了这种穿过树叶射下来的杂乱的一点点阳光后，我在墙角中又发现了一只金属小杯和半瓶酒。屋子中央有一个用平滑的石板做成的小桌子，桌子上面放着一个小布包，很明显那个小布包就是我从望远镜里见到的小孩肩上背的那个。里边包着一块面包、一听牛舌和两罐桃罐头。当我看完以后放回去时，心中一惊，因为我发现下边还有一张带着字的纸条。我将纸条拿起来一看，上面有一行歪歪扭扭的铅笔字，写着：华生医生曾经到库姆·特雷西去过。

我手中攥着那张纸条，愣愣地站在原地不动，脑子里不断琢磨着这张纸条的意义。原来，这个人跟踪的对象不是亨利爵士，而是我！并且，他不是

亲自跟踪我，而是又指派了一个人，这个人就是那个小孩，而这张有字的纸条就是小孩给他的汇报。

或许从我来到沼泽地以后，所有的行动都已经让他发现而且作了汇报。我经常会感到有一种无形中的力量如同密织的一张网一般非常微妙地围住了我们，之所以围得如此之松，就是为了能够在紧要关头令我们清楚自己已经置身网底。

既然有这一个汇报纸条，那么其他的也很有可能在这里，随后我就在屋内各个角落开始寻找。但是一无所获，也没看到任何能够证明住在这个怪异之处的人的特征和目的的迹象。但是有一点可以断定，他肯定有着斯巴达人式的生活习惯，也就是他对生活的舒适程度并不太在意。我看了一下房顶，房顶上有一道大口，然后想了想那天的瓢泼大雨，更加了解他为了达到自己的目的所付出的所有努力以及坚强的意志，正因为有了这种意志，他才能够在这样糟糕的地方长期居住下来。究竟他是暗中对我们进行保护的天使，还是我们不可估量的对手呢?我对此不敢妄下定论，我决定在从小屋离开之前搞清楚所有不明白的事情。

天色逐渐暗了下来，周围射出火红和金色的余光，天光照射着分布在远方格林潘大泥潭里的水洼，反射出一片片红光。从那个地方，能够看到巴斯克维尔庄园的两个塔楼，远处飘浮着一片模糊不清的烟气，那个地方就是格林潘村，斯特普尔顿家的房屋就在这两个地方当中，也是就是那座小山的后面。在黄昏时分，金黄色的余晖洒向大地，一切都看起来那么美丽、迷人而又安逸。但是当我看见这景色时，心底深处却一点儿也没有感受到大自然的安静，反而因为日益迫近的见面所引起的不知所措和害怕的心理而颤抖。我的神经在不断地抽搐着，但是丝毫未曾动摇过我的决心，我在小屋里面黑暗的角落

**词语解释**

抽搐：是不随意运动的表现，是神经、肌肉疾病的病理现象，表现为横纹肌的不随意收缩。

里坐着，耐心地等待屋主归来。

终于从远处传来皮鞋在石头上面走时所发出的声音，一步一步，越走越近。我又回到了那个黑暗角落，将装在口袋里的手枪扳机打开，我只想看一看那个人究竟是谁，但是却不想让他见到我。脚步声在门外停顿了一下，然后又继续向这边走来，一道黑影从屋子开口处射了进来。

“亲爱的华生，今晚的夜色太美了，”一个非常熟悉的声音说，“我认为待在外面会更加舒适吧。”

# 第十二章　沼泽地的惨剧

在我听到他的话语之后，我整个人在角落里呆坐了足足一两分钟的时间，我甚至失去了喘大气的力气，完全无法相信自己的耳朵，我慢慢恢复了自己的精神，也能够张嘴说话了，随之而来的是卸下了肩头重任的轻松感。因为那种冷漠、尖厉和讥讽的腔调只属于那个人。

**同步思考**

华生听到的那个发出令他非常熟悉的声音的人是谁?

我弯着腰蹲在粗糙的门框下边，看见他坐在外边的一块石头上。当他见到我那副写满迷惘的神情之时，他那一双灰色的眼睛十分得意地转着，他的下巴颏依旧是那么清爽干净，身上穿的衣服也如同在贝克街那般整洁无比。

“您怎么会找到我的临时住处呢？”“我只想搞清楚您是谁。”“干得太棒了！希望我们二人的研究成果放在一起时，我们对这个案件就已经有较为充分的了解了。”“您原来一直都在利用我，完全没有信任过我！”我愤怒地大喊，“为何您不将实情告诉我呢？”“因为您知道了实情对我们没有任何的帮助，或许还会因此而暴露了我的目标。”

**嵌记妙语**

令人理解的愤怒。华生医生遇到福尔摩斯那一刻的想法和感情一定相当复杂！

因为他的捉弄，我内心感到非常不满，但是福尔摩斯一番暖融融的称赞话，使得我心中的怒云逐渐散去了。我心里面也承认他所说的话，倘若想将我们的目的达成，这无疑是个很好的办法，原本我就不应当知道他也来到了沼泽地。

太阳已经下山了，夜幕笼罩下来。空气中的寒意侵袭而来，所以我们就走进了屋里取暖。在黑暗里我们坐在一起，我将那个女士对我说的话转述给福尔摩斯听，他听得十分入迷，有的地方他还要求我重复一遍他才感到满意。

我之前所有的疑问，存留在心里面的狐疑随着我们谈话的深入而变得清晰，并且，全都被这个生物学家深深地吸引了。在这头戴草帽、手拿捕蝶网的、态度冷淡和言语枯燥的人身上，我似乎发现了什么令人恐怖的东西——无止境的耐性和狡猾、一副假惺惺的笑脸和恶毒的心地。

我的心里面已经被一个半是猜测的隐隐约约而又一场恐怖的罪行缭绕很久了，现在又在这黑暗之中模糊地浮出水面了。

这时，只听到一阵恐怖而尖厉的叫声。

福尔摩斯立刻站起身来，向黑暗里看去。

最一开始那个喊叫声是从满是漆黑的平原上的一个十分遥远的地方传过来的。而且声音越来越近，越来越大。

福尔摩斯在沼泽地上竭尽所能地奔跑着，猛然间我们的眼前那边全是碎石而又高低起伏的地方传出来一声濒临死亡的绝望而又无比凄惨的叫声。

我看见福尔摩斯如同一个精神病人一般用手捂住额头，还一边用力地跺着脚。

就在此时，左边传来了一声十分低沉的呻吟声。当我们跑得离它很近时，整个的轮廓逐渐清晰了起来。原来是个趴在地上的人，他就像想翻跟头一样，



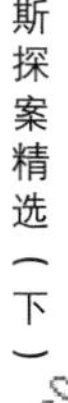

头可怕地偎在了身体下边，身体用力地往里缩成一团。他的样子奇特到令我无法相信眼前的是真实的，方才我听到的声响就是他灵魂出窍所发出来的声音。火光还照亮了一个东西，我们悲痛得快要晕过去——那是亨利·巴斯克维尔爵士的尸体！

我和福尔摩斯完全不会忘记爵士身上穿的那一套十分奇特的，苏格兰呢面料的褐红色套装——就是。福尔摩斯哼哼着，即使是在黑暗里，但是他那面无血色的样子还是能看出来的。

**词语解释**

面无血色：脸色像泥土一样，形容极端惊恐。形容失望或羞愧。（尤指因病或恐惧而）脸色昏暗；面如土灰。

我们无比悲痛地站在这个血肉模糊的尸体的近旁，扼腕叹息：我们长时间地忙碌和奔走，没想到最后却落得这样的一个下场，这样突然降临并且无法挽回的灾难真的令我们的心情分外沉重。

我们两个人一起走下陡坡，朝尸体走去，那黑乎乎的尸首被大石头反射出的银色光辉照得非常清楚，四肢已经严重变形，那种悲痛的模样让人觉得心酸，我的双眼已经饱含泪水。

**嵌记妙语**

当华生和福尔摩斯听到沼泽地发出凄惨的声音后，飞速来到了事情发生地，他们看到了那个越狱犯已经死亡，他那悲痛的模样令华生感到十分心酸，不禁为此落泪；案件未解决，关键人物却不幸身亡，这让福尔摩斯感到十分失落。

"这个死者并不是亨利爵士，哦，他竟然是，竟然是那个越狱犯，是我的邻居！"

我赶紧将死尸翻了过来，那缕还在往下滴着血的胡子朝着清冷的月亮翘着。

猛然间，我记起了亨利爵士跟我说过曾经将自己的旧衣服送给了巴里莫尔。巴里莫尔将那些衣物转送给了越狱犯，以便帮助塞尔丹乔装逃走，靴子、衬衣、帽子——全都来自亨利爵士。

正在此时，我发现一个人正在向我们这里走来，隐隐约约地我看到了一点雪茄的烟光。月光映在他的身体上，从那矮小的身体和格外轻松的脚步就可以清楚地看出是那位生物学家。他见到我们之后迅速停住了脚步，紧接着又迈步向我们走了过来。

"啊，华生医生，真的是您吗？我真没想到在半夜里会在沼泽地中见到您，我听见了叫喊声，所

同步思考

生物学家及时赶到了现场，你能猜测一下他的想法吗?

以就跑了过来，我很为亨利爵士担惊受怕。福尔摩斯先生，我真诚地希望您能够将那些令我们感到无比困惑的问题统统帮我们解决掉。”

福尔摩斯耸了耸肩膀：“并不是人生所有的愿望都能够得以实现，并且那些所谓的神话和传说也并不是侦查人员需要的证据，这桩案件的处理真是不尽如人意啊。”

福尔摩斯漫不经心地说着，虽然有些沮丧，但是非常坦诚，斯特普尔顿死死地盯着他瞧了一会儿，然后把脸转向了我。

“原本我是想将这个不幸之人抬进我家的，但是我那胆小的妹妹肯定会十分恐惧，因此，我还是放弃这个念头吧。我看现在还是找些东西盖住他的脸，那样应当非常安全，一切等到明天早上再想办法吧。”

大家商量好之后，我和我的朋友婉言拒绝了斯特普尔顿热情的邀请，大家就各自回去了。

## 第十三章　设网

“我们终于要逮到他了，”福尔摩斯在我们一同路过沼泽地的时候如是说，“此人的意志简直超乎我们的想象！华生，现在我还要告诉您，我们从来没有碰到过如此坚强的对手，他值得我们与他一斗。”“为何我们不早一点抓起他呢？”“我亲爱的华生，如果他是自己一个人干的，我们还可以搜寻到一些证据，如果现在把那条大狗拖出来，对于我们打算将绳子拴在它主人脖子上的计划是没有任何帮助的。”“查尔斯爵士的死不正是我们掌握的十分有力的证据吗？”“他死时尸体没有任何痕迹，虽然您我都知道，他确实是被惊吓而死。”“那接下来咱们应当如何行动呢？”“嗯，我感觉没必要再藏起来了。但是，记住，华生，千万不要对亨利爵士说起那件有关猎犬的事儿。”

见到福尔摩斯之后，亨利爵士一阵激动，他早就期盼福尔摩斯能够从伦敦来这里。

**同步思考**

见到福尔摩斯，华生的心情是怎样的？

“自打华生从家里离开以后，我整天在家里都感到郁郁寡欢。”准男爵说道，“如果我不许诺说不是一个人来的话，我将会度过一个欢快高兴的夜晚了，因为斯特普尔顿写信邀请我去他家。”“我相信倘若您真的去他家里的话，一定会有一个非常愉快的夜晚在等着您。”福尔摩斯面无表情地说。突然，他停止说话，转过头去一动也不动地紧盯着我头顶上的地方。

“请原谅鉴赏家的称赞吧。”他一面说着一面摆着手指向镶满对面墙壁上的一排画像，“啊，这些人像画得简直太漂亮了。”“听到您的评价，我真是非常地开心啊。”亨利爵士说。

“正对着我的几个身上披着黑色天鹅绒斗篷、斜挎绶带的骑士是什么人？”“啊。他是谁您一定得知道，您听过关于巴斯克维尔的猎犬的传说吧，那个传说就是由他引发的。”

福尔摩斯没有再多讲什么，他似乎被那幅老酗酒鬼的画像深深地吸引住了。

“您是否感觉眼前的画像非常眼熟啊？”“天啊！”我惊讶得高声喊了起来。

好像是斯特普尔顿的脸从画像里跳出来了一样。

当他远离那张肖像时，他忽然发出了极其罕见的狂笑。他不是个爱笑的人，可是只要他一笑的话，那通常都会有人要遭遇不幸了。

第二天清晨我起得很早，但是福尔摩斯比我起

**词语解释**

手忙脚乱：形容做事慌张而没有条理。也形容惊慌失措。

**嵌记妙语**

福尔摩斯在每一个案件中总能与委托者建立起良好的信任关系，他们都十分信赖福尔摩斯。

得更早，因为当我手忙脚乱地穿衣服时，他正顺着车道从外面走进来。

“我已经从格林潘拍电报了，将塞尔丹死亡的消息告诉了他们。”“那我们接下来该做些什么呢？”“那必须去找亨利爵士商量一下。啊，他来了！”“我希望您能看到我渡过这一难关。”“我亲爱的朋友啊，尽管我很愿意同您一起在这里渡过这个难关，但是，眼前有件要紧的事情必须让我返回伦敦。”

亨利爵士并没有开口说话，但是从他紧蹙的眉头可以看出他心里非常难过。

虽然我还没有忘记福尔摩斯昨晚曾告诉过斯特普尔顿，他的拜访到第二天才结束，但是我无论如何预料也没有料到他会想让我和他一起离开。有个男孩已经在月台上面等着我们了。

“有什么指示吗，先生？”“您现在就去车站的邮局里打听一下，看是否有寄给我的信件。”

那个小男孩很快就拿着一封电报回到这里，福尔摩斯将信递给我看。信封上写着：

电报已接到，即携带空白拘票前去。五点四十分到达。

莱斯特雷德

他已经开始进行他的行动计划了，他的打算是通过亨利爵士而令斯特普尔顿相信我们二人真的从沼泽地离开了，但实际上，只要是需要我们的地方，我们随时都会现身。

劳拉·里昂太太在他的办公室里坐着。

“我正在侦查已死去的查尔斯·巴斯克维尔爵士非正常死亡的原因，”他讲，“我的的朋友华生已经向我转述了您对他的陈述，他还跟我说了您对这件事还有所保留。”“我有所保留？我还有什么可以保留的地方啊？！”她毫不示弱地反问道。

“您已承认，您曾约查尔斯爵士在10点钟时去那个门外，而那里刚好是他死亡的时间和地点。你难道不认为这些事情彼此之间是存在一定关系的吗？”“这些事情之间根本不存在什么关系啊！”“总之，我觉得您很走运最终脱离了危险，”夏洛克·福尔摩斯说道，“您在这几个月的时间里一直在万丈深渊的边缘徘徊着，现在我们不得不要跟你分手了，或许不久您就又会听到关于我们的消息的。”

词语解释

万丈深渊：渊，深潭。很深的水潭。比喻十分不利的处境。

“我们破案前的预备工作终于做好了，困难一个又一个地都在我们面前消失了，”当我们站在那儿等待从城里开出的快车时，福尔摩斯说，“用不了多久，我就能将一部完整的且具有传奇色彩并且扣人心弦的犯罪小说编辑出来了。虽然我们现在还没有掌握到确切的证据去征服这个奸诈狡猾的家伙，但是今天晚上，在我们睡觉以前，我们一定会搞清楚。”

从伦敦开到这里的快车轰鸣着开进了车站，一个身材矮小但身体强壮的就像是卷毛狗一样的人，从头等车厢里面纵身一跃，跳了出来。我们三个互相握了握手，莱斯特雷德恭敬而又谨慎地注视着我的朋友。我从他的那副模样里可以看出自从他们开始在一起工作以后，他已经掌握到了许多东西。

“事情是否有新的进展啊？”他问。

“近几年也就发生了这件大事，”福尔摩斯说，“留给我们的仅仅只有两个小时了，我们还需要进行一些准备工作呢。我认为我们应当充分利用这两个小时的时间去共进晚餐，之后为了能够令莱斯特雷德将充盈在嗓子里的伦敦雾气吐出来，我很乐意请您去沼泽地里呼吸一下新鲜空气，您应当第一次来这里吧！我想您肯定不会忘记这次奇特的旅行。”



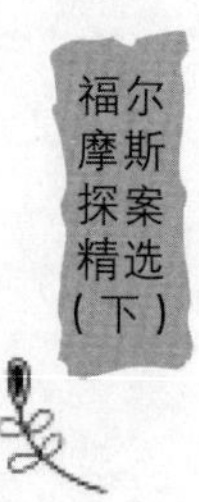

# 第十四章　巴斯克维尔的猎犬

福尔摩斯身上的一个缺点——没错，倘若您认为这是他的缺点的话——也就是说，计划实现之前他是坚决不会将自己的计划告诉旁人的。当我们的脸部感觉到寒风吹拂的时候，我才意识到我们又返回沼泽地了。我急切想知道将要发生什么，所以我浑身上下的神经开始紧张起来。

我们在楼房的大门口停下了车，在靠近车道的大门处，我们就已经下车了，一同朝着梅利皮特宅邸走过去。

我们沿着小路一直前行，当我们走到距离房屋大约200码远的时候，福尔摩斯把我们喊住了。

我轻手轻脚地沿着小路走过去在一个阴暗的地方躲起来，从那个地方，我能够直接见到那个没有挂上窗帘的窗户。

只有亨利爵士和斯特普尔顿两个人在那个房间里面。

透过窗户，我见到了斯特普尔顿正在手舞足蹈地说着，但是准男爵却一副心事重重的模样，脸上没有任何的表情。

**词语解释**

手舞足蹈：蹈，顿足踏地。两手舞动，两只脚也跳了起来。形容高兴到了极点。也指手乱舞、脚乱跳的狂态。

就在我默默地观察他们时，斯特普尔顿突然站起身来，朝房门走去。当我看见他又回到他的客人身边的时候，我才轻轻地退回到我原来的地方，向我的同伴们叙述了我所看见的全部情况。

此刻，格林潘泥潭上非常浓重的白色雾气正缓慢地朝我们这个方向侵袭过来。福尔摩斯转过脸默默地看着，一边盯着慢慢飘动的浓浓雾气看，嘴里还在无奈地嘀咕着：

“华生你看，浓雾正向着我们这个方向不停地移动！”“这对我们有什么影响吗？”“当然会有影响。咱们能不能达到目的和他的生命安全或许都要取决于他是不是在浓雾遮住小道以前出来了。”

正当我们在那里默默地守候时，浓雾已经爬上了房屋的两侧，并且不疾不徐地聚积成一堵十分厚重的雾气墙。处于焦急中的福尔摩斯正在不断地用双手拍打自己眼前的岩石，并充满无奈地不停跺脚。

突然，一阵急促的走路声打破了沼泽地的沉静，我们等待着那个人走过浓浓的雾气，但是穿过那层厚厚的雾气就像走过一层帘幕一样。

可是，那个从云雾里跑出来的东西将我们全都吓得丢了三魂七魄，那是一只黑得像煤炭一般面目狰狞的大猎犬。它沿着小道扑了过去，紧紧地追赶着我们的朋友，福尔摩斯和我两个人同时放枪，那个可怕的家伙咆哮了一声，这就表明起码有一枪肯定是击中了。

当我跑到与它只有几步之遥的时候，突然，那只野兽猛扑了过来，将准男爵扑在了地上，当那野兽正准备要咬住准男爵的咽喉之时，福尔摩斯一口气将左轮手枪中的5发子弹尽数射进那畜牲的腹部，它被打死了。

“实在抱歉，亨利爵士，让您受到惊吓了。”福尔摩斯说。

“您同样也救了我一命。”

“但是我们必须离开您了，”福尔摩斯说，“剩下的事情我们必须做完，现在只需要逮住那个人了。”

我们直接冲进大敞的前门，但是并没有看到我们追踪那个人的身影，唯有一间寝室的房门是紧锁着的。

**嵌记妙语**

案件中最致命的杀手终于露出了真面目，但它的指使者（饲养者）是谁呢？

**同步思考**

华生打死那只野兽了吗？

“这里边有人！”莱斯特雷德叫喊道，“把这道门踹开！”

房间被摆成了一个小博物馆的模样。房子的中间竖着一根木桩，一个人被绑在了木桩上。我们立刻上前把那个人身上绑着的所有东西除掉，然而斯特普尔顿太太就在我们的面前昏厥过去了。

她没过多久就缓缓地睁开了双目。

“谢天谢地！谢天谢地！这个浑蛋，竟然这样对待我！”她将自己的衣袖扯起来，露出了伤痕累累的胳膊。

“他伤害您太深了，太太。”福尔摩斯说，“就请您给我们指明道路，究竟在哪里我们能将他抓到。”“在泥潭中央的一个小岛上，有一个老式的锡矿。我想他一定会逃到那儿去的。”“可是，”他说，“今天夜里没有人能够知道如何进入格林潘泥潭了。”

她拍起手哈哈大笑起来，眼睛里和牙齿上都闪耀着欣喜若狂的光芒。

**词语解释**

欣喜若狂：欣喜，快乐；若，好像；狂，失去控制。形容高兴到了极点，也指十分高兴的样子。

显而易见的是，在雾气散开之前，所有的追踪都是徒劳无功的。斯特普尔顿家人的真实情况也不可能对我们有所隐瞒了，但是当准男爵听见他所喜欢的女人的真实感情时，居然能勇敢地承担这个打击。

这桩充满离奇的故事即将接近尾声，读者们在故事中势必也会领会到那些极其可怕和模糊不清的猜测，很长一段时间，这些东西都给我们的内心蒙上了阴影，但是结局却如此地凄惨。第二天清晨，浓雾渐渐散去，斯特普尔顿太太带着我们走向一条穿越泥沼的小道。

当我们穿过这段泥泞的小路，踏上坚实的土地时，我们就都迫切地搜索起脚印来，但却没有发现任何人走动过的痕迹。深不见底的沼泽已经将这个残酷无比的家伙吞噬了。

在他隐藏他那个凶恶残暴的同伙的四周被泥潭围绕着的小岛上，我们发现了他们所遗留下来的很多痕迹。在一个小房子里，有一只马蹄铁、一根链子和一些啃过的骨头，在断壁残垣之间还有一副粘着一团棕色毛的骨头架子。

“我的天啊，”福尔摩斯说，“是一只卷毛的长耳犬。那条狗，深得莫蒂默的喜欢。我不相信这儿还有许多秘密我们没有查清楚。华生，我曾经在伦敦就说过这样的话，现在我再说一遍，他是所有我们协助逮捕的人里面最为危险的一个。”他向着泥潭挥动着他那修长的胳膊，色彩斑斓的、点缀着绿色斑点的泥潭宽阔无边，向远方无限延伸过去，一直延伸到赤褐色的沼泽地的山坡。

# 第十五章　回顾

11月底的寒冷天气让人们只能乖乖待在贝克街的寓所当中，我们在起居室里暖和的火炉旁边围坐着。在我们办理完德文郡那场结局悲惨的案子以后，我们又处理了两件重要的案件。亨利爵士和莫蒂默医生都去了伦敦，为了恢复爵士那受到强烈刺激的神经，他们准备进行一次长途旅行。当他们下午来看望我们之时，不禁对这个问题进行了探讨。

福尔摩斯说：“自称为斯特普尔顿的人的看法是简单明确的。现在这个案子已经清晰明了了，我认为并不存在任何无法理解的地方。”

我说：“您还是把您印象中的这个案子的过程讲一遍吧。”

“可以，可是我已经记不清一些细节的东西了，前段日子我的精神太过集中了，已经忘掉了一些东

**嵌记妙语**

在整个案件调查过程中，所有的人都付出了自己的努力，案件清晰明了之后，大家都放松了自己的心情，并且得以释怀。福尔摩斯整理了案件发生的整个过程，又详细地讲述给大家听。故事又以倒叙的形式来填充某些空白点，作者在叙述方法上可谓下足了功夫，以充分调动读者的阅读兴趣。



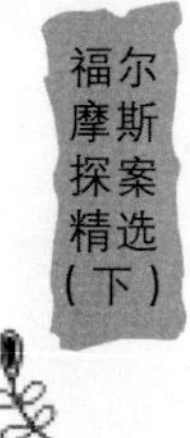

西了。我忘掉的部分您再补充吧。

“我们的调查以及种种迹象表明那个家伙的确是巴斯克维尔家族的人，他就是查尔斯爵士的弟弟罗杰·巴斯克维尔的儿子。那个罗杰曾经声名狼藉地逃到南美洲了，可是，他在尚未结婚的时候就已经去世了。

“咱们肯定会对此刻提到的斯特普尔顿的那些生活感兴趣。为了能够将财产弄到手，那个家伙甚至会不惜一切代价。

“准男爵本人把有关家族的猎犬的传说告诉了他，这无疑为自己的死亡铺了一条路。他那敏捷聪慧的大脑立即浮现出一条妙计，不仅能够令准男爵丧命，并且其他人也很难擒获凶手。

“他绞尽脑汁地思考，一个个阴谋就像早已策划好一般从他的大脑里浮现出来。一个一般的阴谋策划者，当他拥有一只凶猛的猎犬的时候会感到非常满足，但是他却永不满足。他采用人工的方法将这个动物变得面目狰狞如同是着魔一般，当然，这也证明了他才智过人。

“但这种机会是很难得的。他曾经希望，他太太或许能把查尔斯带向死亡之路，但是在这个问题上，她居然表现出意想不到的反对。

“但是他却在困难中觅得一个机会，因为查尔斯爵士已经与他结下了友谊，就在爵士对里昂太太施以援手之时，交给了他管理慈善基金的职责。他向她声明，假如她和丈夫能够离婚的话，他就和她结婚，这么一来，他就有了一个长期等待却没有得到的绝好机会。

“他傍晚从库姆·特雷西返回，而且还有十分充裕的时间将猎犬弄回来，给猎犬上好发光染料，接着再将猎犬放在栅门的附近，他很清楚他会见到老绅士等在那里。那狗得到了主人的指使，跳过了

**词语解释**

绞尽脑汁：绞，费尽，用心思考。尽，完的意思。就是用尽、用完。形容苦思积虑，费尽脑筋。

意想不到：意，意料，料想，猜想。意识里料想不到，没有料到，在意料之外。

栅门就朝不幸的准男爵扑了过去，准男爵因为心脏病和过度的恐惧死在夹道的尽头。这件离奇的事情使官方感到很奇怪，从那以后我们就开始调查了这桩案件。

“关于查尔斯爵士的死，我们就说到这里吧。你们足以见得这犯罪手法运用得极为高明，我们毫无办法将真凶抓住，并立案。

“或许斯特普尔顿并不知道还有一个继承人在加拿大，但是无论如何，他立刻就能从他朋友莫蒂默医生那儿得知的。自打他的妻子不同意和他一同设圈套来加害老头之后，他甚至都不再相信自己的妻子了，因此，他的妻子不敢写信对那个正陷入危险中的人进行好意的提醒。最终，她采用了折中的法子，剪下报纸上的字拼凑起那封信，第一次向他提出了危险警告。

“对于斯特普尔顿来说，搞到一件亨利爵士的衣服是至关重要的，他特有的灵敏和大胆开始在大脑中构思。我们也正是从这件事得到了启发，原因是他在我们心中十分坚定地证实了是一条猎犬在同我们打交道。

“后来，第二天早上，我们的朋友又来拜访了咱们，坐在马车上的斯特普尔顿始终在跟踪着我们。我感觉到，斯特普尔顿的罪恶历史绝不仅仅会只局限在巴斯克维尔庄园案这一件事情上。

“那天早上，当他成功地由我们手里跑掉并通过马车夫把我的名字告诉我的时候，他的足智多谋和胆大妄为在这件事上就可以看得出来。”“先打断一下！”我说，“显然，您已经详细地讲述了这个事情的经过，可是，我心里面还存有一个疑问。当猎犬的主人身处伦敦之时，它应当如何自处呢？”“这件事我也留意过，并且，这也是非常重要的一个部分。斯特普尔顿有一个心腹，尽管看起

**嵌记妙语**

华生的提问也是读者的疑问，否则该案件会出现一个漏洞。

来还不像是已经任由斯特普尔顿摆布了，所以，完全有可能是当它的主人不在时就让他来照看这只猎犬。甚至他根本不知道为何要养这只猎犬。

“接着，斯特普尔顿就返回了德文郡。很快，你和亨利爵士开始在那里对他们进行跟踪。当我检查那张上边贴着报纸铅印字的信纸时，我仔细地观察了纸里边的水印。我的鼻子里闻到了一股非常奇特的芳香，像是迎春花的味道，按照我以往的经验，这绝不仅仅是一桩仅凭快速对香水种类进行分辨就能够侦破的案件。

“我就开始跟踪斯特普尔顿。但是，很明显，如果我是同您在一起，我就不会做成这件事儿了，他会对这事慎之又慎。很长一段时间，我都会在库姆·特雷西待着，只有不得不靠近犯罪现场之时，我才会到沼泽地里的小屋子去居住。

“我早就对您说过了，我会在第一时间收到您的报告，多亏了您的那些报告，尤其是关于斯特普尔顿出身这件事简直太及时了。

“您在沼泽地里发现我之时，我已经弄清楚所有的事情真相了，只可惜我还没有足够的罪证令陪审官们相信，甚至是那个夜晚，斯特普尔顿误杀了逃犯的事实都无法成为他杀人的证据。现在我们总算把他的罪状凑齐了，而且把斯特普尔顿赶向了死亡。

“毫无疑问，斯特普尔顿太太是任由斯特普尔顿摆布的。或许是因为恐惧，又或许是因为害怕，当然，也可能是二者兼有，因为这是完全可以并存的两种情感。当他看见准男爵向自己的妻子求婚时，虽然这是计划之中的事，但他还是忍不住心中的怒火，这样他强制隐藏起来的暴躁性格暴露了出来。她对丈夫的犯罪行为进行指责，他疯了似的向她咆哮，他第一次明确告诉她，她已经另有所属。他早

**同步思考**

华生在沼泽地里发现福尔摩斯时，福尔摩斯是否已经清楚了所有事情的真相?

已预感到，她对他不忠，因此他为了阻止她提醒亨利爵士，就将她绑起来。亲爱的伙伴，若是没有记录，我都无法为您叙述这个离奇的案件，因为我可能会将某些细节给遗漏掉。”

“还有一点我存有疑问。如何证明斯特普尔顿已经接管了财产呢？”

“这个恐怕很难解释清楚，您可把我给难住了。我把先前和现在的事情调查了一下，然而要我说出一个人未来会怎样确实不是一件容易的事。依你我对他的了解而言，没有任何事情能够为难他的。啊，亲爱的伙伴，咱们已经忙碌几周了，我感觉该放松放松神经了，今晚咱们可以抛开所有的不愉快的事情了。赶紧将衣服换好，咱们要去玛齐尼饭店将肚子的问题解决一下了，我还在虞格诺戏院订了包厢，吃过晚饭我们去看德·雷兹凯演的歌剧。”



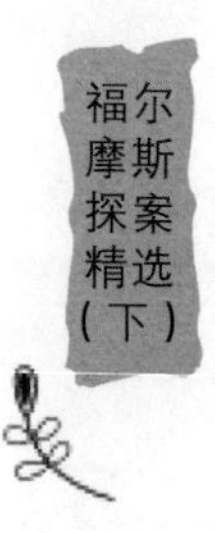

# 恐怖谷

## 第一部　伯尔斯通的悲剧

### 第一章　警告

“我更倾向于……”我说。

“还是我来说吧，我认为……”福尔摩斯打断了我的话，他似乎有些不耐烦了。

我自认为自己是一个非常有耐心的人，但是我不得不说，对于他以这样嘲笑的口吻将我的话打断，我还是非常气愤的。我厉声说道：“嘿，福尔摩斯，我发现您是挺烦人的！”

他正在沉思，对我的抗议没多少反应。只见他一手托着下巴，甚至连早饭都忘了吃，他的一双眼睛直直地盯着那张刚从信封拿出的纸条。他随即将信封拿着凑到了灯光哪儿，开始对信封和封口里进行细致的观察。

“看笔迹是波洛克写的，”他喃喃道，“虽然我只见过他的笔迹两次，但我却可以断定，这张字条是他写的。能把希腊字母£的上半边写得这么花哨的人也许就他一个。然而，倘若这封信真是波洛克写的，必然会有特别重要的事情。”

他并没有理会我的意思，只是一个人在那里喃喃地嘟囔着，但是他的这一番话却将我的好奇心激发出来了，我已经将刚才的事情忘得一干二净了。

“那这个波洛克究竟是什么人？”

“华生，波洛克不过是笔名，一个代号而已。但是这个代号的背后却是一个千变万化的人，让人捉摸不透。在上一封信中，他曾说过这并非他的真名，并和我打赌，看我是否能在这个偌大的城市中找到他这个人。而咱们并不是要找那波洛克，我们的目标是那个与波洛克往来密切的人。想象得出，一条陪伴在鲨鱼身旁的鲭鱼，也可以说是一头陪在狮子身旁的豺狼，甚至可以说任何一个伴随在庞然大物身旁的不怎么引人注意的小东西，那个庞然大物外观庞大，更重要的是穷凶极恶。我认为他现在的处境就是这样的。我记得我曾经给您提及过莫里亚蒂教授。”

“那个用科技手段做坏事的著名罪犯，他在那帮恶棍里算是佼佼者了……”

“华生，千万不要乱说！”福尔摩斯嘟囔着，对我的话有些不满。

“接下来我想要说的是，别人并不是很了解他本人。”

“就您鬼机灵！”福尔摩斯说道，“华生，我没有想到您竟然会变得这样风趣幽默，看来我要留心才行了。不过，如果将莫里亚蒂称作罪犯，从法律角度来说，他可以以诽谤罪为名将您告上法庭。他就是因此而甚为自豪的！他可以称为有史以来最大的阴谋家了，他曾经策划过各种各样的犯罪，他用自己聪明的大脑对黑社会进行掌控。以他的能力

**词语解释**

花哨：炫耀，卖弄。
佼佼者：美好、突出的人物。

**同步思考**

让我们想象一下200年前利用科技手段做坏事是怎样的呢？



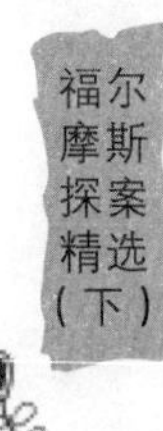

**词语解释**

缔造：创立、建造，多指伟大的事业。

不仅能重新缔造一个国家的未来，而且还能将它们毁灭。他这个人就是这个样子。但是他却保持着超然的姿态，因此没有人会猜疑他；也正因为他态度的谦逊，故而不曾受过任何指责。所以我说就凭您刚才说的话，他完全有理由将您告上法庭，为此您可能要损失一年的年金，用于赔偿他名誉上的损失。难道您不知道《小行星力学》的作者是什么人吗？这部书在纯数学领域攀登上了巅峰，据人传言，没有人敢在科学杂志上对它有什么批评。敢对这样的人进行中伤的人肯定是发疯了！您可以想象一下，一个是信口开河的医生，另一个则是遭受诽谤的教授——你们在法庭上的角色就是这个样子！华生，你要知道，他绝对不是一个惹得起的人！不过，只要咱们能抓住他那些小爪牙的把柄，我们就不愁没有办法了。”

“我对这一天真是充满期待啊！”我忍不住大叫着，“然而您刚才说的是这个叫波洛克的……”

“没错，波洛克是整个链条中很重要的一个环节，他同庞然大物之间的距离很近。甚至我可以告诉您，他是整个链条中唯一可以作为我们攻击对象的环节。”

“我们要是能将这一环节攻破，还用担心不会攻破整个链条吗？”

“就是这样的，华生！所以，波洛克的意义就在这里。这个人的良心尚未泯灭，在他心中还隐藏着朦胧的正义感，只要我们将之激发出来，并用利益来诱导他，他就会帮助我们。我曾经将一张 10 英镑的钞票送给他，他则有一两次提前将很有价值的消息告诉我，这给了我非常大的帮助，能够让我提前对某种罪行进行掌握，以便采取有效的措施，比起事后对罪犯的承办，前者显然好多了。我十分肯定，如果我们有揭开它的密码，这封信很有可能就是一个价值不菲的信息。”

福尔摩斯将纸条在空盘子上铺开，我则站起来，走到他身后，观察纸条上那些奇怪的字符，字条内容如下：

534 C2 13 127 36 31 4 17 21 41
道格拉斯 109 293 5 37 伯尔斯通
26 伯尔斯通 9 47 171

“你能从这里看出些什么呢，福尔摩斯先生？”

“他必然是想把秘密告诉别人。”

“然而，没有密码的密码信有什么用途呢？”

“密码在这样的情况之下的确派不上用场。”

“您说的‘在这样的情况之下’是什么意思？”

“我无须密码便能破译很多加密文字，如读报纸广告栏里的不完整文字一样轻松。那种小儿科的手段丝毫不会给我带来烦恼，反而会让聪明者有成功的愉悦感。但这次却不同了。它不是指出固定的字眼，而是说某本书中某一页上的某些字眼。又没有具体说明是哪一本书的哪一页，我也无计可施了。”

“那为何有‘道格拉斯’与‘伯尔斯通’这两个字眼呢？”

“没错，这本书缺的就是这两个字眼。”

“那么为何他不直接将究竟是哪一本书说出来呢？”

“我亲爱的华生，您是那么地聪明机智，总可以使人喜悦，倘若是您，您难道会将密码信和密码装入同一个信封吗？万一将信件投错了的话，您岂不就完蛋了。你要知道，现在他的所作所为足以证明他的聪明才智，倘若不是两封信全都出了差池，他是不会遭遇危险的。也许第二封邮件很快就会来了，而在这第二封邮件中必然包含解释的文字，或者可以查找这些符号代表的内容的书，这样一来，问题就解决了。”

嵌记妙语

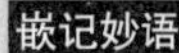

暗语，密码学也都是悬疑、推理作品中非常重要的元素，它们常常需要办案者有高超的智慧和丰富的经验。这些元素也增加了故事的可读性。



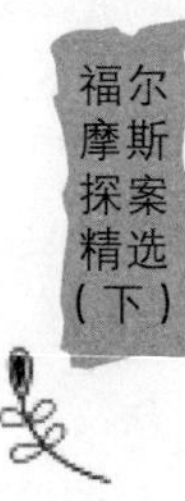

果然被他说中，没过多久，用人比利就将我们刚刚提及的那封信送了过来。

“一样的笔迹，”福尔摩斯一边拆开信封一边说道，“上面还有签名。”在将信件展开之时，他的喜悦之情溢于言表，“我说华生啊，咱们已经有些眉目啦！”然而他看完信之后，再次锁紧了眉头。

“哎呀，这实在太遗憾了！华生，咱们所有的希望都泡汤了，但愿波洛克没有遭遇任何不幸。”

信上的内容是这样的：

亲爱的福尔摩斯先生：

我不能再干如此危险的事情了，他应该已经开始怀疑我了。我对他的怀疑已经有所感知。我刚写好装密码的信封上的地址，他竟然就出现了。还好我迅速将信藏起来了。万一被他发现了的话，那我就彻底玩完了。但是，他的目光已经写满了对我的怀疑，请您赶紧烧毁上次寄去的密码信吧，它对于您而言没有任何用处。

弗莱德·波洛克

福尔摩斯在那里呆呆地坐着，手里拿着这封信，紧锁眉头、两眼出神地看着炉火。

福尔摩斯最后说：“但愿别出任何的差池，他只不过是在杞人忧天罢了。他自己心里有鬼自然会觉得别人怀疑他。”

**词语解释**

杞人忧天：杞，周代诸侯国名，在今河南杞县一带。杞国有个人怕天塌下来。比喻不必要的或缺乏根据的忧虑和担心。

“要是我没猜错的话，那个人就是莫里亚蒂教授吧。”

“是的！他们那伙人，一旦说到‘他’，都意味着说那个教授。也就只有他才能够对所有的人发号施令了。”

“可他又能如何呢？”

“哼！这个问题就很难说了。要是欧洲最顶尖的智囊与您对着干，并且，他的背后还有黑社会背景，你认为还会有什么事情干不出来。反正咱们这个可

怜的波洛克早就被吓傻了，您瞧瞧信纸上和信封上的笔迹，就会发现，字迹清晰的信封是他来之前写的。而那信纸上面的字却是在之后写出来的，竟然会如此地潦草。”

“他为何非写这封信呢？不写还不行吗？”

“他怕的是我的查问，如果这样，他就会更麻烦。”

“是的，”我说，“他的忧虑也不是没有道理。”我将那封密码信拿起，紧锁眉头仔细地查看，“明明知道天大的机密就藏在这张纸片上，却无法破译，这太令人生气了！”

夏洛克·福尔摩斯无心再吃早餐了，嘴里叼着气味难闻的烟斗。每当他沉思的时候，总离不开烟斗。他将身子靠在椅背之上，双眼盯着天花板出神，嘴里说道：“或许是因为马基雅维利的知识面还有些窄，将书里面的一些东西给丢掉了。我们姑且这么认为吧。这个人编写密码信是以一本书为蓝本的，咱们就以此为突破口吧。”

“这个范围太大了点！”

“那就再想办法试着将范围缩小一些。我仔细一想，就觉得这事也并不太难。咱们能从这本书里看出什么端倪吗？”

“我是毫无所获。”

“嗯，没有那么糟糕吧。这封密码信是以一个非常大的数字开头的——534。您也发现了，那本书实在是太厚。因此咱们可以先将534当成是他编这个密码凭借书籍的页数。这也算得上是一点点进步吧。那么，后面的符号是C2，您也许明白它代表了什么吧，华生？”

“当然是第二章了。”

“华生，我并不这么认为。我认为既然已经将页码指出了，再说章节似乎显得有点啰唆了。还有，如果534页还在第二章，那么第一章究竟是多么烦

**嵌记妙语**

根据弗莱德·波洛克寄给福尔摩斯的一封密码信，福尔摩斯和华生仔细琢磨了信上的一些主要标志，并且明白了写在开头的534是密码破译书的页码，而C2则是第几栏的意思。这为他们进行整封信的破译开了一个好头。

琐的一章啊。”

“那应该就是第几栏的意思吧！”我说。

“您真聪明，华生。今天早上您的脑袋真是好用。如果代表的不是第几栏的意思，那就只能说明我是个大笨蛋。如此一来，我们可以想象得出，那是一本非常厚的书，而且每页分两栏排印，每一栏还十分长，所以在这信中，出现了 293 这个数字。现在我们的推理应该已经到此为止了吧？”

“恐怕是的。”

“再认真想一想吧，我的华生，千万不要低估了你自己的能力啊！如果这是一本罕见的书，他必然会把书寄给我。而他在计划夭折之前，他毫无寄书的准备，而是要用信件的方式把线索告知我。这是我们在第二封信里面所获取的信息。这证实了这本书是非常常见的。这书他有一本，而且感觉我也有。华生，归纳来说，这是一本非常普遍的书。”

“您的话确实很有道理。”

“这样的话，我们就可以将范围缩小到一本十分常见的厚厚的书籍上了，而且这本还是两栏排印的。”

“我知道了，一定是《圣经》！”我十分得意地嚷道。

**词语解释**

《圣经》：指犹太教和基督教（包括天主教、东正教和基督新教）的宗教经典。犹太教的宗教经典是指《塔纳赫》（或称《希伯来圣经》），而基督宗教的则指《旧约圣经》（《旧约全书》）和《新约圣经》（《新约全书》）两部分。

“华生，您太聪明了！虽然我认为应当赞扬你的推理方向，但是我认为还不是很精确，如果莫里亚蒂的同事手边没有这样一本书的话，我就不会进行这样的推断。还有就是《圣经》的版本非常多，要两个版面页码完全相同简直是不可能的。因此，显而易见，这是一本有着统一版本的书。也就是说他知道他那本书上的 534 页与我这本书上的 534 页是一样的。”

“这样的情况就比较少见了！”

“十分正确。这也是咱们的突破口。咱们的范围又进一步缩小了，缩小到一本人人具备的，并且版本统一的书。”

“火车时刻表？！”

“华生，应该不是。火车时刻表上的词语精确凝练，然而词汇量很少，用它来传递普通消息将十分困难。这样的话，字典也被排除在外了。究竟还会是一本什么书籍呢？”

“年鉴！”

“太好了，华生！您这次肯定是对的了！年鉴！现在就让我认真回想一下惠特克年鉴各项条件吧。这是本经常用得到的书，而且完全符合咱们所有的条件，分两栏排印。在我的印象里，这本书的开头用词非常精练，之后就变得有些啰唆了。”福尔摩斯将这本书拿来，“第 534 页，第二栏，我看到很长的一栏，内容是在说英属印度的贸易与资源问题。华生，将这个字好好记下来吧！第 13 个词是‘马拉塔人’，不过感觉这个开头不怎么好，第 127 个字是‘政府’，这个词对我们和莫里亚蒂教授好像也没什么意义。当然，要说没有任何关系也并非如此。马拉塔人政府究竟会怎么样呢？哦，天啊，下面一个词竟然会是‘猪鬃’。我说华生啊，咱们可是闹了一个笑话啊，我看还是赶紧停止吧！”

尽管话说起来很轻松，然而他浓浓的眉毛却微微颤抖了一下，我可以看出他的不甘心与气愤。我呆呆地坐在那里，两只眼睛十分出神地盯着炉火，心里很生气。忽然，福尔摩斯的一声欢呼将我们俩长时间的沉默打破了。他向书橱奔去，拿出另一本黄色封面的书。

“华生，是咱们太过超前才会导致这样的错误的！”他说着，“追求时髦是要付出代价的。今天才 1 月 7 号，咱们竟然提前买了这本新年鉴。或许，波洛克是根据一本旧的年鉴编写的这封密信。毫无疑问，如果他寄来第二封信的话，就会将这一点告

**词语解释**

时髦：现形容人的装饰衣着或其他事物新颖入时。而在古代是指一时的英才。

诉我们的。来吧，华生，我们再来看看这第534页究竟说了些什么。第13个字是‘有’，看来有希望。第127个字是‘危险’。”从福尔摩斯的双目中射出了兴奋的光芒，他依次数着那些数字，他那修长的手指有些颤抖，很显然，他的内心非常激动。“‘有危险’，哈！哈！太棒了！华生，赶紧记录下来这个。‘有危险……时间……紧急……’，后面是‘道格拉斯’这个人名，再下面是‘富人……居住区……现在……在……伯尔斯通地方……伯尔斯通宅子……信任……危险……临近’。您看，华生！您看一看那纯推理的结果究竟是什么样的？如果鲜花店有桂冠出售的话，我一定会叫比利去买一顶回来的。”

福尔摩斯破译的同时，我则将那些词句记在一张书写纸上。我全神贯注地盯着这些非常奇怪的词句。

“依我看，他不过是勉强地表达自己的意思而已。”我说。

“不，我认为他做得简直太棒了，”福尔摩斯说着，“凭借着一栏文字要将那些表达自己意思的词语找出来，是一件难度很大的事情。因此要留下空白，给看信的人想象的空间。这封信的大意是告诉我们，一些坏蛋要对一个叫道格拉斯的人下手。我们先不要追究这个人究竟是谁，信件表明他是一个非常有钱的乡绅，他对这件已经迫在眉睫的事深信不疑。然而找不到‘确信’这个词，便用‘信任’来代替。我对我们自己简直佩服得五体投地，竟然可以分析出专家级的结论！”

**词语解释**

深信不疑：非常相信，没有一点怀疑。

福尔摩斯就像是一个货真价实的艺术家一样，虽然他未能将自己预期的目的达到，心里面难免会有些遗憾，但是他对于自己勉强够得上合格的工作结果也是充满着得意，那是一种不掺杂任何偏见的喜悦。福尔摩斯由于欣喜，不禁笑了起来。这时候，比利进来了，与他一起走进来的还有苏格兰场的警官麦克唐纳。

在 18 世纪 80 年代末那样的时代，亚历克·麦克唐纳的声誉还不是特别大。他在那个时代还是十分年轻的，但是，他能够将自己接手的一切案子都处理得十分完美，因此，他成为在侦缉队里深受信赖的成员之一。他身材魁梧，体格健壮，一看就知道他体力过人；他额头宽大，一双眼睛炯炯有神而深邃，好像在向人们展现他敏锐的观察力以及超群的智力；他不苟言笑，意志非常顽强，做事一丝不苟，说起话来带着十分浓郁的苏格兰阿伯丁口音。

福尔摩斯已经协助他顺利地破了两桩案子，然而他只享受到了靠智慧排解疑难的快乐，因此，这个苏格兰人对我的同伴很是尊敬和热爱，一旦遇到难解的问题，他就诚恳地向福尔摩斯讨教。平庸的人是永远不会发现别人身上的闪光点的，但是，聪慧的人则会一直从别人身上不断发现优点。麦克唐纳正是这样聪慧的人，他很清楚向福尔摩斯求教毫不掉价，因为无论凭才能还是靠经验，福尔摩斯都是欧洲独一无二的侦探。福尔摩斯是一个不喜欢与人相处的人，但是他却很喜欢这个身材魁梧的苏格兰人，他每次见到麦克唐纳总会笑盈盈的。

“早啊，麦克先生，”福尔摩斯说，“祝您顺利，又有什么难题了吗？”

“福尔摩斯先生，”这个警官面带微笑地说道，“早上的寒气足以被一小口酒彻底驱走。很感谢您，我不抽烟。我还要赶路，因为您是知道的，案发后的最初几个钟头有着重要的意义。可这……这……”

警官的话还没说完，就突然止住了，他目瞪口呆地紧盯着桌子上的那张纸。那是我草草记下密码信的那张纸。

“道格拉斯？！”他有些结巴地说，“伯尔斯

**词语解释**

一丝不苟：苟，苟且，马虎。指做事认真细致，一点儿不马虎。

**嵌记妙语**

正因为福尔摩斯对快乐的要求非常“低”，他才会投入如此多的精力在他的工作中，而不是在各种金钱等世俗的纷争中。



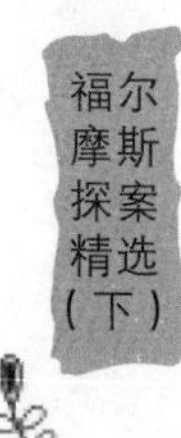

通？！福尔摩斯先生，这究竟是怎么一回事？啊，难道您是神仙吗，否则您怎么会知道这两个名字的呢？”

“这两个名字是我与华生医生一同从破译的密码信里面所获取的信息。难道这两个名字有什么不妥之处吗？”

警官满是诧异地望着我们俩：“就是这两个名字，您听我说，伯尔斯通宅子里的道格拉斯先生今天早上被人暗杀了！”

# 第二章　福尔摩斯的论述

这样的时刻简直就如同小说一般，似乎我朋友的存在就是为了这种令人激动的时刻。听到这个消息，他没有丝毫的惊讶，甚至没有什么情绪变化。当然，这并非意味着他的性格中有残忍的成分，而是由于他被长时间地过度刺激，对这种情况早已见怪不怪了。虽然他并没有在情绪上表现得多么亢奋，但是他冷静的理智让他的洞察力显得更加敏锐。我听到这个简短消息的反应首先是恐怖，但是我的朋友却完全不动声色，依旧是一副科学家特有的理性的冷漠，就好像眼前见到的就是过饱和溶液里析出的结晶体，完全没有令他动容的理由。

词语解释

亢奋：极度兴奋。

“简直太神奇了！”他说道。

“看起来，这并没有令您感到有任何的意外！”

“麦克先生，我只是比较好奇，可是不能说吃惊。我为何要吃惊呢？我早已收到一封匿名信，深知这封信的重要性。从信中获知，某个人正面临着危险。果然，尚未到一个小时的时间，信里面的话就成了现实，那个处于危险中的人遇害了。这件事只会引起我的注意，根本谈不上惊讶。”

他向那个警官简明扼要地叙述了信件和密码的事情。麦克唐纳在那里坐着，双手支着下巴，双眉紧锁。

“我原本是计划着早上去伯尔斯通，”他说着，“我来这里的目的就是想问下您和您的朋友是否愿意同我一起去。但是，从您刚才所说的话推断，我们也许在伦敦会办得更好。”

“我看未必。”福尔摩斯说。

“福尔摩斯先生，这简直是有些荒唐了！”警官大叫道，“这两天的报纸上，刊登的都是关于‘伯尔斯通之谜’。但是，事情尚未发生的时候，在伦敦已经有人预言此事了，难道这还能称为谜团吗？我感觉只要我们把这个人捉拿归案，事情自然就会水落石出。”

“这个是理所当然，麦克先生。但是，您准备怎样将这个所谓的波洛克抓住呢？”

麦克唐纳看了看福尔摩斯递给他的信封，说道：“这封信是从坎伯威尔寄出来的，这并不能帮助我们。您曾经告诉我说这个名字是假的，所以不能从名字里查到什么。您不是说您曾给过他钱吗？”

“没错，还给过他两次钱呢。”

“如何给的？”

“将钱寄到坎伯威尔邮局就可以了。”

“您难道就没去看一下究竟是谁将钱取走的？”

“没有。”

警官很是诧异，吃惊地问道：“为什么？”

“原因就是我是个重承诺守信用的人。我答应过不会追查他的行踪就说到做到。”

“您认为在他背后是不是有个什么人？”

“这是当然的了，我当然是知道的。”

“就是您对我说过的那位教授？”

词语解释

简明扼要：抓住要点。指简单明了，抓住要点。



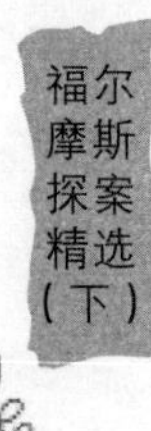

同步思考

莫里亚蒂教授是个怎样的人?

“没错！”

警官麦克唐纳笑了笑说：“福尔摩斯先生，我说句实话啊，我们民事部门的人一直都觉得在这位教授的事情上，您存在着个人情绪问题。我也去调查过这件事。从外表看来，他是一个既有学问，又有才干的人，非常值得尊敬。”

“这真是令我太开心了——你们竟然产生了对天才的浓厚兴趣！”

“老兄，人是要面对事实的！我感觉我们有必要去拜访他。我曾经就日食的问题与他进行过交流。然而我实在想不起来为什么谈这个问题了，只记得他当时拿出一个带反光镜的提灯，照在地球仪上，把事情明白地解释给我，这一过程仅仅花了一分钟的时间。他还借给我一本书。说了您可别瞧不起我，我曾经也在阿伯丁受过非常好的教育，但是，他的那本书我竟然一丁点儿都看不明白。他面容瘦削、头发灰白，说话时的神态就像一位优秀的牧师。在我们分手的时候，他拍着我的肩膀，我当时的感觉就是自己即将步入残酷的社会面对无情的竞争，父亲正在为我送上祝福。”

福尔摩斯忍不住笑了出来：“这简直太棒了！我亲爱的伙伴，麦克唐纳，这可真是一次令人感到十分愉快的接触，让您十分感动，倘若被我猜中的话，您见他之时，他正待在教授的书房里面吧。”

“没错。”

“那是一个十分精致的房间吧？”

“福尔摩斯先生，要知道精致已经不足以形容那个房间了，简直就是华丽无比啊。”

“您当时是坐在他写字台对面？”

“没错。”

“太阳照着您的眼睛，但是他的脸则处在暗处，对吗？”

“不是这样的，我们是在晚上见的面。但是我记得那时灯是亮着的，灯光正好照着我的脸。”

“嗯，那就对了。您有没有注意到教授座位后面的墙上高悬着一幅画？”

“我当然观察得比较仔细，福尔摩斯先生。或许这就是从您那里学到的。没错，我注意到了那幅画，画里面是一个双手托着下巴，眼睛斜视的年轻女子。”

“那幅油画是让·巴普蒂斯特·格罗兹的作品。”

看起来警察对此非常感兴趣。

“让·巴普蒂斯特·格罗兹，”福尔摩斯将双手的指尖抵在一块儿，背靠在椅子上，接着说，“那是一位曾经轰动一时的法国画家。当然了，我所指的是他的绘画生涯。他得到了格罗兹同时代的人们很高的评价，而且现代批评家不仅对当时的评价颇为认可，甚至对他的评价比当时的人更高一些。”

警官似乎对此不感兴趣，“那咱们呢，咱们是不是应当……”

“我谈的是这幅画，别扯远了，”福尔摩斯打断他的话说，“我现在说的这一切，都与您称作‘伯尔斯通之谜’的案件有着直接和极为重要的联系。我可以更清楚地说，这恰恰就是这桩案件的核心所在。”

**嵌记妙语**

据福尔摩斯调查，让·巴普蒂斯特·格罗兹以及他的画跟“伯尔斯通之谜”的案件有着直接的关系，对这些，麦克唐纳警官一点都不感兴趣，因为他并不这么认为，觉得这两者之间相去甚远，毫无联系可言。

麦克唐纳苦笑了一下，看了看我，似乎是在向我求助。他说：“福尔摩斯先生，我现在有点听不明白您所说的话了。我不明白一个昔日的画家会跟这桩案件有什么关系？”

“对于侦探来说，所有的知识都是有用的，”福尔摩斯继续说道，“格罗兹有一幅名叫‘牧羊少女’的油画，这幅画1865年在波梯利斯被拍卖，卖到了120万法郎，折合14万多英镑。虽然这不是一件大事，但是足以能引发您进一步的思考吧。”

这的确令这位警官陷入了深深的思考，他对此的确表现出了十分浓厚的兴趣。

“也许我该给您一些提示，”福尔摩斯接着说，“教授的薪金多少，我们可以从几本可靠的参考书查到，每年是 700 英镑。”

“以教授现有的薪金水平，这样的画他能买得起吗……”

“所以，咱们应该把目光放在这里？”

“哦，这确实值得注意，”警官若有所思地说，“福尔摩斯先生，请您继续吧，我的胃口已经被您吊起来了，您赶紧继续说下去吧。”

福尔摩斯笑了笑。只有当他被人真诚地钦佩之时才会露出热情，这正是咱们的艺术家的真实性格。他继续问道：“那我们去伯尔斯通的事情该怎么办呢？”

嵌记妙语

福尔摩斯的成就感大都来自委托者的信任和这种“真诚地钦佩”。

“我们的时间十分充裕啊，”警官看了一下手上的手表说，“我们有马车，用不上 20 分钟的时间就能够抵达维多利亚车站了。说起那幅画，福尔摩斯先生，您说起那幅画之时，我突然想起来，您说过您不曾见过莫里亚蒂教授啊。”

“没错，素未谋面。”

“那为何您会对他的书房了如指掌呢？”

词语解释

了如指掌：了，明白；指掌，指着手掌。形容对事物了解得非常清楚，像把东西放在手掌里给人家看一样。

“啊，那就是另一回事了。我曾三次去他家，不过一直没见到他。在我最后一次去他家的时候偷偷地对他的文件进行了检查，结果却令我非常意外。”

“那您发现什么疑点了？”

“没有。我意外地恰恰正是没有发现任何可疑的地方。然而，您现在已经明白这幅画真正的含义了。它说明，莫里亚蒂这个人十分富有。但是，这么多的财富，他究竟从哪里获取的呢？他现在还是单身汉，他的弟弟在英格兰西部的一个小火车站里担任站长的职务。他每年的收入也不过是 700 英镑，然而他却拥有一幅格罗兹的油画。”

“嗯？”

“这个问题很显而易见啊。”

“您是说他财富来路不正？”

“是的，我就是这么想的。当然我这么想还有其他的理由。这张蜘蛛网的中心已经被太多的蛛丝马迹给隐约暴露了，那里恰恰就是毒蜘蛛潜伏的所在。我提及这位格罗兹，是因为您自己已经亲眼见到了。”

“这个嘛，福尔摩斯先生，您刚才说得实在太对了。若是您能将刚才说的说得更为详尽一点那就再好不过了。也就是说您感觉他的钱到底怎么来的？伪造钞票，私铸钱币，还是盗窃？”

“不知您是否听过关于乔纳森·怀尔德的故事？”

“这个名字倒是有点耳熟，他是小说里面的人物吗？对于小说里描写的侦探，我向来都提不起兴趣。那些人物办案总不让人清楚他们究竟是怎么办的，似乎全部来自灵感一样，根本不是真正的办案。”

“乔纳森·怀尔德并非小说里的侦探。正好相反，他是一个作案的高手，他所生活的年代是 18 世纪，应该是在 1750 年前后吧。”

“这个人对我会有什么价值呢？我向来对没有实用价值的人不感兴趣。”

“麦克先生，我建议您在这辈子中，花 3 个月闭门读书，每天读 12 个小时的侦探年报，对于您来说这是最实际的事情。您要知道任何事情都是周而复始、循环往复的，即便是莫里亚蒂教授也无法从这个规律里逃脱。乔纳森·怀尔德是伦敦罪犯们的幕后黑手，他依靠智慧的大脑向伦敦的罪犯们提供作案计划，然后从中获得 15%的佣金。以前发生过的事情以后或许也会发生的。或许您会对我给您讲的关于莫里亚蒂的事情感兴趣吧。”

“我发现我现在对您所讲述的一切都非常有

兴趣。”

“一个偶然的瞬间，我看出了这根链条的第一个环节，一头是一个穷凶极恶的人物，另一头则是无数个无法无天的打手、扒手、敲诈勒索犯以及耍花招骗钱的赌棍，他们的罪行会让您眼花缭乱。而塞巴斯蒂安·兰上校则是他们作案的总指挥，但是这位参谋长却不会受到法律的制裁。您能想象得出莫里亚蒂教授一年贿赂这位参谋长多少钱吗？”

**词语解释**

耍花招：施展诡诈手段。

**嵌记妙语**

某些丑陋现象是伴随着人类的存在而存在的。

“有多少？”

“一年 6000 英镑，这不过是出谋划策的报酬。您应当清楚美国的商业原则吧，我获得这些情报纯属偶然。他的收入简直可以匹敌首相了。仅凭这一点，您就能想清楚究竟莫里亚蒂的收入有多少了，甚至可以进一步想象得出他所从事的活动的规模究竟有多大。再有就是，最近我特意侦查过莫里亚蒂用的一些支票，不过那只是些普通支票，本身是毫无问题的，只是他用来支付家庭开支的。这些支票来自 6 家银行。您对这一点有什么印象呢？”

“这可以总结出什么样的结论呢？”

“他究竟有多少钱，没人能查出来。我确信他在银行有 20 个账户。而大部分钱则很大可能是存在国外，或者德意志银行，或者法国里昂信贷银行。我给您的建议是，倘若您有一年左右的空闲时间不妨对这位教授进行深入的研究。”

麦克唐纳对福尔摩斯的话越来越着迷，出神地听着。但是终究他是一位十分讲求实际的苏格兰人，他的思绪很快又回到了这件案子上面。

“他有存款那是肯定的，”他说道，“您说的这些事情简直太有趣了，福尔摩斯先生，咱们还是言归正传吧。按照您刚才说的那番话，那位教师和这件案子有一定的关系，这也是从您那位给您寄警告信的名叫波洛克的人那里得知的。咱们是否可以试着再往前推一步呢？”

“我们可以找出其中的犯罪动机。依您所说，这是一桩扑朔迷离的凶杀案。如果我们所怀疑的犯罪起因是正确的，那么或许会有两种犯罪动机。第一，我对您说，莫里亚蒂对他的党羽实行的是专制统治，他对他们要求十分严格。在他的统治法典里，唯一的惩罚形式便是处死。我们可以推测被害人道格拉斯曾经在某种形式上背叛过首领，这件事被统治者的某个部下获悉了，为了对其他的下属进行警告，对其有所了解的人都会知道他被处死这件事。”

“嗯，然而这只是一种猜测，福尔摩斯先生。”

“我们或许还可以进行这样的推理，或者是莫里亚蒂教授按照自己的规矩来策划这起惨案。结果那里的惨案没有发生？”

“不太清楚。”

“若是没有的话，那就只有第二种假设的可能了。也许有人事先许诺莫里亚蒂，他可以从策划这桩罪案中获得一部分赃物，或者能从别人那里得到很多钱，叫他召集下属干这一罪恶勾当。两种设想存在的概率都不小。但是，不管是两种中的哪一种，或者是还有可能出现两种综合性的可能，咱们都不得不去一趟伯尔斯通，找寻这个谜底。我对这个对手太了解了，他是断然不会在现场留下任何痕迹的，因为他怕咱们找到他。”

“那咱们就赶紧动身去伯尔斯通吧！”麦克唐纳跳起身说，“比我预计的晚多了。你们就只有5分钟的准备时间了，先生们，赶紧行动吧。”

“这已经足够了，”福尔摩斯说着站起来，快速脱下睡衣，换上外套，“请您在路上再跟我们详细叙述一下整个案情吧，麦克先生。”

所谓的“一切案情”少得可怜，但足以让我们相信，这件案子十分值得花时间去研究。福尔摩斯

**词语解释**

勾当：营生；行当；事情（现一般指坏事）。

边听着那少得可怜的案情边在嘴角露出笑容，那双干瘦的手来回不停地揉搓着。过去几个星期一直无所事事，显得十分漫长，这段时间终于过去了，现在终于有一件案子，让他有了施展才华的机会。他的这种卓越的才能就像是各种各样的特殊功能，对于他来说，百无聊赖的日子是十分痛苦的，他认为，空闲只会令他敏锐聪慧的头脑走向衰退和迟钝。

夏洛克·福尔摩斯，可算是等到了需要他施展才能的案子，他目光如炬，苍白的两颊微微露出红晕，由于激动脸上显得神采奕奕的。他坐在马车上，上身略微向前倾斜，聚精会神地听着麦克唐纳对这件案子进行叙述。警官对我们解释，送奶火车清晨带来的一份草草写成的报告便是他们所有的证据。当地的官员怀特·梅森与他关系甚密，如有别的地方需要帮忙，麦克唐纳便可第一时间获得消息。这是一件非常棘手的案件，亟须大城市高手们的帮助，以便及时破案。信的内容是这样的：

**词语解释**

棘手：形容事情难办。

尊敬的麦克唐纳警官：

本函供您亲自过目，恳求阁下协助的正式文件已另函送递警署。为方便迎接，烦劳乘早晨任一班车抵达伯尔斯通，请赐电通知。倘若我无法抽身，就会派其他人前往接站。这件案件着实有些奇特，还请速速赶来。若是能够邀请到福尔摩斯先生一同前往，那是最好的了。此案疑点众多，相信他必然对此感兴趣。我深感整个案情颇具戏剧性。我敢发誓，此案非同一般！

“您的朋友真是很聪明啊。”福尔摩斯说。

“没错，先生。怀特·梅森在我眼里是一个精力充沛的人。”

“不错，还有别的信息吗？”

“没有了，我们到了那里之后再听他的讲述吧。”

“那么，您又是如何知晓道格拉斯先生以及他不幸被谋杀的事情呢？”

“这一信息来自随信附上的正式报告。由于‘惨遭’并非一个正式的术语，因此报告上没有用这两个字。只提到死者叫约翰·道格拉斯，伤在头部，是枪伤；案发时间是昨天晚上临近午夜的时候；并且说明了这是一桩谋杀案件，但是并未有人被抓。这的确是一件令人十分迷惑的案件。我们现在掌握的也只有这些了，福尔摩斯先生。”

“好吧，麦克先生，倘若您感觉可以，咱们就此打住吧。资料充足之前不要过早做任何判断。我当下只掌握两件事实：伦敦来了个大智囊，苏塞克斯郡那里有人死了。现在的关键问题就是将这两者之间的联系搞清楚。”

# 第三章　伯尔斯通的惨案

伯尔斯通地处苏塞克斯郡北部边界地区，是一个小村落。这个地方可以算得上历史悠久，木结构的房子，外墙刷着灰浆。这里与几个世纪之前的样子没有太大的差别，但是因为这里具有优美的风景，并且所处的位置也十分好，有很多富人都选择在这里定居，在周围的树林里隐约能够见到富人们的别墅。这里的人们以为，这些树林是英格兰东南部大森林的边缘，大森林蔓延到北边，与白垩丘陵地带相连而后渐渐稀疏。随着人口的不断增加，也产生了不少小商店。可以设想得出，这个古老的小村落会在不久的将来演变成一个现代化的城镇。这片农村的中心地点就在这里了，滕布里奇韦尔斯离这里10—12英里，是最近的城镇，而且还是在郡边界另一边的肯特郡。

嵌记妙语

小村落的消失也是现代文明的悲哀之一吗？

距离村子大约半英里的地方，有一座因为高大的山毛榉树而声名在外的古典园林，那便是历史悠久的伯尔斯通庄园。说起这座古老的建筑物的历史，大概要追溯到第一次十字军东征时代。那时候，国王把这里封给雨果·德·卡普司，于是，他就在这座庄园的中心位置建起一座小城堡。后来到了1543年，发生了一场火灾，城堡被烧毁。在詹姆士一世的时候，一座砖石结构的宅子建在了这座封建城堡的废墟之上，修建宅子的过程当中也充分利用上了原来城堡熏黑的墙角石。

为了延续17世纪初最初那座城堡的风格，这座宅子有不少山墙与钻石形的小格玻璃窗。原来城堡周围有两道护城河，用来保卫其尚武的主人，如今外河已经放干了水，降格做了菜园子。尽管将内河保留下来了，仅仅剩下几英尺的深度，但是却有40英尺的宽度，在整个宅子的周围围绕着。有一条小河汇入这条内河，从另一侧流出，所以，虽然护城河水流混浊，却并不像壕沟一样如一潭死水，对人们的健康无害。距离宅子底层的窗户也不过紧紧一英尺的距离。

人们要是想进到宅子里面，必须经过吊桥。原先吊桥的铁链和绞盘已经锈蚀断裂了。好在这片宅子的新住户有着旺盛的精力，重新又将吊桥给修缮好了，不但能够吊起来，而且每天晚上都真的要将桥吊起来，第二天早上再放下去。当过去的习俗恢复之后，晚上的庄园便成了一座孤岛，而这一状况则与即将轰动全国的案件有着密切关系。

**嵌记妙语**

这座在一片废墟之上建立起来的砖石结构的宅子在人们眼里是个很特别的建筑，它所在的位置与人们聚居之处相隔一条河，要想过去，必须经过吊桥，古老的吊桥经过修复后，又恢复了过去早落晚吊的习俗，晚上的庄园便成了一道孤立存在的奇异风景，并为以下案件的展开设下了悬念。

宅子由于无人居住已经年久失修，当年道格拉斯买的时候，就有坍塌的危险了。这个家只有约翰·道格拉斯和他的夫人两个人。无论从外表还是从性格来看，道格拉斯都是个与众不同的人。他年过半百，一副豪放的面容，花白的胡须飘在下巴下，一对灰眼睛非常锐利，高个子略显得清瘦，不过却长着结实的肌肉，像个小伙子。他平时待人接物还算是和蔼可亲，但就是他的言行有些冒失，似乎有点低人一等的感觉。

可是，虽然邻居们对他十分好奇而小心翼翼，而由于他的慷慨，再加上他那男高音般的圆润歌喉，便让他很容易就与村民融合到一起了。看起来他是个非常富有的人，据说他的钱是从加利福尼亚的金矿中赚取的。居民们也从他和他夫人的话中得知，他曾在美国度过了一段时光。

道格拉斯是个非常大气的人，平时对人又十分和善，他给人们留下了非常好的印象，他好几次临危不惧的经历都令他在当地名声大振。他不擅长骑马，但是习惯参与赛马，尽管从来没赢过，可他却是屡败屡战，总有赶上别人的勇气。有一次教区牧师的住宅地发生火灾，在本地的消防队员都放弃扑救之后，他竟然会冲到火海中去抢救财产，因为这一举动他被人深深记住。尽管约翰·道格拉斯来这里还不到5年的时间，然而却在伯尔斯通享有盛名。

按照英格兰的旧俗，在没有熟人引荐的情况下想要对定居本地的异乡人进行拜访，是一件非常不容易的事，但是，他夫人在居民中有着十分好的人缘。对于客人的稀少，她丝毫不往心里去，因为她是个喜好安静和孤独的人，是个典型的贤妻良母。人们都清楚，她在英国很淑女，和道格拉斯先生相识的时候，道格拉斯正在鳏居。她长得很漂亮，身材颀长，肤色较深，很是苗条，大概比丈夫小20岁。虽然两个人具有很大的年龄差距，但这丝毫不会对他们幸福的家庭生活产生影响。

不过，知情的人也会说，夫妇俩之间的信任也不是那么坚实，道格拉斯夫人从来就不想面对甚至不想提及丈夫的过去，也许她对此一点也不了解。

**词语解释**

名声大振：通过某件事情，使知名度大大提高。又作“名声大震”。



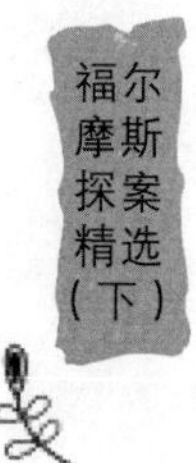

**嵌记妙语**

看起来，世界各地的乡村生活都有一些共性：比如对“飞短流长”的关注，这也是人类的某种共性吧！

**词语解释**

异乎寻常：异，不同；乎，于；寻常，平常。跟平常的情况很不一样。

有几个比较眼亮的人发现只要道格拉斯晚上回家比较晚了，他的夫人就会变得十分紧张不安。乡村生活了无生趣，各种飞短流长也就成了大家茶余饭后闲聊的重点，因此庄园夫人的细微变化也都会成为人们注意的焦点，案件发生后，村民们便把她的神情变化想象得异乎寻常了。

除此之外，有个人还会经常到这里来，奇案发生之时，此人也在现场，因此他一夜之间便成名人了。他就是家住汉普斯特德的黑尔斯洛基塞西尔·詹姆士·巴克。

这是一个身材高大的汉子，动作敏捷，伯尔斯通村民对他都很熟悉，因为他是庄园里的常客，而且在这里也颇受欢迎。道格拉斯身处英格兰的新环境当中，结识了许多新朋友，但对道格拉斯了解的人却只有他一个，因此，他颇受关注。毫无疑义，巴克是个地道的英格兰人，然而他却说，与道格拉斯初次相遇是在美洲，而且他们的友谊就是在那儿开始的。很明显，巴克坐拥大笔的财富，并且大家也都知道，他现在还是单身。

看起来，巴克顶多有 45 岁。他身材魁梧，腰板直直的，胸脯宽阔，一张脸很像拳击手，乌黑的眉毛异常浓重，一双黑眼睛让人恐惧，即便不动手脚，只要瞪着他那双眼睛他便可以在敌阵中清出一条路。他有一个小嗜好，就是喜欢叼着烟斗在这个古老的村子里徘徊，或者是和主人一起乘着马车去兜风，若是主人没有在家，他就会同夫人一起驾车消遣去欣赏乡村的美景。“他性情随和而大方，”管家艾姆斯说，“但是啊，哎呀呀！我是不敢惹他上火的！”巴克与道格拉斯之间的关系很密切，与夫人之间也有着深厚的友谊，但是他们之间的这种友谊经常会令道格拉斯恼羞成怒，甚至连他们的仆人都发现这点了。大难来临时，他是除了这个家庭成员之外的第三个人。

这个家非常大，这个老宅子里的老住户，只要听到艾姆斯与艾伦太太就够了。艾姆斯是一个十分能干，且又认真严肃的管家，他总是给人一种令人肃然起敬的感觉。艾伦太太是一个非常勤劳的女人，她时常会为女主人分担一些家务。宅子里住的其他的6个仆人与1月6日晚上发生的惨案毫无瓜葛。

这一带的警察局在那天夜里11点45分接到了报警。这是一个由警察局的苏塞克斯郡警察队的威尔逊警官主管的警局。塞西尔·巴克那个时候紧张兮兮地冲向了警察局的门口，使劲将门铃拉响了，他在报案的时候连气都喘不匀：庄园里面发生了凶案，约翰·道格拉斯先生遇害了。随即，他又匆忙回了庄园，几分钟后，威尔逊警官赶到了现场。警官立即向郡当局紧急报告发生了严重事件，并于12点多一点儿赶到了案发现场。

吊桥在警官赶到庄园之前已经放下了，院子里面亮如白昼，院子里的人个个都心惊胆战。仆人们都挤在门厅里，一个个面如土色，管家也战战兢兢地站在门口，双手不停地搓着。塞西尔·巴克是现场最能将自己的情绪控制住的一个人，看起来他还算是比较镇定的。他将离案发地点最近的门给打开了，带着警官走了进去。正在此刻，伍德医生来了，伍德先生是本村里经验丰富的一个全科医师。3个男人同时到了道格拉斯遇害的那个房间，管家胆战心惊地跟随其后，他们随后关上了房门以免吓到外面的女仆。

被害者瘫倒在房间正中央，还穿着睡衣，外面是一件粉红的晨衣，光脚穿一双毡拖鞋。医生在他旁边跪下来，拿着灯照了照。医生看了一眼就知道受害者已经救不活了。被害人伤势非同一般，胸前横着一支被改造过的猎枪，扳机往前一英尺的枪管

**词语解释**

胆战心惊：战，通“颤”，发抖。形容十分害怕。



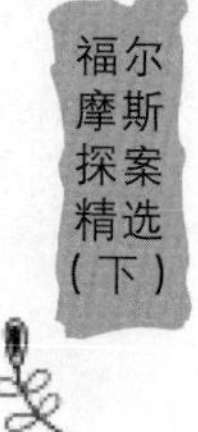

被锯掉了。为了能够让猎枪同时发射以将杀伤力增强，改装者将猎枪的扳机用铁丝捆绑到了一起。死者的脑袋就是这样被打开花的，可见射击距离之近，更令人震惊的是子弹都打在了脸上。

乡村警官显得有点不知所措，他们对于这突然加在肩头的重担完全丧失了勇气。“我的上司到来之前，要保护现场。”他压低声音说着，双眼盯住那只可怕的头颅，一脸的惊恐。

“目前为止还没有动过任何东西，”塞西尔·巴克说道，“我担保你们与我们所见到的一切都是一模一样的。”

“事情发生的时间？”警官拿出笔记本。

“当时刚好11点半。我当时正在卧室的壁炉旁边预备要去睡觉，就在此时我听到了一声枪响。枪的响声不是特别大，仿佛用什么蒙住了一样。我匆匆奔下楼，用大概30秒的时间跑进那个屋子里。”

“当时这扇门是开着的吗？”

“是的，门开着。就像现在一样，可怜的道格拉斯就这样瘫在地板上。他卧室里的蜡烛仍然在桌上点着。几分钟后，我点上了这里的灯。”

“您当时没有看到其他人吗？”

“没有。道格拉斯夫人是在我发现之后才下来的，我急忙上去将她扶住了，我担心她会被这个可怕的场景吓到。女管家艾伦太太随后赶来，把她搀走了。艾姆斯也赶了过来，我们又再次走进屋里。”

“我听说那个吊桥晚上是要被吊起来的？”

“没错，吊桥是吊着的，是我把它放下的。”

“那个凶手完全没有逃跑的出路啊！道格拉斯先生肯定是开枪自杀的。”

“我起初也是这么认为，但是你们看啊！”巴克将窗帘拉开，人们见到了那个窗格状如钻石般的玻璃长窗是敞开的。“你们来这边看一下！”他将

**同步思考**

警察认为道格拉斯先生是怎么死的？

手里的灯放低，光线落在了木窗台上，那里有血迹，血迹的形状看上去是靴底的印痕，“有人曾从这里逃走了。”

“依您所见是有人从这护城河蹚过去了？”

“没错！”

“照您所说，您在案发后不到半分钟的时间就赶到了，那当时凶手应当还在水里面蹚着。”

“没错。我真懊悔不曾冲到窗前去看一下！但你们知道，这窗户被窗帘挡住了。因此，我根本就想不到这些。我随后就听到了道格拉斯夫人的动静，我是坚决不会让她过来见到这样可怕的场景的。”

“简直太可怕了！”医生盯着炸碎的头颅与四周恐怖的血渍，“这是自打伯尔斯通撞车事件之后我所见到过的最令人感到心惊胆战的场景了！”

“但是，我看，”警官说着，他那迟钝的思维还是停留在打开的窗户上，“您说有个人蹚水过了护城河逃走，这倒没问题。可是我还有一个疑问，凶手是如何在吊桥吊起的情况下进来的？”

“啊，这确实是个问题了。”巴克说道。

“通常这吊桥是在晚上什么时间吊起来的呢？”

“快6点钟的时候。”管家艾姆斯回答。

“我听说，”警官说道，“通常在日落时分这个吊桥就会被吊起来。这段时间，在四点半左右就接近黄昏了，而不是六点钟。”

“道格拉斯夫人正在邀请客人品尝茶点，”艾姆斯说，“在客人离开之前是不能将吊桥吊起来的。桥是我亲手拉起来的。”

“如此说来，”警官说道，“如果有人想进到寨子里，就需要在六点之前从吊桥通过，悄悄在某个地方等到十一点钟道格拉斯先生走到这间屋子里。”

“不错！道格拉斯先生每天临睡之前都会到宅子四周查看一番。还有他上床之前做的最后一件事

**同步思考**

为什么说警官的思维迟钝？到目前为止案情当事人的陈述有无破绽？

**词语解释**

迟钝：反应迟缓；脑子不灵敏。

情，便是察看整个房子里的烛火有没有反常。那个人在道格拉斯先生一进门的时候就迅速开枪，之后就将手枪扔下，从窗户那边逃离了。我是这样推断的。”

警官在被害人身旁的地板上捡起一张卡片，上面写着两个大写字母V．V．，下面还有个数字341，笔迹十分潦草。

“这是什么东西啊？”警官将卡片拿在手里问道。

巴克诧异地看着卡片，说：“我真没发现这个东西，难道是凶手留下来的吗？”

“V．V．……341。代表着什么呢？”

警官不断摆弄着手里的卡片。说道：“V．V．是什么？会不会是一个人名字开头的大写字母啊。伍德大夫，您有什么发现？”

壁炉前的地毯上有一个大号的铁锤，看上去很结实的样子，像是工匠们的工具。塞西尔·巴克向放在壁炉架子上面装铜头的盒子指了指，对在场的人说道：

“道格拉斯先生昨天刚刚用这把锤子将墙上挂的油画换掉了。”

“那还是将铁锤放到原来发现它的地方吧，”警官说着，他迷茫地挠着脑袋，“聪明的警探才能查清这案件的真相，我们还是把案子交给伦敦来的警探来处理。”他手里提着吊灯，缓慢在房间里不停地走动着，“嘿！”警官猛地有些兴奋，将窗帘拉向一旁，说，“窗帘是什么时候拉上的？”

**词语解释**

迷茫：迷惑茫然；神情恍惚。

“是在掌灯时分，”管家回答道，“应该是下午四点左右。”

“有人曾躲在这里，”警官拿灯照了照下面，墙角几个靴子泥印还在，“您说的完全正确，巴克先生。在那个吊桥吊起来之前窗帘就已经拉上去了，凶手就是在这个时候悄悄溜进房间里的，除此之外，他没有任何藏身之所，他就只能躲在窗帘的后面。也许他不过是想偷点东西。结果让道格拉斯先生抓了个正着，因此他就下了毒手，随即逃走了。”

“我也是这样想的，”巴克说道，“可是，我感觉咱们目前就是在浪费时间。想必杀人犯还没有走远，我们就先搜一搜村子吧。”

警官双眉紧锁，若有所思地说。

“他不可能是坐火车逃走的，因为早上6点之前火车还没开。如果他走大路，两腿湿漉漉的，容易引人注意。没有人来替换我，所以我脱不开身。我认为在弄清楚这件事之前，任何人都不要离开这里。”

伍德医生接过灯，再次小心翼翼地检查尸体。“这是什么标记？”他问道，“这是否和这桩案件存在一定联系呢？”

死者的右臂在晨衣外面露着。在前臂的中间位置是一个套在圆圈里面的十分奇特的三角形，三角形的图案十分清晰，凸出在那油脂色的皮肤上面。

“这并非文身刺青，”伍德医生说着，他两眼隔着眼镜仔细观察，“我不认识这种标记。这个受害人曾经还被烙印烫过呢。这究竟是怎么一回事啊？”

“我也不晓得它究竟代表什么。我曾经也很多次见到过道格拉斯胳膊上的这个标记。”塞西尔·巴克回答。

“我也看到过，”管家说，“不止一次，他挽起衣袖，我就发现了这个标记。但是我从来就不知道这个标记的含义是什么。”

“如此说来，这与案情没什么联系了，”警官说道，“简直有些奇怪。与案情相关的任何事情都有点出乎人的意料。”

此刻，管家惊呼了一声。他指向死者露在衣服外面的手。

“凶手竟然将他的结婚戒指给拿走了！”说话

**词语解释**

烙印：烫在人、动物或器物上的火印。多比喻不易磨灭的痕迹。



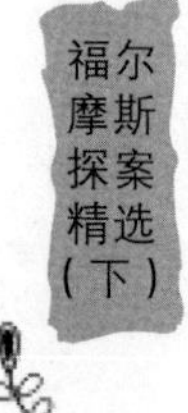

间他简直有些气喘吁吁。

“你刚才说什么呢？”

“没错。道格拉斯先生喜欢将他那纯金的结婚戒指戴在他的左手的小手指上，之后外面会戴着一个镶有天然块金的戒指，在他的中指上，则是一个盘蛇形状的戒指。除了结婚戒指之外，别的两个戒指没丢。”

“是的。”巴克说道。

“依您所见，”警官问道，“他的结婚戒指上面原先还戴着另外一枚戒指？”

“向来如此！”

“那么，不管凶手是谁，他一定会先要将这个镶有天然块金的戒指先摘下来，之后才能够取下那枚结婚戒指，最后再将那块金的戒指给被害者戴上去。”

“没错！”

可敬的乡村警官不住地摇头，说道：“要我说啊，我们还是赶紧将这个奇特的案子委托给伦敦的警官们侦查吧。怀特·梅森精明强干，这一带的案件没有能难倒他的，他很快就会赶到这里给我们帮忙了。目前，我只好将破案的希望寄托给伦敦的警察们了。说实话啊，对于这样的案子我真是毫无办法。”

**嵌记妙语**

这位乡村警官的疑问和焦虑强化了案件的复杂性。一定程度上也衬托了福尔摩斯断案确有过人之处。

# 第四章 黑暗

3点左右，伯尔斯通警官威尔逊打来紧急电话，苏塞克斯郡的侦探长一接到电话便马上从总部乘了一辆轻便马车赶到了，马被累得上气不接下气。他通过早上5点40那趟火车将这个消息传到了苏格兰场。他在我们中午12点到达伯尔斯通车站的时候已经站在那里迎候我们了。怀特·梅森先生看起来是一个从容镇定、和蔼可亲的人，胡子刮得非常干净。他身上穿着一件十分宽大的花呢子外套，他的个头不高，微胖，走起路来还有点内八字，但是他的动作却是十分刚劲有力，脚上穿着一双带襻扣的高筒靴，给人一种精神百倍的感觉，但是他给人的印象却是个十分矮小的庄稼汉，又或者是一个退休的猎场的看守人，无论如何，他就是不像地方警署的一名刑事警官。

“麦克唐纳先生，这个案子简直太匪夷所思。”怀特·梅森反复地说着，“还好报界的人不知道，要不然肯定会像苍蝇一般涌过来。我们还是干净利索地将这件事处理掉吧，在他们来到这里之前，以免他们来烦人，弄乱了这里的一切。这种案子我也是第一次见到。福尔摩斯先生，假如我没弄错，有些情况准会让您对某些事情产生联想。还有您，华生大夫，我们需要医生提出一些看法，这样才有利于我们结案。如今我们也就只能落脚在斯特维尔阿姆兹旅店了，暂时让你们委屈一下了，据说这里的房子还是不错的，挺干净，你们的行李会有人送过去的。先生们，跟着我过来吧。”

**词语解释**

匪夷所思：匪，不是；夷，平常。指言谈行动离奇古怪，不是一般人根据常情所能想象的。

苏塞克斯郡的这位侦探看上去十分活泼，对人也十分和蔼。我们10分钟后到了住处。又过了10分钟之后，我们坐在了小旅店的休息室对案情进行讨论。我已经在最前面提及过此事了，就不在这里啰唆了。麦克唐纳时不时地记录着，福尔摩斯则专心倾听着。表情非常惊讶，犹如一个植物学家在鉴赏珍稀花朵一样，不断地露出钦佩的神色。

**嵌记妙语**

怀特·梅森是一名很活泼、对人和蔼可亲的侦探，他的到来为福尔摩斯他们提供了很有利的信息。在小旅店与他们对案情进行讨论的时候，他的讲述不但真实可信而且有声有色，令人钦佩不已。

“奇怪！”当他把案情讲了一遍，福尔摩斯说道，“可真是太奇怪了啊！这是我接手的案件中最为奇特的一桩。”

“福尔摩斯先生，我猜您也会这么说，”怀特·梅森很是兴奋，“我们总算有施展才能的地方了。我

是今天凌晨三四点钟从警官威尔逊的手里拿到这桩案子的，之前的所有情况我都已经说了。我可是拼着老命赶来的！咳！结果呢，我本可以不这么着急地赶过来的，因为现在我也插不上什么手。警官威尔逊已经掌握了全部事实。我现在来核对一下，顺便进行一番仔细的研究，或许还要将我自己的看法加进去。”

“那您是怎么看的呢？”福尔摩斯问。

“嗯，我最开始是仔细地检查了一番铁锤。当时伍德医生也在旁边。可惜铁锤上面没有留下任何施暴的痕迹。我本以为，道格拉斯先生可能会拿锤子自卫，最后丢在了地毯上，若真的如此，上面会有印痕的，然而锤子没有丝毫的痕迹。”

“这也说明不了什么，”警官麦克唐纳说道，“在以往很多使用过铁锤的案件中也是在铁锤上面找不到任何的痕迹。”

“确实如此。这也不能证明这把铁锤没有被使用过。倘若上面有污渍，对我们来说就有意义了。然而事实上什么也没有。我随后又对那把枪进行了检查，那是一把大型的铅弹猎枪。正如方才警官威尔逊所说，扳机绑在了一起，一旦扣动一个扳机，两个枪筒便会一起发射。我看这个凶手已经做好了充分的准备，要将对方弄死。并且这支被人锯断的手枪不过只有两英尺的长度，若是藏在大衣里面的话，根本不会被人发现。枪上还没有制造者的全称，但是两支枪管间的凹槽上刻着‘P—E—N’3个字母，相信其他字母在那截枪管上，被锯掉了。”

“是一个比较高的花体大写字母‘P’，‘E’和‘N’两个字母较小，是不是？”福尔摩斯问道。

“没错，您说的非常正确。”

“这把枪是出自美国的一个非常著名的武器制造公司——宾夕法尼亚小型武器制造公司。”福尔摩斯说。

怀特·梅森双目盯着福尔摩斯——我的同伴，犹如农村的小医生在仰视伦敦哈利街的一位为他解惑的医学专家。

“您所说的这点非常重要，福尔摩斯先生。毫无疑问，您是正确的。您该不会是能够记住这个世界上所有军火制造厂的名字吧？”

福尔摩斯挥手岔开了话题。

**词语解释**

岔开：分开；离开原来的主题。

“很显然，那是一支美国猎枪啊，”怀特·梅森继续说，“我依稀记得在哪里见过关于这把枪的描述，在美国一些地区人们对这种截短的猎枪十分情有独钟。除了枪管上的名字之外，还有其他的迹象，我断定凶手很有可能是个美国人。”

麦克唐纳摇头否定了：“我说老兄啊，对于您丰富的想象力我可真是佩服至极啊。到目前为止，我还不能证明这个宅子里有外人曾进来过。”

“那么，您是如何看待这敞开着的窗户、窗台上面的血迹、奇怪的卡片、放在墙脚边的靴子以及眼前这把猎枪的呢？”

“也许都是伪造的。道格拉斯先生曾经长期定居美国，甚至我们可以说他算个美国人。巴克先生也不例外。想要对美国人的习惯行为线索进行了解，并不是什么难事。”

“如此说来管家艾姆斯……”

“他如何？是否靠得住呢？”

“我听说他曾经在查尔斯·钱多斯爵士那里效劳过10年，还算是个诚实可靠的人。5年前，也就是道格拉斯买下这座庄园之后，他才来这里做了管家。他从未在宅子里见过这样的枪。”

“这枪经改造得太容易隐藏了。之所以将枪管锯断就是为了方便隐藏，他又怎么能确定这个枪就没有藏在宅子里的某个地方？”

"啊，无论如何，他是没见过的。"

麦克唐纳是个苏格兰人，他摇着头说："我还是不太相信有外人到这个房子里来。您还是好好想想吧！"麦克唐纳一副争论的架势，露出了浓重的阿伯丁口音，"即便是您认定这把枪从外面带了进来，您难道也认为一个外人可以搞定这一连串的怪事？您还是再想想吧，这样会有什么后果。啊，老兄，这简直太出人意料了！很明显也与一般常识违背啊。福尔摩斯先生，我说一下我的想法，想听听您的意见。"

"您但说无妨，麦克先生。"福尔摩斯心平气和地说。

**词语解释**

心平气和：心情平静，态度温和。指不急躁，不生气。

"假如说有一个凶犯，而这个人并非盗窃犯。从那只戒指和那张卡片可以得知，这场凶杀案是由于某种私怨的预谋凶杀。他事前溜到了房间里面将所有的谋杀准备都做好了。倘若他还算聪明的话，他一定会知道自己很难逃掉，因为房子被水包围了。再看看杀人的武器。如果您是一个杀人凶手的话，您也一定尽可能用这个世界上声音最小的武器行凶。除非如此，才有可能尽快跳出窗户，蹚过护城河，从容逃走。这才是符合逻辑的。但是他却选了声音最响的一把武器，他难道不知道只要枪声一响整个庄园的人都会赶到，他立马就会暴露吗？这一点着实令人难以理解。福尔摩斯先生，您认为是这样吗？"

"嗯，分析得很对，"我的同伴听了若有所思地说，"确实需要有大量的理由才能证明。怀特·梅森先生，我想问一下，当时您是否有立刻到护城河的对岸看一看呢？是否有人蹚水上岸的痕迹？"

**同步思考**

为什么福尔摩斯会提出这个问题？

"没有一点蹚水上岸的痕迹，福尔摩斯先生。因为对岸是个石坡，即使有也很难发现的。"

"难道一点线索都没有发现吗？"

"没有。"

"哈！怀特·梅森先生，我感觉我们应当马上动身去庄园，您认为呢？我们在那里或许能找到一些对我们有利的证据或线索。”

“我也是这个意思，福尔摩斯先生，但是我认为我们在出发之前最好再认真了解一下所有的事。倘若有什么冒犯了您……”怀特·梅森迟疑地看着这位非专业同行。

“大可放心，”警官麦克唐纳说，“福尔摩斯一向都是非常光明磊落的，他怎么会误解您呢？”

“放心吧，我是按照自己对案件的理解做事的，”福尔摩斯微笑着说，“我参加破案只为伸张正义，协助警方破案。要是警方需要我的话，我一定会竭尽所能配合警方工作的。我向来都不会抢其他人的功劳。但是，怀特·梅森先生，我希望依照自己那一套方式去破案，我会在适当的时候告诉你们我的结论。”

“您的到来令我们感到十分荣幸。我们会在第一时间为您提供我们掌握的所有资料的。”怀特·梅森的话说得非常真诚，“华生大夫，跟我来。到时候，我们还会在您的书里出现的。”

我们在那古老的乡村街道上走着，可是发现道路两边的榆树分别有一排树梢被砍掉了。远处一对古代的石柱因多年的风雨已经腐迹斑斑，上面还长满了苔藓，石柱顶上的东西早已没了形状，而在过去，那可象征着伯尔斯通，每个上面都有一只前腿腾空的石狮子。我们顺着那曲折迂回的车道继续向前走，周围便出现了大片的草地以及很多橡树，这是英格兰乡下特有的景致。在前面一个急转弯处，有一座长长的低矮房子，样式应该是詹姆士一世时期的模样，暗褐色的墙砖看上去非常肮脏。接着在房子前面出现了一座老式花园，花园两侧有修剪整齐的紫杉树篱。我们从那里走过去紧接着就见到了一座木制的吊桥以及一条十分宽阔漂亮的护城河，平静的

**词语解释**

光明磊落：磊落，心地光明坦白。胸怀坦白，正大光明。



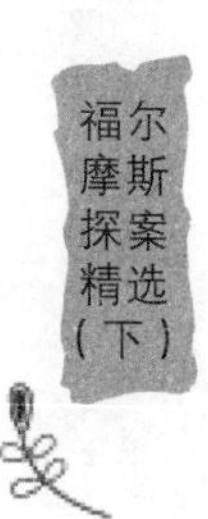

**嵌记妙语**

欧洲的古老宅邸大都藏有许多故事，或动人，或悲伤，或惊悚，或传奇，因此古宅也成为许多悬疑推理小说热衷表现的对象。

**词语解释**

耄耋之年：耄耋：八九十岁。耄，mào，耋，dié。耄耋是指年纪很大的人。耄耋之年，年纪十分大的时候。

河水在冬日里的阳光照耀之下闪着银色的光芒。

这座古老庄园历经300年的沧桑，几个世纪以来，见证了多少生老病死，迎来了多少返乡的游子，举办过多少场乡村舞会，召集过多少次猎狐聚会。但是又有谁会想到当这宅子步入耄耋之年的时候竟然会被一层犯罪的阴影笼罩上！但是，那一座座奇形怪状的尖屋顶以及精致的山墙，倒也是一个适合藏污纳垢的地方。我看着那些深深凹进的窗户，观看着长长的宅子正面暗淡的颜色，看着水流冲刷在墙面上的景象，忽然感觉，惨案发生在这里也毫不稀奇。

“您看，那扇窗户就在那个地方，”怀特·梅森说，“它就在吊桥的右手边上，到现在还像昨天晚上发现的时候那样，是敞开的。”

“看上去很窄，一个人从那钻出去难度比较大。”

“或许那个人的身材会是比较瘦长的。福尔摩斯先生，挤过去也不是不可能。”

福尔摩斯站在护城河的边上，朝对方看了过去。他紧接着向这边的石坡和后面的草地边缘瞅了瞅。

“我已经仔细观察过这一带了，福尔摩斯先生，”怀特·梅森说，“没有发现什么痕迹。但是，他要是留下痕迹才奇怪呢。”

“没错，他才不想留下任何的痕迹呢。这个护城河的水不会一直这么混浊的吧？”

“一般都这样，因为流下来的溪水中含有不少泥沙。”

“这河水大概有多深啊？”

“两侧2英尺左右，中间有3英尺左右。”

“要是那个人从这里蹚过去的话，会不会有任何生命危险呢？”

“不会的，即便是个小孩子，也不会有任何生命危险。”

我们过了吊桥，跟着一个模样古怪、骨瘦如柴的人进了宅子，这便是前面提到的管家艾姆斯。经过之前的惊吓，可怜的老头到现在依旧面色惨白，浑身上下战栗着。案发现场依旧有乡村警官在那里守着，这个警官的身材非常魁梧，举止又十分庄重，神情有些抑郁。医生早就走了。

"有没有什么新的进展啊，威尔逊警官？"怀特·梅森问道。

"没有，长官。"

"那您就回去睡吧，辛苦了。如果需要您帮忙，我们再叫您过来。顺便告诉管家在门外等着。请转告一下道格拉斯太太、塞西尔·巴克先生以及女管家，我们想要进一步了解一下这件事。先生们，我现在还是将我自己的一点想法跟你们说一下吧，之后你们再根据个人的想法形成自己的意见。"

我对这个乡下专家有些肃然起敬。他全都是以事实为依据，讲话的时候思路清楚、条理清晰，表现出丰富的知识。这样看来他在职业上是非常有发展前途的。福尔摩斯全神贯注地听着他讲话，丝毫没有那官方解说人时不时流露出来的缺乏耐心的模样。

**词语解释**

肃然起敬：肃然，恭敬的样子；起敬，产生敬佩的心情。形容产生严肃敬仰的感情。

"我们现在首先要思考的是究竟是凶杀还是自杀，对吗？如果他是自杀的话，那我们就只能假设他是最初就摘下了结婚戒指，后来穿上了睡衣，走到这里，在窗帘后面的墙角上踩了一个泥脚印子，制造出曾经有人在屋子里等他的假象，随后将窗户打开，没留意将血迹弄到了……"

"这简直是开玩笑，不可能。"麦克唐纳说道。

"当然这是不可能的。自杀怎么可能会这样。因此，这确定就是一桩谋杀案了。接下来我们需要判断的是凶手究竟是庄外人还是庄子里面的人。"

"好，让我们听听您的看法。"

"想要将这两者之间的任何一点排除都是非常

困难的。我们先假设一下，就算是庄园内部的一个或者是几个人行凶的。那时候天色已经很晚了，不过人们还没有入睡，要这样杀死道格拉斯，而且凶器还是世界上最出人意料的、声音最响亮的武器，他们莫非要人们都知道这里出了事，而且这所宅子里的人对这件武器都感觉陌生。所以说，这也是个行不通的推理！”

“当然，事实明显就不是这个样子的。”

“大家都说当所有在宅子里的人都赶到现场的时候，距离听到开枪的声音也不到一分钟。塞西尔·巴克先生说他是第一个赶到的，在一分钟内，人们都来了。难道我们会相信罪犯在这么短的时间里还能够在墙角下留下脚印，并将窗户打开，在窗台上留下血迹，从死者手上将结婚戒指取走？”

“您的思路非常清晰，”福尔摩斯说道，“我对此见解比较认同。”

“当前，让我们回到一开始的那个假设，假设是外面来的人作的案。尽管摆在我们面前的难题这么多，但是无论如何也都是有这个可能的。可以推知这个人是在 4 点半到 6 点钟之间进来的。那时候房门开着，因为宅子有客人拜访，这个人可以轻而易举地混进来。他也许不过是一般的小毛贼，或者也跟道格拉斯先生有积怨。既然道格拉斯先生大半生的时间都是在美国度过的，而这支猎枪又极其像是美国的一种武器，这样看来，我认为很有可能是仇杀。他溜进这个房间，因为这间屋子距外面的房门是最近的。这个人躲在窗帘后面一直到夜晚 11 点。此刻，道格拉斯先生进了这个房间。即便是两人有交谈，那时间也应该不长，因为道格拉斯夫人说了，丈夫离开她不久，她就听到了枪声。”

“其实，我们还可以从那支蜡烛中看出点什么来。”福尔摩斯说道。

**词语解释**

轻而易举：形容事情容易做，不费力气。

“没错。而且蜡烛还是新的，燃烧了还不到半英寸。道格拉斯先生在放蜡烛之前也不会遭到什么袭击。要不然，他一跌倒，蜡烛便会掉在地上了。这足以证明他刚走进屋子里的时候是没有遭到袭击的。随后巴克先生就赶到了，他见到蜡烛是点燃的，灯是熄灭的。”

“这一点很明显。”

“好，我们现在可以顺着刚才的思路理一理当时发生的情况了。道格拉斯先生进了房间，将蜡烛放下。藏在窗帘后的人走出来，拿手里的枪指着道格拉斯先生，让他交出那只结婚戒指，道格拉斯先生在威胁下交出了戒指。但他还是一枪就击毙了道格拉斯先生，或许两个人也曾经进行过搏斗，甚至道格拉斯先生还有可能将在地毯上发现的铁锤抓起来过，那个人便迅速开枪了。凶手丢下枪，好像这张奇怪的卡片也是他的东西，上面写着‘V. V. 341’，我们暂且不用管它代表着什么，他随后便从这扇窗户逃出去，在塞西尔·巴克先生发现惨案的时候，凶手早已蹚过护城河离开了。您认为我的假设如何呢？福尔摩斯先生。”

“非常有趣，但总是感觉有点无法令人信服。”

“就别在这里说些不着边际的话了，若是这个推理有道理的话，那么其他假设就更加理由充分了！”麦克唐纳大喊，“道格拉斯是被谋杀，无论凶手是谁，这一点我是可以明确证明的，他本该用其他办法作案的。而为何这个罪犯会自绝后路呢？悄无声息地逃走不是很好吗？为何他要用一把猎枪来作案，他究竟是何居心啊？福尔摩斯先生，既然您说怀特·梅森先生的推论不合理，恳请您给我们一些指点吧！”

福尔摩斯在刚才那段漫长的讨论里一直都是全神贯注地听着，他没有放过对方所说的每一个字眼，

**嵌记妙语**

在华生与麦克唐纳激烈的讨论过程中，福尔摩斯只是全神贯注地听，不放过每一个细节，不发表任何意见。由此可见，福尔摩斯是个很稳重的人，不掌握大量的事实，他是绝不会轻易下结论的。



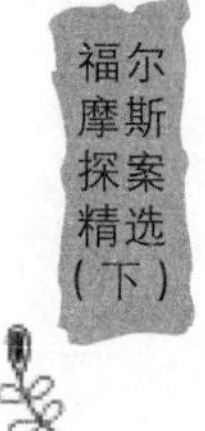

他用一双敏锐的眼睛进行着观察，紧蹙双眉，进行着深深的思考。

“麦克先生，我需要更多的事实，最后才能进行推论，”福尔摩斯一边说着，一边跪到死尸旁边，“哦，我的天，这个伤口简直太可怕了。能否将管家叫过来啊？……艾姆斯，我听说，您常看到道格拉斯先生前臂上有个奇怪的标记——圆圈里套着三角形的烙印，是不是？”

“没错，我时常会看到那个标记，先生。”

“莫非从未曾有人猜测这个烙印的意思吗？”

“没听说过，先生。”

“我敢肯定那是火烙的烙印，并且在烙印的时候一定非常疼。艾姆斯，我还看到道格拉斯先生下巴角上贴着一小块膏药。您之前见过吗？”

“没错，他是在昨天早上刮脸的时候不小心刮伤的，先生。”

“刮脸？您之前常见他刮脸吗？”

“很久他才会刮伤一次的，先生。”

“有启发！”福尔摩斯说道，“当然，这也许纯属巧合，但是，也证明了他有点紧张，因为也许他已经预感到了危险临近。艾姆斯，您家先生昨天是否有什么行为怪异的举动呢？”

“先生，我感觉我家先生昨天总是有点坐立不安，感觉他的情绪非常不稳定。”

**词语解释**

坐立不安：坐着也不是，站着也不是。形容心情紧张，情绪不安。

“哈！看来这次袭击并非意外。我们有点眉目了，对吗？麦克先生，要不您来询问一下？”

“还是不要了，我认为您提问会更好一些，福尔摩斯先生。”

“好，那么我们先看看这写在卡片上的‘V. V. 341’。这是一张硬纸板做的卡片，你们的宅子里是否有这样的硬纸板呢？”

“我想没有。”

福尔摩斯来到写字台前，从每一个墨水瓶里蘸些墨水洒到吸墨纸上，然后说："卡片上的字也并非在这里写的。这个宅子里所有的墨水都是紫色的，但是这个卡片上的字却是用黑色的墨水写出来的。而且可以看出字是用粗笔尖写的，而这里的钢笔笔尖都是细的。因此，我确信这个字是在其他地方写的，而并非这个宅子。艾姆斯，您清楚这几个字代表什么吗？"

"不清楚，先生。"

"您的看法是什么呢，麦克先生？"

"我感觉这仿佛是某种秘密团体的名称，而道格拉斯前臂上的标记也属于某种秘密团体。"

"没错，我的想法也是这样的。"怀特·梅森说道。

"不错，我们可以把它当成一个任务。就以此作为新的突破口进行思考。因此我们可以假想是那个团体派来的一个人潜入宅子，守候着道格拉斯先生，然后拿这支枪差点打掉他的脑袋，之后便蹚过护城河逃走了。之所以在死者的身边留下这样一张卡片，凶手的目的可能是为了新闻报道的时候让那个团体的成员们知道，他们已经报仇了。这就比较合理了。然而最让人想不通的是，武器有的是，他为何非要用这种枪呢？"

"是啊。"

"还有一点，为什么那枚戒指会不见了呢？"

"对呀。"

"凶手为何还没抓到呢？已经两点多了。我敢肯定从黎明一直到现在，方圆 40 英里的警察全都在提高警惕，寻找那个浑身湿漉漉的陌生人。"

"福尔摩斯先生，您说得没错。"

"倘若他想溜掉，我猜他在附近就必然有个藏身之所，或者早已准备了一套替换的衣服。但是那



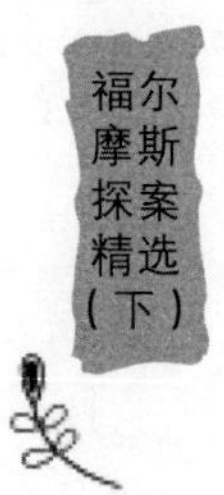

个人到目前为止不是还在逃逸吗？”福尔摩斯走近窗子，拿出放大镜仔细看了窗台上的血迹，接着说：“很明显这是鞋子踏下的脚印。从这个很宽的脚印中我可以判断此人是个八字脚。真怪呀，无论哪个人来这沾满泥污的墙角来察看脚印，都会说这个鞋底式样不是一般的漂亮，然而我有些诧异。那个挨着墙放的桌子下面放的是什么东西呢？”

“是道格拉斯先生的哑铃。”艾姆斯说道。

“哑铃？为何只有一只呢，另外一只哑铃跑到什么地方去了？”

“我不清楚，福尔摩斯先生。也许原本就只有一只。我已经有几个月没看见这东西了。”

“一只哑铃……”福尔摩斯十分庄严地说着这话，但是紧接着，他的话被一阵十分急促的敲门声打断了。一个头探进来打量着屋里的一切。这人身材魁梧，皮肤黝黑，模样精干，脸上没有胡子。我一眼就看出了，这就是我听人讲过的塞西尔·巴克。他十分傲慢地打量着在这个屋子里所有的人，眼神里充满了质疑。

“对不起，打扰你们侦查了，”他说，“但是，请允许我说一下最新的进展。”

“难不成是凶手被抓住了吗？”

“还没那么幸运，但是，有人已经发现他的自行车了。这个人将自行车丢在了半路。你们来看看，放在门厅外一百码的地方。”

三四个仆人与几个游手好闲的人在马车道上站着，他们正检查那辆自行车。车子是让他们从常青树丛弄出来的。这是一辆拉奇·惠特沃思牌的自行车，已经非常破旧了。车子上面还有不少的泥浆，看来是骑了一段不近的路程啊。车座后面带着一个工具袋，包括扳子和油壶，没人可以说出车主到底是谁。

**词语解释**

哑铃：体操器械。用木头或铁制成，两头呈球形，中间较细，以便手握，因其形似铃而无声，故名。

“但愿这些东西和这辆车子全都进行过登记，也全都有过编号！”警官说，“如果这样，对我办案就有利多了，然而咱们还是要对能得到这些东西感到兴奋。虽然我们弄不清他去了哪里，至少我们有机会弄明白他是从哪儿来的。令人费解的是，为何这个人要将自行车扔在那里呢？这好像不符合常理。他不骑车子，如何逃走呢？福尔摩斯先生，这个案子真是扑朔迷离啊。”

“您是这么认为的吗？”福尔摩斯若有所思地说道，“但我却不是这么认为的！”

**同步思考**

福尔摩斯为什么这样认为？他有什么新发现了吗？或者已经了解了案情的真相？

**词语解释**

令人费解：让人感觉很难懂，不容易理解。

# 第五章　剧中人

我们再一次回到了房间里。怀特·梅森问道：“您是否都已经将书房检查过了？”

“暂时没什么问题了。”警官麦克唐纳回答道，福尔摩斯也点了一下头。

“我要听一下庄园中别的证词，你们是否也愿意听一下呢？我们不妨就在这间餐厅里进行吧，请将您所知道的情况都告诉我们吧，艾姆斯。”

管家的叙述简明扼要，给人的感觉他是一个十分诚实可靠的人。他来这里担任管家的时候，道格拉斯先生刚买下这个宅院伯尔斯通。他很清楚道格拉斯先生非常富有，也是一个绅士，并且他平时对待乡下人也十分和善，艾姆斯对这种情况非常习惯，但是，这个世界上根本没有完美的人。他从未见过道格拉斯先生为任何事情伤过脑筋，恰恰相反，在他所见过的人之中，道格拉斯先生是胆子最大的一个。道格拉斯先生让手下每晚把吊桥拉起，只为延续这所老宅子的古老习俗，对于这种古老习俗他十



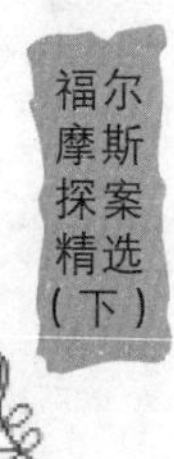

分虔诚地接受。

道格拉斯很少去伦敦，他甚至很少离开这个村子。但是，在遇难的前一天，他去过滕布里奇韦尔斯，到那里买了东西。那天，艾姆斯感觉道格拉斯先生心神不宁，情绪很不稳定，甚至有些急躁，极容易发火，与平时大不一样。艾姆斯在案发那天晚上还没有上床睡觉，正好在房子后面的餐具室里面整理那套银餐具，突然间听到铃声大响。不过，他没有听到枪响——餐具室与厨房在宅子最后面，距离案发现场很远，之间隔着一条长长的走廊和几道门，这几道门一般都关着，所以枪声响了也很难听到。女管家也是因为听到铃声才急急忙忙地赶过来的。宅子里所有人都不约而同地朝宅子正面跑过去。

**词语解释**

心神不宁：宁，安定。形容心情不平静。

当他们走到楼下之时，艾姆斯见到了道格拉斯夫人正顺着楼梯往下走。她看上去脚步很稳，艾姆斯感觉，道格拉斯夫人并没有多么惊慌。当她走下楼的时候，巴克先生匆匆忙忙地从书房里面跑了出来，将其拦住，并劝说她回楼上去。

“看在上帝的分上，您还是回屋里去吧！”巴克先生说，“我们的杰克被杀了，您也帮不了什么忙。快回去吧！”

道格拉斯夫人在巴克先生一再的劝说之下又重新回到了楼上。她没有呼天抢地地喊叫，也没有歇斯底里地尖声高呼。由女管家陪着上了楼，并与女管家一并留在了卧室里。艾姆斯和巴克先生到了书房里，他们在书房里看到的情况，与警署说的完全一样。烛光在那个时候已经熄灭了，而油灯却继续点着。他们通过窗户向外望，外面漆黑一片什么也看不见，更是什么也听不到。他们急匆匆奔到门厅，艾姆斯放下了吊桥，巴克先生立即就去警察局报案去了。

管家艾姆斯的证词基本上就这些。

男管家的话基本上都从女管家艾伦夫人那里得到了证实。女管家的卧室与宅子前的房间比艾姆斯收拾餐具的餐具室稍微近一点。她那个时候正准备去睡觉，却突然听到了急促的铃声响起。她耳朵不是太好使，也没听到枪声，然而，她距离书房终究是有一段距离。她还曾记得听到过一些声响，当时她以为那声响是摔门的声音。但是，那个声音好像是在事发前，距离铃响要有半个钟头左右的时间。艾姆斯奔向房间的时候，她是与艾姆斯一并过去的。她发现巴克先生从书房出来，只见他面如土色，情绪激动。巴克先生见到从楼上走下来的道格拉斯夫人，就急忙将其拦住，劝说其回到楼上去。道格拉斯夫人好像和他说了话，但不知道她说了些什么。

**词语解释**

面如土色：脸失去了平常的颜色。形容惊恐至极。

“扶她上去！陪着她！”巴克先生吩咐艾伦夫人。

所以道格拉斯夫人被艾伦夫人扶着回到了楼上，到了卧室之后，艾伦夫人竭力劝说着道格拉斯夫人。道格拉斯夫人情绪特别不稳定，浑身都在颤抖，但没有要下楼的意思。她穿着睡衣挨着卧室壁炉坐着，双手抱着头。艾伦夫人陪她过了下半夜。其他的仆人都是在警察到来的时候才知道发生了什么事情。案发之时，他们都睡着了，铃声也没有惊醒他们。他们的卧室全都在这个宅子的最后面，根本不会听到任何声响。

女管家艾伦夫人没有一点其他的补充，只是表现出了悲伤和震惊。

艾伦夫人的话讲完，塞西尔·巴克先生开始讲他看到的情况。他已经将昨晚发生的情况向警察说过一次了，与上一次根本没有任何区别，也没有补充新的内容。他断言凶手是逾窗逃走的，窗台上的血迹便是确凿证据，并且那时候吊桥已经被拉起来了，绝没有别的途径可以逃走。不过他却无法解释凶手的去向，如果自行车的主人确实是凶手，他又



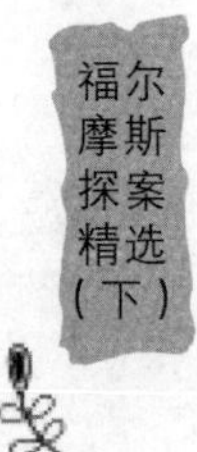

没办法解释为何凶手不把车子骑走。护城河的河水并不深，所以凶手不可能被淹死在护城河里面，因为即便是河水最深的地方也只有三英尺而已。

巴克先生对于这场谋杀的看法是十分明确的。道格拉斯是个不善言谈的人，他向来不会对别人提及过去的生活。他在年轻的时候，离开爱尔兰去了美国定居。他在那边的事业非常成功。他与巴克第一次见面是在加利福尼亚州，随后他们俩人曾经在贝尼托坎农从事矿业经营。生意做得非常不错，没想到道格拉斯突然变卖了产业，起身来了英国。那时候他还是一个人。巴克随后也将家产处理掉，来到了伦敦。打那个时候，两人的友谊逐渐恢复了。

道格拉斯给他的印象是坐卧不安，心神不宁，好像加利福尼亚有一种潜在的危险随时都会爆发出来一样。他认为，之所以道格拉斯先生会令人费解地突然从加利福尼亚离开，并且还在英国找了一个如此偏僻平静的地方住下，似乎与那种危险有着千丝万缕的联系。巴克先生自己猜测，必然有个秘密团体，抑或一个与他有积怨的组织，一直在打听道格拉斯的消息，发誓要将他置于死地。巴克因为道格拉斯的一些下意识的话而产生了一些猜想，但是道格拉斯从未跟巴克提及那究竟是一个什么样的团体，也没有透露自己得罪他们的原因是什么。他只能做模糊的猜想，感觉卡片上的字必定与那个秘密团体有关。

**词语解释**

千丝万缕：千条丝，万条线。原形容一根又一根，数也数不清。现多形容相互之间种种密切而复杂的联系。

“在加利福尼亚您与道格拉斯在一起多长时间？”警官麦克唐纳问。

**嵌记妙语**

接下来警官与巴克先生的对话都围绕着道格拉斯先生的过去经历，可见警官对于巴克提供的线索非常感兴趣，但我们发现福尔摩斯始终没有插话和提问，这是为什么？

“总共有 5 年的时间了。”

“您刚才是说过他是一个单身汉吗？”

“是个鳏夫。”

“那么对于他的前妻您是否清楚呢？”

“不清楚，我只听他说过她有德国血统，见过她的相片，这个女人长得很漂亮。她在我认识道格拉斯先生的前一年因为伤寒病去世了。”

“您是否清楚他过去与美国的什么地区关系比较密切？”

“他曾谈起过芝加哥。他对那个城市非常熟悉，因为他曾经在那个城市做过事。他还给我讲过一些产煤和产铁的地方。他一生去过的地方无数。”

“他是不是一个政治家啊？您认为这是一个与政治相关的秘密团体吗？”

“他对政治不敏感。”

“您感觉他是否干过一些犯罪活动？”

“恰恰相反，我认为他是我认识的最正直的人。”

“他在加利福尼亚州时，是否有奇怪的表现？”

“对于我们山里的矿区工作，他有着极高的热情。但从不去其他人聚集的地方，因此让我产生了有人追踪他的感觉。他随后突然去了英国，这就令我对自己的推断深信不疑了。我相信他必然受过某种警告。他刚走一个礼拜的时间，就出现五六个人向我询问他的去向。”

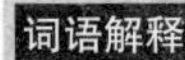


深信不疑：非常相信，没有一点怀疑。

“那究竟是些什么样的人呢？”

“嗯，他们看上去很是冷血。他们找到我们工作的地方，询问道格拉斯先生的下落。我就说他已经到欧洲去了，到底去了哪里，我也不太清楚。看得出，他们对他绝无好意。”

“他们是不是美国人啊，难道就是加利福尼亚人吗？”

“这个我就不清楚了，我不晓得他们是不是加利福尼亚人。我确信他们全都是美国人，但却并非矿工。究竟是些什么人我也不知道，只希望他们赶紧走开。”

“那是6年之前发生的事情吗？”

“将近7年了。”

"您刚才说你们在加利福尼亚共事了 5 年的时间，这样推算的话，这件事已经是 11 年前的事了，没错吧？"

"是的。"

"事隔多年，还难以释怀，看来这仇恨很深啊，引起仇恨的原因绝不是小事一桩，必然有什么不共戴天的怨恨。"

"我感觉他一直被这层阴云笼罩着，这令他终生难忘。"

"可是他对自己深陷危险的事情心知肚明，也知道事情的严重性，却为何不去报警呢？您对此是怎么想的？"

"也许别人无法保护他免遭这种危险吧。你们知道吗，他只要出门都要随身携带武器的；他衣服口袋里从来都装着左轮手枪。只可惜，昨晚他只穿着睡衣，手枪落在卧室里了。我猜想他是认为只要将吊桥拉起来就不会有什么危险了。"

麦克唐纳说："我想把年代再理顺一些。道格拉斯离开加利福尼亚州整 6 年了，您第二年也跟着来了，对吗？"

"对。"

"他结婚已经 5 年的时间了，也就是说您已经回来 5 年的时间了吧？"

"我是在他结婚前大约一个月回来的。我还是他的男傧相呢。"

"在他们结婚之前，你是否就已经认识道格拉斯夫人了呢？"

"不认识。在那之前，我有 10 多年没回英国了。"

"但是自那之后，你与道格拉斯夫人就经常见面？"

巴克一本正经地望着那个侦探。"从那时起，我常常跟她见面，"他回答道，"我见她的原因是

**词语解释**

不共戴天：戴，加在头上或用头顶着。不愿和仇敌在一个天底下并存。形容仇恨极深。

傧相：古时称替主人接引宾客和赞礼的人；行婚礼时赞礼的人。

**嵌记妙语**

道格拉斯对于自己随时可能遭遇丧命的危险十分警惕，据巴克讲述，他为了保护自己随身带着手枪，除非换上了睡衣。但是昨晚上他由于疏忽，穿着睡衣就去拉吊桥了，而保护他生命的手枪落在了卧室。

我不可能对自己的朋友进行拜访的时候却连朋友的妻子都不认识。如果您想象我们之间有什么牵连的话……”

“巴克先生，我不会有什么想象。只要与案件有一丝关联的事情，我们都有询问的必要和责任。但我并没有冒犯您的意思。”

“有些质询就是冒犯。”巴克怒气冲冲地回答道。

“我们只是想将事实搞清楚，这对大家都是很有好处的。道格拉斯是否完全赞成您与他妻子之间的友谊？”

巴克脸色更加苍白，两只大手仿佛痉挛般地紧握在一起。“您根本没有权利向我询问这种问题！”他大声喊道，“这似乎与您的调查没有任何关系！”

“我一定要重复提这个问题。”

“那我就拒绝回答您的提问。”

“您可以拒绝回答，不过您一定意识到了，您在拒绝的时候就已经把问题回答了。您要不是心里面有鬼，为何会拒绝回答我的问题呢？”

巴克紧绷着面孔在那边站了一会儿，两道乌黑而又浓重的眉紧蹙在一起，正在苦苦地思索。最后他抬起头，露出一丝微笑，说道：“嗯，我无权妨碍诸位执行公务。我只想请求你们别拿这事去烦扰道格拉斯夫人，她现在已经受够了。我不妨跟你们直说，道格拉斯先生身上仅有的缺点就是很强的嫉妒心。他确实是很喜欢我这个朋友，他比任何人都喜欢朋友。他对妻子的爱也非常专一。他总是派人把我找到这里来。但是只要他发现他的妻子正在和我交谈，或者是感到我与他妻子之间存在某种默契，他就会醋意大发，并且情绪失控，甚至是恼羞成怒。为此，我不止一次发过誓，不希望再到这里来了。可是事后他又给我写信，向我悔过，求我宽恕，我只好不跟他计较了。但是先生们，我可以担保，任

**词语解释**

默契：心声情意暗相符合。



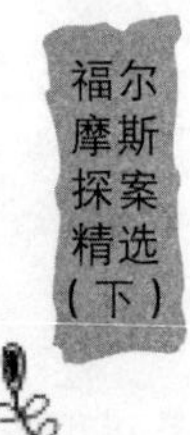

何人的妻子都不会比道格拉斯夫人对自己丈夫那么忠心，我还要说，我也是无比忠于朋友的人；就是要我马上结束生命，我也是这话。”

一番热情洋溢、感情真挚的话语后，警官麦克唐纳还是穷追不舍。他问道：“想必您肯定知道道格拉斯先生的结婚戒指被人拿走了。”

“看来像是这样。”巴克说道。

“您说‘看来像’是什么意思？这分明是一件您原本就知道的事实啊。”

巴克的神色看来有些迷茫。他说道：“我是想说或许是他自己将戒指取下来的呢。”

“现在是结婚戒指不见了，无论谁摘取的，所有的人都会将这桩婚姻和这件惨案联系到一起。”

巴克耸了耸他那宽阔的肩膀。

“我并没听懂您的话，”巴克答道，“但是，倘若您的意思是这件事与道格拉斯夫人的声誉有关，”他用一种异常愤怒的眼神盯着福尔摩斯，紧接着，他试图将自己的愤怒克制住，说道：“那么很显然，你们的思路是错误的。”

“眼下我没什么要问您了。”麦克唐纳冷冷地说道。

“还有一个小问题，”夏洛克·福尔摩斯问道，“当您走到现场之时，当时桌子上就只点着一支蜡烛，是这样的吗？”

**嵌记妙语**

福尔摩斯还是将提问转向了案件本身，而且看起来是很简单或不起眼的一个问题，这显示了福尔摩斯思维的与众不同。

“是这样的。”

“您是否见到什么令人恐惧的事了？”

“不错。”

“您就马上拉铃求助？”

“对。”

“大家用了多长时间赶到现场的？”

“大概在一分钟之内就来了。”

“但我不解的是他们说当时他们到这个地方的

时候，蜡烛是熄灭的，只有油灯点着。”

巴克显得有点犹豫不决。他停顿了片刻才回答道：“这有什么奇怪的吗，福尔摩斯先生，您要知道烛光是非常暗的，我点上油灯是想让屋子里更明亮啊。”

“那么说来，也就是您将蜡烛熄灭的？”

“是的。”

福尔摩斯没有接着问下去。巴克不紧不慢地朝我们逐个看了一眼，转身走出去。他的眼神里明显充满了很多的不满。

麦克唐纳警官派人给道格拉斯夫人送去一张纸条，大概意思是说，他将到她卧室去拜访，可她说要在餐厅会见我们。她很快就来到了餐厅里，她的年纪有三十岁上下，身材很修长，容貌也非常地俊秀，矜持但不乏冷静。我原以为她准是一副悲恸模样，结果完全两样。虽然她面色苍白，面容憔悴，与受过重大打击的人一样，可她的举止却镇定自若，一只纤手搭在桌子边上，丝毫也不颤抖，跟我自己的手没什么两样。悲伤与哀怨从她的双目中流露出来，她用十分好奇的目光扫视我们一圈。突然说出了一句十分唐突的话。

**词语解释**

矜持：局促，拘束。

“你们是否已经查到些什么了？”她问道。

不知是我的想象还是果真如此，她问话的时候带着一种难以言表的惊恐，从里面听不出一点希望。

“我们正在努力查呢，道格拉斯夫人，”麦克唐纳说道，“请您尽管放心，任何蛛丝马迹我们都不会放过的。”

“请不用担心浪费钱，”她的语气平淡呆板，“我请你们尽最大努力。”

“您或许可以告诉我们一些事情以帮助我们尽快侦破此案。”

“我一定会尽力配合的。但是我已经把我知道



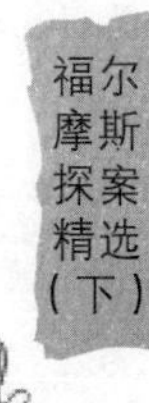

的都告诉你们了啊。”

“我们听塞西尔·巴克先生说，您其实没有看到……也就是说，您并没有到发生惨案的屋子里去，对吗？”

“是的，是巴克将我拦住了，他不让我下楼去。他还恳求我回到我的卧室中去。”

“那么您是不是听到枪声后立刻就朝楼下走的呢？”

“没错，我将外衣穿上之后就从楼上往下走。”

“从您听到枪声，到巴克先生把您拦在楼梯上，这中间隔了多长时间？”

“大约有两分钟吧，谁还会在那种时刻考虑时间的问题？巴克先生不让我前去。他说我什么忙也帮不上。后来，我被女管家艾伦太太搀扶着回到了楼上去。至今我还觉得这是个噩梦。”

“您能不能告诉我们，您丈夫下楼多久您就听到了枪声？”

“我说不清楚。因为他是从他的更衣室下楼的，我没有注意到他走出去。因为他唯一担心的就是家里失火，因此他每晚都会亲自在院子里面查看一圈才放心。”

“道格拉斯夫人，这正是我想要谈到的问题。您和您丈夫是在英国认识的，对不对？”

“没错，我们结婚已经有 5 年的时间了。”

“您知道他在美国的所有事情吗？有没有什么可能的事情会给他带来危险呢？”

道格拉斯夫人在经过一番细细的思索之后才回答：“我总是会感觉他被一种危险包围着，但是他却从来不跟我谈论这件事。并不是因为他不信任我，我们是非常恩爱的，向来都是推心置腹，他只是不希望我为他担心罢了。如果我知道了一切，我肯定会惶惶不安，所以他什么也没有跟我说。”

词语解释

噩梦：引起极度不安或惊恐不已的梦。
惶惶不安：惶，恐惧。内心害怕，十分不安。

“那您又是如何得知那种事情的呢？”

道格拉斯夫人脸上露出一丝笑容，说道：“丈夫一辈子保守的秘密，一个爱他的女人不可能一点也觉察不出来。从各个方面我都能觉察出来，他总是拒绝跟我谈及在美洲生活的一些片段，偶尔他也会有说漏嘴的时候，当他说漏嘴时，总会流露出一种十分恐惧的表情。从这些情况我完全可以肯定，他结下一些很有势力的仇人，他相信那些人在追踪他，所以总是在防备他们。这些事我是肯定的，因此这几年如果他回家晚了，我都不免会为他担心。”

“我可以再问一句吗？”福尔摩斯问道，“引起您注意的都有哪些字眼啊？”

**同步思考**

福尔摩斯为什么会向道格拉斯夫人提这个问题呢？

“‘恐怖山谷’，”这位夫人回答道，“这是他在我不断追问时用的最频繁的一个词。他说：‘我一直身陷恐怖山谷中，始终无法摆脱。’我有时见他比平时露出更恐惧的神色，就问他：‘难道我们永远无法从这恐怖山谷里逃出去了吗？’他给我的回答是：‘我有时候觉得我们的确是永远无法摆脱了。’”

“在这之前，您就没有向他问过‘恐怖山谷’的含义是什么吗？”

“我问过，可他一听就把脸拉下来了，连连摇头说：‘我们两个人有一个受它威胁就够倒霉了。愿上帝保佑您不要再沾上晦气了。’我猜想是真的有这么一个山谷，并且他还在山谷里面居住过，在居住期间遇到了十分可怕的事情，这个我很肯定。除此之外，我就没有什么东西可以告诉你们了。”

**词语解释**

晦气：坏运气；使别人倒霉；找别扭。

“那他是否提起过谁的名字啊？”

“提到过。有一次，那是三年前了，他打猎时出了起事故，后来发热说胡话。我曾记得他反复提及那个人的名字，而且说话的口气是愤怒中充满了恐惧。那个名字是麦金蒂——帮主麦金蒂。后来他



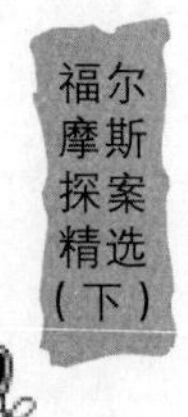

的伤好了，我问他，他什么都不肯和我说，只是笑着回答说：‘谢天谢地，他不是我的主子。’这就是他给我的全部答案。但是这个‘恐怖山谷’与帮主麦金蒂之间一定存在某种联系。”

“还有一点，”警官麦克唐纳说道，“你们两个相识在伦敦一家公寓里，并且在那儿跟他订的婚，对吗？你们结婚之前是否经历过恋爱，又是否有什么神奇的事情发生？”

“恋爱是有的，人们都要恋爱的，却没什么神秘的事情。”

“他没有情敌吗？”

“我当时压根就没有男友，哪来的情敌。”

“您一定听说过，他的结婚戒指被人拿走了。难道您不认为这很令人费解吗？就算是他被过去的仇人暗杀，那为何凶手要将他的结婚戒指取走？”

“我敢发誓，”一丝微笑瞬间消失在这个女人的嘴角，“这我可实在不知道，”她回答道，“这确实是件极其特别的事情。”

“好了，我们也不耽误您太多时间了，在这样的时间里打扰您，很是抱歉。”麦克唐纳说道，“毫无疑问，还会有一些其他问题的，以后遇到时，我们还要来请教您的。”

她站起身。我又一次感觉到她就像刚才一样匆匆地向我们扫视了一眼，眼神里面似乎带有一些疑问，似乎是在询问：“对于我的证词，你们的看法是什么？”然后，她鞠了一躬，匆匆离开了房间。

“她可真是个很有魅力的美女啊，”她带上门后，麦克唐纳沉思道，“巴克指定是时常前来拜访的，看起来，他还是一个很受女人青睐的男人呢。他承认说，死者是个爱吃醋的人。至于道格拉斯为何吃醋，他可能最清楚。还有结婚戒指的事，这事我们还是无法解释。凶手从死者的手上将结婚戒指取走……

**词语解释**

青睐：比喻对人喜爱或重视。

您是如何看这件事的，福尔摩斯先生？”

我的朋友一直坐在那里默不作声，两手托着下巴，陷入了沉思。这时他站起身来，拉铃叫人。管家应铃而来，福尔摩斯问他：“艾姆斯，我想知道塞西尔·巴克先生此刻在什么地方？”

“我这就去给您看一下，先生。”

艾姆斯很快就回来告诉我们，巴克先生现在正在花园里呢。

“艾姆斯，您还记得昨晚您到书房见到巴克先生时，他脚上穿的是什么鞋？”

“记得，福尔摩斯先生。他脚上穿着一双拖鞋。我是在他要去警局报警的时候把长筒靴递给他的。”

“现在这双拖鞋在哪里？”

“就在门厅椅子的下面。”“很好，艾姆斯，我们要知道哪些是巴克先生的脚印，哪些是外来的脚印，这当然很重要了。”

“是的，先生。我或许可以告诉您，我已经留意到那双拖鞋上面的血渍了。”

“这对于当时的案发现场来说，是件非常自然的事情。很好，艾姆斯，如果我们要找您，我们会拉铃的。”

我们在几分钟以后到了书房里。那双毡拖鞋已经被福尔摩斯从门厅里拿了过来。果然跟艾姆斯说的一样，两只鞋底上都有黑色的血污。

“奇怪！”站在窗户前的福尔摩斯借着阳光仔细地观察拖鞋，边观察边自言自语，“太奇怪了！”

福尔摩斯动作敏捷得像猫一样，俯身把一只拖鞋放在窗台的血迹上。对比之后，与上面的足迹完全一致。他不出声地朝着几个同事笑了笑。

同步思考

福尔摩斯根据什么想到窗台上的血迹会与巴克先生的拖鞋足迹完全一致？

麦克唐纳此刻已经兴奋得忘记自己的身份了。他操着地方口音大声谈论，声音活像是棍棒在敲栏杆：“老兄！这就毫无疑义了！是巴克自己踩在窗



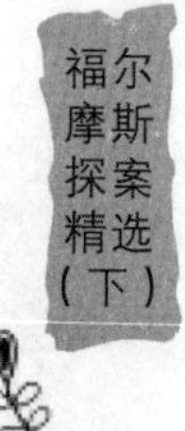

台上的。与别的靴子比起来，这个脚印可是宽多了。我记得您曾经说过是一双八字脚，现在找到答案了。不过，这是玩的什么把戏呢，福尔摩斯先生，这是什么把戏呢？”

“我也正在思考，这究竟是一个什么样的把戏呢？”我的朋友低头沉思，嘴里面还不断地将麦克唐纳的话进行重复。

怀特·梅森压低声音笑着，搓着他那双肥大的手，为自己做的一切感到很满意，不禁大声嚷道：“不出我所料，真是一件难办的案子。”

## 第六章　一线光明

三个侦探还有事情要处理，我就只能独自返回那间简朴的小旅馆中。不过，我回去以前，在宅子一侧那座有昔日风格的奇异花园里散了散步。花园四周环绕着一排排非常古老的紫杉树篱，修剪得奇形怪状。园子里是一片非常美丽的草坪，一个古老的日晷在草地的中间。园子中那宜人的景色让我紧张的情绪得到很好的放松。

置身于幽静的氛围中，我将那阴森恐怖的书房以及血迹斑斑的尸体暂时忘却了，就将他们视为一场噩梦吧。我在园中散着步，努力让心神沉浸在这轻松的环境中，然而，这时发生了一件怪事，又使我重新想起那件惨案，还给我心头打下不祥的印记。

词语解释

幽静：清幽寂静。

刚才我已经说过了，一排排紫杉树篱围在花园的周围。在距庄园楼房最远的那一头，紫杉树篱非常稠密，没有间隔。从宅子这个方向走过去，看不见树篱后面，树篱后面有个石凳。当我靠近那个地方的时候，听到了后面有人说话的声音，首先是个男人低沉的声音，紧接着，一个女人发出了一连串咯咯咯的笑声。

片刻之后，我从树篱的尽头绕了过去，没等对方发现我，我就看到了道格拉斯夫人和巴克坐在一起。她的模样让我大吃了一惊。她之前在餐厅里给人的印象是如此地端庄贤惠，现在，她伪装出来的悲哀全都没有了，她的双目迸发着愉快的光芒，从同伴那里听到俏皮话的她，开心得脸上堆满了笑纹。巴克坐在那里，身子向前倾斜，两手交叉在一起，胳膊肘支在膝盖上，漂亮的面孔上露出赤裸裸的喜悦。一看到我，他俩脸上立刻恢复了庄重的面目，只不过太晚了点。两个人匆忙说了一两句话之后，巴克朝我所在的方向走了过来。

他说道："请原谅，先生，您是华生大夫吗？"

我非常冷漠地向他躬了一下身子，我的神色已经将我对他们的看法彻底出卖了。

"我们想到可能是您，因为人人都知道您跟夏洛克·福尔摩斯先生的友情。不知您是否愿意过来同道格拉斯夫人聊上一会呢？"

我沉着脸跟在他身后，脑海里却清清楚楚浮现出地板上那个脑袋几乎被打碎的尸体。距离惨案的发生才过去短短几个小时的时间，受害者的妻子却能和受害者最亲近的朋友在原本属于他的花园后面开怀畅谈。我态度极其冷漠地跟这位夫人打了一个招呼。刚才在餐厅里，我曾为她的不幸而感到悲哀，而现在，我对她投来哀求似的目光再也无法表示同情了。

"恐怕您以为我是一个冷酷无情、铁石心肠的人吧？"道格拉斯夫人说道。

我耸了一下自己的肩膀，回答说："这似乎与我无关。"

"也许将来您会公平看待我，假如您认识到……"

"华生大夫没必要认识什么，"巴克连忙说，"因

**词语解释**

俏皮话：含讽刺的口吻或开玩笑的话。

为他亲口说过，这不关他的事嘛。”

“说的很对，”我说道，“我先告辞了，两位，我还要继续散我的步。”

“请您等一下吧，华生大夫，”这个女人大声恳求道，“我有一个问题请教您，您的回答肯定是最权威的，这对于我而言，关系重大。您比任何人都更了解福尔摩斯先生，了解他和警署的关系。倘若有人告诉他一件秘密，不知他是否会将其告诉警察？”

“对，就是这个问题，”巴克说得很急切，“他是独立的，还是始终跟他们一起的？”

“我真不知道是否应当回答这个问题。”

“我求您，我恳求您告诉我，华生大夫！我担保这是一个对我们帮助非常大的问题，只要您能够给我们一些指引的话。”

这女人的声音太诚恳了，我一时忘掉了她刚才的所有轻浮举动，不得不满足她的要求。

“福尔摩斯先生是一位非常独立的侦探，”我回答道，“所有的事情都是由他自己做主，他会根据自己对案件的判断来行事。同时，对于那些与他办理同一桩案件的官方人士，他当然会忠于他们，凡是能帮助官方将罪犯缉拿归案的案情，他绝不会隐瞒他们。我能说的也只有这些了。要想知道更多详情，我建议你们找福尔摩斯先生本人谈。”

说完这话，我抬了一下帽子就走开了，他俩仍然坐在树篱挡住别人视线的地方。在走到树篱尽头的时候我回过头来看了一眼，看到这两个人仍旧坐在那里继续热聊。两人的眼睛一直盯着我，显然是在议论刚才跟我的对话。

整个下午的时间，福尔摩斯都待在那所宅子里面同他的两位同行研究案情，直到下午5点钟他才返回。我叫人给他端上茶点，他吃得狼吞虎咽。我把遇到的事告诉福尔摩斯，他说道：“我不听他们

**嵌记妙语**

福尔摩斯是个非常专业的人，对于他所关心的案件，倘若对方愿意无休止地对他讲述，他是不会打断对方讲话的，即使是饥饿难耐。华生是福尔摩斯最好的朋友，也是最了解他的人，当华生从外面回来时，福尔摩斯已经很饿了，华生做的第一件事就是给福尔摩斯送来吃的，并且还会把自己所知道的一五一十地讲给他听。

的隐秘。华生，他们也压根就没有什么秘密。要是我们以密谋杀人罪逮捕他们，他们准会十分狼狈。”

“您认为结果会是这样的吗？”

福尔摩斯兴高采烈、情绪高涨：“我说华生啊，等我将这第四个鸡蛋消灭掉之后，我就会将所有的情况都说给您听的。我不敢说已经彻底查清楚了，的确还差得远呢。不过，我们追查到了那只丢失的哑铃……”

“那只哑铃！”

“哎呀，我说华生啊，难道您就没有发现，那只丢失的哑铃是这个案子的关键所在吗？好了，好了，您不必垂头丧气，这是咱们两个人的秘密，我想不管是麦克警官，还是那个精明的当地侦探，都没有理解到这件小事的特殊重要性。仅仅就是个哑铃！您仔细想一下，华生，一个运动员是否只会拥有一只哑铃呢？想想看，只有半边身体得到锻炼，将来不是有脊椎弯曲的危险吗？华生，这将会是多可怕的事，简直不敢想象！”

福尔摩斯嘴里塞满面包坐在那里，看着正处于冥思苦想状态的我，他的双目闪烁着十分调皮的光芒。看到他如此狼吞虎咽，我知道，他肯定已经成竹在胸了。对于他那些茶饭不思的日子，我是记忆犹新的，他只要一时没能将一点揭开，简直就会像个苦行僧一样聚精会神地进行冥思苦想，他那瘦弱的面孔会因此显得更为憔悴。最后，福尔摩斯点着了烟斗，坐在这个乡村客栈的炉火旁，不慌不忙地随意谈起这桩案子，他并没有经过深思熟虑，只是自言自语地说出脑子里的想法。

**词语解释**

冥思苦想：冥，深奥，深沉。思，思考。绞尽脑汁，苦思苦想。

“华生，这是个谎言，不折不扣的弥天大谎，我们从一进门所听到就是令人厌恶的谎言！这就是我们侦查的开端。巴克的讲述完全是在撒谎。不过巴克讲的故事得到道格拉斯夫人的佐证。所以，道

**同步思考**

为什么福尔摩斯这样说？



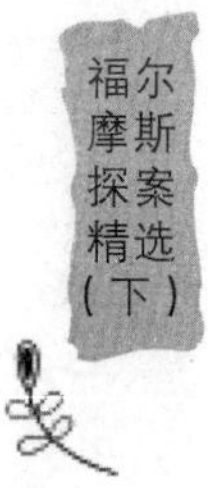

格拉斯夫人也在撒谎。他们二人全部都在说谎，并且两个人早就串通好了。所以现在我们的任务很清楚，就是查清楚他们为什么要撒谎？他们千方百计力图隐瞒的真相又是什么？华生，咱们两个尝试一下看能否将这谎言揭开，将真相查出来。

“我怎么知道他们是在撒谎？原因就是他们的谎言编得太拙劣了，完全不可能令我相信。只要稍加思索就能洞穿这个谎言！照他们所说，凶手杀人后，没出一分钟就从死者手指上摘下那枚戒指，那枚戒指上面还戴着另一枚戒指，然后再把另一枚戒指戴回原处，他肯定做不到，另外他还把那张奇怪的卡片放在受害者身旁。我是说，这分明是不可能办到的事情。

“或许你会跟我争辩，说那枚指环或许在死者被杀之前就取掉的。可是，华生，我非常尊重您的判断能力，因此我想您是不会这么说的。蜡烛只点了很短时间，这个事实说明，死者和凶手会面的时间不会很长。我听说道格拉斯有非常大的胆子，他是那种受到威胁就会将结婚戒指交出来的人吗？我们能想象他竟然会交出结婚戒指吗？不，不会的，华生，灯点着后，凶手独自一人和死者待了一段时间。我对此是确信无疑的。

“但导致死者死亡的原因很显然就是枪杀。所以，开枪的时间比他们所说的要早许多。事情经过就是这样，这是绝不会错的。所以摆在我们面前的很可能是一个蓄意合谋，是由两个听到了枪声的男女所为，男的就是巴克，女的当然就是道格拉斯夫人。首先，我能证明窗台上的血迹是巴克故意印上去的，目的是给警方制造假线索，您会承认，案情的发展变得对他不利了。

“我们现在一定要向自己提问：究竟这个凶杀是在什么时间发生的？仆人们直到晚上 10 点半的时

**词语解释**

蓄意：存心；有意。做之前有一定时间准备，可以理解成蓄谋已久的意思。

候还在宅子里来回地忙碌着，因此，谋杀不会发生在 10 点半之前。10 点 45 分的时候除了留在餐具室的艾姆斯，其他仆人全都回到住处了。您下午离开我们后，我做过一个实验，发现只要房门都关上，麦克唐纳在书房不管发出多大声音，我在餐具室里也休想听到。

“但是女管家的卧室可就不一样了。这间卧室处于走廊上很近的地方，如果声音非常大，在这间卧室里是能够听到一些声响的。在本案中，射击的距离很近，猎枪显然采取了某种消声措施，枪声不会很响，但夜晚十分寂静，艾伦太太从卧室里是能听到的。尽管艾伦太太说自己有些耳聋，但是，她还说了，在报警前半个小时，她曾经听到过像是摔门的砰的一声。警报发出前半小时当然是 10 点 45 分。我确信她听到的就是枪声，那才是真正的行凶时间。

“如果真是这样的话，我们现在需要查清楚的一个问题就是，倘若巴克和道格拉斯夫人并不是凶手，那么在他们 10 点 45 分的时候听到枪声之后下楼，到 11 点 1 刻他们拉铃将仆人们叫出来，这段时间他们做了些什么？为什么不马上发警报？这就是摆在我们面前的问题。这个问题一经查明，就是向解决问题前进了一大步。”

“我相信，”我说道，“这两个人是串通好了的。道格拉斯夫人在自己丈夫死了仅仅几个钟头之后就能够坐在那里听着俏皮话哈哈大笑，倘若她没有参与谋杀，那她也是个没心肝的人。”

“说得对极了。就连她自己讲述案情时，也不像个受害者的妻子。华生，我不是一个全心全意崇拜女性的人，这一点您清楚。但是依照我的经验，但凡对丈夫还有那么一点情谊的妻子都不会做出那种听了别人劝告就不去看丈夫尸体的事情。华生，



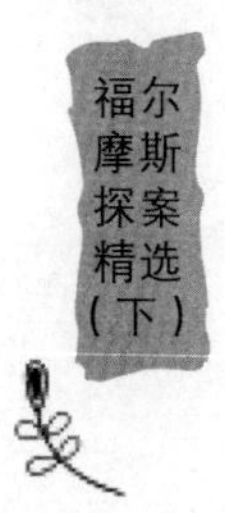

假如我娶老婆，一定要激发我老婆的一种感情，让她在我的尸体躺在离她不远的地方时，绝不跟着女管家走开。他们编排的这出戏简直太拙劣了，即便是新手侦探，如果在案发现场没有听到女人呼天抢地也会感到很奇怪的。即使没有其他原因，单凭这件小事我也会认为是预谋杀人。”

词语解释

编排：编创并排演。

“那么，您认定巴克和道格拉斯夫人就是杀人犯？”

“您问的这个问题可真是够直接的了，”福尔摩斯晃动着手里的烟斗，向我指了一下，“就好像是朝着我射过来的子弹一样。如果您说道格拉斯夫人和巴克了解谋杀案的真相，并且合谋隐瞒这个真相，那我会全心全意表示赞同，我能肯定他们就是这样干的。但是您那个关于杀人的假设还并不是非常清楚。我们先将那个对我们有阻碍的疑难问题进行一番考量吧。”

“我们如果设想这两个男女因不合法的暧昧关系而沆瀣一气，决心除掉那个碍他们好事的人。这种假设有点过分大胆，因为我们经过对仆人们和其他人的周密调查，从哪一方面都无法证明这一点。与之相反，很多实例都能证明道格拉斯夫妻之间感情很好。”

“我断定那都不可能是真实的。”我说这话时脑海里浮现出的是花园里那张花枝乱颤的笑脸。

“嗯，但至少他们在别人心目中的印象是如此。然而，我们假定他们是一对诡计多端的人，在这一点上欺骗了所有的人，合谋杀害了道格拉斯。他碰巧又面临着某种危险……”

“并且，有这种危险的事情，我们只不过是从他们嘴里听说的。”

福尔摩斯沉思着，说道：“我知道，华生，您已经扼要说出了自己的看法。您是想说他们所说的全部都是谎言。依您所见，压根就没有什么暗藏着的威胁，也没有所谓的秘密团体和恐怖山谷，更没有什么名叫麦金蒂之类的大头目或诸如此类的事情。好啊，这也算是一种不错的归纳。让我们看看它会使我们得到什么结果。他们捏造这种论点来说明犯罪原因。然后，他们配合这种说法，把这辆自行车丢在花园里，伪造出凶手来自外部的物证。窗台上面留下的血迹也是同样的目的。尸体上的卡片也是一样的，这个卡片或许是在屋子里就已经写好了的。所有这一切都符合您的假设，华生。可是接下来，我们就要碰到一系列又讨厌又棘手、处处不吻合的问题了。但是，他们为何偏偏要在万千种武器里面选择锯断的猎枪啊？而且还是支美国猎枪。他们怎么能确信猎枪的射击声不会惊动别人，怎么能保证别人不朝他们跑过来呢？像艾伦太太把枪声当成关门声不过来查看，这不过是碰巧而已。华生，这对您所谓的罪犯为何会傻到这个地步啊？”

“我不得不承认，我没有办法对这种情况进行解释。”

“此外，假如一个女人跟她的情夫合谋杀死了自己丈夫，他们难道会在他死后摘走他的结婚戒指，然后以此炫耀胜利，宣传自己的罪行吗？华生，您认为这样的事情可能发生吗？”

“当然是不可能的。”

“还有，倘若您感觉他们是将一辆自行车藏在外面，可这么做又有什么价值呢？即使是最笨的侦探也会说，这显然是故意要的障眼法，一个亡命徒要逃跑，自行车自然是首选工具了。”

“我实在想不出任何的解释了。”

“但是，人的头脑在面对一系列彼此相关的事件之时，不可能无法想出任何解释的。我提示一条

**词语解释**

障眼法：遮蔽或转移别人视线使看不清真相的手法。



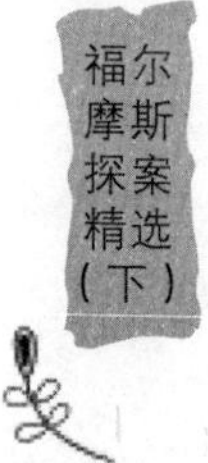

**嵌记妙语**

想象就是真实之母，如果说想象对于艺术家、文学家来说意义重大，依福尔摩斯所言，想象对于断案也是意义重大啊！

思路，权当一次智力练习，咱们也不要一口咬定说肯定是对的。我承认这只不过是个想象，但是，往往想象就是真实之母，对吧？

“我们不妨假定，道格拉斯这个人生活中确实有过犯罪的隐秘，而且确实是个可耻的隐秘。这最终让他遭到某人暗杀，我们设想凶手是个从外面来的仇人。凶手出于某一种我们目前还没有推理出来的原因将死者手上的婚戒摘走了。这种宿怨可以假定是由他的第一次婚姻导致的，由于这种原因，凶手才取走他的结婚戒指。

“还没有等这个复仇者逃离现场的时候，巴克和道格拉斯夫人就已经出现在屋门口了。凶手使他们相信，如果他们企图逮捕他，那么，一件耸人听闻的丑事就会公之于世。于是他们改变了主意，情愿放走他。他们为了能够让凶手脱身，或许会悄无声息地将吊桥放下来，然后再拉起。凶手逃走时，出于某种原因，认为步行比骑自行车更安全。因此，凶手才会将那辆自行车扔到一个他安全脱身之后可能被人发现的地方。到此为止，我们只能认为这些推测是可能的，对不对？”

**词语解释**

悄无声息：悄，安静；息，气息，代指声音。没有声音或声音很低，不被人所察觉。形容做事毫无声音。

“嗯，这无疑是有可能的。”我嘴上这么说，可心里稍稍有点保留意见。

“华生，我们一定要谨记，不管当时发生过什么都好，情况一定是很特殊的。现在我们继续想象这个案情。这对男女未必就是凶手，但是当凶手逃离之后，他们很快意识到自己置身于被人怀疑的位置，或许他们很难证明自己没有行凶，又没有办法证明没有纵容其他人行凶。于是他们急急忙忙、笨手笨脚地应付这种情况。巴克用他沾了血迹的拖鞋在窗台上假造脚印，伪造了凶手逃走的痕迹。很明显两个人听到过枪声，因此在将现场安排好之后，他们才去拉铃发出警报，但此时已经是案发后半小时了。”

“您怎么证明这套假设呢？”

“哦，如果凶手来自外部，那他就有可能被捕归案，这比任何证明都有效。如果抓不住他……嗯，科学的手段并非无能为力。我认为要是我能够在书房独自待上一晚的话，肯定收获不少。”

“在书房独自待上一整晚？”

“我打算现在就去。我已经跟那个令人尊敬的管家艾姆斯商量好了，他根本不是巴克的心腹。我要在那间屋子里独自坐上一夜，看看那间屋子里的气氛能够让我找到一点破案的灵感。我是个相信有守护神的人。华生，我的朋友，您尽管笑吧。咱们走着瞧吧。顺便问一下，我记得您有一把大雨伞，不知道现在带着没有啊？”

“在这儿。”

“好的，如果您同意，我要借用一下。”

“当然可以，但是，您的这件武器可真是有点寒酸！倘若遇到什么危险……”

“我亲爱的华生，没你想的那么严重，否则，我怎么会不让你来帮助我呢。不过我要带上这把伞。目前，我只是等候我的同事们从滕布里奇韦尔斯市回来，他们现在正在那里查找自行车的主人呢。”

警官麦克唐纳和怀特·梅森在黄昏时分赶了回来。他们十分兴奋，因为调查有了非常大的突破。

“伙计，我承认我原来怀疑根本就没人从外面进来，”麦克唐纳说道，“不过这一切都变了。已经有人认出了这辆自行车，并且我们还查到车主的长相特征，这难道不是个大进展吗？”

“照您这么说，好像就要结案了，”福尔摩斯说道，“那我要衷心向二位道贺了。”

“我说说吧。从道格拉斯先生前一天从滕布里奇韦尔斯市回来之后他就一直闷闷不乐，心神不宁

**同步思考**

麦克唐纳和怀特·梅森在黄昏时分回来的时候心情是怎样的？为什么会有这样的心情？



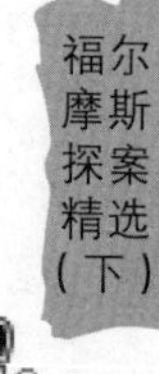

的。那他准是在滕布里奇韦尔斯市意识到有某种危险。倘若真的有个人骑着一辆自行车来，那肯定就是从滕布里奇韦尔斯市而来。我们凭着这点假设开始了我们的调查，我们将自行车带上，找了个旅馆的人来看。飞鹰商业旅馆的经理立刻就认出了这辆自行车，说车主名叫哈格雷夫，两天前在他那里开过房间，那人的全部行李就是这辆自行车和一个小提箱。他将自己的名字写在了登记簿上，他自称是从伦敦来，但是却没写下住址。手提箱是伦敦出品，里面的东西也是英国货，但那人无疑是个美国人。”

“很好，很好，”福尔摩斯高兴地说道，“你们的确是做了一件非常扎实的工作，而我却和我的朋友华生坐在这个地方编造着各种各样的推论！麦克先生，这是个教训，该多做实际工作才对。”

“福尔摩斯先生，您这话说的非常正确。”警官麦克唐纳的口吻里带着得意。

“但是，这与您的推论完全符合啊。”我评论道。

“也许对，也许不对。麦克先生，您还是告诉我们调查的结果吧。难道没查出这个人吗？”

“没什么线索，他显然很谨慎，提防别人认出他，既没有文件也没有书信，连衣服都没什么特别的地方。在他卧室的桌子上面，放着一张本郡的自行车的行车路线图。他昨天早上用过早餐之后就骑着自行车从旅馆离开了，一直到我们前去追查，都没有见到他的人影。”

“福尔摩斯先生，这正是让我迷惑不解的情况，”怀特·梅森说道，“如果这个人想要避免遭怀疑，就应该返回旅馆，像无辜的游客一样待在旅馆里。照这么说的话，他是料准了旅店的经理会同警察报告这件事，而警察也势必会怀疑到他身上。”

“他会这么想的。不过，既然他没有被捕，至少证明他直到现在还是明智的。但是，他的外貌特征是什么样的呢？”

麦克唐纳查看了一下笔记本。

“我们已经将他所说的全部记录下来了。对于他的模样，他们记得都不是很清楚，但是脚夫、店员和女侍者们对他的描述大致相同。那人身高 5 英尺 9 英寸，年纪 50 岁左右，头发有点儿灰白，胡子微带灰色，鹰钩鼻子，面露凶相，令人生畏。”

“得了得了，还是免了那些描述的措辞吧，这描写的简直就是道格拉斯先生，”福尔摩斯说道，“道格拉斯正好是 50 多岁，须发灰白，身高也是这样。还有没有了解到其他的情况？”

“他穿一身灰色厚套装，上衣是双排扣的，外面穿件黄色短大衣，戴一顶软便帽。”

“是否有人见到了他的猎枪？”

“猎枪不足 2 英尺长，完全可以放在那只小提箱里，藏在大衣里面带出去也很方便。”

“您认为这些情况与这件案子关系大吗？”

“哦，福尔摩斯先生，”麦克唐纳说，“我查到这些情况后，当然立刻采取行动，没出 5 分钟就发了电报，在电文中描述了这个人的相貌和特征。等到我们将这个人抓住之后，就能够做更加准确的判断了。不过，我们就在案情陷入僵局的时候往前迈了很大的一步。我们已经知道，一个自称哈格雷夫的美国人两天前来到滕布里奇韦尔斯市，这个人随身带着一辆自行车和一个手提箱，箱子里装着一支锯短了枪管的猎枪。所以说，他是有着充分的准备而来的，是专程来行凶的。他昨天早上的时候将那把猎枪藏在了大衣里面，骑着自行车直奔案发地。据我们了解，他到达的时候，谁也没有看到他。不过他到那庄园的大门口用不着穿过村子，而且大路上骑自行车的人很多。依照我们的估测，他即刻在月桂树丛里藏着那辆自行车，后来，人们就是在那

**嵌记妙语**

对于麦克唐纳提供的关于哈格雷夫的信息，福尔摩斯并不觉得有多大用处，他认为麦克唐纳所叙述的形象跟道格拉斯先生十分相像，没有达到他预期的目标，以致他脸上没有一丝惊奇的表情。



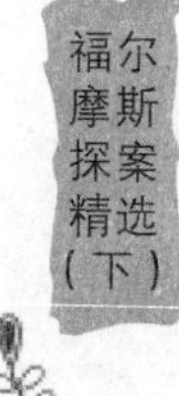

里发现自行车的，他自己也很有可能就藏在那个树丛里，对宅子里的一举一动进行密切的注视，就等着道格拉斯先生出现。在室内用猎枪杀人是很令人费解，但是，他原本是要在室外用猎枪的。在室外用猎枪有非常明显的优势，因为不可能打不中，而且附近到处是爱好射击运动的英国人，人们经常听到枪声，不会特别注意的。”

“所有的一切都清楚明了了！”福尔摩斯说道。

“但是道格拉斯先生并没有走出来啊。他接下来应当如何应对？他丢下自行车，在暮色中走近宅子。他看到吊桥既没有吊起，附近也不见一个人影，他就充分利用了这个难得的机会。毫无疑问，假如有人看见他，他可以找个借口。可他一个人也没遇到。他溜进了最先看到的屋子，隐藏在窗帘后面。他是从那里见到吊桥已经被拉起来的，他就知道，蹚着护城河过去是他唯一的出路了。他一直等到十一点一刻，道格拉斯先生上床睡觉前照例逐个检查房间，这时走进了这间屋子。他按照原定计划向死者开枪之后逃之夭夭。他知道，旅馆的人会说出他有自行车，这是个对他不利的线索，所以他把自行车丢在那里，另行设法到伦敦，或者去了他预先安排好的某个安全藏身的地方。您认为我的推理如何呢，福尔摩斯先生？”

“非常不错，麦克先生，照现在的情境而言，您的推理很好，也非常的清楚。到此，您假设的情节已经结束了。可我的结论是：犯罪时间比人们说的要早半小时；道格拉斯夫人和巴克先生两个人合谋隐瞒了一些情况；他们帮助凶手脱身，或者是说，凶手至少是他们进屋之后才逃脱的；他们还伪造了凶手从窗口逃跑的假证据，而且很可能是他们自己放下吊桥，让凶手逃走的。这是我对这桩案件前面一半情况的判断。”

**词语解释**

逃之夭夭：逃跑得无影无踪。

两个侦探摇了摇头。

“咳，福尔摩斯先生，如果真是如此，那我们岂不是从一个谜团步入另外一个谜团了？”来自伦敦的警官说道。

“并且还是一个更加难解的谜团了，”怀特·梅森补充说道，“道格拉斯夫人这辈子都没去过美国，怎么会去庇护一个从美国来的杀手呢？”

“确实，我也不得不承认这些疑问的存在，”福尔摩斯说道，“我预备今天晚上再去调查一番，说不定能发现一些对实现我们的目标有用的东西。”

“福尔摩斯先生，我们能帮您的忙吗？”

“不，不用！我需要的非常简单。只需要漆黑的天色和华生大夫的大雨伞。还有艾姆斯，那个忠实的艾姆斯，毫无疑问，他会破例给我提供些方便的。我所有的思路总是回到一个十分简单的问题上去：一个有着运动员一样健硕体魄的人，为何会用一只哑铃来锻炼。这太不合理了。”

**词语解释**

健硕：健壮结实。

半夜时候，福尔摩斯才独自调查回来。我们两人睡在摆放了两张床的一个房间里，这已经是这家乡村小旅馆对我们的特殊优待了。他进门时的声音将已经入睡的我吵醒了。

“你回来了，”我喃喃道，“您是否又发现一些新的情况呢？”

他手持蜡烛站在我身边，默默不语，然后他那高大而瘦削的身影向我俯过来。“我说，华生，”他低声说道，“您跟我这样一个头脑不清晰，还有点精神失常的人在一起生活难道不觉得有点害怕吗？”

**同步思考**

福尔摩斯为什么会提出这样的问题？

“一点儿也不怕。”我回答道，心里觉得诧异。

“非常好。”这是福尔摩斯这一夜说的最后一句话。



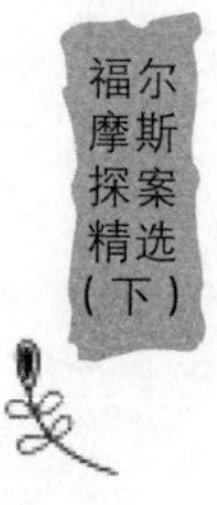

# 第七章　谜底

早上吃过饭我们去见两位警察，见警官麦克唐纳和怀特·梅森正在当地这位警官的小会客室里一起磋商。在他们面前的桌子上面有很多的信件和电报，两个人正在仔细整理着，并在认真地做摘记，其中有 3 份已经放到一边去了。

“你们是不是还在寻找那个神秘的骑自行车的人？”福尔摩斯问道，他显得兴致很高，“有没有关于这个暴徒的最新消息啊？”

麦克唐纳用手指了指堆在自己面前的信件，脸上一副沮丧的表情。

同步思考

为什么麦克唐纳的脸上现出一副沮丧的表情？

“很多地方都有人在举报他，莱斯特、诺丁汉、南安普敦、德比、东哈姆、里士满和其他 14 个地方都有报告。其中东哈姆、莱斯特和利物浦三处明显发现有他的迹象。警察甚至已经将他拘捕起来了。但似乎全国上下四处可见身穿黄色大衣的亡命之徒。”

“天哪！”福尔摩斯带着同情的口吻感叹道，“我说，麦克先生，还有您，怀特·梅森先生，还是听一下我的诚恳的忠告吧。你们肯定没有忘记我当初和你们对这桩案件进行讨论的时候提出过的条件：未经过我自己充分证实的想法，我是不会对你们说的，我要对我自己的想法进行保留，做出自己的推断，并进一步证实这个推断，直到我有了很大的把握，并且足以令我感到满意的时候，我才会公布。因此，眼下我还是不能把自己的全部想法告诉你们。另外，我说过我对你们一定要光明磊落，如果我眼看你们白白把精力浪费在毫无益处的工作上，那就有违我的良心了。因此，现在我忠告你们——就两个字：放弃！”

麦克唐纳和怀特·梅森一听这话，惊得瞪大了眼睛，盯着这位著名的同行。

“您认为这是一件棘手到已经无法破获的案件？”麦克唐纳大声问道。

“这倒不是，我只是觉得你们想用这样的办法破案，没有任何指望。”

“可骑车人并不是编造的啊。我们有他的外貌特征，有他的手提箱和自行车。这个人肯定藏在某个地方，为什么我们不该缉拿他呢？”

“你说的没错，他肯定是藏到了某个地方去，并且，我们一定会将其抓获。不过我不愿让你们到东哈姆或是利物浦这些地方去浪费精力，我相信我们能找到破案的捷径。”

“福尔摩斯先生，您对我们有所保留，这可就太不公平了吧？”麦克唐纳显得非常气愤。

“您是了解我的工作方法的，麦克先生。但我保密的时间会尽量缩短，我只不过想用一种方法证实我的推论细节，这很容易做到。然后我就和你们告别，回伦敦，把我的结果完全留给你们。倘若我不这么做的话，就是太对不住你们了。因为在我的全部经历中，还从来没有遇到过比这更新奇、更有趣的案子呢。”

“福尔摩斯先生，我根本就想不明白。昨晚我们从滕布里奇韦尔斯市回来见您的时候，您大体上还同意我们的判断。究竟之后发生了什么事情改变了您对这个案子的看法呢？”

“好，既然你们问我，我不妨告诉你们。我已经对你们说过，我昨天夜里在庄园的宅子里面一个人待了几个小时的时间。”

“发生了什么事吗？”

**词语解释**

捷径：表面上是指近便的小路，但实际比喻能较快地达到目的的巧妙手段或办法。



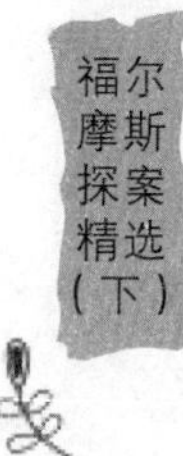

“啊！目前我只能给你们一个非常笼统的回答。顺便提一句，我在阅读一篇介绍资料，这篇资料简明而又十分有趣，是关于这座古老宅子的介绍。这份资料的价值是一个便士，随便一个香烟铺子就能够购买得到。”

福尔摩斯从背心口袋里掏出一本小册子，上面印有这座古老宅子的粗糙版画。

“我亲爱的麦克先生，一个人若受到周围历史气氛的感染，这小册子便能增添调查的热情。不要显得那么没耐心的样子，我保证，虽然只是一篇枯燥的介绍，但是还是能够令人的脑海中浮现出昔日的情景的。请让我先给你们挑一个选段来进行朗读。‘伯尔斯通庄园的宅子建于詹姆士一世登基后第五年，这座宅子建在一个更古老建筑的遗址上，是詹姆士一世时代带护城河宅邸遗留至今的最佳典型……’”

“您就别再捉弄我们了好不好，福尔摩斯先生。”

“嘘！麦克先生！我这可是头一次看见您要发脾气的苗头。好，你们既然对这个问题不耐烦，那我就逐句逐字地给你们念了。不过我告诉你们，这里有一段描写，说 1644 年议会党人的一个上校得到了这块宅基地，说内战期间查理一世曾在这里藏过几天，最后还说乔治二世拜访过这里。你们必须承认这座宅子与那些五花八门的利益有着千丝万缕的联系。”

**词语解释**

五花八门：原是指“五花阵”与“八门阵”，这是古代兵法中的阵名，后又把它用作比喻各行各业的暗语。现常比喻事物繁多，变幻莫测。

“我从不怀疑这个，但是这个跟我们没有任何关系啊。”

“没有任何关系？我说麦克先生啊，干我们这行的最基本的素质就是开阔的眼界啊。各种想法相互作用，拐弯抹角利用各种知识，这些常常有着特别重要的意义。请原谅吧，尽管我只是一个做犯罪鉴定的，但是总比你虚长了几岁，经验也就比你多



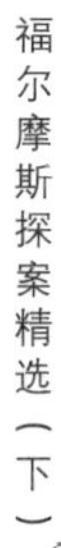

一些吧。”

“这一点是我最先承认的，”麦克唐纳说得很热心，“我承认您有您的道理，可是您做起事来未免太转弯抹角了。”

“好，好，我可以将过去的历史放到一边，回到对现在这件事情的讨论上。我刚才说过，昨晚我到宅子里去过，既没有见到巴克先生，也没有见到道格拉斯夫人。我认为没有必要去惊动他们两个人的，但我非常欣喜地得知，这个女人并没有任何憔悴的模样，并且还刚刚用过一顿丰盛的晚餐。我专门去拜访了那位善良的艾姆斯先生，和他亲切交谈了一阵，他最后答应我，让我独自在书房里待一阵子，不让其他任何人知道。”

“你说什么，你要跟那个死尸独自待在一起？”麦克唐纳突然喊出来。

“不，不，现在已经一切恢复正常了。麦克先生，我听说，您准许我这么做的。那间屋子已经恢复到原来的模样了，我在里面待了一刻钟的时间，找到不少灵感啊。”

“您做什么了？”

“噢，我并没有将那么简单的事情搞得神秘莫测的，我只不过是去找那一只丢失了的哑铃罢了。在我对这件案子的判断中，它始终显得很重要。结果我找到它了。”

“在哪儿找到的？”

“啊，咱们现在已经与真相越来越近了，请允许我再往前走非常小的一步，我发誓一定会将自己知道的所有都悉数告诉你们的。”

“好，我们肯定会让您按自己的想法去做，”这位警官说道，“不过说到您要我们放弃调查……究竟为何我要将这调查放弃呢？”

“理由很简单，我亲爱的麦克先生，因为你们

**词语解释**

神秘莫测：非常神秘，难以推测。常用来形容一些不可理解的事物或现象；或使人摸不透，高深得无法揣测。

首先就没弄清楚调查的对象是什么。”

“我们调查的对象难道不是在伯尔斯通庄园将道格拉斯先生枪杀的凶手吗？”

“对，对，你们是在调查他。可是不要劳神去搜寻那个骑自行车的神秘先生了。我发誓这对你们没有任何的帮助。”

“那么，您说我们该怎么做呢？”

“倘若你们愿意的话，我很愿意详细地告诉你们应当做什么。”

“好，我不能不说，我总觉得您的那些古怪的做法是有道理的。我肯定会按照您提出的意见去办的。”

“怀特·梅森先生，您呢？”

这个乡镇侦探茫然地看看这个，望望那个。在他的眼里，福尔摩斯先生以及他的侦探的做法足够新鲜。“好吧，倘若麦克唐纳警官认为是好的，我自然也不会觉得不好。”怀特·梅森终于说道。

“好极了！”福尔摩斯说道，“我给你们两位的建议是去乡间散散步，活跃一下自己。人们告诉我说，从伯尔斯通山脊到威尔德一带，景色非常美。我并不是很熟悉这里的乡村，并不能给您推荐什么饭馆，但我相信，你们肯定会找到一个不错的饭馆共进午餐的。到了傍晚，虽然会感到疲倦，可心情却很愉快……”

“我说伙计啊，您难道不觉得这个玩笑开得有点过火了吗！”麦克唐纳怒气冲冲站起身，大声嚷道。

“好的，随便你们怎么度过都无妨，”福尔摩斯乐呵呵地说着并拍了拍麦克先生的肩膀，“做你们愿意去做的事情，不管去哪都可以；不过，务必在黄昏以前到这里来见我，务必来，麦克先生。”

“这倒是像一个有着清醒头脑的人所说的话。”

“我所说的，都是极好的建议，可是我并不强迫你们接受。你们只要在我需要你们的时候出现就可以了。但现在在我们分手之前，我要写一个便条给巴克先生。”

“好！”

“不知道您是否愿意我进行口授呢。准备好了吗？‘亲爱的先生，我觉得，我们有责任排净护城河的水，希望我们能找到一些……’”

词语解释

口授：口头传授；口说而由别人代写。

“这完全没有可能，”麦克先生回答道，“我已经调查过了。”

“嘘！我亲爱的先生！就请您按照我所说的写下来吧。”

“嗯，请您继续往下说吧。”

“……但愿我们能够找到一些同我们调查相关的一些东西。我已经做好了必要的安排。明天清早工人们就来上工，把河水引走……”

“不可能！”

“把河水引走，因此我在此预先向您做出通报。

“现在就请您将名字签上去吧，4 点钟左右会有专人送过去的。到时候我们在这间屋里见面。见面以前，大家一切自便。我向你们保证，这个调查一定得先暂停。”

将近黄昏时分，我们又重新聚集在一起。福尔摩斯的态度是异常严肃的，站在一边的我怀着十分好奇的心理，两个侦探却是感到非常的不满，异常气愤。

嵌记妙语

这是一个多么奇妙的场景啊！每个人的想法都不相同，但却要面对共同的案子。

“好吧，先生们，”我的朋友板着面孔说道，“我现在要你们跟我去检验那里的一切，然后你们自己就能判断出，我观察到的事实能否证明我的结论有道理。夜晚的天气是非常冷的，我还不清楚去的时间究竟有多久，因此，我请你们将最暖和的衣服带上。最关键的是我们需要在天黑以前出现在案发现场。倘若你们不反对的话，我们现在就出发。”

我们绕着庄园的花园外边走，花园四周有围栏，



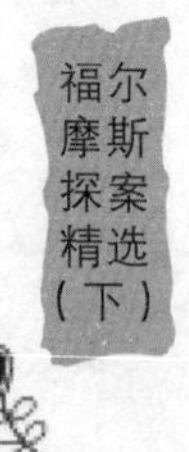

**词语解释**

豁口：缺口；障碍物（如墙或树篱）上的缺口，尤指军事防御线上的突破口。

**嵌记妙语**

精妙的评价，"现实生活中的剧作家"，一个具有艺术气质的侦探表演大师！

栅栏有个豁口，我们穿过豁口溜进花园。暮色中光线越来越暗，我们随着福尔摩斯来到一片灌木丛附近，几乎就在正门和吊桥的对面。吊桥还没有拉起。福尔摩斯蹲了下来，在月桂树丛的后面藏着，我们三个也学着他的样子一齐蹲了下来。

"我说，我们现在究竟在干吗啊？"麦克用有点生硬的态度向福尔摩斯问道。

"耐心一点，尽量不要发出任何声响。"福尔摩斯答道。

"究竟我们在这里干吗啊？您难道不认为应当对我们坦诚点吗！"

福尔摩斯笑了，他说道："华生一再说我是现实生活中的剧作家，我胸中涌动着艺术家的情调，坚持要搞一次成功的演出。倘若我们无法在偶尔的时候将演出的效果弄得辉煌富丽一点的话，那我们这个职业是否太过单调点了呢，华生先生。生硬的指控，残忍的处决——那种结局有什么好看的？我们为何不将做事的方式变一变，采取一种敏锐的推断，设下一个微妙的陷阱，对于即将要发生的事件做出一个睿智的预见，用事实来证明自己大胆的推断是十分正确的，最后获得了全胜，这不仅能够证明我们毕生为之奋斗的事业是合情合理的，还能令我们感到无比的自豪，难道不是如此？在眼下这个时刻，您会感到猎人期待猎物时的激动。假如一切都按照时间表的安排发生，那还有什么可激动的？麦克先生，我只要求你们付出点耐心，你们一切都会清楚了。"

"哼，但愿你口中的那些所谓的什么合情合理，什么自豪骄傲，还有其他什么的能在大家被这鬼天气冻死之前到来。"这位伦敦侦探说了句俏皮话，顺从了。

我们几个人全都有着十分充分的理由对他的愿望表示赞同，因为我们在这里守了太长的时间，已经冻得无法忍受了。暮色逐渐笼罩在这座狭长阴森的古宅上，护城河里升腾起一股阴冷潮湿的雾气，我们感到寒冷刺骨，牙齿咯咯打战。在大门口，只有一盏灯，而那间案发的书房里就只有一盏固定的球形的灯亮在那里。四处是一片漆黑，寂静无声。

“这要待多久啊？”麦克唐纳突然问道，“我们在监视什么呢？”

“我没有您那种怪念头，还计较要等多久，”福尔摩斯的口吻非常严厉，“倘若那个罪犯会将他的犯罪活动安排得紧锣密鼓的话，那我们大家也就不用等这么久了。至于我们在监视……瞧，那就是我们要监视的！”

**词语解释**

紧锣密鼓：锣鼓点敲得很密。比喻公开活动前的紧张气氛和舆论准备。比喻为配合某人的上台或某事的推行而制造的气氛、声势。

福尔摩斯的话音还没落，就看到书房里面亮着的黄色灯光被一个徘徊的身影给遮挡了。我们藏身的月桂树丛与那个书房的窗户是正对着的，两者之间的距离也就不到 100 英尺。没过多久，窗户忽然发出吱呀一声被打开了，我们隐约看到一个男人的轮廓，他把脑袋和身子探出窗外，向暗处张望，朝前方注视了片刻，鬼鬼祟祟、偷偷摸摸，好像怕让人看到。他随后俯下身子向前倾，在一片寂静中，我们听到了非常轻微的哗哗哗的水声，看起来，这个人是拿着一个东西在不断地搅动着护城河的河水。后来他突然像渔夫拉网一样，捞起一个又大又圆的东西，把它拖进窗子，灯光一时被挡住了。

“赶紧行动！”福尔摩斯突然大声喊了一句，“快点跟上！”

大家连忙站起来，拖着麻木的腿，趔趔趄趄跟在福尔摩斯后面跑。他急速地奔跑着，从吊桥那边冲过去，使劲将那门铃拉响了。随着门闩嘎吱一声响，门开了，开门的艾姆斯脸上一片惊愕，福尔摩斯没有说一句话，一把将艾姆斯推到边上去，我们跟随他一同冲到了那个我们监视的屋子里，那个人此刻



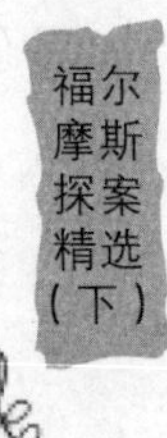

正在屋里。

我们在窗外看到的光芒是桌上那盏油灯放出来的。此刻油灯正抓在塞西尔·巴克手中，我们进来时，他举起灯照着我们。同时，他的面孔也被灯光照亮了，这张被刮得十分光滑的面孔显得十分顽固和强硬，险恶的亮光闪烁在他那双目中。

“你们为什么来了，究竟什么意思啊？”他喊道，“究竟你们想要找到什么东西呢？”

福尔摩斯迅速扫视一圈。然后扑向塞在写字台下面的一个湿漉漉的包裹。

“巴克先生，我们所要找的就是这个东西，这个您刚刚从护城河里面捞起来的包裹，包裹里面还有这样一个哑铃，目的就是能够将其沉到河底。”

巴克瞪着福尔摩斯，脸上露出惊愕。他问道：“天晓得您怎么会知道这些情况的。”

“原因很简单，因为就是我将其放在河水里的。”

“是您放进水里的？您！”

“换句话说，是我将这个哑铃重新放到水里面的。”福尔摩斯说道。

“麦克先生，我曾经对您提到并让您注意过，这个屋子少了一只哑铃，但是您被别的事情缠身，几乎没有考虑我说的这件事，其实原本您可以根据这件事得到一个正确推论的。这屋子既然靠近河水，而且屋里又丢失了一件重东西，那就不难想象，哑铃是用来压重，为的是把别的东西沉到水底去。这种推测至少是值得验证的。艾姆斯允许我在这间书房里待着，昨天晚上我已经用华生大夫那把大雨伞的伞柄将这个包裹从河里钩出来并进行过一番检查了。”

“但是首先我们需要证实的一件事就是，让它沉入河底的人究竟是谁。于是，我们便宣布要在明天排干护城河水，当然，这就迫使那个隐匿包裹的人一定要取回它，而这事只有在天黑以后才能做。

**嵌记妙语**

巴克在黑夜里从护城河里捞包裹被福尔摩斯他们发现了，这给了福尔摩斯一个确凿的证据，知道这个案件的凶手就是巴克。他们赶忙跑到巴克的屋子找到证据，让巴克措手不及，不得不落网。

**嵌记妙语**

福尔摩斯在每一个案件中几乎都有这样的经历：警探们忽略的事情往往会引向案件的正途。

现在我们至少有 4 个人亲眼见到是谁趁机抢先打捞包裹了。好了，现在我认为该由我们的巴克先生来发言了吧。”

夏洛克·福尔摩斯把湿淋淋的包裹放在桌上油灯旁，打开捆绑的绳索。他将一只哑铃从里面取了出来并放到了墙角的另外一只哑铃的边上，接着，他又将一双长筒靴子从包裹里面抽了出来。

“你们看，这是美国式的。”福尔摩斯指着鞋尖说道。他又把一柄带鞘的杀人长刀放在桌上。最后，他将一捆衣服解开，这里面除了一件黄色的短大衣，还有一整套的内衣内裤、一双袜子和一身灰粗呢子衣服。

“在这一堆衣服里面，”福尔摩斯指着说，“除了这件大衣之外，其他的都是非常平常的衣物，唯有这件大衣能够给我们很大的启发。”福尔摩斯把大衣举到灯前，用他修长的手指在大衣上指点着继续说道：“你们看，这件大衣的内衬里，有个口袋，是这种式样，看来是为了有足够地方装那支锯短的猎枪。衣服领子上面有着美国维尔米萨镇尼尔服饰店的商标标签。我曾在一个修道院院长的藏书室里消磨过一个下午，增长了不少见识，了解到维尔米萨是美国一个繁荣的著名小城镇，在一个盛产煤和铁矿石的山谷口上。如果我没记错的话，巴克先生您对我们提及道格拉斯先生前妻的时候曾经谈及过产煤地区的事情。那么就不难由此得出推论：死者身旁的卡片上有 V. V. 这两个字母，这就是维尔米萨山谷的缩写，或许刺客就是从这个山谷里派出来的，这个山谷就是我们听说的恐怖山谷。这些已经完全清楚了。抱歉，我似乎妨碍到巴克先生了，现在该轮到您向我们解释这件事了。”

这个伟大的侦探一一揭开谜底，塞西尔·巴克脸上的表情可真让人大饱眼福：愤怒、惊愕、惶恐、

**词语解释**

大饱眼福：大量想看到的事物。

疑虑，各种表情轮番浮现在他脸上。最终，他用一种辛辣挖苦的口气回避了福尔摩斯的话：

“既然大侦探知道得这么清楚了，何不再多跟我们说说？”

“我能告诉您的情况当然多得很，巴克先生，不过还是您自己讲出来更体面。”

“噢，您真是这样想的？我能说的就是，即便真有隐秘，也并非是我的秘密，也轮不上我说。”

“好，巴克先生，假如您采取这种态度，”麦克唐纳警官的口吻十分平静，“那我们就要先拘留您，等拿到逮捕证再逮捕您。”

“悉听尊便。”巴克一直保持着十分顽固的态度。

看巴克的样子，想要问出更多的问题几乎是不可能了。只要看一眼他那张花岗岩般死硬的面孔，任何人都会明白，就是给他施酷刑，也绝对撬不开他的牙齿。这时，一个女人的声音打破了这场僵局。刚才道格拉斯夫人一直都站在半敞着的门外听我们在屋里的谈话，此刻，她走了进来。

“您已经尽力了，塞西尔，”她说道，“不管这事将来结局如何，反正您已经尽力了。”

“并且尽力得有点过分了，”福尔摩斯一本正经地回应道，“夫人，我对您表示同情，我劝您还是要相信法律的判断力，而且，一定要主动向警察坦白您的心里话。也许我在这方面有些过失，因为您通过我的朋友华生大夫向我转达过一个暗示，表示您有话要对我说，当时我没有接受，因为那时我认为您和这件犯罪行为有直接关系。但我现在却不这么认为了。但还有很多没有说清楚的事情，我强烈建议您请道格拉斯先生，让他自己来陈述这件事。”

道格拉斯夫人听到福尔摩斯的话之后不由得吃

**词语解释**

一本正经：原指一部合乎道德规范的经典。后用以形容态度庄重严肃，郑重其事，有时也带讽刺意味。经：书籍。

惊尖叫了起来。我和两个侦探也不由自主地跟着惊叫了一声，因为这时我们看到有个人好像是从墙里冒出来的，从阴暗的墙角走过来。道格拉斯夫人转过身子，将双臂伸出来抱住了那个人。他的另外一只手也被巴克抓住了。

**嵌记妙语**

福尔摩斯断案的精彩时刻！这个故事中的所有谜团即将被揭开，不知读者们有无头绪？

"杰克，这样最好不过了，"他的妻子重复道，"我相信这样最好。"

"是的，道格拉斯先生，"福尔摩斯回应道，"我非常信任您的判断，这确实是最好的方式。"

这个人刚从黑暗的地方走到亮处，让光亮晃得眼花缭乱，眨巴着眼睛望着我们。这是一张非同寻常的面孔，一双灰色的眼睛露出勇气，短短的灰胡子非常浓密，方方的下巴向前翘着，一张嘴巴模样幽默。他细细地打量着我们每一个人，令我感到十分吃惊的是，他竟然朝着我所在的方向走过来，并将一卷文件递给了我。

"我听说过您，"他说话的口音既不完全像英国人，也不完全像美国人，不过却圆润悦耳，"您是这些人里唯一的一个历史学家。我敢用我身价同您打一个赌，华生大夫，我断定您从未见过这样的故事资料。您可以用自己的方式去表达，不过既然您已经有了手中这些事实，就不会让读者大众失去兴趣。我躲藏了两天，利用藏身处的白昼时光，把往事记载下来。非常欢迎您，以及您的读者对这件事情进行了解——有关恐怖山谷的故事。"

"那些都是往事了，道格拉斯先生，"夏洛克·福尔摩斯的口吻十分平静，"我们希望听您讲的是眼下的事情。"

"先生，我肯定会告诉你们的，"道格拉斯说道，"在我说话的时候可以允许我吸烟吗？好，谢谢您，福尔摩斯先生。我记得您好像也很喜欢吸烟的。您想想看，要是您坐了两天，衣袋里装着烟草，



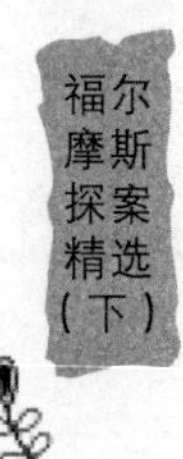

却怕烟味暴露您的踪迹，那是一种什么滋味啊。”道格拉斯先生倚在壁炉架旁边，嘴里抽着福尔摩斯递给他的雪茄，对其说道：“福尔摩斯先生，我早就听闻您的大名，但是一直没有机会见到您。但是，在您读这些材料以前，”道格拉斯的脑袋朝我手中的文件扬了扬，接着说，“您会说，我给你们讲的是桩新鲜事。”

警察麦克唐纳被面前这个人惊得已经完全说不出话了。

“哈，这可把我难住了！”麦克唐纳最后终于大声嚷起来，“假如您是伯尔斯通庄园的约翰·道格拉斯先生，那么，两天来我们调查的死者是谁呢？还有，您究竟是从哪里出现在我们眼前的？您简直就像是从地板缝隙里面钻出来的，活像是玩具盒里面的玩偶啊。”

“唉，麦克先生，”福尔摩斯伸出食指摇晃一下，表示不赞成，“您没有读那本当地的小册子吗？上面明明写着国王查理一世避难的故事。那年头，要是没有绝妙的藏身之处，就没地方躲藏。现在可以继续使用之前的藏身之所，因此，我坚信，一定能够在这个宅子里将道格拉斯先生找到的。”

“这么长的时间您都在捉弄我们啊，福尔摩斯先生，”麦克唐纳十分生气，“您让我们浪费了多少时间去搜索那些原本您就知道，并且荒谬可笑的事情。”

“我也不是当下就清楚的，我亲爱的麦克先生。对这桩案子的全盘看法，我也是昨天夜里才形成的。原因是，只有到了今晚我才能证实我的看法，因此，我向您和您的同事白天找地方去休息，除此之外，您认为我还能做什么？我从护城河里捞出衣物包裹后，这才明白，我们看到的那具死尸根本就不是约翰·道格拉斯先生，而是从滕布里奇韦尔斯市来的

**词语解释**

荒谬：荒唐，非常离谱，不合常理。

那个骑车人。不可能再有其他结论了。所以，我能做的就是确定道格拉斯先生可能的藏身之所，最有可能的就是他在妻子和朋友的协助之下，藏在这个宅子里最适合逃亡者藏身的地方，等候着逃走的最佳时机。”

“嗯，您的推断基本正确，”道格拉斯先生赞许道，“我本来以为已经逃避了你们英国的法律，因为我不相信自己能忍受英国法律的裁决，而且我也有机会一劳永逸地摆脱追踪我的猎狗。但是，你们需要注意的是，我从未做过任何亏心事，并且，我所做的事还可以继续重复地去做。接下来我就将我的故事告诉你们，由你们来进行裁决吧。警探先生，您不用费心警告我，我随时准备坚持真理。”

“开头的部分都写在上面了，我也就不赘述了。”道格拉斯先生用手指着刚才给我的文件说道，“你们将在上面看到一个荒诞无比的故事。归根结底是一点：有些人出于某些原因恨我，为了要我的命，他们愿意花光每一块钱，就是倾家荡产也在所不惜。只要他们活着，世界上就没有我的活命容身之地。我被他们从芝加哥追到了加利福尼亚，最终，我被他们从美国赶了出去。我在这样一个宁静的地方成婚安家后，本以为能安度晚年了。

“我怕太太不安，所以从未跟她讲过这些事。要是让她知道了，她就片刻也不得安宁了，而且一定会经常想象着随时要发生的恐怖事件。但我认为她肯定会知道一些，因为，我难免会不小心透露一些东西。不过，直到昨天，在你们几位先生们见到她以后，她还不知道事情的真相。她把她知道的一切都告诉了你们，巴克也是这样。案发那天晚上时间太紧了，我根本没时间同他们细说。她也是现在才知道这些事的，我要是早告诉她应该算是更加明智吧。但是亲爱的，这确实是一个难题。”他抓起

**词语解释**

倾家荡产：倾，倒出；荡，扫除，弄光。全部家产都被弄光了。

了妻子的手，在自己的手里面握了一下。

“我这是为大家好，话说回来，先生们，这事发生前的那天，我到滕布里奇韦尔斯市去，在街上一眼瞥见一个人。虽然仅仅是一瞥，可是我对这类事情的感觉是很敏锐的，那是个什么人我拿得很准。在我所有的仇敌当中，他是最凶恶的一个，他多年来一直追踪我，如同是头饿狼在追捕驯鹿。我知道自己的麻烦来了，就回家做好了准备。我猜我自己完全可以应付得了。在 1876 年的一段时间里，我在美国的运气好得惊人，这事在那里人人都知道。我丝毫不会怀疑我在这里的好运气。

“我第二天一整天全都保持戒备，完全没有到花园里面去。这样比较谨慎，要不然，不等我接近他，他就会抢先掏出那支铅弹枪打死我。当吊桥晚上拉起来之后，我的心里也平静了不少，不再去为这件事烦心了。但我没想到，他竟然会钻到我的宅子里等着我。我晚上照例身穿睡衣在宅子里查看一圈，还没走进书房，我就发觉有危险了。我一生遇到过数不清的危险，我猜想，一个人的性命面临危险时，有一种类似第六感的东西会摇动红色警告旗。尽管我十分清楚地看清了那种信号，但是却无法表达究竟为何这样。紧接着我发现窗帘下露出一双长筒靴子，心里立刻明白是怎么回事了。

“我当时手里面仅仅就握着一支蜡烛，但是，门厅的灯却十分地明亮，透过敞开的房门照进了屋子，我将手里的蜡烛放下，跳过去，抓住了我放在壁炉架子上的铁锤。这时他扑到我面前，只见他手中的刀闪烁了一下，我用铁锤朝他砸过去，我肯定击中他了，因为那把刀当啷一声掉在了地上。他就如同是一条鳝鱼，一闪身子，绕着桌子逃离了，他瞬间从衣服里将枪掏了出来。我听见他打开机头的声音，但他没来得及开枪，就让我死死抓住了枪管。

我们拼死争夺了一分多钟。如果他松手的话，那就会丧命。

“他始终没有放手，但那支枪一直是枪托朝下枪口朝上，我们就这么一直僵持了很长时间。也许是我将扳机触动了，又或许是在我们争抢时扳机受到了震动，无论什么原因，反正当时两个枪膛同时发射了，并且，枪弹全都射到了他的脸上。我两眼死死盯住脚下特德·鲍德温的尸体。我在滕布里奇韦尔斯市认出是他，他刚才朝我扑过来，我再次认出是他，可他这时的模样，恐怕就连他的生母也认不出来了。尽管我对野蛮的场面已经习以为常，但是，见到他那一副惨状，我还是不免反胃。

**词语解释**

僵持：双方相持不下，不能避让也无法进展。

“我倚在桌子旁边不知所措。这时巴克匆忙赶来。我听到了我的妻子也从楼上走下来，就急忙跑到门口将她拦住，因为这样惨烈的景象是不能让女人看到的。我答应马上到她那里去。我对巴克只讲了一两句，他瞟了一眼就全明白了，于是我们只好等着其他人随后到来，可是谁也没来。我们由此推断，他们没有听到任何声响，也就是说，刚才发生的一切只有我们3个知情人。

“这时我脑子里突然有了个主意，心里不禁为这个绝妙的想法感到扬扬得意。原因是，这个人的袖子滑到上面，裸露在外面的臂膀上露出了一个帮会的标记。你们看看这儿！”

道格拉斯说着卷起自己的袖子，我们看到他胳膊上有个烙印，是个褐色圆圈里套着三角形的图案，跟我们在死者身上看到的一模一样。

“就是这个标记给了我启发，令我瞬间想出这个妙计。他的身高、头发颜色、体形都跟我差不多。他的面容谁也不可能认出来，这个倒霉鬼！我将他身上的衣服扒了下来，很快就和巴克一起将我的睡衣穿在了死者的身上，他就躺在你们后来看到的那



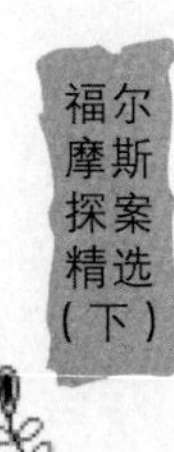

个地方。我们把他的所有东西卷成一个包裹，用手边能找到的唯一重物压着，把它从窗口扔出去。他本来打算丢在我尸体上的卡片，让我放在了他自己的尸体旁边。我又给他戴上了我的几个戒指，至于结婚戒指嘛，道格拉斯先生将他的胖手伸了出来，你们看吧，它戴在我手上究竟有多紧。自打我结婚那天以来，就从没摘下过，要想取下就非动用锉刀不可。再说，我当时也拿不准是不是愿意摘下这枚戒指，不过就算我愿意，也实在办不到。所以只好不去顾及这桩小事了。除此之外，我还将脖子下面的一小块橡皮膏撕了下来，给死者贴在脖子上，与我贴在脖子上的位置一模一样。福尔摩斯先生，尽管您非常聪明，可这一点您却疏忽了。如果当时您揭开这块橡皮膏的话，就会发现端倪的。

**嵌记妙语**

案情中总有些令人出乎意料的细节！

“好了，这就是当时的情况。假如我能够躲藏一阵子，然后离开这里，到一个地方跟我的‘寡妇’会合，我们便终于有可能平安度过余生了。只要我还活着，就会被这些恶魔搅得不得安宁。不过，假如他们在报纸上看到鲍德温暗杀得手的消息，我的一切麻烦便会就此终结。我根本没有时间对我的妻子和朋友做详细的解释，但是，他们了解的已经不少了，并据此给了我很大的帮助。宅子里的藏身处我很清楚，艾姆斯也知道，可他绝对没有把这个藏身处跟这桩案子联系在一起。之后，我藏到了那个密室里面，剩下的事情就交给了巴克。

**词语解释**

端倪：事情的头绪、迹象；边际。
离谱：指说话、做事离开了公认的准则。

“我猜你们自己能想象出他做的事。他打开窗户，把鞋印留在窗台上，造成凶手越窗逃跑的假象。这当然是桩离谱的事，可吊桥已经拉起，要逃走已经没有别的路了。等到所有的事情都安排妥当之后，他才将铃声拉响。后面的事，你们也都很清楚了。您看，先生们，我已经把真相原原本本都告诉你们了，你们要怎么办就怎么办吧。我现在想要知道的是，英国的法律会如何裁决我呢？”

大家一时默不作声。后来是夏洛克·福尔摩斯打破了沉寂。

“总的来说，英国的法律是一部十分公正严明的法律。道格拉斯先生，您留下不会比逃走受更重的惩罚。但我想问的是，那个凶手如何知道您的住处？又是如何溜进这个宅子里？又怎么知道该藏在那里暗害您的？”

“这我就不知道了。”

福尔摩斯的表情十分严肃，脸色苍白。“我担心，这件事还没有结束，”他说道，“您会面临比英国法律更大的危险，甚至，其中的一些情况比您的美国仇敌还危险。道格拉斯先生，我看您还面临着许多麻烦。您要记住我的忠告，继续保持警惕才行。”

读者已经跟随我的描写饱受了磨难。现在，就请你们跟随我一起，暂时远离开这个伯尔斯通庄园，也暂时远离这个名为约翰·道格拉斯的人发生前的年份。我们的旅行要暂时离开这个多事的年份，退回到 20 年前，地点在西方几千英里之外。在那里，我要向你们展开一个十分独特，又恐怖无比的故事——这个故事恐怖无比，而又十分独特，即便是我向你们讲述，并且也是真实发生的，但也很难令您相信。

**嵌记妙语**

故事套故事，福尔摩斯探案集中重要的叙事模式，带给读者更多的体验和趣味。

不要以为我一个故事还没讲完，就插进了另一个故事。你们读下去就会发现根本不是这么一回事。现在听我慢慢地讲，让大家了解到在遥远的过去和遥远的地方发生的事件，这个谜也就不难解开了。我们到时候还会相见在贝克街的这个房子里面，如同其他的很多奇闻怪谈一般，这个案子也会有它该有的结局。

# 第二部　死酷党人

## 第一章　这个人

当时是1875年2月4日。那个冬天酷寒无比，吉尔默敦山上堆满了厚厚的积雪。但在整齐扫雪机的工作下，铁路运行依旧。从煤矿到铁工厂居住区的铁路上，一趟夜班火车喘着粗气缓缓驶上一溜陡峭的斜坡，从平原上的斯泰格维尔驶向维尔米萨山谷口的居民聚居中心维尔米萨镇。从这里开始，铁道线有了坡度，经过巴顿斯交叉、赫尔姆代尔，便到了以经营农业为主的默顿县。这是条单轨铁路，从所有侧线上那装满矿石和煤的大量车皮上可以看出这里地下蕴藏着大量的财富。这个美国最荒凉的角落里吸引了很多粗野之人，这里因此而变得热闹非凡。

**嵌记妙语**

美国的蛮荒时期，也是美国历史上最著名的淘金时期。有关淘金者的故事是许多叙事文学的重要题材。

这里过去是一个杳无人烟之地。第一批到这里勘探的开拓者们怎么也不会想到，与这片峭壁高耸、藤蔓缠结的山地相比，美景如画的大草原和水草繁茂的牧场竟然变得毫无吸引力了。在这里的几面上坡上面全都是森林密布，人们几乎没有办法走进去，光秃秃的山顶高耸在森林的上方，在中间那道蜿蜒曲折的山谷的两边，全都是白雪和峻岩。大山中，这列渺小的火车正缓缓向上爬行。

**词语解释**

杳无人烟：僻远无人居住。形容荒凉，偏僻。

客车车厢在这列火车的前面一节，车厢里面刚刚点起了油灯，仅有二三十个人在这简陋的车厢里面坐着，他们中多数是在深谷下面忙碌了一整天的工人，现在正要回家去。至少有十几个人看上去是矿工，他们满脸污垢，身旁带着防爆矿灯。这些人围坐在一起吸烟，低声交谈，不时朝坐在对面的两个人瞥上一眼。这是两个身穿警察制服、佩戴警徽的警察。

车厢里的其余旅客中，有几个劳动阶层的妇女，有一两个旅客可能是当地的小店主。此外，还有一个年轻人独自坐在车厢一角。我们应当关注一下他，因为他是一个值得一看的人物。

这个年轻人皮肤白净，中等身材，30岁出头，有一双灰色的大眼睛，看上去敏锐而富有幽默感，不时透过眼镜好奇地打量着周围的人们。人们很容易发现他是一个十分善于交际并且性格坦诚的人，他希望能与所有人都成为朋友。人们也能立即从他机敏的谈话和迅速浮现的微笑中发现，这个人天生善于交际，喜爱与人交流。倘若有细心之人仔细观察的话，就能从他那紧闭的嘴巴和坚毅的下巴看得出来。此人城府很深，并且，这个一头褐色头发的年轻爱尔兰人一旦步入社会，无论是好名声还是坏名声，他总是会出名的。

这个年轻人和坐他旁边的一个矿工搭讪了两句，但对方的回答简短生硬，年轻人话不投机，只好默不作声，将抑郁不快的目光转向窗外渐入黑暗的景色。

**词语解释**

搭讪：为了跟人接近或把尴尬的局面敷衍过去而找话说。

窗外的景色丝毫不能吸引人们的兴致。越来越黯淡的暮色中，窗外闪过山坡上一座座熔炉冒出的红光。矿渣和炉渣在路两边堆积成了小山。煤矿的井架高高耸立。铁路沿线到处是零零落落的低矮木屋，窗口开始泻出闪烁的灯光，勾画出窗户的轮廓。火车一直频繁地停车，火车停下的地方全都是皮肤黝黑的本地居民在拥挤着的地方。

维尔米萨区的山谷里盛产煤和铁矿石，但这不是个悠闲者和有教养的人光顾的地方。在这里，到



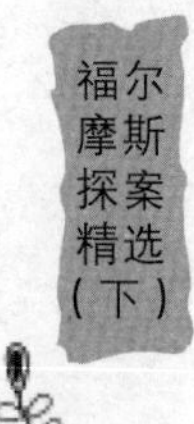

处都是为了生存而进行最为原始的搏斗的严峻痕迹，原始的劳作也随处可见，全都是些粗犷健硕的工人在从事着劳作。

这位年轻的旅客眺望着这片凄凉的乡野，表情里厌恶与好奇兼而有之，显然他对这地方十分陌生。他不时从口袋中掏出一封厚厚的信来看看，在信的空白处潦草做点笔记。有一次，他将一样东西从腰间掏了出来，令人难以置信的是，如此斯文的人竟然会携带这样的东西——最大号的海军左轮手枪。他把手枪侧向灯光时，枪轮里的铜子弹反射出铮铮亮光，显然枪里装满了子弹。他连忙把枪装回内衣袋，但一个邻座的工人已经看见了。

**嵌记妙语**

年轻人总是轻狂的，这种普遍性的特点在做事的时候或多或少都会有所显露。从乘坐火车的这个年轻人身上同样也显露出这个特点，在百无聊赖中，他有时看外面的风景，有时候看包裹里的信件，但在他把一把手枪拿出来的时候，却被一个邻座的工人看见了。

“我说老兄，”那人说道，“看来您随身带着把抢是准备随时使用的啊。”

年轻人面露微笑，显得有点难堪。

“您说得没错，”他说道，“我住的那个地方，枪随时都能派上用场。”

“那是个什么地方呢？”

“我刚从芝加哥来。”

“这是第一次来吧？”

“没错。”

“这里也是用得着枪的。”这个工人说道。

“噢！是吗？”年轻人似乎很感兴趣。

“难道您没听过附近出过事儿？”

“没听说有什么不正常的事。”

“嗨！关键是这里出的事太多，您很快就会听说的。您来这儿做什么？”

“我听说只要愿意干，这儿有的是活儿。”

“您是帮会里的人吗？”

“当然是。”

“那我看您能找到活儿。有朋友吗？”

“现在还没有，但是我有的是交朋友的办法。”

“怎么交呢？”

“我是自由人帮会的会员，这个帮会在任何的城镇里面都有分会，只要找到分会就能找到朋友。”

这番话对他的同伴发生了异乎寻常的作用。那个工人用十分警惕的目光对其他人进行了扫视，他见到矿工们仍旧在彼此低声攀谈着，而那两个警察继续在打盹。他走过来，紧挨着年轻旅客坐下，伸出手来。

“把手伸过来。”他说道。

两个人彼此握了握手。

“看来您说的都是实话，”那个工人说道，“但是还是弄得清楚明白点好。”他举起右手，靠在右边眉毛跟前。年轻人立即将自己的左手举起来，放到了左眉毛的旁边。

“黑夜是不愉快的。”这个工人说道。

“没错，黑夜对于旅行的异乡人而言都是不愉快的。”年轻人回答道。

“好哇。我是维尔米萨山谷 341 分会的斯坎伦兄弟，很高兴在此地见到您。”

“谢谢您。我是芝加哥 29 分会的杰克·麦克默多兄弟，帮主 J. H. 斯科特。没想到这么快就能遇到一个帮会弟兄，我可真走运。”

“嗯，我们在附近有很多人。您会看到，在维尔米萨山谷，本帮会势力雄厚，美国任何地方都比不上这里。但是我们正需要您这样的小伙子呢。我真不明白为什么您这么活泼的会员会在芝加哥没有工作做呢。”

“我找到过很多工作呢。”麦克默多说道。

“那又为何要离开啊？”

麦克默多向警察那个方向扬了扬下巴，微笑道：“我看，这些家伙知道了准会高兴的。”

斯坎伦嘴里哼了一声，表示出不屑。“遇上麻



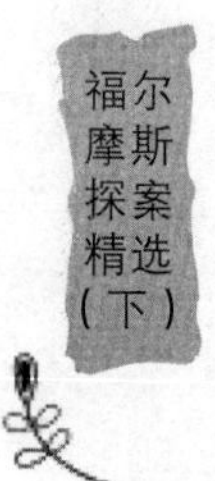

烦了？”他低声问道。

“非常大的麻烦。”

“跟坐班房挨得着边吗？”

“不只是那种事。”

“难道你杀了人？”

“如今谈这事还是为时过早，”麦克默多提高了警惕，似乎自己说多了，“总之，我是有充分的理由才离开芝加哥的，您就不要多问了。您是什么人，怎么对这种事刨根问底的？”眼镜后面，麦克默多的灰色双眸突然露出凶光，显得愤怒。

**词语解释**

刨根问底：比喻追究底细。

“老兄，你可千万别见怪啊。兄弟们怎么会认为你曾经干过坏事呢？您打算到哪去啊？”

“维尔米萨。”

“马上就到了，还有 3 站。您找到住的地方了吗？”

麦克默多将一封信件掏了出来，凑到了昏暗的油灯跟前。“这是那个地址——谢里登街，雅各布·沙夫特。这是芝加哥一个熟人介绍给我的一家公寓。”

“我对维尔米萨并不是很熟，所以我不知道这个公寓。我住在霍布森区，那是个小地方，就快到了。不过，分手前，我给您点忠告。一旦您在维尔米萨遇到麻烦的话，就赶紧去帮会首领麦金蒂那里寻求帮助。他是维尔米萨分会的帮主，在这个地盘上，布莱克·杰克·麦金蒂不点头，就不会出什么事。再见，老弟，或许我们有一天晚上能够在分会里见面。但一定要记得我说的忠告，一旦有麻烦就赶紧去找麦金蒂。”

斯坎伦下了火车，麦克默多又陷入了新一轮的沉寂之中。此时夜幕已经完全降临，黑暗中，不时看到窗外的熔炉喷出的火焰在奔腾跳跃。红光映照中，一些黑色的身影随着起重机或卷扬机在劳作，和着有节奏的铿锵声与轰鸣声，弯腰、用力、扭动、

转身。

“想必地狱里的景象也不过就是这样吧。”一个声音传来。

麦克默多将脸转了过来，看到一个警察在自己的座位上将身子挪动了一下，向窗外炉火映照之下的荒原望去。

“要论景象，”另一个警察说道，“我看地狱一定是这个样子。不过，我看那里的魔鬼不见得比我们这儿的家伙更坏。您是第一次来这个地方吧，年轻人？”

“第一次又如何呢？”麦克默多的回答有些无礼。

“听我一句，先生，我劝您选择朋友要小心谨慎。如果我是您的话，就不会跟斯坎伦或者是他的那帮人交什么朋友。”

“我跟谁交朋友关您屁事！”麦克默多厉声喝道。他的吼声引来了整个车厢人的关注，车厢里的人都在看着他们之间的争吵。“是我请您给我劝告了，还是您认为我是个笨蛋，不听您的劝告就寸步难行？有人跟您说话您再张口，我要是您呀，咳！还是靠边待着吧！”他冲警察咬牙切齿的模样活脱脱就是一只恶犬在狂吠。

**词语解释**

寸步难行：形容走路困难。也比喻处境艰难。

这两个警察看上去沉稳和善，没料到友好的忠告得到如此强烈的抵制，不免吃了一惊。

“别发火，陌生人，”一个警察说道，“听您自己说，您是初到此地。我们对您提出警告不也是为您好吗？”

“尽管我第一次来，但对于你们这样的货色，我却很熟悉，”麦克默多的喊声让人不寒而栗，“你们这群人啊，走到哪里都是一个模样，还是快将你们的规劝收起来吧，没人需要。”

“恐怕我们不久就会再见面的，”一个警察冷



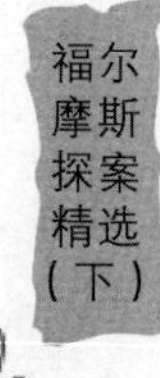

笑道，“我要是个法官，您正是我要挑选的好货色。”

“我也这么认为，”另外一个警察附和，“我们以后再见啦。”

“你们以为我会害怕吗？别做梦了。”麦克默多大声喊叫着，“告诉你们，我名叫杰克·麦克默多，记清楚了！你们要找我，就上维尔米萨谢里登街的雅各布·沙夫特公寓来找，我一定恭候，不管白天晚上，我都不在乎见你们这一类家伙。这个你们别搞错了。”

矿工们因为新来人的大胆举止而表示同情和称赞，人群之中随之响起了一阵嗡嗡的议论声，两个警察无可奈何地耸了耸肩膀，又继续两人刚才的话题了。

几分钟以后，火车驶进一个灯光暗淡的车站，这里有一大片空旷地，因为到目前为止，维尔米萨是这条铁路线上最大的城镇。麦克默多将自己的皮革旅行包提起来预备向暗处走，此时，一个矿工走了上来，与麦克默多攀谈了起来。

**词语解释**

攀谈：拉扯闲谈。

“老天在上，伙计，您知道怎么跟警察讲话，”他的话音里带着敬佩，“听您说话简直太痛快了，我来替您拎包，您就跟我来吧。我回家正好路过沙夫特公寓。”

在他们从站台上走过的时候，麦克默多得到了其他矿工友好的道晚安。结果，麦克默多刚到此地，捣乱分子的名声已经在维尔米萨到处传开了。

这一片乡野令人不寒而栗，但是这个镇子的模样更是令人无比的压抑。狭长的山谷里，从头到尾有某种阴森森的壮观景象，那里有冲天的烈焰，喷涌的烟云，人们挖掘出可怕的深坑，将挖出的东西堆成一座座山丘，仿佛一座座纪念碑，上面铭记着他们的勤劳和力量。但是镇子不仅丑陋还无比肮脏。宽阔的大街被来来往往的车辆碾出无数泥泞的车辙。

**嵌记妙语**

让我们来感受一下19世纪矿工的生活环境吧！为了生存，矿工们要在极其艰苦的条件下劳作，还要遭受某些资本家的盘剥或帮派的威胁。

在数不尽的煤气灯的照耀之下，只能看到狭窄崎岖的人行道上一长溜的木板房，每一个房子都有一个邻街的阳台，看起来十分地杂乱肮脏。

他们走近了镇子中心，只见一排店铺灯光明亮，许多酒馆、赌场更是灯火辉煌，矿工们则在里面挥霍他们辛苦挣来的工钱，当然为数也不算少。

**词语解释**

挥霍：任意浪费钱财。

“这里就是帮会的大厅，”这位热心的向导指了指一家酒吧。那房子看起来十分高大且富丽堂皇，简直就是一座豪华酒店，“这里的头儿就是杰克·麦金蒂。”

“他是个怎样的人？”麦克默多问道。

“难道您从未听说过他吗？”

“您知道我是头一次来这儿，上哪儿听说呢？”

“噢，我还以为他的名字人尽皆知呢。他的名字可是经常会出现在报纸上的。”

“这是为什么？”

“哦，”这个矿工压低了声音，“出了些事呗。”

“究竟是一些什么事情呢？”

“哦，我的天，说句您或许不爱听的话，您可真是个怪人。您在这个地方就只能听到一种事——死酷党人的事。”

“为什么，我在芝加哥好像在报纸上看到过死酷党人的事。说他们是一伙杀人凶手，对不对？”

“嘘，千万别这么说！”这位矿工动也不动地在那里站着，边大声嚷嚷边用一种十分惊恐的目光紧盯着自己的这位同伴：“老兄，若是您有胆量在大街上如此说话，那您离死也就不远了。许多人为比这还小的事都丢了性命。”

“咳，他们的事，我什么也不知道，那不过是我从报纸上看来的。”

“但我并不是说您所听到的都不是真实的事儿。”这个人一面说，一面忐忑不安地向四周张望



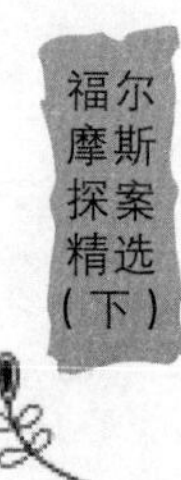

了一圈，紧紧盯着暗处，好像害怕什么暗藏的危险，“假如真是凶杀，那准是上帝也知道，可他睁一只眼闭一只眼。但是，我劝告您可千万不能将这种事情跟麦金蒂联系到一起啊。他可不是个好惹的主儿，而且这里每一件小事，哪怕是个小声的议论都会被他知道。咱们谈话就到此为止吧，那里就是您要找的房子了，就是那个大门距离街道较远的那个。房东老雅各布·沙夫特是本镇出了名的老实人。”

“谢谢您了。”麦克默多和这位陪了他一路的新相识握手告别，接过旅行包，走上通往那所住宅的门前小路，走到门前，他用力敲门。

**嵌记妙语**

麦克默多经朋友介绍来到了老雅各布·沙夫特的家里，他万万没有想到迎接他的却是老先生的女儿——一位年轻的姑娘，他顿时被她的美貌给吸引住了，半天都没能说出话来，结果僵局还是姑娘打破的。

门随后就打开了，但是开门之人却令麦克默多十分意外和吃惊。那是个年轻女子，容貌异常美丽，看上去是个德国后裔，皮肤白皙，头发金黄，一对美丽乌黑的眼睛显得格外突出。她十分俏皮地上下打量着眼前的陌生人，白皙的面孔上流露出十分惊喜的神色，令她的脸颊窘出了一圈红晕。敞开的门口仿佛是个相框，明亮的街灯下，麦克默多觉得从来没见过这么漂亮的肖像画，与周围污秽阴暗的环境一比，她显得越发楚楚动人了。即使周围的黑煤渣堆上长出一枝紫罗兰，也不会令人更加惊奇了。麦克默多顿时感到神魂颠倒，愣愣地站在那里发呆，倒是姑娘首先将这沉默打破了。

**词语解释**

神魂颠倒：神魂：精神，神志。精神恍惚，颠三倒四，失去常态。形容对人或事入迷着魔。

“我当是父亲回来了，”她悦耳的声音里带点德国口音。“您是来找我父亲的吧，他去镇上了，我也正等着他呢。”

麦克默多继续盯着她看，丝毫不掩饰自己的赞美神色，直勾勾的眼光直把那女子看得心慌意乱地低下了头。

“小姐，不是的，”麦克默多终于说话了，“我并不急于找您父亲，我是经人介绍到您家里来住的。我原来想这里可能对我合适，现在我知道这的确很

合适。”

“您做决定够快的。”女子微笑道。

“除非是瞎子，否则谁都会这么决定。”麦克默多答道。

姑娘听到了赞美不由得咯咯咯地笑出了声。“请进来吧，先生，”她说道，“我是埃蒂·沙夫特小姐，是沙夫特先生的女儿。我母亲去世了，我料理家务。你可以在前厅的炉火边上坐着等我的父亲。哦，父亲回来了，您有什么事情就找他吧。”

一个体形庞大的老人拖着沉重的脚步从小路上慢慢走来。麦克默多把来意用简短的话说了一遍。说是芝加哥一个叫墨菲的人介绍他来这儿。墨菲是从另一个人那儿得到这个地址的。老沙夫特非常高兴地应承下来了。对于房费，麦克默多丝毫没有犹豫，并且应允了所有的条件，看起来，他非常有钱，并且还事先预支了一星期的膳食住宿费。

于是，这个竟敢公然声称自己是逃犯的小伙子就住在了沙夫特的家里。由于他这个决定，在今后漫长的岁月里引出了许多凶险的事件，最后，他不得不逃亡到遥远的国度。

## 第二章　帮主

麦克默多是那种很快就会让人喜欢上他的人。不管他走到哪里，周围的人都会马上知道他的到来。没出一周，麦克默多就成为沙夫特公寓最为重要的一个人物。这里有10—12个寄宿者，不过他们都是诚实的工头或者商店的平凡店员，他们的性格、气质与这个年轻的爱尔兰人完全不同。每天晚上都是大家聚在一起闲聊的时间，麦克默多通常能够说

**同步思考**

麦克默多是个怎样的人?



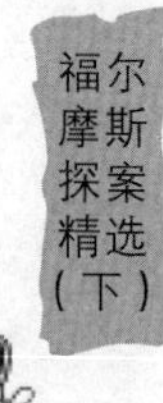

很多笑话，人们最喜欢的就是他的谈吐，不仅如此，他还能够演唱动听的歌曲。他是一个天生惹人爱的人，他的迷人魅力很快就把人们吸引到自己身边。

**词语解释**

突如其来：突如，突然。出乎意料地突然发生。

但是他一次又一次像在火车上那样，表现出突如其来的暴怒，别人对他尊敬和畏惧兼而有之。对于法律以及与法律相关的人，他都会表现出十分强烈的鄙夷，这令他寄宿的同伴们有的感到欣喜万分，有的感到惊恐和不安。

从一开始，他就公开追求房东的女儿，说是对她一见钟情，说她的美貌和娴雅从一见面那一刻起，就俘获了他的心。他并不是一个羞涩扭捏的求婚者，他来的第二天就开始向姑娘倾诉情肠，打那起，他就不断地向姑娘表达自己的爱意，对于姑娘说出的令他扫兴的话完全不予理会。

“难道您另有所爱？”他总是这样高声大喊，“哼，那人非倒霉不可！告诉他当心点！难道我能让给别人？把我一生的机缘让给别人？把我全心全意的渴望让给别人？你就尽管对我说‘不’吧，我坚信，您总有一天会答应我，我这么年轻，我等得起。”

麦克默多是个危险的求婚者，他有爱尔兰人的伶牙俐齿，有机敏的哄骗手段，还有丰富的经验和神秘的魅力，能博得妇女的欢心，最终也能赢得她的爱。他时常会谈论起他出生的地方爱尔兰莫纳根郡的迷人山谷，他还会谈起在那个远方可爱岛国上葱绿的湖边草地和低矮的小山丘。身处这种尘埃与积雪遍布的地方，想象着那样美丽的景色，会令人越发感觉那里的美景的动人。

他还会把话题转到北方城市的生活，他熟悉底特律和密执安州一些伐木区的新兴市镇，最后还会谈起芝加哥，他在那里的一家计划所工作过。随后，他就会暗示一些风流韵事，令人感觉他曾经在那个大都市里面有过一些奇遇，并且那些奇遇还是如此地神秘，神秘到不可言喻。他有时忽然若有所思，离开刚才的话题，有时话说到一半突然打住，仿佛思绪已经飞向一个神奇的世界，到头来，又回到这个荒凉阴郁的山谷。旁边的埃蒂默默地倾听麦克默多的讲述，怜悯和同情的光芒不时闪烁在她那乌黑的眼睛里，这两种情感自然很快就会转化成爱情。

词语解释

不可言喻：喻，说明，告知。不能用言语来说明。

因为麦克默多是个受过良好教育的人，所以很容易找到了一份记账的临时工作。这占据了他白天很大一部分的时间，这令他没有机会向自由人帮会的头目报到。一天晚上，他在火车上认识的旅伴迈克·斯坎伦来拜访他，提醒他忘了正事。斯坎伦个头矮小，面容瘦削，神情紧张，眼睛乌黑，再次见到麦克默多觉得很高兴。斯坎伦在一两杯威士忌下肚之后才将自己的来意向麦克默多表明。

“我说，麦克默多，”斯坎伦说道，“我曾经记得您跟我说的地址，因此我冒昧打扰了，我感到奇怪的是，为何您没有去向帮主报到啊，为何您不去向我们的首领麦金蒂报到呢？”

“噢，我得找活儿干，太忙了。”

“您就是不干别的事，也一定要找时间去见他才对。天哪，伙计！您来到这里的头天早上竟然没有到帮会去登记您的姓名，简直太笨了！要是您得罪了他……咳，您可千万不要，话就说到这儿了！”

麦克默多稍微感觉有点吃惊：“我入会两年多的时间从来没听说过这样的义务会如此急迫的，斯坎伦。”

“在芝加哥或许不这样！”

“嗯，这里的难道不是同一个社团吗？”

“是吗？”斯坎伦久久地凝视着他，眼神里露出一种不祥的神色。

“不是吗？”

“您过一个月再跟我说这件事也无妨。据说我



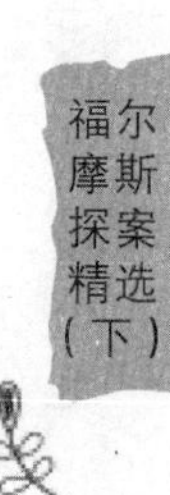

下车之后，您跟巡警有过争吵。”

“您怎么知道？”

“哦，这地方，好事坏事都能传开。”

“没错。我直截了当地表达了自己对那群狗的看法。”

“老天在上，您准会变成麦金蒂的心腹！”

“是吗，难道他也与警察不共戴天？”

斯坎伦迸发出一阵笑声。“您去见他吧，我的年轻人，”斯坎伦在告辞起身时对麦克默多说道，“若是您不去见他，他所恨的人就不会是警察，而是您了。您现在要听您朋友的善意劝告，赶紧去见见他！”

这天晚上，麦克默多与另一个人的交谈对他产生了更加急迫的压力，他不得不去见那个帮主。也许因为他对埃蒂的关心比以前更公开，也许迟钝的好心德国房东逐渐觉察到了他的关心。无论是何原因，反正房东直接将麦克默多叫到了自己的屋子里，直入正题。

“依我所见，”他说道，“您似乎是相中我的女儿了，这是我的误会呢，还是真事？”

“没错，这是真的。”年轻人也很直接。

“咳，我跟您直说吧，这是毫无用处的。在您以前，已经有人缠上她了。”

“同样的话，她也跟我说过。”

“嗯，您该相信她说的是真话。不过，她告诉您这个人是谁了吗？”

“这到没有，我曾经问过她，但是她拒绝回答我。”

“我担保她是不会说的！这个丫头或许是不想吓跑您吧。”

“吓跑？！”麦克默多顿时火冒三丈。

“没错，吓跑，我的朋友！您被他吓怕也算不上是什么羞耻的事吧。这个人是特德·鲍德温。”

**词语解释**

心腹：指亲随，特别体己，能把秘密与重任托付的人。
火冒三丈：冒：往上升。形容愤怒到极点，怒气特别大。

“那是个什么鬼东西？”

“死酷党的首领。”

“死酷党！以前听说过他们。这里有死酷党，那里也有死酷党，人们总是窃窃私语！我不知道你们究竟在畏惧什么？究竟死酷党里的是一群什么人？”

房东像其他人谈起那个可怕的组织时一样，本能地压低了声音。

“死酷党，”他说道，“就是自由人帮会。”

年轻人吃了一惊，回答道：“咳，我以为是什么呢，我也加入了自由人帮会。”

“您？早知这样，绝不让您住我这儿，就是您每礼拜给我 100 块，我也不干。”

“自由人帮会怎么啦？帮会章程的宗旨是博爱和友谊啊。”

“那是在其他的地方，这里绝对不是这样的！”

“帮会在这儿是什么样？”

“这里的帮会是一个可怕的暗杀组织。”

嵌记妙语

这是麦克默多未曾料到的，这也证明了斯坎伦的催促是有道理的。麦克默多面临着一个罪恶团伙，他必须做出决定：去还是留？

麦克默多感到很不可思议地笑了，他问道：“你如何证明呢？”

“证明？难道还要 50 桩谋杀案件来证明？米尔曼和范肖尔斯特、尼科尔森一家、老海厄姆先生、小比利·詹姆士和其他人，这些还不能证明吗？还需要证明？这个山谷里的人有谁会不了解死酷党呢？”

“我说！”麦克默多的态度十分诚恳，“我希望您能将刚才的话收回，否则就要向我道歉。这两样您必须先做到一样，否则我就不离开这屋子。请您设身处地地替我想一下，在这个镇子里面，我是一个异乡人，我是一个社团的成员，我所加入的社团是非常清白的。您在全国上下到处都能找到这个社团，可它从来都是个清白的组织。现在，我正打算依赖



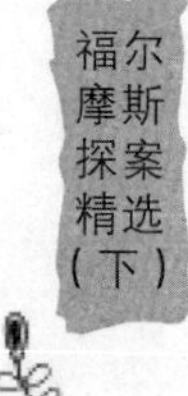

这里的组织，您却说它完全是个杀人社团，叫什么‘死酷党’。您难道不该向我道歉吗？否则的话，您就一定要好好地向我解释一下，沙夫特先生。”

“先生，我能跟您解释的就是把尽人皆知的事情告诉您。这个帮会的首领就是那个党的首领。您得罪了这个，那个就要收拾您。我们的证据太多了。”

“那些不过都是些流言蜚语罢了，我需要的是切实的证据，是证据！”麦克默多说道。

“您在这儿住久了，自己会找到证据的。但是我忘了，您也是他们中的一分子。用不了多久，您就会变得跟他们一模一样的。不过您得另找住处了，先生。我不希望您继续留在这里。一个死酷党人来向我的埃蒂求爱，我不敢拒绝，这已经够糟了，我还能再收一个向我女儿求爱的死酷党人做房客吗？这真的不可以，您今晚过后就不可以继续住在我这里了。”

就这样，麦克默多得到了驱逐令，不仅要被赶出舒适的住处，还得离开他心爱的姑娘。他当天晚上发现埃蒂一个人在自己的卧室里坐着，就向她诉说了自己遇到的烦心事。

“您父亲对我下了逐客令，”麦克默多说，“假如仅仅是不让我住这儿，我倒不在乎。可是，埃蒂，说句实话，尽管我认识您不过一周的时间，但是，您已经是我生命的全部了，没了您，我就没了生命了！”

“噢，别说了，麦克默多先生！别这么说！”姑娘说道，“我告诉过您的，难道我没对您说过吗？我说过您来得太晚了。还有另外一个人，尽管我没有答应即刻就嫁给那个人，但是，我也没有办法再答应其他人了。”

“埃蒂，假如我是头一个向您求婚的，我有机会吗？”

姑娘双手掩着脸，呜咽起来：“我对天发誓，

**词语解释**

尽人皆知：尽，全部，所有。人人都知道。

驱逐令：驱逐一个被认为不受欢迎的公民的命令，通常是要其离开某一市镇或他的所在地；常指对犯轻罪者判以重刑，但只要其永远离开该法院的管辖区，此刑可以中止执行。

我多希望您是第一个啊！”

麦克默多听后，马上跪在了埃蒂面前，大声向她说道：“埃蒂，请看在上帝的分上，您一定要遵循您心底里的意愿！您难道愿意为了那个诺言毁掉自己的生活，也毁掉我的生活吗？我的爱人，您要遵循自己的意愿！您明白自己刚才说的是心里话，那比任何允诺都可靠。”

麦克默多将埃蒂一双白皙的小手紧握在自己古铜色的强壮的大手里面。

“请告诉我您爱我，然后，让我们共同面对未来。”

“是要离开这里吧？”

“我们就留在这个地方。”

“不不不，杰克！”这个时候，麦克默多用双手紧紧搂住了埃蒂。“坚决不能留在这儿，您带我离开吧！”

麦克默多脸上一时现出犹豫不决的神色，可是最后露出坚决果敢的神色，仿佛一尊花岗岩雕像。“不，就留在这儿，”他说道，“埃蒂，我会保护您不受任何人欺负，我们就留在这个地方。”

“我们为何不能离开这个地方呢？”

“不行，埃蒂，我不能离开这儿。”

“究竟是什么原因啊？”

“假如我觉得是被人家赶走的，那我就再也抬不起头来了。再说了，这里又有什么令人畏惧的呢？我们是生活在一个自由国度里的，有着人身自由的人！只要我们彼此相爱，我看谁敢插手我们之间的事？”

**嵌记妙语**

麦克默多是一个崇尚自由，相信爱情的人，但是他没有想到在这里谈自由是奢侈的。

“您不知道，杰克。您来这儿的时间太短，还不了解这个鲍德温。您也不了解麦金蒂和他的死酷党。”

“没错，我并不了解他们，但是我也并不畏惧



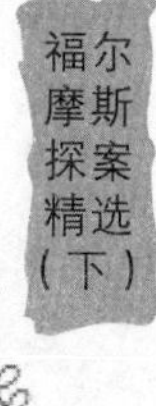

他们，也不会信赖他们！”麦克默多说道，“我在粗野的人群里混过，亲爱的，我不但不怕他们；相反，到头来总是他们怕我，从来是这样，埃蒂。乍看起来这简直是发疯！如果真是按照您父亲说的那样，这些人在山谷里犯了那么多滔天大罪，大家又知道是他们干的，为何却没有一个人受到法律的制裁呢？请您回答我这个问题，埃蒂！”

**词语解释**

滔天大罪：形容罪恶极大。
敷衍：做事不负责任，表面上应付。

“因为谁也不敢出来做证。要是谁去做证，不出一个月准得送命。另外，他们还有很多同党，总会出来做伪证，证明被告当时不在案发现场。杰克，您肯定在报纸上看到过这一切的！我确信美国的每家报纸都会报道这种事情的。”

“不错，我确实看到过这类报道，可我总以为那都是胡编乱造的。也许这些人做这种事总有些道理；又或许是他们受了某些冤屈，不得已为之的。”

“唉，杰克，我不爱听这种话！他也是像你这么说的——我指的就是那个人！”

“那个鲍德温——他也这么说，对吗？”

“所以我才讨厌他。杰克，我现在跟您说句实话，我真是打心底里讨厌那个人，但是我又很畏惧他。我自己怕他，不过，主要是为我父亲怕他。我知道，要是我敢向他说出真心话，那我们父女俩就要遭大难了。所以我才半推半拖敷衍他。这就是我们父女二人仅剩的一点希望了。杰克，只要您能带我离开这里，我们带着我父亲一起，永远摆脱这些恶人的罪恶势力。”

麦克默多脸上再次露出踌躇的神色，后来又变成一副花岗岩面孔。“您不会大祸临头的，埃蒂，您父亲也不会。要说恶人，只要我活着，您会发现，我比他们最凶恶的人还要厉害。”

“不不不，杰克，我不相信你说的这句话。”

麦克默多苦笑道：“哦，天，我亲爱的，你还是太不了解我了，你的心灵是如此纯洁，根本无法想象我所经历过的事情。嗨，有人来了。”

门突然打开了，一个年轻人大摇大摆走进来，俨然是主子的架势。来者的长相十分英俊，穿着华丽的服饰，他的年龄与身材都跟麦克默多差不多。他头戴一顶大檐黑毡帽，见了人也不摘帽致意，那张漂亮的面孔上，鹰钩鼻子又弯又长，两只眼睛盛气凌人，看着炉旁这对男女，露出野蛮的神色。

**嵌记妙语**

麦克默多和埃蒂正在说话的时候，埃蒂的爱慕者鲍德温突然过来了，他的态度很傲慢，说话更是无礼，他第一次出场就表现出凶神恶煞，气急败坏的样子。

埃蒂见了急忙跳了起来，一副惊慌错乱的样子。“鲍德温先生，见到您真是太高兴了，”她说道，“您怎么这么早就过来了呢，快快请过来坐吧。”

鲍德温双手叉腰站在那里看着麦克默多。“这是谁？”他问得很无礼。

“哦，这位是我的朋友啊，鲍德温先生，他是这里的新房客，名叫麦克默多。麦克默多先生，这位是鲍德温先生。”

两个年轻人相互点了点头，目光里带着敌意。

“我想埃蒂小姐肯定已经将我们之间的关系告诉您了吧。”鲍德温说道。

“你们二人的关系我还真是不知道啊。”

“您不知道？好，现在您该明白了。那我来告诉您吧，这个姑娘是我的人。今晚天气很好，您可以去散散步。”

“很感谢您，我倒并不想去散步。”

“你说你不想？”对方凶残的双目气得冒起了火，“那我想你是想在这决斗吧，房客先生？”

“这个我倒是有兴趣，”麦克默多一跃而起，大声喊道，“您这话正中我下怀！”

“看在上帝的分上，杰克！唉，看在上帝的分上！”可怜的埃蒂心慌意乱，不由得喊道，“天哪，杰克，杰克，他会杀害您的！”

“什么，您是在叫他‘杰克’对吗？”鲍德温

**词语解释**

心慌意乱：心里着慌，乱了主意。



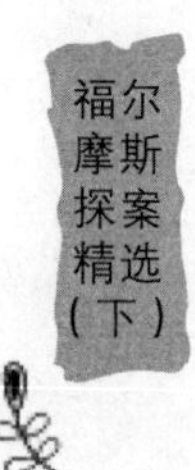

凶狠地问道，“你们的关系已经如此亲热了？嗯？”

“噢，特德，理智点吧，仁慈点吧！特德，请您看在我的面子上，假如您真的爱我，就请您饶恕他吧！”

“埃蒂，您让我们两个单独解决这件事。”麦克默多平静地说道，“那么，鲍德温先生，我们一起到街上去。今晚的夜色是非常好的，我记得下一个街区的外面有个地方很空旷。”

“我干掉你根本都不需要脏了我自己的手，”他的情敌说道，“您在我结果您之前就会后悔来到这里，尤其是来到这个宅子。”

“我认为现在是最适合的时间了。”麦克默多喊道。

“先生，这个时间是由我来决定的。不需要您操这个心。看看这个！”鲍德温突然挽起袖子，指了指烙在胳膊上的一个奇怪标记：一个圆圈里面套着个三角形，“知道这是什么意思吗？”

“不知道，也没兴趣知道！”

“哼，我敢担保，您会知道的。您也活不了多久了。或许您可以从埃蒂小姐那里了解这些事。说到埃蒂，我要您跪着来见我，你听到没有？丫头！两腿都跪下！到时候我会告诉您该受什么惩罚。看在上帝的分上，我一定会让您对自己撒下的种子自食其果的！”他怒不可遏地瞪了他俩一眼，转身就走，片刻之后，他砰地一声摔上了大门。

**词语解释**

自食其果：指做了坏事，自己受到损害或惩罚。

麦克默多和埃蒂一声不响地在那儿站了一会儿，之后，埃蒂张开双臂紧紧抱住了麦克默多。“噢，杰克，您多勇敢啊！可这没用，您一定得逃走！今天晚上就走，杰克，今天晚上就走！这是您唯一的希望了。他一定会杀了您的。他那双凶恶的眼睛已经表明了，您根本对付不了那么多人的！再说，他们身后还有首领麦金蒂和帮会的强大势力。”

麦克默多挣开她的双手，亲吻她，轻轻把她扶到椅子上坐下。“亲爱的，你听我说，千万不要为我担惊受怕，我也是这个帮会的会员。这件事我已经告诉过您父亲了。我或许并不比他们好，所以您也千万别把我当圣人；或许您也会照样恨我的，现在我已经都告诉您了。”

“恨您？杰克！只要我活着，我永远不会恨您的。我听说只有这里的自由人帮会的会员才是害人的，其他地方都不这样，我又如何会把您当成坏人呢？可是您既然是一个自由人帮会的会员，杰克，您干吗不去跟麦金蒂交朋友呢？噢，赶快，杰克，赶快！您要先去告状，否则那条疯狗一定不会轻易放过您的。”

“我也这么想，”麦克默多说道，“我现在就去收拾一下。您可以告诉您父亲我今晚住在这里，明天一早我就另找住处。”

麦金蒂酒馆的酒吧间像往常一样挤满了人。这里是镇子上所有无赖最喜欢光顾的乐园。麦金蒂在这里十分受爱戴，原因是，他戴着一副快活而又粗狂的假面具，将其原来的面目彻底遮盖住了。不过，他还有另一个名声，那就是全镇上的人都怕他，而且整个山谷方圆 30 英里之内，以及山谷两侧山上的人没有不怕他的。仅凭这个也能令他的酒吧人满为患，因为没人敢不给他面子。

人们都知道，他利用秘密势力害起人来，手段残忍毒辣，除此之外，他还是政府的一个高级官员，担任市议会议员，兼任路政专员，那帮流氓地痞为了得到他的庇护，才推选他的。苛捐杂税的数目大得惊人，但公益事业却无人问津，这令他在当地的名声很不好；审计员收受贿赂，对账目睁一只眼闭一只眼；正派的市民遭到来自恐怖的威胁，就只能支付保护金，简直是有苦难言，唯恐惹来更大的灾难。

**词语解释**

担惊受怕：形容十分担心或害怕。

苛捐杂税：苛，苛刻、繁重；杂，繁杂。指反动统治下苛刻繁重的捐税。

**嵌记妙语**

恶势力很多情况下都是相似的！他们以官员的身份为幌子实际上干了许多罪恶勾当。



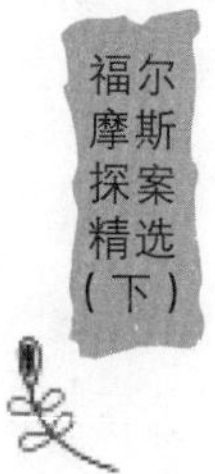

就这样年复一年，别在首领麦金蒂身上的钻石别针越来越炫目，他身上穿的马甲也越发华丽，露在马甲外面的金表链也是年年加重，他在镇上开的酒吧规模不断扩张，几乎将整个市场的一侧都占领了。

麦克默多将酒吧那时髦的店门推了开来，步入了拥挤的人群中。弥漫的烟雾扑面而来，到处酒气熏天。酒吧里灯火辉煌，每一面墙上都挂着许多巨大的镜子，镜框镀着黄金，在镜子反射下，酒吧里更加明亮夺目了。身穿衬衫的男招待们忙着在吧台后面调酒，镶着黄铜边的宽阔吧台上全都是酒鬼和懒汉们。

在吧台的另外一端，有一个身材高大、体格健硕的男人倚在那里，此人一脸的络腮胡，蓬乱的黑色长发一直拖到了衣领处，黝黑的肤色令人感觉他是一个意大利人，他那一双乌黑的眼睛略微有些斜视，还有一支雪茄叼在他的嘴角，令这副原本就吓人的面孔更添几分阴森恐怖。他不是别人，正是大名鼎鼎的麦金蒂本人。

**词语解释**

大名鼎鼎：鼎鼎，盛大的样子。形容名气很大。

除了阴森恐怖外，这个人的一切都符合他假装出来的快活坦率形象。他体形匀称高贵，相貌不凡，举止坦荡。人们会说，这是个直率诚实的人，虽然开口就是粗话，可他心地诚实善良。只有他那双有点斜视的眼睛将一个人紧紧盯住并露出残忍的神色之时，才会令对方畏惧地缩成一团，有种大难临头的恐惧感，在这潜在的致命灾难的背后，还有无穷无尽的力量以及令人不寒而栗的狡诈潜伏着，这就令灾难变得越发恐怖。

麦克默多仔细打量他要找的这个人，然后像平常一样满不在乎，大着胆子从人群里挤开一条路，拨开一小批正在极力向强大的首领谄媚的人们，这帮家伙听了他说的平庸笑话，个个捧腹大笑。麦克默多将自己一双灰色的眼睛睁得大大的，勇敢的目光穿过眼镜与那双乌黑眼睛直视着。

“喂，年轻人，我记不得您这张面孔了。”

“麦金蒂先生，我是刚到这里来的。”

“即便是再新的成员，也应当知道如何称呼一位绅士更为恰当吧。”

“他是麦金蒂议员，年轻人。”人群中一个声音说道。

“对不起，议员。我对本地的习惯很陌生，我是经人引荐才来见您的。”

“哈，您已经看见我了，我从头到脚全在这儿。您觉得我怎么样？”

“哦，现在下结论的话还为时尚早，我希望您的心胸如同您的身体一样博大宽宏，也希望您的灵魂如同您的容貌一般美好，除此之外，我别无他求。”麦克默多说道。

“哦，上帝！您可是长着一条爱尔兰人的灵巧舌头呢。”酒吧的主人大声说道，可他拿不准这话算是迁就了这位大胆放肆的来客呢，还是维护了自己的尊严。

“也就是说我的外表还能入得了阁下的双眼了？”

“当然了。”麦克默多说道。

“你刚才说是有人引荐你来见我的？”

“对。”

“谁告诉您的？”

“是维尔米萨 341 分会的斯坎伦兄弟。议员先生，我为您的健康干杯，同时，也为了我们彼此之间友好的相识干杯。”麦克默多举起一杯酒，翘起小拇指，凑到嘴边，一饮而尽。

麦金蒂仔仔细细地打量着麦克默多，将自己浓密的黑眉毛扬了起来。“嗯，倒很像那么回事，是吗？”麦金蒂说道，“我还要仔细了解一下，您叫……”



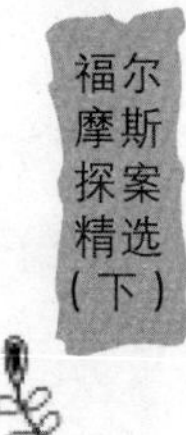

“麦克默多。”

“麦克默多先生，请再仔细一些，我可从不轻信别人，对于别人对我说的话，我也是从不轻信。请随我到酒吧间后面去一下。”

两人走进一间小屋子，只见周围排放着酒桶。麦金蒂小心地将房门关上，在一个酒桶上坐下，若有所思地咬着嘴里的雪茄，那双乌黑的眼睛滴溜儿地观察着麦克默多，就这样一声不吭地在那里坐了足足两分钟的时间。麦克默多面带微笑承受着麦金蒂的审视，一只手插在大衣口袋里，另一只手捻着他的褐色小胡子。麦金蒂突然弯下了腰，将一把看着十分狰狞的左轮手枪掏了出来。

词语解释

狰狞：凶恶。指性情、行为或外貌十分可怕。

“你给我听好了，你这爱开玩笑的家伙，”他说，“你要是被我发现在跟我们耍花招的话，那你今天就别想走出这个门了。”

“这可是个少见的欢迎仪式，”麦克默多的回答口吻庄重，“自由人分会的一位帮主，竟然这样对待一个外来的弟兄。”

“嘿，不管怎样，我都需要看到您的证明，”麦金蒂说道，“您要是无法证明的话，恐怕只有上帝能救您了！您是在什么地方入的会？”

“芝加哥第 29 分会。”

“具体时间是多少？”

“1872 年 6 月 24 日。”

“帮会的帮主叫什么名字？”

“詹姆士·亨·斯科特。”

“你们地区领导人的名字又是什么？”

“巴塞洛缪·威尔逊。”

“嗬！您应付考察口齿倒是够伶俐的。您在那儿干什么？”

“与您没有区别，都是做工，只是我做的是些穷差事而已。”

“您回答得倒挺快啊。”

“是的，我总是对答如流的。”

“你的手脚也如你的舌头这么快吗？”

“熟悉我的人都知道我有这个名声。”

“好，我们很快就会试试您的，您听到关于此地分会的传闻没有？”

“我听说它收好汉做弟兄。”

“您说的太对了，年轻人。您为什么离开芝加哥？”

“这个我是绝对不会透露的！”

麦金蒂瞪大了眼睛，他从未听到过这么无礼的回答，不禁感到有趣，问道：“为什么您不愿告诉我呢？”

“原因是，弟兄们坚决不会对自己人说一句谎话的。”

“那说明这是一件不可告人的事情了。”

“如果您愿意，也可以这么说。”

“嘿，年轻人，我可是这个帮会的帮主，您总不能指望我将一个连履历都没搞清楚的人纳入我的帮会吧。”

麦克默多显出为难的样子，然后从内衣口袋里掏出一片剪下来的旧报纸。

“您能保证不会告诉其他人吗？”他问道。

“要是您还敢这么对我说话的话，恐怕就是欠抽了。”麦金蒂发火了。

“您是对的，议员先生，”麦克默多温顺地说着，“我应当向您道歉。我是无意说出来的。好吧，我很清楚您的手下是非常安全的，请您看看这份简报吧。”

麦金蒂浏览了一下这份剪报，上面说的是1874年新年的那一周，在芝加哥市场街的雷克酒吧，一个叫乔纳斯·平托的人遭枪杀。

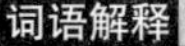
词语解释

对答如流：对答：回答。回答问话像流水一样快。形容口才好，反应快。

“这件事情是您做的吗？”麦金蒂将简报还给了麦克默多，向其问道。

麦克默多点点头。

“您为什么要置他于死地呢？”

“我帮着咱们美国的山姆大叔铸金币。或许是因为我们金币的成色比不上他们，但看起来也很不错，并且，铸币的费用也很低。这个叫平托的人帮我推伪币……”

“做什么？”

“啊，就是说让伪币流通使用。之后他威胁说要告发这件事，或许后来他也真的这么做过。我没有等着看自己厄运临头，毫不迟疑杀了他，就逃到这煤矿区来了。”

“那你为何要到煤矿区来避难呢？”

“我在报纸上看到过，这个地方适合隐藏杀人犯。”

麦金蒂笑道：“您先犯铸造伪币罪，后犯杀人罪，接着跑到这儿来，以为这儿会欢迎您。”

“我确实是曾经有过这样的念头。”麦克默多答道。

“好哇，我看您前途无量。我说小伙子，现在你还能够进行伪币的铸造吗？”

麦克默多将六个金币从衣袋里面掏了出来，对麦金蒂说道：“这肯定不是出自费城铸币厂的。”

“我看看伪币！”麦金蒂将他那大猩猩一样的毛茸茸的大手伸了出来，在灯前仔细地观察着金币，“我还真的看不出来有什么两样的！我的上帝啊！您一定是个很有作为的弟兄！我说朋友啊，你要知道，我们这群人里面要是没有那么一两个坏家伙的话，肯定是不成的，因为我们有时需要很好地保护自己。要是我们不把推我们的人猛推回去，那我们马上就得碰壁。”

**词语解释**

山姆大叔：被用来代指美国或美国政府，主要在美国、英国，尤其是在新闻界中使用较多。山姆大叔是美国的绰号，它同自由女神一样，为世人所熟知。

费城铸币：自然形态的金属货币在流通铸币中需要称算重量、鉴定成色，很不方便。为了适应交换发展的需要，将金块、银块按照货币计算名称所规定的金银重量，铸造成具有一定成色、花纹和形状的金片和银片，这就形成了铸币。

**嵌记妙语**

麦克默多如果做过这么多罪恶的事，真的是不可原谅啊！

“好，我想我要跟大家一起尽一份力量。”

“我看您是个有胆识的人。您在面对我指着您的枪时，丝毫没有退缩。”

“那时危险的并不是我。”

“那么，是谁呢？”

“就是您啊，议员先生，”麦克默多将一支打开机头的手枪从粗呢上装里掏了出来，对麦金蒂说道：“您一直被我的枪瞄准着呢。我认为我开枪并不会比您慢多少的。”

麦金蒂气得满脸通红，后来爆发出一阵大笑。“天哪！多年没见过像您这么可怕的家伙了。我想帮会一定会以您为荣的……嘿，您究竟要干什么？难道我就不能有和一位先生单独交谈 5 分钟的时间吗？为何非要来打扰我们？”

酒吧侍者显得惶恐不安。“对不起，议员先生。特德·鲍德温先生说他一定要在此刻见您。”

其实侍者完全没有必要说这话，因为那个人凶神恶煞的脸已经从侍者的背后探了出来。他一把推出侍者，把门关上。

“如此说来，”他对着麦克默多怒目而视，“您倒是抢先一步到了，是这样吗？议员先生，关于这个人，我有话对您说。”

“那就当着我的面说说吧。”麦克默多大声说道。

“我想什么时间说，如何说，全都由我来决定。”

“啧，啧！”麦金蒂从酒桶上跳下来说道，“这样绝对不行。鲍德温，我们可不能以这种方式欢迎这位新来的兄弟啊。朋友，伸出手来，快跟这位新弟兄讲和吧！”

“绝不！”鲍德温怒不可遏。

“如果他觉得我冲撞了他的话，我想同他来决斗。”麦克默多说道，“可以徒手进行，如果他不

同意徒手的话，随便怎样都可以。议员先生，您是帮主，就请您公断吧。”

“到底是怎么回事？”

“为一个年轻姑娘。她有选择情人的自由。”

“她有这样的权利吗？”鲍德温叫道。

“她既然选择的对象是我们帮会中的两个弟兄，那有什么不可的呢。”首领说道。

“啊，这难道就是您的公断吗？”

“对，是这样，特德·鲍德温，”麦金蒂恶狠狠地盯住他说道，“您还有完没完？”

“您竟然将您共患难5年的兄弟给抛弃了，就只为了这么个素昧平生的人？麦金蒂，您以为您一辈子都会做帮主吗？老天是长眼睛的，等到下一次选举的时候……”

麦金蒂饿虎扑食一般扑到鲍德温身上，一只手掐住鲍德温的脖子，把他按在一只酒桶上，要不是麦克默多阻拦，麦金蒂盛怒之下准会把鲍德温掐死的。

“请等一等，议员先生！请您看在上帝的分上，千万不要着急！”麦克默多将其拉了回来。

麦金蒂松开手，鲍德温吓得奄奄一息，浑身颤抖，活像一个死里逃生的人，坐在他刚才靠着的酒桶上。

**词语解释**

奄奄一息：奄奄，形容气息微弱。一息，表示只有一口气。形容临近死亡。也比喻事物即将消亡、湮没或毁灭。

“您这段时间一直在自讨没趣，现在您总算能够满意了吧，特德·鲍德温。”麦金蒂呼呼直喘，大声咆哮，“难道你以为不投我的票就能够将我取代了吗？可是只要我还是这里的首领，就绝不让一个人提高嗓门反对我，违抗我的公断。”

“我并没有反对您的意思。”鲍德温一边嘟囔着一边抚摸着自己的喉咙。

“好了，那么，”麦金蒂立刻装出一副高兴的样子，大声说道，“大家又都是好朋友了，这事就算完了。”

麦金蒂将一瓶香槟从架子上面取了下来，将瓶塞打开。

“现在，”麦金蒂把酒倒满 3 只高脚杯，继续说道，“我们大家为和好干杯。从今往后，你们明白，我们不能互相记仇。好了，特德·鲍德温，我的好兄弟，我正在跟您说话呢，您是否还在生气啊？先生。”

“乌云密布。”鲍德温回答道。

“但是以后会永远阳光灿烂的。”

“这个我敢发誓。”

三个人举起酒杯一饮而尽，麦克默多与鲍德温二人也以同样的词语将仪式履行了一遍。

麦金蒂得意地搓着双手高声喊道：“好了！现在一切积怨都消释了。你们以后都要遵守帮规。鲍德温兄弟，您知道我们的章法很严。麦克默多兄弟，您很快就会明白这些的，以后可千万别自找麻烦了。”

嵌记妙语

麦克默多和鲍德温二人因为爱着同一个女子而怒火中烧，几乎想杀掉彼此，在麦金蒂的调和下，他们以遵守帮规为借口原谅了对方，并且举杯庆祝。

“请您相信我，我不会轻易给自己找麻烦的。”麦克默多说着向鲍德温伸出了一只手，“我的火来得快，去得也很快。他们说我们爱尔兰人容易感情冲动。事情已经过去了，我不会记在心里的。”

鲍德温只好跟麦克默多握了一下手，当时首领正用凶狠的目光瞪着他。但是他的神情显得非常地郁闷，由此可见，对方的话完全没有对他起到任何作用。

麦金蒂拍了拍两人的肩膀。“唉！这些姑娘啊！”他大声说道，“我的两个弟兄争抢着同一个姑娘！真他妈倒了大霉！咳，这个还是要看姑娘的决定啊，帮主无法裁决这件事呢。赞美主吧！咳，这些女人让我生活中的麻烦更多了。好吧，麦克默多兄弟，您可以加入 341 分会。这儿跟芝加哥不同，我们有自己的法律和做法。我们周六晚上要召开会议，您到时候要来参加啊，维尔米萨山谷的一切权利您将会永远分享到。”

# 第三章　维尔米萨341分会

有那么多激动人心的事发生在那天晚上。麦克默多第二天就从沙夫特老人的家里搬了出去，他搬到了镇子边缘寡妇麦克纳马拉的家里。他很早就在车上认识了斯坎伦，很快这个人也搬到维尔米萨来住，这样两个人就住在了一起。除了他俩这里没有其他的房客，女房东是个非常随和的爱尔兰老太太，对于他们的事情，这个老太太充耳不闻。所以他们言谈、行动都很自由，两个人心中藏着同样的秘密，感觉这个环境很不错。

**词语解释**

充耳不闻：充，塞住。塞住耳朵不听。形容有意不听别人的意见。

沙夫特为人厚道，只要他高兴的时候，就会请麦克默多到家里一起吃饭，因此，麦克默多并未因为搬出去而中断了与埃蒂之间的关系，反倒是在几个星期之后，他们的来往更加密切了。

麦克默多觉得他的新居卧室很安全，便把他制作伪币的模子搬了出来。帮会的许多弟兄秘密发誓后，得到允许前来观看他造币。每个兄弟在离开的时候，口袋里都会多了很多的伪造硬币，这些硬币的做工十分精巧逼真，拿它们消费，既不会困难，也不会有任何的危险。麦克默多有了这身绝技，却还要屈身去做工，这使他的会友怎么也想不通。麦克默多的回答是，倘若自己没有正当的收入来源的话，很快就会引起警察的注意。

一个警察确实已经盯上了麦克默多，不过这位冒险家还算走运，那事不但没给他带来丝毫损害，反而使他声誉大振。麦克默多自打那次去过麦金蒂的酒吧之后，几乎每天晚上都会去那里，同在酒吧消遣的哥儿们套近乎。在这地方出没的危险人物中，

这是个相互间的快活称呼。生性活泼而又大胆的麦克默多，谈话丝毫没有顾忌，他很快就融入了这里，并深受欢迎。一次，酒吧间来了一场“自由式”拳击赛，麦克默多身手不凡，动作干练，没过几招便打败了对手，于是赢得了这帮粗野之辈的尊敬。后来，因为一件小事情令麦克默多在众人心目中赢得了非常高的声望。

**同步思考**

怎么评价这种声望呢？

**词语解释**

干练：精明，有才干和经验。

爪牙：现多比喻为坏人效力的人，他们的党羽，帮凶。是贬义词。原指动物的尖爪和利牙。古代则是得力帮手的意思，属于褒义。

一天晚上，人群正聚在一起畅饮，酒吧门开了，一个人走进来，这人身穿一套朴素的蓝制服，头戴一顶矿警的尖顶帽子。矿区内接连不断发生的有组织的恐怖暴行令普通的正规警察叫苦不迭，没有任何对策。铁路局和矿主们便组织了矿警队，协助正规警察。这位警察一进门，大家顿时安静下来，许多人好奇地瞅着他。但是，美国各州的警察同罪犯之间的关系是非常特殊的，所以，站在柜台后面的麦金蒂对于这个混在他顾客之中的警察，完全没有感到惊奇。

“今儿晚上太冷了，来杯纯威士忌酒。”警官说道，“议员先生，我们以前没见过面吧？”

“您是新调到这里的队长吗？”麦金蒂向警察问道。

“不错，议员先生，我们指望您和其他头面人物协助我们在本镇维护法律。我是马文队长。”

“马文队长，我们这里好得很，不需要你们的维护，”麦金蒂说话的口吻非常冷淡，“我们镇上自己的警察就足够了，不需要什么进口货。你们不过是资本家花钱雇来的爪牙，除了用棍棒或枪支来对付穷苦老百姓之外，还能干什么？”

**嵌记妙语**

麦金蒂很会为自己辩护，他说出这样的话真是既可气又好笑，俨然自己是穷苦百姓的代言人。

“得了，咱们也别争论了，”警官却保持着心平气和，“大家心里都有自己的想法和看法，不过希望能够恪尽己任。反正不可能人人都有同样的看法。”他喝完了酒，转身要走，忽然目光落在身旁

的杰克·麦克默多脸上，麦克默多恶狠狠地瞪着他。“哎呀，我的天！”马文队长对麦克默多上下打量了一番，高声叫嚷道，“竟然会在这里遇到老相识啊！”

麦克默多从他身旁走开，说道：“我这辈子不会跟您交朋友，我也从不跟万恶的警察做朋友。”

“相识又何必是什么朋友呢。”警官咧着嘴笑着，说道，“您是那位芝加哥的杰克·麦克默多吧，错不了，就是您。”

麦克默多耸了耸肩膀。“我用不着抵赖，”麦克默多说道，“您当我为自己的名字感到羞愧？”

“反正您干过好事！”

“您说这话究竟是什么意思呢？”麦克默多的双手握成了拳头，向其怒吼。

“没什么意思，杰克，千万别对我这样恼火生气啊。我来这个该死的煤矿以前，是芝加哥的一个警官，芝加哥的恶棍无赖，我一眼就能认出来。”

麦克默多的脸色沉了下来，高声喝道：“您没有必要跟我说您是芝加哥警察总署的马文。”

“老特德·马文为您效劳。我们那边的人还没有忘记枪杀乔纳斯·平托的事。”

“他根本就不是被我枪杀的。”

“您没有？不是有确凿的证据吗？好，那人一死可便宜了您，要不然，您早就因为使用伪币罪入狱了。算了，陈年旧事咱们还是不要再提了。这件事只有咱俩知道。或许我不该说这分外的话，但是他们也根本找不到对您不利的证据，芝加哥的大门明天就会重新为您敞开了。”

“我感觉住在这里挺舒适的。”

“嘿，我给您透露了有用的消息，可您却像一条发怒的狗，也不谢我一声。”

“好啊，我想您也是一番好意啊，我可得对您表示感谢了。”麦克默多的口吻却并没有显出感激。

“我不会将此事声张出去的，前提是您老实做人。”警察队长说道，“但是，上帝在上，倘若您以后还是不走正道的话，那可就不会这么幸运了！祝您晚安。也祝您晚安，议员先生。”

没等马文离开酒吧，麦克默多就成了当地的英雄。人们早就暗中议论过麦克默多在遥远的芝加哥干的业绩。平日里麦克默多对于人们的询问总是一笑而过，就好像唯恐人家硬给自己戴上一顶桂冠。但现如今，这件事得到了官方的证实。酒吧间里那帮酒鬼都聚拢到麦克默多跟前，跟他亲切握手。从此以后，麦克默多在这帮人中间就更无所顾忌了。他有很大的酒量并且丝毫没有醉意，但是，要不是那天晚上斯坎伦将其搀扶回家的话，这位颇负盛名的英雄恐怕就只能在酒吧度过一晚上了。

**词语解释**

无所顾忌：没有什么顾虑（地去做某件事情）。顾忌，因有顾虑而不敢说或做。

一个星期六的晚上，麦克默多被介绍加入帮会。他原以为自己是芝加哥的老会员，不需要再举行什么仪式，自然就是这里的会员了。但是，维尔米萨却有着自己特有的一种仪式，这里帮会的成员也因此为傲，每一个申请加入帮会的人全都要经历这样的仪式。帮会的人聚集在帮会大厦一间专供举行这种仪式的大厅里。当晚，维尔米萨有 60 多个人凑在这里，可这并不是此地的全体会员，山谷中有几个分会，山谷两边的山坡也有几个分会。遇到严重事件的时候，几个分会会交换人员参与作案，因此，通常罪案的发生多是当地居民不认识的家伙干的。散布在整个煤矿区的帮会会员，总人数不下 500 名。

没有家具陈设的聚会大厅里，人们围在一张长条桌周围。旁边另一张桌子上摆满了酒瓶和玻璃杯，有些会员已经在睇视着这些酒具。麦金蒂高高坐在上面，他那蓬乱的黑发上扣着一顶黑色的平顶丝绒帽子，一条紫色的长巾围在他的脖子上面，看起来

就像是一个主持恶魔仪式的祭司。麦金蒂左右坐着的是帮会里身居高位的人们，其中有生性凶残而脸孔俊秀的特德·鲍德温。他们每个人都佩戴着表明地位的绶带或徽章。

这些家伙大都是成年人。除此之外，其他的都是18—25岁的青年人，只要得到长者的命令，这群身强力壮的年轻人随时都会积极地贯彻执行。从容貌上就看得出，许多上了年纪的人生性凶残、无法无天，不过从那些普通成员的外表来看，人们很难相信，这群热情、坦荡的年轻人竟然是一伙危险的杀手。他们的道德观已经被彻底扭曲了，他们竟然会以干坏事为荣，并且对于那些杀人干净利落的恶人怀有一种深厚的崇敬之情。

**词语解释**

干净利落：利落，灵活敏捷，也指整齐，有条理。形容没有多余的东西。令人赏心悦目。也形容动作熟练、敏捷准确。

他们扭曲的天性居然认为，主动请缨杀害那些从来没有伤害过他们的人是侠肝义胆的壮举，其实许多受害者与他们根本素不相识。他们在作案之后为了究竟是谁的致命一击而彼此之间争论不休，并且，他们还争先恐后地描述被害人在临终之前的惨叫和痛苦折腾，以此为乐趣。

他们做谋杀准备时，还保守点秘密，事后讲述起作案经过，就格外开诚布公。因为事实让他们看清楚了，法律总是失败的，一方面是因为没有人敢出庭指证他们；另一方面，他们有无数可靠的假证人，这些人随叫随到；再说啦，他们的财力大得像满装的财宝箱，可以聘来州里最有才干的律师作辩护人。他们在整整10年的时间里都在肆意妄为、为非作歹却没有一个人受到法律的制裁。而死酷党人面临的唯一危险，就是来自他们的受害者，尽管受害者寡不敌众，而且往往是受到突然袭击，但他们也时而给袭击者留下点反抗的标记。

**嵌记妙语**

麦克默多要加入这个组织必然意味着要做坏事，他也必然要为自己的选择付出代价。读完这个故事后，我们会发现麦克默多真的是深陷在“恐怖山谷”之中。

麦克默多受到过警告，说自己将会面临一个十分严酷的考验，但是，没有人告诉他，他将面临的考验是什么。这时，两个神情严肃的弟兄把他引到外室。隔着板墙，他模糊地听到与会者在里面七嘴八舌地吵嚷着。有那么一两次，麦克默多听到他们提及自己的名字，他在心里想，那只不过是其他人在讨论他入会的问题而已。后来，一个斜挎着黄绿两色肩带的核心警卫走到外室。

他说道："帮主下令将他立刻捆绑起来，并将其双眼蒙起来，带进屋。"

他们 3 个剥掉麦克默多的外衣，把他右臂的衣袖卷起来，用一条绳子在他胳膊肘以上把胳膊和身子紧紧捆在一起。之后，又将一顶非常厚的黑头套扣在了他的脑袋上，他的脸的上半部被盖住了，因此，他什么也都看不到了，这样才被带到聚会大厅里去。

罩上头套后，麦克默多只觉一片漆黑，十分难受。他只听到周围一片窸窣声和低语声，耳朵给头套捂住了，声音听上去仿佛朦胧遥远。

**词语解释**

窸窣声：象声词，形容摩擦等轻微细小的声音。

他隐约间听到了麦金蒂的说话声："杰克·麦克默多，我问您，您是不是自由人帮会的老会员啊？"

麦克默多点头表示是。

"您在芝加哥所属的是第 29 分会吗？"

麦克默多同样又用点头表示是。

"黑夜是不愉快的。"对方说道。

"没错，黑夜对于旅行的异乡人而言都是不愉快的。"麦克默多回答道。

"阴云密布。"

"对，暴风雨即将来临。"

"不知道众位弟兄是否满意啊？"帮主问道。

随后响起了一阵赞同的嗡嗡的声音。

"兄弟，根据您对答的口令，我们知道您确实是自己人。"麦金蒂说道，"但是您要知道的是，我们在本县和本地其他县里面有一套特有的接受好



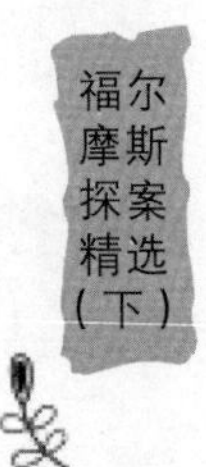

汉的仪式，您也要承担起一种责任来。您准备好接受考验了吗？”

“我准备好了。”

“请问，您是不是一个坚定勇敢的男人？”

“是。”

“请您向前迈一大步来证明。”

话音刚落，麦克默多就明显感到有两个十分尖锐的东西顶在了自己眼上，似乎只要往前迈一步，自己的双目就会面临很大的危险。但麦克默多壮起胆子大步向前走去，压在他眼上的东西退缩了。人群里爆发出一阵轻轻的喝彩声。

“他的内心非常地顽强，”那个声音再次响起，“您是否能够忍受痛苦呢？”

“不比别人差。”麦克默多答道。

“试试他！”

顷刻间，麦克默多的前臂感到一阵无法忍受的刺痛，他极力克制住自己，没有叫喊出来。突如其来的剧痛几乎让他昏厥过去，但他咬紧嘴唇，握紧双手，掩饰住极度的痛苦。

“即便是再厉害的疼痛我都不怕。”麦克默多高声叫道。

这次人们一起大声喝彩。一个初来的人获得如此好评，在这个帮会中还是从未有过的事。大家纷纷走过来，在他的后背上拍了拍，随后，他头顶上的头套被摘了下来。他在弟兄们的一片祝贺声中，眨巴着眼睛，站在那里面露微笑。

“麦克默多兄弟，还有最后一句话要说，”麦金蒂说道，“既然你已经宣誓了，表示会对本会效忠保密，那么，您就应当知道，一旦违背誓言的话，就会被即刻处死。”

“我知道。”麦克默多说道。

“您是否无论何种情况都愿意接受帮主的支

配呢？”

“我接受。”

“好，我代表维尔米萨 341 分会，欢迎您入会，您享有本会特权，参与本会辩论。斯坎伦兄弟，您还不赶紧把酒摆到桌子上来，我们一定要为这位名不虚传的兄弟好好干一杯！”

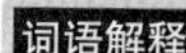

**词语解释**

名不虚传：虚，假。传出的名声不是虚假的。指实在很好，不是空有虚名。

人们把外衣递给麦克默多。他穿上外衣前，看了看自己的右臂，那时右臂仍然如针扎一样疼痛。前臂上烙有一个圆圈，里面套个三角形，烙印深而发红，像是烙铁烫下的印痕。在他的身边，有两个人将自己的袖子卷了起来，让他看一看自己帮会的标志。

“我们大家都有这种标记，”一个人说道，“不过，承受的时候不是人人都像您这么勇敢。”

“咳，这点算得上什么啊。”尽管麦克默多嘴里这么说，但是此刻他的胳膊还是钻心地疼。

结束了麦克默多的入会仪式，酒也见底了，大家便开始了对帮会事务的讨论。麦克默多仅仅熟悉芝加哥那种单调平板的会议，倾听之下，不禁感到惊奇，脸上却不敢表现出来。

“议事日程上的第一件事就是，”麦金蒂说道，“我们要念一封来自默顿县第 249 分会帮主温德尔的信。信上说：

尊敬的先生们：

有件工作要做。目标是这个地方邻近地区的雷和斯特玛施煤矿主安德鲁·雷。你们应该记得，你们帮会还欠我们帮会一个人情，我们在去年秋天派去了两个兄弟帮你们对付那个巡警。请你们派两个得力的人前来，分会司库希金斯负责接待他们，你们知道他的地址。他会告诉他们在何时何地行事。

你们的自由之友

自由人帮会帮主 J. W. 温德尔

**嵌记妙语**

邻区帮会温德尔向自由人帮会借人来对付巡警，看似一件很简单的事情，其实不然，被借去者很可能会遇到危险，甚至丧失生命。麦金蒂为了还温德尔人情，也为了显示自己帮派的纪律严明和慷慨大度，于是扫视他的帮会成员问有没有人愿意去。

“我们以前从温德尔借用人手的时候，他从来没拒绝过，这次，我们也不能拒绝他的请求，”麦金蒂说完之后停顿了一下，用一种恶毒而又阴沉的目光向周围扫视了一圈，问道：“你们谁愿意自告奋勇呢？”

几个年轻人举起手。帮主看着他们，脸上露出满意的微笑。

“您去，老虎科马克，干得要像上次一样利索，您不会出差错的；还有您，威尔逊。”

“我还没有手枪呢。”说话的人还是一个十几岁的孩子。

“您这是第一次干，对不对？嗯，您迟早会变成个老手，这对您是个很好的开端。至于手枪嘛，要是我没弄错，您会得到手枪的。你们星期一就过去报到，你们有充足的时间。当你们回来的时候，一定会受到我们的热烈欢迎。”

“这次有赏金吗？”科马克问道。这是个体魄健壮、面孔黝黑、面目狰狞的年轻人，由于他凶狠残暴，所以得了个“老虎”的绰号。

“你们做这件事是为了荣誉而并不是什么赏金。事成之后，你们或许会得到几块金币。”

“那个人干了什么？”年轻的威尔逊问道。

“这不是你们应该知道的事情。既然他们那边做出了判断，我们就没必要操心。我们只需要替他们执行这件事就可以了。他们也会照样来这边替我们行事。说起这个，下星期默顿分会就有两个弟兄要来我们这里行事。”

“他们是谁呢？”一个人问道。

“这个您还是不知道为好。倘若您不知道的话，就可以去做证，说自己什么也不知道，这就不会有什么麻烦缠身的。不过他们下手很利落。”

“还有！”特德·鲍德温叫道，“就在上星

期，我们的三个弟兄让工头布莱克解雇了。这个小子早就欠收拾了，也该让他得到那个完整的大家伙了。”

“得到什么？”麦克默多低声向邻座问道。

“一颗足以送他上西天的大号子弹！”那个人高声大笑起来，说道，“您觉得我们的手段如何呢？我的兄弟？”

麦克默多现在已经成了这个帮会的会员，他的罪恶灵魂似乎已经吸收了这个邪恶组织的精神。“我非常喜欢，”麦克默多回答道，“这里正是英雄好汉的真正用武之地啊！”

他周围的人一听这话，不禁喝起彩来。

“怎么回事？”坐在桌子另一端的黑胡子帮主问道。

“是刚刚加入我们的新成员，他很喜欢我们的行事手段呢。”

麦克默多马上站起来说道：“显赫的帮主，我想说，要是有用得着我的地方，能为本会出力我觉得光彩。”

他的话音一落，大家即刻高声喝彩，就好像他是一轮红日，现在正从地平线上慢慢向上升起。可是一些年长的会员却感到，他出头的愿望未免太急了点。

“我提议，”坐在帮主旁边的秘书哈拉威说道。他是一个胡须灰白的老人，长得与秃鹰极其相像，“麦克默多兄弟还是不要太着急，日后总会有替帮会效力的机会。”

“当然，我也是这个意思，一定遵命。”麦克默多说。

“兄弟，你会有派上用场的时候的，”帮主说，“我们已经知道了你愿意为帮会效力的决心了，我们也相信你会在这里干得很好。今夜有件小事，要

**词语解释**

用武之地：犹言用兵之地。宜于打仗的地方。亦喻指能施展武艺或才能的场所。
显赫：权势、名声等盛大显著。



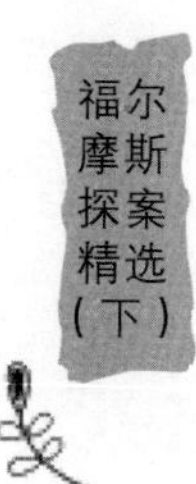

**词语解释**

一臂之力：臂，胳膊。指一部分力量或不大的力量。表示从旁帮一点忙。

是您高兴，可以出一臂之力。”

“我愿等待痛快的机会。”

“无论如何您今晚都可以去一趟，这对您了解我们的团体主张很有帮助。以后我还要宣布这个主张。另外，”他看了看议事日程，说道，“我还有一两件事要在会上讲。首先，我要问问司库我们的银行结余情况如何，要给吉姆·卡纳威的寡妇发抚恤金。他的丈夫卡纳威是在替帮会干活的时候不幸死亡的，我们有责任帮扶他妻子的生活。”

“吉姆上个月去马利克里克，要刺杀切斯特·威尔科克斯，结果反遭毒手。”麦克默多邻座的人告诉他。

“现在账上有很多存款，”司库翻看着眼前的银行存款本说道，“最近有一些公司很是慷慨。马克斯·林德公司付给的500元还没动用。沃尔克兄弟公司送来100元，可我自己做主退还给他们，要求他们付500元。要是到了星期三还没动静，他们的卷扬机传动装置就会出故障。他们去年被我们将破碎机烧毁之后才变得守规矩了。西部供煤公司交来了年度捐款。我们手里的资金十分充裕，可以应付一切义务。”

“阿尔奇·斯温登怎么样？”一个弟兄问道。

“他已经将自己的产业变卖，从本区离开了。这个老不死的给我们留下一张便条，上面说，他宁肯在纽约做个自由自在的清道夫，也不愿做个大矿主，受一个敲诈勒索集团的威逼。这个老不死的家伙！我们是在他逃走之后才收到这张便条的。我看他再也不敢出现在这个山谷里了。”

在帮主对面坐着的一个老人站起身来。这个老人面容慈祥，脸刮得干干净净，长着两道浓眉。“司库先生，”他问道，“我想问一下，那个人从这个地方被我们赶走了，那是谁接手了他的产业呢？”

“莫里斯兄弟，他的矿产让本州和默顿县的铁路公司买下了。”

“那么去年是谁买走了托德曼和李氏的矿山？”

“同样是这家公司，莫里斯兄弟。”

“曼森铁矿、舒曼铁矿、范德尔铁矿还有阿特任德铁矿，最近都出让了，又是让谁买去的？”

“这些铁矿都是被西吉尔默顿矿业总公司收购去的。”

“莫里斯兄弟，我搞不懂啊。”麦金蒂说道，“他们既然无法带走矿产，谁买走这些矿产与我们何干？”

“我十分敬重您，尊敬的帮主，但我认为这跟我们有很大关系。这种变化过程到现在已有 10 年之久了。我们已经渐渐将所有的小资本家全都赶走了。但最终的结果是什么？我们发现代替他们的是铁路公司或煤铁总公司这样的大公司，这些公司在纽约或费城有他们的董事，对我们的恫吓置之不理。尽管我们可以将他们在本地的工头也赶走，但这只不过是意味着还会另外指派其他人来代替他们罢了，我们自己反倒是又会招来一些危险。那些小资本家对我们不能有任何危害。他们既没多少钱又没什么势力。只要我们压榨他们不过于苛刻，他们就可以在我们的势力范围内继续留下来。但是倘若这些大公司发现我们对他们以及他们的利益造成了妨碍，他们就会竭尽所能地将我们摧毁，还会向法院对我们提起诉讼。”

听了这些不吉利的话，大家忽然鸦雀无声，个个沉下脸，显得神情沮丧。他们在这地方一直无所不能，从未遇到过挑战，根本没想过会遭什么报应。但是即便是最不顾一切的人，听了这个说法之后，也倒吸了一口凉气。

“我劝各位，”莫里斯继续说道，“以后对小资本家悠着点。如果他们有一天全都被赶走了的话，也就是预示着我们要玩完了。”

**词语解释**

鸦雀无声：连乌鸦麻雀的叫声都没有。泛指什么声音都没有，形容非常静，人们默不作声。

悠着点：量力而为，不要太拼命。



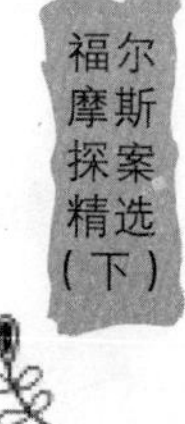

忠言从来逆耳。莫里斯的话说完之后刚一落座，随后就传来一声高声的怒斥。麦金蒂双眉紧皱，阴沉着脸站起身。

“莫里斯兄弟，”他说道，“您总是报凶不报吉。只要我们帮会的兄弟同心协力，我就不相信美国有能与我们抗衡的势力。我们不也是经常在法庭上与其他人较量的吗？我看那些大公司迟早会发觉，付款比作对更舒服，跟那些小公司没什么两样。我说，弟兄们，”麦金蒂说着脱下他的平顶丝绒帽，解下长巾，“我们今晚的会议就到此结束吧，散会之前还有一件小事，那就是我们全体弟兄举起酒杯开怀畅饮，现在到了尽情欢乐的时候了。”

人类的本性确实非常奇怪。这是一群杀人不眨眼的凶手，他们一再出手，残杀别人的一家之主，对受害者及其妻子儿女的悲哀毫无恻隐之心，也从不感到内疚。但是当这帮人听到那些柔美动听的旋律之时，也会感动得潸然泪下。麦克默多天生就有一副男高音的嗓音。此刻大家听着他引吭高歌《玛丽，我坐在台阶上》和《在艾伦河岸上》，就算帮会弟兄以前对他还没有多少善意，却仍然深受感动，对他的善意顿时喷涌而出。

**嵌记妙语**

这正是人性复杂的一面，善恶的区分不是如黑白般分明的。这在“麦克默多”这一人物身上体现得更加鲜明。

就在麦克默多入会的第一晚，他就已经成为兄弟中最受欢迎的一位，很明显，他日后会高升的。然而，要成为自由人帮会杰出的会员，除了与会众的友情外，还要具有另外一些气质。麦克默多在这个夜晚尚未过完的时候就成为这些气质的典范。酒过数巡，人们早已醉醺醺，昏沉沉，这时帮主又站起来讲话了。

“听我说弟兄们，”麦金蒂说道，“咱们镇子上有一个人应当受到惩罚，这个大家都很清楚，他该被铲除。我说的是《先驱报》的詹姆士·斯坦格。你们已经看到，他又张开嘴巴骂我们了。”

酒吧里迸发出一阵赞同的嗡嗡声，咒骂声响成一片。麦金蒂将一张报纸从背心的口袋里掏了出来。

“法律与秩序！这是他这篇文章的标题。煤铁矿区的恐怖统治。自第一次发生暗杀事件以来，已经过去 12 年了。那些暗杀事件向我们证明了，在我们这里有一个犯罪集团，并且自那之后便罪行累累，达到了‘登峰造极’的地步，这令我们这个文明的世界因此而蒙羞。我们伟大的国家敞开胸怀欢迎外侨逃离欧洲专制统治，难道竟得到如此结果？他们竟然会变成暴君，对当年给予他们栖身之所的恩主以凌辱，他们在代表着自由的星条旗之下大肆进行非法恐怖行为，他们也将恐惧的阴影埋在我们心中，让我们仿佛置身于最为腐朽的东方君主的国度之中。那帮人全都为人所共知。他们的组织也经过登记公开存在。我们要忍受到何时？难道我们要永远生活在……”

“这种臭狗屎我已经念够了！”麦金蒂把报纸扔到桌上，高声喊道，“这一篇就是斯坦格在报纸上发表的关于我们的报道。大家说应当如何处置这个可恶的人？”

“杀了他！”十几个杀气腾腾的声音喊道。

“我不赞成，”莫里斯兄弟又开始张口说话，“弟兄们，我告诉你们，咱们在山谷里的手段有点太过狠毒，万一超过极限的话，人们就会自卫联合起来将我们消灭掉的。詹姆士·斯坦格是个老人。他在镇上和区里都很受敬重。他的报纸代表着这山谷中牢固的基础。倘若此人遇害，势必会震惊全国，我们的结局就只剩下被消灭了。”

“他们怎么消灭我们呢，‘退缩先生’？”麦金蒂嚷起来，“用警察吗？说实在的，警察里面一半是拿了我们钱的人，一半又是畏惧我们的人。要么用法庭和法官来对付我们？难道我们以前没有见识过？结果怎么样？”

**词语解释**

登峰造极：登，上；峰，山顶；造，到达；极，最高点。比喻学问、技能等达到最高的境界或成就。



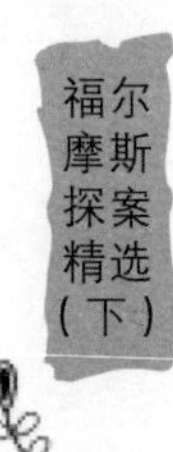

“这件案子可能会落到法官林奇的手里。”莫里斯兄弟说道。

大家一听这话，全都怒吼起来。

“只要我将一根小手指伸出来，”麦金蒂高声喊道，“就能让 200 个兄弟到城里使他们彻底消失的。”说完，他双眉紧皱，突然提高了嗓音，“嘿，莫里斯兄弟，我早就注意上您了。您自己不忠心，还想让别人离心离德。莫里斯兄弟，如果哪一天我的议事日程里出现了您的名字，您恐怕就要遭殃了。我在想，应该把您的大名提到日程上来了。”

**词语解释**

议事日程：议事，讨论或办理事情；日程，时间进度表。在计划之内的讨论、办理事情的日期。

莫里斯立刻面色煞白、双膝颤抖，瘫倒在椅子上。他颤抖着的双手将酒杯举起来，往嘴里送了一口，这才反应过来，说道：“我显赫的帮主啊，如果我刚才说了不该说的话，我诚挚地向您和帮会的兄弟们承认错误。大家都知道，我是个忠心的会友，唯恐帮会遭遇不幸，所以才表示忧虑。可是，显赫的帮主，我绝对相信您的裁决，甚于相信我自己，我保证以后再也不敢冒犯您了。”

见他说得如此谦卑，麦金蒂脸上的怒气顿时全无。“很好，莫里斯兄弟。您要是受到了我的惩罚，我的心里也会不好受的。但是，只要我还是你们的帮主，那我们的帮会成员就一定要保持步调一致。现在，弟兄们，”他看了看周围的同伙，继续说道，“我还要再说一下，如果斯坦格得到他完全应该得到的惩罚，那我们就会招来许多意想不到的麻烦。一旦这些新闻记者串通起来，国内每一家报刊就都会向警察和部队呼吁了。但是，我认为给他一次相当严厉的警告倒是无妨。鲍德温兄弟，就让您来安排这一切吧，可以吗？”

“没问题！”这个年轻人热烈地应道。

“您要带多少人去？”

“带 6 个人就足以了，两个人用来守门。高尔，您去；曼塞尔，还有您；斯坎伦，还有您；还有威拉比兄弟二人。”

“我允许新人会的麦克默多同你们一同前往。”麦金蒂说道。

特德·鲍德温望着麦克默多，从他眼神里看得出，他既没有抛弃前嫌，也不肯宽恕。“没问题，只要他愿意的话，他可以跟着我们去，”鲍德温粗暴无礼地说道，“人齐了，赶紧动手吧，越快越好。”

这7个人有的吵嚷着，喊叫着，有的醉醺醺哼着小调离了席。欢宴的人依然将这间小酒吧给挤满了，很多兄弟还继续留在酒吧里狂欢。这一小伙奉命执行任务的人走到街上，两三个一伙沿人行道行进，以免引人注意。这个夜晚特别冷，星光灿烂的寒冷夜空中半个月亮十分明亮。这群人来到了一座高楼前，他们在院子里聚集起来。高楼明亮的窗户玻璃上写着“维尔米萨先驱报社”几个金色的大字，印刷机的哐当声不时从里面传出来。

“您守在这儿，”鲍德温对麦克默多说，“站在楼下面，守住大门，保证我们退路畅通。阿瑟·威拉比和您在一起。其余的人随我来。不要担心弟兄们，我们有十几个证人能够证明我们今晚是在帮会的酒吧里喝酒的。”

这时将近午夜时分，除了一两个正在回家的醉汉，街上没有别的行人。这一伙人穿过大街，推开报社大门，鲍德温一行人冲进去，跑上对面的楼梯。麦克默多还有另外一个人在楼下留守着。呼救声从楼上的房间里传了出来，随后传来的是脚步践踏的声音和椅子倒地声。过了一会儿，一个鬓发灰白的人跑到楼梯平台上来。可是没跑几步，就被抓住，他的眼镜叮当一声落在麦克默多脚旁。只听砰的一声，接着是一阵呻吟。此人面朝地面倒下了，随后便是几根棍棒在他身上噼里啪啦地打着。他翻滚抽搐，瘦长的四肢被打得颤抖不已。别人都已经停手了，

**词语解释**

噼里啪啦：同劈里啪啦。象声词，形容连续不断的爆裂、拍打的声音。



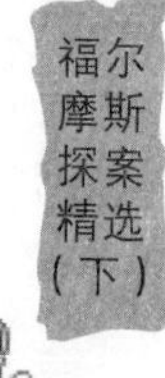

但是那个凶恶的鲍德温依旧是满脸狞笑地挥动着自己手里的棍棒在老人的头上一顿乱打，老人徒然地用自己的双手护着头部，但是，血已经将他的白发染红了。鲍德温还在找被害人双手护不着的地方乱打。这时麦克默多跑上楼来，把他推开。

“住手，您会将这个人活活打死的，”麦克默多说道。

**嵌记妙语**

麦克默多有“勇敢”的一面，有同情弱者的一面，这是他本性真实地流露，为下文的叙事做了铺垫。

鲍德温惊讶地望着他。

“见鬼吧你！”鲍德温喊道，“您以为自己是谁啊，竟然敢干涉我的事情？您就是那个新入会的家伙？靠后站！”他继续举起了手里的棍棒，但是麦克默多却将自己放在裤子口袋里的枪掏了出来。

“您自己靠后站！”麦克默多高喊道，“您敢碰我一下，我就开枪打烂您的脸。帮主不是说不能将这个人杀死吗？您这不是要杀死他？”

“他说得没错！”其中一个人附和道。

**词语解释**

附和：随着别人说或做。

“你们快点吧！”楼下的那个人向上呼喊着，“各家各户的灯都亮了，全镇的人不出5分钟都会跑来追捕你们的。”

街上真的传来人们的喊叫声，一些排字印刷工人聚集到楼下大厅里，鼓足勇气准备行动。罪犯们顾不上僵卧在地上的主编，飞快地冲下楼来，飞快地沿街而逃。他们跑进了帮会大厅之后，一些人混到了麦金蒂酒吧喧嚣的人群之中，向首领小声汇报着已经出色地完成了这个任务。另一些人跑到街上，绕小巷走偏僻的小路各回各家去了，当然麦克默多也在其中。

## 第四章　恐怖山谷

第二天清晨，麦克默多一觉醒来脑海里浮现的全是昨晚入会的情形。昨晚的酒喝得有点多，这令他的头有些涨痛，胳膊烙伤的地方也肿了，现在钻心地疼痛。他因为有了这种奇怪的收入，也就不再准时上班了，所以早餐吃得很晚，上午待在家里给朋友写了封长信。随后，他又翻阅了一下《先驱报》，看到报纸的专栏中有这样一段报道：

先驱报社遭暴徒袭击——主编受重伤。

这是一段简要的报道，麦克默多对事实比记者更了解。报道的结尾说：

尽管此案已经交由警署办理，但是民众并没抱任何的希望，因为没有人会指望警察会通过努力得到比之前更令人满意的结果。人们认出几个暴徒，所以希望得到判处。几乎用不着说，施暴者是那个声名狼藉的社团，多年来，社区百姓饱受其奴役，《先驱报》一直在与之进行毫不妥协的斗争。斯坦格先生的众多好友获悉下面的消息之后感到无比的欣慰。尽管斯坦格先生惨遭暴徒的毒打，头部也受到了重创，但是好在并无性命之忧。

下面的报道说，报社已由装备着温切斯特步枪的警察守卫。

麦克默多放下报纸，点起烟斗，但手臂由于昨晚的灼伤，不觉有些颤抖。这个时候听到外面的敲门声，房东太太送来一封便笺给他，说是一个小孩送过来的。信上没有署名，上面写着：

我希望能够与您面谈，但是却不方便到您的住处去。您可以在米勒山上旗杆旁找到我。请您现在就来，我有要事相告。

麦克默多非常好奇地连续读了两遍这封信，他不知道这个写信的人是谁，也不知道写这封信的目的是什么。如果这出自一个女人之手，他可以设想，或许是某种奇遇的开端，他在过去的生活中对这类事情并不生疏。但很显然，这封信的笔迹是男人的，看起

**词语解释**

踌躇：犹豫，迟疑不决。

来还是一个受过良好教育的男人的笔迹。在踌躇了一会儿之后，麦克默多还是决定赴约，去看个究竟。

米勒山是镇中心一座疏于管理的公园。夏季这里是人们经常光顾游览的地方，但是到了冬天，公园就异常荒凉。站在山顶向下俯瞰，不仅能够将整个镇子里污秽凌乱的景象尽收眼底，还能够看到蜿蜒的山谷两边散布着的矿山和工厂，山谷两边的积雪已经被煤炭染得乌黑，除此之外，还能见到一侧林木以及被白雪覆盖的山脉。

麦克默多沿着蜿蜒在常青树丛中的小径，漫步走到一家冷清的饭馆前，这里在夏季是个娱乐中心。旁边是一个光秃秃的旗杆，旗杆下有一个人，帽子压得很低，大衣领子竖了起来。此人转过身来，麦克默多一眼就认出来，此人是莫里斯兄弟，也就是昨天晚上将帮主惹急眼的那个人，两人见面之后交换了本帮会的暗语。

“我想和您谈一谈，麦克默多先生，”老人的话十分踌躇，显然他的处境微妙，“难得您赏光前来。”

“为何您不给那封信署名呢？”

“是为了以防万一啊，先生。人不知道什么时候会招来祸事，也不知道谁是可以信任的，谁是不可信任的。”

“但是帮会的兄弟总归是值得信任的吧。”

“不不不，那也未必啊，”莫里斯高声叫嚷着，情绪有些激动，“我们所说的话，甚至是我们的一些想法，麦金蒂都可以知道的。”

“嘿！”麦克默多厉声说道，“您知道，我昨晚刚刚宣誓要效忠帮主。您是不是要让我背叛自己的誓言？”

**嵌记妙语**

年轻的麦克默多与年老的莫里斯比起来还是很单纯的，麦克默多认为帮会的兄弟们都是值得信任的，既然加入了帮会就必须效忠帮主；而经历丰富的莫里斯则深知帮会里面的黑暗。他们两个人的想法完全不同。

“如果您是这么认为的话，”莫里斯说话的口气里有一些悲哀，“我只能对您说抱歉了，让您白跑这一遭了。两个自由公民不能交谈心里话，这可太糟糕了。”

麦克默多仔细观察着对方，稍微解除了一点顾虑，说道："当然，我说这话只是为了自己。您要知道，莫里斯先生，作为刚刚到这里来的我，眼前的一切都是陌生的，轮不到我指手画脚的。要是您有什么话要对我说，我洗耳恭听。"

"然后去报告首领麦金蒂！"莫里斯悲痛地说道。

"您可不能这么冤枉我啊，"麦克默多叫了起来，"对我自己而言，我会忠心于本帮会，因此，我就对您照直说了。可是假如我把您对我推心置腹讲的话说给别人听，那我就是一个卑鄙小人了。您的话我不会传给别人。但是，我希望您知道，您并不会从我这里得到任何的帮助和同情。"

"我并不指望求得帮助或同情，"莫里斯说道，"我对您说这些话，就已经把性命交到您手心里了。但是，昨天晚上，我认为您或许会变成最坏的一个人，但是，毕竟您还是一个新手，不至于像他们那般冷酷无情，因此，我才会约您到这里面谈。"

"那么，您要跟我谈什么？"

"要是您出卖我，您要遭报应的！"

"我肯定不会出卖您的。"

"那么，我问您，您在芝加哥加入自由人帮会，立誓要做到忠诚、博爱时，您心里想过它会把您引向犯罪道路吗？"

"您将其定义为犯罪？"麦克默多回应他的话。

"叫作犯罪！"莫里斯喊道，他的声音激动得颤抖起来，"您已经看到一点犯罪事实了，您还能把它叫作什么别的？！就在昨天夜里，一个岁数大得简直可以做您父亲的人被那群冷酷的人打得白发都被血染红了，这不是犯罪是什么？'您不把这叫作犯罪！'还能把它叫作别的什么？"

"有些人会说这是一场斗争，"麦克默多说道，"是一场两个阶级之间的殊死搏斗，所以每一方要

**词语解释**

殊死搏斗：殊，断、绝；殊死，拼死。进行事关生死的斗争。

**嵌记妙语**

从表面上看，麦克默多是站在"无言者"这个角度来看待许多暴行的，因此他认为某些帮会的行为具有合理性。他并没有把帮会的行为看成是犯罪，因此老人莫里斯的话让他很受震动。但是随着故事的发展，我们会发现麦克默多这番话的真正含义。

尽量打击对方。"

"那么当您在芝加哥加入这个自由人的帮会之时，有没有想到会是今天这样的情境？"

"没有，我保证坚决没有。"

"我在费城入会时，也没想过。我只知道这个帮会是对社会有益的，是一个朋友们相互聚会聊天的场所。后来我听人提到这个地方，唉，我不该听到这个名字，更不该打定主意来这个地方，还想改善自己的生活！天哪！我竟然还想改善我自己的生活！我带着我的妻子和我们的3个孩子一起来到这里。我在这里的市场开了一家绸布店，生意还不错。我是个自由人帮会会员，这件事很快就传开了。后来我被迫像您昨晚那样，加入当地的分会。我的胳膊上烙下了这个耻辱的标记，而心里却打上了更加丑恶的烙印。我已经不由自主地受到了一群冷酷无情的暴徒的控制，并且将自己置身于一个犯罪网中。我怎么办呢？我想把事情改变得善良些，可是只要我一说话，他们便像昨晚那样，说我叛逆。我在世上所有的一切，都在绸布店里，我也不能远走他方。倘若我从这个社团脱离出去的话势必会惨遭杀害的，这点我很清楚，但是，我的妻儿会怎样呢？这是我最担心的。噢，朋友，这简直可怕，太可怕了！"他双手掩面，身体不住地颤抖，抽抽噎噎地啜泣起来。

麦克默多耸了耸肩膀，对其说道："您的心肠太软，根本不适合做这样的事情。"

**同步思考**

莫里斯是自己走上犯罪道路的吗？

"我还没有丧失良知和信仰，可他们迫使我变成这伙罪犯中的一员。他们选我去进行一件事，如果我退缩的话，我的下场我是很清楚的。也许我是一个胆小鬼，也许是我想到我那可怜的女人和孩子们，无论怎么说，反正我是去了。那件事我想我是永远不会忘记的。

"就是在距离这边大概20英里的地方——山那边的一桩孤零零的房子里。就像您昨天那样，他

们让我守住门口。干那种事，他们还不相信我。其他人都进去了。他们出来时，双手都沾满了鲜血。正当我们想要离开的时候，从房间内跑出了一个小孩，跟在我们后面不断地哭叫着。那是个5岁的孩子，亲眼看到他父亲遇害。我吓得几乎昏厥过去，可我不得不假装出勇敢的样子，摆出一副笑脸。原因是我很清楚如果我不这么做，这样的事情就会在我家里发生，下次他们就会满手鲜血地从我们家里走出来，而我的小弗雷德就会像他那样凄惨地哭叫。

“可我已经是犯过罪的人了，是一桩谋杀案的胁从犯，在这个世界上永远受人唾弃，下辈子也难得超生。我是一个十分善良的天主教教徒，但是如果神父知道我是一个死酷党的成员，那就不会再为我祈祷了，因为我已经将宗教信仰抛弃了。这就是我所经受的。我看您也正在走这条路，我问您，将来会有什么样的结局呢？您是准备做一个嗜血杀人犯呢，还是我们去设法阻止它呢？”

“您预备怎样？”麦克默多突然发问，“您该不会是想去告密吧。”

“苍天不容！”莫里斯大声说道，“当然，就是这么一想，我的性命也难保了。”

“那好吧，”麦克默多说道，“我看您也是一个缺乏胆量的人，因此，您把这件事看得太过严重。”

“太严重！等您在这里住得时间长一些再说吧。看看这片山谷！这片山谷被上百个烟囱冒出的浓烟笼罩住了！不瞒您说，这里杀人行凶的阴云远比笼罩在人们头顶上的烟云还要低沉，还要更加浓密。这是一个恐怖山谷，死亡山谷。从早到晚，人们心里都惊惶不安。年轻人，您就等着吧，您自己一定会弄明白这些事的。”

“好的，等我了解到更多的东西，我就会告诉您我自己的想法的。”麦克默多十分漫不经心地回答

**词语解释**

漫不经心：漫，随便。随随便便，不放在心上。

着他的话，“看来您非常不适合生活在这里，我劝您赶紧将您的产业转售出去，这对您会有些帮助的。您对我所说的话，请放心，我不会说出去。可是，皇天在上，如果我发现您是一个告密的人，那可就……”

“不，不！”莫里斯可怜巴巴地叫道。

“好了，我们的谈话就此打住吧。我一定会铭记您所说的话，或许过不了几天我就会给您回话的。我认为您对我讲这些话是善意的。现在我要回家去了。”

“在您离开之前，我还有一句话要说，”莫里斯说道，“难免会有人瞅见我们在一起谈话。他们可能会打听我们说过些什么。”

“啊，这一招想得很好。”

“我就回答说我想请您到我的店里给我当职员。”

“我就说我没有答应您的请求，这就是我们到这里见面谈的事情。好，再见，莫里斯兄弟，祝您好运。”

就在这天中午，当麦克默多坐在起居室壁炉旁吸烟，正陷入沉思之中时，门突然被撞开，首领麦金蒂高大的身影堵满了门框。他向这个年轻人打过招呼之后便在他的对面坐了下来，十分冷静沉着地等着他很长一段时间。麦克默多也照样瞪着他。

“麦克默多兄弟，您要知道，我轻易不会拜访某个人的。”麦金蒂终于说道，“我总是忙于接待那些拜访我的人，到您家来看望您是破例了。”

“议员先生，您的光临令我感到无比的荣幸。”麦克默多亲热地答道，从食橱里取出一瓶威士忌酒，“这是我的骄傲。”

“你的胳膊怎么样了？”麦金蒂问道。

麦克默多做了一个鬼脸，答道：“忘记？我不会忘记的，不过这是有价值的。”

“这对于那些忠诚可靠，对仪式坚决履行，帮助会务的人而言是十分有价值的。今天早晨在米勒山附近，您对莫里斯兄弟说了些什么？”

**词语解释**

荣幸：光荣而幸运。

这是一个非常突兀的问题，幸好麦克默多早就对此有了准备，随后放声大笑，说道："莫里斯根本不知道我能够在家里谋生，因为他将我的良心估计得有点太高了。不过他倒是一个好心的老家伙。他以为我没有职业，想在一家绸布店里给我找个做店员的活儿。"

"哦，原来就是为这件事啊？"

"是的，就是这么件事。"

"那么您回绝他的请求了吗？"

"当然了。我在自己卧室里干 4 个小时，不比在他那里多挣 10 倍吗？"

"没错，如果我是您的话就不会跟这个家伙来往过频的。"

"为什么呢？"

"我想我不能跟您说。大部分这里的人都很明白。"

"议员先生，大多数人都明白的或许我还没有弄明白。"麦克默多鲁莽地说，"如果您是一个公正的人，您就会知道的。"

麦金蒂对麦克默多怒目而视，一双毛茸茸的爪子一下子将酒杯抓住，好像是要扔到对方的脑袋上，后来，他反倒是兴高采烈，虚情假意地哈哈大笑起来。

"您还真是一个彻头彻尾的怪人啊，"麦金蒂说道，"好，倘若您势必要知道原因的话，我就不妨跟您直说了。莫里斯没有跟您说反对本帮会的话吗？"

"没有。"

"也没说过什么反对我的话？"

"没有。"

"啊，那是因为他还不敢相信您。但是，在他的骨子里面，他已经不忠于帮会了。我们对这一点知道得很清楚，所以对他很注意，我们就等待时机去告诫他，我想这一时刻已经不远了。因为我们的羊圈里不能容那些下贱的绵羊栖身。但倘若您同这个不忠于帮会的人结交的话，我们自然也会认为您

**词语解释**

虚情假意：虚，假。用虚假的情意待人，装着对人热情，不是真心实意。

是对帮会不忠诚的。这您明白了吗？”

“我并不喜欢这个人，所以也没有同这个人结交的机会。”麦克默多回答道，“至于说我不忠心，也就是出自您的口中，要是别人敢这么说，他就不会有机会再对我说这种话了。”

“好了，就说到这里吧。”麦金蒂将酒杯里的酒一饮而尽，说道，“我到这里的目的就是对您进行及时的劝告，您应当清楚的。”

“我很想知道您究竟是怎么知道我和莫里斯谈过话的。”

麦金蒂笑了一笑。

“这个镇子里发生的一切事情，都逃不过我的眼睛。”麦金蒂说，“我想您总该知道不论什么事都逃不过我的耳目的。好，时间不早了，我还要说……”

谁曾想到他的临别赠言竟然会意外地被打断了。只听哐当一声，门被撞开，三张坚毅的面孔出现在面前，三对眼睛从警帽的帽檐下怒视着他们。麦克默多一跃而起，刚将随身携带的手枪抽出一半，手就停在那里不动了，因为他发现，他的脑袋已经被两支温切斯特步枪瞄准了。一个身穿警服、手握六发式左轮手枪的人走了进来。这人是马文，以前是芝加哥的警察，如今是这里的矿警队长。他摇了摇头，皮笑肉不笑地望着麦克默多。

**同步思考**

马文警官为何会在这个时候出现？

**词语解释**

皮笑肉不笑：极其不自然地装出一副笑脸。形容虚伪或心怀恶意的样子。勉强带笑，给对方以不舒服的感觉。

“芝加哥的滑头麦克默多先生，我就知道您一定会惹事，”马文说道，“您要是不惹事的话，就会感到浑身不舒服吧？戴上帽子，跟我们走！”

“我看您要为此付出代价的，马文队长。”麦金蒂说道，“我倒是想要问问究竟您是什么人，可以随意闯入民宅，对一个诚实守法的公民进行公然的骚扰！”

“这与您无关，议员先生，”警察队长说道，“我们追捕的不是您，而是这个麦克默多。您应当帮助我们，而不是妨碍我们执行公务。”

“我能够担保他的行为，因为他是我的朋友。”这位首领说道。

“麦金蒂先生，无论您怎么说，您这几天也就只能为您自己的行为担保了。”警察队长答道，“麦克默多来这里以前就是个罪犯，现在仍然不安分守己。警士，把枪对准他，我来缴他的械。”

“马文队长，这手枪是我的，”麦克默多的态度非常沉着冷静，“如果只有咱们两人对面交锋的话，您肯定不会这么轻易就抓住我的。”

“你们的逮捕证呢？”麦金蒂说道，“天哪！让您这样的人来领导警察局，住在维尔米萨跟住在俄国没有两样！我看这种资本家的暴行以后会经常见到了。”

“您愿意怎么想就怎么想，议员先生。我们该怎么办就怎么办。”

“我究竟触犯了哪条法律？”麦克默多问道。

“您触犯的法律与先驱报社老主编斯坦格被打一案有关。别人没告您犯杀人罪，并不是因为您不想杀人。”

“哦，如果是因为这件事情的话，”麦金蒂微笑道，“你们现在停手的话还能省去不少麻烦呢。这个人在我酒馆里跟我一起打扑克，一直打到半夜，我可以找出十几个人来做证。”

“您的证词还是留到明天法庭上再陈述吧。走吧，麦克默多，要是不想让枪弹射穿您的胸膛，就老实走。麦金蒂先生，我警告您还是站远一点吧，在我执行公务的时候是绝对不允许有人反抗的。”

麦克默多和麦金蒂看到马文队长如此坚决的态度，只好接受了这个现实。分手前，麦金蒂借机和被捕者低声耳语道：“那东西怎样……”他猛地伸出大拇指，暗示着铸币机。

“安排好了。”麦克默多低声回答道，它已经



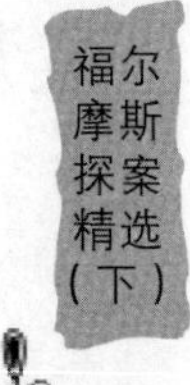

被藏到地板下面的一个很隐秘的地方了。

“我祝您一路平安，”首领和麦克默多握手告别，说道，“我要去请赖利律师，并且亲自出庭做证。相信我，您不会被他们扣留多久的。”

“我不愿在这上面打赌。你们两个人要看好这个罪犯，倘若他有任何不服从的举动，就立即开枪射击。撤走前我要把这屋子搜查一遍。”

他四下搜查了一番，不过显然没有发现隐藏的铸币机。他从楼上走下去，同其他人一起将麦克默多押送到了警察局。天色已经昏黑，刮起一阵强烈的暴风雪，因此街上的行人已经很少，只有少数几个闲逛的人跟在他们后面，壮着胆子大声诅咒被捕者。

**嵌记妙语**

虽然麦克默多是新手，但在办事上还是很严谨的，他把铸币机藏在一个只有自己能发现的地方，其他人是很难找得到的。由于死酷党人总是危害百姓，所以街上的人对他们是十分痛恨的。路上的行人之所以要壮着胆子，是因为平时他们在这些党人面前是不敢随便言语的。

“将这个该死的死酷党人处决掉！”他们高声呼喊着，“立即结果了他！”在麦克默多被推进警署时，他们嘲笑他。经过主管警官简短的审问之后，麦克默多被投进普通牢房。进去之后，麦克默多发现鲍德温以及那天晚上犯事的3个人都在这里，他们也都是在这天下午遭到逮捕的，全都等候着明日的开庭审讯。

自由人帮会的手很长，甚至能伸到监牢里。夜深了，一个狱卒送来一捆稻草来给他们铺床，他从稻草捆里抽出两瓶威士忌，几个酒杯和一副纸牌来。他们开始了饮酒赌博，在牢房里面狂欢了一整晚，根本没有担心第二天的审讯。

他们的行为并没有惹什么麻烦，案件的结局就是明证。地方法官无法根据证词给他们定罪。一方面，排字工人以及印刷工人都承认当时的灯光非常昏暗；另一方面，当时的他们也十分慌乱和紧张，虽然他们相信被告就在这里面，但是却无法肯定哪一个才是真正的行凶者。经过麦金蒂雇来的精明律师一番盘问，这些证人的证词就更加含混不清了。

被害人说当自己遭受突然而来的袭击之时异常震惊，他除了记得第一个动手打自己的人脸上有一小撮胡子之外，其他的记忆全都很模糊。他补充说，他知道这些人是死酷党党徒，因为社会上没有别的人恨他，由于他经常公开发表评论，长期以来受到该党党徒的威胁恫吓。另外，还有6个公民为被告出庭做证，这其中还有市政议员麦金蒂，这6人的证词十分明确一致——这些被告当时全都在帮会里面玩扑克，直到案发后一个多小时他们才离开。

可以肯定地说，法官对被捕者的愤怒说了近于道歉的话，同时委婉地把马文队长和警察批评了一下，说他们滥用职权多管闲事，当然当即就把被告给放了。

法庭旁听席上的观众对于法官的裁决表示鼓掌欢迎，麦克默多看出他们中有很多熟悉的脸。帮会的兄弟们全都面带微笑地向他们进行挥手致意。但还有一些人，当他们看到这些罪犯兴高采烈地从被告席上走出来的时候，他们的神情阴郁，双唇紧紧地闭着；其中有个留着黑胡须面容坚毅果敢的人，那些获释的罪犯从他面前走过时，他说出了自己和同伴们的想法。

"你们这些该死的凶手！"他喊道，"早晚会让你们吃到苦头！"

词语解释

委婉：不直言其事，故意把话说得含蓄、婉转一些，叫作委婉语。

# 第五章　最黑暗的时刻

因为被逮捕之后又获得了无罪释放，这令麦克默多在帮会同伙中的声誉更盛了。一个人在入会的当晚就犯了罪，并且还被带到了法官面前，在这个社团里是史无前例的。他赢得了很高的声望，人们认为他是一个好酒友，兴致很高的狂欢者，性情高傲，绝不肯受人侮辱，就是对权威无限大的首领，他也没有卑微之色。除了这个之外，他还给自己的同伙留下了另外一个深刻的印象：大家一致认为他是帮会中头脑机

灵的人，他的眼睛一转就能想出一条极其残忍的阴谋诡计，他对阴谋诡计的实施也比别人好很多。“他准是一个手脚利落的家伙。”那些先入会的人这样评论他，他们等待着时机，要让麦克默多大显身手。

麦金蒂手中役使的爪牙并不多，但是他觉得麦克默多是这其中很有才干的一个，他认为自己就如同是牵着一条凶残的猎犬，将那些劣等狗放出去处理一些小事，总有一天，这条猎犬会为他捕猎的。少数会员，其中也有鲍德温，对这个外来人升迁很快深感不满，甚至怀恨在心，可他们却避之唯恐不及，因为麦克默多随时准备跟人决斗，就像开个玩笑一样随便。

但是，如果麦克默多在帮会中赢得了荣誉，那他同时就会失去另外一个方面，甚至是对于他极其重要的一个方面——埃蒂的父亲从此将会断绝与他的往来，不让他再登门。埃蒂仍然深深爱着麦克默多，但她天性善良，心里明白，若跟一个暴徒结婚，很难预料到会有什么下场。

一天晚上，埃蒂在床上辗转反侧，一晚上都没睡着。早晨，她打定主意去看望麦克默多，觉得这或许是最后一次和他见面，要尽最大努力挽救他，把他从恶势力的旋涡里救出来。因为她经常受到麦克默多的邀请，让她去他家，因此，埃蒂便向麦克默多的家里走过去，径直向他的卧室奔去。麦克默多正坐在桌前，背对着门口，面前放着一封信。埃蒂年方19，脑子里忽然闪过一个小姑娘的顽皮念头。她轻轻推开门，看到麦克默多并没有发现她的到来，便轻手轻脚地将她的手搭在了他的肩膀上。

**词语解释**

辗转反侧：辗转，翻来覆去；反侧，反复。翻来覆去，睡不着觉。形容心里有所思念或心事重重。躺在床上翻来覆去，睡不着。

埃蒂的念头是要吓唬他一下，这个念头当然奏效了。可她没料到自己也会受到惊吓。他像老虎般一跃而起，一个翻身扑向她，右手扼在她咽喉上。左手瞬间将那张信纸揉搓成了一团，怒目横眉地盯着埃蒂。当他看到是埃蒂的时候，非常惊喜，即刻将刚才的凶相收了起来。埃蒂吓得连连退缩，她平静文雅的生活中还从未碰到过这种事呢。

“原来是您呀！”麦克默多擦去额上的冷汗，“亲爱的，我没想到会是您来了，我还差点让您断了气。来吧，亲爱的，”麦克默多伸出双手说道，“我向您道歉。”

埃蒂从这个男人的表情里一眼就能够看得出来，他是因为自己犯下的罪行而感到无比的恐慌，这令埃蒂感到惊魂未定。凭着女人的本能，她看出他绝不是因为吃了一惊才吓成这个样子。那是因为罪行，是因为罪行而感到惊恐！

**词语解释**

惊魂未定：惊魂，受惊吓的心灵。指受惊后心情还没有平静下来。

“是否发生什么事情了，杰克？”埃蒂大声问道，“您为何会被我吓成这样啊？啊，杰克，假如您问心无愧，绝不会这样看着我的！”

“没错，我刚才正在思考别的事情，您轻盈的脚步就像是仙女一般……”

“不，不，绝不仅仅是因为这，杰克，”埃蒂心里突然产生了怀疑，“让我看看您写的那封信。”

“哦，亲爱的，这封信可不能给您看。”

埃蒂心里的猜疑变成了确定的事实。“准是写给另一个女人的，”她叫嚷起来，“我知道准是这样！要不干吗不让我看？是写给您妻子的？我怎么知道您不是已经结过婚的男人呢？您是个陌生人，这儿谁都不了解您。”

“埃蒂，我发誓，我没结过婚，我发誓还不行吗？您是我在这个世界上的唯一的女人。我可以在耶稣的十字架面前发誓！”

麦克默多面色苍白，辩白时又激动又恳挚，埃蒂只得相信他。

“好吧，可是，”埃蒂接着说，“可是为何您不让我看一看那封信？”

**同步思考**

那是一封怎样的信？关涉到麦克默多的过去还是未来？

“我跟您说，亲爱的，”麦克默多说道，“我



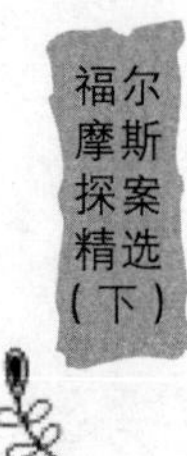

曾发过誓，不给别人看这封信，这就像我不会背弃对您发过的誓言一样，我要对接受我誓言的人守信用。信里写的都是帮会的事，即便是对您，我也一定要保密的。您刚才把一只手搭在我肩上，我吓坏了，以为是侦探伸过来的手呢，难道您连这个也不明白吗？”

埃蒂感觉麦克默多说的不是谎话。麦克默多将埃蒂揽在怀里亲吻着，尽量将她的惊恐和怀疑驱散。

“坐到我身旁来吧。您这么美的王后坐在这种寒酸的宝座上的确太委屈了，不过这已经是您贫穷的情人能给您的最好贡献了。我想，他总有一天会让美丽的王后得到幸福的。现在您精神平静一点了吗？”

“杰克，当我知道您是一个罪犯，并且成天跟一群罪犯厮混在一起，说不定哪天就会在法庭上听到有关您杀人的案件的审理，您认为我的精神会有片刻安宁吗？昨天，我们的一个房客说起您，说‘麦克默多这个死酷党人’，我心里就像扎了把刀子。”

“咳，他们爱怎么说就怎么说吧，别管他们。”

“可他们说的是实话。”

“好啦，亲爱的，事情没您想的那么坏。我们不过是想用自己的手段争取权力的一群穷人而已。”

埃蒂双臂搂住情人的脖子。“放弃吧！杰克，为了我，为了上帝，别干了！我今天来这里就是为了请求您放手的。噢，杰克，看，我跪下来求求您！我跪在您面前恳求您别干了！”

麦克默多将埃蒂抱了起来，将她的脑袋紧贴着自己的胸口，安慰道：“我亲爱的，您知道您对我的要求意味着什么吗？这意味着背弃我的誓言，背离我的同伙，我哪能放弃呢？假如您明白我干的是什么事，就不会向我提这个要求了。更何况这并不是我想做就能做得到的啊。您想想，死酷党能容许一个人带着它的所有秘密随便走掉吗？”

“杰克，这点我已经替你想好了。我完全计划好了。父亲储蓄了一些钱。他早就已经对这个地方厌恶至极了，我们因为那些恐怖行为整天要过着担惊受怕的日子。父亲准备离开。我们一起逃往费城或者纽约，到那里我们就安全了，用不着怕他们了。”

麦克默多笑了，说道：“这个帮会的手伸得非常的长。您以为它不能从这里伸到费城或纽约吗？”

“那我们去西部，或者去英国，去德国，爸爸就是德国人。只要能从这个恐怖山谷逃离出去，去哪里都无妨啊。”

麦克默多想到了老莫里斯兄弟。“哎呀，我是第二次听到有人这样形容这个山谷了，”麦克默多说道，“看来大家都被这片阴影压得无法喘息了。”

“我们的生活因为它而变得时刻都在黑暗之中。您以为那个特德·鲍德温原谅了我们？倘若不是因为对您的恐惧，您认为我们的遭遇会是什么样的？您只要看看他望着我时那种如饥似渴的眼神就知道了！”

“上帝做证！假如我再碰到他那样，一定要好好教训教训他。但是，小姑娘，你听我说，我们不能从这里离开。我不能，断然不能，不过只要您容我自己找出路，我一定会找到体面的路子。”

“干这样的事情还会有什么体面可言啊。”

“好了，好了，这不过是您的看法。可是只要您给我 6 个月的时间，我可以做到离开这里时毫不愧对别人。”

埃蒂听了之后满心欢喜，忍不住笑了。“6 个月！”她大声说道，“这是您对我许下的诺言吗？

“嗯，也可能要七八个月。最多不超过一年，我们就可以离开这个山谷了。”

埃蒂能从麦克默多那里得到的充其量也就是这样一个承诺，但是这令她见到了希望，似乎在四周的阴霾中见到了一丝曙光射了过来。她回到父亲家，心里稍感轻松，自从杰克·麦克默多闯入她的生活，



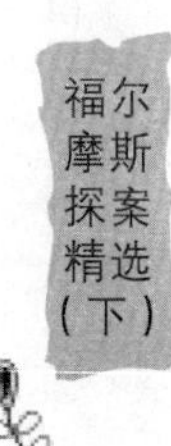

她还从没这么轻松过呢。

麦克默多起初以为死酷党会将自己的所作所为向所有的会员通报，但他很快就发现比起一般的帮会，这个组织要更为广泛和复杂。就连帮主麦金蒂对许多事也一无所知。有一个称为县代表的官员，住在离市中心很远的霍布森区，是他以奇特而专横的手段行使权力，统治着各个不同的分会。麦克默多与他就见过一次面，他是一个十分奸诈狡猾的人，头发有点发灰，行动起来就像是耗子一般鬼鬼祟祟的，喜欢用一种凶恶的目光斜视别人，他名叫伊万斯·波特；即便是维尔米萨的大头目见了他也要敬他三分，就好像是丹东对罗伯斯庇尔的畏惧一样。

一天，跟麦克默多住在同一所房子里的伙伴斯坎伦收到麦金蒂的一封短信，里面附有伊万斯·波特写来的信，信上通知说，要派两名得力人员到这个区采取一次行动，一个叫劳勒，另一个叫安德鲁斯。为了事业，就不对他们的行动对象进行详细的说明了。请帮主给他们安排适当的住处，以便伺机行动。在短信上，麦金蒂附言说，任何人住在帮会大厦里面都不能绝对保密，所以，他将这个人安排在了麦克默多和斯坎伦的住处。

这两个人当天晚上就到了，每个人都带着一个旅行的提包。劳勒是个上了年纪的人，态度矜持沉默，看上去十分精明，身着一件旧礼服，头戴一顶软毡帽，灰白胡子乱蓬蓬的，让人觉得像个巡回传教士。与他同行的伙伴安德鲁斯就是个半大的孩子，性情开朗、举止活泼，一脸的坦率，就像是外出来度假，要对每一分钟都尽情享受一番。两个人都绝不饮酒，从各方面看都像模范会员，可他们却是这个杀人帮会的得力凶手。劳勒已经执行过 14 次这类使命，安德鲁斯也参与过 3 次了。

**词语解释**

毡帽：帽子毡制的。毡，用兽毛或化学纤维制成的片状物，可做防寒用品和工业上的垫衬材料。

麦克默多发现他们很愿意谈论自己之前的功

绩，谈话的口吻既得意又不乏谦逊，带有一种曾经为帮会立过汗马功劳的无比自豪的感觉。不过，他们对目前要执行的任务却守口如瓶。

“选派我们是因为我和这个孩子都不会喝酒，”劳勒解释说，“他们相信我们不会说出我们不该说的事。请你们莫要见怪，我们不得不服从县代表的命令。”

“当然了，我们都属于这个组织。”麦克默多的室友斯坎伦说道，这时 4 人坐下共进晚餐。

“这话很实在，我们可以肆无忌惮地谈及如何杀死查利·威廉斯，或者是如何将西蒙·伯德干掉，以及其他无数的案件。可是眼下这事还没有得手，我们什么也不能谈。”

“这里面有六七个人，我非要让他们尝到点教训不可，”麦克默多咒骂道，“我猜想你们是为了追踪矿山的杰克·诺克斯，他很欠收拾。”

“不是他。”

“难道是赫尔曼·施特劳斯？”

“也不是他。”

“好吧，你们不肯说，我们也不勉强，可是我很想知道。”

劳勒摇了摇头，脸上带着微笑，却不肯开口说话。

尽管他俩缄默不言，斯坎伦和麦克默多却打定主意，要参加他们所说的“游戏”。所以，麦克默多有一天早上听到他们轻手轻脚下楼的声音，便叫醒了斯坎伦，匆忙将衣服穿好。这时房门大开，天还没亮，他们借助灯光，看到那两个人已经走到街上，麦克默多和斯坎伦便在厚厚的雪地上小心翼翼地尾随他们。

他们居住的寓所在镇子靠边缘的地方，那两个人急速走到了镇子外面的十字路口处。另有三人早在那里等候，劳勒和安德鲁斯与他们匆匆说了几句话，便一同走了。由此可见，势必是件重大的事情，不然不会需要这么多的人。有几条小径通往各个矿



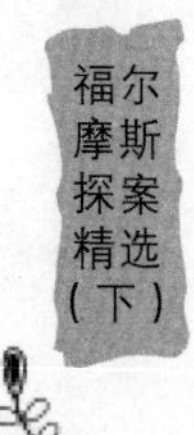

山，这几个陌生人走上一条通往克劳山去的小路。那里的矿山被一个能力很强的人掌握着，那个从新英格兰地区来的经理乔赛亚·邓恩有着十分旺盛的精力，他对任何事情都不畏惧，虽然一直以来都被恐怖笼罩着，但是他依然是秩序井然、纪律十分严明。

这时已经到了黎明时分，工人们开始慢慢上路去上工，有的独自一人，有的三五成群，沿着踩黑的小路走去。

**词语解释**

三五成群：三个、五个的人在一起；形容一伙一伙的人，几个人组成在一起。

混在人群之中的麦克默多与斯坎伦与他们跟随的人刻意保持着能够看得见对方的距离。一股浓烈的蒸汽腾空而起，随之传来一阵刺耳的汽笛声。这是开工信号，10 分钟后，罐笼就要降下竖井，一天的劳动要开始了。

他们到了矿山竖井四周空旷的地方，那里已经等待着上百名矿工了，寒冷的天气令他们不断地在原地跺脚，往手上不断地呵气。这几个陌生人站在机房附近。斯坎伦和麦克默多登上一个煤渣堆，可以从那里看到下面的所有情况。他们看到矿务技师从机房里走出来，吹响哨子，指挥罐笼降下去。这个留着大胡子的技师名叫孟席斯的，从英格兰来到这里。

就在这个时候，一个没有留胡子的年轻人匆忙朝矿井跟前走了过去，这个人的身材十分修长，动作很散漫，面部表情十分诚恳。他经过时，一眼看到机房旁边那群默不作声、站着不动的陌生人，这伙人把帽子压得很低，竖起大衣领子遮住脸。刹那间，这位经理预感到死神把冷酷的手伸向自己，但他马上把那种感觉抛在一边，恢复了自己的责任感。与几个闯进来的陌生人面对面地对视着。

“你们是什么人？”他一面向前走，一面问道，“干吗在这儿游荡？”

没人回答。那个叫安德鲁斯的小家伙走上前去，一枪就将他的肚子射中了。站在那里等候的上百名矿工吓得瞠目结舌，大气不敢喘，好像已经被麻痹了。那经理双手捂住伤口，弯下身子，跌跌撞撞走向一旁，这时另一个凶手开了枪，他侧身倒在地上，在一堆渣块间垂死挣扎。苏格兰人孟席斯见到这个情况，高声怒吼一声，将硕大的铁扳手举了起来，朝那个行凶者砸了过去，他的脸上即刻中了两枪，死在了他们的脚下。

这时一群矿工拥过来，人们喊出一片同情和愤怒的吼声，两个陌生人朝人群头顶上方接连开枪，把六发式左轮手枪的子弹都打光了，人群这才作鸟兽散，有的人没命地狂奔，一路跑回维尔米萨，逃回自己家。

之后，有几个十分有勇气的人重新聚集到一起，回到了矿山上。那一伙行凶者早就在清晨的薄雾中消失得无影无踪了。尽管他们在上百名目击者面前杀了两个人，但是却没有一个人能够描述出他们的面部特征。

斯坎伦和麦克默多转身上路回家。斯坎伦的心情有点抑郁，因为这还是他头一次目睹杀人行凶，而且并不像他们说的那么有趣。他们匆忙回到了镇子里，耳边一直是遇害经理的妻子撕心裂肺的哀号声。麦克默多心事重重，一声也没吭，不过见同伴如此懦弱，却也并未表示同情。

“这简直就是一场战争啊。”麦克默多不断地说，“难道我们与他们之间不就是在进行一场战争吗？无论在哪里，只要能回击的话，就一定要向他们进行回击。”

这天夜晚，帮会大厦的大厅里大肆狂欢，不仅为成功刺杀克劳山煤矿经理和技师庆祝胜利——由于这场胜利，被勒索的公司都吓昏了头，帮会可以对他们为所欲为了；同时，也是对帮会多年来取得的胜利的庆祝。

在县代表派出的5名得力人手成功地在维尔米萨完成了任务之后，他要求维尔米萨作为回报也要选

**词语解释**

瞠目结舌：瞠，瞪着眼睛；结舌，不敢说话的样子。瞪眼翘舌说不出话来。形容人窘迫或惊呆的样子。



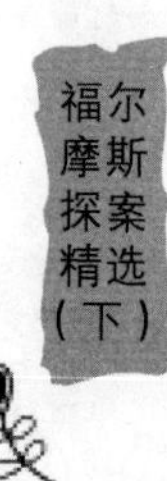

3个人到斯特克罗亚尔镇将威廉·黑尔斯干掉。黑尔斯是吉尔默敦地区一位知名的矿主，非常受人爱戴。他深信自己在世界上没有敌人。不论从哪方面看，他都是一个模范雇主。但是，他很讲求工作效率，他曾经将几个游手好闲、酗酒闹事的雇员辞退了，而被辞退的恰好就是帮会里的全能会员。尽管他们曾经把死亡威胁贴在他门外威胁他，但没有动摇他的决心。就这样，在一个自由文明的国度，他被人杀害了。

特德·鲍德温是这个谋杀小组里的领头人，将人杀死之后，他将四肢摊开，在帮主边上的荣誉席位上呈半躺的姿势。他面孔绯红，目光呆滞，眼睛充满血丝，显然没有睡觉，也没有饮酒过量。前一天晚上，他和两个伙伴在山里面过了一晚——他们一个个全都是蓬头垢面，一副疲惫不堪的模样。这群敢死队的英雄们完成任务归来之后，受到的是帮会会员前所未有的欢迎仪式。

**词语解释**

敢死队：如果一种职业比战场上的士兵还要危险，那就非敢死队莫属了。不可否认，敢死队在所有危险职业里面危险系数是最大的，不只因为他们必须随时随地拿真刀真枪与敌人搏杀，更关键的是，他必须机智勇敢地深入敌后，在敌人神不知鬼不觉的时候点中敌人死穴。

他们将自己的事迹不断地讲述着，博得众人的喝彩和放肆的狂笑。他们说，他们埋伏在陡峭的山顶上，守候在那个人黄昏骑马回家的必经之路旁。因为天气严寒，被害者身穿厚厚的毛皮衣服，结果根本没来得及掏出手枪就被他们拉下马，一连打了好几枪。在临死之前他还在尖叫着求饶。之后大家不断地模仿他那无助的求饶声，这成为了帮会会员的笑料。

“再跟我们学一下，他当时是如何惨叫的哇。”这些匪徒们不断地叫嚷着。

他们根本不认识这个人，之所以参与这里没完没了的凶杀事件，只是为了向吉尔默敦地区的死酷党人证明，维尔米萨的好汉信得过。

当时还有一件意外发生了——就在他们开枪射向这个僵卧的尸体上进行发泄之时，有一对驱车而来的夫妻出现在他们的视野。有人提议连这两个人一起干掉，可这是两个与矿山没有关系的人，不会危害他们，因此他们厉声命令这对夫妻不许声张，赶紧走开，以免遭到不幸。那具血肉模糊的尸体就这样被丢弃在大山里留着向铁石心肠的雇主们发出严重的警告，随后，这三名高贵的复仇者就在那熔炉和矿渣堆以外的荒野中消失了。他们得了手，安然无恙地返回来，同党们纷纷赞扬他们干得漂亮，喝彩声不绝于耳。

这是个死酷党人喜庆的日子。更加黑暗的阴霾笼罩在山谷上面。足智多谋的将军会选择战机加倍扩大战果，让敌军没有机会站稳脚跟。就在此时，一个更加阴毒的计划浮现在麦金蒂的脑海里，他要继续设计将那些反对他的人一一谋杀。就在这天晚上，喝得半醉的党徒们走散以后，麦金蒂碰了碰麦克默多的胳膊，把他引进最初见面的那间内室。

“我说，我的老兄，”麦金蒂说道，“您终于遇到了一件值得出马的事情了。您可以亲自将这件事情解决掉。”

“您这话让我感到骄傲。”麦克默多答道。

“您可以将曼德斯和赖利带者跟你们一起去。我已经吩咐过他们了。不除去切斯特·威尔科克斯，我们在这一地区就永远不能安心。倘若您能够将他解决掉的话，您得到的将会是产煤区所有分会对您的一致感谢。”

“好的，我一定竭尽全力去完成这件事。他是什么人，在哪里能找到他？”

麦金蒂把永远叼在嘴角半嚼半吸的雪茄拿开，从笔记本上撕下一张纸来，开始画一个草图。

“他是戴克钢铁公司的大工头，是个顽固的家伙，战时在海军陆战队当过上士，多次受伤，头发灰白。我曾经两次派人去干掉他，都失手了，吉姆·卡纳威还因此搭进去一条命。今年轮到您来接受这件事情了。这就是那所房子，在戴克钢铁公司的十字路口，四邻不靠，跟这张图上画的一样，谁也不会

**嵌记妙语**

只有除去切斯特·威尔科克斯党徒们才会得到安心，很显然他的存在给他们进行犯罪行动带来很大的威胁。麦金蒂总是把最危险的事情交给他的部下，倘若没有成功，行事者只能自认倒霉；倘若成功了，得到的只能是大家对他们的一致感谢而已。



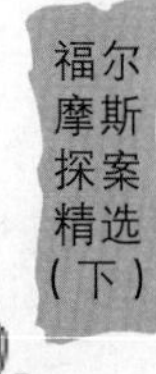

听到枪声。不要白天去，他警惕心很高，问也不问就会开枪，并且开枪射击既准又快。到了夜里，那里只有他和妻子、三个孩子和一个佣工。您要去干的话，就索性全都解决掉。您可以把一包炸药放在前门，用一根导火线慢慢引爆……”

“这个人干过什么？”

“我刚才不是说了吗，他把吉姆·卡纳威干掉了。”

“他为什么要枪杀吉姆呢？”

“这他妈跟您有什么关系？卡纳威那天夜里靠近了他的房子，他问也没问就开枪了，卡纳威就这么丧命了。够了，您我就谈到这里吧，您现在去把这事摆平。”

“还有两个妇女和小孩，连他们也一起炸死？”

“废话，要不我们怎么能把他干掉呢？”

“女人和孩子也干掉是不是有点残酷啊。”

“您说的这是什么话啊，难道您要改变主意？”

“您别急嘛，议员先生！我说过什么话，做过什么事，让您认为我会退缩，会不接受帮主的命令？无论是非都是由您来决定的。”

“那您去完成这活儿？”

“当然了。”

“什么时候？”

“啊，最好给我一两个晚上的时间吧，我需要看一看这所房子，之后再制订出一个谋杀的计划，然后我再……”

“很好，”麦金蒂跟他握了握手，“我把这事托付给您了。您带回消息时，就是我们庆祝胜利的时候。就差这一招他们就能够向我们卑躬屈膝了。”

麦克默多突然接到这个使命，不由陷入了沉思。切斯特·威尔科克斯居住的房子孤零零的，在邻近的山谷里，离这里有 5 英里左右。麦克默多就在这天夜里一个人去为这次暗杀做事前的准备工作。他

**词语解释**

卑躬屈膝：形容没有骨气，低声下气地讨好奉承。躬，弯腰；屈，弯曲。

侦查完情况回来时，天色已经很晚。第二天，他去见他的两个助手曼德斯和赖利。这是两个年轻鲁莽的人，他们开心得仿佛是要去围捕一头驯鹿。

两天后的那个夜晚，他们在镇子外面会合，三个人都带了武器，其中一人还带了一袋采石场用的炸药。当他们出现在这幢孤零零的房屋跟前的时候已经是凌晨两点钟了。夜里风势很猛，乱云飞渡，半轮明月时隐时现。他们唯恐有猎犬蹿出来，走得小心翼翼，手中的枪机头大张。但是耳边除了疾风怒吼的声音外没有其他的声响，除了那摇曳的树枝，没有任何动静。

麦克默多站在这所孤零零的房屋门外静听了一阵，里面寂静无声，便把炸药包放到门边，用小刀挖了一个小洞，点燃导火索后，他和两个同伙连忙逃走，趴在一道安全的壕沟里观看。随之传来的是震天响的爆炸声以及房屋倒塌的轰鸣声。他们完成任务了。这是这个社团血腥史上最为干净利索的一次谋杀行动。

然而他们的精心策划和大胆执行却是枉费心机！原来切斯特·威尔科克斯听闻很多人遇害，也很清楚死酷党人会对自己下手，在案发前一天就将自己全家搬到一个安全而又没有人知道的地方去了。那里还有一队警察防守。炸药炸毁的只是一所空房子，而这位刚毅坚强的老海军陆战队上士依然严格地管理着戴克钢铁厂的矿工。

**词语解释**

枉费心机：白白地费了一番心思。枉，白白地；心机，心思；计谋。

“等我来将他结果了，”麦克默多说，“这件事就交给我吧，即便是等上一年，我也一定会结果了他。”

**同步思考**

麦克默多所说能否实现呢？

帮会的人都对他表示感动和信任，这事就暂时结束了。几周之后报纸上新闻报道说威尔科克斯被人暗中枪杀了，内情是众所周知的——麦克默多将上次未完成的任务完成了。

这就是自由人帮会的手法，这就是死酷党人的行径。他们对这一广袤富裕的地区实行恐怖统治，长期以来，这里的人们一直生活在对他们的恐惧中。为



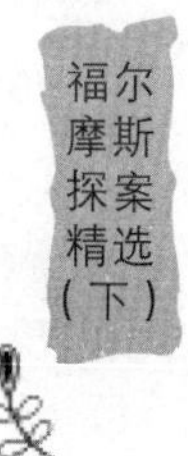

何还要使更多的罪恶事实不断地对报纸进行玷污？难道还有谁不清楚这些人以及这些人的犯罪手法吗？

这些人的罪恶行径已经被记入史册，人们可以从历史记载里读到详细情节。读者可以从中看到，他们还枪杀了警察亨特和伊万斯，因为他们竟斗胆逮捕过两个死酷党徒。这两件暴行的策划者都来自维尔米萨分会，并且，他们还在这两次谋杀中十分残酷地将两个孤立无援、手无寸铁的人杀害了。读者还可以读到，拉贝太太被枪杀，因为首领麦金蒂命人将她丈夫打得半死，她紧抱着丈夫不放；老詹金斯被害，不久他弟弟也惨遭杀害；詹姆士·默多克被害得肢体残废；斯塔普霍斯全家被炸死；斯坦德鲁斯惨遭杀害，这个寒冷的冬天，惨案接连不断地发生着。

恐怖山谷被阴影黑沉沉笼罩着。春天来了，溪水潺潺，草木萌发，被严冬压迫了一个冬季的大地终于挣脱出来；但在恐怖中饱受煎熬的百姓们却没有见到任何一丝希望。在他们眼里与心头，1875 年初夏带给他们的是黑暗的绝望。

## 第六章　危险

这个山谷已完全被恐怖统治了。帮会中，麦克默多已经升任为执事，日后极有可能成为麦金蒂的接班人；同伙们想要做什么都要征求他的意见，要是没有他的指点和协助，人们就觉得事情不可能成功。但是他在自由人帮会中的名声越大，当他走在维尔米萨街头之时就会遭到更多百姓的仇视。他们不顾恐怖的威胁，决心联合起来共同反抗这些欺压他们的人。死酷党已经得到密报：先驱报社举行过秘密集会，他们还向守法的平民分发武器。对此，麦金蒂和他的手下完全不在意。他们有着精良的武器，而且人多势众，态度强硬，对方却是一盘散沙，完全就是以卵击石。结果肯定跟过去一样，百姓只会空谈；就算帮会的人遭逮捕，最终恐怕还是无罪放人了事。这就是麦金蒂、麦克默多和那些蛮勇分子的说法。

每个周六晚上都是帮会聚会的日子。五月里一个星期六的晚上，麦克默多正要离开家去赴会，那个被人称作懦夫的莫里斯兄弟却前来拜访他了。莫里斯满面愁容，双眉紧锁着，他那慈祥的面孔显得越发瘦长和憔悴。

“我可以和您随便谈谈吗，麦克默多先生？”

“完全可以啊。”

“我没有忘记，那次我对您说过的心里话您没对别人说过，就连首领亲自来问您这事，您也守口如瓶。”

“我一定要对得起您对我的信任啊，但这并不代表我认同您的看法。”

“这我知道。不过我只有对您才敢说心里话，而且不怕泄露。现在我有一件秘密，”他把手放在胸前，说道，“它让我心急如焚。我自己倒不是很在乎，只愿这个秘密会对你们大家有帮助。假如我把它说出来，势必要出谋杀案件；如果我不说，那就可能招致我们全体覆灭。上帝啊，帮帮我吧，我简直不知道如何是好了！”

麦克默多恳切地望着他，只见他四肢颤抖。麦克默多倒了一杯威士忌酒给他。“这是给您这种人的良药，”麦克默多说道，“现在请您告诉我吧。”

莫里斯将酒喝了下去，原本苍白的面色逐渐恢复了红润。“一句话，您就能清楚明白。”他说道，“我们已经被侦探追查了。”

麦克默多望着他，露出一脸的惊愕。“嗨，伙计，您真是疯了！”麦克默多说道，“这个地方难道不是处处都有警察和侦探吗？这算得了什么啊？”

**词语解释**

蛮勇：强悍勇猛。
心急如焚：心里急得像火烧一样。形容非常着急。

“不，这人不是本地人。正像您说的，那些本地人，我们都熟悉，他们干不出什么名堂，可是您听说过平克顿的侦探吗？”

“我倒是听过几个侦探的名字。”

“好，我可以告诉您，他们追查您时，您可不要不在意。那可完全不是一家漫不经心的政府机构，相反，那是一家十分认真严谨的业务机构，会用尽一切办法将案件查出来的。假如一个来自平克顿的侦探要插手过问，我们就全完了。”

“我们必须杀掉他。”

“啊，这是您的第一反应！那就势必会在会上提出来的吧。我刚才就说过，结果一定是出谋杀案！”

“咳，杀人算什么？在此地不是极普通的事吗？”

“的确是这样，可我不能指着这个人让人把他杀死。倘若那样的话，我心里就无法安宁了。但是反过来，我们大家的性命也是有危险的啊。上帝啊，我该怎么办呢？”他身体前后摇动，左右为难。

**同步思考**

莫里斯所说的话把麦克默多打动了吗？

他所说的话将麦克默多深深地打动了。很显然，麦克默多对于莫里斯关于面临危险的看法是认同的，同样也认为应当面对这个危险。麦克默多抓住莫里斯的肩膀，真诚地摇晃他。

“我的伙计啊，”麦克默多显得非常激动，简直是喊叫出来的，“您在这里哭是一点用处都没有的。我们来分析一下情况。这个人是谁？他在哪里？您怎么听说的？您为什么来找我？”

“我来找您，因为只有您能指教我。我跟您提起过，在我来这里之前曾经在西部开过一家店铺，我在那里有一些好友，其中有一个是在电报局工作的，是他写信将此事告诉我的。这一页开头就写得很清楚，您自己看一下吧。”麦克默多读道：

*你们那里的死酷党人现在怎么样？在报上看到许多有关他们的报道。这个秘密不能告诉第三个人，我希*

望很快得到您在那边的消息。听说，有五家大公司和两个铁路局已经把这事当成头等大事处理了。他们是真的要采取行动了，您要坚信他们要是搞不出个结果的话，绝对不会善罢甘休的！他们要采取行动了。平克顿侦探公司已经奉命进行调查，其中的佼佼者伯尔第·爱德华兹已经在行动。那里的罪恶现在要得到制止了。

“请您读一下附言部分。”

当然，我告诉您的情况，是我从日常业务工作中了解到的，没什么进一步的情况了。他们使用的全都是一些我看不懂的密码。

麦克默多手里拿着这封信，露出漠然的神色，一声没吭坐了很久，一时觉得有一团迷雾在升起，仿佛面前出现的是万丈深渊。

词语解释

漠然：冷淡地对待，不关心。

“您是否将这件事告诉了其他人？”麦克默多向其问道。

“我没有跟任何人讲。”

“不过，您这位朋友有可能写信给别人吗？”

“啊，我敢说他还认识一两个人。”

“是帮会里的人吗？”

“极有可能。”

“我之所以要问这个，是因为他没准可以形容一下伯尔第·爱德华兹这个人。那我们就可以对其进行跟踪的行动了。”

“啊，这倒可以。可是我看他不认识爱德华兹。他也是从日常的业务中获取这个消息才告诉我的，他根本不可能认识平克顿的侦探啊。”

麦克默多猛然跳起来。

“天哪！”他喊道，“我一定要抓住他。要是我连这事都搞不清楚，那可太傻了！不过我们还算幸运！在他还没有给我们造成任何危害之前，我们要先下手搞定他。我说，莫里斯，您愿意把这事交给我处理吗？”

“那是自然啊，只要不牵扯到我就可以。”

“这个没问题。您别露面，让我来办。我是不会提及您的名字的，我自己来承担这件事情，就当这封信是他写给我的吧。这您满意了吧？”

“我正是这个意思。”

“那么，就谈到这里，您要保持缄默。我现在要到帮会里去了，用不了多久我们就会令这个老平克顿侦探后悔查办这件事的。”

“你们不会杀死这个人吧？”

“莫里斯，我的朋友，您知道得越少，您越可以问心无愧。您现在最好的做法就是去埋头睡觉，别再问其他事情了，顺其自然吧。这件事就交给我吧。”

莫里斯走时，忧愁地摇了摇头，叹道：“我觉得我的双手沾满了他的鲜血。”

“不管怎样，自卫都不能归为谋杀的，”麦克默多狞笑道，“这是一件不是他死就是我活的事情，不是吗？如果我们让他长久待在山谷里，我想他会把我们一网打尽的。呃，莫里斯兄弟，我们还要选您做帮主呢，因为是您真正救了我们整个死酷党。”

但是他的行动表明了尽管他在嘴上表现得相当强硬，但是心里面却不断地对这条新获得的消息进行认真的思考。要么是他良心觉得愧疚，要么是由于这家平克顿公司威名显赫，要么是他知道那些庞大富有的公司准会动手清除死酷党人，不管出于哪种考虑，他都在为最坏的情况作打算。他在离开家之前已经将所有的文字罪证尽数销毁了，完成之后才长长地吐了一口气，仿佛感觉这样就安全了。可他还是觉得危险压在心头。在去帮会的途中，他在老沙夫特家门外停下脚步。沙夫特禁止麦克默多进他家的门，麦克默多就轻轻敲了敲窗户，埃蒂出来迎接他。不安和残暴在那对爱尔兰人的眼睛里消失了，但是埃蒂从他那副严肃的表情里看出了隐藏着的危险。

“您一定是出事了！”埃蒂喊起来，“啊，杰克，

**词语解释**

缄默：闭口不言。
问心无愧：问，问问自己。愧，自问，毫无愧色。比喻没有做对不起别人的事。



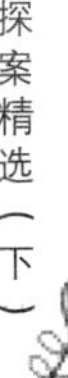

您准是遇到了危险！”

“不错，我亲爱的，不过并不是桩很坏的事。我们最好在事发之前搬家离开这里。”

“搬家？”

“以前我答应过您，说将来我要离开这里。这一天终于来到了。我今天晚上分别得到了一好一坏两个消息，我看我们是要遇到麻烦了。”

“是警察？”

“这个嘛，是个平克顿的侦探。不过，亲爱的，您不用打听到底是怎么回事，也不必知道这件事对我这样的人会怎么样。我已经深陷其中，但我保证我能迅速脱离出去。您不是说过只要我离开这里，您就跟我一道离开的吗？”

“啊，杰克，这会使您得救的。”

“我在有些事情上是个诚实的人，埃蒂。我无论如何不会伤害您美丽脑袋上的一根秀发。您就像是那端坐在云端金色宝座之上的仙女一样，我一直都是这样看您的，我绝对不会将您拖下凡间的。您相信我吗？”

埃蒂默默无言地把手放在麦克默多的手掌里。

“那好，您听我说，还要照我说的去做。这其实是我们唯一的出路了。我从心底里感到，山谷里要出大事了。我们中的很多人都需要提高警惕，我就是其中之一。反正我就是其中的一个。如果我离开，我要您日日夜夜都陪在我身旁！”

“我一定随后就去，杰克。”

“不不不，您一定要跟我一道走。万一我从山谷里离开的话，我就绝对不会再回来，或许我为了躲避警察的跟踪而失去通信的机会，我不会将您丢下的。您一定要跟着我一起离开这里。我原来住的那地方有个好心的女人，我把您安顿在那里，然后我们结婚。您愿意走吗？”

“愿意，杰克，我愿意走。”

**嵌记妙语**

埃蒂对突如其来的“搬家”感到很不安，她早就预料到跟杰克在一起是件很危险的事，但是还是这么坚持了下来。这时的她意识到杰克肯定是遇到麻烦了才决定带着自己离开这个哺育她的地方的，这让埃蒂觉得很为难。而杰克则想带着她浪迹天涯，这是一种自私的行为，并没有真正为他所爱的人着想。

**词语解释**

日日夜夜：每天每夜。形容延续的时间长。

“愿上帝保佑您，您是如此地信赖我！如果我辜负了您的信任，那我就是一个从地狱里钻出来的魔鬼了。埃蒂，现在听好了，只要您一接到我捎给您的口信就要将所有的东西都抛弃，直接到车站的候车室里面等着，我会到那里与你会合。”

“听到您的信儿，不管白天晚上，我一定去，杰克。”

麦克默多做好了出走的准备工作，心情稍稍舒畅了些，便向帮会走去。那里已经聚满了人。他回答了暗号之后，通过那戒备森严的外围警戒以及内部的警卫。大家见到麦克默多一进屋，便给予热烈的欢迎。长长的大厅里挤满了人，透过烟雾，他看到了帮主麦金蒂那乱作一团的乌黑长发，看到了鲍德温凶残而不友好的表情，看到了秘书哈拉威那张秃鹰般的面孔，还有帮会中的十几个领导人物。见到全都在这里，麦克默多很开心，可以将刚得知的消息商议一下了。

“我们见到您都很高兴呢，我的兄弟！”麦金蒂高声呼喊着，“这里正有件事情需要得到所罗门的公正裁决。”

“是兰德和伊根，”麦克默多坐下后，邻座向他解释说，“他们两人去枪杀斯蒂列斯镇的克雷布老人，两个人都抢着要帮会的赏金，您来说说究竟是谁开枪击中的？”

麦克默多站起了身子，将手举了起来。他的面部表情令大家全都很吃惊。大厅里顿时一片死寂，人们等着他开口。

“高高在上的帮主，”麦克默多的说话的口气异常庄重，“我有一件要紧的事情需要报告！”

“麦克默多兄弟有要紧的事要报告，”麦金蒂说，“按照帮会的规定，自然应该优先讨论。兄弟，我们就先听您的叙述了。”

麦克默多从衣袋里掏出那封信。

“显赫的帮主和诸位弟兄，”麦克默多说道，“今



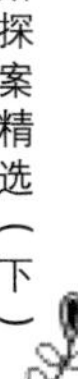

天，我带来一个不幸的消息。但幸好我们是事前得知此事的，让我们还有讨论的时间，比起毫无准备就遭到围堵要强上不少了。我得到通知说，国内那些最有钱有势的组织已经联合起来，准备消灭我们。有一个平克顿侦探公司的侦探已经开始行动，这个人名叫伯尔第·爱德华兹。他现在已经到山谷里来搜集我们的罪证了，他想要将我们中许多人的脖子上都套上绞索，还想把我们一一送进重罪犯的牢房。所以我说有紧急事要报告，请大家讨论。”

室中顿时鸦雀无声，最后还是帮主麦金蒂打破了沉寂。

“您是否有什么确切的证据，我的兄弟！”麦金蒂问道。

“这是我收到的信件，所有的情况，信里面都写得很清楚了，”麦克默多说道。他高声把那一段话读了一遍，又说，“我要守信用，不能再把这封信的详细内容都读出来，也不能把信交到你们手里，但我敢向你们保证，信上没有其他与本会利益有关的事了。我接到信的第一件事就是到帮会里来通知诸位。”

“请允许我说一句话，会长，”一个年纪比较大的弟兄说道，“伯尔第·爱德华兹这个名字我是听过的，他是平克顿私家侦探公司里面最著名的侦探了。”

“有人见过他吗？”麦金蒂问道。

“有，”麦克默多说道，“我见过。”

顿时，大厅里面爆发出众人惊诧不已的嗡嗡声。

“我相信他攥在我们的手心里，”麦克默多露出喜悦的笑容，继续说道，“假如我们动手快，干得漂亮，很快就能把这事解决掉。倘若诸位相信我，并且给予我一些帮助的话，我们就没有什么可以畏惧的了。”

“我们没有必要害怕啊，他不会知道我们的事情的。”

“议员先生，如果大家都像您这么坚定，您这

词语解释

攥：用手抓住、抓稳、抓紧或握住。

话当然没错。可这个人有那帮资本家的千百万资本作后盾。您是否能够保证我们帮会里的兄弟各个意志坚定，不会被他收买？他会搞到我们的秘密，没准已经把秘密搞到手了。现在只有一种可靠的对策。”

“那就是别让这个人活着离开我们的山谷！”鲍德温说道。

麦克默多点点头。“说得好，鲍德温兄弟，”他说道，“尽管我们之前在意见上有过不一致的时候，但是今晚您说的话我十分赞同。”

“他究竟在哪里呢？我们在哪里能够将其找到？”

“显赫的帮主，”麦克默多热情洋溢地说道，“我要向您建议，这对我们是一件生死攸关的大事，不便在会上公开讨论。我并不是不信任在座的哪位弟兄。但是那个侦探只要听到一点风声，我们就会丧失抓住他的所有机会了。我要求帮会选择一批最可靠的人。请允许我提议，议员先生，您自己算一个，还有鲍德温兄弟，再找五个人。然后我就可以将我所知道的一切全都说出来，并且还会谈一谈我的计划。”

**词语解释**

热情洋溢：热烈的感情充分地流露出来。

麦克默多的建议马上被采纳了。选出的人员除了麦金蒂和鲍德温以外，还有面如秃鹰的秘书哈拉威、老虎科马克、年轻凶残的杀人凶手司库卡特和亡命徒威拉比两兄弟。

帮会里惯常的狂欢就这么草草结束了，大家的心头被一层乌云笼罩着，很多人还是第一次感觉到他们在这片天空下生活了这么长的时间，现在竟然会飘来一片复仇的云彩——法律的云彩。他们把恐怖施加给他人，自以为并不会遭到报应，如今危险临头了，才感到大吃一惊。聚会早早散场，头领们留下来议事。

**嵌记妙语**

淘金时期，法律有时是非常无力的，然而一旦法律被执行，就会起到惩恶扬善的作用。

当帮会里只剩下几个人之后，麦金蒂开口说：“您现在可以开始说了，麦克默多。”七个人一动不动地坐在座位上。

“我刚才说过我认识伯尔第·爱德华兹，”麦克默多解释说，“我不说你们也知道，他在这里用的是个化名。这个人的勇气很大，但是却不是个鲁莽之人。他所用的化名是史蒂夫·威尔逊，现在就在霍布森区住。”

“您怎么知道的？”

“因为我跟他说过话。那时我没有想到这些，要不是收到这封信，我连想也不会再想这件事了。可现在我确信，他就是那个人。我星期三去霍布森区办事的时候在车上曾经遇见过他。他说他是个记者，当时我相信了他的话。他说他要为纽约一家报纸写稿，想知道有关死酷党人的一切情况，还要了解他们所谓的‘暴行’。他问了我很多问题，说是想了解一些相关情况。你们当然相信，我什么也没泄露。他说：‘如果我能得到对我编辑工作有用的材料，我愿出重金酬谢。’我找了一些他或许最喜欢听的话说了一遍，他给了我 20 元纸币作为我透露这些的报酬。他又说：‘如果您能把我所需要的一切告诉给我，那我就再加 10 倍酬金。’”

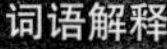
词语解释

酬谢：用金钱、礼物、酒席等表示谢意。

“那么，您告诉他些什么？”

“我可以虚构出任何材料。”

“您又是怎么知道他不是一个真的记者的？”

“听我跟你们说，他在霍布森区下了车，我也跟着下了车。我看到他从电报局里面走了出来，我就走进去了。”

“报务员说道：‘看哪，这种电文，我看我们真该加倍收费才对。’我说：‘我想你们是该加倍收费。’我看到了他在电报上所发的东西，但是我却完全看不明白，仿佛就是中国的汉字一样。这个职员还说：‘这人每天都来发一份电报。’我说：‘这是他为报纸写的特别新闻，准是怕别人知道。’当时，那个报务员和我都是这么想的。但是现在我却不这么认为了。”

“天哪！我对您的话十分赞同，”麦金蒂说道，“您觉得我们应当怎么办呢？”

“干吗不立刻干掉他呢？”有一个党徒提议说。

“没错，越早行动越好。”

“要是我知道他住在哪儿，我早就除掉他了。”麦克默多说，“我只知道他在霍布森区，可不知道他的住处。但是，如果你们愿意接受我的建议的话，我倒是有一个成形的计划。”

“哦，什么计划？”

“明天早晨我就去霍布森区，通过报务员找他。我想，他能打听出这个人的住处。我然后告诉他我就是自由人帮会的会员。只要他愿意出高价的话，我愿意将帮会的秘密全都跟他说。他准会同意。到时候我就告诉他，材料在我家里。因为到处都有耳目，不便让他白天来我家。他自然懂得这是个起码的常识。我跟他约好晚上10点钟到我家里来看材料，他准会上钩。”

“然后呢？”

“剩下的事你们自己看着办吧。寡妇麦克纳马拉家的房子周边没有其他的房子，她也没有可交往的邻居。她完全值得你们信赖的，并且，她的耳朵聋得简直就像是一根木桩。只有斯坎伦和我住在她那所房子里。如果他答应来，我就通知你们，你们7个人9点钟到我那里去。我们把他弄进屋里。如果他竟然还能活着离开那里的话，那他后半辈子就可以大吹特吹自己的好运气了。”

词语解释

信赖：信任并依靠。

“如果我没弄错，平克顿侦探公司可能会有一个空缺了。”麦金蒂说道，“就谈到这里吧，麦克默多。明晚9点钟我们上您那儿去。您只需要在他走进来之后关上门，剩下的事情就不用您操心了。”

## 第七章　诱捕

麦克默多说得没错，他住的房子周围一户人家都没有，非常适合进行他们所策划的这项犯罪活动。房子位于镇子最外面，又离大路很远。若是作其他案子，杀手只要按老办法把要杀的人叫出来，把子弹射向他就大功告成了。但是这一次，他们想知道这个人究竟获悉了多少秘密，又是如何获得这些秘密的，他又给他的雇主传送过多少情报过去。

如果他们动手太晚，对方已把情报送走了。假如这事不幸发生了，他们至少可以向送情报的人复仇。但他们希望这个侦探还没弄到什么非常重要的情报，否则，他就没必要不厌其烦地记下麦克默多捏造的那些毫无价值的废话了。但他们还想从他的嘴里亲耳听到这些话。只要将这个人抓住，他们就有让他开口说话的办法，这对他们而言很简单。

麦克默多到霍布森区后，这天早晨警察似乎很注意他，正当麦克默多在车站等候时，那个自称在芝加哥就和他是老相识的马文队长，竟然和他打起招呼来。麦克默多并不愿意和他有过多的交涉，便转身离去了。麦克默多这天中午将任务完成之后返回帮会中去见帮助麦金蒂。

“他要来。”麦克默多说道。

“好极了！”麦金蒂说道。这位巨人只穿着衬衫，马甲下露出的表链闪闪发光，钻石别针尤其光彩夺目。这位首领既开着酒吧同时又玩着正事，金钱和权势全都有了。然而，前一天晚上，他脑子里闪过了监狱和绞架的阴影，令他心里十分恐惧。

“您感觉他是不是已经掌握了非常多的情况啊？”麦金蒂显得十分焦虑。

麦克默多阴沉着脸摇了摇头，说道：“他已经来了很长时间，至少有6个星期了。我看他还没有到我们这儿来收集他需要的东西。如果他有着铁路资本作为他的后盾，同时又在我们之间活动了这么长的时间，想必他肯定早就有不少的收获，而且早

**词语解释**

情报：是指被传递的知识或事实，是知识的激活，是运用一定的媒体（载体），越过空间和时间传递给特定用户，解决科研，生产中的具体问题所需要的特定知识和信息。

**同步思考**

麦克默多有什么进一步的打算或计划吗？

就将消息传出去了。”

“我们帮会一个意志薄弱的人也没有，”麦金蒂高声喊道，“每个人都像钢铁一样坚强可靠。不过，天哪！还有那个可恶的莫里斯。他的情况怎么样？如果有内鬼的话就一定是他。我预备派两个弟兄天黑之前去狠狠地教训他一番，看看能够从他那里得到什么样的消息。”

“嗯，那倒无妨。”麦克默多答道，“不过，我不否认，我喜欢莫里斯，不忍心看他受到伤害。尽管他曾经向我透露过几次关于帮会的事，尽管他与你我有着不同的看法，但是他不像是那个告密的人。不过我不该干涉你们之间的事。”

“我势必要把这个老鬼解决掉！”麦金蒂发誓道，“我早就开始注意他了。”

“您对这些事知道得最清楚，”麦克默多答道，“但是，不管您怎么做，一定要等到明天再说，搞定平克顿这件事之前，我们必须收敛其他活动。今晚的行动事关紧要，千万不能将警察惊动了。”

“您说得对，”麦金蒂说道，“挖出伯尔第·爱德华兹的心脏之前，我们要弄清他到底是从哪儿得到消息的。他不会将我们的圈套识破了吧？”

麦克默多笑了起来。“我认为我已经抓住了他的弱点了，”他说道，“他为了能够掌握死酷党人的踪迹，会无所不用其极的。并且，我已经得到了他支付的酬金了，”麦克默多笑着掏出一沓钞票给大家看，“他答应说，看到我的全部文件后，还要给更多的钱。”

“什么文件？”

“嗨，哪里有什么鬼文件啊。可我告诉他说，帮会的章程、规章制度、所有会员的登记表都在我手里。他想着将这所有的秘密都弄到手之后就从这里离开。”

“想得真好哇，”麦金蒂咧开嘴笑道，“他没

**词语解释**

圈套：指使人上当受骗的计策。

问您为什么不把文件带去给他看？”

“我跟他说原本我就是个受到怀疑的人，何况这几天马文队长还在车站上跟我说过话，我不敢把文件带出来！”

“嗯，那事我听说了，”麦金蒂说道，“我认为您能担当这一重任。我们解决了他之后，可以将他的尸体随便扔到一个破旧的矿井之中。不过不管怎么干，我们也没法瞒过住在霍布森区的人，况且您今天还去过那儿。”

麦克默多耸了耸双肩，说道：“只要我们手段巧妙，他们就抓不住这桩杀人案的证据。天黑之后不会有人见到他曾出现在我寓所附近的，我一定会将事情安排妥当，不让别人瞧见他。现在，议员先生，我把我的计划跟您说一下，其余的安排由您来做。大家要在合适的时机一道来。好的。他10点钟来的时候会敲3下门，我会出去给他开门，等到他进门之后，我会把门关上。他就成了我们的囊中之物了。”

“这倒很容易。”

“没错，不过下一步就得谨慎了。他并不是一个十分好对付的家伙，并且，他的身上还有很多武器。我倒是骗过他了，但他很可能非常警惕。他本来以为屋里只有我一个人，要是直接把他带到那间屋子，里面却坐着7个人。他一定会开枪的，我们的人或许还有受伤的可能。”

“对。”

“并且警察会被枪声吸引过来的。”

“我非常赞同您的说法。”

“我的安排是这样的。你们大家都坐在大屋子里，就是您跟我谈过话的那间屋子，我给他开门后，把他让进门厅，让他坐在那里，我去取材料，趁机把情况告诉你们。我随后会将几张伪造的材料给他，等到他阅读材料之时我跳过去将他的手抓住，让他

**词语解释**

囊中之物：囊，口袋。口袋里的东西。比喻不用费多大力气就可得到的东西。

没有办法将他的枪掏出来。你们听到我喊叫，就尽快跑过来，他那个人跟我一样健壮，我一定竭力坚持，保证坚持到你们来到。”

**嵌记妙语**

作为帮会的头头，麦金蒂很会诱导他的部下心甘情愿地为他做事，向麦克默多让位只是他随口说出来的话，是他经常使用的手段；刚刚入会不久的麦克默多，他忠实于他的上司麦金蒂，对于麦金蒂的赞扬心里感到美滋滋的。他回到家中便开始为这严酷的夜间行动做准备了。

“这个计划非常不错，”麦金蒂说道，“帮会一定会记住您的这次功劳的，等我卸任之时一定会提名你来接任我的。”

“我只不过是一个刚刚入会的新成员啊，议员先生。”麦克默多虽这么说，可他听了这位大人物的赞扬，显然十分中意。

回到家中的麦克默多为了这个严酷的夜晚做着精心的准备。麦克默多首先把他那支史密斯威森牌左轮手枪擦拭干净，上好润滑油，装填好子弹，然后检查了一下即将诱捕这位侦探的门厅。这间门厅十分宽阔，门厅中间有一张很长的大桌子，桌子的边上是一个大铁炉。门厅两旁都是窗户，窗户外面没有百叶窗，里面挂着浅色窗帘。他肯定想到了要想在这里进行秘密行动的话，恐怕有点太明显了。好在这里远离大路，不至于引起其他人的关注。最后麦克默多找他的室友斯坎伦商量，斯坎伦虽然是个死酷党徒，不过却是一个于人无害的小人物，他性格太软弱，不敢反对同伙的意见，有时被迫参加一些血腥的暗杀勾当，私下却害怕得要命。麦克默多把计划做的事简要告诉了他。

“麦克·斯坎伦，如果我是您的话，一定会找其他地方睡上一夜，免得给自己招惹麻烦。这里天亮前一定会发生惨案的。”

“说真的，伙计，”斯坎伦答道，“我倒是有愿望，可就是没胆量。咱们那次去很远的那家煤矿，我亲眼看到邓恩经理被害，几乎看不下去了。我可比不上您或者是麦金蒂的胆量。如果我不会被帮会小瞧了的话，我就按照您的说法去做，今晚的事情留给你们来应付吧。”

麦金蒂等人如约赶来。他们的外表都很体面，衣着也高贵整洁，可是一个善于观察相貌的人可以从他们紧闭的嘴角和凶残的目光中看出，伯尔第·爱德华兹要想逃脱简直毫无希望。屋子里的人全都是双手沾满鲜血的人，他们各个冷血无情，杀人如同屠夫杀羊。

当然了，不管是从外貌来说还是从所犯下的罪行，这个首领是最令人不寒而栗的了。秘书哈拉威是个骨瘦如柴的人，心狠手辣，长长的脖子瘦得只剩一张皮包着骨头，神经紧张，四肢痉挛。他很在意帮会的资金来源，却不管得来的是否合法有道。司库卡特是一个中年男人，他十分冷酷冷血，一脸的死气沉沉，皮肤黄得就如同是羊皮纸一样，他是一个非常有能力的组织者，他几乎参与了所有犯罪的细节安排。威拉比两兄弟是帮会的尖牙利爪，他们个头高大，年轻力壮，手脚灵活，神色蛮横。老虎科马克也是个年轻人，粗眉大眼，肤色黝黑，就连帮会里的同伙对他凶残的秉性也畏惧几分。就是这几个家伙要在这天夜里将平克顿的侦探在麦克默多家里干掉。

主人把威士忌摆上桌子，这帮家伙立刻开始举杯畅饮。鲍德温和科马克喝了个半醉，凶残面目在酒后更加暴露无遗。夜晚依然是非常寒冷的，科马克在火炉上面不断地烤着自己的双手。

“他妈的没问题。”他一开口就是脏话。

“没错，”鲍德温附和道，“只要他来，我们就能逼他吐出真相来。”

“我们一定会让他全都招出来的，没必要担心。”麦克默多说道。这个人天生一副铁石心肠，这么大的事落在他肩上，可他依然像往常一样冷静，显得漫不经心。其他人不禁为此喝彩。

“只有您这样的人才能够对付得了他，”帮主麦金蒂表示赞许地说道，“他在没有任何预兆的情

**嵌记妙语**

他们终将为自己所做的事付出代价。

**词语解释**

心狠手辣：心肠凶狠，手段毒辣。



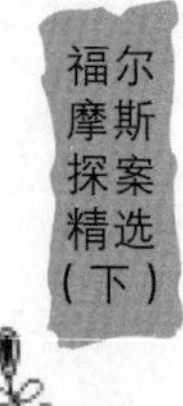

况下就能让您将喉咙掐住。可惜您的窗户外面没有百叶窗。”

麦克默多走过去，把一张张窗帘都拉严，说道：“这个时候，肯定没人来窥探我们。时间也快到了。”

“他不会不来了吧，难道他察觉到什么了吗？”那位秘书说道。

“别担心，他会来的，”麦克默多答道，“咱们急着要见他，他也巴不得赶快来呢。你们听！”

几个人顿时动也不动，好像是一群蜡人，有几个人正要喝酒，此时也都将杯子举在嘴边不动了。只听门上重重敲了 3 下。

“嘘！”麦克默多举手警告，大家按捺住心头的喜悦，相互扫视着，手都握住藏在身上的手枪。

**词语解释**

按捺：压下去，控制，多用于口语表示抑制，忍耐。也作按纳。

“一定不能出声，以免丧命！”麦克默多小声说着从屋子里走出去并十分小心地将门关上。

一群行凶者全都竖起了耳朵，认真地听着。他们数着自己这位伙伴走向过道的脚步声，听到他打开外面的门，好像说了几句寒暄话，然后是一阵陌生的脚步声和一个不熟悉的声音。门在顷刻之间关闭了，随之而来的是钥匙将门锁住的声音。猎物已经被牢牢地关在了他们预先设置好的牢笼里。老虎科马克一阵狞笑，首领麦金蒂连忙伸出大手捂住他的嘴巴。

“别出声，您这蠢货，”麦金蒂压低声音说道，“您要坏我们的事了！”

邻室中传来含混不清的低语声，谈个没完，令人难以忍耐。随后，门开了，麦克默多走进屋里，将自己的手指压在嘴唇上面。

走到桌子一头的麦克默多向他们进行了一圈扫视。他面部发生的变化令人看不明白。只见他神情坚决果敢，态度像个处理要事的大人物，眼镜片后面，两只眼睛闪烁着激动的光芒，俨然像个领导人。这一群人十分焦急地望着他，但是他却不出一声，照旧对他们打量着。

“嘿，”麦金蒂终于忍不住喊起来，“他来了吗？伯尔第·爱德华兹来了吗？”

“他已经来了，”麦克默多不慌不忙地回答道，“伯尔第·爱德华兹就在这儿。我就是伯尔第·爱德华兹！”

**嵌记妙语**

麦克默多要实施他的计划了，这真是一个大胆的计划，特别是要面对像麦金蒂那样一伙残暴的帮会成员。

短短一句话令屋子里面的空气顿时凝固了，足足10秒钟的时间这个屋子里寂静得可怕，只能听到水壶在火炉上面发出的沸腾声。7张惨白的面孔扬起来，望着这个俯视他们的人，大家惊恐得一动也不敢动。紧接着，只听得一阵窗玻璃的破裂声，无数闪闪发亮的步枪枪筒从窗口伸进来，窗帘全被撕了下来。

首领麦金蒂见到这样的情境马上像一头受了伤的熊一般，大声咆哮着向那半敞着的大门冲去。一支手枪正在那里瞄着他，矿警队长马文两只严厉的蓝色大眼睛正在门后面盯着他。这位首领只好退回来，瘫倒在座位上。

“您现在所在的地方还是比较安全的，议员先生，”他们一直视作是麦克默多的那个人对他们说道，“还有您，鲍德温，如果您还是不放开您的手枪的话，就不要怪刽子手不讲情面了。把手拿出来，不然，我发誓只好……放在那里，行了。这所房子已经让40名武装人员包围了，有没有逃走的机会，你们自己想。马文，缴他们的械！”

**词语解释**

刽子手：刽子手或行刑者是古代对于从事直接处决犯人职业的人的一种称呼。刽子手也可以用来当作骂人“卑劣”的意思，也泛指镇压人民、屠杀人民的专制统治者的爪牙。

他们面对着如林长枪的威胁，完全没有反抗的能力。这些人全被解除了武装，他们个个面色阴沉、胆怯驯顺、惊愕不已，依然坐在桌子周围。

“我想在你们离开之前跟你们说几句话，”诱捕他们的人说道，“我觉得咱们是不会再见的，但是，将来你们会在法庭上的证人席中再次见到我的面孔。我想让你们回顾一下今天以前的事情。你们现在知

嵌记妙语

故事到这里，读者们不禁为“麦克默多”这个人物的命运松了一口气，也为作者设置的巧妙的“故事圈套”啧啧称叹！

道我是谁了。终于可以让你们光明正大地看一看我的名片了。我就是平克顿的伯尔第·爱德华兹。人们选派我来破获你们这个匪帮。我跟你们在一起玩了一出十分危险的游戏。就连我最亲近的人都不知道我是在这里玩这场危险的游戏。只有这位马文队长和我的几个雇主知道。谢天谢地，这事到今天晚上总算结束了，我获胜了！”

7张绷得紧紧的无比惨白的面孔仰视着面前说话的人，无法抑制的仇恨从他们的目光中喷射出来。爱德华兹看出他们神情中无情的威胁。

“也许你们认为这场游戏还不算完，那我倒愿意冒一冒险。不过，你们许多人的手不会伸得太远了，除了你们自己以外，今晚还有60个人要被捕入狱。我不得不说，在我接受这桩案件之时完全没想到会有这样帮会的存在，我原本以为是报纸上乱说的呢，我原本是想到这里来证明天下原本没有这种荒谬之事的。他们告诉我说，这里的事跟自由人帮会有关系，于是我就到芝加哥入了会。可我发现这个社团在那里的组织只行善不作恶，我便更加确信那纯粹是报上的无稽之谈了。

“但我还是要继续完成我的使命到这个产煤的山谷中来。一到这地方，我就清楚我过去想错了，那完全不是拙劣的传说故事。于是我便留下来观察。在芝加哥我根本没杀过人，我一生中也从来没有伪造过钱币。你们从我那里得到的钱币全部都是货真价实的，这些钱花得简直是太值得了。我很清楚应当如何迎合你们的心理，所以我编造说我是一个杀人犯。结果一切计划都奏效了。

“就这样，我加入了你们那个地狱般的帮会，我参加你们的仪式。可能人们会说我跟你们一样坏，他们爱怎么说没关系，只要我能抓住你们就行。但真实情况怎么样？我参加了那天晚上你们毒打斯坦格老人的事件。原因是我没有足够的时间警告这个老人。可是，鲍德温，您几乎打死了他，是我拉住了您的手。为了能在你们之间保持我的地位，我曾经提过一些建议，而那些事情都是我能够进行预防的。我没能拯救邓恩和孟席斯，因为我事先完全不知道，然而我会看到杀害他们的凶手被送上绞架的。因为我已经对切斯特·威尔科克斯进行了警告，因此，当我去炸他的家之时，他和他的家人已经逃到安全的地方去了。有许多犯罪活动我没能制止，可是只要你们回顾一下就知道，为什么你们要害的人回家时走了另一条路，要么你们在外面追捕他，他却留在镇子上，要么你们以为他会出来，他却待在屋里不出门，想想那些情况，你们就知道这正是我做的。”

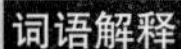

词语解释

绞架：亦称“绞刑架”。旧时一种刑具。在架子上系绞索，把人缢死。

“你这个叛徒，简直太该死了！”麦金蒂恨得咬牙切齿，破口大骂。

“嘿，杰克·麦金蒂，如果觉得骂人能够将您的痛苦减轻一点的话，那就继续骂下去吧。你们这帮人是上帝和本地居民的死敌，需要有人到你们中间和受你们蹂躏的人中间来了解情况。只有采取我的方法才能将目的达到。我在你的嘴里是叛徒，但是在其他成千上万人的嘴里却是救命恩人，因为是我将他们从监狱里面拯救了出来。我花费了3个月时间，在当地调查全部情况，掌握每一个人的罪恶和每一件秘密。如果不是得知我的秘密已经泄露出去我还要再等一阵子才动手呢。因为镇子上的人接到一封信，会给你们敲响警钟。所以我不得不采取行动，并且是越快越好。

“我的话已经说完了，最后，我再说一句，等到我临终时，想到曾经在这个山谷里面完成的这项任务，我一定会走得十分安详的。现在，马文，我不再耽搁您了。把他们都抓起来带走。”

这个故事还有一点儿情节要交代。斯坎伦接受

使命，给埃蒂·沙夫特小姐送去一封蜡封的短信，斯坎伦接受了这项使命，眨巴一下眼睛，脸上露出会意的微笑。第二天清晨，一个年轻貌美的女子和一个遮盖得十分严实的男人在火车站出现了，他们乘坐铁路公司派出来的特别快车，一路也没有停留地从这个危险的地方开走了。这便是埃蒂和她的情人在这恐怖山谷的最后行踪。10 天之后，由沙夫特担任他们的证婚人，两个人在芝加哥举行了婚礼。

**词语解释**

会意：从字面意义上解释，是主体与客体间的一种心灵上的相通，精神上的相通而共悦的心理反应现象。从汉语构字的角度看，是造字的一种用法，例如人站在树旁会意为“休”息。

骨气：体貌气质。后多指刚强不屈的人格及操守。

那帮死酷党人被押解到远方接受审判，以免其党徒威胁那里的司法人员。他们的搭救行动终归枉然。为了营救帮会的党徒，他们白白将敲诈来的钱财全都花光了，最后还是一无所获。控诉书口吻冷静、文理清晰、证据确凿，因为撰写人熟知他们的生活，掌握这个组织和每一项犯罪活动的每一个细节，尽管他们的辩护人绞尽脑汁，也无法挽救他们灭亡的命运。过了这么长时间，死酷党人帮会终于被粉碎，帮会的分子也被枪毙，笼罩在山谷里面的恐怖阴云烟消云散了。

麦金蒂在绞架上结束了生命，临刑前又是求饶又是哀号，一副没骨气的德行。他的 8 名从犯也处以死刑。另外还有 50 多名死酷党的党徒受到了不同程度的法律制裁。至此，伯尔第·爱德华兹的使命最终完成。

但是，如他们所料想的那样，这场游戏并没有收场。未来还有别的把戏要耍，而且一个完了接着一个。首先是特德·鲍德温逃脱了绞刑，其次是威拉比兄弟二人，还有这伙人中其他几个凶狠残暴的家伙也没有上绞架。他们仅仅就只在监狱里面蹲了 10 年的时间就被释放出来了。爱德华兹深深了解这些人，他知道只要这些人一出狱，自己平静的生活就会结束。这些凶残的死酷党徒发誓要为自己的同党报仇雪恨，一定要将爱德华兹置于死地！

有两次，他们在芝加哥追杀他几乎得手，毫无疑问，第三次会接踵而至。爱德华兹无奈之下离开了芝加哥。他更名换姓从芝加哥躲到加利福尼亚。爱德华兹的妻子埃蒂·爱德华兹在那个地方去世了，这令爱德华兹的生活瞬间失去了原有的乐趣。又有一次，他险遭毒手，便再次更改名字，改姓道格拉斯，在一个偏僻的峡谷里跟一个名叫巴克的英国人合伙经营金矿，攒了一大笔财富。最终他发现那个凶残的猎犬又穷追不舍地跟来了。他只能匆忙地逃到了英国。后来约翰·道格拉斯再次结婚，娶了一位高贵的女子，在苏塞克斯郡过了5年绅士生活。结果，这段平静的生活又被那个离奇的案件给打破了。

## 第八章　尾声

警署审讯完毕，约翰·道格拉斯案转到了法院。地方法庭判定道格拉斯属于自卫行为，当庭宣布将其无罪释放。

“我要竭尽所能让他从英国离开，”在福尔摩斯给他妻子的信里面，这样写着，“这里的恶势力太多了，或许会比他逃离的那个地方更加危险无比。您丈夫在英国得不到安全。”

时间过去有两个月了，我们把这件案子渐渐淡忘了。可是一天早晨，我们收到一封莫名其妙的信。信上只有简单的几个字：“上帝啊，福尔摩斯先生，上帝！”既无地址，又无署名。我觉得这几句离奇古怪的语句十分好笑，但是福尔摩斯的眼睛里透露的却是无比的严肃。

**嵌记妙语**

一个案件相隔了两个月的漫长时间，在它几乎被人们忘记的时候，再次提上了日程。一封匿名信及其里面古怪的话，对于华生来说是件很莫名其妙的事，然而福尔摩斯却想起了更换了姓名却仍然处于危险中的道格拉斯，脸上露出严肃的表情。

“暴行，华生！”福尔摩斯双眉紧锁，长时间坐在那里。

夜已经很深了，我们的女房东赫德森太太进来通报说，有一位绅士说有重要的事情要见福尔摩斯

先生。房东太太刚刚离开，塞西尔·巴克——这个我们在伯尔斯通庄园结识的朋友随即就走了过来。他面色阴郁，形容憔悴。

“我带来个坏消息，是个可怕的消息，福尔摩斯先生。”巴克说道。

“我正为此而感到无比的焦虑不安呢。”福尔摩斯回答他的话。

“您没有接到电报吗？”

“我收到了一个人给我写来的信件。”

“可怜的道格拉斯。我从他们那里听说他原名叫爱德华兹，但是对于我而言，他永远都是那个贝尼托峡谷的约翰·道格拉斯。3星期以前，他们夫妇二人一起乘巴尔米拉号轮船到南非去了。”

“不错。”

“昨夜这艘船已驶抵开普敦。我今天上午，收到了道格拉斯夫人发来的电报，电文说：

约翰在狂风中于圣赫勒拿岛附近不幸坠海。这起事故如何发生的，无人知晓。

艾维·道格拉斯

“哎呀！原来如此！”福尔摩斯若有所思地说道，“嗯，有一点我可以断定，就是有人在背后进行过极为周密的安排和精心部署。”

**词语解释**

若有所思：若，好像。好像在思考着什么。思，思考。形容静坐沉思的样子。

“您是说，这并非是一起意外事故？”

“在这个世界上，绝对不可能发生这样的意外事故。”

“他被人谋杀了？”

“当然了！”

“我也是这么认为的。这些罪恶深重的死酷党人，他们简直就是万恶的巢穴啊……”

“不，不，我的好先生，”福尔摩斯说道，“这里另有一个主谋的人。这不是用锯断的猎枪或者拙笨的六发式左轮手枪作案的案件。或许您可以认为这是一个老对手下的手。可我说这是莫里亚蒂的手法。伦敦是这次犯罪行动的指挥地，而并非是美国。”

“但是他这样做的出发点又是什么呢？”

“下这种毒手的人是个不容许失败的家伙，这个人的独特之处就在于，他做任何事都一定要达到目的。他有着过人的才智，并且他的身后还有一个极为庞大的组织支撑，想要将一个人消灭掉，简直就像是用电动锤子来砸核桃，若是太用力的话，反倒显得可笑，但是，核桃很容易就会被砸碎的。”

“这个人和这件事有什么关系呢？”

“我只能告诉您，我们得知此事，是他一个助手透露的消息。这些美国人的消息可是十分灵通的，他们同其他外国的犯罪别无两样，想要在英国作案的话自然要与这个犯罪专家勾结了。从那一刻起，被害人的命运就注定了。最初莫里亚蒂派他的手下去寻找这个要谋杀的人，然后他指示他们如何处理。没想到他见到的竟然是这个杀手失手的新闻，无奈之下，他只能亲自出马了。在伯尔斯通庄园，您听到我向您的朋友发过警告，我说未来的危险比过去的更严重。我没说错吧？”

**同步思考**

这是一个令人费解的问题。

巴克紧紧地攥着自己的拳头，不断地敲打着自己的脑袋，他无可奈何地将他的愤怒之情发泄着。“您的意思是说我们只能忍受这一切，根本没有办法战胜这个魔王？”

**词语解释**

无可奈何：对某物或某人没有任何办法。

“不，我没这么说，”福尔摩斯说道，他的双眼似乎远望着未来，“我并没有说他是不能打倒的。但是您一定要给我足够的时间……我需要的是时间！”

我们在那段时间都沉默不语，那双有预见性的眼睛注视着前方，像是要看穿眼前这层乌云。

# 阅读体验

**READING**

THE EXPERIENCING

# 感悟作品

**一、语言品味**

侦探小说是一种深受广大读者喜爱的通俗小说，在通俗易懂的文学语言里渗透了深奥的科学逻辑知识，显现出人类社会犯罪问题的严肃主题，在娱乐性的故事情节里显见高雅的艺术情趣。

通俗易懂

作者语言朴实流畅，通俗易懂，情节离奇曲折跌宕起伏，惊险引人；结构安排巧妙，丝丝入扣，悬念丛生；使人读起来欲罢不能，结局既出人意料又耐人寻味。如：开篇的《血字的研究》“主意打定之后，我便站到了克莱特隆酒吧门前，我的肩头忽然被人轻轻拍了一下，回过头来一看，是我在巴茨时的一个跟班——小斯坦福。那是我非常孤独的时期，在伦敦这个人生地不熟的地方，能遇到一个熟人，确实让人兴奋异常。那时候，斯坦福和我关系也不是特别要好，不过那次我给了他非常热情的款待，看得出来，能与我重逢，他也非常开心。当时，我的喜悦之情溢于言表，马上邀请他中午到霍尔本餐厅吃饭，于是两个人就搭了辆两轮马车一起去了。”

准确生动

作者用恰当、确切、新鲜、活泼的文字，形象地表达人物和案情的本质特征，具有高度的艺术力。如：《四个签名》中“莫斯坦小姐走进屋子，她步履稳重、态度镇定。这是个金发碧眼的年轻女子，个头娇小，打扮讲究，戴着颜色协调的手套，衣服搭配极有品位。不过，她的装束素雅质朴，让



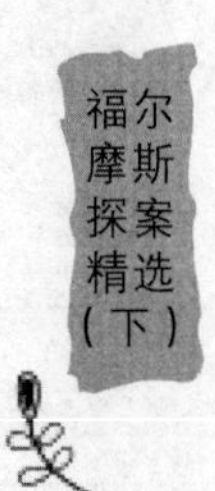

人联想到她的生活不太优裕。她的衣服是暗灰褐色的，没有花边和装饰，头上戴一顶同样是暗色的缠头帽，边缘插着一根白色翎毛，才算增加了一点生气。她的容貌不算匀称，肤色也不柔美，但是表情却甜美可爱，一对蔚蓝色的大眼睛异常有神，富有感染力。我见过来自三大洲数十个国家的许多女子，但是从来没见过如此高雅敏感的面孔。福尔摩斯请她坐下，我见她嘴唇微微颤动，手在发抖，她的外表显示出，她内心紧张，情绪不安”。

第一人称

一般侦探类小说大多以讲故事的第三者的角度讲述。但是，柯南·道尔却假借小说中的人物“华生医生”，以他所见所闻所感为角度进行讲述。比如：“‘我更倾向于……’我说。‘还是让我来说吧，我感觉……’福尔摩斯插话说，他显得有些不耐烦。我感觉自己是一个很有耐性的人，然而我还是想说，对于他如此以嘲笑的口吻打断我的话，我非常恼火。我厉声说道：‘嘿，福尔摩斯，我发现您是挺烦人的！’他正在沉思，对于我的抗议没多少反应。只见他一手托着下巴，甚至连早饭都忘了吃，他的一双眼睛直直地盯着那张刚从信封里拿出的纸条。随即，他拿着信封凑近灯光，开始观察信封和封口。”

柯南·道尔用朴实无华的语言，将自己的情感完全融入一件件离奇的案件中，结合巧妙的构思，使人读起来欲罢不能，完美地塑造了一个家喻户晓的虚构人物。

## 二、情感体验

《福尔摩斯探案集》中的案情，题材覆盖面很广，囊括了复仇、金钱利益、恐怖主义等。虽然背景主要锁定在伦敦，大部分时间待在贝克街，等待委托人的函件或是登门造访。

但是反映的是深层次的社会问题，把社会犯罪与政治制度、道德观念结合了起来，让读者感受到了很多的人情冷暖以及人性的关怀。比如：《血字的研究》是不合理的政教制度和婚姻制度造成的悲剧。再如：《四个签名》通过人们对宝藏的追逐与华生医生与莫斯坦小姐的纯真爱情，将人们对财富的贪婪描写得淋漓尽致。除此之外，还能看到作者对官方警察的鄙视态度、反对官僚主义等。如在《血字的研究》中福尔摩斯就狠狠地鄙视了两位警察，在离开案件现场时又告诉了他们一个重要的线索。

并不是说福尔摩斯天生聪慧，只是他在处理案件的时候，喜欢对案件进行比较，他认为无论几十年甚至 100 年过去，案件都存在着雷同点，有循环的轨迹。开始他会化装跟踪，然后深入虎穴搜取线索，接着凭借大胆的逻辑推理串联线索，最后抓住凶手结案。

**三、角色体验**

福尔摩斯

夏洛克·福尔摩斯（又译作歇洛克·福尔摩斯），是一个虚构的侦探人物，福尔摩斯自己称自己是一名“咨询侦探”，也就是说当其他私人或官方侦探遇到困难时常常向他求救。大部分故事都集中讲述一些比较困难、需要福尔摩斯出面调查的案子。福尔摩斯善于通过观察与演绎法来解决问题。他不但头脑冷静、观察力敏锐、推理能力极强；而且，他的剑术、拳术和小提琴演奏水平也相当高超。

华生

华生，是一位医生，参过军，是福尔摩斯的忠实朋友，并是一位得力的助手。在许多案件现场如果没有华生与福尔摩斯并肩



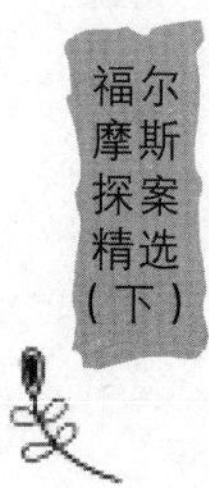

作战，其侦破工作就不可能表现得如此惊心动魄和引人入胜，对读者的震撼力也会大大削弱。其实，华生就是读者的眼睛和化身，他所做的和所想的正是读者最有可能做的和想的。

杰斐逊·霍普

杰斐逊·霍普虽说是杀人犯，但是他有情有义，有勇有谋，为了给自己心爱的女人报仇，他历尽艰辛，追踪两个大洲，最终杀死了自己的仇人，正如他所说："如今，就算我明天就一命归天——这是很有可能的，我也知道，我在这个世上的任务已经完成了，并且完成得很好。他们都死了，并且是我亲自把他们杀掉的，我也就别无他求了。"

艾琳·艾德勒

艾琳·艾德勒是福尔摩斯故事中少数击败过福尔摩斯的人之一。她和福尔摩斯初次交锋后立即醒悟，并跟踪扮成老牧师的福尔摩斯，还确认了福尔摩斯的真实身份（开始艾德勒不知道牧师究竟是谁），最后把福尔摩斯精心策划的夺回照片的计划弄泡汤了，然而福尔摩斯不知道她的行踪。从此福尔摩斯对艾琳怀有钦慕之情，对女性的看法也发生了变化。

**四、感悟作品**

《福尔摩斯探案集》是欧美侦探小说的经典之作，它以跌宕起伏的情节，缜密的逻辑推理，细致的心理分析以及福尔摩斯这个家喻户晓的侦探形象，让全世界的读者都深深地爱上了这部作品。

神奇的破案过程是福尔摩斯极其敏捷的思想的体现，经他出手的案子大都会成功。

在本书中，《四个签名》是最出色的一篇，它不仅情节曲折，扣人心弦，推理缜密，同时也把福尔摩斯这个人物形象的性格特

点描写得淋漓尽致。在这个案件的一开始就写了福尔摩斯的一个陋习——注射可卡因，而在这个陋习的背后是福尔摩斯对难题的渴望，厌恶枯燥平淡的生活，渴求精神上的兴奋刺激，这也注定了他选择侦探这个职业。在听过莫斯坦小姐的案情陈述之后，他便立刻进入了思考状态，之后层层剥茧，大胆推理，成功找到了罪犯。在这个案件中华生得到了莫斯坦小姐，琼斯警官得到了荣誉，福尔摩斯则得到了工作的乐趣。

**五、人生思考**

正义的光辉比阳光还要明亮

福尔摩斯，一个近百年来最成功的侦探形象，他几乎已经成为侦探的代名词，他有一副冷峻威严的外表，经常叼着个烟斗，拿着支手杖。他以丰富的科学知识、严密的逻辑推理、细致的调查研究及一往无前的胆识，与狡猾的罪犯、凶顽的敌人作斗争，为社会伸张正义，捍卫了法律的尊严。因此，福尔摩斯成了人们心中的神探，成了罪犯闻之胆寒的克星。

第一次看《福尔摩斯探案集》，吸引人们的多是书中曲折离奇的案件、环环相扣的情节以及福尔摩斯探案时独一无二的见解与分析。但是，当人们再次阅读《福尔摩斯探案集》时，会发现福尔摩斯身上，闪耀的不仅是智慧，还有很多东西，比如正义。

正义是人类最可贵的美德之一，在美国波士顿犹太人屠杀纪念碑上，镌刻着一位德国新教牧师留下的发人深省的短诗。他曾是纳粹的受害者，也是对非正义保持沉默的受害者。“在德国，起初他们追杀共产主义者，我保持沉默——因为我不是共产主义者；接着他们追杀犹太人，我保持沉默——因为我不是犹太人；后来他们追杀工会成员，我保持沉默——因为我不





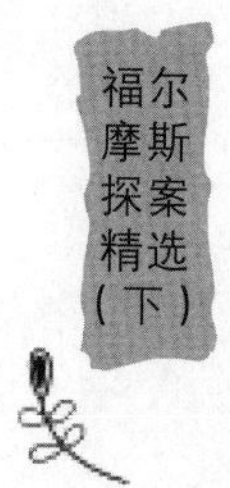

是工会成员；此后他们追杀天主教徒，我保持沉默——因为我是新教教徒；最后他们奔我而来，却再也没有人站出来为我说话了。”

可想而知，如果社会失去了正义，消亡也会随之而来。所以，开放文明的社会，需要正义；经济日益繁荣的社会，需要正义；建立和谐人文的社会，更需要正义。让我们在每一个人的心中根植正义，生长正义，壮大正义；让我们一起呼唤正义，亮出正义，坚持正义。

# 嵌记解读

## 读后感

英国著名小说家毛姆曾说："和柯南·道尔所写的《福尔摩斯探案集》相比，没有任何侦探小说曾享有那么大的声誉。"能够读到《福尔摩斯探案集》这本书，我备感幸运。柯南·道尔，这个被称为"英国侦探小说之父"的作家，所塑造的福尔摩斯这一形象，以及福尔摩斯在故事中的表现，让我感受颇深，思绪万千。

我们不禁会问，福尔摩斯是谁？没错，他是一位能让英国皇室授予其爵士爵位的绅士；是一个能让英国市民们由于他的"逝世"而自发地聚集到贝克街为其悼念的勇士……但这一切，全都是为了小说中的一个虚拟人物——福尔摩斯，这个有着鹰钩鼻、头戴猎帽、口衔烟斗、目光犀利、体态消瘦、肩披风衣的大侦探家。

相比于柯南·道尔塑造的福尔摩斯的独特形象，我最感兴趣的是作者写作的独特视角和文章所赋予的现实意义。

英雄并非孤胆奇侠。一部出色小说中的人物，一个优秀电视剧中的主角，往往都只身一人，孤军奋战。无论是江户川乱步笔下的明智小五郎；或是阿加莎·克里斯蒂作品中那挑剔成



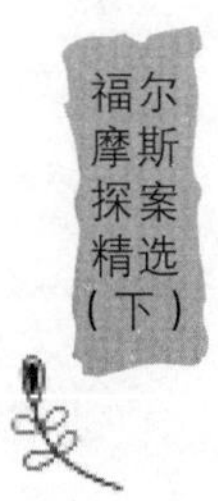

性，毫不谦虚的赫尔克里·波洛；还是郎莫里斯·卢布朗塑造的集侠盗与怪盗于一身的亚森·罗宾……都是小说界的精英，但美中不足的是作者让这些英雄们都变成了身边没有知心朋友和助手的“孤胆奇侠”，让读者感受到人物太过机械化，然而福尔摩斯则不同。在华生中枪后，福尔摩斯的眼中闪出了泪花，平时一向沉稳的他居然冲着凶手咆哮道：“要是华生有什么三长两短的话，我绝不会放过你的！”此时，柯南·道尔展现在读者面前的是一个情真意切、关心挚友的福尔摩斯，而并非是一个纯粹的推理机器。两个看起来完全不一样的人，实际上却是性格互补。由于拥有华生这样值得信任的朋友，读者可以深刻感受到主人公丰富的内心世界。

英雄事迹由他人讲述。福尔摩斯探案系列中自成一家的叙事手法令人叹为观止：除了少数篇章采用第三人称叙述和福尔摩斯自述外，其余的叙述者都是“我”，即华生。不难看出，最早的《血字的研究》就是华生的回忆录。叙述视角的变换给所有故事增添了一抹神秘的色彩，同时也使读者对这个大侦探家兴趣倍增。凡此种种，这一切都为福尔摩斯探案系列日后风靡世界奠定了优秀的文学基础，可谓手法精妙，视角独特。

“惊险”二字贯穿全文。在柯南·道尔的小说中，“惊险”一直贯穿其中，几乎处处都在威胁着主人公的性命。在小说《四个签名》中，福尔摩斯差点因为身手利落的小野人童格的毒刺而丧命，这一幕令人心惊胆战；在《巴斯克维尔的猎犬》中，只一个流传着的“魔鬼般的大猎狗”的传说，让人心跳加速；在《跳舞的小人》中，福尔摩斯潜入他人家里获取证据时不禁让读者为他提心吊胆。正是作品中随处可见的惊险环节，令读者一旦读起来就欲罢不能。

这一切的精彩无不归功于福尔摩斯生活的时代，英国最伟大的时代——维多利亚时代。

透过故事情节，小说也揭示了社会的现实问题。柯南·道尔把社会制度与道德观念结合起来，从侧面反映了英国当时的社会问题。《血字的研究》《四个签名》毫无疑问地揭示了英国对印度的殖民掠夺；《巴斯克维尔的猎犬》《恐怖谷》等都涉及图财谋命、作恶行凶；又如《冒险史》中涉及的背信弃义、贪欲逞凶、专横跋扈等犯罪现象，无一不与制度的黑暗与道德的败坏有着密切的联系。

应当指出，福尔摩斯的许多案件都是关于疾病的，这跟柯南·道尔当过医生有关。“四壁挂满科学的图表，一张实验用过的桌子，已经给酸素染成许多黑斑”，贝克街福尔摩斯住所的描述也能够反映出当时医学、化学以及生物学的发展。柯南·道尔把病理学与侦探案件结合起来，不仅扩大了侦探小说的内容，打破了侦探小说的局限，而且在客观上为读者提供了一定的科学知识。不难看出，作者所宣扬的人道主义和展现出的科学研究精神，无疑受到了读者的广泛欢迎，也充分显示了柯南·道尔作品的伟大现实意义。

总而言之，《福尔摩斯》就是这样地引人入胜，让读者为之疯狂，为之着迷。今天，“福尔摩斯”已然成为智慧的代名词，就连周杰伦在他 MV——《夜的第七章中》都以华丽悬疑的笔调暗喻名侦探福尔摩斯的故事。歌词中这样写道：“石楠烟斗的雾，沉默地对我哭诉，贝克街旁的圆形广场，无人马车声响，深夜的拜访，邪恶在维多利亚的月光下……”

# 嵌记解读

作为一部经典的侦探小说，《福尔摩斯探案》自 1896 年第一次被引进中国以来，以其版本之多，翻译速度之快，发行量之大，受欢迎程度之高，成就了一个翻译文学界的神话。先举一例，群众出版社从 1978 年到 1981 年间出了四版《福尔摩斯探案集》，这四版还有一版再版、一年两版、多版共存的现象。由此，我们不难想象当年广大读者争购传阅的盛况。进入 21 世纪，福尔摩斯探案小说译本则出现了大量重译、复译的新现象。版本不同、形式多样的福尔摩斯探案小说出现在书市，掀起了又一次译介福尔摩斯侦探小说的高潮。据不完全统计，有十几家出版社出版了《福尔摩斯探案集》全集。至于选集、精选，作为文库或丛书的一部分等形式出版的版本更是数量惊人。我们不禁要问《福尔摩斯探案集》的魅力究竟在哪儿?

先让我们看一个场景：1893 年 12 月的一天，在伦敦市中心报社云集的舰队街，人们在举行声势浩大的游行示威。伦敦著名杂志《绳链》编辑部更是收到读者雪片般的来信。人们指责报社、控诉一位小说作者实施了一场令人发指的谋杀，人们纷纷要求退刊并向作者提出严重抗议。就连维多利亚女王也被惊动了。她从王座上站起来，连连摇头，以示爱莫能助和失望无奈。

什么人的死，会如此强烈地牵动着这些英国人的心，并使这个一向崇尚绅士风度的民族变得暴躁失控不再绅士了呢，答案是大名鼎鼎的私家侦探夏洛克·福尔摩斯之死。可见《福尔摩斯探案集》的魅力之一来源于作品中这个经典人物形象。

在柯南·道尔笔下，福尔摩斯具有发达的大脑，超群的智慧，惊人的洞察力，每次遇到案件，甚至是最离奇古怪的案件，他都能迅速作出推论，抓住每个被人忽略的细节、分析因果关系，然后给予准确无误的逻辑论证。他外表冷酷，不近女色，对侦探工作有着无比的狂热和激情。对与工作无关的事情，一点儿都不感兴趣。他是一个地道的英国绅士，言谈彬彬有礼，却总带着讽刺的腔调。他充满自信，甚至到了自负的地步。他对自己的优点和毛病，一概引以为傲……无疑这是一个有个性魅力的人，但是福尔摩斯疾恶如仇、惩恶扬善的的精神，则是大众喜爱他，甚至是崇敬他的更重要的原因。

除了福尔摩斯这个神探形象深入人心以外，这部作品之所以风靡世界，还在于它为读者提供了新鲜陌生的视觉冲击和前所未有的阅读体验。作者柯南·道尔把读者的口味作为自己写作的第一要务。比如他采用了第一人称局外视角进行叙事。所谓第一人称局外视角是指小说中的“我”不是小说主人公或主要角色，只是在一些活动中辅助主人公，从旁观者的角度进行叙事“我”的所知范围受视野局限，叙事中带有浓厚的主观色彩。在早期的侦探小说中这一视角很少被运用。柯南·道尔在叙事中大量采取这一视角，即从案件参与者、好友、助手——华生的视角叙事故事。这在当时的侦探小说中是一个极为新颖的叙事视角。通过华生视角进行叙事，不仅会使读者对福尔摩斯其



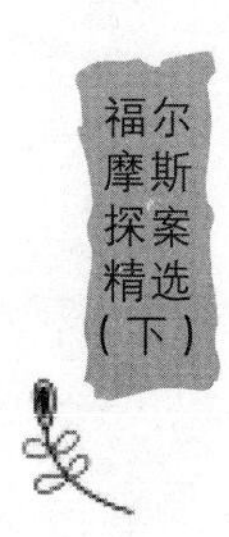

人其事产生认同感，还会使得探案故事变得更真实、更生动。

还需要指出的是,《福尔摩斯探案集》所表现出的理性精神、科学精神也为人称道。福尔摩斯的高超之处是建立在理性基础上的直觉、顿悟。他的不可思议的想象力，变化多端的化装术，通过细小的线索穿透事物本质的能力，都是科学理性与艺术家的灵性的完美结合。直到今天，福尔摩斯的侦探经验和推理方法，仍然具有相当的参考价值。欧美一些警察学校，常常选用福尔摩斯的一些案例作为考题或案件分析的典型。当然，福尔摩斯思维神话的诞生有其时代背景。当时的西方文化盛行逻辑推理主义和实证主义，在这种思想文化的影响下，人们对知识的客观性，推理分析问题的科学性是极其看重的，所以作者在创作中充分展现了当时的文化理念，并且他所接受的教育也让他的作品具有某种科学色彩,这都使得福尔摩斯成为科学、理性、传奇、正义的化身。

# 阅读拓展

**READING**

THE EXTENSIVE

# 本书的阅读链接

## 图书

莫格街谋杀案
作者：埃德加·爱伦·坡
译者：张冲、张琼
出版社：上海译文出版社
出版年：2005 年

研究缩影

作品描写了莱斯巴尼太太和她女儿卡米耶·莱斯巴尼小姐在室内被残忍杀害的事件，通过对各种条件的层层推理和分析，将结果逐渐展示在读者面前，最终让人恍然大悟。作品同时塑造了杜宾这个具有超强的分析和观察能力的人物。营造了一个血腥惊悚的场面，令人恐惧的同时又欲罢不能。

月亮宝石
作者：柯林斯
改写：洪韦
出版社：江苏少年儿童出版社
出版时间：2009 年

研究缩影

月亮宝石——印度世代相传的一颗钻石。一个英国军官从印度佛寺掠走了这颗宝石，于是，这颗价值连城的宝石便传到了英国。此后，这颗被诅咒的宝石夺走了许多它的拥有者的生命。令人生畏的印度人若隐若现的身影，紧追着这颗宝石。

虎牙
作者：汤姆·克兰西
译者：管舒宁等
出版社：上海译文出版社
出版时间：2011 年

研究缩影

这是汤姆·克兰西军事小说系列中的力作，写的是反恐第二代——杰克·瑞安的儿子小瑞安和他们的“虎牙”反恐团队成长的故事。《虎牙》中，双胞胎多米尼克·卡卢索和布莱恩·卡卢索分别任职于美国联邦调查局和海军陆战队，他们的表兄弟小瑞安则是前总统杰克·瑞安的儿子。三位优秀的青年都是一个独立的间谍调查机构“亨得利协会”的情报人员。该机构只受命于前总统瑞安，打击恐怖分子的活动不受联邦预算的限制；它就像老虎的牙齿，在美国未来的反恐斗争中将扮演重要角色。

# 影像

四签名——同名电视剧
导演：威廉·斯特林
编剧：迈克·哈德威克
主演：彼得·库欣
尼高·施托克
安·贝尔

研究缩影

这是由BBC于20世纪60年代拍摄的《福尔摩斯》电视剧集中的一集，该剧共29集，前13集由道格拉斯·威尔默饰演福尔摩斯，后16集由彼得·库欣饰演福尔摩斯，总共29集。可惜的是，其中由彼得·库欣出演的16集只有6集保存了下来，另外10集已失传。《四签名》这一集由彼得·库欣主演。

大侦探福尔摩斯
导演：盖·里奇
编剧：安东尼·佩卡姆
西蒙·金伯格
主演：小罗伯特·唐尼
裘德·洛
瑞秋·麦克亚当斯
马克·斯特朗

研究缩影

坊间传说黑暗巫师已经复活，他的墓地遭到破坏，而躺在棺材里的人另有其人。又到了大侦探福尔摩斯出马的时候了，然而调查过程从一开始就险象环生，助手华生医生在调查中更是险些丧命，福尔摩斯也陷入一连串的谜团之中。

# 本书的文化链接

## 埃德加·爱伦·坡

埃德加·爱伦·坡（1809—1849），19 世纪美国诗人、小说家和文学评论家，侦探小说鼻祖、科幻小说先驱之一、恐怖小说大师。作品风格在任何时代都是独一无二的。语言和形式精致、优美，内容多样。代表作品有《莫格街谋杀案》《玛丽·罗杰神秘案件》《金甲虫》《你就是杀人凶手》《被盗窃的信》等。

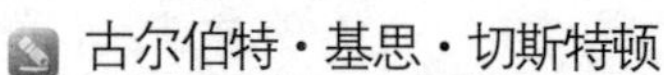

## 古尔伯特·基思·切斯特顿

古尔伯特·基思·切斯特顿（1874—1936），英国作家，一个令人惊叹的全才。生于伦敦，1892 年毕业于圣保罗中学，他曾在出版社工作，并长时间为《伦敦画刊》撰稿。代表作品有《雷邦多》《布朗神父》系列小说。

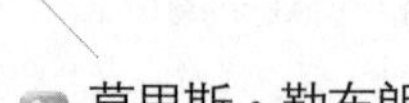

## 莫里斯·勒布朗

莫里斯·勒布朗（1864—1941），法国小说家。崇拜福楼拜与莫泊桑，受他们的影响走上文学道路。1887 年，出版第一本长篇小说《女人》，1900 年成为一名新闻记者。一生创作无数，著有 20 部长篇小说和 50 篇以上短篇小说，曾获法国政府小说写作勋章，代表作品有《碧眼姑娘》《空心岩柱》《神秘住宅》《水晶瓶塞》。

## 威廉·布莱克

威廉·布莱克(1757—1827)，英国第一位重要的浪漫主义诗人、版画家。前期的诗作语言简单易懂，且以短诗为主，音节也能短则短，题材内容则以生活中的所见所闻为主；而后期的诗作篇幅明显增长，有时长达数百乃至上千行，内容也明显地晦涩起来，以神秘、宗教，以及象征为主要特征。代表作品有诗集《天真之歌》《经验之歌》等。

## 托马斯·哈代

托马斯·哈代(1840—1928)，英国诗人、小说家。生于农村没落贵族家庭。早期和中期的创作以小说为主，继承和发扬了维多利亚时代的文学传统；晚年以其出色的诗歌开拓了英国20世纪的文学。代表作品有《韦塞克斯诗集》《早期与晚期抒情诗》《艾丽西娅日记》。

## 布里吉斯

布里吉斯(1844—1930)，英国诗人。生于富裕的地主家庭。1863年进入牛津大学攻读医学，与诗人霍普金斯结成莫逆之交。1869年至1882年在伦敦行医，1882年退隐于伯克郡亚滕登，创作诗歌，研究韵律与语言问题。1913年被封为桂冠诗人。他的《短诗集》曾被诗人豪斯曼大加推崇，认为他的“诗艺登峰造极，英国诗集中无出其右者”。代表作品有《赐火者普罗米修斯》《埃罗斯与普叙赫》《人的精神》。

# 嵌记链接

## 柯南·道尔关于福尔摩斯的著作

按照年代发表如下：

**血字的研究：**

1887 年血字研究

**四个签名：**

1890 年四个签名

**冒险史：**

1891 年波希米亚丑闻

1891 年红发会

1891 年身份案

1891 年博斯科姆比溪谷秘案

1891 年五个橘核

1891 年歪唇男人

1892 年蓝宝石案

1892 年斑点带子

1892 年工程师大拇指案

1892 年单身贵族

1892 年绿玉皇冠案

1892 年铜山毛榉案

**回忆录：**

1892 年银色马

1893 年黄面人

1893 年证券经纪人的书记员

1893 年“格洛里亚斯科特”号三桅帆船

1893 年马斯格雷夫礼典

1893 年赖盖特之谜

1893 年驼背人

1893 年住院的病人

1893 年希腊译员

1893 年海军协定

1893 年最后一案

**巴斯克维尔的猎犬：**

1901—1902 年巴斯克维尔的猎犬

**归来记：**

1903 年空屋

1903 年诺伍德的建筑师

1903 年跳舞的人
1904 年孤身骑车人
1904 年修道院公学
1904 年黑彼得
1904 年米尔沃顿
1904 年六座拿破仑半身像
1904 年三个大学生
1904 年金边夹鼻眼镜
1904 年失踪的中卫
1904 年格兰其庄园
1904 年第二块血迹

**最后的致意：**

1893 年硬纸盒子
1908 年藤荘
1908 年布鲁斯－帕廷顿计划
1910 年魔鬼之足
1911 年红圈会
1911 年弗朗西丝·卡法克斯女士的失踪
1913 年临终的侦探
1917 年最后的致意

**恐怖谷：**

1914—1915 年恐怖谷

**新探案：**

1921 年王冠宝石案
1922 年雷神桥之谜
1923 年爬行人
1924 年吸血鬼
1925 年三个同姓人
1925 年显贵的主顾
1926 年三角墙山庄
1926 年皮肤变白的军人
1926 年狮鬃毛
1927 年退休的颜料商
1927 年戴面纱的房客
1927 年肖斯科姆别墅